艺皇
宋徽宗

李运鼎　　著

团结出版社
UNITY PRESS

图书在版编目（CIP）数据

艺皇宋徽宗 / 李运鼎著． -- 北京：团结出版社，
2024.3

ISBN 978 - 7 - 5234 - 0845 - 2

Ⅰ．①艺… Ⅱ．①李… Ⅲ．①长篇小说 - 中国 - 当代
Ⅳ．①I247.5

中国国家版本馆 CIP 数据核字（2024）第 051136 号

出　　版：团结出版社

　　　　　（北京市东城区东皇城根南街 84 号　　邮编：100006）

电　　话：（010）65228880　　65244790（出版社）

网　　址：http://www. tjpress. com

E - mail：zb65244790@ vip. 163. com

经　　销：全国新华书店

印　　装：北京荣泰印刷有限公司

开　　本：170mm×240mm　16 开

印　　张：24.5

字　　数：430 千字

版　　次：2024 年 3 月　 第 1 版

印　　次：2024 年 3 月　 第 1 次印刷

书　　号：ISBN 978 - 7 - 5234 - 0845 - 2

定　　价：80. 00 元

写 在 前 面

在许多人的印象中，宋徽宗赵佶似乎是个被"六贼"蒙蔽的昏庸之君。为政期间，吟风弄月，奢靡放逸，为政不修，面对金军的入侵，一味求和避战，最后落得个家破国亡、受尽凌辱、客死他乡的下场。真真令人"哀其不幸，怒其不争"！

但是，要论赵佶的功过是非，不可非黑即白。他的治国之弊，既有主观原因亦有客观原因。当年赵匡胤以殿前都检点、归德军节度使的身份发动陈桥兵变，黄袍加身，成为大宋第一任皇帝。为了防止"旧戏重演"，他听从宰相赵普的建议，"杯酒释兵权"，解除了石守信等大将的兵权。赵普素有"半部《论语》治天下"之美称，促成了赵匡胤"以儒治国""重文抑武"的治国方略，避免了藩镇割据、武人称雄的局面，有效地巩固了中央集权。赵匡胤临死前还遗诏"不杀文人"。之后，宋代历任皇帝不越其矩。

文官治国有利有弊。重文抑武，以儒治国，使宋朝的经济、文化、科技、教育、社会福利空前繁荣，达到历史之最、世界之最。然而文人治国埋下了许多隐患：文人少懂军事，导致军队战斗力减弱，不利于固边强国；实行了中央集权，分割了地方自主权，致使地方办事效率低下，中央机构臃肿，人浮于事；进而导致边防虚空，在民族斗争中常常败绩。

陈述这些客观原因，并非要为赵佶执政弱点和导致亡国而开脱。一个明君定会因势利导，"扶大厦之将倾"；相反，在国家存亡之际，赵佶不是力挽狂澜，选贤任能，坚决抗金，却选择了议和、禅位、巡幸江南！这让后人无法理解。

当初，一顶皇冠忽然落在一个艺术青年头上，这让正在蹴鞠的赵佶始料未及。

登基之初，赵佶雄心勃勃，要继承父兄的遗志干一番事业。他开疆拓土，改革弊政，消弭党争，与民生息，做出了不错的成绩。

从崇宁二年（1103）到大观三年（1109）六年间，赵佶采取向西北河湟地区用兵、对西南纳土归流等办法，新设立六个州，扩充疆域五万余平方公里，出现了北宋立国以来少有的国土扩张。

大观二年（1108）赵佶所撰写"大观圣作碑"碑文，颁布"孝、悌、睦、姻、任、恤、忠、和"八行取士的诏旨，为宋代及以后的科举考试和人才培养打下了基础，拓宽了寒门志士求学的渠道。

特别值得一提的是，赵佶创立官办福利体系。朝廷划拨资金，设立专门福利机构以救济鳏寡孤独及灾难人群。崇宁四年（1105）五月，赵佶颁布圣旨："民为邦本，本固邦宁。天下承平日久，民既庶矣，而养生送死，尚未能无憾，朕甚悯焉。今鳏寡孤独，既有居养之法，以厚养穷民；若疾而无医，则为之安济坊；贫而不葬，则为之置漏泽园。"据此，设立居养院为贫困孤独者和灾民提供衣食住处，设立安济坊为穷人治病，设立漏泽园为贫困死者提供殡葬所需和公墓。这三大福利机构，成为前无古人的伟大创举，而且为后代官办福利事业奠定了基础。

融入骨子里的爱好，再忙他也割舍不掉。人的精力是有限的，鱼和熊掌不可兼得。他不得不将日常朝政交给大臣处理，自己从繁杂的朝政里解脱出来，干自己热爱的事。久而久之，自然造成大臣以权谋私，蒙蔽皇帝的现象。

赵佶甘愿为艺术而献身，终于成为一个"百艺俱精"的艺术家皇帝，其艺术造诣在中国历代四百九十四个皇帝中首屈一指。他对艺术的追求和钻研精神，古今很多艺术名家都难以企及。凭借天才与执着，赵佶终于修炼成"一专多能"的艺术家。

他首先是杰出的画家。花鸟、山水、人物各类画种无所不精。他不仅注重临摹，更注重写生，观察事物之细，令同行赞叹。更重要的是，他改革了翰林图画院，将科举制度引入选拔绘画人才，画家可以通过考试进入翰林图画院，与行政官员一样享受相应的官阶待遇。他的这些举措极大地刺激了绘画艺术人才的培养，出现了张择端、王希孟、李唐、苏汉臣等绘画名家，他们创作出了《清明上河图》《千里江山图》《万壑松风图》等不朽名画，将中国绘画艺术水平推向了历史高峰！

国画大师黄宾虹先生曾评价："唐画如面，宋画如酒，元画以下，渐如酒之加水，时代逾后，加水逾多，近日之昼，已经有水无酒，不能醉人，薄而无味。"

他是独树一帜的书法家。"真行草隶篆"诸体皆能，尤以行、楷见长。他自幼临帖，初临怀素、鲜于枢、"二王"，后临薛稷、薛曜，在"二薛"的基础上，独创了"瘦金体"，结体曲铁断金，清瘦飘逸，自成一家。

他是诗人、词家。赵佶一生写过六百余首诗词，流传下来的只有四十余首。赵佶的《燕山亭·北行见杏花》排在《宋词三百首》第一首，曾被王国维称为"泣血而作"。

他是"茶道"理论家。他着力培植武夷山御茶园，精研"点茶"之道，著作《大观茶论》，他将茶道精神概括为"致清、导和、韵高、致静"八字，为历代研究茶道者所推崇。

他是音乐家。他设立大晟府，推广"雅乐"；设立"万琴堂"，收集春秋时期以来所有古琴；他不仅会谱曲、弹琴，而且会斫琴，精通多种乐器。

他是戏剧家。他在宫廷教坊和大晟府排演戏剧和乐舞，自己编剧、导演，有时自扮角色，登台演唱，堪比唐玄宗。

他是园林设计师。扩建延福宫苑，建造艮岳，都是赵佶亲自画图，山石造型、湖泊位置，亭台楼阁点缀何处，他都一一标注，并起上名字。他喜欢奇石名木，藏石、懂石、爱石。

他是宋代官瓷的设计、推动者。他挑选钧瓷、汝瓷的陶瓷师傅并集中起来，兴办官窑，亲自与大师傅们探讨官窑礼器的形制和制作工艺，提出"天青色"官瓷色彩概念。著作《官瓷秘要》，推动宋瓷行销四海，中国因而被欧洲人译成"China"。

他是收藏家。在赵佶统治时期，大量收藏礼器、碑帖、古玩、典籍、名家书画等，皇家府库藏品大增。亲自主导编纂审定《宣和博古图》；编纂《宣和画谱》《宣和书谱》等典籍，对保留、传承文明精粹，作出了很大贡献。

他是蹴鞠大家。在他的倡导下，蹴鞠活动成为当时官民最为普及的运动形式，出现了女蹴鞠队、男女混合蹴鞠队，还出现了全国联赛等系统比赛形式。他在击鞠、捶丸、剑器、相扑等运动上均有很高的水平。

他是道教走向高位的推动者。赵佶将道教推崇为国教，自任"道君皇帝"，在全国各地兴建大小神霄派道观三千多座。诏令搜访道书，编纂《政和万寿道藏》一书，促使道教盛极一时！

他还是风月场上的高手。赵佶热爱体育，身体健壮，长相俊朗，且温文尔雅，深受女子们的垂青。特别值得一提的是，他与李师师的爱情故事广为流传。

清代诗人王文治对赵佶做出这样的评价是："不徒素练画秋鹰，笔态冲融似永兴。善鉴工书俱第一，宣和天子太多能。"

正因赵佶有着很高的艺文素养，所以宣和年间的文化饱和度达到历史最高值。

著名古典文学大师陈寅恪先生评价宋朝的文化为"时代之最"，是中国历史上的文化巅峰。明人宋濂谓之"自秦以后，文盛莫于宋"。赵佶无疑是这个名家辈出、诗词书画鼎盛时代的推动者。

作者努力避开个人史志，力图从赵佶的朋友圈和个人爱好入手，刻画一个具有很高艺术才华的不一样的宋徽宗，描绘一幅可信的汴京历史风俗画卷。

李运鼎

2023 年 10 月 10 日

目 录

一　西园风雅共忘机　　　　　　/　001

二　神球飞过风流眼　　　　　　/　009

三　皇冠飞来压文青　　　　　　/　019

四　调和雅乐归时正　　　　　　/　025

五　青丝飞控紫骅骝　　　　　　/　031

六　曲铁断金自一家　　　　　　/　042

七　天颜问劳思绵绵　　　　　　/　050

八　应是绿肥红瘦　　　　　　　/　055

九　元章作书日千纸　　　　　　/　064

十　碧云笼碾玉成尘　　　　　　/　072

十一　翰林图画院开科举　　　　/　085

目 录

十二　　　《雪江归棹图》　　　　　　／　090

十三　　　谁人可入《捣练图》　　　　／　097

十四　　　绝胜烟景满皇都　　　　　　／　103

十五　　　雨过天青云破处　　　　　　／　112

十六　　　月色如银洗金秋　　　　　　／　119

十七　　　《清明上河图》　　　　　　／　128

十八　　　半缘修道半缘君　　　　　　／　134

十九　　　《千里江山图》　　　　　　／　141

二十　　　妆成每被秋娘妒　　　　　　／　150

二十一　　两幅《万壑松风图》　　　　／　161

二十二　　吟徵调商《听琴图》　　　　／　166

目 录

二十三　　回雪飘飖转蓬舞　　　　　／　174

二十四　　兰芳浮浮更觉奇　　　　　／　186

二十五　　巧夺研山石　　　　　　　／　200

二十六　　汴都两个李师师　　　　　／　207

二十七　　晚风拂霓舞瑞鹤　　　　　／　218

二十八　　云涌艳霞望艮岳　　　　　／　224

二十九　　书画“两谱”传古今　　　／　233

三　十　　千古风流多旖旎　　　　　／　243

三十一　　兔死狗烹话招安　　　　　／　253

三十二　　锦鸡引路与五星连珠　　　／　265

三十三　　风起艮岳动京城　　　　　／　272

目　录

三十四　　　尴尬难为空城喜　　　　　/　283

三十五　　　乱世秋声画柳鸦　　　　　/　293

三十六　　　风花何物宛如昨　　　　　/　303

三十七　　　玲珑局破离难休　　　　　/　311

三十八　　　归去来兮已非昨　　　　　/　325

三十九　　　山河破碎风飘絮　　　　　/　336

四　十　　　最是仓皇辞庙日　　　　　/　345

四十一　　　谁人使我不得已　　　　　/　353

四十二　　　家山回首三千里　　　　　/　358

四十三　　　君问归期未有期　　　　　/　365

四十四　　　杳杳神京路八千　　　　　/　374

西园风雅共忘机

　　端王赵佶刚刚得到一幅薛稷的真迹《啄苔鹤图》，非常兴奋，几天来爱不释手，反复赏读研摩。一大早便铺开一张描金云龙底纹麻宣，准备再临摹一遍。薛稷是初唐杰出的书画家，特别是他所画的仙鹤，栩栩如生，自带飘逸的仙道之气。赵佶望着薛稷的画，颇有意气相投之感。

　　书童张铮研好墨，侍立于一侧。赵佶提笔在砚台上舔舔墨，正欲开笔，忽听窗外嘀嘀啾啾一阵鸟鸣，抬头一看，阳光正好，一枝梨花惹上窗台，清香扑面而来。恰有两只黄鹂正在梨花深处对歌，好不欢快！赵佶放下笔，轻轻走到窗前，贪婪地呼吸一下醉人的清香。从窗口往外望去，几树梨花如春雪一样蓬松可人，白芍药瓣儿被春风一层层地剥开，那几丛牡丹含苞欲放，篱笆墙上的黄蔷薇在绿色背景下如千百盏小宫灯在闪烁。忽然，梨花深处飘来一阵悠扬的笛声，细听，却是古笛曲《鹧鸪飞》。赵佶登时春心难耐，口占一绝：

　　楼台影里和风煖，弦管声中瑞日长。

　　从听娇鹦说来路，莫教蜂蝶损浓芳。

　　立春刚过，向太后作主，将德州刺史王藻之女嫁予赵佶。赵佶本不想早早大婚，对王氏不冷不热，可不得不听从向太后安排。赵佶七岁时生母陈贵人亡故，一直被向太后照护，赵佶稍长，日日问安，对向太后非常孝顺。

　　几天来，赵佶时不时会隐隐烦躁，画了几幅画都是半途而废。老师吴元瑜走进来，说道："殿下，心不静不可为画。外面春光大好，你可约人赏春去啊！"赵佶听了十分欢喜，欣然道："谢谢老师！"

赵佶自十四岁搬出内宫独立开府以来，各种繁文缛节少了许多，加上吴元瑜老师十分开明，从不横加约束，赵佶好不快活。哥哥赵煦登基后，诸王子再无人觊觎皇位，各自吃喝玩乐、提笼架鸟，享受太平。赵佶虽然也是玩家，玩儿的却与别人不同。除了蹴鞠、捶丸、击鞠、剑器等，在笔墨丹青上特别灵慧，情有独钟，且近乎痴迷，小小年纪，已具有很高的水平。

当初赵佶独立开府时，向太后找来王诜，嘱托他好好培养赵佶："这孩子自幼聪慧，不比常人，你要给他挑选最好的老师，教他读史砺文、写字画画，切勿过多游戏。"

王诜道："端王聪敏好学，小小年纪诗文、绘画造诣不浅，当今名家如苏子詹、米南宫、晁补之等大家均对其颇为称赏。他的画学老师吴元瑜经常向我夸赞端王聪慧胜过常人，不论山水、人物还是翎毛，搭手便是精品，小端王已经出师了！"

向太后面带喜悦："好，当初还是我挑选吴元瑜当小赵佶的画学老师呢！"

向太后当时问王诜："谁可做小端王的画学老师？"

王诜介绍了李公麟、郭溪、吴元瑜、米芾等几个人。

向太后思忖了一下，说道："吴元瑜宽厚端正，那就让吴元瑜去端王府吧，一是教赵佶画画，二是当端王府的知客。"

王诜道："还是太后有眼光，吴元瑜学养深厚，且是画坛名家崔白的得意门生！"

向太后深受哲宗赵煦及王子们的爱戴，在大臣中很有威望。由于赵煦身体羸弱，向太后更加喜欢身体健壮的小赵佶。王诜感觉，端王府也许就是"潜邸"！

吴元瑜也十分推崇初唐书画名家薛稷、薛曜兄弟，因而就把二人的书画推荐给赵佶，向他详细讲解了薛稷的《啄苔鹤图》《顾步鹤诣》，以及薛曜的《石淙诗序》等书、画的特点，对赵佶书画风格的形成影响很大。特别是薛曜的书帖《石淙诗序》，曾被后人誉为瘦金体的鼻祖。可以这么说，赵佶是在反复临摹薛曜作品的基础上，逐渐形成了自己的书体风格。

赵佶正想约王诜踏春去，书童张铮来报，驸马都尉王诜请端王殿下到西园茶叙。赵佶甚喜，兴冲冲地乘小舆来到西园。王诜本是宋英宗赵曙的驸马，按辈分当是赵佶的姑父，然而，二人爱好相近，颇为投缘，遂成了忘年之交。

从英宗、神宗到哲宗时代，王诜以其特殊身份和书画水平一直处于皇都艺术中心的位置，他家的西园，便是北宋的艺术沙龙所在地。西园坐落于安远门外的永宁坊，占地二百多亩，在汴京外城之北，为神宗皇帝所赐。园内亭台楼阁散落在湖山之间，为京都私家园林之胜。王诜在西园之东筑"宝绘堂"，收藏了许多古今书帖名画，这也是西园吸引文人雅士络绎不绝的原因之一。苏辙在《王诜都尉宝绘堂词》中详细描述道：

……

四方宾客坐华堂，何用为乐非笙簧。

锦囊犀轴堆象床，竿叉连幅翻云光。

手披横素风习扬，长林巨石插雕梁。

清江白浪吹粉墙，异花没骨朝露香……

苏辙浓墨重彩、富有感染力地描绘了宝绘堂的富丽雅致、典藏丰富，以及高朋满座的场面，使之更具吸引力。四方文人雅士，纷至沓来。

王诜广交朋友，风流倜傥，被人誉称"风流蕴藉，有王、谢家风气"。苏轼是王诜的莫逆之交，当然是西园的常客，二人时有诗词唱和。王诜曾因苏轼"乌台诗案"受到牵连，被贬谪出京，到地方做了七年闲官。虽然他的身份特殊，也会常住汴京，但是，与苏轼较亲近的画朋诗友们大多都被贬谪在外，他的西园也因此冷落了七年。当他再回到西园时，门庭冷清，诗朋画友们尚在天南海北，想起昔日与朋友们雅聚的旧时光，很是怀念，于是挥笔填了一阕《蝶恋花》：

小雨初晴回晚照。金翠楼台，倒影芙蓉沼。

杨柳垂垂风袅袅。嫩荷无数青钿小。

似此园林无限好。流落归来，到了心情少。

坐到黄昏人悄悄。更应添得朱颜老。

直到元祐年间，诗朋画友才陆续回到汴京，西园又日渐热闹起来。

提起"西园雅集"，时人认为堪比"兰亭修禊"。龙眠居士李公麟，乃当时的著名人物画家，也是西园的常客。一日，王诜对李公麟说："龙眠居士，可否动动你的神来之笔，将我等在西园雅聚、宴乐的情态描绘出来，以记其盛？"李公麟点点头，说："老朽也正有此意！"

数月后，李公麟带着其所绘制的长卷《西园雅集图》来到西园，适逢苏轼、苏辙、黄庭坚、米芾、秦观等诸人俱在。随着长卷徐徐展开，众人大为惊喜，不仅画面宏阔优雅，而且西园的常客都已入画，个个情态逼真。苏轼等人纷纷俯身找到自己，自是一番争相美评。画面上一共画了苏轼、苏辙、黄庭坚、秦观、米芾、蔡肇、李公麟、李之仪、郑靖老、张耒、王钦臣、刘泾、晁补之、圆通和尚、陈碧虚道士共十六人，加上侍姬、书僮，一共二十二人。

李公麟以他特有的白描手法，巧妙地将这些名流在西园雅聚的情景表现得惟妙惟肖。画中，雅士们或围坐在古松之下高谈阔论，或挥毫泼墨，或吟诗赋词，或抚琴唱和，或打坐问禅，或拨阮点茶；诸位衣着得体，动静自然，高谈阔论，风雅无限；书童侍女落落大方，每个人物鲜活中见真趣。众人不由得为龙眠居士鼓掌称道！

王诜道："哪位先生为此图做个题记？"

众人推荐苏轼，苏轼笑道："元章之书潇洒舒展，骏快飞扬，与此图最为相配！"

米芾道："坡公我师，鲁直我兄，众方家皆为高人，我岂敢班门弄斧！"

王诜道："米癫儿切勿过谦，你不听老师的话，小心将你逐出苏门！"

米芾只得提笔，稍一凝思，作《西园雅集图记》：

水石潺湲，风竹相吞，炉烟方袅，草木自馨。人间清旷之乐，不过如此。嗟呼！汹涌于名利之域而不知退者，岂易得此哉？

苏轼趋前一步，看了题记赞道："元章题记与龙眠居士之画，配当绝妙、相得益彰；龙眠的白描人物神态个个栩栩如生、动静自然，潇洒、隽逸，焉然欲绝；游动的墨线将人物衣纹、草石花木刻画得准确而生动，节奏率然朗快、迂回荡漾，颇得顾恺之之妙！此《西园雅集图》必将流传千古，我等众人也要跟着龙眠居士占尽风光了！"

赵佶来到西园，听书童报说，苏轼、黄庭坚、米芾、赵令穰等几位先生正在宝绘堂谈诗论画。赵佶一愣，撞上当代名流了！王诜听书童通报端王来访，遂与众人走出宝绘堂，至庭阶前迎候，赵佶忙躬身还礼。

当时，苏轼刚从湖州太守任上回到汴京，被拔为翰林院大学士，黄庭坚则为校书郎，赵令穰这个皇室宗亲，为光州防御使、开府仪同三司，米芾则刚刚改为监中岳祠，赋闲在京。四人均为当今书画、诗文大家，名气都是何等了得！

赵佶最近经常到太清楼临摹古画，尤其喜欢花鸟竹石，因而对当代的赵昌、崔白、吴元瑜以及苏轼、黄庭坚、米芾的书法和绘画经常研读。所以，端王赵佶看苏轼大有高山仰止之感。他曾悄悄对王诜说，苏轼不应该一次次地遭到贬谪。

众人重新落座，大家一边品茶，一边谈诗论画。

苏轼道："端王殿下年纪轻轻在画坛已负盛名，请问最近有何新作？"

赵佶忙拱手相谢："苏学士过誉了，后学正在画一幅《松鹤图》。"赵佶端起建盏，啜口茶水，继续说道，"今日偶遇诸位大家，深感荣幸，让人仿佛看到了元丰初年西园雅集时之盛况。我曾多次在王都尉这里拜读《西园雅集图》，龙眠居士将西园雅聚情状和大师们的神态描绘得惟妙惟肖，大家们或谈诗论画，或抚琴品茶，或挥毫作画，或题石、讲经、拨阮，不胜优雅、和谐，其盛况真的堪比兰亭修禊！"

苏轼笑道："我等不过是一帮老朽闲来茶聚而已！"

"苏学士切莫过谦。"赵佶道，"正是诸位大家的存在，支撑了我大宋的艺术江山！我对苏学士慕名久矣，今日得见，三生有幸！您每一首新诗词问世，便会被迅速传抄，您的《江城子·密州出猎》率意豪迈，三十九岁的'老夫'聊发少年狂，洒脱达观，让人百读不厌，一改柳永开创的宋词婉约之风，大展旷达恣肆的豪放派气象；您的书法既淳朴又灵动，甜润而不乏生辣，貌妩媚而奇崛其间，洒脱而姿美，是妥妥的宋四家之首；您的山水画与王维一脉相承，逸游天地，诗中有画，画中有诗。您的竹石、奇松，高古儒雅，特别是您的《潇湘竹石图》描绘了江岸竹石一景，笔墨放松，不经意间传达了自然舒朗之气象……"

苏轼摇摇头，哈哈大笑，说道："老朽盛名之下其实难副。倒是端王殿下满腹诗书、一身才艺，为世人所称道！"

黄庭坚、赵令穰和米芾皆对赵佶点头赞许。

赵佶腼腆一笑："诸位师长谬赞了。赵大人的《湖庄清夏图》是平远山水画的楷模；而黄鲁直先生的《诸上座帖》，拔峻挺阔，自由洒脱，颇有薛稷之风，一直是我临摹的帖子！至于米南宫老师，我与这个书画奇才交游颇多，您的《西园雅集图》上的题记，洒脱自在，俊迈豪放，为画面平添了异彩……"

米芾哈哈一笑："殿下是在鼓励我们这些老拙吗？"

谈到高兴处，王诜挂出一幅本人所作的《烟江叠嶂图》请大家评点。众人皆拿眼看赵佶，赵佶面露怯色向王诜望去。

王诜对众人说："端王殿下虽然年少，但兴趣广泛，百艺具精，请端王评点一二可好？"

赵佶摆摆手："有大师们在，赵佶岂敢？"

米芾道："端王殿下就不要客气了！"

苏轼道："我提议，请端王评一下王都尉的《烟江叠嶂图》，然后，我四人则根据端王的雅评，各题一跋如何？"

众人皆说："好主意、好主意！"

赵佶腼腆地看了一眼众人，说道："诸位均为师长，后学此来只为聆听教诲。"

王诜笑道："殿下但说无妨！"

赵佶无法推脱，只好走到画前审视一遍，又退后看了一阵，道："此画乃是王都尉的扛鼎之作，用笔用墨皴法晕染大有李成一派画风；山峦叠嶂，云霭清幽，奇峰耸秀，溪瀑争流，草木丰茂，气象吞吐，烟雾弥漫在浩渺空旷的大江之上，空灵江面与雄伟山峦形成巧妙的虚实对比，显得蓬勃而富有生气。"

米芾带头鼓掌道："评得好！"

赵佶朝大家拱拱手："后学妄语了！"

苏轼道："殿下评得果然贴切！"遂提笔在画的右下角题跋："山峦叠嶂，云气清幽；奇峰耸秀，溪瀑争流"。黄庭坚、米芾和赵令穰也分别在底下题上雅赞。

王诜大喜，道："得诸位墨宝相佐，此图如朗月出云、琢璞成玉，我将好好珍藏，使之成为百年佳话！"

翌日，王诜回访端王。王诜说："殿下，今日春光明媚，益于郊外春游，南薰门外繁台可是个赏春的好去处！"

赵佶大喜，遂与王诜各乘平舆直奔繁台。

汴京的繁台在外城东南，台高九层，二百四十尺，紧靠汴河，与城北的铁塔遥遥相望。此地因有很多繁姓人居住，所以称为繁台。站在高高的塔台上，汴京城风光尽收眼底。御河水绕着皇城转了一圈，汇入汴水后又与四渠交错，如几条玉带在汴京城绕来绕去，给皇都平添了十二分的韵致。汴水似乎贪恋这里的繁华烟景，却经不住大船巨橹的搅动和纤夫的牵引，一步一回头地飘向城外，西接伊洛，南下淮水。那些数不尽的木桥、石桥、竹桥像一道道彩虹架落在汴河上。外城的汴河两岸花木扶疏，杨柳如烟，百鸟鸣嘀。远望汴京街衢严整，红墙碧瓦，殿宇巍峨，祥云嘉树，商贾云集，熙熙攘攘，真的是"一城花树半城水"！

正是春气荡漾时节，万物萌发，惹得汴京人春心萌动，纷纷走出城外郊游踏青，甚至担酒携食而来，饮酒赋诗，看舞听戏，赏花观草，烧香拜佛，好一派祥和景象，果然"台高地迥出天半，瞭见皇都十里春"！

赵佶观此美景不禁诗兴大发，口占一绝：

御沟春水绿溅溅，曲沼回波四接连。

环碧下临方鉴静，游鱼跳跃浪痕圆。

王诜鼓掌道："殿下所云诗意，由远而近，有形有声有色，好诗！"

赵佶哈哈一笑，道："应景之作未经推敲。当此美景，王都尉亦应有诗才对啊。"

王诜故作谦让："我可没有殿下的敏捷之才。倒是前几日填过一阕《沁园春》，请殿下雅正。"

帝里春归，早先妆点，皇家池馆园林。

雏莺未迁，燕子乍归，时节戏弄晴阴。

琼楼珠阁，恰正在、柳曲花心。

翠袖艳、衣凭阑干，惯闻弦管新音。

此际相携宴赏，纵行乐随处，芳树遥岑。

桃腮杏脸，嫩英万叶，千枝绿浅红深。

轻风终日，泛暗香、长满衣襟。

洞户醉，归访笙歌，晚来云海沉沉沉。

"好一个'桃腮杏脸，嫩英万叶'！驸马爷果然好词家！"

王诜道："我也是'吟安一个字，捻断数茎须'啊！怎比殿下年少才俊，出口成章，老夫打心眼里佩服！"王诜嘴上虽是这样说，却难掩得意之态，掏出一把梳子在头上梳了几下。

"这么好看的梳子啊！"赵佶拿过梳子一看，见那琥珀色的玉梳上散有朱色斑点，做得玲珑剔透，便抬手在自己头上梳了几下，觉得颇为清爽，大有爱不释手之状。

王诜笑笑，道："殿下你看，这把梳子背上雕刻的是一只凤凰，我还有一把色泽相同的梳子，梳背上雕刻的是一条盘龙，那才与你相配呢！"

赵佶一笑："是吗？"

王诜说："回头我让人给你送到府上！"

神球飞过风流眼

几个妙龄女子衣袂飘飘，有说有笑地从繁台下走过。赵佶的目光追着几个女子，笑谓王诜道："你看，那个粉色衣裙高挽发髻的女子多像翠云！"

王诜答道："真像！殿下，撷芳楼新来一个叫蓝杏儿的女子，不仅长相纯美，而且才艺俱佳，特别值得一提的是，她弹得一手好古筝，殿下要不要去领略一下这个芳龄十四岁的蓝杏儿的风采？"

赵佶收回追随那远去女子的目光，问道："是吗？"

面前忽地飞来一个鞠球，硬生生弹到赵佶面前，赵佶飞起一脚，竟然把鞠球踢破了，里边的毛发散落在空中，久久不下！

王诜鼓掌大笑，说道："殿下好脚力呀！"

几个孩子站在繁台下仰望赵佶和王诜，指着要他们赔鞠球。赵佶微笑着走下繁台，捡起一个鞠球碎片，说："你们看，这个鞠球是猪皮做的，不结实。明天你们到德宁街蹴鞠场，我送你们一个牛皮的鞠球如何？"孩子们围着赵佶，说："你说话可算数？"

赵佶拍拍一个大孩子的头："一定算数！"

王诜走过来，望着散去的孩子们，说："殿下，我们去撷芳楼吧！"

赵佶一脚把鞠球碎片踢出八丈远，笑道："回头再去撷芳楼，几天没蹴鞠了，脚有点痒痒！"

王诜说："南御沟外边新建一个蹴鞠场，我也许多天没蹴鞠了，咱们去看看？"

张铮打马先行。二人乘着平舆来到南御沟蹴鞠场时，张铮早把几个蹴鞠手叫齐，赵佶一到场，球友们都围过来拱手揖见，齐呼："见过殿下！"赵佶也朝大家拱拱手，扫一眼球场。球场很平整，四周是宽阔的草地和灌木墙，墙上缀满了蔷薇花。球场中间立有两根棕色立柱，立柱上还雕饰着云钩图案，高高挂起一张绿色的球网，绿网中间有一圆形空洞，恰好可以穿过一个鞠球，叫作"风流眼"，鞠球穿过风流眼便视为赢球。赵佶拿起一个鞠球，掂量了一下，棕色的牛皮球，恰好十瓣，感觉弹性很好。他瞄了一下球网，开脚一踢，鞠球打着旋儿穿过风流眼，落在球场另一方，"神球、神球！"众人齐声叫好。

众人脱掉长褙换上短衫，选出两队的球头，分成红黄两队。球头定出骁头、正挟、头挟、左竿网、右竿网、散立等角色。换上红球装的赵佶分外英俊潇洒，本来就是七尺帅哥，此时气场更足，英气逼人。三通鼓罢，一声笛鸣，比赛开始。红先黄后，赵佶开球，传到散立时，鞠球被黄队截走，黄队刚传一人鞠球又被红队抢到手。几番轮战，鞠球终于回到赵佶脚下，赵佶一个扫堂腿护着鞠球，然后猛闪身后退，铆足劲朝鞠球踢去，只听鞠球带着哨音穿过风流眼，红队胜。

自有裁判和打杂的过来给每个黄队队员鼻梁抹上白粉，众人哈哈大笑，场上气氛十分欢快。红黄两队三比一时，球员们大多体力不支，要求结束比赛，王诜在第二场时已退场做了裁判。赵佶看众人多有颓丧，说道："好吧，大家休息三刻钟！"赵佶仍是精力充沛，只顾一人玩球，一连三次把球踢进风流眼里。王诜劝道："殿下，你也歇歇吧。"赵佶只顾自己玩球，开起一脚，用力过猛，只见那球闪电一样穿过风流眼，飞向球场外，落在一堵高墙里！

不知是谁叫了一声："哎哟，鞠球跳到礼部员外郎李格非的花园里了！"众人立马跑过去踮起脚扒着墙头一看究竟。赵佶是个大高个，朝里一看，墙那边是个大花园，柳荫下、小湖边，两个丫鬟正陪着一位小姐在荡秋千。天外突然飞来一个鞠球，把三个女孩吓了一跳，盯着鞠球傻站在那里！

王诜走过来隔墙一看，说道："殿下，那个白衣女子便是才女李清照！"这时，白衣女子忽然看见墙外有人往这里偷窥，急忙跳下秋千，脸上一红，整理好衣服，匆匆走进宅院。这优雅的气质和羞怯的情状，一下子震住了赵佶。他想起前不久王诜向他推荐过李清照的那一阕《点绛唇》：

蹴罢秋千，起来慵整纤纤手。露浓花瘦，薄汗轻衣透。

见客入来，袜刬金钗溜。和羞走，倚门回首，却把青梅嗅。

王诜望望赵佶的神色，说道："殿下，这位李家千金，才情好生了得，将来必是词坛大家。他的父亲李格非是苏子瞻的学生……"

赵佶大感兴趣，问道："何时带我去拜访一下这位才女？"

王诜一笑："我与李格非可是最好的朋友，那小清照还叫我叔叔呢！"

赵佶这几天脑子里一直被"和羞走，倚门回首，却把青梅嗅"几句词所萦绕。那个纯真女子羞怯的神态，被描绘得栩栩如生，就像在眼前一样！大宋词坛上，这么高水平的词作，实在不多见。

那天从蹴球场回来的路上，王诜讲了很多有关李清照的故事。

一次，王诜在李府与李格非茶叙，谈论起当代词家。

小清照出庭献茶后，笑道："父亲，你对当代词人的评价，女儿不敢苟同。"

李格非嗔道："小孩子家家的"！

王诜一笑："自家孩子但说无妨！"

小清照一揖，说："谢谢师叔！小女以为，词生于燕乐，别是一家，自然要讲究音韵；晚唐五代如李煜等人的词作，虽然有哀婉之气，但注重音乐格调。到了大宋，柳永虽为大家，歌词虽然入腔入韵唱出来好听，却俗不可耐，难登大雅之堂。"

王诜笑道："词最早就是起源于南北朝时的民间俚曲小调啊！"

李清照道："师叔说的也是。但是，曲词经过隋唐至五代，文人依照乐谱声律节拍而填词、依声，仍是流行于市井酒肆之间的曲子词。直到有宋一代，曲子词形成了相对固定的格律，方演变为词，才真正从诗里独立出来，慢慢脱去俗衣。而柳七的词仍不愿脱俗。其他词人又忽视了词的音乐性，如晏元献、欧阳永叔，乃至我的师爷苏子瞻，这几位天花板级的诗词大家，喜欢用学问来填词，那简直就是往大海里面倾倒了一瓢水而已，看似轻松写意，却离词的音乐特性越来越远……"

李格非看看王诜，王诜似乎听得很认真，且有惊讶之色，心里对女儿小小年纪独特见解很是自豪，但碍于面子，捋捋胡须，长长地"哼"了一声："小女子多言了，还不退下！"又对王诜道，"小女不知天高地厚，妄议前辈，文叔教子无方，王都尉切勿见怪……"

"想那个李清照年纪轻轻好生了得！"前天王诜提议道，"御花园万荷塘新绿一片，已有尖尖角露出，要不了多久，万荷塘将一片花海。不妨在万荷塘举办一个咏荷诗会，邀李清照等词人参加。"

赵佶大喜："此议甚好！"

几天来赵佶已经准备了两首咏荷词，经反复琢磨，吟咏之间总感到韵味不足。李清照又特别注重音乐性，赵佶便想邀请音韵词家周邦彦到府茶叙推敲。于是，打发张铮去请周邦彦。不多时张铮回说，周邦彦已去溧水赴任了。赵佶摇摇头，将词稿扔到案台上……

一大早，赵佶去延福宫给向太后叩过金安，回到端王府后就到花园蹴球。平时他虽然爱好很多，画画、书法、鼓琴……但最感兴趣的还是蹴鞠。他折身带球，飘了几个滑步，球在脚下滴溜溜转。正得意之时，忽然瞥见一旁有个年轻男子在为自己鼓掌。赵佶看一眼来人，一脚把鞠球踢给那男子！

那人点点头，也不客气，身子一趄，接球在肩，然后弹起，飞起一脚，鞠球"噌"的一声飞到高空，一个"飞星摘月"，鞠球落在他的头上，他又用头弹起，鞠球便在他的肩上、膝上、胸上、腹上弹跳翻滚，继而又在他的背上、臀上、后脚跟上"跳珠滚弄"，整整一刻钟球不落地。赵佶正看得入迷时，"嘭"的一声，那男子又把鞠球踢给了他。赵佶知其意，于是便带球"流星赶月"走起，男子一个箭步上来，"偷摘花心"而去，运球到网下一侧时，飞起一脚，鞠球拐了个弯穿过风流眼！他一闪身窜到网的另一侧，那鞠球竟然又稳稳地落在他的肩上，他一耸肩又把鞠球送给了赵佶！

赵佶大为诧异，脚蹬鞠球，问道："请问你是何方神脚？"

男子朝赵佶深鞠一躬，说道："小人乃王诜都尉门下小使高俅，受王大人指派，特来给殿下送信。"说着掏出信札和梳子双手递给赵佶。赵佶接过一看，果然如王诜所言，玉梳子天然琥珀色，晕化些朱色斑点，特别梳子背上那条盘龙，雕工细腻俏色精巧。赵佶抚摸着玉梳子，看看高俅，笑道："高俅、高俅，果然技高一筹！走，吃茶去！"

宋神宗元丰二年（1079），汴京城发生了一件惊动朝野的"乌台诗案"。

御史台官员李定、何正臣、舒亶等人接连呈上奏本，弹劾湖州知州苏轼，从徐州调任湖州后给神宗皇帝上了个谢表，在谢表里"愚弄朝廷，妄自尊大"，且给好友王诜、黄庭坚、刘恕等人的诗中还"触物及事，妄自诽谤，传播中外，自以为能"云云。

御史台院中有几棵巨柏，常有乌鸦数千栖居其上，故称御史台为"乌台"，亦称"柏台"。"乌台诗案"由此得名。

王安石变法后，苏轼看到一些地方官执行过程出现种种流弊现象，非常担忧，苏轼在给神宗的谢表中说道："陛下知其愚不适时，难以追陪新进；察其老不生事，或能牧养小民。"对实施新规后出现的问题表示不满。此时，王安石已被二次罢相，宋神宗亲自主导新法。神宗看后虽有不快，但当时并未发作。直到李定、舒亶等人又上报弹劾奏章，神宗才意识到有股势力在与新法较劲，要想推动新法实施，必须杀一儆百。

不日，钦差将苏轼解办回京，关押三月有余。宋神宗下圣旨云："苏轼身为大臣，任意诽谤新法，大不敬，着贬宁远军副节度使惠州安置"。王诜、刘恕等受到牵连的官员二十二人分别被降职贬斥或被罚金。诏命一下，无数官员为之嗟叹。

苏轼二十一岁中进士，少年腾达，文才超然，胸怀磊落，风流倜傥，深受朝野尊崇。然而，他为人坦直，多次触怒一些当权者，几起几落。他从多灾多难的生活中，也磨炼出了一种坚忍不拔、乐天知命的性格。

虽然"尘满面、鬓如霜"，苏轼并无忧虑，这大概是上天有意磨炼他的心志，蛮夷之地也照样有日月星辰。但是，断不能让妻子儿女随行跟他一起受罪，好在他十年前在常州置办了一处宅院，可以让他们在那里安身。而对于那些仆人，就给些银两另谋出路吧，两个小妾就托付给老友予以安置。

唯有书童高安让他难以取舍。高安是他九年前收留的逃难儿童，而今已经十六岁了。苏轼收他在衙中，做些洒扫应对之事。这孩子聪明伶俐，且勤奋好学，苏轼无事时将些诗词书画教他，几年之间，竟然练得一手好字，且能画上几笔，还能背诵出百余首名人诗词，便成了苏轼得以依赖的书童。别的婢仆都有亲人可依，此子年少，倘若投身不当，岂不害了此子一生？

自听说苏学士被贬惠州，高安心中甚是悲痛，感叹道："为什么好人总得不到好报？若是上天开眼，或有出头之日，一定为苏大人伸张公义！"

苏轼背手走进书房，书房仍然是窗明几净，井井有条，他望着高安叹了口气，久久不语。高安扑通一声，跪在地上，说："老爷，不管是天涯海角，我都要陪你一起！"

苏轼眼圈泛红，说："起来吧高安，你还年少，不能到那些蛮荒之地虚度光阴！思之再三，我已具书托付驸马都尉王诜，他会善待你的。"

高安对王都尉也很熟悉，王都尉与苏大人过从甚密。有一次王大人到苏府来，见高安给苏大人抄写的书稿，大为称赞，还说："坡公，你这个小史可否借我一用？"

苏大人哈哈一笑，说道："你王都尉跟前已有多个小史了！"

高安还跟着苏大人多次到王都尉的西园雅聚，认识了很多名人大家。王都尉不仅诗书画俱佳，而且幽默风趣，兴趣广泛，击鞠、捶丸、蹴鞠……无所不能。此次虽受"乌台诗案"牵连，被贬钧州安置，但毕竟是皇亲贵胄，仍会在汴京居住。

离别的那一天，高安执意要送主人一程，从汴京城一直送到临淮关。临淮关是汴京通往江南的必经码头，渡过淮河就是江淮军州的地界。苏轼对高安说："不必送了高安，你回去吧！"高安依依不舍，主仆二人在淮水岸洒泪惜别。直到看不见苏大人的客船，高安才离开码头返回客舍。旅途的劳顿加上心情的忧伤，高安病倒在客店之中。多亏店主为他请医求诊，煎汤熬药，六七天才逐渐痊愈。

春日融和，惠风暖人。店主人道："小客官今天身体好了，天气又是这么好，何不到街上走走？临淮关虽不比汴京繁华，可也是水陆大码头，有不少好玩之处呢！东瓦肆十分热闹，什么击鞠、捶丸、杂耍、说唱百戏，无奇不有。其中罗家父女的蹴鞠场户，那是远近闻名的好去处呢！"

高安忽然想起，王都尉十分喜爱蹴鞠，跟王都尉当小史，要学会蹴鞠才行！

临淮关地处南北通衢，水陆要冲，街市繁华，客商辐辏。东瓦子虽没有汴京桑家瓦子、南北瓦子热闹，但也有大小勾栏好几处。高安走走看看，颇是开眼。所有的勾栏一色都是用布幔遮拦，围成一个小小的场子。有说书的，玩皮影的，唱曲的，演杂剧的，唱弹词的，唱南音的，弄杂耍的，顶橦踏索的，相扑的，捶丸、击鞠的，果然无所不有。

一处蓝色布幔门前，挂了一块黑底金色招牌"罗家父女蹴鞠场户"。这大概就是店家说的罗家父女蹴鞠场户了。高安撩幔进来，场上早已坐满了看球的人。

一棒锣响之后，有两个伙计先上场来表演对踢，动作敏捷。一会儿踢"流星赶月"，一会儿踢"仙人过桥"，一会儿踢"群燕归巢"，球不离身，身不离球，动作敏捷，观众不时爆出阵阵掌声。二人下场后，又响起了一棒锣，一个中年汉子扮作乡下人带着一个十三四岁的小姑娘走上场来，在琴乐的伴奏下边唱边走，刚到龙头座边，那汉子一个趔趄摔倒在地，却从怀中摔出一个鞠球来。女儿忙上前去搀扶爹爹，汉子却用肩一顶把鞠球顶在空中，父女二人"手忙脚乱"地想捉住鞠球，各种踢球的动作展现出来，轻松、幽默，观众也不停地为二人动作滑稽、有趣而喝彩。高安看得眼花缭乱，无比羡慕。

一出"父女赶会"表演之后，又表演了对踢。两人中间隔了一个彩绸扎的高架"风流眼"，上有两个门洞，父女二人将两只球踢来踢去，鞠球在门洞中穿来过去，不偏不倚，从未落地。踢球的身架动作，轻松自如，神态飘逸。

再一棒锣响，四男四女分别腰系红、黄腰带进场，罗老板和女儿分别任男女两队的队首，进行对垒，几个回合下来，第一局女队取胜……

高安简直看呆了，直到散场他还不走。罗老板看着这个唯一剩下的观众喊道："散场了，小官人！"高安忽然紧跑几步跪倒在罗老板的面前，哀求道："师傅，我想学蹴鞠，收下我这个徒弟吧！"

蹴鞠汉子名叫罗汉生，是江淮一带有名的蹴鞠艺人，女儿罗青莲自幼随父在瓦子蹴鞠，父女两人练就一身蹴鞠技艺，编排了各种鞠球踢法。罗汉生见跪在面前的是个眉目俊秀的小后生，心里犯了嘀咕：公子哥儿来学蹴鞠的，没有一个不是半途而废的。高安看出师傅疑惑，叩头道："师傅勿虑，我虽在大户人家中长大，但只是一个书童，现在主人被贬远乡，恳求师傅收我当个小伙计吧！"

罗青莲见高安心诚语切，劝爹爹收下这个徒弟。

一晃将近一年过去了，高安与罗家父女结下很深的情义。罗老板毫不保留地将自己的蹴鞠技艺悉数传授给高安，青莲每天陪他练球，像亲妹妹一样待他，闲下来时，还带着他去其他瓦子看热闹。一来二去，高安不仅学会了蹴鞠，还学会了捶丸、相扑等杂艺。

所谓捶丸，便是用棍棒击球入门，可以两两对赛，是为"小会"；二人为"单对"，五六人为"中会"，八至十人为"大会"。击鞠则是骑在马上用棍棒击球，即打马球。击鞠球场的地面是在泥土中调入一些动物油，使之光滑平整，易于鞠球在地面上滚动。

时间一长，罗老板却发现，高安骨子里似乎有一种英雄气，料定此处非他久留之地，眼看女儿和高安交往密切，似乎已暗生情愫，罗老板很是担心。

晚上，罗老板把女儿支走，收拾了几样菜肴，将高安叫到房中来暖岁。酒过三巡，罗老板又给高安满满斟上了一杯，说："高安徒儿，你来临淮关已近一载，所有球技都已传授给你，老夫视你如同亲生，也曾想留你做个顶门徒弟，但是你能写会算，这江湖卖艺绝不是你安身立命的法子。你还是去汴京谋一个好差事吧！这杯水酒就算是师傅的钱行酒，你我师徒有缘，后会有期！"高安望望师傅真诚的面庞，很是不舍，想想他父女对自己的种种好，不觉潸然泪下。

罗青莲从乡下回来，上下寻找不见了高安。爹爹说："我儿莫找了，高安已经走了！"

"他去哪里了？"

爹爹摇摇头，说："他与我们终究不是一路人啊！"

青莲呜呜哭起来，拔腿跑出瓦肆，逢人便问，众皆摇头。她找遍所有的瓦肆、客栈和码头，最后失魂落魄地回来了。

高安回到汴京，投身到王诜家中做了一名书童。高安因写得一手好字，人又机灵勤快，深得王诜信任，闲暇时经常陪王诜蹴鞠、捶丸。他这一身好球技，阖府上下所有人见了无不喝彩，大家不叫他的名字，只唤作"高球"，叫惯了，反而把他的原名忘了。他自己索性把"高安"改名叫为"高俅"了。一晃十数年过去了，当年的书童成了真正文书小史……

茶童为二人各斟上一盏茶。

赵佶问："高壮士，这茶怎么样？"

高俅轻轻啜了一口，咂咂嘴巴，咽下去，说道："此茶色泽绿润，香气清高，回味鲜爽甘醇，是妥妥的明前龙井茶。"

赵佶道："呵，你还懂茶啊！"

"我跟着苏学士做过多年书童，有机会为他们点茶、陪他们品茶，学了一点点。"

"那你怎么又到王都尉府上了？"

"王都尉到苏学士府上雅聚，见我为苏学士抄录的文稿字迹工整，就向苏学士提出借我去帮忙，苏学士摇了摇头。当时，王都尉正在著作《西园记略》。后来苏学士被贬惠州，就把我托付给了王都尉。"

赵佶又问："我几次去西园，怎么没见过你？"

高俅道："我只在书房抄写文稿，一般不去前庭，殿下自然见不到我。"

赵佶呷了一口茶，笑问高俅："有人认为蹴鞠、捶丸就是'荒于嬉'，你怎么看？"

高俅摇摇头，说："此话有失偏颇。蹴鞠和捶丸以及击鞠比赛，跑跳腾挪，最能强人体魄，国人体魄强则国运昌。殿下正值青春年少，练出好体魄，方不负无量前途。况且蹴鞠由来已久，始于先秦，兴于汉唐，盛于我大宋，历朝历代的帝王将相除了注重武功和骑射，大多都喜欢蹴鞠。在民间，从小儿游戏到成人游戏，由男人蹴鞠到女人蹴鞠，进而男女对蹴，成了布衣百姓人人喜爱的健身活动。我在王都尉那里看到西汉时的一部《蹴鞠二十五篇》，详细介绍了蹴鞠的规则和方法。我朝太祖、太宗皇帝都喜蹴鞠，不仅没有'荒于嬉'，而且打出一个强大的大宋朝。"

"高俅，你今天让我释怀了！"

赵佶站起来走向书案，提笔写了几行字："谢谢王都尉的美意，梳子和送梳子的人我都留下了。"叫过张铮，说道，"请将这钵君山银毫和此信送到王都尉府上！"

高俅朝赵佶深深鞠了一躬："谢殿下抬爱，高俅定当为殿下洒扫庭阶、牵马坠镫，万死不辞！"

有了高俅这个蹴鞠和捶丸高手陪练，赵佶一有闲暇就去蹴鞠或捶丸。

那次，赵佶与一帮贵族哥儿击鞠，一个个锦袍骏马，神采飞扬，兵分两队，纵马驰骋，一个个挥杖如闪电。赵佶纵马左奔右突，连连挥杖将鞠球打入远穴，任对方怎么拦截，都无法阻挡赵佶的神球入穴。高俅和一帮看客连连为赵佶鼓掌。赵佶玩到高兴处，将骏马交给高俅，让他也试试。高俅走过去拍拍马肩，翻身上马，疾跑一阵，来到鞠球前，挥起一杆，准准地将小球送入球门内。赵佶大为赞赏，说："原来你高俅还会击鞠呀！"高俅翻身下马，回道："回殿下，高俅是第一次骑马打球！"

赵佶玩得尽兴，口占一绝记述当时球场盛况：

锦袍骏马晓棚分，一点星驰百骑奔。

夺得头筹须正过，无令绰拨入邪门。

赵佶登基后，不管朝政有多忙，他的皇宫里三五天总有一场球赛。后人记住蹴鞠，大多是从赵佶和高俅开始的。

上有所好，下必效之。自赵佶即位之后，蹴鞠、捶丸和击鞠日渐兴隆，汴京城新开了许多球类场户，有数百家之多。

皇冠飞来压文青

　　赵佶用罢早膳，对着薛稷的《松鹤图》赏读一阵后，认为《松鹤图》的仙鹤不够放达，仙气不足。他要画一幅更为灵动一点的《仙鹤图》，勾勒了两稿觉得都有点笔不达意，于是，叫上高俅去踢球。开球一脚过猛，鞠球滚到了万荷塘边，走近一看，莲蓬低垂，荷叶尽枯。他忽然想起李清照的词"争渡、争渡，误入藕花深处"。而今已是残冬，不知明年万荷塘诗会，李清照能否赴约？

　　京城里飘起了雪花，寒气夺人，赵佶的书房里却暖意融融。他本想去踢一场鞠球，舒展一下身子，却被王妃劝止："当今皇上正在病中，现在蹴鞠怕是不妥。"赵佶看一眼王妃，感觉她说的在理。于是展纸画画，从辰时开始一直到申时，画了一幅《仙鹤图》，将其与薛稷的《松鹤图》挂在一起，远近观之。

　　高俅端着暖炉走过来，说道："殿下，暖暖手吧。"

　　赵佶接过暖炉，问道："高俅，你曾为苏轼和王诜两位书画大家当小史，必被书画熏陶，你看看，这两幅画有何优劣？"

　　高俅给端王续了一盏热茶，歪着头看了看，说道："殿下，高俅只会踢踢球，观赏评价书画我是个外行，最好让王都尉来评。"

　　赵佶笑笑："但说无妨！"

　　正说着，王诜笑呵呵地走进来，问道："谁在背后说我呀！"

　　赵佶朝他拱手让座，高俅忙接过王诜的貂皮外裳，抖掉上面的雪花挂在衣架上。

　　"王都尉来得太巧了，我正在为难呢！"

王诜看见壁上那两幅画，立即明白了。于是，左看右看，远观近观十分认真。"殿下，予观此两幅画，虽各有千秋，但《仙鹤图》更胜一筹。殿下之仙鹤的动态比较灵活，似有展翅欲飞之状，仙鹤的眼神聚散有光，单腿着地更有弹力，构图辽阔深远，设色清雅有仙气……"

赵佶呵呵一笑，说道："我感觉还是薛稷的《松鹤图》好，我的《仙鹤图》不如薛稷画的大气。"

王诜道："所有画家、书家看自己的作品或多或少都会有些小遗憾，所以邀请道友来评评，好让别人帮你找回自信。"

赵佶搓搓手，说道："好了，咱们出去踢两脚吧？"

王诜弹弹冠带，说道："咱们去撷芳楼吧，那里新开了一个场户，比较僻静，还有几个女蹴鞠手，非高雅之士恕不接待。"

赵佶问："是上次你说过的那个撷芳楼吗？"

王诜一笑："殿下还记着呢！"

撷芳楼在镇安坊的一条深巷里，左邻汴水，右傍东斜街，闹中取静。迈上高高的台阶，便是宽阔的前厅，自有一老夫人迎出来，朝诸位深施一礼："王大人一向可好？"

王诜还礼道："鸨母吉祥，我的几个朋友来看看你家的蹴鞠场户，那几个女子蹴鞠蹴得很好，今天来比试一下！"

鸨母笑道："王大人见笑了，她们都是你的弟子嘛！大人们先到客堂用茶，我让孩子们准备一下！"

大家在客厅落座，自有侍女前来献茶。赵佶啜了一口茶水，对王诜耳语道："王都尉，什么叫老鸨？"

王诜哈哈一笑："这是对青楼老板的尊称。老鸨本是一种鸟，这种鸟只有雌鸟，没有雄鸟，它们要繁衍后代，可以和任何一种鸟交配，为万鸟之妻，所以人们就用这种称呼那些妓女老板……"

赵佶摇摇头："这个称呼有点不雅！"

说话时，老鸨走进来："孩子们都到场了，大人们请吧！"

赵佶跟着王诜穿堂过院，拐了几个廊庑来到花园的球场里，虽然小雪霏霏，花园里依然竹青松翠。一侧的空地上立了一个风流眼，四五个女子穿着彩色斗篷，站在那里喊喊喳喳地说话。看见王诜，呼啦啦跑过来围着他，连声叫他师傅。王诜伸开双臂揽着女子们，说："徒儿们，我的几个朋友来此蹴鞠，你们要拿出师傅我教给你们的真功夫，打败他们，有没有这个勇气？"

几个女子看看赵佶、高俅几人，高声答道："师傅你就看好吧！"

王诜拉过一个高挑妖媚的女子对赵佶说："这位就是前天我给你介绍的蓝杏儿，你别看我们蓝杏儿稚气未脱，可是歌舞俱佳，不过蹴鞠刚刚学会，分到你的队里，你可要带带她哟！"

蓝杏儿上前一步，朝赵佶深施一礼："大人安好！"

赵佶心里一震，这女子温婉娴娜，顾盼流光，面若烟霞，似曾相识……噢，想起来了。去年临摹张萱《捣练图》时，右面扯锦练的女子，只有一个身段娴娜的侧面，他一直在推测那个女子的面容是什么样子，想着就搁笔睡去。在梦里他似乎来到了东南的苎萝溪，看见一个女子正在溪边浣纱……赵佶上前问道："请问小姐姐尊姓大名？"女子莞尔一笑，道："小女子乃藕花之神也。"那个自称"藕花之神"的女子与眼前的蓝杏儿何其相似！赵佶当时感到奇怪，这不明明是越国美人西施吗，怎会是"藕花之神"李清照？几个人的形象搅在一起，他弄不清这是咋回事，几声鸟鸣把他从梦中叫醒……赵佶摇摇头，觉得有点好笑。

王诜当裁判，男女混编，分成红黄两队。女子们挂下斗篷，揽起裙裾裹在腰间，一个个变得英姿飒爽。赵佶黄队，两女一男各系一条黄丝带，高俅红队两男一女，各系一条红丝带。两队环形站立，裁判王诜打脚开球抛空，两队争抢，高俅抢到，传给队友，却被蓝杏儿抢先一脚拉倒自己脚下，看一眼赵佶的站位，假意往前带球，忽然倒踢一脚传给赵佶。赵佶正暗自赞叹她这个动作，一迟疑没有接到鞠球，又被红队抢走，蓝杏儿嗖的一下又掏心一脚，夺球得手，飞起一脚射进风流眼……

赵佶有诗记述此次蹴鞠：

韶光婉媚属清明，敞宴斯晨到穆清。

近密被宣争蹴球，两朋庭际角输赢。

当赵佶在撷芳楼玩得正酣畅的时候，宫廷里风起云涌，也在进行一场争斗，那是双方对政权的角力。

元符三年（1100）春节，大宋皇宫里十分沉闷。元日刚过，宋哲宗赵煦突然病情加重。一开始，后宫妃嫔一阵忧虑和慌乱，进而朝臣们也闻到了一缕不祥气息。年前，赵煦还隔三岔五地抱病上朝，近来已经十多天没有临朝了。

往年春节，宫廷里都要举行大规模的朝会，天子接受百官朝贺，外国番邦如辽国、高丽、西夏、于阗、回纥、安南、大理等国也派使节携贺礼前来朝贺。元日晚上，皇帝更是有理由不理朝政，出来与民同乐。有诗赞曰："正月端门夜，金舆缥缈中。传筹三鼓罢，纵观万人同。"汴京城里，无论是衙役还是城管都要放假七天，欢度春节。百姓人家大年三十贴对联，元日天不明就起床，孩子们争放第一挂鞭炮，噼噼啪啪把汴京城炸醒。大人们起床梳洗打扮，穿上新衣，出门拱手拜年，相互祝福。一如前朝宰相王安石描绘春节的景象：

爆竹声中一岁除，春风送暖入屠苏。

千门万户曈曈日，总把新桃换旧符。

今年的元日，宫廷里没有往年歌舞升平欢乐的气氛，只有那些大大小小的宫灯发出暗淡的光，在霏霏风雪里孤独地摇曳。那些宫女太监低着头从灯影里匆匆走过。

是夜，有两个人心情最为紧张，一个是慈德宫的向太后，另一个是宰相府的章惇。向太后是后宫主持，而章惇则是百官首领。两人都在考虑皇帝驾崩后谁可以延续大统、稳定社稷。前天，向太后去探视赵煦病情时，赵煦已不能言，只默默地望一眼向太后，又把目光转向陪伴自己的刘皇后，继而流出两行热泪，又无奈地合上双眼。向太后看一眼刘皇后没有说话，便匆匆离去。

正月十二日酉时，赵煦走完二十五岁人生，谥号哲宗。他十岁登基，勤勤勉勉，做了十五年的皇帝，而今正值盛年，本可以大展宏图，然而，天命难违，赵煦没有留下任何遗言，便撒手人寰。

国不可一日无君，当晚充分备战的向太后和蓄谋已久的章惇，各将自己的底牌亮出，二人的论战即将爆发。有关的议事大臣被召集到哲宗的灵前，商议传位大事。向太后一开始就表情沉重地引导众位大臣："我朝亦有兄终弟及的先例，议立新君主，不仅要聪慧贤德，而且要身体健壮，方能稳定社稷、朝纲……"

向太后一席话就轻松地与章惇达成"兄终弟及"的共识，因为赵煦没有留下后代，从而否决了哲宗的侄子辈继位的可能。然而，赵煦的哪个弟弟继承皇位呢？大家议论纷纷。神宗皇帝一共生了十四个儿子，在他生前就死掉了八个，而今只剩下五个了。

望着大家十分认真的表情，向太后一边慢慢品茶，一边倾听大家的议论。

章惇作为四朝元老，文武全功，权倾朝野，当此新旧交替关键时刻，他有义务、有责任为大宋选好新君主。他早就把几个皇子排了一遍，认为赵煦的同母弟弟赵似虽然文弱，但对大事颇有见地。考虑到一上来就说出真实人选的话会被否决，故而章惇提出："九皇子赵似年长……"

向太后摇摇头，慢条斯理道："赵似这孩子不错，可惜视力不佳！"

章惇急急地说："天子之位有德者居之，区区眼疾何足道哉？"

向太后坚定地摇摇头。大臣们互相观望，无人附和。章惇有点沉不住气了："如九皇子不立，十三皇子赵似身为先皇同母弟弟继位，定服天下！"

向太后不悦，说道："十三皇子年幼，且身体羸弱，怎堪大任？明明有身体健壮、英俊聪慧的皇子，你章惇为何不提？"

章惇迟疑一下，问："最合适之人还能有谁？"

向太后道："十一皇子端王赵佶！"

章惇大感意外，顾不了许多，据理力争："端王轻佻，终日蹴鞠游艺，何以服天下臣民？"

向太后大喝一声，拍案而起："你章惇何敢污蔑皇子！"

章惇一时被镇住，大臣们面面相觑，无人敢言。

向太后于是缓缓讲述自己提出人选的理由："神宗先帝曾说……"向太后提到神宗皇帝竟然哽咽起来，多一会才又说道，"端王长相福寿，才思敏捷，守礼至孝……"向太后顿顿，接过仕女递来的热巾敷敷面颊又道，"当时陈贵人带着儿子去御园觐见病中的神宗先帝，先帝撑起龙体抚摸着十一子的头，说'我儿你要好好读书学理，要心怀天下社稷'，十一子心领神会、连连点头。"

枢密院知事曾布站起来说道："先皇神宗圣明、太后圣明，端王继位非常合适！"几位大臣附和。章惇一看，局面已不可挽回，上前一步躬身道："太后恕罪，臣愚钝，几乎违逆天意，但听太后定夺！"

……

撷芳楼蹴鞠场比赛正在紧张之时，小太监张迪匆匆跑进来，一下跪到赵佶面前："殿下万福了，向太后谕旨，请殿下回宫接旨！"

　　赵佶不情愿地停下来，弹弹身上的雪花，望一眼女子们。几个女子围过来，不舍的样子。唯独蓝杏儿不看赵佶，脚下兀自玩球。

调和雅乐归时正

赵佶初登大宝，雄心勃勃。打算按照父皇神宗的治国方略，整顿吏治，巩固边防，待时机成熟，收回燕云十六州。然而，章惇为了讨好向太后，消弭议立新君时与太后之间的不快，提议向太后与新皇帝同权政事，实际上是让向太后垂帘听政。赵佶对向太后言听计从，毫不违逆，乐得有大把时间去蹴鞠、画画。

赵佶展开那幅日前未临摹完的《捣练图》，准备继续临摹。他顺手抚摸一下双丝院绢，绢帛从手下滑过，有一种异样的滑腻美感。案上的绢帛细腻而厚重，很显然比张萱画画用的单丝卷要好得多。此时张迪已经把龙图徽墨研好，赵佶拿起长锋兼毫笔，在蟠龙砚上舔舔笔，准备继续临摹张萱的《捣练图》，他要根据此图再创作一幅自己的《捣练图》。他举着毛笔迟迟没有落下，他又想起梦中那个右侧身的女子，对，就是那个蓝杏儿模样……然而蓝杏儿的模样又很模糊，应该再去一趟撷芳楼。他摇摇头，身为皇帝，会受到各种宫廷规制的制约，真的不如只当个端王的好！

莫不如，让王都尉去撷芳楼把蓝杏儿请到西园，自己到西园去面对蓝杏儿写生，岂不更好！于是，他写了一张御签，让张迪去找王诜。

不承想，王诜空手复命："回陛下，那个蓝杏儿被一个江湖高人劫走了！"

"什么？！"

王诜回道："那天，一个骑着白马的白衣男子，手持利剑，直奔蓝杏儿住的庭院，一把将蓝杏儿拦腰挎起，快步走出来，家丁们均傻站在那里。白衣男子走出撷芳楼，飞身上马而去……"

"哪里来的高人，开封府皇城司知道吗？"

"回陛下，开封府已经接管了这个案子。"

赵佶踱了几步，在书案边停下来，盯着《捣练图》又看了好一阵。

王诜知其意，说道："陛下，蓝杏儿的长相与李清照很相像，可否请她来宫中切磋词韵，就近观其容貌，取貌入画可好？"

赵佶道："上次她已失约了万荷塘诗会，这次是否能来？"

王诜捻捻胡须："那就让周邦彦去请吧，周邦彦与李清照有师生之谊，常在一起考据音韵、诗词。"

赵佶问："周邦彦不是告假南归了吗？"

王诜道："还未起行呢。"

王诜与周邦彦是密友，日前向太后降旨，所有新党人等都要离开汴京。周邦彦已被划为新党，王诜让周邦彦去请李清照，其实是想给周邦彦一个接触新皇上的机会，或许能留在汴京。

赵佶心里忽然感到一阵莫名的紧张，在哪儿接见李清照呢？想了想，就在文德殿吧，那里环境优雅，书画较多，而且紧挨着宣和殿，还可以带李清照见识一下皇家藏书楼的古今典籍，那里的《诗经》《楚辞》《乐府诗集》《古诗源》《千家诗》《全唐诗》等诗集的善本、孤本，一定会引起这个"小词仙"兴趣的。他踱了几步，叫来张迪，传令将龙涎沉脑屑灌在蜡烛里，在文德殿里放置三百个这样的烛台。在文德殿、宣和殿的金兽香衾里点上上好的瑞脑，让缕缕香烟慢慢散开。因为这样的蜡烛点燃后便会散发出一股温雅的香气，加之馥郁的瑞脑香，可使人思绪顿开、心静神安。

周邦彦以音律诗词著称。早在元丰六年（1083），周邦彦为太学生时，因写了一篇歌颂汴京的《汴都赋》，而受到神宗皇帝的赏识，被拔为太学正。之后十余年间外任庐州教授、溧水县令，哲宗绍圣三年（1096）回到汴京，任国子监主簿、校书郎。后来再次外任，去年才回京候补，这次又要外放。周邦彦因诗词音律绝冠当代，当今许多名士无不与之结交，就连汴京城歌楼舞榭的歌伎们，也争相传唱他的词曲，盼望与他结交，一睹大才子的风采。

周邦彦跟着王诜一起来道文德殿复命，周邦彦对赵佶行跪拜大礼："微臣周邦彦拜见陛下！"

赵佶从御座上站起："周爱卿请起，朕久闻先生大名，今日一见，果然风流倜傥、一身诗意！"

周邦彦忙躬身谢礼："微臣多在州县办差，偶尔才回汴京，今日得见天颜，实为三生有幸！"

赵佶哈哈一笑："周爱卿乃乐律大家，早已名扬四海了，乐律上的事，朕还要与你探讨呢！"

周邦彦躬身再礼："陛下乃当今天下之通才，画艺至美至善，微臣十分佩服。凡有谕旨，微臣定会竭尽全力！"

赵佶忽然话锋一转："二位去李府的事如何？"

王诜回道："启禀陛下，不巧得很，太学生赵明诚带着新婚妻子李清照回诸城老家省亲去了！"

赵佶神色一冷，扫一眼文德殿里数百支明亮的蜡烛和香烟袅袅的金兽香炉，若有所失，良久后叹道："好一对神仙眷侣啊！"

王诜趋前一步，说："陛下不必为《捣练图》的画中人多虑。过不了一阵，李清照就会回来。再说了，江南婀娜多姿的美女甚多，待过些时日，陛下不妨巡幸江南，何愁找不到画中人？"

赵佶记得，王诜曾多次向他推荐江南之美，那里美女如云，男女同浴，颇具风情……

赵佶坦然一笑，问肃立一侧的周邦彦："爱卿老家在钱塘，江南真的像王都尉说的那样美好吗？"

周邦彦道："启禀陛下，江南湖泊相连，山川柔美，花开四季，女子自然绰约多姿、曼妙无比。如陛下移驾江南，臣当前导引路。可惜罪臣即将南归，今日得见龙颜实属万幸，愧不能近侍陛下，好生遗憾！"

赵佶道："卿且慢行，待我奏请太后，暂留职徽猷阁待制吧。"

周邦彦叩头谢恩。

"爱卿不必多礼，你乃'词中老杜'，朕很小时候读过你的《汴京赋》，'大哉炎宋，帝眷所瞩。而此汴都，百嘉所毓'！我大宋汴都之美，尽在先生笔下。"

赵佶话锋一转："目下，教坊、宫乐皆散乱不轨，烦请爱卿多多谋划。朕欲开设大晟府，统领教坊、礼乐，将大乐、鼓吹、宴乐、法物、知杂、掌法等纳入其中。爱卿以为如何？"

周邦彦回道："陛下此议甚好，端正礼乐，乃盛世之举！"

赵佶道："前日，朕读到太常寺少卿吴良辅的《琴谱》《乐书》，知其对西周时期的礼乐颇有研究，便与之谈起礼乐一事，他亦赞成回归西周礼乐。朕打算在大晟府设提举一人，司乐二人，典乐四人，大月令二人，协律郎八人，另外增加乐工、歌伎二百人，使其规模与我大宋国体相适应。在大晟府设立知琴局，主管古琴的研制、斫琴、收藏，以及琴谱的创作、整理和收藏，爱卿以为如何？"

周邦彦连连称赞："陛下英明，礼乐乃国之大象。上古舜帝之乐，集诗、乐、舞为一体，是为韶乐；夏禹始纳乐于礼，及至西周，乐以修内，礼以修外，礼乐制度更加完备。重振西周礼乐，溯本清源，乃至善之举！"

赵佶点头赞许，继而又说："二位爱卿，谁可任大晟府提举一职？"

王诜道："以臣之见，周邦彦最为合适！"

赵佶点点头，说道："一个时期以来，礼乐之音或高或低，难于判定，须有乐尺为准。之前蔡京推荐西蜀人魏汉津，精通礼乐，可以找到准确的乐尺。周爱卿对此人认识否？"

周邦彦回道："早有所闻，未曾相识。"

赵佶道："魏汉津不日即来汴京，你可与之探讨一下我大宋乐尺问题应如何标定。"

周邦彦点头道："臣闻黄帝以三寸之器名为《咸池》，其乐《大卷》，三三而九，乃为黄钟之律。禹效黄帝之法，以声为律，以身为度。陛下精通乐律，可以圣上之三指三节合为九寸，定为乐尺，请陛下斟酌。"

赵佶点点头："待魏汉津来京一起探讨而定吧！"

赵佶继续问道："周爱卿最近有何新的乐曲？"

周邦彦道："回陛下，近日一直在收拾行囊准备离京，只将旧词《苏幕遮》谱了新曲。"

赵佶非常兴奋，对张迪道："快，备琴来！"

周邦彦坐在琴台前，朝赵佶和王诜点头致意，而后边弹边唱：

燎沉香，消溽暑。鸟雀呼晴，侵晓窥檐语。叶上初阳干宿雨，水面清圆、

——风荷举。

故乡遥，何日去？家住吴门，久作长安旅。五月渔郎相忆否？小楫轻舟、梦入芙蓉浦。

周邦彦的腔调里，男音与女音互换，上阕为男音下阕为女音，男音苍凉女音委婉哀怨，令人沉醉！赵佶和王诜不由得同时鼓掌。

王诜笑道："周郎梦回故乡了！"

赵佶手抚右鬓，说道："朕记得周爱卿在溧水任职时，曾有一曲《满庭芳》，自比白居易，寄情山水，抒发幽思，可否一唱？"

周邦彦急忙辩解："回陛下，这阕词乃微臣醉酒混沌之中所写，岂敢与'诗王'白乐天相比，更无抱怨之意，望陛下明察！"

赵佶哈哈一笑："文人大抵皆有怀才不遇之感慨，常以诗词抒怀，真情流露，何过之有？你且唱来，朕为你抚琴，王都尉为你击节如何？"

周邦彦点点头："陛下亲自伴奏，微臣乃三生有幸！"

赵佶接过横琴，叮叮叮调好音准，看一眼举节欲击的王诜，又朝周邦彦点点头，周邦彦遂唱《满庭芳·夏日溧水无想山作》：

风老莺雏，雨肥梅子，午阴嘉树清圆。地卑山近，衣润费炉烟。人静乌鸢自乐，小桥外、新绿溅溅。凭阑久，黄芦苦竹，拟泛九江船。

年年。如社燕，飘流瀚海，来寄修椽。且莫思身外，长近尊前。憔悴江南倦客，不堪听、急管繁弦。歌筵畔，先安簟枕，容我醉时眠。

三人的合奏，引得内侍和宫女们偷偷围观。

多日来由于政事缠绕，赵佶从未有今天如此兴奋。"周爱卿，听说你有很多写给汴京歌伎们的词曲，在勾栏瓦肆里广为传唱，坊间称你'柳七再世'，是吗？"

周邦彦摇摇头："回陛下，这些都是传说。微臣的词曲属意雅俗共赏，一些词曲流传出去，到了舞榭歌台也未可知。"

"还是雅俗共赏的民乐最有传唱活力，"赵佶道，"不过，大晟府礼乐一定是庄严的雅乐！"

周邦彦点头称是："陛下，微臣以为，所谓雅和俗，难以严格区分，一如前朝唐玄宗编排的《霓裳羽衣舞》，在宫廷演出时当为雅乐，深受外邦使节称赞，继而又传出宫外，被舞榭歌台的舞女们演出，布衣百姓颇为喜爱。陛下一定还记得，唐玄宗那首雅俗共赏的自度曲调《好时光》吧！"

赵佶点头一笑，坐到琴台上叮叮弹琴，边弹边唱：

宝髻偏宜宫样，莲脸嫩，体红香。眉黛不须张敞画，天教入鬓长。

莫倚倾国貌，嫁取个，有情郎。彼此当年少，莫负好时光。

最后一句，赵佶改了原曲，故意拖出委婉的唱腔，颇有悲凉的味道……周邦彦和王诜连连鼓掌："陛下才情超然，声情并茂，乐感极高，我等甚是敬仰！"

赵佶喝口茶，说："周爱卿，哪里舞榭歌台的歌姬们水平为高？"

周邦彦看一眼王诜，说："这方面王都尉比我熟悉……"

王诜哈哈大笑："谁不知道，你周邦彦是歌姬们最崇拜的雅士！"

周邦彦无奈地笑笑："待我打听到色艺俱佳者，再向陛下禀报。"

赵佶话锋一转："周爱卿，朕听说最近李清照写了一篇《词论》，纵论前朝和当代词家，可否请你借来一阅？"

"好的，陛下，我这就去李府一趟。"

青丝飞控紫骅骝

右仆射曾布等众大臣上表："大凡天子登基，必大赦天下以安民心。而今陛下登基已数月，当效法先君，大赦天下，怀柔四海、安邦定国。"赵佶准奏，即令吏部承办此事，待朝议后报于向太后恩准。

几日后，高俅跪见。赵佶道："爱卿何意？"

高俅道："敢问此次大赦为何没有苏轼？苏轼在儋州已逾数年，再者年事已高，贫病交加，且在我大宋文坛有较高的声望，恳请陛下恩赦！"

正好内侍梁师成为皇帝办文在侧，接道："是啊，陛下，苏大人满腹才学，当效力朝廷，常在儋州消磨，实属浪费人才，请陛下……"

赵佶看看案头的一沓奏折，王诜、章敦、米芾、李格非、晁补之等，竟有数十人为苏轼求赦！赵佶对苏轼非常敬重，做端王时曾两次与之交往，特别是那次西园茶叙，与苏轼相谈甚欢。对其早有赦免之意，但身为皇帝，不能不顾及先皇当初的旨意和新旧党人之间的矛盾……高俅跟随苏轼多年，感情很深，多次在赵佶跟前说到苏轼的为人为文，为其请赦理所当然。梁师成附议此事，印证了坊间传闻他与苏轼的父子关系。

据传，元丰二年（1079）苏轼被贬黄州，临行前遣散所有家奴，其中一个近身奴婢送给了姓梁的朋友做小妾，数月后这个十六岁的小妾为梁家生了一个儿子，这便是梁师成。后来梁家家道中落，梁师成进宫里做了太监。这个梁师成并不否认自己的出身，曾在多个场合为苏轼辩罪："我爹乃大宋忠臣，天下奇才，何罪之有？"苏轼被贬儋州后，其家道落贫，梁师成多次接济，并对管家说："凡苏家人来借钱，万贯以下不必告我！"有人问苏家人，梁师成说的那档子事是真是假，苏家人均笑而不答，并尽快转移话题。

苏家也有人公开否定此事。时任太常少卿的苏元老，是苏轼的本家孙子，为人"外和内劲，不妄与人交"。梁师成摇身一变以苏家长辈自居，并且欲向苏元老认祖归宗，还派人要他的文章一读。苏元老当即拒绝，说："什么苏家后人，简直一派胡言！"梁师成听说后大怒道："给他面子他不识抬举，这些人还在朝廷干什么！"不久，朝中即有言官弹劾苏元老持"元祐邪说"，其诗文完全模仿苏轼、苏辙，不宜在朝中任职！赵佶准奏，罢苏元老提点明道宫，贬谪到真源县皇家道观去做了住持。苏元老叹曰："昔日颜回因孔子而名显，吾今以家世而受累，倍感荣光！"

赵佶看一眼高俅和梁师成二人，笑笑，说道："朕早有此意，吏部列示的大赦名单还未经审核和朝议……"

向太后突然驾崩，一下打乱了赵佶的生活节奏，他要临朝亲政了，他感到既欣喜又压力沉重，似乎有很多事情要办，却又无法理出个头绪。一时之间，他真的有点不适应，找不到蹴鞠的机会，就连画画也是提笔难下，偶尔来两笔，杂乱无章，不堪入目，只得随手撕掉。每天的奏章一摞摞地被摆在龙案上，昨日未及御览，今日又添新的。他只得将事关军国大事的奏章批阅一下，对那些问安、贺章之类的奏折，让内侍加盖"御阅"后，转有司酌办。

赵佶在文德殿来回踱步，努力使自己平静下来。几次朔望朝会，他端坐龙椅四下张望，没有几个熟悉的面孔，总感到孤独无助。多年来新旧党争闹得朝野不宁，早该息事宁人、平息党争了。想那苏子瞻，前则被视为旧党，继而又被视为新党，一再遭贬，越贬越远。一个清明的朝代，容不得一代大师不能说不是一大憾事。特别一个时期以来，礼乐不整，六艺淡化，文风儒道被党争冲击，这与我泱泱大宋很不相应，成立大晟府、提升书画院地位势在必行。再者，虽然北辽百多年来与我大宋相安无事，可是吐蕃、党项在西北边庭骚扰不断，要着力强化西北边防。他突然想到童贯和高俅，细细想来，这两个人不乏将帅风度。

赵佶做端王时，童贯就不断向其示好，搜罗些奇珍异宝和名人书画送给赵佶，虽然不是什么上等书画，但忠心可鉴。童贯虽是宦官，却长得身材伟岸、威武庄严，不苟言笑，且留着几缕稀疏的胡须，还养了几房太太和几个孩子！

这不能不令人猜测他宦官身份的真实性。赵佶也曾怀疑他是个假宦官，后来才知道童贯出身贫寒，识字不多，无法参加科举考取功名。二十多岁时，他未与父亲商量，咬咬牙把自己阉了，进宫当了小宦官，被大宦官李宪收为义子。由于办事机灵，很快得到哲宗信任，成为贴身内侍，后升为供奉官。官职虽为从八品，但属于皇帝内侍，被众臣工抬举，到了下面自然威风八面，即使是很高品级的官员对供奉官也比较抬举，生怕他们在皇帝跟前说自己坏话。这次童贯以供奉官身份赴江浙一带巡察已经有四个多月了，按理应该回京复命了。

高俅虽和童贯一样，亦未能参加科举。相比之下，高俅通诗文，人缘很好，脑路更开阔。并且干一行精一行，无论做小史，还是蹴鞠、捶丸都干得很出色……赵佶脑子忽然闪出一个念头来。

赵佶在龙椅上坐定，对张迪道："传高俅觐见！"

高俅走进文德殿，跪拜礼毕，肃立案前。赵佶道："高俅，最近西北边陲情况吃紧，刘仲武将军驻守西宁州，已与吐蕃和党项打了几个回合，朕想让你去那里辅佐刘将军，彻底击败吐蕃和党项，以稳定我大宋西北江山！"

高俅趋前一步，躬身道："陛下待我如亲人，定当肝脑涂地以报陛下。小人虽出身寒微，但常怀一腔拳拳报国之心。听说近日吐蕃屡犯西北，心急如焚，我愿以末将身份随扈刘将军麾下，定不负陛下期望，确保边境安定，进而拓展西北疆土！"

多年以后，赵佶深为自己当初的决策而自豪。

刘仲武在边关接连打了几个胜仗，吐蕃和西夏乞降纳贡，西北边庭得以稳定，一时间被朝野称颂。高俅也因此而积累了战功，奉调回京，赵佶将其拔为殿前司都指挥使，而后又官拜太尉，领掌三司，一时声震朝野。

高俅当上太尉后，对禁军进行了一系列改革，特别是对禁军的日常训练增加了新的内容，在枪刀剑戟比武、注坡、跳壕、战车、骑射、列阵等常规项目的基础上，将击鞠、捶丸、相扑和蹴鞠融入军队训练中。既增加了训练的强度，增强了将士的体能，又提升了将士训练的趣味性。

高俅规定，禁军每两天比赛一次蹴鞠、三天比赛一次捶丸、五天一次击鞠、十天比赛一次相扑。对此四种比赛，高俅还重新制定比赛规则。他派人到临淮关，请罗家父女到禁军做教练，可惜罗老伯已故，罗青莲已经远嫁江南。他便从汴京和临淮关各个瓦肆请来二十几位球类教练，充当禁军教头。有时候，高俅还会亲自上场参加比赛或演示，以此来提升将士们的球技。

高俅在呈报给赵佶的折子里称，自太祖始，就经常在军中进行击鞠训练和比赛，以此来提高禁军的马上功夫。由于种种原因，军中击鞠之风渐渐淡化。而今塞外辽、夏皆马背民族，地处大漠、草原，善于骑射；而中原马上骑射功夫相对较弱，因此应强化马上骑射训练和击鞠比赛，以利于骑手在马上翻跃腾挪，提高骑技。自增加上述四种训练和比赛项目后，禁军队伍士气高涨，一时间百姓士子踊跃参军，禁军规模不断扩大，赵佶闻报后很是欣慰。

台谏丰稷、陈师锡、陈瓘以及内侍杨戬等人上疏赵佶，说："高俅无限制扩充禁军，不仅增加朝廷负担，而且有培植私人势力之嫌。军队不搞正规训练，却去搞什么击鞠捶丸相扑之类的儿戏比赛，长此以往，禁军将往何处去？望陛下明断。"

赵佶听后付之一笑，说道："禁军规模增加，对稳定国防、保卫社稷有益。开展各类球类比赛，既能增强将士体能，又可活跃禁军气氛，甚好。卿等不必多虑！"

不久，高俅组织了一次大规模军演，邀请赵佶及朝中大臣前来检阅。

军演阅兵就在汴京北郊进行。当日天高云淡，金风送爽。演兵场上鼓乐喧天，杀声阵阵，雄浑威武。水陆两军均按中军阵、先锋阵、拒后阵、两边雁形阵排列。战旗猎猎，刀枪剑戟银光闪闪。汴河里，水军艨艟大船在后，小舟在前，樯橹绰绰，绵延数里之遥；陆岸上，步军、马军、战车、辎重，各成方阵前后左右排开。

高俅金盔金甲，端着虎符，手持金色画戟立于检阅台一侧，好不威武。令旗官银盔银甲，飒爽英姿，站在高高的塔台上，手持红黄两面令旗，向检阅台打了个旗语。高俅顿了顿金色画戟，向上举了一举虎符。旗令官红令旗一挥，方阵变成圆阵，四周雁形阵排开；黄令旗一挥，又变作鱼鳞阵……一连变换了十数种战阵。战阵变换结束，开始大比武。将对将、兵对兵、战车对战车，同时进行。从检阅台上看去，军演让人眼花缭乱，但是细细看去，每一个方块比赛的项目都不一样，紧张而有序。次后，各种火炮队轮次朝靶台射击，火箭队、火鞭队队伍严整，蒺藜火球、铁嘴火鹞、霹雳球、烟球等依次向百十丈远的地方射去，一排排草人靶子被火炮击中，瞬间狼烟四起、火光冲天，演兵场上顿时欢声雷动。

水军战船也不示弱，随着令旗的变化，箭镞、火炮也依次射向靶船；靶船腾起烟火，远处蚱蜢小舟千帆竞渡，向靶船合围，近处艨艟大船，百人划桨，号子声声，向前突击，一时间，把汴河水搅得黄浪翻滚。

赵佶观后很是兴奋，说道："今观我禁军神威，何患北辽、西夏乎？"

军演收兵，兵士陆续列队回营。高俅邀请皇帝和大臣们到大营看看禁军的各种训练。赵佶道："朕不看别的，就看看你的相扑和击鞠比赛！"

其实，赵佶曾是击鞠健将，蹴鞠就更不用说了。在做端王时，他经常与皇亲贵族的一帮子弟一起玩击鞠，马上的功夫好生了得，因长得英俊帅气，在马上腾挪转扣，俯身探花，技艺超群，每次比赛都会引来无数男女看客的尖叫声。

向太后很喜欢这个身体健壮的小端王。因为神宗皇帝英年早逝，当朝的哲宗皇帝也体弱多病，所以她更喜爱这个活泼健壮的端王。但是马上击鞠风险太大，向太后告诫赵佶，马上击鞠恐有闪失，莫如蹴鞠安妥。赵佶于是慢慢减少了马上击鞠的次数。

赵佶天生对所有技艺感兴趣，只要喜欢必去研究。除了击鞠和蹴鞠，赵佶对相扑和捶丸也十分喜欢，做端王时经常与王诜、蔡攸等一帮玩友到汴京瓦子闲逛。见了相扑场就要一试，还拜桑家瓦子相扑教头丁忠厚为师，学得一身相扑技艺。他尤其喜欢与女相扑对决，常常装作失败以讨取女相扑们的哄笑。对于捶丸，赵佶只看了一次便无师自通，十几岁时，曾在朱家桥瓦子创下连续三个月位居捶丸比赛榜首的纪录！

除了按照太祖的规制，每年三月初三，在大庆殿前广场上的击鞠比赛，他仍会参战外，还会偷偷地到偏僻的场子去击鞠，生怕向太后知道。登基之后，便以观战为主，偶尔为之。赵佶是至孝之人，虽然向太后驾薨多年，他仍然谨遵教诲，尽量不去击鞠。当他听说高俅在禁军中开展击鞠训练，他对击鞠的兴趣立马被勾了起来。

赵佶和章敦、曾布、王诜、蔡攸等人在高俅的引领下，先来到捶丸训练场，见几十个士兵在场上激烈比赛。赵佶看到一个士兵捶丸时，三次挥杖皆不进穴，对高俅等人道："捶丸入远洞应用长杖，而他却持的是短杖，球丸进穴自然难度较大。”

高俅点头道：“陛下一言中的！”

相扑也称角抵。在比赛现场除了几组两两对决之外，有一组选拔赛比较吸引人。一个身材高大健硕的军士，在一刻时间内，连续摞倒三个相扑军士。

赵佶对左右说：“我半刻钟即可将其摞下去，信否？”

童贯说：“陛下金尊之身，不可。”

赵佶时年二十三岁，正值青春，加之曾多次在大内参加相扑赛，他似乎看透了这个军士的弱点，不由分说，三两下将龙袍和冠冕甩给张迪，紧紧腰带走到军士跟前。大力士刚刚喘着粗气与他人说话，一看上来个年轻后生，而且也未换装，便朝赵佶轻蔑一笑：“你学过角抵吗？”

赵佶也不答话，躬身扎下马步，招呼大力士开始。大力士根本没把赵佶放在眼里，走上前抓着赵佶的两臂就要往背上抗，赵佶一低头从大力士右胁下钻到他的后面，大力士转身不便，步子乱了，赵佶右手扭着他的胳膊，左手插入他的交裆，往上一提，将其摔在地上。

众人立马欢呼起来：“陛下英勇、陛下万岁！”

摔在地上的军士一听是皇上，赶忙匍匐在地，连连叩头道：“小人有眼无珠，望陛下恕罪！”

赵佶一把将他拉起：“赛场无贵贱，你何罪之有！”

击鞠赛场上二十几个骑手，头戴襆巾，脚蹬长靴，身穿窄袖袍，手持球杖，驰骋于球场。最前面的马球手骑枣红马，手持球杖迅疾反转，反身击球。

赵佶赞道：“这个背后击球的打法技艺高超，真的是‘持缰顾尾施新巧，背打星鞠一点飞’！赵佶一边走进营帐，一边对高俅道，“牵马来！”

少顷，赵佶换了一身红色箭袖袍，头戴红色卷沿襆头，脚蹬黑色长靴，持一杆长杖，英姿勃勃地走出营门。

王诜鼓掌道：“陛下天资爽美，不同凡响！”

这时，高俅也换了一身绛色服装，牵了两匹马走过来，将那匹银辔银鞍的白马缰绳递给赵佶。赵佶看这匹马浑身雪白如玉，无一根杂毛，精神抖擞，甚是喜欢。他接过缰绳，拍拍马肩，白马朝他看看，甩甩尾巴，傲气十足地抬起头一声长啸。赵佶翻身上马冲入球场，如一支银箭向远方射去。高俅急忙跨上一匹枣红马跟随其后。

众骑手一看高太尉二人来到球场，皆马上抱拳一礼。高俅道："重新分班，我二人分属你们红黄二队，白马'将军'归红队，本太尉入黄队！"

只听一声哨响，赵佶马上探身开球射向黄队球门，黄队六人同时拦球，一人误将鞠球击向红队左场边，即将滑向一片树林。赵佶见状拍马飞去，疾若流星一般，勒马挥杖，救回鞠球，然后，看准球门方向侧身挥杖一击，鞠球打着旋飞进黄队球门。马球场周围集聚了很多官兵，看到此精彩一幕，哇哇齐声叫好！

第二杖仍由赵佶开球。鉴于上次赵佶的边线球入门，黄队无法抵挡，这次严阵以待，重重拦在他的前面。赵佶轻点球杖，慢慢运球，瞅准机会飞杖打去，被黄队拦下，急速向红队球门运球。赵佶拨马而回，两队在红队球门前几经争夺。赵佶每持鞠杖，乘势奔跃，运鞠于空中，连击数十杖，均被高俅等人挡回。赵佶似乎也不急于夺球，只在黄、红二队中间穿插，白马飞驰不止，迅若闪电。赵佶一步步将黄队球员拖入疲劳状态，任由高俅带领黄队左右腾挪，始终无法得手射门。

红黄二队陷入胶着状态，这时，赵佶运球将黄队的人引到红队球门一角，困着黄队再也无法入门。赵佶看准机会，猛地挥杖一击，鞠球像一支利箭，从黄队一群马的蹄下穿过，准准射进黄队球门！

如此一连几个回合，最终红队取胜。登时锣鼓喧天，红黄二队球员们以击鞠场最高礼仪，将马头朝向赵佶，几十匹骏马频频向赵佶点头致意。

章敦对王诜道："陛下今天在击鞠场如此出彩，王都尉应该有诗盛赞才对啊！"

王诜道："'眼前有景道不得，崔颢题诗在上头'，敝人且吟一首唐人赞颂马球的敦煌曲子《杖前飞》吧！"

脱绯姿，著锦衣，银镫金鞍耀日辉，场里尘飞马后去，空中球势杖前飞。

球似星，杖如月，骤马随风直冲穴。

人衣湿，马汗流，传声相问且须休，或为马乏人力尽，还须连夜结残筹。

自从参加高俅的军中击鞠后，赵佶对击鞠和相扑的热情重燃。他命内务府在御花园扩建一个击鞠场地，既可以击鞠，又可以捶丸、蹴鞠、相扑。高俅将禁军中那匹白玉马送给了赵佶，赵佶十分喜欢，每天都会与白马相处对话。三、

六、九日下朝后，他就会交代高俅、梁师成组织击鞠比赛，一开始邀请禁军的击鞠手来大内比赛，一来二去，蔡攸、李邦彦、王黼、童贯，以及杨戬、梁师成等人都加入进来，一个个在赵佶的指导下都成了不错的击鞠赛手。

一次中场休息，蔡攸对高俅、梁师成等人说："都是大男人比赛，多么无趣，何不学学人家唐玄宗，在宫女们中间培养一些击鞠、相扑赛手，搞个男女混合赛岂不更有味道？"

赵佶只是在那儿吃茶，并未应声，其实他早有此意。

李邦彦、王黼皆附和道："好主意！"

梁师成道："好办，已有很多女蹴鞠手，再给她们培训一下相扑和击鞠就成了。"

于是，高俅一下子培训出近百名女击鞠手，不仅可打"中会"还可打"大会"或"超大会"。大内里的球类比赛也出现了女球手比赛和男女混合赛赛事。与禁军球赛有别，从列队开始，乐队随即奏乐，场上树起二十四面红旗，进一球得一筹，得一筹者得一面红旗。比赛结束后，双方以得旗多少定胜负。按规定，第一球要由领队打进，然后球手"驰马争击"，各队以先得十二球为胜。

女击鞠手们一身短装打扮，个个玉带红靴，体态轻盈，骑在马上，英姿飒爽。百名女球手在偌大的球场上像浪潮一样突来奔去，令人大开眼界。男选手兴致更高，混合比赛时自然怜香惜玉，不忍强争，使得女马球手多次获得抢球机会，攻门拔旗，屡屡获胜。

郑皇后对此多有微词。

赵佶辩解道："你们没听说过吗？自从太祖开始到先帝神宗，时常在宫内进行男女击鞠比赛，并未影响他们成为伟大的帝君！神宗朝宰相王珪曾有宫词赞颂宫内击鞠：内苑宫人学打球，青丝飞控紫骅骝。朝朝结束防宣唤，一样珍珠络辔头。"

郑皇后等人遂无语。时间一长，后妃们看到皇上身体健壮、生龙活虎的样子，颇为心安，还时不时到场观看。赵佶每每夺旗取胜，赢得一阵阵欢呼声，妃嫔们自然也十分自豪。朝中一些大臣也竞相加入击鞠比赛。

蔡攸叫上周邦彦和米芾前来助兴，而且鼓动二人上场过一把瘾。二人不得已，骑上马在边场跑了两圈便退场了。下场来二人浑身是汗，坐在那儿直喘粗气。李邦彦走过来撇撇嘴："二位只宜斗室为文，恰如司马光所诵：'东城丝网蹴红毯，北里琼楼唱石州。堪笑迂儒竹斋里，眼昏逼纸看蝇头。'说罢哈哈大笑着走了。

米芾气得两眼一瞪，朝李邦彦的背影啐了一口："狂妄小人！"

周邦彦忽扇着袍袖，劝米芾："兄台不必与小人动气！你看这球场上男女混战，真的颇有味道，恰如宋白的宫词所言：'昨日传宣唤打毬，星丸月杖奉宸游。上阳宫女偏踊捷，争得楼前第一筹。'"

米芾道："是啊，前朝韩愈的七言古诗《汴泗交流赠张仆射》，写尽了武宁节度使张建封，在彭城组织击鞠比赛的宏大场面：

汴泗交流郡城角，筑场十步平如削。
短垣三面缭逶迤，击鼓腾腾树赤旗。
新秋朝凉未见日，公早结束来何为。
分曹决胜约前定，百马攒蹄近相映。
球惊杖奋合且离，红牛缨绂黄金羁。
侧身转臂著马腹，霹雳应手神珠驰。
超遥散漫两闲暇，挥霍纷纭争变化。
发难得巧意气粗，欢声四合壮士呼。
此诚习战非为剧，岂若安坐行良图。
当今忠臣不可得，公马莫走须杀贼。"

米芾吟诵到最后两句时，周邦彦提醒他："莫高声，这两句若被小人听见，会遭人弹劾的！"

米芾毫不在乎，说道："人家韩愈提醒得对嘛——张仆射，你不宜过分地跑马劳神，而要养精蓄锐去战场杀敌！"

选拔女相扑选手一事，却让高俅和梁师成煞费心机。既要长得有姿色，又要健壮，后宫数千佳丽竟无一人够格，原来只有弱风拂柳的身材，才能选入后宫，伺候皇上和后妃。没办法，梁师成只得派人到各地挑选。数月之内，挑选了六十多名高大健壮的女子入宫，自有高俅带领几个禁军相扑教头前来培训。月余，培训结束，投入现场比赛。

梁师成邀请赵佶前来观看，先是女子比赛，之后又进行男女混赛。女相扑们高挽发髻，穿着宽大的白色短衫短裤，赤脚在场上角力，丰乳肥臀春光乍现，更加引人入胜。几对男女相扑混赛下来，大多是女胜男。赵佶不禁笑对高俅说：

"怎么成了阴盛阳衰了？这明明是男选手分心了嘛！"

汴京城的瓦肆场户老板们也闻风而动，宝津楼前瓦子、桑家瓦子、朱家桥瓦子、蔡河桥瓦子等地方竞相扩展场户，士子百姓好球者也越来越多。小儿们更是十分踊跃，院前庭后、牙道柳径上都是他们的身影，或蹴鞠，或相扑，或捶丸，乐此不疲！

一日，汴京焦家瓦肆焦宇、朱家桥瓦肆杜鹏等各地七十一家瓦肆场户的老板，联名给朝廷上了一道奏章，请高俅呈给皇上。奏章主要内容是恢复"齐云社"。

"齐云社"又称"圆社"，乃蹴鞠社团，成立于仁宗皇帝时期，历经仁宗、英宗、神宗，至哲宗时，逐渐衰微。赵佶登基这几年来，自大内到民间，蹴鞠、击鞠、捶丸、相扑等运动相继复兴，当下更是如火如荼。然则，缺乏统一规则和组织，民间球场常常出现一些打架斗殴甚至淫秽下流的现象，造成一些不良的社会影响，因此，亟须予以规范。

赵佶阅罢，对高俅说："民间此议甚好。"

高俅说："陛下，折子上请求朝廷委一人为齐云社名誉总教头，谁可出任？"

赵佶笑道："那还用说，有谁比你高太尉更合适！"

高俅将御批传下去，场户老板们十分欢喜，说道："有高太尉坐镇，万事无虞也！"

在高俅指导下，七十一场户公推焦宇、杜鹏为齐云社正副"都部署"，下设"教正""社司"协助理事，"知宾"负责对外接待，"会干"负责赛事。如此就健全了组织，明确了分工。同时，订立齐云社章程和比赛礼仪，制定了考核球员等级、比赛与表演、发展会员、传授切磋球技等方面的规制。

凡加入齐云社，拜师学习蹴鞠等技艺，均须交一笔学费，"凡教弟子，备酒礼，办筵席礼物，赠予师父"。若吝于钱财，就莫想学到真功夫，就蹴鞠而言，"一分使钱一分踢，十分用钱千分教"。齐云社对球员提出"十紧要"：要和气，要信实，要志诚，要行止，要温良，要朋友，要尊重，要谦让，要礼法，要精神；服从"十禁戒"：戒多言，戒赌博，戒争斗，戒是非，戒傲慢，戒诡诈，戒猖狂，戒词讼，戒轻薄，戒酒色。比赛的规则订立后，通行全国。

每年，齐云社都要组织一次全国性的蹴鞠、击鞠、捶丸、相扑邀请赛，称作"山岳正赛"，参赛的球队还需要缴纳一定的"香金"。大赛之前，齐云社行文各地球队：

请知诸郡弟子，尽是湖海高朋，今年神首赛齐云，别是一番风韵。来时向前参圣，然后疏上挥名……

"山岳正赛"在汴京举行，主场决赛设在皇家园林玉津园。决赛时，高俅以总教头的身份，邀请皇上赵佶及有关大臣观战，大晟府乐队演奏雅乐助兴。赛事完毕，各类比赛项目的夺冠者，由赵佶亲自颁发"球彩"，各赏冠旗一面。

赛事颁奖结束，齐云社及都部署等官员们坐下来，对各球队技艺的等级进行评定，优胜的球队可以获得一份认证证书"名旗"，正所谓"赢者得名旗下山，输者无名旗下山"。

各地的齐云分社也逐渐完善起来，不断组织比赛和表演，在民间和官商之间有了很大的影响。一些达官贵人、富商大族婚嫁迎娶、吃面做寿等重大活动，常邀请齐云社球员，前往表演蹴鞠、相扑等技艺，当然，他们还可获得一笔丰厚的赏金。时人有诗云：

世间圆社尽豪英，饱食丰衣独占能。

更有一般高贵处，王孙公子做宾行。

六

曲铁断金自一家

赵佶想去翰林图画院看看，正想叫张迪，张迪快步走来报："童贯求见。"

童贯一进殿就匍匐在地，叩了几个响头，双手过顶，举出一个折子和一幅卷轴。张迪接过来放在龙案上。赵佶一边翻看折子一边朗声道："爱卿辛苦了，起来吧！"

童贯在折子上把浙江一带的巡查写得非常详尽，措辞甚为严谨，特别写到蔡京在杭州宵衣旰食，夙兴夜寐，考察民情，深得百姓拥戴云云。

赵佶做端王时就认识蔡京。不论是知开封府还是做吏部尚书，蔡京都是敢说敢干，颇有胆略，蔡京对年轻的端王也很尊重。赵佶认为，蔡京虽然强势弄权被人诟病，但是，朝廷里懒政耍滑的人太多，需要敢于担当的大臣去开创新局。况且，身为皇上，自己不必限于朝廷琐碎事务，只有静下心来，才能思考大事，做一些自己喜欢做的事。

赵佶对蔡京的书法尤为赞赏，他一直认可一种说法：当今所谓的书法四家"苏黄米蔡"里的"蔡"，应是蔡京。世人对"苏、黄、米"三人看法较为一致，至于那个"蔡"，是蔡襄还是蔡京颇有争议。蔡襄出道较早，他和蔡京都是福建路仙游县人，蔡襄整整比蔡京大了三十五岁，二人书法各有千秋。

赵佶曾与米芾论及当代书家，米芾说："这俩堂兄弟都是书家高人，蔡襄的字端正高古、荣德兼备，一如他的为官为人政声卓著、品德高尚；蔡京的字沉着痛快，骨感雄劲，正像他行事的作风，杀伐决断、凌厉刚毅。论字论文，蔡京应更胜一筹，然而他所过之处留痕太多，所以人们不愿意让他进入我大宋四家……"

赵佶笑笑："米老癫儿与我看法颇为一致！"

赵佶即位后，本欲重用蔡京，然而朝廷上对其弹劾之声不断。其中，右仆射曾布带头弹劾蔡京。赵佶不得不将蔡京降为端明、龙图阁学士，知太原。向太后听说后，提议让蔡京完成《哲宗实录》后再去赴任。没过几个月，谏官陈瓘又弹劾蔡京与内侍宦官交结，惹得赵佶很烦，陈瓘获罪被斥退，蔡京也同时被贬，出知江州。蔡京不满，拖延不去赴任。御史陈次升、龚夫再次检举蔡京不遵圣旨，蔡京被夺去官职，提举洞霄宫，前往杭州居住。

童贯这次以供奉官的身份到三吴巡察，为皇帝搜罗名家书画、珍奇古董，在杭州一住就是数月。

童贯祖居汴京外郊，家境贫寒，一家人只靠一间店铺做些小生意维持生计。童贯从小帮父母在店里打杂记账，闲来爱看《六韬》《孙子兵法》之类的兵书，幻想将来要成为将军。眼看一天天长大，大多数玩伴都或成家立业，或读书高就，而二十岁的童贯，不仅没有结婚，而且离梦想越来越远。一日乡邻李宪回来，车马随从百十人，威风凛凛，整整占停了一条街。

李宪是皇宫内侍供奉官，颇有权势。下了车辇，被一群人簇拥着从童贯家门前走过，父母和童贯都出来和李宪打招呼。童贯走上前叫道："三叔，你还认识我不？"

李宪停下来想了想，说："你不是小狗子童道夫吗！"

童贯狠狠点点头："三叔，让我去伺候你吧！"

李宪仰脸打个响亮喷嚏："中是中，这活儿你干不了！"

李宪走后，童贯背着父母磨了一把锋利的镰刀，索性自己把自己阉了，抓了一把草木灰摁在裆下。还没等结痂退去，他就忍着疼痛，跑去宣德门口，声声找三叔李宪……

童贯机巧过人，行事干练，不久后升任掖庭主事。赵佶登基后巡视掖庭，童贯随扈前后。赵佶见童贯长得威猛高俊，须髯虬刺，谈吐不凡，甚为喜爱。童贯遂由七品太监拔为四品内侍。朝夕相处间，赵佶发现此人胆大心细，殷勤周到，对《孙子兵法》也颇有研究。于是，多次委以重任，皆得圆满。此次又委以供奉官，坐镇杭州金明局，为朝廷收集书画古董。

蔡京在杭州已经一年有余，无时无日不想重返汴京。他看准了童贯的特殊身份及作用，极力巴结，陪他吃山珍海味，陪他观赏歌舞，陪他游山玩水，日夜逢迎，将许多珍藏多年的珍宝玉器送给童贯。此前，蔡京与童贯就颇为熟稔，隔三岔五邀请童贯吃酒宴乐，特别在蔡京做开封知府时，对童贯一家十分照顾，给童家辟出一处偌大的宅院。这次在杭州又殷勤陪伴和谈心，二人友谊再度升温。

　　童贯看到蔡京绝非等闲之辈，他曾听说，王安石夸蔡京为"天下少有的宰相之才"，若与之交好，他日老蔡得势对自己必有好处。于是，凡是蔡京画的屏幛、扇带等物，童贯每每都寄送给皇帝，并附上自己的评论。因而，赵佶对蔡京的印象愈加深刻。童贯说："陛下，这幅顾闳中的《韩熙载夜宴图》是蔡大人遍访吴越，重金购得的，请陛下以辨真伪。"

　　赵佶将画卷在龙案上徐徐展开，几乎是匍匐在画上仔细地观看。听乐、观舞、休息、清吹、散宴，在五段画面间逐一研读，从每个人的服饰、动作、歌舞、表情，到卧榻、帷幔、室内陈设，再到款识印鉴，对韩熙载在不同场面的表情看得尤其仔细。

　　许久，赵佶缓缓直起身子，两眼仍盯住画面，自言自语道："韩熙载身为南唐臣民，国难当头不思报效朝廷，还沉迷于宴乐酒色，若有所思又心不在焉，故作姿态，这个人太狡猾了！"

　　童贯接道："国难在即，身为国之重臣当不计个人得失，为君分忧、为国解难才对，他怎能玩世不恭呢？"

　　赵佶抬头望着童贯，心里越发喜爱，微微一笑："爱卿所言极是！"转而又道，"从这幅卷轴设色和款识来看，的确是顾闳中的真迹，方便时我还要请王都尉和米南宫再来一起鉴赏一下。上次你寄回的王羲之的《二谢帖》真迹，我已珍藏在太清小筑里了……"

　　赵佶若有所思地盯着童贯上下打量一番，说："爱卿从前跟着李宪做过几年监军？"

　　童贯揣摩不透赵佶的意思，说："回陛下，断断续续约有五六年。"

　　赵佶道："近日陕右一带颇不安宁，你对那里熟悉，朕想让你到那里再做监军。"

　　童贯先是一愣，内侍供奉官无疑是个肥差，在朝中和地方都被抬举，即使在后妃们跟前也很有面子，还能顺带积蓄家产；做监军虽然代表皇上在军事上行使建议或否决权，但是，毕竟远离朝堂，身处边庭风险之地，不知何时才能回到朝中。他望一眼皇上，皇上正用十分信任和坚定的眼光望着他，似乎不允许他有半点推脱，于是，他挺挺身子，朗声说道："一切听从陛下差遣！"

蔡京终于如愿以偿回到汴京。这要感谢两个人，一是童贯，二是范致虚。童贯从杭州回京后，除了在皇上跟前极尽美言，同时在大臣中广为散布赞颂蔡京的政绩和能力的言论，并且把一些奇珍异宝以蔡京的名义送给后宫的宦官和妃嫔们，因而后宫也在传说蔡京的好话。中书舍人范致虚是蔡京多年的挚友，曾经数次在朝堂上替蔡京说话："要想整顿吏治、实施新法，重振我大宋雄风，非蔡京为相不能有所作为！"一时间蔡京人未还，名已动！

皇帝赵佶在太清小筑，接见了蔡京。

御花园里有一座太清楼，为宋太宗所建，是皇家的图书馆，此楼藏有大量的四库史书典籍。赵佶从小就常到这里读书、赏画、临帖，对太清楼里的藏书爱不释手，流连忘返，常常通宵达旦。登基后，他指使内务府在太清楼旁边又建一小楼，名曰"太清小筑"，方便到太清楼读书。太清小筑的风格与别处宫殿的奢侈豪华不同，是自然清新，超然物外的魏晋风度。青藤攀墙，翠竹惹窗，池鱼戏水，鸟鸣嘀啾，真的是一个读书画画的好去处。偌大的庭房除了书籍，四壁尽挂名人的字画，来到这里，皇帝身份自然放下，艺术家的清明洒脱之气就会油然而生，烦躁的心情自然消失得无影无踪。

蔡京一进门，先整袍端戴，欲行跪拜大礼，被赵佶止住，说："爱卿不必拘礼，这里是书房，不是朝堂，你一路舟车劳顿，赐座！"

蔡京躬身再拜道："微臣恭立听旨便是。"说罢，双手将一卷书帖奉给赵佶，"陛下，罪臣在杭州西湖一古董店淘得一李白《上阳台帖》，不知真伪，请陛下龙目辨珠。"

赵佶一喜，忙接过帖子展开在书案上，俯身细细看来，过了多时，说道："此乃真品也！"

蔡京往前凑凑，问："陛下何以见得是真品？"

赵佶道："此帖二十五个字疾徐、浓淡、大小，不拘一格，书体苍劲雄浑，法度用笔纵放自如，气势激荡磅礴，与李白豪放诗风相吻合，所以，朕认定它是真迹！"

蔡京连连点头："陛下所言甚当。正如杜甫所赞李白的书法'笔落惊风雨，诗成泣鬼神'！"

赵佶道："辨别书画之真伪，既要看帖，又要研究作者诗文的风格和修养，更要结合作品的背景。李白的诗奔放奇特、气势磅礴、飘逸洒脱，这与他信奉道教有密切的关系。他自幼便饱读诗书，诸子百家无所不窥，尤喜道家思想。二十岁时，他便隐居岷山习道。二十五岁离蜀远游，顺江而下，在江陵结识道士司马承祯，二人一见如故，司马承祯盛赞李白具有仙风道骨。"

"这个司马承祯，大有来头。他是道教上清派第十二代宗师，学养深厚，自号白云子，人称白云先生。时人将其与陈子昂、卢藏用、宋之问、王适、毕构、李白、孟浩然、王维、贺知章诸人，称之为"仙宗十友"。司马承祯还深受唐玄宗的器重，唐玄宗命其到王屋山修建阳台宫道观，并题写匾额。司马承祯在阳台宫内作山水壁画，画高一十六尺、长九十五尺，画中仙鹤、云气、山形、涧壑一一毕呈。

"天宝三载（744），李白欲寻访司马承祯，与杜甫、高适同游王屋山阳台宫。待到达阳台观宫，方知司马承祯已经仙逝，无缘再见，甚为惋惜。不见其人，唯睹其画，有感而作四言诗《上阳台》：

山高水长，物象千万，非有老笔，清壮可穷。十八日，上阳台书，太白。"

蔡京道："罪臣十分佩服陛下博学强记，乃圣人也！"

赵佶提笔在"上阳台帖"前面题写"唐李太白上阳台"七字，在书帖后面又题跋："太白尝作行书，乘兴踏月，西入酒家，不觉人物两忘，身在世外，一帖字画飘逸，豪气雄健，乃知白不特以诗鸣也。"

赵佶题罢，让张迪将李白的"上阳台帖"挂在《韩熙载夜宴图》旁边。

赵佶转身对蔡京说："蔡爱卿，今天只谈书画，不谈国事。请你看看这幅《韩熙载夜宴图》，作何感想？"

蔡京怔了一下，不知皇帝深意如何，他环视四壁，除了一面书橱，满屋尽挂古今名家书画。一旁的长案上是一幅未临摹完的《捣练图》，壁中间挂着那幅《韩熙载夜宴图》，细看，赵佶已在上面还添了几行鉴赏题跋，加盖了双龙御印。右面是李白的《上阳台帖》，左面是赵佶本人的竖幅行书《千字文》，一旁竟然挂着蔡京的《节夫帖》！

蔡京躬身回道："微臣以为，韩熙载自恃有功于朝廷，故而放荡不羁。当此国家危亡之际，缺乏国士横刀立马的胆略壮志。朝廷如此看重，他理应抛弃个人得失，勇于献身国家，何必装作离尘之高士，沉浸于声色歌舞之中，有志之士当嗤之以鼻！"

赵佶猛然转身，定定望着蔡京。

蔡京不知所措，轻声说道："可惜了顾闳中一支好笔了！"

赵佶一笑："爱卿之见正合朕意！"

赵佶站在《节夫帖》前看了看，问道："爱卿以为蔡襄的书法如何？"

蔡京道："蔡君谟是我一直崇拜的书家，他字法端正，柔韧姿美，无一笔不出颜体，为我大宋第一书家绝不为过！"

赵佶一笑："与爱卿相比呢？"

蔡京忙抱拳道："比不得，说来惭愧，微臣四岁读经，五岁练字，读帖、临帖，对临、背临，数十年不辍，然而并无大进，字势坚而不柔，挺阔无度，怎能与蔡君谟相比？况且行家对苏黄米蔡之宋四家已有定论……"

人人都说他蔡京狂傲不逊，听其所言并非如此。赵佶微微一笑："蔡爱卿自谦了！爱卿的字，沉着痛快，姿美豪健，收放自如，既有'二王'风姿，又有欧阳询的柔韧，可谓当今书法之尚品！有人曾议，'苏黄米蔡'的'蔡'其实指的是你蔡京！"

蔡京忙抱拳相谢："岂敢岂敢！"

赵佶又道："就连狂傲不羁的米老颠儿也曾说道，柳公权之后，蔡公书法冠绝一时，无人出其右者，我老米只能在其下！"

蔡京一脸真诚地说："米老癫儿捧杀我也！不可信，不可信！以臣愚见，当代书家，唯陛下之书独步天下，堪称一绝！"

赵佶道："爱卿何出此言？"

"今观陛下之行书《千字文》，书法特点越发突出，令人大开眼界！微臣以为好的书法，应是独树一帜，辨识度高，不论是书家还是普通布衣，一看便知是哪位书家的法体。恕我直言，当今所传我大宋'苏黄米蔡'四家之书体，皆继承'二王'，柔美有余，骨感不足；除了米芾书体特征稍稍明显外，其他书家的书体混在书帖中，辨识度均不太高。陛下的书体屈铁断金，干净爽利，仙风道骨，有褚遂良《雁塔圣教序》之体势，有薛曜《秋日宴石淙序》筋骨，又有薛稷《言行禅师碑》之美相，转笔如仙鹤屈膝，横折竖勾斩钉截铁，瘦劲而骨感！以微臣之见，陛下的书体当名为'瘦金体'，令人一眼难忘，后无来者，独此一家，若干年后，陛下的'瘦金体'定会是与'二王'、颜、柳、欧诸书家齐名的书体！"

赵佶先是一奇，心想：这个老蔡的见解好独到，他对朕的书体竟然与米老癫儿的看法如此一致！

几年前，端王府刚刚开府不久，米芾即前来拜访，见赵佶写的《夏日诗帖》赞不绝口："很难想象，这么老辣的书法会出自一个少年之手！殿下此书天骨遒美，逸趣蔼然，颇有薛稷之风，远胜李煜的'金错刀'，正可谓'天寿金樽'之体也！"

米芾所说的"天寿金樽"之体与蔡京所称的"瘦金体"异曲同工，赵佶似乎更爱"瘦金体"一词。赵佶坦然一笑："爱卿过誉了，人们常说，字如其人，朕非刚毅之人，故而有意识提醒自己，一国之君不可过柔……"

蔡京先是一愣，继而赞道："纵观古今帝王，琴棋书画百艺俱佳者唯陛下也，千百年后也绝无人能出陛下之右者！"

果然如蔡京所言，瘦金体真的被叫响了千百年，被无数后人鉴赏临摹！

蔡京对赵佶书法的评价，虽然多有溢美之词，但也很有道理。赵佶认为，隋、唐之后，书法上的篆隶真草行五体基本上已经定形，而在真、行两体中，欧、褚、虞、颜、柳诸家虽然接续"二王"，但也逐渐坐大，形成自己的格体。而宋代以来的"四家"虽然已称为"家"，但多是面貌相近。这种面貌更像是一种风貌，很难称之为"体"，更何况某些个人的风格，掩盖了功法上的缺陷。苏、黄、蔡三人的书体，基本上是对"二王"的延续，也就是继承的多，独创的少。米芾的书体与前者三人相比，超脱了许多，不过，黄庭坚与米芾的书法风貌又很接近。

赵佶笑对蔡京说："朕的瘦金体并不完美，曾有人说朕的书体不在五体规矩之内，有突兀夸张之习气，露锋、轻行、重按是书法之弊。爱卿怎么看？"

蔡京摇摇头："说这种话的人，均是被'二王'禁锢了，书法贵在法古的基础上创新。陛下的瘦金体，既有真书之形，又有行书逸态。如陛下的《夏日诗帖》，点画轻灵利落，格法严谨，外拓用笔，有纤巧秀丽之姿，特别是笔画中的弹力，微臣每每赏读，必有感动。书法是书家内心世界的表达，一种与世人对话的方式，书家没有深厚的学养功底，就没有独特之书法语言！"

赵佶在书案旁踱了几步，默念着："瘦金体、寿金体……且叫瘦金体吧！"他扫一眼满屋的书画，话锋一转，缓缓说道，"爱卿，我欲重整和提升翰林书画院，用科考取士的办法选拔书画人才，进而推动士子百姓提高文化艺术素养。设立书画博士掌管翰林图画院，以卿之见，谁可当此重任？"

蔡京下意识地提提袍袖，眨眨眼，心想：谈了这么多书法艺术，难道陛下要我去翰林书画院当五品书画博士？不论是礼部尚书还是开封府尹，自己当过的官职都是正三品啊！

蔡京望着赵佶和善的面孔说道："当今书画大家中最负盛名者当数苏轼，他的山水画直逼王摩诘，他与文同一起开创了湖州画派，其《枯木怪石图》最具特色，诗、书、画、文无所不精，无愧为当今文坛领军人物，然而，他身负元祐党魁的重案，无法当任；都尉王诜在画坛上举足轻重，交际甚广，且精于鉴赏，然贵为皇胄，无法当任；龙眠居士李公麟人物画造诣颇深，且与当代画家均有交际，然而年迈多病退隐家乡；黄鲁直诗书画文皆有高名，书法为最，身为苏门四学士之一，与苏轼常常诗词唱和，为元祐党人之一。嗯，以微臣观之，米元章可当此任。米芾书法直追钟、王，风樯阵马、八面出锋，远胜苏、黄和蔡襄。其山水清新淡远，野趣高雅，独创的米点皴独树一帜！"

赵佶一笑："其实胜任者颇多，比如你蔡爱卿。"

蔡京心里一惊，嘴上却说："微臣虽年迈，听凭陛下驱使，一定鞠躬尽瘁！"

七

天颜问劳思绵绵

    几天来，赵佶不断收到推荐蔡京的折子，中书舍人邓洵武、兵部侍郎范致虚联名的折子，更是说得恳切，"为君者当用干臣，方可使朝政雷厉风行，国泰民安，国运昌明；纵观满朝文武，学养深厚、材优干济、行事稳健者莫如蔡京……蔡京不论在开封府还是在大名府，均政绩卓著，深受百姓拥戴"云云。近来，就连后宫妃嫔和近侍都在说蔡京的好话，也许，这与童贯极力推崇有关。

    赵佶想，蔡京虽然年龄偏大，但在满朝文武中，的确很优秀。他思路清晰，行事果断，满腹经纶。如果用蔡京理政，自可少劳心神，于是，升蔡京为右仆射。

    崇宁四年（1105）四月，河北沧州、保州一带大旱，多地春禾干枯。赵佶接到折子时已是酉时，未及晚膳，急急召集大臣召开临时朝会。户部尚书侯蒙首先通报了两地二十三县的灾情，以及户部的赈灾方案。赵佶听后心中稍安，说道："我大宋地域广大，每年各地都有不同的灾情，如何长策应对，众爱卿有何见解？"

    童贯、邓洵武等人看向蔡京。

    蔡京轻咳一声，举笏奏道："陛下关注民生，殷殷可鉴，为政之道在于安民，安民之要在于察其疾苦。就全国而言，江南地区雨水丰沛，多为水田作业，天灾较少，生活较为丰足；淮水以北多为旱田，百姓靠天吃饭，加之各地天灾时有出现，灾区百姓生活拮据，一些地方遇到灾年，百姓四处逃荒……各地鳏寡孤独和残障者，更是艰困，常常食不果腹，病不能医，死不能葬，幼不能养……"

赵佶忽地从龙椅上站起来，眉头紧锁，在丹墀上来回急踱几步。蔡京迟疑了一下。赵佶道："蔡爱卿请继续！"

"以臣愚见，鉴于此，当在厚民济贫上下功夫。建议设立居养院救助鳏寡孤独和灾民；设立安济坊，为贫病者提供就医之便；设立漏泽园，为贫穷者提供安葬之地；设立慈幼局资助贫困者生育；设店宅务，为贫困无房者租住，同时广设广惠仓、福田院、养济院，使百姓'幼可养，病有医，灾有济，死能葬'，构建万民弥安、蒸蒸日上之大宋盛世……"

蔡京的建议，得到各位大臣的一致赞成。赵佶面带喜色，说道："蔡爱卿所奏甚合朕意，着令邓爱卿与蔡爱卿一起草拟圣旨，报朕审鉴！"

不日，蔡京会同中书侍郎邓洵武及翰林院草拟了初稿，呈送给赵佶，赵佶仔细审阅后，又进行了修改完善。次日召开朝会，各位大臣又提了一些建议，蔡京又予以补充，并转门下省审核。门下省审核签章后，中书门下平章事签章，参知政事签章，再转回皇帝审阅签批，掌印太监梁师成加盖了玉玺。

崇宁初年，赵佶颁旨，昭告天下："民为邦本，本固邦宁。天下承平日久，民既庶矣，而养生送死，尚未能无憾，朕甚悯焉。今鳏寡孤独，既有居养之法，以厚养穷民；若疾而无医，则为之安济坊；贫而不葬，则为之置漏泽园……"

圣旨传谕各省部州县，划拨资金，设置机构和官吏，制定了严格的管理办法，各省部州县，按诏命办理。

开办居养院，为无法维持生计之人提供食品、衣服和住处，尤其是没有子女的寡妇和鳏夫，及孤儿和弃儿。成人每人每天可领取九两大米十钱现金，儿童减半；冬天每天增发五钱取暖费。京城和地方均设养老院，年满六十岁之孤寡老人可住进养老院，朝廷发放粮食和生活费用。

设立安济坊，无依靠之穷困病人，可送这里免费治疗。明确要求，郎中须记录收治病人的数量，以及死亡人数，基于这些记录奖赏或处罚地方官员。一名郎中每年收留五百至一千名病人，且病人死亡率不高于百分之二十的地方官员，每年可以获得五十贯的奖励。同时，安济坊收容病人，亦可防范瘟疫的蔓延。

设漏泽园，为城镇贫民提供安葬之地。京城和州县均要划出一块荒地，作为福利公墓，一些无钱安葬或无人送葬者，均可葬在漏泽园。当地官员应记录每块穴地埋葬死者之基本信息，墓穴至少要挖三尺深，石碑上要记录死者的姓名年龄和埋葬日期。

设慈幼局，管理百姓孕产、民间弃婴事宜。弃婴由慈幼局出资雇佣奶妈抚养，按月提供粮食，一直供养到七岁，再安排有条件的家庭领养；给家庭贫困生育者发放救助金，名为"胎养助产"，一名婴儿可获得四贯钱（折合现今人民币大约两千五百元）。妊娠孕妇无论贫富，怀孕五个月时均可到官府登记，官府派保姆照顾起居，接生服务免费，且产妇的丈夫可以免除一年杂役。

设置广惠仓，储备官粮以抗天灾，以备不时之需，在青黄不接或天灾之年，救济老、弱、病、残、贫等吃不上饭的百姓，规定十一月开仓，三天一放粮，成人米一升，幼者半升，直到次年二月结束。

设置楼店务，负责管理和维修官家房产，将闲置房向公众招租，买不起房者可廉价租用。

大力创办官学，各州县均设官学，不论贫富均可免费入学。实行"三舍考选法"，由国子监统一管理监督。官学依等级分为国子学、太学、州郡学和县学。学生念到太学（大学）时，国家则有助学补助。寒门学子没住房的，官府提供住宿及伙食。对四川、广西、云南、广东、福建等偏僻省份学生赴京应试，其食宿路费从官府的学钱中给予解决。

上述各项措施逐步推行后，朝野一片称赞。几年下来，逃荒者没有了，村无盗抢，路不拾遗，百姓安居乐业，许多地方出现了"人人尊孔孟，家家诵诗书"的景象。赵佶闻报甚是欣喜。

赵佶腾出工夫，摊开未画完的《腊梅山禽图》，准备把腊梅画上。前几天只画了山禽，因事丢下，未画腊梅。他斟酌了一阵，感觉腊梅的枝干不好摆布。忽然想起，赵昌曾画过一幅《江梅山茶图》，其梅花的出枝坚劲又洒脱，于是找来研读。赵昌将腊梅配以茶花，使画面寒气尽消，春光乍现。于是，为其赋诗一首：

赵昌下笔摘韶光，一轴黄金满斛量。

借我圭田三百亩，真须买取作花王。

赵佶自嘲地一笑："做个花王吟风弄月何其快哉！"赵佶提起笔正欲继续画梅花，张迪来报："户部尚书侯蒙求见。"赵佶不情愿地再次放下毛笔。

侯蒙行了跪礼，急急地双手举着折子，说道："陛下，自施行居养院等几项利民措施以来，朝廷开支不断扩大，加之正在向西北用兵和扩大延福宫等项开支，府库亏空严重……"

赵佶看完折子，甚是担忧。这种局面令他始料未及。当初推行几项利民措施时，他曾问过蔡京："这么大的开支，钱从哪里来？"蔡京回说："目前府库尚有盈余，况且，这些措施的推行，地方州县也承担费用的百分之十，加上各地大财东以及富商大贾的捐助，应该不是问题；至于利民措施全面铺开后的支出，老臣正在研究如何解决……"

赵佶当即传诏蔡京进宫议事。蔡京匆匆赶到文德殿，给皇帝叩过头，又朝侯蒙拱手致意。赵佶道："蔡爱卿想必已经猜到朕叫你所为何事了。"

蔡京坦然一笑："想必是为府库短缺一事吧。老臣最近查阅了许多前朝聚财典籍，夜不能寐，一直琢磨此事……"蔡京缓了口气，从袍袖里掏出一个厚厚的折子，双手递给赵佶。

赵佶展开看了一眼，放在御案上，说道："容朕细细阅看。侯爱卿也在，你就先将主要办法说来听听。"

蔡京说道："解决府库不足的办法，老臣以为可从三方面徐徐展开。一、朝廷可以发行纸币交子，直接代替金银交易，不仅能为国家节约大量的金银，而且流通更加方便。每一张交子背后，都对应着一定数量的金属货币作为储备，一贯交子可兑换一贯金属货币，可先在边远的四川等地试行，成熟之后再全国推行。二、在北方地区发行盐引，所谓盐引，是以盐作为后盾的纸质货币凭证，一张盐引可以随时兑换一石盐。三、将全国无人耕种的荒地，统一丈量登记造册，预估可新增土地三万四千亩，作为公田，鼓励农民耕种，耕种者缴纳田租归公田所管理，作为修葺宫殿、建设宫苑等项皇家开支。四、比照大晟乐府矫正雅乐之法，推行乐尺。一乐尺比普通的尺子稍小，因而，用乐尺丈量土地，全国可多出土地百分之八，府库税负也可增加百分之八……"

赵佶听后频频点头，说道："蔡爱卿为朝廷果然费尽心血，精神可嘉。以朕之见，前三项可以先行推出，用三三九寸之乐尺丈量土地一事，容缓图之。

当下百姓贫富不均，官民对朝廷推行大晟雅乐、雅乐与乐尺之关系认识不足，所以，暂缓推行。"

于是，根据赵佶颁布的诏令，崇宁三年（公元1104）蔡京组织的全国性货币和财税体制改革拉开序幕。

由此，人类历史上第一次出现纸质货币，比瑞典第一次发行的纸币早了五百五十七年，比英格兰发行纸币早了五百九十年。

推行新法短短三年间，府库盈余增长百分之三十，有力地支撑了西北用兵、开疆扩土和诸多惠民措施的实施。赵佶对蔡京甚为满意，拜为太师，开府仪同三司，加安远军节度使，封为魏国公。

应是绿肥红瘦

赵佶下朝后走进睿思殿，一眼看见案头的《词论》册子。张迪说，一大早周待制就送来了。赵佶展开册子，读着读着大笑起来："这个女子口气真的不小，果然如王诜所言，将一应词家通扫一遍！什么柳永的词过于艳俗，张先、宋祁的词拼凑感太强，欧阳修、苏轼的词音律不通，贺铸的词缺乏故事感，晏殊的词没有铺垫，秦观的词内容太空洞……几乎把前辈们统统批评了一番。就连师祖、师叔都敢指点，这个李清照可以改名叫李大胆了！"

细细想来，赵佶感觉此文的论点新颖，还有点道理。然而，很多人读了她的《词论》觉得她十分狂妄，简直不知天高地厚。李清照对外界的议论不以为然，谁规定只有男子可以学富五车，女子无才便是德？这样一来，李清照的词名在朝野之间传开了，成为汴京无数青年才俊的追慕对象。

当年太学生赵明诚对李清照的才华钦佩不已，暗自发誓要把她娶回家。他没有直接开口让父亲提亲，而是自编自导了一场戏：赵明诚告诉父亲赵挺之，他做了个十分奇怪的梦。梦中他忘记了自己是谁，见人就问，无人回答。恰有一个老者在读书，赵明诚走过去问自己是谁，老者缓缓道："你就是言与司合，安上已脱，芝芙草拔。"请父亲为他解梦。

赵挺之思忖，"言与司合"，就是词，"安上已脱"，就是女，"芝芙草拔"，就是之夫，连起来就是"词女之夫"！词女是谁？整个汴京城，最有名气的词女就是李格非的女儿李清照了。原来你小子想娶当今大才女李清照为妻啊！

李格非时任礼部员外郎，女儿李清照名气又盛，与李家结亲倒也是个不错的选择。于是，赵挺之精心准备礼品，便带着儿子登门求亲。赵明诚虽出身官宦之家，却与其他纨绔子弟不同，早早入了太学，为人谦和沉稳，酷爱收集金石碑文，小小年纪就在士大夫中有了一定名气，且赵挺之又是中书侍郎，李格非当即同意了这门亲事。

赵佶一直不解，既然你李清照自恃为当代词家，当年为何失约"万荷塘诗会"？

当时，赵、李两家正在紧锣密鼓地准备儿女婚事。对于端王的邀约，李格非措手不及。父亲询问李清照是否赴约时，她却说明诚去我就去。李格非虽然有些失望，知道女儿一心所向，令人感到安慰，便尊重女儿的选择，说道："这样也好，等你与赵明诚完婚后，一同前往端王府拜谢吧。"

诗会那天，端王赵佶问王诜："李清照怎不见来？"

王诜笑答："如今她正和赵公子难舍难分之时，改日定会拜谢殿下！"

赵佶闻言心有不快，诗兴大减，众人喝酒吟诗，他只得敷衍了一首，"万荷塘诗会"草草收场。

赵佶登基后，为了那幅《捣练图》，又以谈诗论词为名，邀李清照进宫，李清照夫妇当时已回青州省亲。她听说皇上邀约后问赵明诚，丈夫却说："现在刚回到青州，还未及省亲，此时回京何以向亲人交代？"

赵佶看过《词论》，便想再次邀约李清照进宫讨论诗词，碍于皇帝面子不好直说，于是在李清照的《词论》册子里夹了个条子："天下词人，各得其所，和律更需气韵，古来大家必一得之师也！"写罢，交代周邦彦，将《词论》送还李清照。

李清照对赵佶的瘦金体十分欣赏，虽未落款，但很明显与自己词论之意相左，似有论诗之约。赵佶的诗词清丽自然、音韵入规，又不失王者之气，纵观古今帝王，诗书画俱佳者，赵佶当为第一。上次相约万荷塘诗会，端王赵佶的红色请柬至今还在柜子里保存，李清照颇有遗憾。

赵明诚看到赵佶的题字，心里有点酸酸的味道，问李清照："皇上为什么没有款识？"

李清照摇摇头，说道："皇帝邀约之意明显，可否请周待制转达赴约之意，听听才艺皇帝对诗词有何高论？"

赵明诚没有回答，多一会儿才说："一个朋友约我去衡山鉴定大禹碑碑文，近日便需登程。"

李清照会其意，微笑道："我去交代书童准备行囊，好生照顾你的起居。"

李清照的失约，让赵佶皇帝的自尊心大受伤害。赵佶心想：她这么傲慢，只不过会在词坛上说说大话，博人耳目罢了！

不过，李清照和赵明诚婚后琴瑟和鸣的传闻，断断续续飘进赵佶的耳朵里。赵佶总是酸意微微，仍是心心念念，找来她的诗词慢慢品味。

赵明诚出门求寻金石碑帖，一去多日未归，正值重阳佳节，李清照十分思念他，给赵明诚寄了一首《醉花阴》：

薄雾浓云愁永昼，瑞脑销金兽。

佳节又重阳，玉枕纱厨，半夜凉初透。

东篱把酒黄昏后，有暗香盈袖。

莫道不销魂，帘卷西风，人比黄花瘦。

赵明诚读后有些不服气，想和李清照一较高下，于是三天三夜闭门不出，一口气写了五十首词，他把李清照的词抄下来夹在自己的诗词里，拿给朋友陆德夫看，陆德夫认真看了许久，说："这里面只有三句最好。"赵明诚忙问："哪三句?"陆德夫答："莫道不销魂，帘卷西风，人比黄花瘦。"赵明诚听傻了，再也不与妻子在诗词上较劲了。

赵明诚有自己的志向。他自幼喜欢鼓捣父亲的一些收藏，及至稍长，便跟着士大夫们寻访各个朝代的金石刻词。这些士大夫们大多都是父亲的旧交，愿意与赵明诚一起交流，他由此开阔了视野，逐渐养成了金石收藏研究的一生爱好。

金石收藏和鉴宝勘碑是件烧钱的事儿，即使是官宦子弟赵明诚也得节衣缩食。为了搜集到好的古文奇字，夫妻俩经常把衣服当掉，到大相国寺市场里买古玩，回来后对着买回的碑文反复研究、勘正，一起欣赏，其乐无穷。

李清照和赵明诚虽是世家子弟，却贵而不娇，对物质要求很低，食可粗茶淡饭，衣可荆钗布衫，唯有书和古玩，是万万不可或缺的。

然而，多年来朝中党争不断，李、赵两家也先后卷入其间，受到不同程度的打击。

吏部员外郎李格非因名列元祐党而被罢官。原因很简单，李格非与廖正一、李禧、董荣四人均为苏轼简拔为官，被称为"苏门后四学士"。根据元祐党人"不得在京差遣"的规定，李格非只得携眷返归原籍。李清照不得不与赵明诚两地分居。

对此，李清照与赵明诚之间多有不快。在打击元祐党人上，身为中书侍郎的赵挺之与蔡京等人一起搜罗元佑党人的罪行，表现十分积极。赵挺之素与苏轼政见不合，赵挺之是新党，而苏轼则为旧党，李格非又是苏轼的学生，理所当然的元祐党人！李清照不解，李、赵两家既为姻亲，公公赵挺之为何不对李家网开一面？哪怕只在蔡京跟前说两句好话呢！

这分明是蔡京等人蒙蔽皇上，议立元祐党人碑的。李清照未离京前，想去觐见赵佶。她认为，读赵佶的诗词，可以窥见他的内心是善良、柔软的。李清照将自己的疑虑婉转地说给赵明诚，赵明诚却一言不发，无奈地摊摊手，继续埋头研究他的《金石录》。

李清照心有不快：你赵明诚为何一言不发？她相信词人的心思是相通的，有时是相近的，甚至是惺惺相惜的；如果不是，赵佶缘何三次相约？想至此，便写了一阕《浣溪沙》，准备托人送给赵佶，婉转表达心曲：

绣面芙蓉一笑开。斜飞宝鸭衬香腮。

眼波才动被人猜。

一面风情深有韵，半笺娇恨寄幽怀。

月移花影约重来。

赵明诚走过来一看，霍地从座上站起，高声斥道："你太天真了！"李清照眼泪刷地流了出来，将精心写好的词稿撕得粉碎。

赵挺之因与蔡京配合，罢黜了元祐党人，被皇帝拔升为尚书右仆射。然而，不久又与蔡京产生嫌隙，多次参本陈述蔡京飞扬跋扈、任用奸佞，不愿与蔡京同朝为官，请求辞去右仆射。

赵挺之自从辞去右相之后，想到为元祐党人碑被蔡京利用，颇为后悔，每与故人谈起，必数蔡京之恶行。户部尚书刘逵与其为莫逆之交，也常对蔡京口出怨言，声言有朝一日一定要上本弹劾蔡京。

崇宁五年（1106）春正月，天上出现彗星。中书侍郎刘逵等人上疏，请求毁掉元祐党人碑，放宽禁令。恰好林灵素也告诉赵佶，乌云遮顶、彗星出现是上天示警，应马上废掉元祐党人碑。林灵素为何也要废掉元祐党人碑，留待后叙。

第二天蔡京上朝，质问毁碑为何。赵佶说："因上天示警，朕欲宽大政令，故而毁碑。"蔡京大声抗议："碑可毁，但是名不可灭！"赵佶怒容陡现，看了蔡京一眼，并未出声。

朝廷大赦元祐党人，李格非复任，一家返回汴京，与丈夫分居近二年的李清照又与赵明诚团聚。

稍后赵挺之复相，蔡京被罢相。然而，蔡京是政治老手，善用权谋，加之赵佶失去了蔡京，感觉为政无所依，大有失落之感。加之童贯等人竭力为蔡京说好，罢相仅半年，蔡京复相。赵挺之内心憋闷，辞去右仆射，不久忧愤而亡。死后三日，即被蔡京诬陷犯了叛逆罪，赵挺之赠官被追夺，其子的荫封之官亦因而丢失，赵家难以留居京师，被责令离开汴京，回到在青州的老家。

离京前，赵明诚提出，李清照能否与自己一起，去求见皇帝，准许你我留在汴京，也好方便金石研究。李清照看着赵明诚，十分坚定地摇了摇头。

赵佶听说赵明诚与李清照要去青州，不免生出些遗憾，本想将二人留下，但是皇命不可朝令夕改。

从繁华的京城迁到偏远的青州，李清照没有失落，反而有许多欣喜和安然。虽然汴京相府里玉堂金马、灯火楼台，但怎能比得上内心的丰盈和平静！要给居所起个什么名号呢？她想起了恩师晁补之的别号"归来子"，便给青州的住处起名为"归来堂"，并自封为"易安居士"，取意于陶渊明的《归去来兮辞》"倚南窗以寄傲，审容膝之易安"。

在青州一隐就是十年。赵明诚把所有的精力都放在了金石、文物的校勘上。每次得到书画和古玩，他与妻子都兴奋异常，仔细欣赏，品评优劣，直到蜡烛燃尽。他们把淘得的金石古玩精心编号、记录、注释，每日乐此不疲。李清照除了协助丈夫鉴赏金石古玩外，时有好诗词涌出，二人诵读会意，时有笑声流出轩窗。

时间一长，赵明诚对单调的生活厌倦了。"爱妻呀，我忽然想到在汴京时，我们是那样年轻，一起逛大相国寺旧货摊，一起去马行街吃小吃，一起去州桥看明月，一起驾兰舟汴河竞渡，一起倒一壶春斗茶……想来恍如幽梦。"

李清照浅浅一笑："朝朝与古人对话，金石古玩里有不尽的乐趣，你还不满足？汴京城尘嚣一片，何如青州安然？"

赵明诚摇摇头："大丈夫岂可偏居斗室而终老？我们正值年轻，何如觐见皇帝以求进身？"

李清照对着丈夫看了许久，摇了摇头。

赵明诚心里很惭愧，李清照三次失约于赵佶，都是因为自己，现在想来追悔莫及。换了个话题道："汴京的老宅还在，是卖还是续租，我们回去看看吧。"

李清照望着天上飘动的白云，不觉两眼湿润。自己嫁给赵明诚后，备受赵家人宠爱。因为没有为赵家生下一男半女，常常心怀歉疚，赵家人没有一丝丝的责备，赵明诚还安慰她："儿女有则养之无则安之，何必忧之！"他有时是那样大度，有时又是那样执拗。如果皇帝三次相约能有一次成行，她相信明诚也不至于蜗居青州十年。现在进京有何颜面去见皇上？

李清照最终还是拗不过丈夫的央求，写了一首献词——她一生中第一次写这样的献词！写罢，她脸红心跳，也不让赵明诚看一眼，匆匆塞进暖袖里。

赵明诚欲以祖传独玉汉印作为见驾礼，与李清照一起回到阔别十年的汴京。当晚，赵明诚夫妇设家宴，请来晁补之、张耒、周邦彦等人。晁补之是从西京洛阳任上提举南京鸿庆宫路过汴京，张耒移居陈州主管崇福宫，也是路过汴京小住，众人凑在一起，说起前情旧事，一阵唏嘘，几声叹息。

赵明诚感谢周邦彦答应周旋见驾，感谢几位长辈莅临捧场，连连喝了三杯酒。

李清照也端起酒杯敬酒，首先敬晁补之和张耒："二位师叔刚从外地回来，这杯薄酒清照敬二位师叔，为你们接风洗尘！"三人同时举杯一饮而尽。

晁补之、张耒与李格非同出苏轼门下。李清照很小时，晁补之和张耒经常到李府饮酒茶叙，小清照聪明伶俐，小小年纪诵诗填词、琴棋书画无所不能，很是喜欢。李格非便道："二位是当今诗文大家，可否让女儿拜二位为师？"二人大喜，一有闲暇便来到李府给小清照讲诗词文章。晁补之逢人便夸这位才女，使得十几岁的李清照已颇具词名。

去年晁补之过生日时，李清照填了一阕《新荷叶》寄给师叔晁补之：

薄露初零，长宵共、永昼分停。绕水楼台，高耸万丈蓬瀛。芝兰为寿，相辉映、簪笏盈庭。花柔玉净，捧觞别有婷婷。

鹤瘦松青，精神与、秋月争明。德行文章，素驰日下声名。东山高蹈，虽卿相、不足为荣。安石须起，要苏天下苍生。

晁补之读后，感动得热泪盈眶。

李清照又给张耒满上一杯，说："当初读到文潜师叔的《读中兴颂碑》后，清照不揣冒昧，步其韵和了两首，其意与师叔相左。想来，真是年幼无知，清照今天在这里自罚一杯，向师叔致歉！"

张耒哈哈大笑："亏你还记得此事！"

晁补之笑道："文潜写出《读中兴颂碑》后，坡公、鲁直和我等人都有和诗，其观点与文潜相同，唯独小清照独树一帜。那时的清照不过十三四岁吧，真的是初生牛犊不怕虎啊！"

李清照尴然一笑："不知天高地厚！"

周邦彦道："文潜的《读中兴碑》我还记得：玉环妖血无人扫，渔阳马厌长安草。

潼关战骨高于山，万里君王蜀中老。金戈铁马从西来，郭公凛凛英雄才……"

张耒笑道："小清照的和诗老夫也曾记得，《浯溪中兴颂诗和张文潜二首》：

君不见，惊人废兴唐天宝，中兴碑上今生草。不知负国有奸雄，但说成功尊国老。谁令妃子天上来，虢秦韩国皆天才。花桑羯鼓玉方响，春风不敢生尘埃。……"

赵明诚道："师叔的诗写"安史之乱"根源在杨贵妃，而清照则认为是奸臣弄权蒙蔽皇上。依我之见，主要是杨贵妃，因为杨国忠弄权主要得益于其妹……"

李清照瞥一眼赵明诚，对周邦彦莞尔一笑："周君，而今你是朝廷大臣，对我这二位师叔亦应多加关照啊，清照敬你一杯！"

周邦彦前天已向赵佶报告："李清照回到汴京，欲向陛下献诗，赵明诚也有一块千年独玉汉印要献予陛下。"赵佶本不想答应接见，但是，李清照能来献诗，已经难为她了于是便说："那就明天来睿思殿吧。"

赵明诚夫妇在周邦彦的带领下，来到睿思殿旁的小阁候旨。周邦彦说：

"皇帝下朝后就到睿思殿读书，我不便在此久留，二位可在此耐心等候。"

二人在睿思殿旁的小阁里坐下来，赵明诚不时地朝大庆殿张望，李清照神色漠然，她竟然忘记了应该怎样向赵佶献诗。

散朝的时间早已过，还不见赵佶来睿思殿，赵明诚取出一块条玉走上台阶，塞给内侍，说道："烦请公公能快一点禀报陛下。"

夫妻二人从上午等到下午，还未见赵佶到睿思殿来。问侍卫，才知道皇帝今天不会来睿思殿了。二人大为丧气，不知皇上为何不来接见。后来才听周邦彦说，皇上退朝后正往睿思殿走，太监丁福来报，丁婕好欺生打了新来的蓝贵人，韦贤妃前来相劝，却被丁婕好挠伤……赵佶很生气，迅速赶到内宫查看韦贤妃的伤势，安慰一番，丁福又报，蓝贵人跳湖了！皇上又慌忙赶去看蓝贵人，好在蓝贵人被人及时救起。蓝贵人哭得一塌糊涂，声声要求赵佶送她出宫……赵佶对此大发雷霆，责问郑皇后是如何管理的后宫，之后将丁婕好贬入掖庭……

李清照百无聊赖。本来就觉得向皇帝献诗是很掉价的事，又看到赵明诚贿赂内侍，将祖传千年昆玉镇尺留给周邦彦，委托他转呈皇上，还要求将献诗一并转呈，李清照一气，将献诗诗稿撕了个粉碎。

赵佶处理完后宫事宜，忽然想起等候召见的赵明诚夫妇，一路疾走，连忙交待张迪："快去，留他们夫妇二人用晚膳！"此时赵明诚夫妇已经回到了故宅。

赵佶叹了口气说："朕宣赵明诚他自然会来，但李清照却不一定再请得来了！罢了，还是一个缘字，我与李清照如此无缘！"

周邦彦得知皇上惋惜之语，叹道："可惜错过了两大词人论诗谈词的一段历史佳话！"

赵明诚夫妇离开青州私下求见皇上的消息，很快被蔡京知道了，他拟好治罪赵明诚不守信约、害皇帝空等的奏章。赵佶看了后说："见与不见，也是小事，像李清照，词名是真，才学是真，只不过所嫁赵明诚时运不济罢了，蔡爱卿何必小题大做！"

政和七年（1117）春天，赵佶到大晟府观乐舞，看到墙壁上一幅书法，是黄庭坚几年前写的李清照的《如梦令》：

昨夜风疏雨骤，浓睡不消残酒。

试问卷帘人，却道海棠依旧。

知否，知否？应是绿肥红瘦。

赏读之后，忽然想起不久前赵明诚托人转呈的《金石录》还在案头，未及展读。想这赵明诚夫妇在青州老家已经十年了，不觉有点惋惜。于是，诏令赵明诚知莱州。喜从天降，赵明诚匆匆去往莱州赴任。

前年，经李清照和家人同意，赵明诚在莱州纳一小妾，李清照心里虽是酸酸的，但是又不能如此小气。与丈夫分别数载，李清照几次想去莱州，又恐搅乱赵明诚与小妾的甜蜜，一拖再拖。赵明诚几次相催，李清照不得不去了。久别重逢，本该心情愉悦，思前想后，李清照却情绪低落，在途中馆驿填词一阕《蝶恋花·晚上昌乐馆寄姊妹》：

泪湿罗衣脂粉满，四叠阳关，唱到千千遍。人道山长山又断，萧萧微雨闻孤馆。

惜别伤离方寸乱，忘了临行，酒盏深和浅。好把音书凭过雁，东莱不似蓬莱远。

晚年的李清照在病榻上，听说赵佶在五国城病亡，很是伤感。李清照想，丈夫赵明诚多像赵佶啊，才华横溢、聪明执着，却为政不修。人的一生，鱼和熊掌不可兼得。赵明诚若不贪恋仕途，他的金石梦会做得更大。赵佶本是全能天才，如果不做皇帝，凭他的诗书画足可以名垂千古，也不至于落得后人耻笑他治国无能的下场，他也许会成为自己的诗友，抑或是知己也未可知。

宋高宗绍兴二十五年（1155），李清照怀着对故土难归的无限失望，在凄清悲凉中，悄然辞世，享年七十二岁。她大概不会想到，千百年来，无数粉丝咀嚼着她的优美文字和故事，一遍遍地品味她那穿越千年的孤寂和充满灵性之光的婉约清新的词风。

九

元章作书日千纸

朝会结束时，赵佶再次问起蔡京，谁可胜任翰林图画院书画博士，蔡京再次推荐米芾。上次推荐后，蔡京不知道皇上为什么不给米芾下诏令，便改了话风，"不过……"蔡京欲言又止。

赵佶道："爱卿但说无妨。"

"米芾虽然书画皆能，但是为人癫狂，有洁癖，人称米癫儿，朝野上下多有微词，也曾多次被同僚弹劾……"

赵佶笑笑："朕曾闻一二，不过，'人无癖，是以无深情'嘛！"不日，圣旨下，米芾为翰林图画院书画博士。

不论是友人还是同僚，所有认识米芾的人，都说他有点"癫儿"。米芾曾问苏轼："坡公，人们都说我癫儿，你说呢？"苏轼哈哈一笑："我从众！"米芾撇撇嘴："我不过爱干净、爱奇石、爱古玩字画而已！"

岂止干净，实有洁癖。他所藏的字画很少示人，因为怕别人用手接触，弄脏了字画。他给自己定了个护画戒律：灯下不看画，酒后不看画，非净手不沾画，卷舒要得法。他穿的衣服也容不得半点灰尘，因为洗得勤，官服上的装饰图案都给洗没了。他曾穿着洗烂的官服上朝，被谏官告其大不敬，还因此而受到贬黜。有朋友劝他改改洁癖，米芾不以为然，说："大官可得罪，小癖不可改！"

米芾有个女儿，年方二十，尚待字闺中，所有被介绍的女婿，大都因为米芾嫌人家这样、那样不干净而告吹。一日，偶识一南京青年，姓段名拂，字去尘，米芾大喜，此人既拂灰又去尘，正合吾意！遂招为女婿。

好友周仁熟看中了米芾的一个砚台，无从得手，便巧使一计：先去米府求画，自请磨墨，待米芾去取水回来，周仁熟已将墨磨好了。米芾问："你磨墨的水哪来的？"周仁熟答："用我的唾液啊！"米芾一听，十分生气，不敢再近砚台，还唠叨着要把砚台扔了。周仁熟说："实在对不起，与其扔掉，不如就送给我吧。"米芾方悟其中有诈，但事已至此，也只好让他拿走了。

华原郡王赵仲御不相信米芾真有洁癖，于是，想方设法验证其真假。郡王家里有许多家姬美女，郡王爷要用美色来考验米芾。那天，郡王大宴宾客，众人都在大厅推杯换盏，觥筹交错，偏偏给米芾开了一个包厢，一群秀色可餐的美女环伺身旁，美女们宽衣解带，袒胸露乳，雪乳香肤轮番上阵，用美酒相劝，千种风情，万般狐媚。然米芾不为所动，且心有所厌。他认为，家姬美女皆为不洁之物，便以如厕为由离开，神态自若地返回大厅，与众人一同欢饮。赵仲御一怔，世上真有不近女色的主儿，简直是柳下惠再世，始信米芾真有洁癖，赵仲御服了。

米芾是个收藏家，尤以奇石为最。不论做京官还是地方官，他的办公地、书房、客厅、卧室都有大大小小的奇石。在安徽无为任职时，听人说河边有一怪石，面目狰狞，形同魔兽，奇丑无比，乡人恶而弃之。米芾闻之，立即前去查看。一见怪石激动不已，如遇亲人，当即下跪叩拜道："石兄啊，你就是我的亲哥哥，我想你都想几十年了！"立即差人将其拉回安放在衙署，他每次经过怪石处，必礼敬有加，并要尊称一声："石兄，你好！"

米芾痴迷于玩石，几近疯癫。有人认为，米芾有失官体，有违官德。因此，他又被人弹劾，再次迁贬他地。但米芾一点都不后悔，反而索性画了一幅"拜石图"，自娱自乐。友人见此图赞曰："米癫儿果然风雅而无人能及。"

米芾只要看上朋友的书画，就想法"巧取豪夺"。蔡京的儿子蔡攸是米芾的朋友，家中书画收藏颇丰，尤以前朝字画居多。一日，米芾与蔡攸相约于舟中饮酒，并嘱托带些字画观赏助兴，蔡攸应允，如期而至。当米芾看到一幅晋代王衍的书法时，爱不释手，只见他一言不发，独自慢慢地把字帖卷起，抱入怀中直奔船头，做投江自尽状，一只脚已触碰到水面。蔡攸大惊失色，连忙上前拉住他，问他是何缘故。米芾黯然道："我居然收不到这等好字，活着还有什么意思？"蔡攸忙拉着米芾，说道："好好好，送给你了！"

米芾曾经苏轼点拨，潜心学习魏晋书法。他寻访了大量晋人法帖，就连书斋都取名"宝晋斋"。道友刘季藏有一幅王羲之的《送梨贴》，米芾久索不得，便向刘季开价：以欧阳询书法真迹两件，王维《雪图》六幅，端砚一方，玉珊瑚一枚作交换。刘季见这价确实开得够高，足见米芾尊崇王羲之心诚，只得答应成交。

米芾听朋友说，沈括藏有一幅王献之的《鸭头丸帖》，便几次上门借阅，沈括均以各种理由推脱。过了一段时间，米芾邀了一帮藏友，定于甘露寺的净名斋举行晒宝大会，沈括也在被邀之列。这次晒宝会上沈括展示的正是王献之的那幅墨宝。米芾窃喜，走上前仔细一看，哈哈大笑，原来这幅字竟是米芾几年前临摹的，流传出去被沈括高价买得。米芾点破，众人皆哄堂大笑，沈括臊得满面通红！

米芾临摹也有失手的时候。在涟水任职时，胡秀才出售唐代画家戴嵩的《牧牛图》，几次论价都未谈成，米芾先求借来一阅。县太爷借阅，胡秀才只得应允。米芾回到家后连夜模仿了一幅，自觉无瑕，便以赝品归还，不料当即被胡秀才识破："原作中牛的眼睛里画有牧童的影子，这幅为何没有？"米芾十分尴尬，直恨自己大意，只好红着脸将原作奉还。

其实赵佶对米癫儿了如指掌。赵佶在做端王时，与米芾来往甚多。一次，端王在太清楼见到米芾写的横幅巨制《梁简文帝梅花赋》，一下子被震住了，他还是第一次见这么大的鸿篇巨制，米芾的字信马由缰、无拘无束、一气呵成、十分旷荡，不像是在神宗面前临场发挥的。赵佶赏玩不够，从太清楼借出来，回府后请来老师吴元瑜一起欣赏。这还不够，让张铮去请米芾。

米芾来了，穿了一身晋人的服装。赵佶觉得有点好笑，便问："元章先生何以如此？"

"回殿下，我米癫儿半生学书以晋人为师，理应表里如一！"

吴元瑜哈哈大笑："好一个米癫儿啊！"

赵佶将《梁简文帝梅花赋》慢慢在书案上展开，问道："元章先生，这幅字是在神宗皇帝面前一气呵成的吗？"

米芾头一摆："那当然！书写时一旦进入境界便旁若无人，遵从内心意愿，浓淡干湿、穿插避让、疾徐急缓，行之所当行，止于所当止！"

赵佶道："可否在现场再写一幅？"

米芾道："为示对神宗先帝的尊崇，梅花赋不可再写，我就写苏轼赠我的一首诗吧。"

两个小史早把丈二龙纹宣展在书案上，米芾在雕花笔架上挑了一杆大京楂腕笔，在墨海里一下铺开，又在蟠龙砚上舔舔笔，稍一沉思，落笔在纸，腕臂共用，字大如斗，墨花四溅，行云流水，霎时书成。苏轼曾有诗赞曰：

元章作书日千纸，平生自苦谁与美。

画地为饼未必似，要令痴儿出馋水。

赵佶连声称赞："痛快、痛快！"

吴元瑜和张铮忍不住一起鼓掌。米芾将大京楂腕笔放在笔架上，搓搓手，走向东壁，对着东晋戴逵的《吴中溪山邑居图》欣赏起来，米芾趁赵佶二人不注意，将卷轴的楣干弄掉了。吴元瑜走过来帮忙，米芾朝赵佶笑笑："殿下，这幅画的卷轴楣干都掉了，让我带回去修一下吧！"

赵佶知其意，无奈地笑笑，看一眼米芾墨迹未干的榜书，又看看《吴中溪山邑居图》，说道："修好记得还给我呀！"

米芾对自己的做派，想想也觉好笑，若能改，我哪还是"米癫儿"？

米芾屈指算来，从蔡河发运司调来楚州江淮转运衙署做属官已逾两年，属官本是闲差，米芾乐得有大把的时间到运河两岸百姓家走走，淘些奇石古玩，写字画画，倒也轻松惬意。米芾哼着讶鼓戏，摇着蒲扇，走出江淮转运使衙门。

淮河水汤汤东去，古运河缓缓南流。艨艟大船与舴艋小舟南来北往、东去西行，纤夫号子声声响于耳，一群群鸥鸟逐船而飞，河两岸杨柳如烟。楚州古城坐落在这两河交界地，此乃漕运喉关，自古为兵家必争之地。

米芾望着眼前的河水，忽然来了诗兴，"水连碧天天似水"，刚吟一句，两个衙役突然跑来，说道："米大人快回衙门接旨，皇帝圣旨到了！"

米芾匆忙赶回府衙，接过圣旨，方知是让他回京接任书画博士。看来这一次是无法推脱了。

建中靖国元年（1101）七月，米芾在东园作别坡公回到楚州时，接到转任翰林书画院书画博士的御旨。当时米芾想，坡公刚刚被赦，应该早日重返汴京。于是，他当即回了辞呈，并且推荐苏东坡担任书画博士。

米芾记得，他与坡公第一次见面是在元丰五年（1082）三月。当时，米芾卸任长沙掾，回东京候补。而苏轼遭遇"乌台诗案"，被贬谪为黄州团练副使，故人老友，人人敬而远之。米芾不以为然，专程拜访，苏轼正酒后酣睡。米芾恭立待醒，求教于东坡雪堂。东坡甚为感动，拿出早年太皇太后赏赐的"密云龙"贡茶，与米芾分享。米芾为此写下了《满庭芳·咏茶》：

雅燕飞觞，清谈挥麈，使君高会群贤。

密云双凤，初破缕金团。

窗外炉烟自动，开瓶试、一品香泉。

轻涛起，香生玉乳，雪溅紫瓯圆。

娇鬟，宜美盼，双擎翠袖，稳步红莲。

座中客翻愁，酒醒歌阑。

点上纱笼画烛，花骢弄、月影当轩。

频相顾，余欢未尽，欲去且留连。

米芾看东坡作墨竹，从地上一直起至顶，运思清拔。米芾问道："何不一节一节画呢？"东坡回答："你何时看见竹是一节节长出来？"东坡又作枯木、怪石，枝干虬屈无端，丑石皱硬。米芾视之良久似有所悟，说道："这枯木怪石似有不平之气难以舒展。"东坡道："知我者元章也！"

建中靖国元年（1101）初春，苏东坡遇赦北还，授朝奉郎，提举成都玉局观，解除流放状态，可以选择任何一个地方居住。苏轼写信与米芾等友人商量在哪里居住。米芾建议居住于常州，那里气候温和，山水秀美，江河相连，有益于养老。苏东坡六月到仪征住白沙东园。米芾搭船沿运河南下，渡江之东园，二人执手相见，泪眼蒙眬。坡公清瘦如风，满头霜雪。二人彻夜长谈，晚酒早茶，或诗词互答，或展纸弄墨，或一同出游，二人度过了一段最美好的时光。在同游金山寺时，方丈请苏东坡题字，东坡笑道："有元章在此！"米芾道："坡公我师，米某不敢。"东坡哈哈一笑，抚其背："你早已胜于蓝矣！"

别后不几日，东坡即染痢疾，久治不愈。米芾多次冒暑前去探视，送麦门冬药方。为此，苏轼写了《睡起闻米元章冒热到东园送麦门冬饮子》诗：

一枕清风值万钱，无人肯买北窗眠。

开心暖胃门冬饮，知是东坡手自煎。

苏东坡病体稍安，即买船西行，至常州，竟一病不起，八月二十四日长辞人世。米芾得知时，他的儿子苏过已扶柩北归郏县矣。

东园分别短短月余，与坡公竟然阴阳两隔！米芾不禁一阵唏嘘。米芾自语道："感觉缺少坡公，世间甚是乏味！"

米芾与坡公的感情，远不止这些。在坡公等人被蔡京、赵挺之打成元祐党人，朝廷下令焚毁司马光、苏东坡等人的诗文书画时，是米芾、陈莹中等几个密友，暗中收藏保存，后人才得以见到这些珍贵的著作、诗文。

蔡京当时想，不把司马光、苏轼等人打压下去，不把"苏学"铲除掉，自己就无法在世人面前真正站立起来！他上书赵佶，只将元祐党人勒石昭告天下，不足以消除他们的影响，应将司马光、苏轼等人的画像、诗文书画以及碑帖全部收缴焚毁，才能消弭危害，顺利推行新法！

米芾知道，在元祐党人中，苏轼是最冤的，因为他不光反对新党，也反对旧党。他反对的是新旧两党施政中的种种流弊现象。他也是最惨的，因为文名太盛、影响太大。在这次焚书毁碑行动中，他的损失也最大，不仅他书写的碑帖统统被毁，而且他诗词文章也无一幸免。

蔡京就把焚毁《资治通鉴》一事，交给了太学正林自。《资治通鉴》全书的印版，都在太学博士陈莹中那里保存，陈莹中是一位忠义之士，素与米芾交好。当林自前来索要印版时，陈莹中先予以推脱，然后找米芾商量对策。米芾建议把神宗皇帝曾为《资治通鉴》作序一事相告。林自再次催要，陈莹中便依此相告。林自一听不敢擅为，报给蔡京，蔡京不知神宗写过这篇序文，坚持让林自收缴印版。

林自又来找陈莹中，恰好米芾也在。陈莹中说："谁敢说这不是神宗写的？"

林自说："即便是真的，也不过是神宗年幼时写的文章而已。"

米芾道："天子之学出于圣人，得自天性，哪里有少年、成人之别？"

陈莹中又道："你林大人真要是毁了先皇神宗的文字，当今圣上知道了准说你大逆不道，恐怕你有十个脑袋都不够砍的！"

林自一惊："那可怎么办？"

三人一合计，找了十几版破废旧的《资治通鉴》刻版，交给林自回去交差。林自走后，二人找了个隐秘的阁楼，把印版给藏了起来了。林自将废版带回，幸得蒙混过关。《资治通鉴》的印版得以保全，并流传至今。

除此之外，米芾还以搜求奇石碑帖为名，四处收集苏轼的书画真迹及其诗文，秘密保存。大观元年（1107），米芾辞世时特意交代儿子米友仁，无论如何都要妥善保全坡公诗文和书画。

米芾来到太清小筑时，赵佶已在阶前迎候。米芾大感意外，赶紧撩袍行跪拜礼，赵佶忙将他搀起，说道："爱卿不必多礼，你是朕的老朋友了！"

米芾是第一次来到太清小筑，偌大的房间四壁尽是古今名家的字画，顿时眼界大开！他顾不得许多礼节，径直走向范宽的一幅立轴《溪山行旅图》，边看边自言自语道："太妙了，蝼蚁般小驴和行旅，衬托出高山的雄伟，苍润浩莽、浑然一体！"

赵佶道："好眼力！"

"微臣第一次见到此图的真迹！"

赵佶笑道："那你就好好看看，别把朕的藏品吃了！"

"岂敢，岂敢！"米芾说着，顾不得御前的礼节，又移步王献之的一幅《省前书帖》前，几乎把眼贴在上面观看，"哎呀，这线条太丰富了，时而劲健有力，时而飘逸洒脱，聚散适度，真乃妙品也！"

米芾转身向赵佶鞠一躬："陛下，能否将此《省前书帖》借我临摹临摹？"

赵佶道："朕准备寻一好石材、好雕师，将其勒石呢！"

米芾忙道："太好了！当今我大宋最负盛名的雕刻大师当数岳阳的文惟简，他曾经率弟子奋搏数年雕刻了千秋传承的昌州大足摩崖佛像，他是我的朋友，陛下将书帖交给我，我下功夫临摹，熟稔之后，我来书丹，让文大师勒石，一定不负陛下所望！"

赵佶知其意，笑道："你就现场给朕临摹一幅看看！"

两个内侍铺上一张古色龙纹宣。米芾卷起宽袖，抚摸了一下宣纸："哇！这宣纸薄如卵膜，柔韧如玉，滑如春水，这不就是徽州澄心堂贡宣吗？！"

赵佶微笑着点点头。

米芾自语道："得用此贡宣，一大幸事也！"于是，他再把《省前书帖》认真看了一遍，挽袖提笔，一口气将书帖背临了一遍。

赵佶走近看看："好神似！只是最后这个'耳'字，往下拉得太远了！"

米芾点点头。

赵佶道："朕上次以书画博士召你回京，你请辞，推荐苏轼任职。而今苏轼已故去，你再无可推辞。"

米芾笑着摇摇头。

赵佶问："若为书画博士，爱卿有何打算？"

米芾道："不薄名家，培养新人，不单摩古，更重新创。待诏、祗候等均凭书画功夫的高低予以录用！"

赵佶道："正合朕意！翰林图画院录用与科举考试一样进行，所有画学正、艺学、待诏、祗候、画学生均进行考录，对应官阶，分级晋升！"

米芾心里嘀咕：这么麻烦啊？但还是频频点头。

赵佶道："那么你就拿个预案吧！"

米芾朝赵佶拱拱手，径自去摘王献之的《省前书帖》。

赵佶道："且慢！朕问一题，如答得完满，书帖即可带走临摹！"

米芾点点头。

赵佶问："本朝以书名世者为谁？"

米芾道："以微臣观之，蔡京空有大象而不得笔，蔡卞得笔而乏逸韵；蔡襄勒字，沈辽排字，黄庭坚描字，坡公——画字！"

赵佶问："卿书如何？"

米芾一拍胸脯，道："嗯——微臣刷字！"

赵佶不禁哈哈大笑起来。

米芾道："陛下之书当在诸人之上，自带金石味道，曲折膂力，自带仙气，几年前微臣曾评陛下的字为'天寿金樽'之体，而今又被众书家誉为'瘦金体'，真的是前无古人后无来者，千百年来独树一帜！"

赵佶一拍书案："此帖赏予爱卿了，望能勒石永存！"

米芾深深一躬，接过内侍递来的书帖卷轴，顺手将一领澄心堂贡宣夹在腋下走了出去。

赵佶望其背影，摇摇头笑道："越来越癫儿了！"又大声喊，"早点把翰林图画院运行预案给朕报来！"

十

碧云笼碾玉成尘

蹴过两场鞠球，赵佶回到延福宫，先包了个桂花浴。洗漱完毕，披上薄纱睡袍，懒洋洋地歪在卧榻上，几个侍女轮流为其按摩。"睡起小奁香一缕"！按惯例，皇帝就要饮茶了。

两个点茶女取出一个龙团饼，在茶炉上文烹龙团，即用文火把茶饼烤干。少顷，龙团烤好，用茶臼将饼茶捶碎，再用小石磨将碎茶慢慢磨成粉，将茶粉收集起来过筛，筛掉大颗粒，只留下细小的粉末装入茶盒。同时开始煮水，少顷茶开，用沸水冲淋茶筅和茶盏，又将茶末装入黑色建盏里，用开水冲点茶末调成膏状，而后又加入沸水用竹筅开始击拂。

赵佶打了个盹，睁眼看见两位点茶女正在用竹筅击拂茶膏汤，摇摇头道："喏，你俩击拂用力不妥，朕给你们示范一下！"赵佶接过茶盏和竹筅，边击拂边说，"击拂要用巧劲，手轻筅重，指绕腕转；先后须注水七次。第一汤，沿着茶盏四周注水，调和茶膏；第二汤绕着茶面注水，击拂要利落迅速；第三汤注水少量，击拂轻而匀；第四汤大幅度绕竹筅；第五汤注水少量，击拂均匀透彻；第六汤继续注水，击拂茶汤中下部，使茶面汤花均匀；第七汤在茶汤中上部运筅击拂。算来，竹筅击拂须在三百下以上，当茶面汤花回凝不动，雪沫乳花呈现白、凝、厚、细的状态时茶沫洁白、茶香方可溢出……"

点茶女按照赵佶讲的办法，分次注水击拂，果然坐花细密、持久，清香四溢。赵佶听着点茶女竹筅击拂时，茶盏时而叮叮有声，忽而想起韦贤妃的踏铃舞，便让张迪去叫韦贤妃。

"贱妾叩见陛下！"

赵佶忙将韦贤妃搀起："爱妃快起。朕刚才听到竹笫击盏声，想起已经很长时间没有看你的踏铃舞了。"

韦贤妃道："陛下是想看群舞还是独舞？"

"独舞吧，朕以为，踏铃舞伴奏乐，以琵琶和磬最为合适。"

"那么贱妾边跳边弹琵琶，陛下为妾击磬如何？"

少顷，张迪将琵琶和一架铜磬拿来。韦贤妃换上一身轻薄白纱，将纱裙高高挽起，脱掉鞋袜，露出一双玉腿，将两串铜铃系在脚踝上。赵佶拿起击锤，试了一下磬音，几声磬音颤颤流出。韦贤妃微笑着朝赵佶点点头，示意开始，便一边弹着琵琶一边跳舞。琵琶声如银瓶乍破，珠玉飞溅；磬声铮铮，如天际远雷，沉静悠远。韦贤妃脚踝的铜铃丁零零、丁零零，节奏欢快，扣人心弦。韦妃将一把琵琶耍得天花乱坠，时而在侧，时而在前，时而反弹。赵佶面前似有万千韦贤妃在旋转，万千条光滑如玉、洁白如雪的玉腿在舞动，如梦如幻，不由得停下来，专注地欣赏韦贤妃的踏铃舞。

韦贤妃听不见赵佶击磬的节奏，慢下来看一眼赵佶，赵佶正眼神迷离地望着自己的玉腿，不觉脸色一红："陛下，怎么停下了？"

赵佶一笑："别太累了，喝杯茶吧！"

韦贤妃走过来依偎在赵佶身边，说道："只要陛下喜欢，再累贱妾也乐意。"韦贤妃倒了两杯茶与赵佶碰了一下杯子，自己啜了一口，"哇，这么醇厚的茶呀！"

"哦，这是刚刚送到宫里的龙凤团茶，产自福建凤凰山北苑御茶园，由早春茶芽压印而成的团茶——张迪，"赵佶朝外间喊，"记得把那两团龙凤茶团给送到韦贤妃宫中！"

下朝后，赵佶叫住了提举茶事司李梦桐，询问武夷山御茶园事宜。提举茶事司，是崇宁元年（1102），由蔡京提议设置的。蔡京刚从杭州回京不久，知道赵佶喜欢饮茶，对茶的品质要求甚高，且精于茶道，故而提出设置茶事司。

李梦桐道："陛下，今年腊月二十八打春，前几天武夷山下了一场春雪，冻杀了虫蚄，土墒更丰沛，御茶园春茶长势甚好，福鼎白茶最旺相，陛下亲自定名的上好茶种玉清庆云、瑞云翔龙、浴雪呈祥都十分看好，要不了一月左右，新茶将陆续出园……"

赵佶点点头，说道："武夷春茶比西湖龙井采择稍晚，西湖龙井清明前即可上市，而武夷茶则有谚云：'清明太早，立夏太迟，谷雨前后正好。'西湖茶采摘时武夷茶正在'中开面'，芽叶增厚变色后方可经得起反复揉炼。"

李梦桐称赞道："陛下精通茶道，虽蔡博士莫能有陛下之一二也！"

赵佶自谦地摇摇头："朕多想到御茶园去看看啊！"

李梦桐道："那太好了，皇家官船南下，直达杭州，然后有几条水路均可到达武夷山，若能成行，一来可考察江南各级官员施政状况，二来可了解诸州县的盐、铁、丝、茶经营贸易，还可以看看江南各地茶场的不同特点……"

赵佶若有所思地摇摇头："边关时有事端，朕此时何敢移驾东南？待些时日再议吧。你且把各地茶场茶叶的成色特点、辨别办法、采择时间、制备工艺收集整理一下，以备查验。"

李梦桐点头："微臣记下了！"

赵佶又踱了几步："另外，爱卿要知会一下各地茶官，待春茶下来，速速送来汴京，春祀过后朕要在文德殿为群臣举行茶宴！"

李梦桐正要向赵佶叩别，赵佶又道："现今官商饮茶已成习惯，民间饮茶如何？汴京城有多少茶馆？哪家茶馆斗茶兴隆、点茶正宗？"

李梦桐稍一迟疑："回陛下，汴京城当下茶馆众多，大大小小茶馆不下千家。比较知名的也有十几家，如镇安园、一壶春、逍遥阁、临汴居、清雅阁等。要论斗茶最兴隆的当数一壶春，那里的斗茶最为知名。当年欧阳修、范仲淹、王安石以及王诜、苏轼、秦观等名人雅士都是那里的常客，就连一向高冷的李清照也曾携丈夫赵明诚等人一起来此斗茶，首开斗茶令，还曾填词一阕……"

赵佶微笑道："是她那一阕《小重山》吧。'春到长门春草青。江梅些子破，未开匀。碧云笼碾玉成尘。留晓梦，惊破一瓯春。花影压重门。疏帘铺淡月，好黄昏。二年三度负东君。归来也，著意过今春。'"

李梦桐鼓掌赞道："陛下过目不忘，乃圣人也！"

李梦桐走出文德殿，正好碰上蔡京。医蔡京举拔李梦桐做茶事司提举，所以李梦桐对蔡京以师事之。他便将皇上议茶之事告之，蔡京点点头道："一壶春不错的。"

谷雨后三天，建州驿道上几匹快马向北奔驰。武夷山御茶园第一批上好的武夷山茶已炮制完好，为了让皇帝及早喝上上好的春茶，建州知府命茶官星夜兼程送往汴京。这批茶叶不走水路，生怕迁延时日，采用驿马快送，二十里一驿站，从建州到汴京共一百二十五座驿站，"八百里加急"，三天即可到达汴京。

大宋全国共有驿站一千三百余座，驿卒一万二千人。按驿站的繁忙程度，配备马匹和驿卒数量也不同。关键的驿站，配有数十驿卒，驿马四十余匹。"八百里加急"是皇家的重器，非战时及特殊情况不可动用。近期，因江南及山东诸州县盗匪不断，驿道上还要枢密院派兵协护，免生意外。

赵佶昨天翻看折子，几个地方呈报发现匪盗出没，好生不快。朝会一开始，赵佶便问蔡京："蔡爱卿对多地出现匪情，如何处理？"

蔡京原以为盗匪事端本是童贯、高俅的事，对此没有准备，及至赵佶相问，便泛泛而谈："强秦亡于黥徒，陈涉起自大泽，汉乱于黄巾妖言惑众，隋败于草莽瓦岗，大唐虽盛，衰于黄巢……近日各路匪情谍报频传，特别河北山东匪情更为猖獗……"

赵佶不耐烦地转过脸来打断蔡京："好了蔡爱卿，朕不想听这些！"

蔡京低头退回朝班，朝堂上顿时沉寂，众大臣噤若寒蝉。童贯一直在观察赵佶的神色，此时举笏出班，说道："陛下，微臣这里有一折《荡寇奏议》，呈报陛下御览。"

赵佶从张迪手里接过奏报，翻了翻放在龙案上："童爱卿，你且把如何荡寇说来，让众大臣都听听。"

童贯道："微臣从征辽前线回师路过河北，顺路荡匪，只战半天，匪兵已散，匪首高托山亡命西山，被当地官府诛杀。全国虽有多处匪患，均不足虑，唯有山东一拨规模较大，只需一劲旅前往，不出半月定可荡平……"

赵佶忽地站起："好，童爱卿此议可解朕忧！你可与蔡京、高俅二人商议具体出兵山东事宜，朕等你的好消息！"

山东荡匪一事安排就绪，赵佶立马来了精神，提前退朝，让张迪约人蹴鞠。

张迪道："陛下，武夷山新茶驿马快递到了！"

赵佶道："李梦桐在哪儿？"

正好李梦桐气喘吁吁地跑来："陛下，要不要先尝尝'瑞云翔龙'？"

赵佶道:"上好新茶当然是与众臣工一起品尝的好!"又对张迪道,"通知王诜、蔡京、童贯、高俅、王黼、蔡攸、米芾、周邦彦诸臣,午膳后到玉津园八风阁品尝武夷新茶!"

玉津园位于汴京南薰门外两侧,是一座园中有园、景致疏阔的皇家园林,是皇家宴射、观刈麦、祭祀和观赏动物的场所,分为亭台轩榭区、稼穑区和百兽园区、蹴鞠击鞠区等。园内环境幽静,林木繁茂,花木宜人,有多个浅泊碧池,池中有多个小岛。稼穑区有稻、麦等,军士耕种、吴牛拉犁,颇有江南风貌。园中千鸟百兽园,大象、犀牛、狮子、孔雀等奇珍异兽。

杨侃曾在《皇畿赋》中记载:

"别有景象仙岛,园名玉津。珍果献夏,奇花进春,百亭千榭,林间水滨。珍禽贡兮何方?怪兽来兮何乡……屈曲沟畎,高低稻畦,越卒执来,吴牛行泥,霜早刈速,春寒种迟……辇从千官,郊陈万骑,既观以云罢,亦宴犒而后已。"

八风阁建在玉津园的水滨林间,是皇家贵族饮茶宴乐的场所。是日午后,风和日暖,玉津园里春光无限。林木吐绿,玉兰、春杜鹃、樱花、君子兰等次第开放。八风阁里,熏香袅袅,古琴声声。早有五六个点茶女,在这里摆弄各种茶具。

诸大臣将自己的车轿停在玉津园门口,早早来到八风阁,围着主茶台分别落座,互致问候,听着古琴,挑开珠帘,探看阁楼外的春花碧水。

少顷,净鞭声响起,众大臣纷纷走下楼阁肃立候驾。远远望见皇帝的辇驾在锦旗节旄、金甲禁军的簇拥下驰来,直到八风阁前停下,众大臣向皇帝施躬身礼。赵佶身穿一袭白色道袍,潇潇洒洒走下车辇,朝大家微笑一下:"众爱卿免礼!"说着噔噔噔快步走上楼梯,落座在茶台前,压压手示意大家落座。"诸位爱卿,近来各自忙于公务,十分辛苦。特别是童帅从北方归来,鞍马劳顿。今天,恰逢武夷山新茶'瑞云翔龙'击驿马快递送来京城。朕不敢独享,特请大家来这里尝鲜!"

众人齐声道:"感谢陛下恩典!"

李梦桐走过来将一个锦缎包裹一层层打开,现出一个精致的髹漆竹编珍盒,未启盒盖,一股清纯的茶香瞬间弥漫开来。蔡京以鼻子嗅嗅,说道:"真真好茶也!"

赵佶道："朕今天要亲自为大家点茶。为什么要来此地饮茶呢？常言道，'水为茶之魂'，此地有上好的井水，你们看，就是南面那口八角井，甘甜爽净，用此水点茶，茶汤醇厚耐品。有人曾云，点茶'河水为下，井水为中，山泉为上'，朕以为河水不洁，山泉太烈，井水亦为地下之泉，且沉静不燥……"

点茶女已将茶末研好，取来釉色青黑的建州贡瓷兔毫盏。此盏因饰有银光细纹，状如兔毫，故名兔毫盏。赵佶开始注汤击拂，随着竹筅的击拂，茶香越发浓烈。米芾忍不住道："陛下，微臣已满口生津了！"赵佶笑而不语，嚓嚓嚓，击拂更快，其间七次停下来添加沸水。不一会儿，兔毫盏里的汤花乳雾汹涌，溢盏而起，周回凝而不动，汤花浮于盏面，呈疏星淡月之状，极富悠雅清丽之韵。

真是"黄金碾畔绿尘飞，碧玉瓯中翠涛起"，一阵阵茶香四溢，众人只闻茶香，便舌底生津，神清气爽，两胁生风了。

点茶女已将小茶盏及茶点、水果摆在各大臣的桌台前。"好了！"赵佶停下竹筅，离开茶台，将茶汤逐一分给诸臣，说道，"这春茶得雪水的滋润，饮后清咽利喉润肺，爱卿们饮后可有茶诗吟来听听？"

诸臣接过御茶品饮，一一顿首谢恩。

米芾啜了一口茶汤，笑道："饮茶诗也应是陛下为先啊！"

古筝和琵琶再次响起古曲《长相思》，乐声低回，似有似无。赵佶浅浅啜口"瑞龙飞雪"，吟道：

风霜正腊辰，早见几枝新。

预荷东皇化，偷回北苑春。

旗枪虽不类，牂羍似堪伦。

已有清荣谕，终难混棘蓁。

蔡攸带头鼓掌："陛下乃诗圣词仙也，将贡茶旗枪、蘖、预荷嵌进诗里，妙！"

蔡京瞪一眼儿子蔡攸："你知道这几种贡茶的来历吗？旗枪是扁形炒青绿茶，产于杭州西湖、萧山等地，因该茶经开水冲泡后，叶如旗杆，芽似枪头，故有旗枪之说……"

蔡攸回瞪一眼蔡京："难道别人都不懂吗？"

赵佶笑道："你父子不必争斗了，有茶诗就献上来！"

童贯起座道："陛下，微臣是个武人，知书不多，作诗更难。若要联句兴许能跟上一半联。"赵佶哈哈一笑："就依童爱卿所言，茶诗联句！"

童贯道："我先来：

繁花织锦绣，茶香引情缘。"

蔡攸鼓掌："童帅有如此好句，还自谦呢！我接一联：

八风邀茶客，圣意满田园。"

王黼接：

"已觉春醪醉，不辞绿蚁繁。"

米芾笑道："王大人想喝酒呢？我来搓：

瑞云净肌骨，翔龙涤心源。"

王诜道："米博士果然有好句，我接一下：

畅怀待月归，垂耳听鸟喧。"

蔡京捻着胡须接道：

"东君传暖意，皇恩绕庭轩。"

周邦彦接道：

"盈盈凌波曲，渺渺夜行船。"

高俅道："果然乐律大家，联句也不忘曲牌！

郎朗见紫光，浮浮有黄萱。"

赵佶带头鼓掌："高俅不愧出自王都尉的门下，果然有惊人之句！朕来接一联：

神舟百姓渡，金瓯万里关！"

众人齐声鼓掌，经久不息。千百只鸽子齐齐从八风阁上起飞，绕阁飞了三圈，然后东南而去。

玉津园茶聚后，赵佶颇为感慨，赐茶既密切了君臣之谊，又能洞见人的真性情。联想到以往那些君臣茶聚境况，萌生了画一幅有关与大臣茶聚的画，故而便有了《文会图》。因近期朝会太多，这幅画在画的过程断断续续，起稿之后，赵佶还请米芾、苏汉臣、张择端等人联袂来画，经赵佶最终润色之后，浑然一体。

这幅画中，大树下大茶案旁有八九人边饮茶边畅谈，无拘无束，自在洒脱。

另一群人围坐在一起，听琴、品茶、聊天。上边穿白衣的男子，仙风道骨，显然与众不同，与玉津园茶聚时赵佶的穿戴一样。大案前置一小桌，上有茶床和各种茶器具，茶床旁设有茶炉、茶箱，且炉火正旺。旁有几个小侍者在忙着装点食盘、点炉生火、倒水入盏……不远处有二人在谈论着什么。垂柳后设有一石几，几上横了一张仲尼式瑶琴，还有香炉一尊，琴谱数页，琴囊已解，似乎刚刚弹过。

赵佶在画前审视再三，提笔在右上角题诗一首《题文会图》：

儒林华国古今同，吟咏飞毫醒醉中。

多士作新知入彀，画图犹喜见文雄。

适逢蔡京、李梦桐二人见驾议事，见《文会图》已挂在壁上，齐声叫好。

李梦桐道："陛下此画记录之雅趣，必将成为饮茶乐事之千古佳话！"

蔡京更是赞不绝口："陛下，这幅茶聚画场景很亲切，似曾相识。描绘了我大宋高雅的饮茶文化，也显示大宋立国以来以文治国君臣和谐的美好状态！"

赵佶笑笑："蔡爱卿知朕也！那么，也请你在画上题诗一首可否？"

蔡京道："谨遵陛下旨意，微臣笨拙，未必能合圣意。"遂提笔略一思索，在画的左上角题道：

臣京谨依韵和进

明时不与有唐同，八表人归大道中。

可笑当年十八士，经纶谁是出群雄。

赵佶连声称赞："蔡卿题跋中，将唐太宗与杜如晦、房玄龄等十八士在文学馆讨论典籍的典故与《文会图》并论，意蕴深邃，甚好甚好！来来来，朕请二位吃茶。"

三人移座茶台，几个侍女立即摆好茶具，打开一个彩缎八角盒。

赵佶道："此茶虽非新茶，却是福鼎白茶第一品'银针白'，产于磻溪太姥山。"少顷，侍女点茶到位，分盏品尝。

李梦桐慢咂一下，说道："果然不同凡响，只听说此茶甚少，今得一尝，幸甚幸甚！"

蔡京浅尝一口，道："微臣在杭州时，曾有友人相赠一缕，号称'三白'，问其因，友人告之，三白者，嫩芽及两片嫩叶均有白毫披茸毛，色白如银，冲调时乳花盈面，久而不息。今品陛下所赐之茶味，'三白'与'银针白'或许为同宗。"

赵佶问："'三白'产于哪里？"

蔡京道："产于建州松溪。"

赵佶道："你可寄信与友人，询问一下'三白'今春情况如何。"

不日，龙井新芽、石乳、龙团胜雪、北苑先春、大龙团、小龙团、秘制云龙、龙团胜雪等各类贡茶先后被送到汴京。这些贡茶，大多是御茶园所产。大龙团春茶每年只产四十饼，小龙团只有二十饼，秘制云龙和瑞云翔龙更是稀少。赵佶对这些贡茶，逐一品尝辨别，详细记录了它们各自的特点。

大观年间，大宋江山相对稳定。赵佶更有更多的时间去画画、蹴鞠、抚琴、品茶、问道。他研读了陆羽的《茶经》和蔡襄的《茶录》，调阅各地种茶、制茶的典籍。在华夏历史上，饮茶的方式不断变化，由煮茶、煎茶慢慢演变到点茶。煮茶并非煮炒过的茶，而是用新鲜的茶叶来煮；而煎茶则是煮茶的进一步发展，将茶叶做成茶末，混合些佐料，水沸时加入，三沸方为煎好。赵佶认为，随着人们生活习惯的不断变化，饮茶的方式还会不断变化。而今的点茶更具有文化意蕴和仪式感。因而，种茶、制茶、饮茶典籍应该重新分类，重修茶经。

百姓士子如何饮茶、斗茶？他忽然想起李梦桐说的汴京茶馆景象，特别那个一壶春茶馆于是，赵佶找来李梦桐，说想去看看一壶春斗茶盛况。

李梦桐道："陛下，那里的茶客较多，三教九流……"

赵佶道："不必多虑，我等君臣数人微服访茶而已。"

李梦桐会意。

午后未时，一行商旅乡绅打扮的人乘坐小舆，出东华门，拐过几条街道，来到一壶春茶馆。

一壶春茶馆面对汴水，门楼台阶不高，外观与周围街面并无二致。进得大门方知很不一般。过厅后是一个精致的镂空砖雕影壁，绕过影壁，便是一个很大的花园，奇花异木，曲水环绕，一群群红鲤在曲水里游来游去，几只鸳鸯在兰草丛里晒太阳。穿过花园，便是会客庭。四周是多个相互独立又有回廊相连的茶座，挑开窗帘，均四面花木扶疏。绕过会客厅，是一片郁郁葱葱的竹林，穿过竹林甬道，可见一座两层茶楼，高挂匾额"逸神阁"，便是文人雅士们斗茶的地方。

进得茶园，果然热闹非凡，几个茶房均已客满，茶客们有的窃窃私语，有的谈笑风生。公子哥们潇洒倜傥，高谈阔论，女茶客个个花枝招展，时不时掩口暗笑。点茶女一身绛色服饰，来来去去殷勤服侍茶客。

赵佶大为感慨，对李梦桐道："民间斗茶、饮茶之风如此兴盛，这不是百姓安居乐业、社会繁荣之象征嘛！"

"是啊，不仅汴京，各地黎民百姓均有饮茶乐事，这都是万岁治国有方啊！"

女茶倌引着赵佶等人径直来到逸神阁。逸神阁里三个大茶台，其中一个茶台已有茶客在斗茶，靠轩窗处，一个歌伎正弄琴，其声叮叮入韵。另一茶台坐着蔡京、王诜、王黼等人，原来他们三人已先到达，均商旅打扮。见赵佶进来，纷纷站立欲施大礼，赵佶忙朝他们摆摆手。与此同时，赵佶一行向邻桌的茶客们拱拱手："各位大人金安"邻桌茶客齐齐起立还礼："各位大人万福！"

众人落座，张迪将随身带来的大龙团拿出来。几个点茶女走来摆上水果茶点，开始碎茶、煮水、洗盏。

赵佶道："诸位大人，今日在一壶春相聚，实为幸事。我知诸位皆斗茶高手，大家玩一玩茶百戏如何？"

众人皆应："听凭大人安排！"

邻桌的茶客，多有向这里看过来。

赵佶先击拂第一盏大龙团茶汤，起座分给邻桌的四个茶客品尝。四茶客感谢不已。那位白衣茶客品尝后，咂咂嘴赞道："感谢大人赏茶，此茶乃茶中至尊，我等百姓能够吃得，今日有口福了！"

赵佶一愣，暗忖道：此人真卓识之人也！便道："谢谢夸赞，不过武夷春茶而已！敢问大人尊名？"

白衣茶客道："敝人姓赵名长安，乃诸暨人也。先生尊姓大名？"

赵佶哈哈一笑："幸会幸会，你我是本家，姓赵名仁是也。"

赵佶道："蔡、李二大人是高手，我三人先来一局茶百戏如何？"

蔡、李同道："赵大人才是高手呢！"

赵长安走过来："诸位大人，赵某参加可否？"

赵佶笑道："本家参加，皆大欢喜"

茶倌取出大小一致的茶盏分给四人，注水温盏。四人各自将茶末放入盏中，注入沸水，将茶末调和如膏，黏稠适度，再注入沸水。四人同时持筅击拂，唰唰唰唰一片声响。稍顷，四人陆续停下来，请众人鉴赏。鉴赏一要看色：茶汤是否鲜明而白，汤花大小分布是否均匀，汤花是否长久；二要辨别茶类，分清熟茶还是生茶，是红茶、绿茶还是白茶；三要闻香：嫩香型、花香型、果香型、清香型、甜香型、陈香型、松烟香型、毫香型；四要尝味：醇厚还是清淡，有没有杂味等。

经众茶客品评，一致认为"赵仁"的茶汤，色泽白，坐花久，香气醇厚馥郁，赵长安的茶汤青白，蔡京的灰白，李梦桐的黄白，第一局"赵仁"胜出。

第二局茶百戏。茶百戏又称水丹青、汤戏、茶戏等，是一种能使茶汤纹脉形成不同物象的茶艺。用点好的茶汤加入适量的水，再经有节奏的击拂，使茶汤中显现出文字或图像。茶百戏始见于唐末，在文人士大夫中流行。至宋越发时兴，特别在建州一带最为盛行。人们把茶百戏与琴、棋、书、画并列，成了深受文人雅士和士大夫们追捧的高雅的游戏活动。

四人重新冲膏击拂。赵佶加大了茶汤的分量，竹筅击拂的速度先慢后快再慢，腕力柔韧，快时茶花飞溅，慢时如水中捞针，最后在茶汤上吹了一口气，茶汤飒飒有光，茶汤上慢慢幻化出一幅山水画，高山层叠，曲水长流！赵长安击拂则先慢后快，突然停下来，竹筅在茶汤面上轻轻一挑，茶汤呈现出二龙戏珠。蔡、李二人也各有绝技，蔡京的茶盏里是江河波浪和一轮红日，李梦桐的则是一团牡丹花。

众茶客啧啧称赞道："四人的茶戏各有千秋！"

王诜笑道："赵仁大人的茶戏叫'江山永固图'如何？"

众人鼓掌："起得好！"说笑间，蔡京的茶汤图案消失了，紧接着李梦桐的图案也没有了，过不多时，赵佶的茶汤图案和赵长安的茶汤图案同时慢慢消失。

赵佶笑道："这一局赵家同胜，并列第一！"

赵佶正在兴头上，拿出一个团扇，提议道："下面大家玩一玩传扇茶诗联句，每一联要有关联，从蔡大人这里开始，自左至右传扇，接上而不押韵者罚酒一杯，接不上者罚酒三杯，如何？"

众人齐道："悉听赵大人安排！"

蔡京道："敝人起联：

茶香得云雾，水甘出岫岩。"

王诜接道：

"非时不可采，妙手方为玄。"

轮到梁师成，他迟疑了一下。

蔡攸道："嗨，梁大人，你没接住，罚酒！"

梁师成辩解道："敝人正要接呢，被你打断了，应该罚你！"

赵佶笑道："你俩扰乱秩序，各罚三杯美酒！"

二人只得对盏，蔡攸接道：

"松下听古琴，楼台望瑞烟。"

李梦桐接道：

"唱诗品玉茗，泼乳试金盏。"

高俅接道：

"样叠鱼鳞碎，香分雀舌鲜。"

王黼道："高大人盗用梅尧臣的诗句，该吃罚酒三杯！"

高俅道："刚才赵大人没有说不许用别家的诗联啊！"

赵佶哈哈一笑："是没说，以后不可再用别家诗联了。王大人妄言，吃罚酒一杯！"

赵佶接道：

"心从流水去，身随风云闲。"

众人皆鼓掌叫好。

王黼接道：

"七贤同化蝶，六神已入禅。"

赵长安接到团扇，皱皱眉头，张嘴欲说，却又尴然一笑："诸位大人，赵某不才，可否用小曲代替？"

赵佶很感兴趣，哈哈一笑："允！"

赵长安从桌上拿起一根茶签，在茶台上当当当敲响过板，唱道：

"男：正月里调情正月正，二妹子皮白肉嫩又年轻。

女：二妹掩面开言道，谁家情郎长得标，爱坏了奴家了！

男：二月里调情龙抬头，二妹子站在大门口，哥从家门前过呀，缘何不睬我？

女：叫一声情郎哥，不是不睬你呀，大街上人太多，看到了笑话我。

男：三月里调情桃花开，二妹子站在大门外，东张又西望，我的好乖乖！

女：叫一声情郎哥呀，过来拉拉手呀，一拉就成了。

……”

赵长安一会儿男腔一会儿女腔，腰身扭动，绘声绘色，引得众茶客个个捧腹大笑！

近段以来，赵佶几乎将所有的空闲时间都用在撰写《大观茶论》上。《大观茶论》共二十篇，对茶的产地、采制、烹试、品质、斗茶风尚，进行了详细记述。其间，赵佶阅览了大量的典籍，比较了陆羽的《茶经》和蔡襄的《茶录》中对种茶、制茶、烹茶描述的不同，提出了饮茶可"致清、导和、韵高、致静"。成书之日，赵佶邀请王诜、蔡京、李梦桐前来品鉴。

三人伏在案上认真研读《大观茶论》，赵佶为三人奉盏点茶。

蔡京读着读着，忍不住击案叫绝："陛下对茶的产地见解精妙，'崖必阳，圃必阴，阴阳相济，则茶之滋长得其宜'，阐释了茶与阴阳五行之辨；特别提出'致清、导和、韵高、致静'八字，可谓茶道的最高境界。果然'茶亦有道'！"

李梦桐赞许地点点头："陛下对茶的品次论述绝好，'凡芽如雀舌谷粒者为斗品，一枪一旗为拣芽，一枪二旗为次之，会斯为下'。辨茶之法如此经典！"

王诜笑道："以敝人之见，'点茶一篇，皇上的见解最为精辟。你们看，环注盏畔，勿使侵茶。势不须猛，先须搅动茶膏，渐加周拂，手轻筅重，指绕腕旋，上下透彻，如酵蘗之起面。疏星皎月，粲然而生……'，有静有动，颇有禅意，如临现场，妙极了！"

赵佶笑道："三位爱卿都是茶道高手，无需溢美，多提意见为好！"

蔡京看一眼王、李二人："陛下精研茶道，凡人无法企及；此《茶论》可列入我大宋典籍，为善饮者提供了规范和遵循！"

赵佶笑道："众爱卿过誉了，朕对当下市井茶肆的饮茶之风领略不多，所以《茶论》中对此描述较少。"

王诜道："陛下若有闲暇，臣等奉陪陛下前去探访。"

李梦桐道："院街、大相国寺周围有很多茶肆酒楼。"

赵佶若有所思，说道："是要去看看！"

翰林图画院开科举

赵佶来到翰林图画院，见几个画师正在荔枝树下画孔雀。画师们各取不同角度，有的画孔雀展翅，有的画孔雀行走，多数人画的是孔雀登高。赵佶看了看，说："你们画孔雀登高时的姿势都不对！"众画师愕然，看看孔雀再看看自己的画，歪着头看来看去，也看不出姿势哪里不对。赵佶道："孔雀登高，必先举左脚，你们都画成了先举右脚了！"画师们再一观察，果然孔雀跳来跳去都是先举左脚！众画家不得不佩服皇帝观察事物细致入微。

赵佶对画家们说："绘画写生，既要画它的形，又要注重它的神，观察物象要细，就是要看它的规律和特性！"

画师们的流滑之风，令赵佶很不满意。他决定改革翰林图画院画家录用的办法。

从宫廷画工到翰林图画院，经过了千百年历史演进，赵佶对此做了深入的研究。

早在春秋战国时期，各国都将医药、占卜星相、书法、绘画等技艺的各种人才，召集起来，服务于宫廷。《庄子·田子方》上记载，春秋末期宋元君对画工授以官职曰"史"，故后代多以"画史"来称呼宫廷画家。《史记》记载，秦始皇统一天下时，每灭一国，便派画家图绘其宫室，在咸阳加以仿制。东晋葛洪辑抄的《西京杂记》曾记载了西汉元帝时宫廷画师毛延寿为王昭君点痣子的故事，还记载了擅长画牛马的宫廷画家陈敞、刘白、龚宽，擅长画布衣锦绣的阳望、樊育等人。到了唐代，唐太宗在掌管图书的集贤殿书院里下设画院，设有"画直八人"以及画工多人，主要从事宫廷绘画及皇家书画藏品的修复，画院由此产生。唐玄宗时，翰林院宫廷画家最多，有山水、人物、壁画、佛教等方面的多种画家，此外，昭文馆、弘文馆等机构也有不少画家。

五代时期的南唐和后蜀的皇帝们，对绘画艺术都具有浓厚的兴趣，宫廷画院不断完备和扩大。两国均将宫廷画家隶属于翰林院，从而形成了金陵和成都两大绘画艺术中心，云集了大批当时最优秀的画家。如南唐的徐熙、董源、顾闳中；后蜀的黄筌、黄居寀等。大宋统一天下后，先皇十分重视宫廷画院。后蜀和南唐的一大批宫廷画家随其旧主被集中到了汴梁，与他们君主的命运不同，他们因绘画的才能而受到大宋的优待。黄筌、黄居寀父子更是深得宋太宗的青睐，二人的花鸟画风成为当时的绘画主流。

赵佶认为，以前的宫廷画工只局限于服务宫廷，画艺的提升没有标准和要求，只重视物象的表面描摹，内涵较浅。应该赋予翰林图画院更重要的使命，繁荣大宋绘画艺术也是儒教治国的一部分，不仅能增进百姓对天朝历史文化的自豪感，而且能让番邦更多地了解和认识华夏文明的宏阔与伟大……

赵佶从一沓奏折中抽出米芾关于翰林图画院的奏折，又看了一遍。米芾对画院的规划和设想总体还算可以，只是在翰林图画院画师录用上，沿袭旧制，由地方官推举，一如两汉和魏晋的举孝廉。这种形式往往带有片面性。要想发现人才，应如科举制度一样，面向天下，通过考试选拔艺术人才。

前几天，赵佶与王诜和曾布初议此事时，王诜很是赞成通过考试选拔翰林画师。然而，身为左仆射的曾布却默不作声。作为重大举措，当须朝会通过方可。为使朝会顺利达成一致意见，赵佶便请王诜找新任右仆射蔡京通融此事，希望在朝会上得到支持。

寅时，更楼上鼓响五通，午门缓缓打开。众臣工正冠端带，鱼贯而入。走过漫长的白玉铺就的甬道，踏上二十七级台阶。御林军士将大庆殿高大的宫门缓缓打开，六十九盏宫灯将大庆殿照得金碧辉煌，三十六根盘龙柱巍峨竖立，鼎炉瑞烟袅袅，金砖墁地，锦帷鸾章，一派华光。八个镇殿大将军分别立于殿角，六百黄麾仪仗队分列御台丹墀左右。御台丹墀的基座四周外髹金漆，镶嵌的各色宝石熠熠生辉。文臣武将按照品级分列左右，垂拱而立。少顷，三通鼓响，《干安乐》乐声响起。内侍张迪走上御台丹墀，将拂尘一甩，高声叫道：

"皇帝驾到！"

皇帝赵佶头戴五龙捧圣金丝垂帘冠，身着黄色衮龙袍，腰系紫金玉带，款款从屏风后面走出来，二宫女手持掌扇紧随其后。赵佶器宇轩昂，面带英气，目光扫过大殿，稳稳坐在龙椅上。"万岁万岁万万岁！"大殿顿时响起一片欢呼声。少顷，梁师成走到丹墀前，宣道："各位大臣，今日朝议两大主题，一是听取讨伐西夏、吐蕃事宜，二是翰林图画院改革。请各位大臣奏议。"

洮河监军童贯率先出班："陛下，党项新败，仍有蠢蠢欲动之态，刘仲武将军不便回京，令末将回京报捷。这几年吐蕃和西夏多次联手南北夹击袭扰河湟，窥伺关中。边庭诸将同心勠力，数次击败二夷。此次西夏、吐蕃再次趁天寒地冻，以为我边镇懈怠，各发十万大军直驱湟、鄯。幸末将及时得报，即传檄边庭诸镇知晓。末将分别施策、各个击破。对吐蕃王子采取派使者晓以利害的法子，赠以丝绸、银两，使双方永结友邦，吐蕃王子因此如约罢兵。末将又与刘仲武将军谋定，统率五万大军在祁连、湟源设伏。西夏兵马不知就里，以为吐蕃已经到达西海，两路兵马冒入祁连、湟源。我军以逸待劳，大败夏军，斩杀夏军三千余人，俘获西夏兵将二万余人，马匹一万余匹，辎重粮草数千，西夏主帅李宪率残部逃窜……"

童贯滔滔不绝，把此次战功尽数揽到自己名下。

赵佶龙颜大悦，道："爱卿监军谋划得当，西北边庭得以安宁，功莫大焉！赏锦缎五十匹，田亩百顷！"

听童贯自颂功劳，高俅心中不悦，望一眼各大臣，多有不忿之色，遂出班奏道："陛下，末将曾随刘仲武将军与吐蕃和西夏交战，刘将军运筹帷幄，排兵布阵，谋略超人，且胸怀坦荡，从不揽功诿过，十数年镇守西北屡建奇功，故西北诸藩难越雷池！军中旧友信告微臣，在此次与吐蕃周旋中，吐蕃王子虽同意与我交好，却提出让刘将军的儿子到吐蕃为质，刘将军二话不说，即遣子前去吐蕃。人质一到，吐蕃立即罢兵；西夏对吐蕃罢兵并不知情，孤军冒进，方有此次大胜。刘将军忠君爱国之心，全军上下无不感佩，无不用命……"

赵佶听罢，两手用力拍在龙椅上，高声道："刘仲武将军有勇有谋，其高风亮节当为我大宋文臣武将之楷模！"看一眼身旁的梁师成道，"传旨，请刘将军安排适当时间回京，朕要当面慰勉嘉奖！"

童贯心里不爽，瞪了一眼高俅，又看一眼蔡京。蔡京自是会意，高声奏道：

"启奏陛下，刘仲武将军长年戍边，劳苦功高。童将军统筹西北诸镇，谋划周全、调度得当，故而才有西北大捷，二人通力协作，乃我大宋之幸也！"

赵佶哈哈一笑："蔡爱卿说的极是，正因为有诸位股肱大臣如此忠勇，大宋的天下才得以安宁！"大殿里又响起一阵"万岁万岁"的欢呼声。

赵佶沉吟一下："蔡爱卿，米芾的重整翰林图画院的奏折朕已批转有司，想必你已看过，有何见解？"

蔡京举笏板出班奏道："陛下，当今天下太平，君明臣贤，物阜民丰，百业兴旺，乃我大宋盛世再现也！当此，国运兴则文风盛，此乃选拔人才、大办官学、催生文采、繁荣大宋之时也。提升太常寺及翰林图画院势在必行……"

赵佶朗声一笑，打断蔡京空泛的话诓："爱卿说的极是！随着我大宋国力的强盛，儒释道、文史、画艺、礼乐、百工都要与之相适应。太常寺一事已于上旬议过，关于翰林图画院画师的选拔录用，朕意应与科举选拔人才一样，每三年举行一次科考，择优录取，可根据画工的技艺水平，分别给以待诏、艺学、祗候、画学生及相应的品级。诸位爱卿有何见解？"

曾布出班奏曰："启奏陛下，微臣以为，科举制度是国家选拔官吏的重要举措，自隋唐至今数百年来，莘莘学子挂悬于心，无数栋梁之材脱颖而出报效国家。唐朝考科除了状元、榜眼、探花、进士之外，设有明经、明法、明字、明算等科目，考试内容还有时务策、帖经、杂文等。我朝科举考试也设有进士、明经科目，考试内容有帖经、墨义和诗赋等，已经够全面了。把一个画工录用摆在与科举考试同等位置，学子们会乱了头绪，是研究儒家经典和治世之道呢，还是专心习画呢？不论是隋唐还是我大宋，都没有这个先例……"

赵佶从龙椅上站起，在丹墀上来回走动起来。

王诜看一眼曾布，作为左仆射，思想僵化，不能理解圣意，空占宰相位置。而蔡京刚刚履新右仆射，在朝堂上却空泛议论、不着边际。昨天找他谈及此事，表态坚决支持，现在却原地打转转儿，此人心思难测。王诜遂出班奏道："陛下，微臣以为，选拔治世能人和选拔书画人才并行不悖，前朝做过宰相的画家、书家很多。唐代阎立本不仅宰相做得好而且是艺术高超的画家，其《昭陵六骏图》《凌烟阁功臣图》等，特别是他的《步辇图》已成为历代艺术瑰宝；宰相韩滉曾经与姚崇、宋璟等宰执先后协助唐玄宗打造出一个开元盛世，而且留下了许多绘画精品，韩滉的《五牛图》，不仅技艺高超，而且有很深的教化意义；宰相齐映、褚遂良都给后人留下了许多艺术瑰宝。我朝的书画大家如蔡襄、苏轼、李公麟、王毂、梁师闵诸君，都是一方重臣，在主政的地方总能干出一番政绩，从未听说那位官员因画画而误了政务。由此可见，翰林图画院画工考录与开科取士并行不悖，只要错开时间即可……"

赵佶站在丹墀上高声道："王都尉说的极是，二者并行不悖！"

蔡京、高俅、蔡攸等十数人齐齐举笏启奏："并行不悖、并行不悖！"

十二

《雪江归棹图》

大观三年（1109）冬至郊祀日，赵佶四更起床，隔窗一看，大雪纷纷扬扬。赵佶兴奋地说道："瑞雪兆丰年啊！"

张迪忙招呼几个宫女帮皇帝穿衣洗漱，穿上绛纱袍，戴上冲天冠，系上金玉带。赵佶与郑皇后一起用过早膳，走出延福宫。当时王皇后已故去，一向贤淑的郑贵妃上位。早有各位大臣列队在宫殿门口等候，赵佶坐上金辂，后、妃车辇在后，文武官员、各色随从、禁军护卫，前后十二个仪仗队。太乐署教坊司演奏《导引》，大队人马浩浩荡荡出了宣德门。

御街上行走的人们早早听见净鞭声，纷纷避让，立于街道两旁，低头不语。车队一直向南，过了州桥，走过朱雀门，出了南薰门来到南郊。赵佶拨开帷帘，顿觉神清气爽，大雪已经停息，只见树木萧索，河岸曲折，大地洁白如玉。

来到南郊祭坛，赵佶走下金辂御辇。祭坛高三层，七十级台阶，顶层方圆三丈有余，有四道登坛的阶梯通向顶端。祭坛上设有两个牌位，一块是"昊天上帝"的灵位，一块是太祖皇帝赵匡胤的灵位。上面放置钟磬二架，演奏者也已到位，十几位道士已在作法。祭坛前面摆放着编钟、玉磬和几架大鼓，以及其他宫廷架乐若干。

祭坛四周有三重矮墙，第二道矮墙里有一道帷幕，叫"大次"。张迪和几个太监簇拥着赵佶在大次里换上祭服：头戴天平冠，冠冕上有二十四旒，身穿青色衮龙服，外罩中衣，脚蹬红鞋，腰系纯玉佩。两名太监搀扶着赵佶走到祭坛前的一个小帷幕围成的殿房，在御座上坐下，此处名为"小次"。

群臣按品级在祭坛下列队肃立。一切就绪，主祭官邹彦文奏请圣驾登坛，此时乐队奏乐，钟磬齐鸣，道士亦歌亦舞。前导官躬身引领皇上到祭坛上。大礼使请赵佶先后到昊天上帝和太祖灵位前跪下敬酒，三拜而起，再回到小次中。十岁的皇长子定王赵桓亚献，赵佶之弟燕王赵俣、越王赵偲依次终献。

乐声再起，皇上再次登坛，主祭官邹彦文向赵佶进奉玉杯，皇上饮下杯中御酒。赵佶再回到小次面坛而立，祭官将祭坛上的纸帛、玉册等祭品在鼎炉内焚烧。

中书舍人跪读祭文后，大晟府开始演奏黄帝之《云门》，唐、尧之《大咸》，虞、舜之《大韶》等大雅之乐。乐毕，太常寺卿邹彦文宣读郊祀歌《天马》：

太一况，天马下。沾赤汗，沫流赭。志椒傥，精权奇。

蹑浮云，晻上驰。体容与，迣万里。今安匹，龙为友。

天马徕，从西极。涉流沙，九夷服。天马徕，出泉水。

虎脊两，化若鬼。天马徕，历无草。径千里，循东道。

天马徕，执徐时。将摇举，谁与期？天马徕，开远门。

竦予身，逝昆仑。天马徕，龙之媒。游阊阖，观玉台。

郊祀结束，赵佶回銮时特意单独绕着汴河转了一圈。此时，灿烂的阳光照在雪地上，反射出耀眼的白光。赵佶走下銮驾，步行在汴河岸边，远望汴京城在冰雪覆盖中的雪顶红墙，氤氲之气浮浮，更显得巍峨壮观。汴河上下，樯橹帆影，在蒙蒙水汽中来来去去。萧瑟杨柳岸边，一渔父驾舟垂钓，他身边的一只黄狗，还朝赵佶这边狂吠了几声，惊动岸边一群鸿雁腾然起飞，哽哽嘎嘎，在汴河上盘旋一阵，朝汴京方向飞去。这一切既有荒寒沉静之美，又有生气灵动之态。赵佶想：鸿雁乃候鸟，为什么时值冬日还未南去，是留恋汴京吗？

赵佶长舒一口气，在宫苑里哪能见到这么坦荡无垠的雪国景象啊？江山之美，美在四季不同，美在千变万化！赵佶的脑海里立即浮现出郭忠恕的《雪霁江行图》、范宽的《雪景寒林图》。朕也要画一幅雪景图，既要有江水，又要有峻峰、寒林，更要有雪钓和船影，要把多姿多彩的雪国风光和大宋江山的雄伟之貌呈现出来！那么，这幅画又该叫什么名字呢？

整整几个晚上，赵佶都沉醉在雪国的梦里，一幅幅雪景画片叠在一起，又一次次拆开，逐渐幻化成一幅雪国长卷……清晨，赵佶一觉醒来，一个绝美的画面和一个响亮的名字从脑海里蹦了出来：雪江归棹图》！

当这幅宽一尺一寸、长六尺三寸的《雪江归棹图》呈现在众人面前时，已是春暖花开之时。在这幅长卷上，起首远山平缓，江面宁静，江中归帆片片；进入中段以后，山势渐渐高耸，白雪封山，银装素裹，江河坡岸隐现，其间点缀着楼观、村舍、桥梁、栈道及活动的人物，静中有动；继而又趋于平缓。整幅画面高低错落，呈现出柔和起伏的节奏感。

是日，赵佶邀蔡京、王黼、苏汉臣、孟应之等人到太清小筑品评《雪江归棹图》，众人观后无不叹为观止。

苏汉臣赞道："陛下此画，自右至左看去，如坐于舟中行进，沿江眺望窗外雪景，恍然有步换景移之感！"

孟应之道："诚如苏待诏所言，陛下所画之图与前代画家所画雪景相比，布景更加开阔平远，近实远虚，主体山势峻拔突出，群山层层推远，映带自如；画中的点景人物，再现了船家的江上生活：归棹、泊舟、捕鱼、背纤，无不栩栩如生；村舍、桥梁和栈道散落于山脚下，行旅、仆童和樵夫等穿梭其间，远处宫观隐现；文人踏雪、商旅行路——一派祥和的世外桃源景象！"

王黼道："诸位所言极是。以臣观之，陛下行笔尖劲峭拔，树木造型颇有姿态，寺观的用笔干净爽利，水光坡岸又漫润流畅，这来自陛下高超的花鸟画和界画的艺术功力，处处流露出陛下瘦金书的笔画特性和侧锋运笔之习惯……"

众人均对《雪江归棹图》做了评价，唯独蔡京一直坐在那里饮茶不语。

赵佶道："蔡卿久茶不语，何也？"

蔡京起座答曰："微臣现已致仕，专修《哲宗实录》，陛下邀老臣进宫赏画，诚惶诚恐，倍感殊荣，不敢妄言也！"

大观三年（1109 年），太学生陈朝老上疏追究蔡京十四大罪状：蔡京自崇宁元年（1102 年）入相后，渎上帝，罔君父，结奥援，轻爵禄，广费用，变法度，妄制作，喜导谀，钳台谏，炽亲党，长奔竞，崇释老，穷土木，矜远略，请求把他流放到远方，以御魑魅。

大观四年（1110）五月，彗星又在奎宿、娄宿之间出现，御史张克公再次谏告蔡京辅政八年，权震海内，轻易赏赐以蠹国用，凭借爵禄以市私恩，役使工匠修缮舍第，动用官船运送花石，名为祝圣而修塔，实为谋取私利；借口灌田而决水，以符合"兴化"之预言；以"方田法"之名，骚扰安居乐业之百姓；无端制造"党争"，致使无数忠良深受戕害，以致天怒人怨，彗星出现，不轨不忠，十恶不赦！

先前，御史中丞石公弼、殿中侍御史毛注已多次弹劾蔡京，赵佶忽略允奏。台谏官及诸多官员相继弹劾蔡京，赵佶在舆论压力下，只得令其辞官退休，改封楚国公，仍负责修《哲宗实录》，只在每月一日、十五日朝拜皇上。

赵佶实在不忍贬谪蔡京。蔡京博古通今、满腹诗书，每每与赵佶谈论政务或诗书，总能引经据典，有理有据；他善于理财，入相八年来，国库年年增收，是赵佶登基时元符三年（1100）的四倍之多；他所倡导的厚民济贫之法深得布衣百姓赞颂。赵佶每欲扩建宫苑、增设道观、开办球场、疏浚河道、收集花石等，所需银两均能随意支付；他独当朝政，善用权柄，赵佶所有想法，只要告知蔡京，必能克难攻坚，畅通无阻；他写得一手好字，特别是在赏读品评古今书画上，总能句句点到妙处；善于揣摩圣意，想皇帝之所想，说皇帝之想说，做皇帝之想做，从不违逆圣意……赵佶想，满朝文武还没有哪个像蔡京一样，让人顺心而无后顾之忧者。自蔡京致仕后，多次朝会，议而不决时，赵佶的目光总会扫遍大殿寻找蔡京的身影，然而看遍文武大臣，不见蔡京，赵佶常常若有所失。

赵佶想至此，哈哈一笑："今天只有书家、画家，不论君臣！"

蔡京叩头："罪臣岂敢！"

赵佶俯身搀起蔡京："蔡卿且莫自谦，谁不知你是当代大书家！你看，朕在这幅画的末端专为蔡卿预留了题跋之地。"赵佶说着，示意张迪笔墨伺候。

蔡京只得接过兼毫毛笔，略一凝思，在《雪江归棹图》上题跋云：

臣伏观御制雪江归棹，水远无波，天长一色。群山皎洁，行客萧条。鼓棹中流，片帆天际。雪江归棹之意尽矣。天地四时之气不同，万物生于天地间。随气所运，炎凉晦明。生息荣枯，飞走蠢动。变化无方，莫之能穷。皇帝陛下以丹青妙笔，备四时之景色，究万物之情态于四图之内，盖神智与造化等也。大观庚寅季春朔日，太师楚国公致仕臣京谨识。

蔡京题罢，搓着手问赵佶："陛下，老臣题跋是否有添足之嫌？"

赵佶摇摇头："蔡卿过谦了，你的跋文评价高妙，书体姿媚豪健、痛快沉着，拓展了画意，使此图更加完备！"

王黼接道："太师的题跋切合画境，其书严而不拘，逸而不外，意气赫奕，体现了我大宋的尚意美学之情趣！"

听到皇上和王黼对自己的赞许，蔡京心里颇为高兴。他对自己的诗文才华和书体艺术非常自信。确实如此，单单御府宣和殿典藏的书帖中，蔡京一人就有七十七件之多，远远超过古今所有书画名家的藏品数量！赵佶对他的称赏他心里十分清楚，之所以不断遭到弹劾，主要是因为自己一心想着朝廷和皇上，不免留下一些疏漏，为了照顾大家的情绪，皇帝不得不"挥泪斩马谡"。而在这个被贬谪的特殊时期，他用意气赫奕的大字行书，在跋文中用亦文亦诗的题跋，巧妙地突出了自己作为政治文人的过人才学，委婉地申述了幽怨意图。

茶叙后，众人散去。赵佶单独留下蔡京。赵佶抚慰道："蔡爱卿切莫沉沦，安心修好《哲宗实录》，若有进言，可随时进宫。"

蔡京道："老臣知晓为君不易，古来开盛世之局，宁用干臣，不用庸臣，有干臣必得罪庸臣而遭嫌隙。老臣虽不才，无事不为国家朝廷考虑，今圣上恩宠有加，老臣知足矣！"

赵佶点点头："太师知朕也！"

蔡京望着壁上的《雪江归棹图》道："老臣观此图便知陛下胸怀天下之志。可惜老臣已垂垂暮年，若是盛年，老臣定当振臂一呼，竭尽全力，辅佐陛下实现灭夏破辽，一统天下之宏图大业！"

赵佶笑问："太师所言何意？"

蔡京指着《雪江归棹图》道："'江山归赵'之宏图也！"

赵佶和蔡京都知道，画家在绘画里的隐喻，特别是内心深处寄意，会通过画面巧妙地表达出来，只有知音者，才能理解。

于是，二人相视一眼，同时哈哈大笑起来！

赵佶平心而论，蔡京绝对是个干臣。赵佶初登大宝时，起用蔡京为相，蔡京力主开疆拓土。任何一个帝王，都有统霸天下的雄心，况且赵佶登基时只有十八岁，正是血气方刚的年龄。蔡京为相后呈奏赵佶，新君理政，当内修法度以安民，外固国防以拓疆。他分析道，辽国实力强大，且有"澶渊之盟"为约，燕云十六州且缓图之；西夏、吐蕃时时窥我江山，占领河西走廊，阻塞通往西域要冲，应集中优势兵力，疏通河西走廊，拿回西域诸国的控制权，进而夺回河湟、银州等地；西南诸地，边防不稳，黎人等蛮夷几度侵占边城，急需派遣足智多谋的官员前往理藩，增设州县。

蔡京向赵佶建议，在白河沟宋辽边界一带广栽柳树。大宋与辽国因无屏障，两国边境一带常有冲突，仁宗时在澶渊白河沟边境一带广栽柳树以为疆界，而今边柳均已枯萎或消失，应督促沿线州县重新植柳，以防辽邦越界而无法纠缠。

在蔡京开疆拓土的方略引领和谋划下，周边大片的疆土因而"归赵"。崇宁至大观年间，辽、金之间的矛盾日益加剧，金国东征高丽西侵辽国，势力越来越大，辽国无力他顾。赵佶利用这个时机在西北、西南扩充了疆域，巩固了边远地区的地方政权。

最为长志气的是宋崇宁二年（1103）湟州之战。此战是宋军主动攻取吐蕃湟州的战役。湟州之战的胜利，从根本上稳定了西北大局。

宋哲宗元符二年（1099）时，宋攻占吐蕃邈川、青唐（即鄯州）地区后，主帅对军人失之约束，造成掳掠现象，吐蕃羌人因而举兵反抗，大败宋军。不久，大宋失去湟、鄯二州……

崇宁二年（1103），几次朝议，蔡京力促朝廷派兵夺取湟、鄯二州，并建议起用河州知州兼洮西安抚使王厚为主帅、童贯为监军，发兵十万进攻吐蕃。

经过数月的艰苦征战，宋军攻占湟州，首战告捷。湟州大捷后，王厚立即部署攻讨鄯州和廓州事宜。崇宁三年（1104）三月，先后收复鄯州、廓州。

对于收复的地区，有些归属未明。王厚建议，朝廷或增设新的建制，或者归入邻近州管理。赵佶闻报，同意王厚建议，即令蔡京统筹办理，并委派蔡攸为钦差大臣，传谕圣旨，对王厚及所有将士予以嘉奖。

在治理西南边庭上，蔡京建议仍采用先皇羁縻为主的策略，因时、因地、顺俗而治，进而实现长期管控。"羁縻"一词见于《史记·司马相如》"盖闻天子之于夷狄也，其义羁縻勿绝而已"。即对边疆四夷采取谨慎保守、不欲深治的态度。不欲深治绝非不治，而是顺应西南边情与民情，吏治上任用土官，法治上因俗而治。

自崇宁二年（1103）始，打败吐蕃，复设湟州；次年又收服鄯、廓二州；

崇宁四年（1105），复设银州；大观元年（1107），在海南黎母山一带设置庭、孚二州，将镇州升为都督府；在西南地区，夺取了南丹、溪峒二地，置观州；在涪州夷地置恭、承二州；大观三年（1109），在泸州土司夷所，纳地置纯、滋二州。在短短六年里连续恢复和设置了十余州，出现了宋太宗以来少有的国土扩充的大好局面，这怎能不令人自豪呢？

赵佶采纳了蔡京的积极稳妥的周边拓疆稳边战略，不仅国土面积增加，大宋更是进入了一个相对繁荣的时期。蔡京因在开疆扩边和南丹纳土有功，被赵佶拜为太师，授予八宝，一时权倾朝野。

赵佶认为，蔡京虽有过，但功劳远大于过错。

在此背景下，赵佶绘制该图时的心境，自豪与充盈，可想而知，不能不说，《雪江归棹图》是赵佶在得意之时的得意之作。

谁人可入《捣练图》

　　赵佶顺手把一个折子撕得粉碎。前不久，赵佶下诏翰林图画院定于四月开科考试，竟然仍有两个谏官联名上疏反对，好不令人生气！

　　张迪走过来给皇上续了茶水，轻声道："陛下，高太尉求见。"

　　"好！"赵佶伸了个长长的懒腰，站起来走出垂拱殿。

　　高俅走过来就要汇报，赵佶摆摆手："走，跟朕蹴鞠去！"

　　高俅边走边说："陛下，禁军要打造一批军械的折子，户部递来没有？"

　　赵佶道："没有见到呀。"

　　高俅忙道："烦请陛下知会一下户部，禁军可是陛下的嫡系亲军啊！"

　　赵佶边走边道："朕知晓了！"

　　来到御花园蹴球场户时，张迪已找来几个会蹴鞠的太监和宫女。

　　上有所好，下必甚焉。太监们原本大多不善蹴鞠，后来知道蹴鞠是皇上所爱，便纷纷去学蹴鞠，甚至一些宫女也偷空去学蹴鞠。郑皇后知道后狠狠罚了那几个宫女。赵佶对郑皇后说："何必呢？后宫整天死气沉沉的不好，以后让她们唱唱戏、蹴蹴鞠、捶捶丸、搞搞相扑、画画画，办个赛诗会，一来可以发现人才，二来可以活跃一下后宫气氛嘛！"

　　两场球下来，宫女们已是香汗津津体力不支，一个宫女在传球时不慎摔倒，正好倒在皇上的怀里，她脸色霎时涨红："陛下恕罪，陛下恕罪！"

　　赵佶轻轻揽起一看，大吃一惊："这不是撷芳楼被劫走的蓝杏儿吗?!"

　　宫女颤颤道："奴婢叫蓝彩儿，蓝杏儿是我的姐姐！"

赵佶又问："多大了？何时进宫的？"

"奴婢十四岁了，永嘉人氏，因家遭大疫父母均亡，姐姐和我逃荒时走失，后来听说她在汴京，便一路乞讨寻来，饿昏在路边，被一官人收留，两年前被送入宫中……陛下认识我姐姐？"

赵佶审视着怀里的美人，柳腰肥臀，唇若点樱，明眸皓齿，温香如玉，特别是她那长长的白皙的脖颈令人遐想不断，不是卫夫人胜似卫夫人：手如柔荑，肤如凝脂，领如蝤蛴，齿如瓠犀，蝤首蛾眉，巧笑倩兮，美目盼兮！妙处难于形容，赵佶一时不能自已！碍于众人眼睛，按捺下激动之情。

赵佶看着蓝彩儿，忽然想起那幅未画完的《捣练图》，这脸蛋，这腰身，不就是刚从《捣练图》里走出来的美人吗?！赵佶若有所思，扶起蓝彩儿："很好，你且在刘婕好那里安住，朕会派人打听你姐姐的下落。"

蓝彩儿扑通跪地上叩头："陛下大恩终身不忘！"

赵佶刚要再开一场，瞥见蔡京和米芾走来，手里还拿着一个画卷。忽然想起，画院开科在即，便对众人说："罢了罢了，这些姑娘们都累坏了！"

近侍端来雕花铜罩的托盘，张迪揭开罩子，拿起一沓热腾腾的丝巾递给赵佶。赵佶接过来一边敷面一边问道："二卿何事到此？"

蔡京道："陛下，画院开科应该提前招告天下，明年四月初九当为黄道吉日，算来不过四五个月了！"

米芾接道："陛下，上一道圣旨下达三个月来，已有三百多人报名参加画院考试，而今离约定的开考时间只有四个多月，考试的题目，阅卷的标准，画学、书学所学课程的设置，第一次招录的数量，翰林书画师官阶的设置等，都该定了。微臣与蔡大人商量不决，只得来找陛下。"

赵佶一边往垂拱殿走一边说："至于考题一事，你们就不要操心了，朕自有安排，其他诸事，二位是否有初步意见？"

赵佶端坐在龙椅上，端起黑色建盏，啜了一下，望着蔡京手里的卷轴问："爱卿手执何卷？"

蔡京忙将卷轴放在龙案上徐徐展开："陛下，我的学生送我一幅周昉的《簪花仕女图》，未知真伪，请陛下闲时甄别一下。"

赵佶俯身细细观看，边看边说："周昉先学张萱后学吴道子，书法学张旭。

唐德宗时修章明寺需彩绘佛像，其兄周皓时为执金吾，向德宗推荐其弟主持章明寺彩绘，自此声名大噪。在禅定寺画北方天王时，常于梦中见其形象，可见其对画事多么钻研！画中这四个嫔妃两个侍女，作逗犬、执扇、持花、弄蝶的悠闲自在之状，其情态出神入化，这与他的《挥扇仕女图》《调琴啜茗图》笔法相一致。最大的特点是侍女身上的纱衣，柔软薄透，其高古游丝描笔法，深得吴道子'吴带当风'的真谛。"

蔡京和米芾同声称赞："陛下学识渊博。"

蔡京道："陛下，这幅画是否为真迹？"

赵佶道："待我闲时再与周昉其他画比较勘正一下。米芾，画院开科一事如何盘算？"

米芾把一个折子递给赵佶，说道："画考有别于普通科考，应做开卷考试，不论报名多少均可参考；召集当朝绘画名家出题监考，择优筛选后再参加殿试；录取的画工可分别授予一定官职，对那些虽未达标录用的年轻可造之才，作为画学生培养三年，重新考试录用；开课科目除绘画、书法、制印、画史外，也要学习经史子等儒家典籍……"

蔡京接道："陛下，臣以为画院的官职可沿袭神宗先帝之旧制，设待诏、祗候、艺学，主要服从于宫廷画事，不得从事院外画事。"

赵佶一边翻阅米芾的奏折，一边道："二卿所奏甚是，官职的设置除待诏、祗候、艺学外，另设画学生一职，一如太学生，从年轻考生中择优录取一百人。待诏、祗候、艺学除承担宫廷画业外，还要教授画学生。朕也会抽出时间给画学生授课。至于课业设置，一定要把诗词及佛、道、易学纳入进去，请那些术业专攻的翰林院大学士到画院兼课。画学既要临摹名家，又不因袭前人，提倡独创。画院学风不可局限于宫廷画的风格，要向前辈赵昌学习写生，学会细致地观察事物。赵昌每天早晨朝露未干时，便绕栏观察花卉的特征和色彩，一边观察一边画，所以自号'写生赵昌'。再则，画师要精通诗文，所画不仅要形似，更需有意蕴，像王维那样画中有诗、诗中有画。"

米芾要回折子，打算回去按照圣意再做修改。

赵佶午觉醒来，又想起那幅未完成的《捣练图》。关于那幅《捣练图》的"入画人"，他始终未能如愿，一放竟是几年过去了。先是看中了李清照，多次错过，后来又遇到蓝杏儿，又突然消失。也许上天眷顾他这个"画痴"，蓝彩儿竟然从天而降！

赵佶一边令张迪去刘婕妤那里寻蓝彩儿，一边匆匆来到太清小筑。从壁上取下那幅未完的《捣练图》和张萱的原作《捣练图》，将二图展放在画案上，从捣练、络线、熨帛到缝制，再一次仔仔细细琢磨十二个女子的姿态和神情。在熨帛一节中，左边拽练的女子，侧身姿态很美，但侧面再多露一点或许更好……

太清小筑夏天四面清风，冬天便是一暖阁。所谓暖阁就是室外生火，通过夹墙和地砖火道送暖。太清小筑里温暖如春，丁福把各种颜料摆在画案上，之后开始研墨。屋里登时泛出暖暖的馥郁墨香。

赵佶不觉眼前一亮：蓝彩儿着一袭猩红色的披风走进来，婀娜动人。

"陛下万岁！"蓝彩儿匍匐跪拜。

赵佶上前扶起："彩儿不必多礼，今日朕让你来，是为了一幅《捣练图》。你来看看。"赵佶把蓝彩儿拉到画案前，一一指给她，"你来模仿一下她们每个人的动作和情态，朕来写生入画可好？"

蓝彩儿嫣然一笑："全听陛下安排。"

蓝彩儿脱掉披风挂在衣架上，现出一身白色的裙装，内饰抹胸红衣，高挽的发髻簪一朵粉色芙蓉花，衬托出她朗月般的面容和曼妙的身姿，显得更加妩媚。赵佶心里震颤一下，微笑着点点头。按照赵佶的要求，蓝彩儿分别模仿了几个仕女的动作，捣练、络线、生火、熨帛、抻练，每模仿一个，赵佶都仔细审视，多侧面观察，然后画在贡宣上；每一次观察，都会让赵佶心潮难平，这个女子顾盼之间，美得八面玲珑，无一缺憾！赵佶不时地走上前，矫正蓝彩儿的动作。一直到傍晚时分，方才结束。

室内一盆水仙也提前绽放，散发出阵阵幽香。赵佶看着自己的十几幅写生稿，十分满意，亲自为蓝彩儿斟一杯茶水"彩儿辛苦了！"

蓝彩儿连连摆手，做出要走的架势："谢陛下，奴婢要回去伺候刘婕妤了。"

赵佶朝门口的张迪道："去，传话刘婕妤，朕把彩儿留下了！"说罢，赵佶抱起蓝彩儿走进卧室，几下脱掉了蓝彩儿的裙装。两只玉兔砰地蹦到赵佶的眼前，令其一阵眩晕。蓝彩儿本能地将双臂搂在胸前，哀哀地望着赵佶："陛下，奴才刚刚来了月信，无法伺候陛下，奴才该死！"

赵佶不情愿地停下来，抖开她的衣裙，兴致颓然消散。

蓝彩儿哭道："奴婢该死、奴婢该死……"

赵佶虽然有点扫兴，好在有了这些写生稿，仅用五天时间就画完了《捣练图》。将两幅画挂在一起，顿觉自己的《捣练图》人物更为生动。

《捣练图》几经流传至今，后人再也无法判定它的真伪了。

赵佶一连两夜让韦贤妃侍寝。赵佶不喜欢身材过于瘦弱的妃嫔，嫌侍寝时太硌。韦贤妃十九岁，进宫已有五年，前年为赵佶诞下一子，取名赵构。生子后身材圆润可人，颇有杨贵妃的味道。

清晨起来，赵佶竟然又春心大动。翻身看见韦贤妃已经起床，正对着镜子梳妆，感觉很像《捣练图》上那个络线的侍女，胖胖的脸蛋，高高的发髻……赵佶轻轻走到韦贤妃的身后，帮韦贤妃插上金钗，韦贤妃扭过身子将两条玉臂挂在赵佶的脖子上，用刚刚涂抹的朱唇亲吻在赵佶的脸上，赵佶兴起，抱着韦贤妃滚倒在卧榻上……韦贤妃咬着赵佶的耳朵说："陛下，听说刘婕妤那儿有个宫娥叫蓝彩儿，很是勤快，能不能借到我这儿来？"

赵佶一笑："你会吃醋的！"

"不会，只要陛下高兴，贱妾和蓝彩儿一起伺候陛下！"

赵佶停下来看一眼韦贤妃，笑道："好一个韦贤妃呀！"

用罢早膳，赵佶向文德殿走来，又想起韦贤妃的话，这几天竟把蓝彩儿这个小尤物忘记了！于是对张迪说："去刘婕妤那里传旨，调蓝彩儿到前殿做仪仗女官！"

仪仗女官是皇帝的近身女扈从，上朝时给皇帝打扇、更衣、洗漱等，她们与近侍太监一起，须臾不离皇帝左右。

蓝彩儿来到大殿时，早朝已经开始。她入宫后从未到过大殿，更没见过朝会的场面。按照张迪的吩咐，她蹑手蹑脚地站在屏风后面，只听见朝臣和皇上对话。皇帝的声音威严而有磁性。她忘记在太清小筑时皇帝的模样，于是侧身向外观望，只看见皇帝戴着金色的皇冠，坐在鎏金雕龙的木椅上，身后站有两个掌扇女官。张迪等几个近侍太监站在丹墀的一角，随时听候皇帝的传唤。

用过午膳，赵佶来到养心阁午休。张迪走过来说："蓝彩儿已经来了，让她来服侍你吧。"蓝彩儿走进来时，赵佶已经睡着。望着这个英俊的皇帝，蓝彩儿心里激动而不安，刚刚十四岁的她又渴望又害怕。不知有多少宫女千方百计想要接近皇上，以求得到富贵和封赏，然而，终其一生也没有机会。上次在太清小筑甚为遗憾，不知圣上还生气否。

赵佶翻了个身，忽然闻见一股清香，又吸溜一下鼻子，慢慢睁开眼，看见蓝彩儿披一身薄纱站在逆光里，深情地望着自己，如仙如幻。他十分激动，忽地坐起来，一把抖掉蓝彩儿的薄纱，一尊玉体颤抖着立在那儿。赵佶让她转了几个身，以十分赞赏和贪婪的目光望着蓝彩儿，噌地站起，抱起蓝彩儿转了几圈。蓝彩儿一阵眩晕，连声叫道："陛下、陛下、陛……"

第二天，赵佶告诉郑皇后，升蓝彩儿为蓝贵人。

绝胜烟景满皇都

　　赵佶下朝后，没有去睿思殿。这几天他一直为匪寇的事烦恼。梁山的宋江最近很活跃，上次童贯派兵清剿，结果铩羽而归；前不久梁山贼又劫走了大名府梁中书送给其岳父蔡京的生辰纲，蔡京很恼火，向皇上呈上奏本，强烈要求再发大军剿灭山东盗贼。然而，童贯却不同意出兵，理由是上次出兵梁山，虽未将其剿灭，但已大挫其锐气，倒不如派一能言善辩之士前去劝降招安为好。高俅笑道："一仗就把你童帅打怕了！"

　　朝堂上群臣吵来吵去，搞得赵佶很烦，于是早早退朝，来到御花园散步。蔡攸给李邦彦和王黼使了个眼色，三人跟在赵佶后面。赵佶绕过假山，忽然听见一个女子在浪声浪气地唱柳七的《玉女摇仙佩·佳人》：

　　飞琼伴侣，偶别珠宫，未返神仙行缀。

　　取次梳妆，寻常言语，有得几多姝丽。

　　拟把名花比。恐旁人笑我，谈何容易。

　　细思算，奇葩艳卉，惟是深红浅白而已。

　　争如这多情，占得人间，千娇百媚。

　　须信画堂绣阁，皓月清风，忍把光阴轻弃。

　　自古及今，佳人才子，少得当年双美。

　　且恁相偎倚。未消得、怜我多才多艺。

　　愿妳妳、兰心蕙性，枕前言下，表余深意。

　　为盟誓。今生断不孤鸳被。

赵佶回头，竟是李邦彦压着嗓子，手挽着兰花指，扭动着腰身，学着瓦肆勾栏歌伎的样子在唱曲。王黼用嘴巴给他拉弦子伴奏，蔡攸也用嘴巴打着牙板。

赵佶不觉哈哈大笑："原来是这儿出来个水蛇精啊！"说着就用袍袖打他。李邦彦扭着腰就跑，赵佶就撵，李邦彦哧溜一声爬到树上，几个人站在树下哈哈笑个不停。

赵佶笑弯了腰，从地上拾起一根棍子，指着李邦彦道："小歌伎你给我下来！"

李邦彦仍装出一副女人娇态，压着嗓子学女人娇滴滴的声音说："黄莺偷眼觑，不敢下枝来！"

赵佶只得求他："你下来，朕不打你！"

李邦彦哧溜地爬下来，谁知他的腰带被树枝挂断，外袍散开，露出内衣！众人又哈哈大笑一阵。

赵佶问："你这小曲在哪儿学的？"

李邦彦一边束腰带一边捏着鼻子念白："回陛下，小女子不久前跟着陛下在桑家瓦肆学的呀！"

赵佶想了想，笑道："噢，是那一晚啊，你这小女子学得真快呀！"

那天中午，蔡攸、王黼和李邦彦侍宴，都喝得有点多，四人各自唱了一段小曲，直耍到天色已晚尚不尽兴，几个人一商议："咱们去勾栏瓦肆看戏吧！"于是几人换了便衣，张迪安排几个高手侍卫，也扮作百姓随扈其后。

李邦彦前边引路，不时地扭动屁股，引得众人哂笑。

李邦彦是怀州人，父亲李浦是个银匠，开了好多银铺，在怀州也算少有的富户。然而，李邦彦不务学业，喜欢结交朋友，经常出入瓦舍勾栏，熟习猥鄙之事，对答敏捷，擅长戏谑，常常把街市俚语编为词曲，人们争相传播，自号"李浪子"。李邦彦父亲多次鞭策其务学，然多年来连个秀才也未考中。他十分向往官宦生活，喜欢施舍那些家境不好的官宦和进士，凡有来怀州者，必请客吃饭，走时还送些银两，十分仗义。于是，河东举人入京者，一定取道怀州拜访他。从此李邦彦声名鹊起。终于经人介绍，入京补为太学生。

一次，赵佶到太学视察，见一个风度翩翩的俊朗学子坐在前面，问其名，便让李邦彦解释《论语·雍也》"子见南子"的意思。李邦彦答："'子见南子，子路不说。孔子矢之曰：予所否者，天厌之！天厌之！'孔子的意思是，爱美之心人皆有之，南子这么个美人，人人得而爱之，你却错怪人家，老天爷也不同意！"赵佶噗嗤笑了，在场的太学生们一个个也笑得前仰后合。

由于李邦彦为人豪爽，思路敏捷，所以深受赵佶赏识。他又擅长奉事宦官，宦官们也争相在赵佶跟前说他的好话。大观二年（1108 年），赵佶赐他进士及第，授任秘书省校书郎，试任符宝郎。后任中书舍人、翰林学士承旨，直到宣和五年（1123）当上宰相。

一行人出东华门，一路兜兜转转来到潘家楼东巷。这里街道宽阔，酒楼妓院比比皆是，这条街上就有三个瓦肆。远远地走来，便听见南音俚曲混杂，一片烟景市声。

汴京城的瓦肆有二三十个。瓦肆也叫瓦舍、瓦子，是城里开放的集市，一如庙会一样，卖针头线脑的，算卦的，卖各种小吃的，踩高跷的，玩杂耍的，吹糖人的，玩皮影的，耍猴的，玩悬丝傀儡的，无所不有。戏曲、歌舞则是瓦肆的主角，在勾栏进行。勾栏就是平地搭起的戏台子，落地帷幕隔开前台和后台，乐队端坐一侧。演的多是杂剧、滑稽剧和歌舞杂戏。杂剧分为艳段、正杂剧、杂耍三段。念唱做打样样俱全。一人主唱时，有宾白，有丑角穿科打诨。

有时候几台勾栏为了争人气，进行大比拼，你来艳段，我就来更酸的艳段；你来杂耍，我就来更悬的杂耍；你的主角唱得好，我的主角就使撒手锏！这时的观众便忽东忽西几头跑来跑去，希望能看到更为精彩的段子。一旦哪台勾栏赢了，戏帮主和请戏的主家，便给戏子们打赏银子。有时候观众看得高兴，也会把钱串子扔向舞台上，甚至引来好多人纷纷往台上抛钱。戏子们也不去捡，只使出浑身解数回报观众。如有哪个巨商大贾看上哪个伶伎，砸给班头足够的银两，便可领回去唱堂会。

汴京瓦肆勾栏里说评书的名家有张廷叟，小唱名角孙三四、徐婆惜、张七七、王京奴、安娘、毛团等，最为出名的还是歌伎李师师。李师师一般不出场，最后出场也就唱个小段。由于色艺俱佳，许多勾栏都打她的牌子。哪个勾栏有李师师出场，必是人潮涌动，看台上、场子里的人争相往前挤，争先要看清李师师的花容月貌，此时便有震会的举起长竹竿在人们头上呼哨，并不真的打下去，吆喝人们坐下看戏，不得拥挤。

赵佶一行来到桑家瓦子时，正好有"红汴京"和"京华梦"两个戏班在对唱，都打着李师师的名号。张迪给震会的人一贯交子，他们便被安排在看台上的位置。"红汴京"戏班正好有丑旦名角文三浪演唱《黄莺儿》，文三浪男扮女装，正在演一个小媳妇偷情，惟妙惟肖，观众不时爆发出阵阵欢笑和掌声。

赵佶扭头看看王黼和李邦彦，笑道："你们好好学学！"

王黼说："我可学不会，我只能演黄莺儿的丈夫，李大人肯定一看就会！"

李邦彦以为王黼在揭他出身贫贱的伤疤，回瞪他一眼，转而又笑道："王大人何不将此黄莺儿娶回家去，你的拥帐正好缺一个文三浪！"

赵佶问："什么拥帐？"

王黼脸色一变，碍于皇帝在侧，呵呵一笑："李大人又想编排我呢！"

王黼和李邦彦二人喊喊喳喳地争论着什么。

赵佶问蔡攸："王黼说的拥帐啥意思？"

蔡攸只得小声告诉赵佶。

其实王黼的"拥帐"在朝臣中早已是公开的秘密了，市井坊间也早有传闻。王黼生活十分奢侈，他的卧室里有一张超级大床，用金玉为屏，翠绮为帐，四周再围以小榻十数个，每夜选十数美姬陪睡，美其名曰"拥帐"。

赵佶一听，觉得十分新鲜，他这不是学唐玄宗的做派吗？！

王黼乃汴京祥符人，崇宁年间进士。长相俊朗，面如傅玉，唇如涂朱，须发金黄，似有胡人血统，张口能纳其拳，且巧言善辩，善于谄媚，极受皇帝待见。王黼本名王甫，赵佶说，你的名字很俗，改名叫王黼吧。

王黼也是蹴鞠、击鞠高手，朝中大臣除了高俅便是王黼，常常陪赵佶蹴鞠、击鞠。赵佶喜欢书画古玩，他便上下搜罗　献予皇帝，其中一些还是孤品。王黼会变着法子哄赵佶开心。哪一天见不到三黼，赵佶便若有所失。

政和年间，王黼又给赵佶出了个新鲜节目，在宫中开办街市，让妃嫔、太监们扮作赶集和做买卖的商人，并自命为市令。赵佶也扮作进城的农人，佯装买卖不公平，大发雷霆，责骂并要鞭挞市令王黼。王黼立马跪地哀求："我看贵客气宇轩昂，瑞气绕顶，非一般凡夫，一定是贤明的尧舜到此，请饶过我这一次吧！"赵佶被逗乐了，一时间心花怒放："朕若是尧舜，难不成你是后稷和夏契？"

王黼经常与蔡攸、李邦彦一起，在宫中服侍赵佶开曲宴。三人常常换上短衫窄胯的戏服，脸上涂成五颜六色，杂在倡优侏儒中间，讲一些市井淫媒谑浪的野话给赵佶取乐。赵佶有时也涂脂抹粉，演一些豪横的角色。

赵佶崇尚道学，王黼、蔡攸、李邦彦等人就讲一些奇见异闻，什么珠星璧月、跨凤乘龙、天书云篆之符等等。一时间宠信百倍，既是君臣又是密友。

一次，王黼陪着赵佶逛花园，见芙蓉树上有一个鸟窝，一只老黄鹂正在给小黄鹂喂食。赵佶若有所思地问："要是把小黄鹂带走，老黄鹂会不会跟来？"

王黼道："会的。"王黼就往树上爬，由于较胖，几次都滑下来。

赵佶一笑："我来吧。"王黼便圪蹴在地上，让赵佶往上爬。

赵佶踩上王黼肩头，怎么也够不上去，叫道："耸上来，司马光！"

王黼喜蒙了，皇帝竟然将自己比作前朝贤相司马光！于是他应声叫道："好的，神宗皇帝！"小黄鹂没掏住，俩人却乐得哈哈大笑了好一阵。

王黼不仅媚上有术，还会见风使舵。王黼最初得尚书左丞何执中推荐任校书郎，看到蔡京更有权势，便想尽办法巴结蔡京。何执中与蔡京有嫌隙，王黼便搜肠刮肚给何执中草拟了二十条罪状上呈蔡京。何执中不知道王黼所为，还一个劲地逢人便夸赞王黼，蔡京看不过眼了，从抽屉里拿出一折子甩给何执中，这折子正是王黼弹劾何执中的奏章。何执中看后，破口大骂，王黼原来是个白眼狼啊！

王黼后来在朝中只巴结两个人，一个是蔡京，另一个是梁师成。蔡京三起三落，一直左右着朝廷，其弟弟蔡卞、儿子蔡攸等均为朝中重臣，蔡京与赵佶还是儿女亲家。梁师成宦官出身，善文笔、多智谋，深受赵佶信赖，官至太尉，开府仪同三司，就连蔡京父子对梁师成也时有谄媚。王黼与梁师成为隔壁邻居，常常便门出入，对梁师成以父事之。

梁师成原本在书艺局当差役，其本性慧黠，在书艺局混的时间长了，也略习文法、诗书，成为太监里的佼佼者，得领睿思殿文字外库，负责出外传导御旨。这可是个不得了的差使，因为皇帝的所有御书诏令都经他手传出来，颁命天下。梁师成暗地里苦练赵佶的瘦金体，有时甚至按照自己的意愿拟旨下传。外廷人不知底细，全部遵照执行，梁师成由此权势熏天，朝野暗暗称他为"隐相"。

有了宫里宫外的后台，王黼更加肆无忌惮。

王黼仗着赵佶的宠信，为所欲为，公然买官卖官，他把官场潜规则变成了明码标价。以至于社会上流传，想做官，找王黼，"三千索，直秘阁。五百贯，擢通判"。王黼听说微猷阁待制邓之刚有一个小妾生得容颜出众，便起了欲念，设计陷害邓之刚，将其发配岭南，霸占了邓的小妾。

还没看够呢，文三浪的艳段垫场就结束了，正戏开始。少顷，乐队一阵"紧急风"后，弦乐悠扬舒缓。李师师上场，以小碎步走了个圆场，一个闪身亮相，就把全场人迷得呀呀起哄。李师师一身素装，系一蓝色飘带，显得身子凸凹有致，十分婀娜。高挽的发髻下，金钗云鬓将粉面玉容衬托得格外精致，水袖轻轻一拂，唱了一段《八件衣》：

八件嫁衣丝绸缎，件件都用那彩线连。

绿绸子小袄是粉红里，紫绸子镶的里外托肩。

缀了一排银铃扣，黑缎子扣鼻儿那个亮闪闪，红缎子小袄绿绸子里，

黄绸子镶的外托肩，缀了一排莲蓬扣，藕荷色的扣鼻儿好新鲜。

袄里子都是俺亲手绣，各样的花草扎上边，绿呀绿藕池，

红呀红鲤鱼儿，红鲤鱼儿扑扑啦啦打水皮儿。

一边扎了一棵梧桐树，另一边俺又扎个芭蕉盆儿。

芭蕉上落着一个小蚰子儿，梧桐树下坐着一个小闺女儿。

小蚰子像弹琴儿，叮叮当当有意思儿。

那个小闺女儿伸着手蜷着腿儿，两只眼忽灵灵偷看着人儿。

官爷不信你仔细看，她还是一对双眼支儿。

好像一个活人人儿，裂着个小嘴喜煞人儿。

奴家还做了一个蓝线褡，

蓝缎子花线褡月白里儿，四个角缀着那个红缨子儿。

一边扎的是兰草，针针线线都有意思儿。

兰草叶上伏蚰子儿，只见它伸条腿儿蜷条腿儿，侧愣着膀儿斜着个身儿。

瞪着眼儿竖着个眉儿，爪子爬着那个兰花心儿。

吱吱楞楞喝露水儿，吱楞楞楞楞楞喝露水儿！

另一头上纳个小故事，一对鸳鸯不离身，四个边倒勾鱼儿。

只纳的前三针后三针、左三针右三针、偏三针扭三针，

明三针暗三针、三针蹦三针；

针针纳的有分寸儿，共合八百单三针。

官爷你若不凭信，立马叫它配对对儿！

用手掏出花线褡，两个钱褡不差分毫厘儿……

李师师边唱边舞，把一个巧手女子的情态演得活灵活现。赵佶看得入迷了，眼前的女子哪里是歌舞场的名伶？她简直就是一个乖巧贤惠的良家女子。他有点激动，还未等李师师收腔，便忽地站起来，啪啪啪为李师师鼓起掌来。王黼三人也赶忙站起一齐鼓掌。接着，整个会场爆出一阵雷鸣般的掌声。

李师师收了势，给观众鞠躬谢幕，抬眼瞥见王黼等人，朝他们微微一笑，准备退入后台。观众立马齐声呐喊："再来一段、再来一段！"李师师再次深深鞠躬谢幕，于是，无数钱串和银袋子被扔到台上。

待王黼走到后台找李师师时，戏班头告诉他，李师师或许赶往另一个勾栏了。

赵佶问："哪一个勾栏？"

班头摇摇头。

赵佶若有所失，对李邦彦说："咱们再去别的地方找找？"

李邦彦低语道："陛下，王大人与李师师颇熟，改天让王黼约好再见可好？"

赵佶看一眼王黼："是吗？"

王黼笑道："其实李大人和蔡大人与李师师都不是一般的熟！"

赵佶指指他仨："你们仨原来……"

三人互相看一眼，朝赵佶笑笑。

王黼道："陛下，我听说了一个好去处，开远门外有个天泉汤，是地下自然汤泉，还能边洗边听曲。那里有什么百花汤、玫瑰汤荷花汤、丁香汤……"王黼又贴着赵佶的耳朵说，"最有特色的是所有按摩搓背的都是美若天仙的女子，如果幸运，还能碰上个未开苞的嫩女呢！"

赵佶笑指王黼："你这厮知道的真多！"

几顶小舆绕来绕去，穿过大半个汴京城，走出开远门，在天泉汤高高的门厅前停了下来。几个侍女一起向来客躬身施礼，女知客引着赵佶等人绕过砖雕照壁，面前是一个偌大的花园，花园里流水潺潺，雾气腾腾，人影幢幢。女知客介绍了各种汤池，有开放的，有封闭的。王黼说："选两个相对封闭的汤池，一个是最奢华的玫瑰汤池，一个是玄武汤池。选几个最年轻、最漂亮的女子，服务我们这位赵掌柜！"

数十盏不同颜色的宫灯将玫瑰汤池照得一片氤氲，三个不同水温的汤池互动串流，汤池边沿皆是汉白玉铺就，池里漂了一层玫瑰花瓣，散发着诱人的香味。一个歌伎身着薄纱，正在半月台上边弹琵琶边唱曲，轻声细语，满是幽怨，细听，却是白居易的《长恨歌》：

……

回眸一笑百媚生，六宫粉黛无颜色。

春寒赐浴华清池，温泉水滑洗凝脂。

侍儿扶起娇无力，始是新承恩泽时。

云鬓花颜金步摇，芙蓉帐暖度春宵。

春宵苦短日高起，从此君王不早朝……

女知客朝一旁的门厅拍了一下手，四个身着白纱的女子飘然而来。宫灯将女子们照耀得烟妆迷离，如云雾中的仙女一般。女子们先是随着琵琶曲跳了一段《霓裳羽衣舞》，才慢慢走过来，将赵信身上的衣服一件件脱下来。赵佶这时发现，四位女子的白色薄纱里并未穿内衣，身上的所有物件都看得一清二楚，赵佶不由得揉揉眼睛又咽了一口唾液。

王黼走过来："赵掌柜，这里有张迪伺候，我们三个就在隔壁玄武大汤池洗浴，有什么事让张迪叫我们。"

赵佶也是见过世面的人，但今天这阵仗还是第一次体验。原来王黼这些家伙早就享受过了，直到现在才带朕来！四个女子不知什么时候已把身上的薄纱脱掉，搀着赵佶慢慢滑进汤池里，女子们身子光洁而柔软，赵佶鼻腔不由得一痒，打了三个响亮的喷嚏。汤池只有半腰深浅，水温正好，满池散发着馥郁的玫瑰香味。女子们围着赵佶，有人撩水，有人摩背，有人揉胸……

一开始赵佶还有点矜持，经女子们一阵抚摩，赵佶心里又痒又酸，欲火腾地爆燃起来，便将女子们往跟前拉，谁知一个女子也拉不到，拉到哪个，哪个就咯咯笑着哧溜滑走了，搅得满池水花乱溅。赵佶长这么大很少游泳，一会儿便筋疲力尽，还喝了几口玫瑰水，靠在汤池旁直喘粗气。女子们这才围过来，连推带拽将赵佶拉到一张软榻上。赵佶感到口干舌燥，浑身无力，一个女子给他端来一杯香茶，他顾不得平时饮茶的优雅，一仰脖将一杯茶水倒进口里。几个女子依偎在他的身边，赵佶看看这些无比精致的面容，忽然明白，王黼的"拥帐"大概就是在这里玩耍受到的启发吧！

雨过天青云破处

冬至日，赵佶主持了太庙祭祖。祭祖仪式十分隆重，后宫的皇后妃嫔、皇亲贵族及在京文武百官悉数到场。赵佶与郑皇后坐在八骏辇上，前面一架辇车拉着祭品，礼部尚书陆佃手持"中严外办"的笏牌，走在前面。禁军金甲铁骑开路，其他众人皆步行前往。祭祖队伍离开皇宫，出宣德门，过汴水桥，经景灵宫来到太庙。

太常寺卿苏天司仪，宣布祭祀仪式开始，击磬鸣钟，奏祭礼乐。登时，琴、瑟、笙、簧、埙、缶奏响舒缓而肃穆乐曲。乐毕，礼部尚书陆佃宣读祭文，赵佶主祭，献上祭品，刚刚被立为太子赵桓及皇后妃嫔及皇亲族人亚祭。之后，右仆射蔡京率文武百官献祭。仪式庄严肃穆，前后进行了整整三个时辰，至午时方罢。赵佶让妃嫔及百官退去，留下陆佃陪他在太庙里流连。

赵佶不为别的，只为欣赏这些传国礼器。赵佶指着圆形的雕龙青璧问："这个礼器叫什么？"

陆佃道："陛下，这个玉璧叫苍璧，乃周代之传国礼器。《周礼·春秋·大宗伯》载：'以玉作六器，礼天地四方。以苍璧礼天，以黄琮礼地，以青圭礼东方，以白琥礼西方，以赤璋礼南方，以玄璜礼北方。'这些都是周人在祭祀、朝会、交聘等礼仪场合使用的玉器。然而，千百年来除了苍璧和黄琮外，青圭、白琥、赤璋均已失传！"

陆佃引着皇上逐一介绍了牺尊、俎簋、山尊、笾铏等礼器，详细解释它们的出处和作用。

赵佶在山尊面前停下来，说道："这山尊的云图刻得好有祥瑞之气，然而尊顶的盘龙却毫无灵动之感。"

陆佃点点头。

赵佶又道："这些礼器中为什么没有陶瓷制品？"

陆佃道："许是容易破碎的缘故吧。"

赵佶道："瓷器应该是最有灵气的器物，它的灵气与神的灵气可以无碍连接，即使破碎了也是神摄走了瓷器的魂魄！"

陆佃连连点头。

赵佶若有所思地问道："爱卿，朕欲把宫廷和民间的珍玩古董整理编纂一部博古图册，一来存世流传，二来以便于研究。当今朝中对传世礼器、陶瓷、珍玩、金石之类有鉴赏水平的人有谁？"

陆佃思忖一下："回陛下，当今有鉴赏水平者不少，蔡京、王黼、米芾等人均有研究。如果说最为专业的应该是赵挺之之子、太学生赵明诚。他自幼酷爱金石勘正和书画收藏，在妻子李清照的协助下，已经在编修《金石录》……"

赵佶端起茶盏，浅饮一下，自忖道：赵明诚虽是大才，但也不可重用。前几天蔡京曾告诉朕，赵明诚的岳父李格非在多个场合说到"乌台诗案"是冤案！于是，对陆佃道："还是王黼比较合适。"

赵佶上罢早朝来到文德殿，拿起一本司马光的《资治通鉴》随便翻了翻又放在那里。太庙里的诸多礼器，哪一件精细，哪一件笨拙，哪一件过胖，哪一件瘦柴，一件件在脑海里打转转。他在想，一定要造出几件更完美的能够传世的陶瓷礼器来……然而，它应该是什么形状、什么颜色呢？

恰在此时张迪来报，钧州知府韩亮求见。赵佶一沉吟，一个并无交集的地方知府直接来见皇上，并无先例。他又转念一想，忽然高声道："传韩亮觐见！"

韩亮诚惶诚恐走进来，跪伏在地："微臣韩亮拜见吾皇，愿吾皇万岁万万岁！"

赵佶道："韩亮不在均州履职，跑来京城见朕何事？"

韩亮双手举出一个折子："回陛下，均州今年遭遇洪灾，颍水泛滥，将几座官窑冲毁，均州上下均在救灾，官窑又无钱恢复，内务府下达的官瓷烧制计划无法完成，官瓷司监官张岩催促交货，时日已近，微臣将被问罪，故而冒昧来京，望陛下恕罪。"

赵佶问道："你是哪里人，在钧州多少年了？"

韩亮答："禀陛下，微臣是西京人，在钧州快六年了。"

"哦，韩亮你说说，钧瓷有啥特点？"

"禀陛下，钧瓷在釉色上，色彩丰富，有青色、蓝色、红色、混合色，具有'入窑一色，出窑万彩'的天然效果；釉面上看，有针尖状星点和蚯蚓走泥纹，这是其他窑家所没有的，钧窑瓷器的釉是一种乳浊釉，其中含有少量的铜，这才使得烧出来的颜色青中带红，犹如天空中的晚霞一般；造型上，端庄浑厚、雅致独特。多少年来，不仅供皇家使用，而且被作为国礼，赠送藩国来宾，有的还被商家卖到海外，广受海外赞誉。微臣带来几件钧瓷请陛下过目。"

张迪把一个柳条箱子拎进殿来慢慢打开，韩亮小心翼翼地把一件件瓷器摆在御案上。赵佶站起来，一件件看得仔细。赵佶指着一个三角尊问："这个樽的红色这么丰富啊？！"

韩亮道："陛下，这是钧窑大师傅历经数十次实验才烧制成功的，有玫瑰红、海棠红、胭脂红、鸡血红、朱砂红等十数种不同红色，以'走泥丸'形式连接，自然过渡……"

赵佶频频点头。

"陛下，请看这个豆青胆瓶，也是用粉青、豆青、翠青、灰青几种不同的青色晕染在一起。这个龙凤呈祥高脖瓶则是青中带红，青红自然柔化在一起。"

赵佶思忖一下，道："韩亮，作为官窑，多年来你们为大宋陶瓷业的兴旺繁荣做出了很大的贡献。你所奏的事宜朕已知晓，回头知会一下户部，予以安排。朕问你，你们钧窑有多少技艺精湛的窑工师傅？"

韩亮道："大师傅只有一人，叫徐驰，他是隋末陶艺大师徐久天的第六代传人，他的手下有六七个年轻徒弟，均已出师，个个手艺好生了得！"

赵佶面带微笑道："很好！朕多次想到现场看看窑工的烧制工艺，可惜钧州离汴京三百里，加之朝中事情繁忙，一直没有成行。朕欲在东京近郊再建一座官窑，方便偷闲前去照看，朕已经差人去汴京周边查看哪里的陶土适宜建窑。朕想请你准予徐驰带着他的某个高足来汴京，主持官窑，不知你意下如何！"

韩亮迟疑一下，迅忙叩首道："感谢陛下看得起钧窑！"

打发走韩亮，赵佶找来工部尚书刘正夫，询问官窑地址勘察事宜。

刘正夫答道："回陛下，经过月余的勘察，汴京东南方向二十里处有一片高岭，经汝瓷老窑工师傅踏勘，认为那里的高岭土可以烧制陶瓷。根据陛下谕旨，钧窑、汝窑和陈留窑的三位大师傅均已到汴京，官窑已经开建，三个月内即可建成开窑。"

赵佶道："好，以往官瓷与民瓷长期混烧，相互冲突，影响了官瓷烧制的质量和档次。这次专设官窑，就是要朝廷独立置窑、内府制样、名匠造器、兵士供役，所烧产品只供朝廷使用，或作礼器，或作国礼馈赠外国使宾，不在市场流通。另外，官窑离汴京较近，朕也有机会亲到现场查看，与窑工及时沟通，探讨工艺、研制精品。待忙过这几日，朕到那里去看看进度。"

赵佶一整天都在内府瓷器库里徜徉，时不时停下来对着某一瓷器仔细观察。回到御书房，展开熟宣一连画了二十几幅礼尊和高脖胆瓶样稿，还着了颜色。

赵佶在床上翻来覆去睡不着，满脑子都是官窑和瓷器，一个个花瓶、盂盘、尊器在脑子里打转转。侍寝的刘婕好主动贴过来，却被赵佶推开，起身走到御案前，又画了几张瓷器草图，方又睡下。

睡梦中，赵佶飘飘然一袭白色长衫，被一个长须仙人引着来到一片山林地带。这里景色宜人，空气清爽，半山一座道观巍峨壮观，山岚渺渺，祥云笼罩；仙人在道观前的一棵银杏树下坐定，白色拂尘在空中一舞："来者何人，所求何事？"

赵佶十分惶恐，跪拜于地："凡人赵佶是也，来此只为寻求礼器形色！"

仙人的拂尘在空中一拂："请往那里看！"天际风云突变，一场急雨兜头下来，赵佶躲闪不及，衣冠尽湿。继而又雨过天晴，东面天边三道彩虹重叠在一起，彩虹慢慢缩小，倏忽间化作无数礼器在空中浮动。咚咚咚，天空滚过几声清脆的雷声，天空忽然清净如洗，淡淡的青色与迷蒙的蓝色幻化在一起，若即若离，十分典雅。

赵佶打个挺从床上坐起，大声叫道："啊，天青色，这就是我大宋的颜色！"

早膳后，赵佶找来工部尚书刘正夫和礼部尚书陆佃，说要去汴京官窑看看。

刘正夫道："微臣正要向陛下奏报呢。经过数月筹建，官窑已经出了几窑瓷器，前几窑不太理想，又分别去钧州和汝州运回些陶土，与当地陶土混在一起烧制，正好今天有一批货要出窑。"

昨夜果然下了一场细雨，原野空蒙，空气清新。赵佶仰面一看，天空果然一派淡淡的、纯净的青色，这青色不艳不妖，空灵剔透，让人心旷神怡。他指着天空对刘正夫和陆佃说："看，这就是我大宋的颜色！"

出汴京东南十多里，一垄高岭绵延起伏，灌木葱茏，一望无际。高岭下，几排窑炉相连，工匠师傅和许多军士打扮的人进进出出，一派繁忙景象。

赵佶步下车辇，走向窑场。几位窑工师傅麻溜地跪在窑场前迎接圣驾。赵佶弯腰扶起跪在前面的大师傅徐驰："师傅们不必拘礼，朕知道你们连日来筹建官窑十分辛苦，来看看大家！"几位师傅感动得泪光闪闪，徐驰抹把眼泪道："陛下忙天下大事，还移驾官窑，小民十分感激。官窑新建，定有许多不足，望陛下宽恕！"

赵佶在徐驰诸人的陪同下，对官窑视察了一遍。对制釉、练泥、拉坯、印坯、脱模、利坯、晒坯、刻花、施釉、装匣、入窑等仔仔细细看了一遍，边看边问。最后沿着竹林曲径来到一个庭轩里。轩窗面竹，一派清雅之气扑面而来。

宽敞的庭轩里三面博古架，摆放了许许多多的各类陶瓷器皿，徐驰一一做了介绍。赵佶在博古架前停下来，指着一尊青花高胆长颈瓶道："这尊高胆瓶开片不错，但是脖子太长，贴花太俗……"

徐驰连连点头。

如此点拨了几件瓷器，赵佶说道："你们在短短数月之间就把官窑建了起来，并且烧制出这么多不错的瓷器，实属难得，朕很欣慰！"对随行的刘正夫道，"对徐师傅赏金二百缗、绸缎二十匹，诸位窑工、军士各赏二十缗！"

徐驰忙跪在地上叩头："谢陛下隆恩，我等小民筹建官窑迟缓，尚未摸透官窑的脾气，没有烧出理想瓷器，陛下非但不怪罪且还赏赐，实不敢当！"

赵佶道："徐师傅请起，朕还有事与你探讨呢！"

中庭一紫檀雕花茶案上摆了几个果盘、茶点。徐驰请皇上及二位大臣落座，自己则肃立一旁。

赵佶道："徐师傅，这里不是朝堂，请就近落座。"

一位点茶女子将用丝箩筛出的细小的茶粉放入茶钵中，调出茶膏，然后用茶筅轻轻地拂茶，先慢后快，直拂得茶汤赭黄清亮、泡沫细密匀称，久久不散；继而把茶水续入茶瓯里，用雕花夹板将茶洗里的紫纹黑色建盏摆在众人的面前，然后跪步向前，为赵佶等人斟茶。

赵佶笑道："徐师傅，想不到你这炉火熏天的地方，还留一清凉优雅之地呢！"

徐驰道："回陛下，当初在这建窑时，发现高岭下有一片修竹，窑工们要把它砍掉，我想，陛下这么重视官窑，想来有可能来这里视察，就把它留下，并在这竹林里建立这个瓷器馆。"

赵佶笑对刘正夫道："徐师傅是个有心人！以朕观之，这个官窑背靠黄河，面对汴、颍、淮水，占得水韵；高岭土质黏白，且有青色料石，更兼河淘卵石，可得磁骨；汴京王气，林木森气，河泽云气，可得灵气；且有朝廷重视，诸位窑工师傅技艺精湛，可谓占尽天时、地利、人和，定能烧出大宋陶瓷精品！"

徐驰频频点头："望陛下多光顾官窑，指点迷津。"

赵佶环顾左右："既然是官窑，所有制品都要有王者气象。既要复古，又要创新。所谓复古创新，就是要以古代传国礼器为母本，加以新工艺、新创意，使之有别于民窑的制品。"

徐迟等人连连点头。

赵佶又说："官窑要追求古朴庄重、雍容典雅之美。在原料选用、色调调配上，要按器形的要求设定釉色，使之具有肥若堆脂、如缎似玉的质感。要追求釉色丰富、纹裂之俏的大境界。以天青色为主，粉青、月下白、炒米黄、胭脂红等多种釉色，使器皿的色彩更丰富。要研究窑变开片之妙，追求片纹的节奏感和纹裂之美。"

徐驰打心里佩服皇上对瓷器研究之精、要求之高："请问陛下，对器型是否有具体要求？"

赵佶瞥一眼张迪，张迪立即从卷筒里抽出一卷图纸递给徐驰。徐驰慢慢展开，却是一幅幅瓷器设计图，有瓶、尊、鼎、炉、瓠、盘、笔洗等彩色器型。单是笔洗的造型就计有直口、荷口、葵口、寿桃、弦纹、兽头、兽耳等多种样式，可谓千变万化！一看落款，竟是皇帝的瘦金体"御制瓷器稿"及"天下一人"的落款！大家望着图纸，佩服得五体投地，连连称颂："陛下真乃神人也！"

赵佶微笑着摆摆手："要想把设计稿变成理想的瓷器，需要窑工师傅们多次实验，特别是器型上的饰物。釉色上以铜锈绿、孔雀蓝、珊瑚红、天青色为主，难度很大。尤其是天青色，今后要成为我们大宋的主体颜色——诸爱卿抬头看这天空，雨过天晴，空气澄明，天色似蓝非蓝、似绿非绿、似青非青，这就是我们大宋应有的底色，这底色就是旭日朗照，就是和煦清明！"

陆佃道："诚如陛下治国，和煦清明！"

众人皆应："和煦清明！"

徐驰挠挠头："天青色如何烧制呢？"

赵佶道："晶石为料，铁锈为佐，雨过天晴云破处，这般颜色做将来！"

赵佶根据对瓷器的研究和几次去官窑察看，结合自古以来陶瓷器型和质地变化，编著了一部《官瓷秘要》，详细辑录瓷器发展的脉路和官窑的现状和发展前景，此书对后世瓷器的发展起到了规范和指导作用。

在官窑的带动下，各地民窑整体水平不断提升。大宋瓷器漂洋过海远销欧亚，因而，欧洲人将中国译成"China"。

月色如银洗金秋

大观二年（1108）秋祀后，第一次朝会气氛很好。赵佶下朝来去往睿思殿，竟然一路哼着小曲。朝会上有三大喜事，一是童贯禀报遣将收复了洮河，溪哥城王子臧征扑哥归降，赵佶遂拔童贯为检校司空、奉宁军节度使，大赏收复洮河及积石城有功人员；二是物阜民丰，户部呈报，据有司统计，全国百姓已达两千万户，是本朝开国初期的五倍，按每户四至五人计算，人口已过一亿，是唐开元盛世人口的两倍之多，各府州商贾富户大增，仅汴京城家产十万贯以上者就增加十倍，水陆交通顺畅，商旅繁荣，社会安定；三是相州刺史寻得商代方鼎一尊！

赵佶传来蔡京、王黼以及太常寺卿苏天，到睿思殿一起来辨识商鼎。三人对商鼎底部的不规则铭文反复琢磨。

王黼说："此铭文与宣和殿所存双耳三脚圆鼎上的铭文很相近，由此推断，应是商代后期，即盘庚迁殷后的礼器。"

太常寺卿苏天点点头道："此鼎图案与宣和殿方鼎的图案也相近，应该是商王武丁的礼器。"

赵佶问道："你们看，这边的兽纹图案神似夫人行跪礼，这个夫人会不会是武丁夫人妇好？"

蔡京道："陛下真知灼见！老臣赞同陛下的推断，妇好多次受命替武丁带兵征战沙场，曾经大败羌人，协助武丁管理国家，开创了武丁盛世。故而，大商鼎的到来，足以象征我大宋已进入盛世时代！"

众人鼓掌。

赵佶下午一直在想，登基几年来国力已经如此强盛，如果再收复燕云十六州，消弭内部党争，尊道崇儒，推动艺文、画学进一步繁荣，那才是真正的盛世！他伸个懒腰，浑身关节啪啪爆响，感觉二十多岁的身体里藏着无穷的潜力。

赵佶准备续画未完成的《腊梅山禽图》，忽然窗外飘来一阵桂香，探头看去，蓝彩儿和几个宫女在花园一片桂花树下嬉闹，他已经很久没有看见蓝彩儿了。

张迪一看赵佶的眼神，就知道他心里春波涌动，即传唤蓝贵人见驾。蓝贵人在几个宫女的扈从下，分花拂柳而来，全没有以往的青涩，像一朵盛开的白莲花，面容滋润，粉嫩透红。

蓝彩儿给赵佶叩过安，眼红红地说："奴家很长时间没见陛下了！"

赵佶问道："彩儿最近在宫里干些什么？"

"奴家每日给郑皇后叩过安，便读诗、学画、练琴，有时也和宫女们蹴蹴鞠球。"

赵佶甚喜："学了哪些诗？背给朕听！"

蓝彩儿张口就来：

"云林斋后入疏钟，香菀花前篁竹中。

烹水泥炉声漫过，提壶煮茗涧流通。

江南日远鸣禽近，岭北风高隐兽踪。

月夜茗溪安且吉，碧瓯无意若香桐？"

蓝彩儿背着背着竟然嘤嘤哭起来。

赵佶诧异道："朕的诗你背得很好啊，咋了彩儿？"

蓝彩儿用丝帕拭一下泪水："奴家惊扰陛下了，背陛下的咏茶诗，想起了江南老家，想起我的姐姐至今未有下落……"

赵佶将蓝彩儿揽入怀中劝慰道："彩儿别伤心，朕答应你找你姐姐的事已经安排了，放心，一定会找到她的下落。"

蓝彩儿一时梨花带雨，嘤嘤哭声似乎是在求爱，令人分外怜惜。蓝彩儿肥美的臀坐在赵佶的腿上，身子在抽搐，赵佶感到十分受用，温柔地为蓝彩儿拭泪，便有了冲动感。

忽然，门外传来张迪奶声奶气的声音："郑皇后宣蓝贵人入宫！"

赵佶不舍地送走蓝彩儿，怅然若失，朝窗外望去，一群鸽子从睿思殿前飞起，消失在宣德门方向。赵佶对张迪说："让周邦彦扮作商人在大晟府门前候驾！"

走出宣德门，赵佶顿觉心情如放飞的鸽子。东西景灵宫、大晟府、尚书省、秘书省、太常寺、开封府和大相国寺等，依次在御街两旁布局，仅有的几幢宅第，不是大臣便是贵族所有。这条十里长的御街上虽少有店铺，每天的早市却热闹非凡。一大早，卖豆汁、胡辣汤的小摊贩，叫卖声声。不论官商还是布衣，都喜欢来这里喝碗豆腐脑或者胡辣汤，吃两根油条，再去安排自己的营生。

顺着御街往前走，来到州桥一带，街市登时热闹起来。

这里无疑是汴京的中心。站在州桥上，南望朱雀门，北望宣德门，汴河东西流过。桥为青石筑成，石拱石梁石栏雕镌海牙、水兽、飞云之状。

大宋自开国以来，多次疏浚河道，使汴京水系四通八达，被称为"四水贯都"，四水即汴河、蔡河、五丈河、金水河，因此汴京城桥梁无数，仅汴河上就有十三座桥，州桥则是最大的一座。

此时，夕阳半落，满天云霞将州桥染成了玫红色。桥下汴水汤汤，平舟洞穿桥拱，桥上车来人往，十分热闹。汴河两岸和东西大街商店林立，酒馆、药铺、茶馆幌子随风飘荡，无数盏红灯已早早挂在楼头门口，瞬间，州桥上下一如天街，呈现一片朦胧梦幻之美，令人心旷神怡。此时夜市已开，卖冰糖葫芦的、吹糖人的、街头卖艺的，各种叫卖声此起彼伏。真的是"千门万户，朱翠交辉；三市六街，衣冠济济；凤阁列九重金玉，龙楼显一派玻璃，满目太平丰稔岁月；四方商旅交通，齐聚富贵繁华之地"！

稍顷，月出东方，登桥观月的人群纷至沓来，熙熙攘攘。俯瞰河面，波光粼粼，皎月浮动，好一派州桥明月幻境！

赵佶心情大好，口占一绝：

"两岸布歌楼，明月来相照。

乘星开酒禁，放歌拂锦袍！"

周邦彦赞道："陛下诗意如此洒脱，太白闻之也会嫉妒！"

赵佶笑道："过誉了！对此美景周爱卿也不可无诗啊！"

周邦彦挠挠头，走下桥阶又走回来，抬头望望明月吟道：

"青桥高高踞汴沟，月色如银洗金秋。

鳌背负山涌银阙，虹光横波浮兰舟。

香车慢停花间灯，翠袖欢歌水上楼。

天风浩荡演韶乐，千秋烟景满神州。"

赵佶道："周爱卿此诗高妙无比，可入大宋诗典！"

张迪看天色已晚，小声问道："戌时已过，陛下可否到矾楼用膳？"

赵佶道："不用，咱们到马行街那边看看，吃小吃去！"

张迪叫了两顶小凉轿，服侍赵佶和周邦彦坐上，自己颠儿颠儿地在后面跟着。在东华门外下了小轿，三人步行来到马行街。这里虽不是市中心，但是热闹程度胜于州桥。街道两旁灯火点点，男男女女，大人小孩，东看看西问问，不时停下来买点东西，慢悠悠地涌来挤去，熙熙攘攘，热闹非凡。更令人口舌生津的是，小摊位上各种小吃和满街飘散的香味。每个小吃摊都架个小灯笼，把那些肉食、各种小吃、香糖果子照得油渍可鉴。

夜市上，段家的北食，金家的南食，郑家的油饼，万家的馒头，史家的胡羹，丁家的素分茶，曹婆婆家的肉饼，都是名扬天下的名牌小吃。更多的是托盘、提篮小贩叫卖的酒蟹、獐巴、卤鸭、沙糖冰雪、水晶皂儿、批切羊头、旋炒栗子、乳炊羊、鹅鸭排蒸、荔枝腰子、还元腰子、烧臆子、莲花鸭签、酒炙肚胘、入炉羊头签、鸡签、盘兔、炒兔、葱泼兔、金丝肚羹、石肚羹、煎鹌子、生炒肺、炒蛤蜊等近百种流行小吃。

赵佶在刘家百羊铺前停下来。这里羊肉吃法就有二十几种：烩羊汤、烤羊排、卤羊蹄、卤羊眼、爆羊肠、卤羊头脸、羊杂碎、卤羊腰子、葱爆羊鞭、烩羊趴头、葱爆羊肝……

赵佶不觉口舌生津："看着这么多品种不知吃啥好，老板，恁多花色品种，哪一样最好吃？"

刘老板抬头看看来人，满脸堆笑："客官，各有各的味道，你要想暖胃呢，就喝烩羊汤，你要想解馋呢，就吃卤羊排，你要想补肾壮阳呢，就吃卤羊腰儿、吃葱爆羊鞭、喝烩羊趴头儿……"

赵佶好奇地问："啥叫羊腰子和羊趴头？"

刘老板哈哈一笑："客官肯定不是布衣百姓，羊腰儿就是羊蛋蛋，羊趴头儿就是羊水门!"

赵佶又问:"羊水门是啥东西?"

刘老板笑着用手指头比了一个下流的动作,说:"别小看这几样东西,男人吃了女人受不了,女人吃了男人受不了,男女一起吃了,床板受不了!"

赵佶会其意,看一眼身旁的周邦彦,二人哈哈大笑一阵:"好,卤羊腰儿、葱爆羊鞭、烩羊趴头儿各来三份!"

两个师傅乒乒嚓嚓,不一会儿,几样东西都做好了。赵佶吃得津津有味,不禁感叹:"真的是人间美味啊!"

赵佶一边往前走,一边暗自哂笑:"这个刘老板真有意思,大俗即大雅,一个手势胜却多少话语!"

周邦彦问道:"陛下,前面就是矾楼,是否前去喝杯茶?"

吃了那么多的葱爆羊鞭,顿觉内热口干,赵佶点头:"甚好甚好!"

矾楼一带更是楼宇相连,热闹非凡,灯火通明,如同白昼。这些酒楼均装饰华丽,廊庑掩映,吊窗花竹,各垂帘幕。最为高大巍峨的是矾楼,高高的台阶前,停了许多辇舆和小轿。一些客人在侍女们的引导下,迈上台阶走进宽大而华丽的门庭。左侧背街里小吃摊上有些低等妓女,不待客人召唤,便主动前来劝酒,在餐桌前唱歌。拐角处一个楼台上有人正在唱戏,小广场上站满了听戏的人。

赵佶环顾四面街景,对周邦彦道:"前些年汴京城二更鼓响就宵禁了,还是王晋卿给朕建议,将汴京夜市延至三更,不然,如何有此繁荣景象?"

周邦彦道:"朝野上下谁不赞赏陛下英明!"

此时,张迪匆匆走下矾楼台阶来到赵佶身边:"陛下,包房御座已经安排妥了。"

几个侍女簇拥着三人来到三楼包房,点茶女已在茶台忙碌着,鼓琴的歌女正在叮叮调琴,见有人来,朝客人嫣然一笑,开始拨动琴弦。赵佶环视茶坊,处处装饰豪华,推开阳台上的雕花轩窗,俯瞰一街夜景,无数盏灯笼将夜空照得氤氲一片,车来人往,熙熙攘攘,一片欢声笑语。赵佶随口吟道:"车马笙箫千里至,楼台灯火九衢通。香舆轧轧凌风驶,粉袂翩翩照地红!"

周邦彦附和道:"沈遘的诗也无法道尽眼前的烟景,而今的汴京繁华乃万国唯一！"

茶过三巡，赵佶问道："小娘子的《阳关三叠》弹得如此高妙，学了多长时间？跟哪位琴师学的？"

歌女答："奴家跟随汴京琴家李师师姐姐学习三年有余。"

赵佶看一眼周邦彦："李师师还是个琴师呢！"

周邦彦道："李师师不仅是汴京有名的歌伎，而且琴棋书画无所不能，无数墨客骚人和官商来到汴京，都想一睹她的芳容。"

赵佶一脸疑惑之色，说道："那可要见识见识了！她住在哪儿？"

周邦彦朝右侧努努嘴："就住在右边金钱巷。"

歌女笑笑，道："各位官人幸运了，师师姐姐就在左侧的包房，刚刚和一个客人吃过酒，送走客人后与矾楼东家在包房喝茶呢！"

赵佶朝张迪使个眼色，张迪便把一沓盐引塞给歌女。

赵佶道："能否将师师小姐请来一见？"

李师师一般不出金钱巷，因为今天的客人不一般。李师师带了贴身侍女杏儿，天刚擦黑就来到矾楼的包房。

约她出来的不是什么贵客，而是水泊梁山的浪子燕青。宋江此时已在水泊梁山聚众数万人，周边府县的强人恶霸闻风丧胆。虽然朝廷两次派兵征讨梁山，均败北，听说朝廷准备第三次派兵讨伐梁山。

宋江认真分析了当下形势，大宋尚在强盛时期，以梁山区区数万人与朝廷抗争，取得一些小胜尚可，绝无将朝廷的大军彻底打败的可能。况且，梁山弟兄大多是被一些恶霸和贪官相逼才落草梁山的，"反霸不反皇"，多数头领不愿永远为寇，更不愿世代为寇。如何让梁山弟兄有一个好的归宿，是他这个头领要好好琢磨的。既然这样，不如被朝廷招安，进而上书皇上改革弊政、肃清贪官污吏，还百姓一个富强清明的大宋。

可惜的是，遍访头领，无人能与朝廷大臣们搭上关系。唯燕青有一间接关系，不知是否可以利用。燕青很小的时候，其父亲收养了一位女孩，如今已是名动京城的歌伎李师师。或许能通过李师师，找到可以与皇上搭上话的官员。然而，燕青与李师师多年未曾谋面，已经忘记了她的模样，她是否还认识燕青这个弟弟、愿意不愿意帮忙，不得而知，毕竟这具有通匪的风险。

燕青祖籍大名府，家境贫寒，父亲是个说书卖唱的，经常带着小燕青四处流浪。五岁时燕青随父亲到汴京耍枪卖唱，遇到一个流落街头的女孩，女孩姓王名师师，父母新近亡故，燕青的父亲怜悯女孩，让女孩跟他们一起在马行街献唱，父亲弹弦，燕青敲锣，女孩打镲，一家人配合默契。王师师十分聪慧，小曲一听就会唱，杂剧一看就会演，琴弦上手就会拉，更不用说击鼓打镲的鼓点儿了。

小燕青问女孩："你的名字好奇怪，怎么叫师师？"

女孩道："我四岁的时候，一个算卦的说我有灾，须要认给寺院师傅方可免灾，父亲就带我去了净岩寺，磕头焚香后，一个老僧人给我起个名字叫师师。"

那天他们一家在马行街桑家瓦子献唱，小师师唱得有模有样。一个自称姓李的老嬷嬷走过来，拉着王师师左看看右看看，甚是怜爱，不由分说扔给燕青父亲二十贯钱，将女孩带走了。女孩哭着要回来，被李嬷嬷强行拽走。燕青也哭着撵过去，被父亲拉回来，劝道："孩儿，人家是富裕人家，师师跟着李嬷嬷不再颠沛流离，不会再吃苦了，让她去吧！"后来燕青听人说，王师师被李嬷嬷收养后改名李师师，长大后在金钱巷为歌伎，而今已名动京城。

宋江想，既然燕青与李师师有过一段患难经历，想必李师师也不会去报官，只能让燕青去汴京试试看了。

燕青来到汴京，送给李嬷嬷一些珠宝银两，才将李师师请出来。燕青头戴软脚襆头，身穿绿绫直裰，腰束褐色鸾带，足蹬布袜青靴，英气勃勃。李师师看到燕青的第一眼就被他的英俊所倾倒，眼神莫名地迷离。她见过的各色男子不知多少，从来没有动心过，不知什么原因见到这个燕青，心里怦怦直跳，竟然像怀揣了兔子。来人这么帅气英俊，面孔这么亲切，他究竟是谁？燕青也愣在那儿，眼前的李师师，除了那两个浅浅的酒窝，没有一点王师师的影子。当燕青说到曾和姐姐一起跟父亲在马行街唱曲的事，李师师一下子被勾起了回忆，流下眼泪："你是……"

"我是燕青啊！"

李师师一怔，猛地扑过来搂着燕青："我的弟弟呀！"

二人叙完旧，李师师擦干眼泪，说："弟弟不要回梁山了，姐姐给你点银两在这儿做个生意吧！"

燕青摇摇头："大丈夫生在天地间，信义第一，小弟既与梁山弟兄结拜，同生死共患难决不背叛！"

李师师很感动："弟弟不愿在这儿做生意，来汴京找姐姐，是有什么事需要姐姐帮忙吗？"

燕青腼腆地一笑："确有一事相求，姐姐切勿勉强。"

"弟弟尽管说来！"

燕青就把宋江所托之事说了出来。

李师师不假思索，说道："姐姐一定想办法！"

燕青深施一礼："我替宋江大哥和梁山的弟兄们谢谢姐姐啦！"

李师师道："弟弟所托，姐姐岂能推脱？朝中虽有些相熟的人，但都是来听曲的，让姐姐琢磨一下，谁给皇帝说最合适。"

这次来矾楼，燕青带了许多珠宝，让李师师铺路。

李师师埋怨道："你既然认我这个姐姐，就不应该拿金钱羞辱我！"

燕青脸一红："弟弟错了！"

李师师道："你回去让宋江大哥写个祈降招安的折子，姐姐好托人转呈。"

歌女去不多时，便把李师师请来了。李师师身穿一袭白裙，矜持而优雅地走进来。赵佶一愣，她与那天晚上在桑家瓦子见到的李师师相比判若两人，今天的李师师不施粉黛，素颜淡妆，分明就是一大家闺秀！李师师先看见周邦彦，惊讶道："啊，是周大人在呀！"

周邦彦看一眼赵佶，尴然一笑，介绍道："师师小姐，这位赵掌柜，可是当世无双的才艺大家！"

赵佶一脸疑惑之色，问道："你们原来认识？"

李师师微笑道："周大人还是我的词韵恩师呢！"

周邦彦谦虚道："岂敢岂敢！"

这位赵大人天庭饱满、目光炯炯，自带高贵的书生之气，让人顿生高山仰止之感。李师师暗忖：周邦彦提举大晟府，乃朝廷命官，却对这位赵大人毕敬毕恭，可见此人身世不凡，不是皇亲贵胄，就是当朝宰执！若是，弟弟燕青所托之事或有希望。李师师微微一笑，趋前一步深施一礼："幸会赵掌柜，奴家这厢有礼了！"

赵佶竟然一阵局促，忙回了个叉手礼："赵某打扰娘子了！"

三人重新落座，侍女为李师师献上一盏茶水。赵佶看一眼李师师，感觉满屋生香，不免心潮涌动。李师师轻轻啜一口茶水，反客为主，问道："赵掌柜在何方做事？"

赵佶见李师师相问，一下子收回自信，笑道："就在京城忙些杂事。"

李师师感叹道："同在京城，为何不曾见过？"

赵佶夺回话语主动权："久闻娘子大名，只是无缘相会。"

周邦彦看一眼赵佶，提议道："你二位都是琴乐高手，合作一曲如何？"

赵佶点点头，看向李师师。

师师嫣然一笑："能与赵掌柜合作，师师三生有幸！"

赵佶走到琴台，问道："娘子要唱哪首曲？"

李师师道："柳七的《凤栖梧》如何？"

赵佶点点头，叮叮调了一下琴弦。

李师师唱道：

"帘内清歌帘外宴。虽爱新声，不见如花面。

牙板数敲珠一串，梁尘暗落琉璃盏。

桐树花深孤凤怨。渐遏遥天，不放行云散。

坐上少年听不惯，玉山未倒肠先断。"

一曲唱罢，众人热烈鼓掌。

周邦彦道："唱如行云流水，琴如骏马流筋，此乃千古绝配也！"

李师师道："赵掌柜不愧是鼓琴高手，抹挑抚揉、打摘勾提，指法流利，过渡无痕，师师佩服！"

赵佶道："娘子过奖了，倒是你的歌声鹤唳莺啼，声情并茂，声声扣人心弦！"

稍事茶点，李师师起身告辞："二位大人，时候不早了，恕不奉陪了，二位方便时到金钱巷吃茶可好？"

赵佶本想挽留，碍于初次见面不便勉强，起身相送。赵佶点点头对李师师道："改天一定拜访！"

《清明上河图》

王诜来见赵佶。

赵佶起座道:"王都尉请坐下说话。"

王诜道:"陛下,老臣前几日在大相国寺淘得一幅顾恺之的《洛神赋图》,难辨真伪,请陛下龙目辨珠。"

王诜将画在龙案上徐徐展开,赵佶俯身仔细观看,边看边道:"我曾见过两幅此类画作,可惜都是南唐人的摹本——这幅画人物传神,曹植在洛水偶遇洛神仙子的惊喜神态,刻画得逼真,高古游丝描、淡雅的设色、人物的布局都显示出顾恺之的独到功力。此画应该是真迹——大相国寺还能淘来这等好物?"

王诜道:"而今的相国寺和以前大有不同,四周古玩书画、笔墨纸砚、汴京小吃、杂耍艺人等无奇不有,不仅白天熙熙攘攘,傍晚更是热闹。黄庭坚、米芾、赵明诚和李清照两口子等,诸多名流都是那里的常客,就连吐蕃、辽国、高丽等外国使臣也常到那里逛街。"

赵佶道:"是吗?"

王诜道:"大相国寺的繁荣象征了我大宋的太平盛世。陛下若能抽出时间,微臣陪你看看。"

是日午后,斜阳正暖。赵佶精心装扮成一个土财主的模样,与王诜等几个人走出后宰门,坐上一驾马车,穿过几道街,直奔城东南而去。高俅特意为皇上选了几个大内高手,皆是家丁打扮,远远扈从在后。

大相国寺位于汴京城东南,南临汴河,门对延安桥,即相国寺桥。西去不远便是州桥，州桥连接南北向的御街。漕运大船可溯汴河直达相国寺桥两岸，泊碇卸货。以大相国寺为中心，周围形成了一个繁华的商业区。南面的相国寺大街、寺东门大街、后门大街，熙熙攘攘，商铺林立。

大相国寺建造于北齐文宣年间，大宋立国，则被定为皇家寺庙，宋太宗亲题"大相国寺"匾额，拨巨款进行扩建，宋仁宗、神宗均有题匾和拨款修葺。皇帝在每年的上元节来寺游赏，还经常在此举行水旱灾异的祈祷仪式，郊祀等大礼后赴寺恭谢，皇帝在此举行生日庆祝等活动，史不绝书。外国使节来大宋，都会到此进香礼拜，御赐宰执大臣的宴席，也曾多次在相国寺举行。

经过历代扩建和修缮的大相国寺计有殿庭、门廊、楼阁等建筑四百五十多处，东西两塔遥遥相对，规模宏大，真所谓"金碧辉映，云霞失容"！

每月初一、十五和逢三逢八的日子，大相国寺都开放庙市，供百姓交易，仅中庭两庑就能容纳上万人。一年一度的上元赏灯节和四月初八佛祖生日以及浴佛斋会最为热闹。各地到京城来销售或求购货物的人，大多都汇聚在大相国寺及周边街区。离京的官员，会把任上所得的好东西拿到这里来变卖成现钱。到京任职的官员会到这里淘一些奇珍异宝送给上司。故而当时人把相国寺叫作"破赃所"，要找名贵赃物就得上相国寺来。正所谓"技巧百工列肆，罔有不集；四方珍异之物，悉萃其间"。

每到集市日，第一道院门，是飞禽猫犬市场；第二道院门，是日用百货区与果品脯腊区；大殿前专售文房四宝，大殿两侧廊下是被帽服首饰摊。来此摆摊的不仅有百姓，就连各寺庙尼姑也来这里推销自己的女红绣品。大殿后到资圣阁前，书画珍玩交易最吸引看客，其次就是土产香药区。卜卦算命的各路方士则在后廊下一排坐摊，这儿可是高人如林的去处。在大相国寺的集市上，趣谈异闻，真假雅俗，称得上是无奇不有。

大相国寺亦是士庶官民出入频繁的活动中心。上香、游览、娱乐，一年四季活动不断。在这些活动中，名人也经常出现。文人墨客喜欢在相国寺墙壁上题诗，在这里走走读读这些名人的诗词，另有一番意趣。

在大相国寺里，茶酒饮宴都很方便，要的是闹中取静，所以这儿成为了朝士文人聚会的场所。文人墨客的雅聚，引来了私密的伎乐活动。他们高兴时会在歌伎们的裙带上题些艳诗，留下许多趣谈佳话。梅尧臣、刘攽曾到相国寺听越僧鼓琴，梅尧臣留下了一首长诗《刘原甫观相国寺净土杨惠之塑像吴道子画又越》，其中有诗句云："但知五彩烂，徒谓五音淳。孰识商声高，孰惊眸子神"；曾巩也曾与同舍之士在寺内维摩院听友人洪君奏琴……

由此，历任大相国寺的方丈、高僧，对此清净地的热闹气氛持包容开放态度。

赵佶登基后只在此举行过两次活动，分别是春季和秋季报谢祭祀活动。在赵佶看来，佛教来自番邦天竺，道教才是国教，才是立国之本。由于太祖、太宗立国以来均崇尚佛教，淡化道教，因而赵佶对此暂时未做深议。

一行人从外到里，走走停停，在各样摊位上询询价，打打俗语，赵佶十分高兴，这里才是自在的人间烟火。在杂物摊上，他看中了一挂珍珠项链，一串白珠子，红玛瑙、孔雀蓝间隔，很是入眼，通过讨价还价买了下来。转到资圣阁前，泾宣、徽墨、端砚、雕花镇纸，样样精到，就连青花瓷笔洗设计也是那么精巧。他看中一样，张迪就买下，不多时已满满几大箱。

走过回廊，几个方士都朝他看过来。一个黄胡子道士慢慢站起来，双手举着一把折扇道："贵人留步！"

赵佶微微一笑："老道士有何指教？"

道士道："我看贵人眉宇生辉，天阁丰润，定主乾坤之鸿福。然贵人目下微有不宜之气，泛于天庭，寻助之光，散布玉海……"

张迪急忙制止："休得胡言！"

赵佶摆摆手，示意道士说下去。

老道士又上下看一眼赵佶："老朽借道家智慧，赐予贵人八个字，谨记必可延吉避灾：勿结西友，少食青蔬。"

赵佶念叨一句："道士请予以明示！"

老道士摇摇头，说："天机不可泄露！"

赵佶点头谢过。

一行人来到大殿后，墙壁上挂的、地摊上摆的都是字画，细细看来，书画高下皆有，有几幅摩古的字画倒也逼真，细细看来终究是赝品，没有发现真迹。正欲离开，忽见墙角一后生在那儿画画，后面墙上挂几幅画，皆楼阁街市，布局合理、虚实得益。

赵佶对王诜道："此种较高水平的界画颇不多见，但用笔用墨稍显稚嫩。"

后生对众人围观视而不见，仍在专心致志地对着大殿写生。

王诜问道："请问公子的画一幅多少钱？"

后生瞥他一眼，边画边答："官人要是看中随便拿去！"

"呵，好大方啊！公子尊姓大名，何方人士？"

后生看一眼王诜诸人，微笑道："敝人张择端，琅琊东武人，去年才来汴京混碗饭吃。"

赵佶道："张公子你听说翰林图画院开科取士的事吗？"

张择端摇摇头。

赵佶道："四月初九，你去皇宫参加殿试吧！"

张择端忽地站起，说道："我一介草民怎能进入宫城？"

赵佶看一眼王诜，道："你就说是王晋卿都尉推荐你参加考试的！"

四月九日天晴日朗。辰时刚过，集英殿前的广场上，横竖六十张桌子排列整齐，每张桌子上放置着笔墨纸砚。三百六十名书画考生已经入场，各自按编号找到位置，齐刷刷肃立在桌前。

文武百官站在大殿的丹墀上，数十名大内禁军立在考场四周。然而，今天的绘画考题，百官谁也不知，考生们更是心犯嘀咕。少顷，集英殿前鼓乐齐鸣，只见皇帝赵佶满面春风走到丹墀中间，扫一眼考场上的众考生，坐在龙椅上。百官及众考生行垂首躬身行礼，集英殿前霎时响起一片"万岁"欢呼声！

此三百六十名考生，是经过了初试和诗词、易、释、道及经、史、子的策问考试后，选拔出来的。所以，各位考生对今天的殿试十二分重视，均做了精心准备。

礼部尚书陆佃从梁师成手中接过圣旨展开，高声宣布："大宋皇帝圣旨，翰林图画院开科殿试现在开始，今天绘画考试的题目是：野水无人渡，孤舟尽日横。"

众考生一时蒙圈，就连众考官也面面相觑。众人对寇准这首诗大约都有印象，但是如何将诗意画出来，似乎有点犯难。思忖一阵，考生们才陆续开笔。

时间过半，赵佶和主考官蔡京、米芾走下丹墀，来到考生中间查看了一遍。有些考生画功不错，但未扣诗意；有的考生能够扣主题，画功却差了一点。大多数考生画的是河边一小舟，船舷上立一只鹭鸶，或船篷上停落几只乌鸦。走到张择端跟前看时，赵佶顿觉欣喜。他画了一人在船尾入睡，横置一根笛子，因终日等待渡者而疲倦。显然过河人很稀少，借无声的笛子表现了摆渡人的寂寞无聊，从而突出环境的荒僻安静。紧扣诗意！

经过四个时辰的紧张考试，最终录取翰林图画院画师七名，画学生三十名。张择端、邢林等四人为祗候，徐天一等三人为艺学，待诏一职暂缺。

张择端考录画院后十分勤奋，立志成为一名优秀的画家。他仍以宫廷画和界画为主，兼修诗词印刻。不论春夏寒暑，他走遍汴京的大街小巷、摊子商铺、林木田垄、汴河州桥去写生，积累了厚厚的写生画片，之后埋头创作。经数年的历练，加之得到皇帝赵佶的亲自指导，画艺增进很快。功夫不负有心人，在崇宁五年（1106），张择端的一幅长卷《清明上河图》终于问世！

赵佶正与蔡京和米芾在文德殿商议来年翰林图画院招考事宜。张迪来报："翰林图画院祗候张择端求见陛下。"

张择端行过跪拜礼，双手举过画卷道："陛下，微臣集数年之功，绘就此幅《清明上河图》，意在将汴京的繁荣景象和我大宋的清明之气描绘出来，请陛下指正！"

张择端慢慢打开卷轴，一派汴京繁荣景象扑面而来。赵佶、蔡京、米芾均大为震撼。

张择端在近一丈六尺长、八寸宽的画面上，描绘出一幅无比繁华的汴京风情画。《清明上河图》共分三个部分：城郊景色、汴河虹桥、市区街道。第一部分城郊景色，描写的是郊区春景，清明节这一天早上，城市近郊，骆驼队、马队已经准备来汴京赶集了；第二部分汴河虹桥，高大的木桥像一条彩虹横跨汴河两岸，桥上车水马龙，熙熙攘攘，桥下一只大船正在调整方向，欲穿桥而过，船上船工形态各异，这无疑是整幅画的中心；第三部分市区街道，城墙修得非常好，城里有各种店铺，琳琅满目，各色人等，忙忙碌碌。

赵佶看得仔细，边看边说："看，此画开始是平静的汴京城郊，中间是繁华的虹桥和闹市，最后收到一个宁静的庭院。正所谓'绚烂之极归于平淡'！前面充满了希望，继而喧闹繁华，最后归于平淡，正好首尾呼应，整个画面非常协调、完美，构思十分巧妙！"

蔡京道："陛下的评说十分精确，富有哲理！真真让老臣开眼了！此画用笔兼工带写，设色淡雅，不同一般的界画，真的是别成家数！"

米芾道："是啊，画的构图采用鸟瞰式全景法，真实而又概括地描绘了汴京东南城角这一区域的繁华盛景。画面长而不冗，繁而不乱，严密紧凑，如一气呵成。画中所摄取的景物，大至寂静的原野，浩瀚的河流，高耸的城郭；小到舟车里的人物，摊贩上的陈设货物，就连市招上的文字，都十分精细，丝毫不失。做生意的商贾、看街景的士绅、骑马的官吏、叫卖的小贩、乘坐轿子的贵族眷属、身负背篓的行脚僧人、问路的外乡游客、听说书的街巷小儿，还有酒楼中狂饮的豪门浪子，均十分生动，让人如临其境、如闻其声！"

赵佶三人细细看来，越看越觉得画得精妙。米芾啧啧称赞："此画必将成为经典而流传于后世！"

赵佶道："爱卿如此苦功，为我大宋留下珍贵画卷，值得赞赏，朕即加封你为翰林图画院待诏！"

张择端即叩头谢恩。

赵佶又提笔在卷首题名《清明上河图》，落款"天下一人"，并加盖了双龙小印。

半缘修道半缘君

赵佶做端王时，老道士郭天信曾在大街上预言，"吉人当继大统"。吉人合起来，正是赵佶的佶字。王诜听到此话告诉赵佶，赵佶笑笑："道人疯癫之语未可信也！"赵佶心里想：当今皇上哥哥正值青春年少，自己身为十一皇子，怎会轮到自己当皇帝？天运使然，赵佶果然当上了皇帝！

当上皇帝后，赵佶忽然想起了那个郭天信，遍寻不见，传说羽化登仙了。

赵佶登基后，几年来一直子嗣不旺。道士刘混康告诉他，皇城东北角风水极佳，倘若将地势增高，皇家子嗣便会兴旺起来。赵佶下令照办，城外运土，将东北御花园一带高垫五尺。不久，宫中果然连连诞育皇子！于是，赵佶封刘混康为"葆真观妙冲和先生"。

当然，赵佶崇信道教，与其祖制有关。太祖、太宗尊崇佛教达到无以复加的地步。时间一长，寺庙泛滥，也带来了许多社会问题。景德三年（1006），有大臣向宋真宗赵恒进言，如今全国上下寺庙修得太多了，僧人的数量也是与日俱增，已逾十数万，发展得特别快，一些贫苦农人干脆丢掉土地落发为僧，长此以往，田地撂荒，民何以为食？有些寺庙与当地争山林、争土地，发生打斗事件，长期下去必有隐患，应该予以限制。宋真宗深感问题严重，颁布诏令，将道教尊为国教，同时对佛教采取了一定的限制。但是，在郊祀、祭祖等大型活动中，仍然坚持释、道共同参与。之后宋朝历代皇帝均沿此法。

赵佶经历了郭天信、刘混康等人的预言验证后，更加崇信道教。身边自然聚拢了不少道家高人，而且越聚越多。那些有"特殊本领"的道士，也就深受赵佶皇帝的宠信。

蔡攸介绍一个自称法术高深的道人来见赵佶。赵佶一见，原来是张道士！

张道士叫张虚白，正是赵佶在大相国寺见到的那位黄胡子老道。

老道微微一笑："贫道张虚白叩问陛下金安！"

赵佶还以礼，遂问及天下大事。张虚白将宋、辽、西夏三国态势，以及后起的女真势力讲了一遍，与赵佶的判断不谋而合。张虚白博学多识，精通术数，常喝醉酒后发出预言，神奇的是，每每被他言中。赵佶愈发看重张虚白，与之相处密切，小到衣食出行，大到军国事务，都会问计于张虚白。张虚白长着一挂黄色的胡须，长相类似胡人，赵佶从来不称呼他的名字，而叫他"张胡"。张胡曾经酒后枕着赵佶的膝盖呼呼睡觉，张迪来拉他，赵佶反倒摆手制止。

张虚白有时还对朝中大事毫无顾忌地发出批评性的警告，甚至针对皇帝本人。赵佶并不计较，只是说："张胡，你又醉了！"

宣和年间，金兵俘虏了辽国天祚皇帝，遣人来通告，赵佶将此事告诉了张虚白。张虚白摸摸胡须："天祚皇帝已经在海上筑宫等候陛下了！"

此话一出，周围的人们相顾失色。天祚皇帝是公认的荒淫昏庸之君，而且亡国后成了俘虏。张虚白将二人如此相比，完全够得上大不敬之罪。赵佶却浑然无事，手抚张虚白后背说："张胡又醉了。"

靖康二年（1127），赵佶和赵桓真的成了亡国之君，张虚白来看他，赵佶叹息道："你平日所言，都应验了，甚悔未听你言，现在才想起在大相国寺你送我的八个字'勿结西友，少食青蔬'，你是暗示朕不要与金人交友，远离蔡京之流啊！"

张虚白叹息道："陛下以后好好爱惜自己的身体吧！往者不可谏，来者犹可追，已而，已而！"

此乃后话。

当皇帝的既然信道，自有一些人便争相献媚，不断引荐各地的高人术士进入宫中，除原来受到赵佶宠信的道士张虚白、魏汉津、刘混康等之外，于仙姑、虞仙姑、王老志等人也被相继引入宫中。这些人，有的设坛祭天呼风唤雨；有的带一帮徒弟为皇帝炼丹。所炼金丹无非两种：长生不老丹和壮阳逍遥丹。

政和三年（1113），赵佶祭祀天圜丘。是日，百余名道士执仗前导，礼制局知事蔡攸引驾，车辇出了南薰门，赵佶向东眺望，见一片云气之中，好像有楼台耸起，便问蔡攸："那是什么地方？"

蔡攸下车向东看了看，除了一团云雾外，别无他有。蔡攸却对赵佶说："云间确实有楼台仙阁，隐隐约约有无数重，几十丈高，那一定是上界的仙府所在！"

赵佶又问："看见什么人物没有？"

蔡攸随口道："有道人、童子手持幡节出出进进，衣服眉目都看得清清楚楚，这一定是皇帝的大德感动了上天，神明因此下降了。"

赵佶说："朕在做端王时曾经做过一个梦，梦见自己受到太上老君的接见。太上老君高坐在殿堂之上，仪仗侍卫如同帝王的一样，向朕发出指令：信道是你的宿命！朕梦醒之后急忙下床，把梦中的情景记了下来。这次朕再次亲眼看见天神下降，原来神明对朕早就有昭示啊！"

祭天圜丘礼毕回宫，赵佶即以天神下降，诏告百官，敕令在云气出现的地方修建道观，名叫"迎真宫"。

蔡攸再次向赵佶推荐了道行更深的温州人林灵素。赵佶听了林灵素一番论道后，非常高兴，问："既然天下皆为仙界，朝臣中有无仙官？"

林灵素道："下界的仙官共有八百多名，朝中的蔡京本是左元仙伯，王黼是文华使，蔡攸是园苑宝华使，童贯等人都列仙班，他们均隶属于帝君陛下。贫道乃是神霄府褚慧，和众仙官一起下界，前来辅佐陛下治理国家。"

林灵素的一番话打动了赵佶，当即赐座，继续问道。林灵素懂一些天文和气象，自称不但能驱鬼役神，还会呼风唤雨。赵佶道："那太好了，你就择个吉日给朕展示一下，也让朝臣们都开开眼界！"

几天之后，林灵素在宫中设坛作法祈雨，身着黑色道袍，赤足披发仗剑，嘴里咕噜着，在坛上颠颠儿起舞。不多时，果然就传来隆隆的雷声，接着大雨从天而降。赵佶从此坚信林灵素真的是天上的神仙下凡，于是赐号"通真大灵先生"，并给了他很多的赏赐。后来又加封他为"通真达灵玄妙先生"，授予中大夫及冲和殿侍晨官。

赵佶让林灵素在清阳宫居住，主持宫中斋醮。林灵素提出清阳宫殿阁狭窄，必须另建新的宫殿，他才能奉旨行事。赵佶想都没想就一口答应下来，命林灵素选择地址并督建上清宝箓宫。上清宝箓宫占了一大片土地，周旁几座楼宇亭榭，又有复道与宫禁相通，以便赵佶随时亲临祭祀祷告。

赵佶想：既然我是玉皇大帝的儿子，这事儿一定要让天下人知道。于是，他模仿真宗皇帝赵恒的做法，着令蔡攸和林灵素筹备封神大典。

赵佶请林灵素到紫宸殿商议筹备封神大典事宜。林灵素走到文德殿东门，一眼瞥见一块元祐党籍碑，上面赫然镌刻着苏轼、司马光、黄庭坚、苏辙、秦观等元祐党人三百零九人的名字。细看，还是赵佶御笔瘦金体。林灵素眉头不禁一皱，想起年少时跟随苏轼做书童，坡公待之甚厚，虽然坡公故去多年，但他的音容笑貌时常出现于自己的梦里。之前他在温州、永州等地亦见过此类碑刻，虽愤愤不平，但实在无能为力。而今我林灵素拥有数万道众支持，与前大不相同，无论如何也要为坡公讨回公道。

于是，林灵素折回上清宝箓宫。赵佶久等不见林灵素来，派丁福前去打探情况。林灵素与一帮道众正在上清宝箓宫院里作法，众道士皆披头散发，手舞足蹈，呼啦啦道袍翻飞。少顷，林灵素收住功法。丁福上前问道："陛下在紫宸殿久等不见，特让奴才前来探看。"

林灵素长吁一声，跟随丁福来见赵佶，解释道："道君皇帝，贫道刚欲起行，天空忽然黑如墨染，分不清东西南北。眼看黑云移向太清楼，黑云上有数百人站在那里大声呼喊：'我们不是奸党，还我清白！'贫道便施神霄法功化散了黑云。"

赵佶半信半疑，问丁福："刚才你看见黑云没有？"

丁福道："好像有一片灰色云彩从皇宫上面飘过。"

赵佶大惊："该当如何？"

林灵素道："他们都是神霄星宿啊！道君没听到坊间广为传诵的一首诗吗？"

赵佶道："念来听听！"

林灵素诵道：

"苏黄不作文章客，童蔡翻为社稷臣。

三十年来无定论，不知奸党是何人。"

正好刘逵等人也上书皇上，天上黑云实为上天示警。是夜，赵佶安排殿前金吾街仗司，砸毁了元祐党籍碑，并传旨各部省，今后永不再议元祐党人一事。

政和六年（1116）夏，赵佶带领蔡京、王黼、蔡攸、李邦彦等一帮大臣，手捧玉册、玉宝，来到上清宝箓宫，隆重举行封神大典。赵佶身着灰色道袍、蓝色道冠、黑色玉带，所有大臣均着道袍，上清宝箓宫里黑压压一片。赵佶与众大臣跪在祭坛前面，林灵素站在玉皇大帝塑像前，朗声宣读：

"维政和六年，岁在丙申五月十五望日，道徒赵佶率众，谨拜于玉皇大帝尊前：仰惟圣神，为天地立心，为生民立命，为万世开太平，予祗承天序，禀于胜尊：尊为'太上开天执符御历含真体道昊天玉皇上帝'，封赵佶为'教主道君皇帝'……"

同时，蔡京等诸大臣分别被封为不同尊号的仙人。仪式结束后，赵佶下诏，宣布大赦天下，命令全国凡是山川秀美的地方，都要建造神霄宫，用来供奉玉皇大帝的圣像。不一年，全国上下建起了一千多座神霄宫，道士多达七万人。同时，赵佶诏令汴京城设立道学，开设道录院，培养各级道官。

赵佶从崇宁年间开始，便下诏令搜访道书，由书艺局请知名道士编纂校订《天宫宝藏》，后经赵佶亲自删改审定，增至五千三百八十七卷。政和年间，诏令设立道经局，敕令道士元妙宗、王道坚校订后，送福州闽县，交由龙图阁直学士中大夫福州郡守黄裳，令其请老雕工师傅镂版，共五百四十函，五千四百八十一卷，是为《万寿道藏》。该书因修于政和年间，故又称《政和万寿道藏》。

赵佶又亲自注释《道德经》，颁发给全国各地，并将道教作为钦定的科举和画院考试内容。同时下诏，创设道人官阶二十六级，道官八等。每级头衔均与同级朝官相同。自此，大宋一改原来儒、释、道三教并立，从而形成了道教独尊、政教合一的局面，道教真正成为大宋的国教。

赵佶亲书《天真降灵示现记》，刻碑立石，立于宫内；同时下诏，太上老君敕命：自即日起，本朝天子为"教主道君皇帝"！

赵佶经常亲临上清宝箓宫，听林灵素讲《道经》。林灵素每次讲《道经》，众大臣及道录院、邻近的神霄宫道士都来听讲，赵佶则坐在一旁帷幄中听讲。林灵素高坐台上，侃侃而谈，上至天宫，下至阴曹，无所不及。

政和七年（1117），林灵素告诉赵佶："清华帝君将在近日降临宣和殿，火龙神剑也将夜降内宫。"

赵佶道："这么千古一遇的大事，你可要做好准备哟！"

林灵素于是制作帝诰、天书、云篆等圣物。一切准备就绪，赵佶驾临上清宝篆宫，召集百官、道士徒众两千余人临场。林灵素边舞边唱，又做迎候状，让赵佶及百官跪地迎候；继而，林灵素忽然变作清华帝君之状，绘声绘色预告了万事未来。赵佶率众叩头。林灵素又将神物诏示百官、道士，同时宣谕：以后定期在上清宝篆宫举行大型斋醮，由林灵素主讲道家经典，美其名曰"千道会"。

林灵素逐渐成了朝廷的大红人。他收的道徒达到了一万多人，都吃上了皇粮，朝廷按月发给俸禄。这些人大部分都有妻室，有的甚至妻妾成群。他们锦衣玉食，小日子过得十分滋润，有的俸禄比京城的同级官员都高。他们用胶青刷鬓，身着道袍，出门时派头很大，一看就知道是林灵素的弟子。林灵素每设大斋，也就是所谓的"千道会"，胡乱施舍，挥霍了无数的钱财，时不时令官民到宝篆宫接受"秘策"，以此来显示他的尊严和威势。朝中一些官员要想升迁，便拜在林灵素的门下，只要林灵素向赵佶保荐，准成。

一时间，全国上上下下，到处都是道观。每一处道观，拨给田地数十数百，甚至上千顷，每设斋醮，均赐钱数万。道士、仙姑有俸禄者已达三四万人。

与此同时，赵佶在道士们的引导下，在宫中设立丹炉，亲自炼丹。道士炼丹很讲究，丹房要朝东，要禁止女子、鸡犬等进入丹房中，炼丹前要沐浴更衣，不能吃葱蒜等刺激性食物，不能见血腥污秽之物，不能听哭泣悲哀之声等。

这天，赵佶十分高兴，他与林灵素的徒弟王道士一起，又炼成了几粒长生不老仙丹。这几粒仙丹炼得可不容易，这是赵佶和王道士带领一班徒弟费了整整半年才炼好的。赵佶拿着这几颗紫色的、闪着金光的丹药，又是激动又有点担心，激动的是经过这么长的时间，终于炼好了，担心的是这苦炼许久的仙丹到底能不能吃，他毕竟是一国之君，不宜随便品尝。这时，赵佶看到了近臣王定观，王定观也正在惊奇地望着那颗仙丹。赵佶道："王爱卿，这粒仙丹来之不易，你跟朕最近，朕赏赐你一粒享用。"

王定观顿时腿都软了，他虽然也想长生不老，但是这没把握的事他也不想干。赵佶看他犹豫，和颜悦色地说："这仙丹赏赐于你，是因为朕喜欢你的文采，你与朕一起不老长生，就可以永远陪在朕的身边一起论文谈诗了。"

王定观心里叫苦，不吃也是死，吃了或许死不了，还有可能得到皇帝的信任……

王定观把心一横，说道："陛下，微臣要是先去见了玉皇大帝，臣的老母在堂，儿女尚幼……"

赵佶将仙丹拍在王定观的手里："你怎么想到这些？放心吧！"

王定观眼含热泪，接过仙丹闭住眼吞了下去。服了仙丹的王定观，只觉得腹内发烧，头晕目眩，口齿不清道："陛下，微臣、微臣去仙界等陛下了。"摇摇晃晃走到大殿门口，突然倒在地上。

《千里江山图》

最近，童贯多次向赵佶提及联金灭辽事宜。这几年女真族叛辽雄起，多次打败高丽和辽国。经过几番朝议，势分两派。一派是以童贯、蔡攸为首的主战派，另一派则是以高俅、王黼为首的维和派。童贯近几年在西北与西夏打了几仗，积累了战功。赵佶又派他出使辽国，髡顶秃头的契丹人瞧不起童贯，讥讽他身为太监尚留胡须，不男不女。童贯大为光火，心里暗暗发誓，定要率精锐之师直捣临潢府。蔡京一开始并不支持联金灭辽，看到赵佶对联金灭辽一心所向，便转而支持。蔡攸呢，很早就结交端王赵佶，赵佶登基后赐予他进士出身，后又拜龙图阁大学士、淮康军节度使。他虽然与其父蔡京常常意见相左，但是在此问题上二人却十分一致，加之年轻气盛，急于积累战功。

童贯、蔡攸认为，燕云十六州离开中原母邦已近二百年，目下，金国正欲灭辽，与之联手南北夹击，收回中原故土，在此一举。高俅、王黼等大臣则认为，宋辽两家百年来相安无事，虽然年年给辽国不少财物，但对富庶的大宋来说无伤大雅。金人虽对辽国虎视眈眈，但辽国仍有相当的实力与之抗衡，如果将辽国灭掉了，大宋则失去了北方战略屏障。

双方各执一词，赵佶则倾向童贯一派。他毕竟正值盛年，自幼倾慕乃父神宗皇帝的伟人风范，希望自己能干出一些光宗耀祖、彪炳史册的宏图大业。那么收回燕云十六州则是他当上皇帝后心心念念的大事。

蔡京建议："莫如派一使臣走渤海去与金国结交，摸清金国真实意图。"

赵佶道："好，就依蔡爱卿之见。"

联金灭辽一事议定后，赵佶心情豁然开朗。忽然想起翰林图画院即日开科，他还没有想好这一次开科的题目，在文德殿来回踱了几步，便向翰林图画院走去。

自翰林图画院的画学生第一次开课后，赵佶时不时抽空过来，给画学生们讲些花鸟和山水的技法，现场做些示范，画学生们很是振奋。

此时，米芾刚刚从无为军奉调回京，复任书画博士、礼部员外郎。三年前，由于米芾任职书画博士后，对朝中一些大臣的书法和绘画直言其错，时有差评，对那些不干实事、小题大做、专挑人毛病的谏官也多有微词，因而遭到一些大臣和谏官的弹劾。赵佶为了让米芾暂避锋芒，在崇宁三年（1104），令其外任无为知军。

翰林图画院大门口，一个十五六岁的少年往画学堂里张望，时不时用木柴棍在地上比画着。少年看见赵佶一行人走来，转身就躲。侍卫走过去一把将他拽住。这少年眉清目秀，英气勃勃。赵佶便问："你这孩子刚才在这儿干啥？"

那少年看一眼赵佶，腼腆地说："我在听里面的老师讲课。"

赵佶问："你叫什么名字？哪里人？喜欢画画吗？"

少年答曰："我叫王希孟，云州人，想到京城来学画画，大人，能让我进去听听老师讲课吗？"

望着少年天真的面孔，赵佶甚是怜爱，微笑着朝他点点头。

王希孟一提起云州，赵佶就很感兴趣，问了王希孟云州当地的风土人情。

后唐大将石敬瑭欲称帝，勾结契丹人，于后晋天福元年（936），将燕云十六州割让给契丹，得以建立后晋，认辽太宗耶律德光为父，自称儿皇帝。自此，燕云十六州与中原政权分离，北方强邦占据长城南北，时常侵扰中原，成为历代中原王朝之痛。特别是强文弱武的宋朝，深受其害。

一开始，契丹人将汉人视为异类，族群矛盾时常发生。汉人时常有逃离云州南归者，大多被契丹人捕回杀掉。王希孟七岁时，父亲趁着月黑风高之夜，带着全家五口南逃，被契丹人逮住杀死，王希孟因躲在一个山崖下逃过一劫。一僧人在山里寻找可造佛像的岩石时，发现了饿昏的小希孟，将其带回云冈灵岩寺。老方丈昙永亲自给他剃度。昙永师傅开凿石窟佛龛，他递上斧凿；师傅彩绘壁画，他递上颜料彩笔；师傅四更打坐念经，他起来相陪；夜间给师傅暖被窝，听师傅讲佛经典故……王希孟一来二去懂得了许多道理，对事物敏感而多情，对色彩和绘画有了浓厚的兴趣，小小年纪就能画壁画，暗暗立志要成为一个真正的画家。转眼之间，王希孟在灵岩寺已待了六年，从昙永师傅那里学到了很多本领。

师傅昙永告诉他，要想成为一个真正的画家，不仅要研究适合自己的独到的技法，更重要的是，心里要装着人间疾苦和喜乐，要游历名山大川，把天下真善美的东西装进脑海里，要到汴京去熏陶研修，因为汉家的中心在汴京，那里是大宋艺术母邦，是英才聚集的高地，汇集了天下最杰出的辞赋大师、文章大师、瓷艺大师、书画大师、大乐师、茶艺师……特别是当今大宋皇帝，是十足的全才艺文皇帝，正引领着汉家艺术走向全兴之高峰。当今皇上还设立了翰林图画院，将绘画纳入科举考试，每三年开科考试一次。应当到汴京去，锤炼自己，争取考录到翰林图画院，那里才是画家的深造之地！

师傅一番话说得王希孟心潮澎湃，王希孟于是决定立即上路。

这年，王希孟已经十四岁了。他对师傅说："师傅，我想出去走走，看看那些名山大川！"昙永眼睛闪着泪光，看着希孟稚嫩的面庞和真诚的眼神久久不语。

昙永师傅不舍，说道："你小小年纪，怎么能走遍天下？怎能走到汴京？等你长大再说吧！"小希孟摇摇头就去收拾自己的行囊。昙永叹口气，心想这孩子是一定拦不住了。于是，拿出纸笔，写了一张信笺："同门方家：弟子王希孟欲游学天下，若有叨扰，遥谢佛礼！云冈灵岩寺昙永。"

昙永将书信交给王希孟，说道："徒儿，几乎所有名山大川都有寺庙，你可持此书信到寺庙寻斋借宿。"

昙永乃北魏云冈石窟的开山鼻祖昙曜之再传弟子，忠实继承了昙曜衣钵，在昙曜五窟的基础上又开凿数窟，使云冈石窟规模扩大至数十窟，因而在佛界影响巨大，无论中原还是边地，所有寺庙方丈僧众无人不闻其名。

王希孟背着行囊，一步一回头，泪眼婆娑地往山下走，不见师傅送出。及至山下，却见师兄抄近路在山下等他，见了王希孟就将一个布袋塞给他，说："这是师傅送你的盘缠！"王希孟眼泪刷地流下来……

王希孟手持斋钵，身穿百衲衣，一路走来，黄河上下、大江南北，用了近两年时间造访了许多名山大川。上华山、拜少林、攀武当、过三峡、访峨眉、登泰山、观沧海……拜访了许多山寺名刹，领略了华夏壮美的风光和不同地域的风土人情，也见识了那些穷乡僻壤百姓的贫困潦倒。那些秀美山川一幕幕在脑海里呈现，他觉得天下奇绝尽在华夏。王希孟终于在一个飘雪的冬日来到汴京，在大相国寺卖画。为了能参加翰林图画院开科考试，他不得不蓄起了长发。

米芾正在给画学生讲汉简，见赵佶一行人进来，忙深施一礼："陛下恕罪，不知圣驾光临，有失远迎！"

赵佶道："闲来无事随便走走，画院第二次开科在即，准备得如何？"

米芾道："已准备就绪！就等陛下的考题呢！"

赵佶点点头："本期画学生入学已逾三年，当可毕业，莫如趁此机会考他们一下。"

米芾鼓掌："太好了！"

赵佶扫一眼一百名画学生，走了几步，脱口说道："'踏花归去马蹄香'，以此为题吧！"又对米芾说，"喏，让这位少年王希孟也参加考试吧！"

一开始，画学生们个个都面面相觑。少顷，便先后动起笔来。多数画学生在"踏花"二字上下功夫，有的画面上画了许许多多的花瓣儿，一个人骑着马在花瓣儿上行走，表现出游春的意思；有的画学生煞费苦心在"马"字上下功夫，画面上的主体是一位跃马扬鞭的少年，黄昏时疾速归来；有的画学生运思独苦，在"蹄"字上下功夫，在画面上画了一只大大的马蹄子，马蹄子上面沾了许多花瓣……

唯有少年王希孟匠心独运。他着重表现诗句末尾的"香"字：日落黄昏时刻，一个官人骑马归来，马儿疾驰，马蹄高高弹举，几只蝴蝶追逐着马蹄蹁跹飞舞！蝴蝶为什么追逐马蹄？不由让人联想到马蹄踏花泛起的阵阵芳香。

赵佶和米芾看到这幅蝴蝶追逐马蹄蹁跹起舞的考卷时，相视一眼，皆大为惊讶。一个未入画学的少年竟有如此高超的领悟力！虽然画面不工、笔风潦草，但是难掩整体效果和立意。赵佶当即决定，王希孟不用再参加殿试，当即录为画学生。

王希孟以小小年纪端坐在画学堂里，时常被学兄们戏要，勾起他少年顽皮的特性。下课后，常与学兄们逗乐玩要，几个月来绘画仍然有点粗枝大叶。赵佶听说后为之惋惜，便将他召入禁中文书库，侍奉皇帝左右。

赵佶为王希孟制定了严格的画学课程，无论朝政再忙，他总要抽出时间来到禁中文书库，对王希孟的绘画进行指导和示范，亲授各种技法，几个月下来，王希孟画艺精进，遂超越了矩度。

赵佶让张迪带他到太清楼、翰林图画院藏画阁、崇文院、万琴堂、御书阁、天章阁等地方走走看看，意在让其开阔眼界。王希孟看到这些皇家珍品，大张嘴巴，十分惊讶。张迪告诉他，这些御藏书画和文宝可不是一般人能见得到的，就连那些股肱大臣也只有少数人才能见到。

在翰林图画院藏画阁，王希孟见识了翰林图画院待诏张择端的《清明上河图》，在崇文院看到汗牛充栋的皇家图书，在太清楼和翰林藏画阁，他见到了米芾老师曾提到过的历代名画。在隋代著名画家展子虔的《游春图》前，他一点点一笔笔地研读揣摩，久久不愿离开。米芾老师曾讲，展子虔的《游春图》是有画迹可考的山水画，他最早创立了"青绿山水"的绘画形式，是青绿山水画的鼻祖。他从《游春图》中，仿佛看到了江南春色的秀美和北国山水的雄奇，一幅崭新的青绿山水画慢慢在他心底萌生出来。

赵佶与蔡京、米芾正在文德殿议事，张迪来报："翰林图画院待诏苏汉臣向陛下献画。"

苏汉臣走进来与君臣见过礼，双手捧着卷轴献上："陛下，微臣得到一图，不知是否为真迹，请陛下明辨真伪！"

张迪接过画轴，在御案上徐徐展开。赵佶看时，竟是唐代画家李思训的《江帆楼阁图》！蔡京和米芾凑过来，赵佶对米芾道："依米博士看，此画如何？"

米芾认真看了一阵，道："此图应该是李大将军的真品，画中'青绿山水'与'金碧山水'并用，且无违和之感；山石、江水和游人融汇于一处，江上泛舟，山中树木茂盛，游人穿梭其中；远处江水荡漾，几叶扁舟漂浮，近处树木葱茏，楼阁庭院若隐若现，坡岸上游人穿行。其意境隽永奇伟，用笔遒劲，风骨峻峭，色泽匀净而典雅，画风精密严整，意境高超，笔力刚劲，色彩繁富，独树一帜！"

赵佶道："米癫儿评得好！朕上月收到李思训儿子李昭道的《明皇幸蜀图》，这次又收到《江帆楼阁图》，也算李家父子二图合璧了！"

赵佶话音刚落，张迪又报："画学生王希孟前来向陛下献画。"

赵佶没抬头，两眼只在《江帆楼阁图上》上："进来吧。"

王希孟走进来，给皇帝叩过头，将一大画卷放在地上。

众人不解，米芾斥道："你怎能把献给陛下的画卷放在地坪上？"

王希孟朝米芾笑笑，慢慢将画卷展开，自东至西，足足四丈有余！众人望着这幅这么长的青绿山水，都惊讶了！丢下李思训的《江帆楼阁图》，来看王希孟的《千里江山图》，众人立刻被这满眼的青绿所震撼。这幅长四丈、宽一尺六寸的长卷，竟是张择端《清明上河图》的两倍！

画面上峻拔之气扑面而来。千山万壑，绵延起伏，江河交错，烟波浩渺，雄浑壮阔。咫尺千里之趣，点画绝无败笔，简直就是对大宋锦绣河山的极力颂唱！

再看画面的细节，更是逆天！每一笔都精心描绘，既概括地表现了山势绵亘、水天一色的浩渺气象，又精心地勾画了幽岩邃谷、高峰平坡、流溪飞泉、波涛烟霭等自然界变幻无穷的景观，使千里江山既开阔无垠，又曲折入微，充分显示了华夏山河的壮丽多姿。画中，天上的飞鸟虽轻轻一点，却具翱翔之势。看似空白的水面上，实有清晰如丝的水纹，在石绿、石青颜色的衬托下，仿佛水纹都在轻轻飘动，波光粼粼。这个"大千世界"里，人物虽细小如豆，神情、身份、动作却都清晰可辨，或田野劳作，或对坐饮茶，或打扫庭院，或坐船出游，每一个人物都点缀在山水中的每个角落。

苏汉臣惊叹道："陛下，请看这山石的皴法，山头山坡一种皴法，山崖山峰一种皴法，山尾山脚下又一种皴法；画家并不在意这些痕迹，似乎不屑一顾地绘上了重彩，画家只在乎整幅作品层次的渲染、颜色的明亮；山的主峰雄伟高大，侧峰若隐若现，众星拱月一般；再往下看，山路十八弯后，江面骤然开阔，大江东去，渔舟点点，一切似乎又恢复了平静……"

蔡京望着王希孟感叹道："实在难以想象，一个十八岁的青年学子竟能画出如此绝美的青绿山水，笔法之老到，经营谋篇之高妙，让人叹为观止，若能得到此画，每天坐拥山水而读天下，老夫死而无憾！"

米芾笑道："此画不失为我大宋青绿山水的巅峰之作，应存于翰林图画院藏画阁，一来让后学研读临摹，二来可流传后世，蔡相可不能将其攫为己有啊！"

蔡京笑道："或许有一天，陛下会把此画送给老臣呢！"

赵佶面带喜色："王希孟此画，将我大宋江山描绘得十分壮丽，观过此画，令人振奋，我金瓯江山如此壮美，定当好好守护，寸土莫失！如此浩大而精细的长卷，王希孟只用半年时间，实属不易，也不枉朕倾囊相授的一番苦心！"

王希孟再次叩首："都是陛下教导点拨之功！"

赵佶用十分喜爱的眼光看着王希孟："朕升你为翰林图画院艺学，望再接再厉，多出精品！"

王希孟将头磕得嘣嘣响："希孟本是庸才，二年教诲，融化冥顽，陛下恩深似海，希孟虽肝脑涂地也无以报答。定当勤勉努力，精研画艺，当一个诚实的画家。"

政和三年（1113）四月这一天，无疑是王希孟人生的高光时刻！

《千里江山图》得到皇帝的认可后，王希孟第一时间写信向恩师昙永报喜。昙永回信："徒儿得此成就来之不易，得之于饱览大好河山，得之于对华夏江山的挚爱，你还年轻，要走出画斋，多向造化学习。老僧祈念佛祖，撒佛光于徒儿之前途！"

是啊，没有大江南北的游历，何来《千里江山图》？王希孟于是禀告圣上，提出再次游历写生。赵佶恩准，或许几年或几月之后，他又会画出什么惊世之作！

蔡京一直在挂念着《千里江山图》，回到家里，看看自己宽大的客堂，虽然有几幅名人字画，但画幅都不大。他设想，如果将《千里江山图》环挂庭壁，坐拥江山也是个很不错的寓意，他暗自笑笑。

一天下朝后，他留步和赵佶说些翰林图画院的事，自然扯到王希孟。赵佶告诉他："朕已恩准王希孟出京游历写生了。"

蔡京说："好，要不了多长时间，或许又会有佳作呈予陛下。陛下，《千里江山图》现在何处？"

赵佶说："在延福宫，郑皇后在观赏呢。"

蔡京吸溜一下嘴，说道："老臣有个不情之请，待郑皇后观赏一阵后，可否借给老臣美美赏阅一下？"

赵佶哈哈一笑："太师何必借阅，朕将此画赠予你又有何妨！要不了多长时间，王希孟定然还会有更好的画作呈现出来呢！"

蔡京得到意外之喜，旋即给赵佶叩了几个响头："谢陛下恩赏！"

蔡京得到《千里江山图》后，欣喜无比，回府后立即为《千里江山图》做了题跋："政和三年闰四月一日赐，希孟年十八岁，昔在画学为生徒，召入禁中文书库，数以画献，未甚工。上知其性可教，遂诲谕之，亲授其法。不逾半岁，乃以此图进。上嘉之，因以赐臣京，谓天下士在作之而已。"

得到皇上的许可，王希孟再次踏上去江南游历的路程。经汴河入淮水之广陵，攀黄山登九华，上衡山走匡庐，泛舟震泽……王希孟本来要到雁荡、武夷和南岭，然而他走不下去了，决定在梁溪惠山脚下的小阁楼住下来，开始画画。他改变了再画青绿江南的初衷，要把一路上的所见所闻画出来。

政和四年（1114），赵佶嫌延福宫太小，大规模重修延福宫，同时新建华阳宫。整个江南都在搜集奇石异木运往汴京，通往汴京的河道都在运送花石纲，朝廷的奢靡之风在泛滥，加之南方水灾、北方旱灾，到处都是饥民饿殍。二年之间，山东、河北等地灾民相继揭竿而起。

王希孟一路走来，满眼热泪，再也无心去欣赏江山美景。许是那些佞臣蛊惑皇帝，榨取民脂民膏，使得百姓流离失所、无家可归。怎样才能劝解皇帝体恤百姓疾苦，免征花石纲呢？直接上书劝谏肯定不当，请米芾、苏汉臣老师劝谏吧，又怕被婉拒，真真没有办法，不劝谏则于心不安……师傅昙永曾说，做人要向善，要归真，要心中时时有佛……想来想去，一道灵光闪过脑际。

王希孟再次回到汴京，请张迪通报，王希孟有新画图献于皇上。赵佶正在文德殿与几位大臣议事，王希孟在大殿外举图长跪。赵佶道："希孟离京已二年有余，又有什么绝美画图？献上来吧！"

王希孟长跪不起，只将画图递给张迪。赵佶十分欣喜，像王希孟这样勤奋的画师不多。于是慢慢打开长卷，竟是王希孟题名的《千里饿殍图》！长长的画卷上满纸荒凉破败，山道上、河岸边、村落里，到处是被官兵驱赶的乞讨流民，树林里时有倒毙的尸体被野狗撕扯；长河里有军士押送的花石纲官船，彩旗飘飘，十艘一纲，绵延不绝，那些赤裸身体的纤夫，一个个弓背弯腰，喊着嘶哑的号子……赵佶看着看着，霍地一拍龙案："哪里有这种现象？简直污我大宋江山!"当即抓起《千里饿殍图》刷刷撕得粉碎!

张迪和几个侍卫走出大殿，却不见了王希孟。问宫门禁卫，说王希孟出宫门已有一刻了。然而，禁卫军搜遍汴京城都没找到。

许多年后，云州灵岩寺里有个叫昙梦的长老，在教小弥撒们画画时突然倒地而终。根据他的遗言，佛徒们将其火葬，骨灰埋在寺院那棵千年银杏树下。

二十

妆成每被秋娘妒

　　赵佶时不时想起天泉池那一幕幕幻境。他几次想再去一趟，可惜身为皇帝，偶尔为之尚可，不可随便前往，况且每天政务缠身，还有那些批不完的折子，经常被中书省催办。

　　折子批得有点困，赵佶站起来抻个懒腰，在大殿里来回走动。这时王黼觐见。王黼奏道："陛下，《宣和博古图》的图谱绘制，需要抽调翰林图画院画师绘制，微臣已找画院协商，然而画师迟迟未能到位……"

　　赵佶停下脚步，打断王黼的话："这些小事，也来告诉朕？"

　　王黼挂一脸媚笑："微臣两天未见陛下了，有点想念……"

　　赵佶笑指王黼："看你这点出息！去吧，让蔡京知会一下翰林图画院不就可以了！"

　　"是、是，陛下，我这就去找蔡太师。"

　　王黼刚走出大殿，又被赵佶叫住："王黼回来！"

　　赵佶微微一笑："像天泉池那样的汤池，汴京城一共有几个？"

　　王黼立即会意："微臣只知道这一家，别处应该还有，不知在哪里……听说天泉池最近又有新节目，陛下若有时间，微臣陪陛下再去消受一下。"

　　赵佶顿了一下："你看看，这几摞折子，中书省已催几次了！"

　　王黼眨眨眼睛："陛下，微臣倒有个办法，足不出宫即可享受天泉之美！"

　　赵佶眉毛一挑："什么？说来听听！"

　　王黼道："延福宫苑北墙外有海棠湖，海棠湖边上海棠楼，周边种了些桧柏、青藤，地方宽敞，一般很少有人去到，非常清静。在那里建一座温泉宫苑，比照天泉池规制设计，再挑选一些色艺绝美的女子侍浴，陛下走进海棠楼，推开后门即可沐浴温泉！"

赵佶问："在那里建汤池合适吗？"

"有什么不合适？杨贵妃爱洗浴，人家唐玄宗还在骊山下专为杨贵妃建了一座华清池呢！"

赵佶沉吟一下："温泉水何来？"

王黼诡秘一笑："陛下放心，建好后自然有温度合适的泉水可以沐浴！"

赵佶一笑："能否像天泉池那样梦幻如烟？"

王黼一挺胸脯："这事交给微臣办理，到时候保证陛下满意！"

不几日，王黼送来一幅延福宫苑温泉草图。赵佶展开一看，与天泉池的规制大不一样，而且处处都显得匠心独运。王黼就草图一一做了解释："几个室内汤池均为汉白玉铺就，且造型别致，莲花形、蘑菇形、月牙形……将入池台阶改为溜水滑道，紫金石铺就；室外设计了一个牡丹形的露天汤池，汤池中间，设置了一个莲叶形舞榭歌台，岸边有一个望月亭，亭里有两个卧榻，躺在卧榻上可以观看舞榭上的歌舞……"

赵佶很惊奇："这是你画的草图吗？"

王黼摇摇头，说道："微臣拉着张择端去了一趟天泉池，回来后，把我的想法告诉了他，他费了数日时间绘出了这张草图。陛下是园林行家，又是造诣深厚的画家，你看还需要如何修改？"

赵佶微微一笑："设计得不错，那么这个汤池的名字就叫海棠浴吧。不过，这个露天汤池的歌榭应该有一栈桥与望月亭相连才好。"

"好的，陛下，我让张择端再设计大一点。"

正说着，李邦彦手持两幅绢画走进来，看见这张汤泉图，道："这是陛下设计的吗？要在何处建造？"

王黼拍拍他的肩膀："陛下哪有工夫设计？到时候还要请你李大人培训汤池歌伎舞女呢！你王大人和周邦彦才是行家！"王黼一笑，收起草图离开文德殿。

赵佶问："李爱卿有何事？"

"陛下，微臣在大相国寺那里淘得两幅杂剧内容的绢画。微臣以为这种表现戏曲的绘画不多，而且署名为'龙眠居士李公麟'，而龙眠居士现已故去，不知真假，请陛下龙目辨珠。"

赵佶在御案上展开一看，两幅绢画果然栩栩如生。一为杂剧《眼药酸图》，此幅八寸见方，选取了杂剧《眼药酸》的一个场面。画的右方一人腰间所插扇上有草书的"诨"字，当是副末角色；左方一人头戴高帽，身着大袖宽袍，衣帽上均画有眼睛图案，扮演卖眼药的郎中形象，当为宋杂剧中副净角色。另一幅绢画约八寸见方，不知绘的是啥剧目，图中亦绘二角色，皆为女子扮演。右方一人，背后插一扇，上书"末色"二字，是宋杂剧中副末角色专用的道具；左方一人头戴诨裹，有斗笠等道具置于地上，当为副净角色，两人均作打拱状。

细看两幅画设色鲜艳，线条流畅，形象生动，巧妙地选取了戏剧中的有关场面。赵佶看罢说："这两幅画虽然水平较高，但是并非出自李公麟之手。李龙眠继承顾恺之、吴道子的技法，运笔如行云流水，造型准确，神态生动，善用线描，更重要的是，画作多不设色，人称白描画家。而这两幅画的画者，为了突出戏剧人物的角色特点，对人物形象描绘夸张，线条粗犷，色彩艳丽。不过，正如爱卿所言，反映当代杂剧人物的绘画并不多，值得收藏。"

李邦彦说："最近京城几个瓦子都有些新节目，桑家瓦子那边来了一个南戏班子，唱的是《蔡伯喈赶考记》《老孤遣妲》；朱家瓦子来了一个杂剧班子，唱的是《急慢酸》《四孤夜宴》《睡孤》；蔡家桥瓦子有个女相扑擂台赛，连续在京城打擂四个多月，那个嚣三娘最为厉害，打败了汴京男相扑头榜洪大头和女头榜赛金花……陛下要不要去看看？"

赵佶沉吟一下："朕倒是很长时间没有看戏了。以前有宫廷戏班子，已散了多年。"

李邦彦道："陛下正好去看看，回来再把宫廷戏班子搭起来呀！"

赵佶眼睛一亮："有道理！有下午场吗？"

"有的有的，下午场最为热闹！"

"好，叫上蔡攸一起。"

几个人分别穿上百姓的粗布衣，准备出门，刚好梁师成走进来，看一眼几个人的行头，说道："陛下你这又是去私访呢？"

赵佶一本正经地点点头。

梁师成指指那一摞折子："中书省那边催办呢！"

赵佶迟疑了一下："你先拿给蔡京看看！"

梁师成抱起一摞折子，大声喊："陛下，下次出宫私访要带上奴婢啊！"

一行人出了东华门，分别坐上小平舆，直奔桑家瓦子而来。桑家瓦子的南戏还没有开演，台上只有一个小丑在逗乐垫场，乐队班子时不时为小丑伴奏几声。台下已坐满了人，大多是席地而坐。只有左右两侧留有座位，专为绅士名流准备。张迪直接找到后台老板，亮了亮腰牌，要了右侧前排最好的几个座位。

李邦彦指着戏台帷幕上一个戴王冠的画像问："陛……"赵佶瞪他一眼，他忙改口道，"大人，戏幕上的画像是谁呀？"

赵佶笑笑："你整天看戏呢，竟不知道他是谁？他就是梨园始祖唐玄宗！之前，宫廷和民间只有歌舞、鼓词、杂耍，自唐玄宗始，才将故事和歌舞结合，便有了今天的折子戏。"

"哦，原来他就是梨园弟子们的祖师爷啊！那为啥又将戏班子叫梨园呢？"

赵佶指指舞台没有说话。

蔡攸小声道："你还老爱演戏呢！这个我来告诉你，唐玄宗选了戏伎弟子三百，在梨园这个地方教习，声调有误，或手、眼、身、法、步不对，玄宗必予正之。久而久之，人们便把戏班子称之为梨园了。"

"哇，蔡大人如此博学呀！"

蔡攸一笑："都是赵大人教的！"

李邦彦又问："那南戏和咱老汴京的杂剧有啥区别？"

蔡攸尴然一笑："这要问问赵大人了！"

赵佶一笑："周邦彦或者陈旸如在，他们会说得更明白一些。"

李邦彦求道："赵大人先给我们讲讲嘛！"

赵佶道："杂剧和南戏产生的地点不同，一个在大江以北，一个在江浙永嘉一带，其实它也叫永嘉杂剧，后来又扩展到江南其他地方；剧目的内容也不同，北方杂剧多是公案故事、史上传说，南戏则演的大多是婚姻、伦理等世相百态；演唱形式不同，杂剧只能由正末或正旦来唱，而且只能由一个人唱，一唱到底，南戏的演唱多种多样，既有独唱，又可对唱、轮唱、合唱等，不似杂剧一唱到底……"

李邦彦赞叹道："赵大人真乃博古通今的神人！大人看过南戏？我去年在南京（商丘）看过两场南戏。"

蔡攸对李邦彦说："世间百艺，赵大人无不通晓，哪像我等碌碌之辈！"

这时台上锣鼓敲出一阵"紧急风"，小丑一连倒翻了十几个筋斗，让人眼花缭乱，小丑忽地收势，来个躬腿展翅亮相，台下顿时掌声齐鸣。

李邦彦叹道："这个小丑功夫好生了得！赵大人，小丑的鼻梁上为啥都要抹一块白粉呢？"

赵佶笑道："你这厮还是个爱动脑的人呢！丑角鼻梁上这块白粉也出自唐玄宗。因为他经常到梨园去，有时，对哪个角色不满意，还会客串一把。一次他客串丑角，又怕人看出他是皇帝，就把腰里的一块昆仑玉珮解下来挂在自己的脑门前，他这一挂，赢得了满园子人一阵阵叫好声。后来丑角们就学唐玄宗的样子，在自己的脸上画一块白粉，权当玉珮。一画，果然有不一样的效果，久而久之，丑角的形象就定格了。后来人们台上台下都十分尊丑，实际就是尊梨园祖师爷。"

正剧《蔡伯喈赶考记》开始，穷书生蔡伯喈出场。在蔡伯喈一大段唱腔后，赵五娘出场，二人恩恩爱爱对唱，亦唱亦舞；继而，蔡伯喈要进京赶考，与妻子赵五娘难舍难分……

蔡攸看一眼赵佶，赵佶看得很认真，看到得意处还摇头晃脑，以手击节，很是入戏；看一眼李邦彦，他却在偷看左边一个女子，那女子长得眉目清秀，依偎着一个老妇人正看戏看得入迷，并未发现有人偷窥她。蔡攸拍了一下李邦彦的左肩，李邦彦回过头朝蔡攸一笑："听不懂他们唱的啥，还不如去看女相扑比赛呢！"

赵佶听见二人说话，笑笑："北方人看南戏要静下心来，首要听，次要看。这个戏班子唱的是昆山腔，南戏还有弋阳腔、余姚腔、海盐腔等。你们闭上眼睛听听，昆山腔声调细腻委婉，咿咿呀呀，加上丝竹伴奏，韵味十足，最适合演唱脂粉气较重的戏剧。与宋杂剧相比，一个是石濑溪流，一个是川江号子，各有其美！"

下罢早朝，赵佶留下了礼部尚书陆佃、太常寺卿黄中庸、教坊司丞胡灵川和大晟府提举周邦彦，商议恢复宫廷戏班一事。赵佶扫了大家一眼，说道：

"宫廷戏班古已有之，由于种种原因，已经废弛多年。朕以为，戏曲和音乐同是儒化文风和华夏文明的最好表达。朕要重新成立宫廷戏班，以活跃宫廷生活，教化宫人，传播正道。所以，不仅布衣百姓需要戏剧，而且内宫、朝臣也需要戏剧。诸位爱卿以为如何？"

太常寺卿黄中庸道："陛下，太常寺掌管宫廷大典、祭祀、国礼等雅乐，戏剧乃民俗故事，适宜勾栏瓦肆演出，宫廷还是要以雅乐、歌舞为主，避免流俗的好。"

教坊司丞胡灵川驳道："黄大人谬矣，俗和雅有何区别？按照你的说法，教坊司完全可以撤掉。如各地衙门都撤掉教坊司，谁来抚慰军人、安顿官僚、鼓舞士气？"

黄中庸辩道："以敝人愚见，内教坊司为宫廷培育歌舞人才，当然不能裁撤，外教坊司可只管乐籍，至于营妓、官妓可归属军队和地方州县管理……"

陆佃打断二人对话："二位大人把话题扯远了。敝人以为，设立宫廷戏班很有必要。一来朝廷庆典、宴筵较多，只有歌舞助乐显然单调；二来各国使臣来京进贡或互访，不仅需要韶乐、雅乐，还需要有民风故事的戏曲。"

周邦彦看一眼赵佶，接道："陆大人所言极是。微臣以为，可分别从这几个地方挑选乐工、舞姬、杂剧等优秀人才，组成宫廷戏曲班子，也可以从汴京瓦肆里挑选师傅来宫廷戏班教习。大晟府全力配合支持，需要何种人才悉听调遣！"

赵佶朝周邦彦点点头："周爱卿提议正合朕意！就请陆、周二爱卿筹划此事，戏班就设在凝和殿如何？"

周邦彦道："凝和殿是个好地方！"

周邦彦曾被赵佶召到凝和殿教蓝贵人鼓琴。凝和殿坐北朝南，殿宇宽广，环境幽静，假山湖泊相连。假山附近有两座小阁，名曰玉英、玉涧。背靠城墙处，筑有一架高岭，上植杏树，名为杏冈，旁列茅亭、修竹，别有野趣。凝和殿右侧为宴春阁，旁有一个小圆池，架石为亭，名为飞华。还有一个凿开泉眼扩建成的湖泊，名为镜湖，镜湖中作堤以接亭，又于堤上架一道土梁入于湖水，梁上设茅亭栅、鹤庄栅、鹿岩栅、孔翠栅。那里名花嘉木，类聚区分，幽胜宛如天造地设。戏班子在那个地方排戏演戏，要比唐玄宗当年的"梨园"要好太多！

陆佃道："陛下，礼部侍郎陈旸，精通乐律、戏剧，微臣推荐他具体配合此事可好？"

赵佶道："陈旸乃乐律大家，所著《乐书》二百卷，对乐律讲解得比较周全，他的《礼记解义》《孟子解义》《北郊礼典》亦很经典。他与周爱卿负责此事甚好！"

陆佃又道："微臣以为，从后宫妃嫔中选一能歌善舞者为戏班主，方好调度。"

赵佶沉吟一下："嗯，就让蓝贵人牵头吧！"

陆佃重复道："蓝贵人？"

"蓝彩儿自幼生长于永嘉一带，父母均为南戏班子的伶人，她与姐姐自幼跟随父母的戏班子走南闯北，小小年纪学会了不少戏文。父母因瘟疫先后病故后，戏班子也散了，姐妹二人只能乞讨为生……"

周邦彦、陈旸一下子忙坏了。首先是选人，色艺俱佳的女子不少，插科打诨的男子也有，但是真正懂戏的不多，会唱戏曲的少之又少。扒拉过来，懂南戏的只有蓝贵人一人，会唱几段昆山腔《张协状元》。

经过几番选拔考试，从三个地方挑选了二十多人，远远不够一个戏班子。于是，几张文告被贴到汴京几个瓦子的大门口："宫廷戏班招录杂剧角色二十名，其中末泥二名，引戏三名，副净、副末、孤各五名；另招南戏伶人三十名，其中生角六名，旦角十二名，净角、丑角各三名，末角、外角、贴角各二名。有意者即日起到大晟府报名，云云。"

歌舞和戏剧可以互鉴。所以，几天来赵佶几乎把唐代以来的杂剧和南戏折子都翻了一遍，对各种舞蹈也逐一做了琢磨。就连顾闳中的《韩熙载夜宴图》中的舞蹈动作，也做了仔细研究。韩熙载头戴高冠，身着葛麻白袍，亲自敲击羯鼓为舞者伴奏，舞者踏着节拍正在跳六幺舞。

六幺舞也叫绿腰舞，兴起于唐代。唐代流行的舞蹈分为健舞与软舞两大类，最流行的是软舞。健舞包括《胡旋》《胡腾》《柘枝》等，软舞包括《绿腰》《春莺啭》《回波乐》《鸟夜啼》《兰陵王》《凉州》《甘州》《苏合香》《垂手罗》等。独舞六幺的特征是以手袖为容，踏足为节。唐代诗人李群玉曾形象地描绘了六幺舞的动人舞姿：

南国有佳人，轻盈绿腰舞。

华筵九秋暮，飞袂拂云雨。

翩如兰苕翠，婉如游龙举。

越艳罢前溪，吴姬停白纻。

又云：

慢态不能穷，繁枝曲向终。

低回莲破浪，凌乱雪萦风。

坠珥时流盼，修裾欲溯空。

唯愁捉不住，飞去逐惊鸿。

赵佶想，宫廷戏曲亦应借鉴舞蹈乐曲和动作，以丰富戏曲的美感。

赵佶把自己关在凝和殿里研究戏曲，只有张迪和蓝彩儿陪伴，除了朝会，他哪儿也没去。他还一边写本子，一边给蓝彩儿说戏。

赵佶要写一部新戏，要把北方杂剧和南戏融汇在一起，也吸收一些舞蹈动作。这无疑是一件具有开创性的事情。

赵佶问蓝彩儿："你生于永嘉，在戏剧世家长大，现在又生活在汴京，你如何看待这两个戏种？"

蓝彩儿给赵佶斟上茶水："奴家认为，南戏好于杂剧。"

赵佶笑笑："好在哪里，为什么？"

"南戏的剧情丰富，角色也多，感觉更引人入胜；杂剧内容单一，艳段又多，有点油滑流俗。"

赵佶惊讶道："呵，我的蓝贵人对戏曲认识有高度！"

蓝彩儿羞涩一笑："都是陛下教导有方，奴家才有一点点长进。陛下给奴家的书，我都一一看过了。"

赵佶眼睛一亮，揽过蓝彩儿，食指刮过她的鼻梁："我的蓝贵人越来越聪明了！"

蓝彩儿在赵佶的怀里扭了扭身子，瞪大眼睛仰脸望着赵佶："陛下，我不理解，江南不比汴京繁华，为什么南戏好于北方杂剧？"

"彩儿爱动脑筋了！"赵佶弹了一下蓝彩儿头上的簪花，慢慢讲来，"晋、隋以来，中原一带战乱频仍，特别是经过晋代八王之乱和五胡乱华等变故，中原大家士族纷纷南迁至江南、吴越一带，寻求安定生活。他们把中原文化带到那里，生根发芽、开枝散叶。同样将北方的鼓词、俚曲、道情、丧歌、祭天歌等，以及狮子舞、旱船舞、上刀山等传到南方，经过数百年的融合，形成江南杂剧等说唱艺术，进而演变成了南戏。所以，南戏的根在北方杂戏。"

蓝彩儿听得很认真。

赵佶低头看一眼彩儿："你且将《张协状元》唱一段让朕听听！"

蓝彩儿站起，拽拽身上的衣裙，清清嗓子：

（旦）闺中时时想念你，谁将盖头来揭起？

（合）天生缘分定，一对好夫妻。

（旦）张协记得斩却奴一臂？如今怎得成匹配！

（念白）爹爹息怒，听取我儿拜启。

（生）雄威暂息，听取张协，禀许多详细。

（外）孩儿你说破它何亏负？

（旦）起初张协被贼劫尽，庙中来投睡……

蓝彩儿一人学唱三个角色，一会是旦角，一会儿是生角，一会是老生腔，一会儿唱，一会儿念白，身段、手法、神态扮演得惟妙惟肖。

赵佶一拍大腿："彩儿，朕想让你当宫廷戏班班主何如？"

蓝彩儿先是一喜，继而为难地摇摇头："奴家虽然自幼在南戏班子中长大，但是没登过台，更没演过戏，只是瞟学几段戏文而已，怎敢当什么班主？"

赵佶双手拉着彩儿："依朕看，就凭你刚才演的那一段，你不仅能登台演戏，而且能把戏演好，还能当好班主。朕看遍后宫妃嫔，只有你最为合适！"

不一月，汴京及各地的伶人到大晟府报名的达五百多人。周邦彦和陈旸又按名册分分角色，然后邀请太常寺、教坊司、大晟府几家官员，以及汴京几个瓦子的班头一起，对报名伶人逐一筛选考录，最终确定录用了一百名不同角色的伶人。赵佶所写的第一部剧本《银簪记》，历经三改，也已杀青。

《银簪记》全剧四十八出，叙述王九朋、刘玉莲的婚姻故事，内容曲折。刘玉莲拒绝巨富孙青权的求婚，宁肯嫁给以银簪为聘的扬州穷书生王九朋。后来王九朋中了状元，因拒绝马修国丞相的逼婚，被派往荒僻的地方任职。孙青权暗自更改王九朋的家书为休书，哄骗刘玉莲上当。刘玉莲的后母也逼她改嫁，玉莲不从，投河自尽，幸遇救。经过种种曲折，王、刘二人终于团圆。

赵佶巧妙地将杂剧、南戏融合在一起，一改杂剧一角唱到底再换另一角的结构，将多个角色放在一场戏里分唱、合唱；将杂剧原来单一的情节结构，改写得丰富曲折；设计多重帷幕，在背景帷幕上画上与剧情相一致的图案，以衬托剧情；将舞蹈动作化入剧情，使戏剧动作更唯美；将杂剧高亢的唱腔与南戏阴柔的唱腔结合在一起，不同角色有不同的唱腔；对角色的脸谱也重新进行了设计，突出了生旦净末丑的个性特点；一改杂剧单一的鼓、笛、板伴奏乐器，增加了琴弦、琵琶和笙簧，使伴奏音响效果更丰富；将原来杂剧的艳段与正剧分离，改为艳段与正剧中丑角关联，使之更能引人入胜。

除此之外，赵佶重新设计了各个角色的服装，从尚衣局调来师傅剪裁缝纫，从翰林图画院调来几个画家绘制帷幕，又让内务府在凝和殿前搭建了戏牌楼。赵佶为再建宫廷戏班子，真的是下了大功夫！

赵佶推荐蓝彩儿演刘玉莲，蓝彩儿有点心怯："陛下，奴家没有登过大戏场，又非科班出身。"蓝彩儿本来很犹豫，架不住赵佶三番五次地鼓励，不得不接受了。

赵佶说："就凭你的天资，朕相信你一定能演好，不仅要演，还要演主角，还要当好班主！"

蓝彩儿答："陛下可要多教奴家呀！"

班子搭建好，角色定形后，经过了十几次排练。每一次排练，赵佶都会盯在现场，会同周邦彦、陈旸仔细商榷。见哪个角色演得不到位，他会立即叫停，甚至直接走上台进行示范。特别对蓝彩儿饰演的刘玉莲，要求更严。每一个动作，每一句唱腔，台上台下，赵佶都给彩儿做示范。蓝彩儿学得也很认真刻苦，把所有的时间都用在揣摩角色上，就连做梦也变成了刘玉莲。周邦彦和陈旸都夸蓝贵人冰雪聪明，进步很快。

在王九朋中状元一段，乐队配合不上。赵佶说："鼓点儿要慢，牙板要欢快，笙簧琴弦要再悠扬一点。"乐队节奏一调整，戏场整个气氛果然就出来了。刘玉莲的后母上场来唱了一段"麻婆子"调，拉胡琴的琴师总是包不着唱腔，赵佶拎过来胡琴伴奏了一段给他听。刘玉莲被后母逼迫改嫁时的一段唱腔，赵佶设计先以"唱赚"起腔，中间用"思园春"调，投河时则以"风入松"调子。蓝彩儿总是把握不准，赵佶急得跺几脚，索性上场做示范，他边唱边舞，声情并茂，让人赞叹，赢得周邦彦、陈旸及众多伶伎的一阵阵掌声。

赵佶对《银簪记》排练效果满意后，决定请后妃和大臣们前来观看。戏牌楼后面与凝和殿相连，伶人可以在大殿里换装、卸妆。

事出意外，演刘玉莲后母的演员突然病倒，一时无人顶替。救戏如救火，赵佶二话没说就走向后台。

此时的凝和殿沐浴在和煦的春光里，四周绿篱上的蔷薇花开得姹紫嫣红，镜湖上锦鳞游泳，岸芷汀兰，香风浮浮，这一切将剧场衬托得好不雅致。戏牌楼前放置一张张条儿和一把把椅子，条儿上摆放着新鲜水果、瓜子和茶盏。郑皇后带领众妃嫔率先来到，款款落座前几排，蔡京、童贯、高俅、王黼等数十位大臣也先后来到。然而，直到帷幕拉开，众人也未见皇上落座。

幕后锣鼓和音乐奏响，节奏由慢而快，继而舒缓。幕后旦角调寄《赏宫花》，起腔唱道：

绣房中早妆罢针黹勤忙，

鹊雀噪，花移动，影照纱窗。

高堂椿萱一并旺，

焚香火，愿双亲福寿安康……

第三场开始，刘玉莲正在做女红，她的后妈扭着水蛇腰上场，边唱边扭：

叫一声小玉莲你休作祸，

王九朋已经作婿马相国。

那孙郎人样好，家又富，无人比过。

你不嫁人你爹爹我俩实在难活……

后母唱着，又拍腿又打胯，哭哭啼啼，活脱脱一个胡搅蛮缠的老巫婆！全场人气得直骂娘："这个老巫婆，生生要把人家刘玉莲逼死！"

谢幕时，唯独不见刘玉莲的后妈，李邦彦喊了一声："让那个老巫婆出来谢幕！"众人也跟着喊起来。老巫婆真的扭着水蛇腰出来了，来到台上，摘掉发髻和簪花，给观众鞠躬谢幕。众人傻眼了，老巫婆不是别人，竟然是皇上！蔡京站起来带头鼓起掌来，于是全场爆发出雷鸣般的掌声！

两幅《万壑松风图》

　　新一期翰林图画院科考仍在集英殿进行。赵佶今天出的题目是："竹锁桥边卖酒家"。这句诗出自当朝诗人赵令畤的《江楼闲望》一诗。大多数考生按诗句的字面意思画了小桥、流水、酒肆，而忽视了"锁"字。

　　不得不承认，本期考生的整体绘画水平与之前相比有很大的提高，对诗意的理解也更贴近，但是大多数考生没有找准诗眼。经仔细评卷，一个考生画了一湾潺潺流水，一座小桥横跨小河上，桥畔一片郁郁葱葱的竹林，竹林梢头斜挑一幅酒帘，在风中若隐若现。只露一招儿，其趣在半含半露之中。对于这种"露其要处而隐其全"的艺术手法，赵佶大为赞赏。

　　拆开压角封一看，此人名为李唐。

　　李唐是河阳三城人，因家境困顿，来汴京卖画为生。他的家乡河阳距离太行山、王屋山很近。自幼看着巍巍太行长大，那些凸起的山峰，直直地耸立在天地之间，仿若铜墙铁壁，雄伟而博大的气势，时常撞击他的心灵。

　　此时，李唐已逾五十岁，其山水画厚重苍润，在相国寺画市上已很有名气。一开始，他对翰林图画院招考并不在意，后来看到同在大相国寺卖画的张择端、徐谦、于梦铎等人都先后考入翰林图画院，不仅画艺有很大的长进，而且一个个腰配鱼饰，享受着与文官一样的待遇，昔日旧友平添了几分高贵的气质。

　　大家劝李唐："以你的画艺水平，若参加考试一定能被录取。"

　　李唐说："你们都年轻，我一个年过半百的老人去参加翰林图画院考试，不让人笑掉大牙才怪呢！"

于梦铎道："你错了，翰林院考试与科举考试一样，不论年龄大小均可参加！"

李唐于是参加考试，不承想一举考中，竟然以一幅《竹锁桥边卖酒家》而夺得第一名！由此，李唐被录入翰林图画院，受到赵佶的赏识，多次受皇帝之邀到宫廷去，与张择端、苏汉臣等画家一起欣赏、品评画作，切磋画艺。

翰林图画院高手如云，画师们有的擅长花鸟，有的擅长界画，有的擅长山水或人物，各有专攻，个个好生了得！苏汉臣、张择端、于梦铎等，特别那个十八岁王希孟，其水平遥遥领先。李唐捋捋须，颇有危机感。如何画一幅振奋精神、提升志气的画？李唐进行了深深的思考。

李唐几乎把所有的时间都用在研修山水画画艺上。终于在王希孟《千里江山图》夺冠七年后，李唐向皇帝交出了一幅自己较为满意的画卷——《万壑松风图》。

苏汉臣看见这幅《万壑松风图》时，非常激动，将其挂在翰林图画院的教室里，一边让画学生们赏读，一边引导评价："李唐这幅画无疑是翰林图画院又一面旗帜！他以浓墨淡色画万壑松林、高岭飞泉。画面上，主峰劲峭壮丽，山腰烟云缭绕；下部古松满谷，错落有致，深谷中泉水喷流，迂回激荡；山石皴、擦、点、染并用，融合了范宽、郭熙诸家之硬笔技巧，充分表现出皴斫之美；松树画法更是疏密得体，其中松针繁茂，层次分明，着力表现出长松迎风荡谷的神态；运笔变化多端，细劲中别具突兀的气势，真的自成一家。李唐这种重墨斧劈皴染的画法，使山石质感极佳，营造了一种令人敬畏的雄伟气势！"

张择端道："正如苏待诏所言，画面山峰高耸入云，峭壁悬崖，飞瀑鸣泉，山腰间白云缭绕，清岚浮动；深山崖谷间的激流飞湍，郁茂的松林更衬托出山峰的高峙；双峰交错，浑厚大气，似可听到山风穿过松林呼啸而来。站在画前，不禁对巍巍高山肃然起敬！"

众画师对《万壑松风图》均做了很高的评价。

李唐道："谢谢各位老师的解读和美评。我自幼生长在太行山里，太行的巍峨雄壮，笔墨难以表现其一二，走过太行，你会永远无法忘记它的样貌和精神！"

百名画学生一齐站起，立时爆出雷鸣般的掌声，且经久不息。

当这幅立轴被送到文德殿时，赵佶正在与蔡京、童贯等人谋划联金攻辽之战，对是否立即出兵，进退两难。赵佶将《万壑松风图》挂在东壁上，望着这幅画，久久不语。联想到华夏金瓯残缺，作为一国之君有责任收复燕云十六州！面对《万壑松风图》的巍巍雄风、恢宏气度，不由得雄心大增，两眼闪着泪光，猛转身对蔡京、童贯等大臣道："立即召集各路兵马北上，赶在金国之前拿下燕京，夺回燕云十六州！"

李唐听说皇帝阅览了《万壑松风图》后，即令举兵北上，突然放声大哭起来。诸画师好生奇怪，上前劝慰。良久，李唐仰天大叫："万岁懂我也！"

李唐祖、父几代均是戍边将士，个个死于北部战场。若能光复云州老家，了却祖、父生前之志，我李唐死也瞑目了！在他幼小的心灵里始终有一个固边报国梦。他的骨子里有祖、父的魂灵在躁动，因而他的性格是坚毅的，他笔下的线条是刚性的，急促而顿挫，是闪电般的大斧劈皴，而不是柔弱、清淡、萎靡的线条。他以强烈的笔触，抒发内心无法掩饰的报国情怀，外在的安静阻挡不住内在的炽热，万壑松风激荡出巨大的视觉冲击力。

然而，赵佶在治国、驭臣上常常心慈手软。国难当头，那些一直被赵佶信任的宠臣束手无策，力求自保，曾经繁荣无限的大宋，眨眼间被完颜吴乞买的铁蹄踏得粉碎。

靖康二年（1127）四月，赵佶、赵桓二帝被金人掳去。被掳走的数千人里，包括了一大批皇家贵族、御用文人，还有宫廷画家、琴师等等。

半路上，有个六十多岁的老头半路逃走了。这老头原本走到俘虏队伍的中间，远远看见宋国二帝身穿兽皮，分别坐在破烂的牛车上，在凛冽的寒风里一脸凄楚，十分狼狈。跟前数十个金国将士护卫着，就连大小便都有金兵跟随。除宋国二帝外，一千多皇子皇孙、嫔妃帝姬只能轮流坐车，因为只有几十辆破牛车。

大宋竟然这样亡了！想想昔日繁华的汴京，看看眼下的狼狈，特别数百名翰林图画院的画师被驱赶北去，李唐心里很是酸楚。若干年后，中原故土的绘画艺术如何传承？如何将绘画艺术保留下来，使华夏文脉延续下去？

他要想办法逃走！他左右扫视，在路过一个林谷地带时，他对军士说要拉肚子了，得去解手。军士眼一瞪，怒吼："就地解决！"他苦笑一下，羞答答地说："俺就在那个大石后吧？"军士便给他解开绳结。李唐刚被大石遮着，便拼尽全力跑入森林里。

李唐在太行山里长大，腿脚利索，善于攀爬越野，没入森林后，他专拣偏僻的山间小路往南逃奔，结果，遇到了一伙打劫的强盗。强盗们粗暴地扯过老头的行囊，打开一看，行囊里并无银钱，尽是些笔墨纸砚和一些破旧的小画。众强盗一哄而散，唯独一个愣头青年看到画上的落款"河阳李唐"，便傻眼了——这不是大宋翰林图画院的画师李唐吗？

青年叫萧照，云州濩泽人。萧照本来出身不错，从小知书善画，对当今书画名人亦有所闻，由于乱世里家道败落，无奈之下当了山贼。

这下子见着了偶像，他不愿做贼了，当即转向李唐磕头拜师，告别他的强盗伙伴们，跟着新得来的师傅继续往南边逃命去了。

整个中原一片战乱，他们二人一边躲避着金兵，一边靠画画换取食物。也好，这些画作虽然画幅不大，留存在乡间却也是一种念想。他们一路走来，几年间竟然送出去三百多幅画作，李唐心里很充实，他一想到这些画作会在中原民间流传，宋代的画艺不会灭绝，就感到一种莫名的安慰。

他们从中原来到江南，仍在街头或乡间以画画为生。萧照追随李唐，刻苦习画，已得其真传。萧照的画笔力沉着，皴法坚硬，墨色厚重，酷似李唐。萧照尤长异松怪石，画作多是苍浪古野，望之有波涛汹涌，云屯风卷之势。其《山腰楼观图》深得老师李唐的赞许。

一日，南宋将领邵宏渊偶然在街头见到李唐，报告给皇上，赵构甚喜。他做康王的时候也曾喜欢画画，对翰林图画院的李唐等名家甚为崇拜。赵构一次去文德殿看望父亲，赵佶正对着壁上一幅《万壑松风图》仔细观赏，转身对九子赵构说道："我儿看看这幅《万壑松风图》，该作何感想？"

赵构上前一步，仔仔细细看了一遍，说道："父皇，以小儿观之，此立轴大气磅礴、雄伟壮观，观之，顿感我华夏江山之壮美！"

赵佶听后一愣，继而手抚赵构的肩头："九子果然所见不凡，天下事必成于有识之人……"

赵构立即召见李唐。李唐时年八十岁，白须白发白袍，觐见皇帝。

赵构道："爱卿是否记得朕曾到翰林图画院拜访你？"

李唐想了想，说："记得陛下做康王时，苏汉臣待诏曾陪陛下光临翰林图画院。"

"爱卿还记得当时你给朕说了什么话吗？"

李唐摇摇头："老朽忘了。"

"先生对朕说，凡绘画者当心向厚土、胸怀大志、阳刚向上，方可绘出佳作！"

"陛下好记性啊！"

"朕十分欣赏爱卿的《万壑松风图》，可惜此图已被金贼劫走。爱卿能否给朕再画一幅《万壑松风图》？"

李唐慷慨答应："老朽一定竭尽全力！"

赵构当即封李唐为成忠郎、画院待诏。

李唐的徒弟萧照不久也被补入画院，为迪功郎，后任画院待诏。萧照画风豪放快捷。秦桧在临安城外孤山上新建了一所凉堂，供赵构游玩。凉堂高大壮观，视野开阔，但墙壁四白落地，毫无装饰。秦桧看了直摇头，说："明天皇上就要驾幸凉堂。"急得直搓手。一太监建议："可请萧照连夜画壁！"

萧照要了四斗好酒，待一更天鼓响时，饮毕一斗，完成一堵壁画；二更鼓响，再饮一斗，又成一壁……如此这般，天色未明，四面壁画全部画完了，萧照也已醉倒。第二天赵构巡游孤山凉堂，见一巨幅山水画四壁相连，甚为壮观，大加赞赏，立即赏赐银钱五百贯、贡锦五十匹。萧照拒不认领。赵构问其原委，萧照说，："没有我的恩师李唐，我现在可能还在太行山为盗。陛下要赏就赏我的恩师李唐吧。"赵构感其言，重奖了李唐、萧照师徒二人。

李唐五日一石、十日一水，历时将近一年，终于再次绘就《万壑松风图》。

赵构见到此画后，激动不已。此图之浑厚壮美，胜比原来那幅《万壑松风图》。于是命人将其挂于德寿宫东壁上，望着这幅画，赵构想起当年父皇手抚自己肩头的殷殷嘱托，言犹在耳；想到父兄仍在金国受苦，登时两眼泪光闪闪！立即传旨韩世忠、梁红玉进军淮北，岳飞沿汉水北上……

这些自是后话。

二十二

吟徵调商《听琴图》

早朝结束，众大臣散去，蔡京对赵佶说："陛下，我家梧桐苑有一对孔雀，酷似凤凰，陛下可否拨冗观赏？"赵佶欣然答应。

前不久，赵佶与蔡京谈起，茂德帝姬已经十四岁了，应该谈婚论嫁了。二人将满朝文武家的公子哥儿扒拉了一遍，均未有中意者。蔡京其实想推荐自己的五子蔡鞗，又觉得未免唐突，于是提出请赵佶吃茶。

赵佶带着王黼来到蔡府的梧桐苑，花园里花木繁茂，鸟鸣声声，亭台楼阁散布在湖泊山石之间。赵佶赞道："爱卿这花园堪比皇家花园哟！"

蔡京道："这不都是陛下的恩典嘛！"

在湖边的紫竹院，一对孔雀正在交颈梳羽，见有人来，公孔雀忽然扑棱棱展开尾屏，颇为华丽。尾巴上真的有两根颀长的翠羽，颇似凤凰。

赵佶甚为称奇："嗨，真的是只异鸟！"

蔡京道："微臣正准备将这对祥鸟送与陛下呢！"

赵佶甚喜，扭头对张迪说："就放在太清小筑吧，朕画画累时看看这两只吉祥鸟！"

绕过假山，绿茵茵的草坪四周是一片梧桐林，草坪正中间则有一棵高大的松树，枝柯相交，树荫遮住了大半个草坪，松树下有一个琴台，琴台旁设一个蛇蝎香炉，白烟袅袅，一少年正在抚琴，边抚边唱。远远听来却是《汉宫秋月》：

夜未央，吴钩叮叮弹宫商。

风雨如磐梦哪堪，愁与月影共彷徨。

人未老、心已寒，黄花残、恨断肠；

孤鸿阵阵听悲凉，流水落红声声叹，西楼残妆。

梦已碎、泪千行。

可恨画鬼毛贼，害我北去赴汤蹈火！

柔肠百转、前路漫长。

弹一曲琵琶，道一声关乡

一曲绝唱别宫墙……

少年见有人来，停下抚琴，忙上前一步，躬身行礼。赵佶看此子，英气俊朗，温文尔雅，甚是爱之。

蔡京招呼道："小子，快来跪见皇上！"

蔡條恭恭敬敬给赵佶行了个跪拜大礼："叩见皇上！"继而，又给王大人请安。

赵佶道："此子琴法娴熟，歌声委婉，甚是动听，谁家少年？"

蔡京道："回陛下，乃老臣第五子蔡條是也。"

"噢！"赵佶再次将蔡條审视一遍，问，"蔡公子读什么书，多大了？"

蔡條俯首："回陛下，小儿今年已十七岁了，正在研读《道德经》，撰写《道德经浅识》。"

赵佶道："噢，回头将你写的《道德经浅识》拿给朕看看。"又对王黼道，"这孩子比茂德帝姬大三岁。"

帝姬即皇帝的公主。政和三年（1113），蔡京上奏："宋廷应仿照周朝'王姬'的位号，改'公主'为'帝姬'。公主一词不足以显示皇帝女儿的尊贵，我大宋一切应以周礼为本才好。"赵佶大喜，即日诏告天下，皇家各项典礼规制悉依周礼，改公主为"帝姬"。自此，帝姬称号沿用十多年，直到高宗建都临安，又将帝姬改回公主。

蔡京暗忖：这不是要提亲的意思吗？遂答："正好、正好！"

赵佶看着蔡條笑笑："你刚才抚琴勾音用力不够，所以部分音节不清。"说着坐在琴台上，做了个示范。

蔡京道："陛下琴法高妙，小儿应以陛下为师，好好练琴才对！"

蔡條道："谢谢陛下当面示范，陛下乃万姓至尊，小儿岂敢贸然拜陛下为师！"

赵佶哈哈一笑："今天朕就给你上一课！"说着便坐在琴台上，食指划过古琴，"呵，你蔡府果真有好物啊！这把焦尾古琴，看琴体上的梅花断纹足有五百年以上，应该是斫于汉代。"

蔡京连连点头："陛下不愧为识琴、斫琴大师！据传，这把古琴是东汉末年琴师杜夔所斫。"

赵佶抬头问蔡絛："蔡公子可知晓焦尾琴的来历吗？"

蔡絛摇摇头。

赵佶道："东汉蔡邕善鼓琴。一次他听见灶下桐木燃烧声音，清脆悦耳，推知是斫琴的绝佳木材，乃用余木制成一琴，因尾部有火烧痕迹，故名为焦尾琴。"

蔡絛和王黼点头。

蔡京道："陛下博识强记，非凡人可比也！"

赵佶又问蔡絛："你可知晓'琴有四美'？"

蔡絛再次摇头，道："小儿愿听陛下教诲。"

赵佶道："琴有四美：一曰良质，二曰善斫，三曰妙指，四曰正心。鼓琴人不仅要有娴熟的技法，更要静心正念。因为古琴至雅，所以被赋予修身、治国、平天下的要旨。孔子以帝舜时韶乐尽善尽美、周武王时音乐尽美而未尽善，来评判帝舜、武王的朝政。在古代，琴被视为乐器之君，能匡正不正之行为。《史记》亦记载吴国公子季札通过一国仪式的用乐，来听辨该国的政治概况。琴乐还是四艺八音之首。琴瑟在侧，莫不静好；众器之中，琴德最优。神农斫琴，留给世间雅音，用以和天地沟通，与日月共鸣……"

赵佶讲得立意高远，蔡絛佩服得五体投地："听陛下一席话，小儿的心胸豁然开朗，以前鼓琴只为怡情而已，原来一个优秀的琴家应该具备如此高尚的情怀和节操啊，感谢陛下指点迷津！"

赵佶笑笑："此子可教也！"于是叮叮调好琴音，边弹边低声吟唱：

曾游海上觅成连，无迹恰到潜川。

老词客移宫换徵，绝调流传。

弦响处，若个锺期知得，殊乡都历遍，临水登山。

理一曲松风，翠涛绵绵。

挥弦一曲几曾终，犹起薰风，历山边。

门外客携琴，依稀太古重现。

高低处，惊鸿落雁。

怕弹指，唤醒美人卯睡，客子春倦。

任闲愁千缕，也不解慵懒。

焦桐，非中郎青眼，徒沉埋囊下红残。

休虑却，调高和寡，换徵移宫，一帘秋水月溶溶，酒樽空泛。

懒听琵琶江上，芙蓉湿遍。

盼何时，锺期再遇野航畔。

松树下，琴声嘈嘈，时而如松风呼啸，时而似冰山崩裂，时而如石濑流泉，时而鹤鸣空谷，时而郁郁幽怨……赵佶一个勾弦，戛然而止。王黼和蔡京父子似乎仍沉浸在高低错落的琴韵中，三人都怔了一下，旋即一齐鼓起掌来。

蔡绦双手合十道："陛下的《松风操》磅礴大气又深情委婉，似乎让人看到了一个雄伟壮丽的盛世王朝，令人高山仰止！"

翌日，蔡京备了一车珍宝，来到延福宫。蔡京双膝跪地，将一封大红婚帖双手捧给皇上。

赵佶从蔡家回来后就给郑皇后谈了茂德帝姬婚嫁的事，正琢磨请谁当媒人呢，这老蔡真是灵动，自己上门来了。哈哈一笑，接过红帖递给郑皇后，俯身搀起蔡京："太师不必多礼，以后咱们就是亲家了！"

"赐座，"赵佶又道，"朕回头让林灵素看个黄道吉日，茂德帝姬方好与五公子完婚。"

蔡京再次叩谢："一切听从陛下安排。"

二人吃茶聊天，相谈甚欢。

政和八年（1118），赵佶请林灵素敲定了茂德帝姬出嫁的吉日，即冬月望日。算算时间不过三个月，皇宫里一片忙碌。帝姬的陪嫁物品，也照本朝《会要》的规定，由太常寺行文有关部省，进行采买置办。郑皇后主导，妃嫔们各负其责。凤冠、嫁衣、佩饰、珠宝、绫缎等物品一样样筹措，调度尚衣局、掖庭、绫锦院、染院、文绣院协调统一，敲定时间，不得耽误半日。王黼负责协调礼部、太常寺、大晟府、光禄寺等机构安排礼仪、宾宴、车辆等事务。

小阳月吉日，赵佶率有关大臣，出东华门召见准驸马蔡鞗。蔡鞗在伴礼官李邦彦陪同下乘轿而来。蔡鞗早早下轿，走过来向赵佶行叩拜大礼，并向在场所有大臣行拱手礼。赵佶和诸大臣在偏殿与蔡鞗和陪送人等茶叙。蔡鞗将自己的四卷《道德经浅识》呈送给皇上，赵佶很是高兴，并让在场的人传看。

王黼招招手，侍者抬出两个大锦箱放在蔡鞗面前。锦箱里装着玉制的腰带、靴子、尘笏、雕花马鞍，还有绫罗一百匹、银器一百对、衣料一百身、聘礼银子一万贯。蔡鞗再次叩谢皇上。

赏赐礼仪过后，赵佶于集英殿设宴款待蔡鞗、李邦彦等男方来宾，宴席是最高规格的"九盏制"。所谓九盏，就是每次歌舞表演都是以皇帝和官员举起酒杯为始。九盏制大致顺序为"皇帝举酒—宰臣举酒—百官举酒"，从皇帝举酒到百官每举一次酒为"一盏"。每一盏酒之后，宴乐节目都不一样。有杂剧、百戏、歌舞、器乐独奏等不同的表演形式。

宴会直至未时结束。准驸马蔡鞗向皇帝岳丈谢恩完毕，跨上披红骏马离开皇宫。骏马的雕鞍上绘有涂金荔枝图案，坐褥乃是金丝猴皮毛制成的。蔡鞗手执彩丝编织成的鞭子，打着三檐伞，五十人组成的皇家乐队在前边奏乐开路，浩浩荡荡离开皇宫。

婚礼举行前一个月，宰相王黼穿着便服去后宫西廊，查看帝姬的陪嫁物品，郑皇后及诸妃嫔陪同。嫁妆计有：一百颗珍珠，九只五彩锦鸡，四只凤凰装饰的凤冠一顶，绣着雄鸡的裙裾一件，珍珠玉珮一副，金革带一条，以及玉龙冠、绶玉环、北珠冠花梳子环、七宝冠花梳子环、珍珠大衣、半袖上衣、珍珠翠领四时衣服、累珠嵌宝金器、涂金器、贴金器、出行时乘坐的贴金轿子，还有锦绣绡金帐幔、玄关柜子、席子坐褥、地毯、屏风等，以及蜡烛灯笼二十副、金钗十个、方形和圆形扇子各四把、引障花十盆、提灯二十个、行障、坐障若干等，摆满了西配殿和整个西廊。另外陪送的侍女、仆人、童子各八人……

一些大臣见到这些陪嫁品，唏嘘再三。有宋以来，一般人家嫁女往往把多年积蓄都花完，还需举债，才能勉强说得过去。近些年来奢靡陪嫁之风愈演愈烈。当年，苏东坡一个堂姐的女儿，由他亲自做媒，嫁给了一个前途远大的新科进士。苏东坡的堂姐和姐夫都是平民，但是有苏东坡这棵大树在，堂侄女岂能再与平民结亲？苏东坡拍胸脯要包办侄女的嫁妆，可事到临头才发现钱不够，只得向朋友借。要知道，以苏东坡当二品官员的薪俸尚不能嫁女，可见嫁女有多么可怕。没办法，他便从驸马都尉王诜那里借了二百贯。

厚嫁风要根据夫家地位而定，地位越高，陪嫁越丰厚。建中靖国元年（1101），苏辙为了嫁小女儿，不得不卖掉早年在汴京购置的田地，售价九千四百贯，全部作为陪嫁。苏辙晚年写过一首《买宅诗》，开头就说："我老未有宅，诸子以为言。"七老八十的人了连房子都没有，搞得几个儿子一直抱怨。事实上，苏辙早年是有房子的，但为了嫁女儿都卖了。苏东坡也在写给朋友章惇的一封信里说："子由有五女，负债如山积。"

大宋家训经典《世范》也中写道：你生了女儿，就要早早准备嫁妆，否则事到临头就来不及了！厚嫁之风下，朝廷官员尚且如此，况百姓乎？当然，皇帝是不怕嫁女的。赵佶一共生了三十四个女儿，十四个早夭，要嫁二十个女儿，那该是一笔多大的开支呀！

皇宫里里外外经过两三个月的筹办，茂德帝姬的嫁妆终于齐备了。婚礼当天，驸马爷蔡鞗身着便服，腰佩玉带，骑马到宁德门，在这里换上驸马官服再来到东华门。李邦彦及背折子的，带一只活大雁、一匣币帛等聘礼，一行人吹吹打打，来到凤阳宫迎娶茂德帝姬。

茂德帝姬头戴九翚四凤冠，身穿绣长尾山鸡、浅红色袖子的嫁衣，坐上没有屏障的彩轿。此时鼓乐阵阵，鞭炮齐鸣，千百只鸽子从大庆殿起飞，绕飞在宫城上空。典礼官王黼一声"起驾"，驸马蔡鞗披红戴绿的高头大马为前导，向蔡府出发。赵佶送出宫城与茂德帝姬话别后返回，郑皇后乘九龙轿子，太子赵桓骑一匹枣红马，妃嫔们各乘小舆，其他帝姬以及皇亲国戚均乘轿子随行，一直将茂德帝姬送到蔡府。

迎送新娘的队伍出宣德门，穿过御街，绕过州桥和东大街，然后到达驸马府。一路上乐队吹吹打打，鞭炮声不断，有撒喜钱的、撒花生的、撒红枣的，引来无数孩子们尾追嬉闹。

蔡府上下早忙得不可开交，整条街被围得水泄不通。远远报来迎新队伍已过斜街，立即锣鼓唢呐喧天，鞭炮齐鸣。皇帝虽未到蔡府，仍以皇家的最高规格，赏赐了众宾客九盏宴会。

宴会未时结束，郑皇后、太子赵桓及其他送客返回皇宫。

茂德帝姬和驸马蔡鞗行夫妇同食之礼，礼毕，帝姬向公婆行侍奉盥洗进膳之礼。茂德帝姬同时给公婆送上衣服各一套，手帕一盒，梳妆盒一个，澡豆一袋，银器三百对，衣料五百身，其他亲戚都有数量、规格不等的礼物。

婚后第三天，茂德帝姬和驸马蔡鞗一起进宫谢恩，赵佶又对新婚夫妇赏赐了许多礼物。接下来又在聚贤殿安排九盏宴，大臣们按照官职的大小高低，依次上表祝贺，山呼万岁。执宰、亲王、侍从、都指挥使以上的官员，都得到皇帝数量不等的红包奖赏。与此同时，驸马家的亲戚，也按照亲疏不各得到一份不薄的赏赐礼物。

婚后不久，皇帝下诏，封驸马蔡鞗为宣和殿待诏。

一日下朝后，赵佶留下蔡京、王黼、苏汉臣和李唐，请他们到太清小筑茶聚。四人进来时，赵佶正指挥张迪和丁福往壁上挂画，看时，却是赵佶新画的一幅《听琴图》，画幅高约四尺、宽约尺半。

赵佶道："朕画了一幅《听琴图》，请诸爱卿来提提意见。"

众人齐道："岂敢岂敢！"于是立在画前仔细观赏。此图画的是松下抚琴赏曲的情景，画面正中是一棵苍松，枝叶郁茂，上有凌霄花攀缘而上，树旁翠竹数竿，松下抚琴人身着白色道袍，轻拢慢捻。二人坐于下首恭听，一侧身一仰面，神态恭谨，旁边一童子恭立于后。琴台左边一香炉，正白烟袅袅。前面叠石上置一尊古鼎，一枝玫瑰开得正艳。

王黼看一眼蔡京，说道："陛下，这不是微臣跟着您一起在蔡府松下听琴的写照嘛！画上抚琴者一身道袍，分明就是道君皇帝，穿紫袍的该是蔡大人吧，穿蓝袍的是不是我，那个童子是不是驸马爷蔡鞗？"

赵佶微笑不答，转而对苏、李二人道："苏爱卿的《灌佛戏婴图》和李爱卿的《采薇图》都是流芳已久的人物画。朕的人物画画得不多，二位爱卿莫吝贵言！"

苏汉臣看一眼诸位，说道："微臣以为陛下此画，构图精到，布局合理，绝对是高雅之作！看，画面上有松荫遮天，下有古鼎锁住画面气口，似乎听到了琴音渺渺与松风共鸣……"

李唐点点头："陛下不愧为画坛圣手，山水、花鸟、人物无所不精。画中几个人物娴雅飘逸，生动自然，弹琴者端坐如圣人，技法娴熟，听者一侧身一仰面，童子束手在侧，笔下的人物形神兼备，勾勒点染，笔笔恰到好处，且人、物、景和谐统一。我辈所画人物皆粗枝大叶，还要向陛下学习从艺严谨之精神！"

蔡京捋捋胡须："老臣以为，陛下此画寓意深邃，以'听琴'这一古来最为高雅题目，描画了当今太平安康、君臣和谐的大宋风貌，那个穿着道袍的抚琴者，正在拨动'以道治国'的弦外之音……"

苏汉臣道："蔡大人果然悟性极高，认识深刻，不一般也！"

众人不约而同地为蔡京的评论鼓掌。

赵佶频频微笑点头，又对蔡京道："此图上方较空，请太师题跋如何？"

"谨遵圣旨！"蔡京也不推辞，提笔略一思索，在画上题诗一首：

吟徵调商灶下桐，松间疑有入松风。

仰窥低审含情客，似听无弦一弄中。

赵佶读了一遍蔡京的题跋诗，颔首低语道："蔡爱卿懂朕也！"

回雪飘飖转蓬舞

　　宣和元年（1119）夏，西域高昌回鹘国来使觐见，请求大宋皇帝出面劝阻西夏向高昌回鹘用兵。自五代以来，中原王朝更迭频繁，助长了北方辽国和西夏的逐渐强大。西夏除了多次对河湟、祁连袭扰外，几乎阻断了河西走廊，还不断向西域诸国扩展势力范围。

　　安史之乱后，中原王朝对西域逐渐失去管辖。赵匡胤黄袍加身建立大宋后，曾立志恢复汉唐疆域，使大宋的势力一度重回西域。随着辽国和西夏的兴起和实力提升，特别是澶渊之盟后，大宋对西域的管辖力度慢慢削弱。宋神宗是一个具有大志向的皇帝，对内大刀阔斧地进行改革，起用王安石推行新法，对外用兵西北，几场战役下来，大大削弱了西夏和吐蕃的势力，西域诸国又逐渐开始与大宋往来。宋哲宗即位后继续推行其父神宗皇帝的大政方针，保持对西北军事高压的态势。赵佶登基后，继承父兄遗志，继续对西域用兵，崇宁三年（1104），王厚、童贯率领宋军，先后击败吐蕃和西夏，拓展了疆域，彻底歼灭唃厮啰政权后，设置了陇右都护府，对青唐北部和塔里木盆地的部分地区实施直接管理。宋朝第一次在西域东部地区取得了直接统治权，对此，赵佶极为自豪。

　　西域诸国中，于阗实力最强，其次为高昌国，喀喇汗国最弱，另外还有许多依附于阗、高昌的小国。西夏向东难以撼动大宋和辽国，便想向西扩展，而首当其冲的是高昌回鹘。因此，高昌使者辗转吐蕃来到汴京，带来了许多贡品，还给皇帝赵佶带来了一个胡姬。

赵佶非常欣慰。多年来大宋与西域联系时断时续，高昌来使说明大宋在西域的影响犹在，趁此机会还能让使者向西域其他国家传书交好，进而通邮通商一统西域。大宋若得西域，便可对西夏形成夹击之势。

赵佶在垂拱殿隆重地接待了高昌使者阿鲁达，亲自走下丹墀，扶起跪礼的高昌使者，当即答应对西夏先礼后兵，着令中书省起草国书，派人送达西夏。高昌使者连连叩首致谢，并向赵佶敬献了丝毯、貂皮、昆仑玉……阿鲁达说："我高昌王为了表达对大宋皇帝的尊崇和敬仰，挑选了二十一位胡旋舞胡姬来侍奉皇上！"

赵佶一喜，心想朕还没见过胡姬呢！嘴上却道："不必了，高昌王太客气了，宫里自有许多歌姬舞女伺候。"赵佶这样说着，心里却在想象胡姬的模样。

使者阿鲁达道："胡姬阿依丽现在馆驿，一会儿即送到宫里来。因为路途遥远，我和阿依丽先到汴京，后面那二十个胡旋女在路上，按推算，大概已经到了湟州。"

赵佶欣欣然道："对胡旋舞，朕早有所闻，只是未曾观看过。胡旋舞最早到中原来是在唐天宝年间，后因战乱而逐渐被中原人淡忘。白居易曾有诗赞胡旋女：

胡旋女，胡旋女。心应弦，手应鼓。

弦鼓一声双袖举，回雪飘飘转蓬舞。

左旋右转不知疲，千匝万周无已时。

人间物类无可比，奔车轮缓旋风迟。

曲终再拜谢天子，天子为之微启齿。

胡旋女，出康居，徒劳东来万里余。

中原自有胡旋者，斗妙争能尔不如。

天宝季年时欲变，臣妾人人学圜转。

中有太真外禄山，二人最道能胡旋。

梨花园中册作妃，金鸡障下养为儿。

禄山胡旋迷君眼，兵过黄河疑未反。

贵妃胡旋惑君心，死弃马嵬念更深。

从兹地轴天维转，五十年来制不禁。

胡旋女，莫空舞，数唱此歌悟明主。"

阿鲁达双手举着大拇指："陛下果然满腹学问，诗词信手拈来！"

赵佶一笑："可以想见，那时长安的胡旋舞有多么盛行，就连笨壮如牛的安禄山也能陪杨贵妃跳胡旋舞！"

向晚，赵佶在升平楼设宴招待高昌使者和胡姬阿依丽。阿依丽高鼻梁、大眼睛，睫毛长得出奇，肤色白得透亮，头上扎了很多小辫子，彩色的纱丽半遮粉面，一挂孔雀蓝珍珠从长长的玉颈上直搭到高高的胸脯上。个子竟然比赵佶还要高一点！阿依丽忽闪着一双大眼，望着赵佶，眼里充满着妩媚和崇敬。

阿鲁达道："陛下，在我高昌国，阿依丽的胡旋舞当为第一！"

赵佶望着阿依丽点了点头。

阿鲁达朝阿依丽说了几句高昌语，阿依丽拖着落地长裙，扭着细腰肥臀，径直走到赵佶跟前，右手搭在左胸前，躬身说了句："萨拉木来昆！"

赵佶不知阿依丽说的啥意思，以眼神问阿鲁达。

阿鲁达答："阿依丽向陛下祝福呢！"

阿依丽没等赵佶发话，就索性坐在赵佶身边座位上，看一眼一桌的菜肴，摇摇头，咕噜噜说了几句。

赵佶问："她说什么？"

阿鲁达尬笑一下："她是说，为什么没有烤羊腿和葡萄酒？"

赵佶虽然不悦，但碍于天朝大国的面子，朝张迪道："让御膳房上烤羊排、葡萄酒！"

阿依丽走过去从行包里拿出一把胡琴，径自弹起来，边弹边唱边跳。声调委婉低垂，不同于中原乐曲，听来却有一种阴柔之美。

赵佶对阿鲁达道："你们高昌王让阿依丽服侍我，语言不通咋办？"

阿鲁达道："阿依丽是个语言天才，会多种西域语言，只要让她伺候陛下，想必要不多久她就学会说汉话了！"当即，阿鲁达就教了阿依丽几句汉话。

赵佶想了想，对张迪道："去告诉蓝彩儿，让她明天来教阿依丽说汉话。"

赵佶将阿依丽安置在海棠楼。晚膳后，赵佶又批了一阵折子便朝海棠楼走来，远远听见那里传来的美妙歌声。赵佶缓步进来，阿依丽立即跑过来绕着赵佶边舞边唱，两眼不停地向赵佶放着电光，撩得赵佶直打喷嚏。

阿依丽比画着说，她要教赵佶跳西域胡旋舞，教他弹胡琴。赵佶很感兴趣，阿依丽取来琵琶，弹了一曲胡旋曲。赵佶一听，旋律与大宋乐典上的曲子相比，音调阴柔，节奏简洁了许多。阿依丽将琵琶交给赵佶，旋了一下身子，做了一个请赵佶伴奏的动作。赵佶丁零零拨了一下琵琶弦，朝阿依丽点点头，示意可以开始了。

　　阿依丽舞起来简直让人眼花缭乱，时而屈身探海，时而观音坐莲，时而狂风翻花。一会旋得像悠扬的雪花，一会像卷动的风车，一会像卷芯芙蓉；左旋如蛟龙出海，右旋似惊鹰脱兔；长长的水袖甩出不同的花样，疾如闪电，慢如彩虹，收放只在眨眼之间；裙裾上的流苏如星雨飒飒，闪闪流光，头上无数的小辫，在玉颈上绕来绕去，一如羯鼓点点，打在她高高的胸脯上；她的两手不停地做着花样，时而翘指如兰，时而长云托月……

　　阿依丽不知道赵佶是个艺术天才，不多时，学会了用琵琶弹奏胡曲，阿依丽佩服得哇哇直叫！她邀请赵佶跟她跳一段胡旋舞，让赵佶学跳女步，她自己则跳胡腾舞。赵佶已经看懂了胡旋女步的跳法，点头同意。阿依丽索性脱下自己的长袖外裙，要让赵佶穿上，赵佶摇摇头。阿依丽说："跳胡旋舞没有裙子和长袖怎么能旋起来？"赵佶只得穿上，然而，裙子太窄，前襟无法合上，二人相看一眼，同时哈哈大笑起来。

　　阿依丽反弹琵琶，奏响胡旋曲，赵佶一甩水袖旋了起来，学着刚才阿依丽的舞步，探步、俯身、旋转，手挽兰花指，一次旋转了二十几下。阿依丽一边弹着琵琶，一边紧紧靠着赵佶跳起来男步胡腾舞，二人竟然配合默契，如影随形，化作双蝶，翩翩不息……

　　阿依丽很吃惊，赵佶身为皇帝竟然如此聪慧，不由得心生爱慕。跳到高兴处，竟然抱着赵佶狂吻起来，忽而，又把赵佶推倒在软榻上。赵佶来不及反抗，身上的裙装和龙袍已被阿依丽扒了下来，阿依丽顺势把赵佶压在身下。

　　胡旋舞动作幅度大，几段舞蹈旋转下来，便浑身是汗。赵佶让张迪打开一扇大门，阿依丽眼前现出一片华丽的天地——海棠池。阿依丽惊讶地问："这是哪里？是天宫瑶池吗？"

　　赵佶一笑："你可以在这瑶池里尽情沐浴！"

　　阿依丽哇哇哇叫了几声！

　　海棠楼与海棠池紧密相连。按照王黼、张择端的设计，梁师成监工建造，历时一年终于建成。那天，赵佶在王黼陪同下来看时，大为惊讶。规制虽没有天泉池大，但是奢华程度远胜于彼。十几个形状不同的汤池，散发着氤氲馥郁的香气，每个汤池漂散着不同花瓣，海棠汤、玫瑰汤、丁香汤、莲花汤……数十个宫女只着白纱，身体半裸，随着悠扬的琴声正在海棠池边跳舞，在宫灯照耀下，个个满身烟霞，一脸妖媚。

阿依丽哇哇叫着，迫不及待地脱光自己就往里跳，半晌没有走出来，将十几个汤池玩了个遍。阿依丽将赵佶也拉到汤池里，跳起了贴面舞。赵佶难以把持，便在汤池游龙戏凤起来，海棠池被搅动得浪花飞溅。

一连几天，赵佶都没有走出海棠楼。阿依丽像贪吃的野猫，又像调皮的泼猴，整天整晚不消停，不知哪儿来的精力，一会唱，一会跳，一会到海棠池游戏，花样百出，肆无忌惮，给了赵佶一个完全不一样的体验。

赵佶心想：朕今生也算阅女无数，发妻王皇后文静腼腆，温柔体贴，常常相劝，一国之君，身系社稷节劳为上。可惜早早逝去；郑皇后知书达理面容姣好，触摸到他的身体时她会浑身颤抖；韦贤妃身材稍稍丰盈，总怕累着赵佶；刘婕妤总是躲躲闪闪……总之，后宫诸多妃嫔大多百依百顺，缺少情趣。想来还是蓝贵人——十五岁的蓝彩儿白玉无瑕，半推半就，娇喘吁吁，但与阿依丽比，少了泼辣和浪漫。阿依丽身姿矫健，能歌善舞，热烈奔放，真的与中原女子大不一样！

然而，一向自视健壮、精力充沛、正值青春的赵佶，在阿依丽面前，感到有点力不从心。每当此时，阿依丽总是朝赵佶比个小指！赵佶呢，则仍要硬撑英雄。于是，频频打发张迪去向王道士要金方逍遥丹。逍遥丹真的不错，每次一粒，总能信马由缰，驰骋疆场。

赵佶退了早朝后赶往海棠楼。拐过廊庑碰上郑皇后站在那里，赵佶躲闪不及。郑皇后道："后宫妃嫔们说，海棠楼那边白天歌声琴声吵闹，晚上叫声连天，皇上知否？"赵佶没有说话。郑皇后又道："皇上身系天下社稷，一定要爱惜自己呀！"赵佶不悦："退下吧！"

赵佶边走边想，西域的歌曲和他们的胡旋舞、胡腾舞如此有特色，大宋的乐曲和舞蹈，应该予以借鉴——转身对后面的张迪道："传周邦彦、陈旸到海棠楼来。"

一连几天，蓝彩儿都没有教成阿依丽说汉话。张迪告诉她，今天皇帝要上朝，你可以来教阿依丽说汉话。蓝彩儿一扬脸："我又不会胡语，怎么教？"张迪劝道："这是皇上的谕旨！"蓝彩儿只得前往。

阿依丽见蓝彩儿来教她汉话，有点不耐烦，乌拉乌拉比画着说了一阵胡语，又说了几句简单的汉话，一摊手："皇帝已经教过我了！"

蓝彩儿有点生气，转身要走，阿依丽拽着她，意思是想教她学跳胡旋舞。蓝彩儿摆摆手走了。

正好赵佶走来问道："彩儿怎么要走？"

蓝彩儿指指里面："人家不学！"

赵佶拦着蓝彩儿："那你也别走啊。"

蓝彩儿朝赵佶躬身一礼："阿依丽正盼着陛下呢，奴家在此不好吧！"

赵佶笑笑："你这个小鬼头，明天陪朕蹴鞠啊！"

周邦彦和陈旸走进海棠楼时，阿依丽正在教赵佶跳贴面舞，二人便想退出来，被赵佶叫住。赵佶道："来来来，二位爱卿，朕请你们来，就是想让你们鉴赏一下西域乐曲和胡旋舞、胡腾舞。"

二人一听说胡旋舞，很感兴趣，这种健舞毕竟消失多年了，有宋以来很少见过胡腾舞、胡旋舞。动人的胡旋舞曾使唐玄宗入迷，"臣妾人人学圜转"，嫔妃宫女以及文臣武将都跟着学转圈圈儿。周邦彦曾经想过，若在教坊司和大晟府重新启动胡旋舞，定会引起朝野之人极大兴趣。然而，只有文献资料，没有胡旋舞教师。而今胡姬来到汴京，却是推广胡旋舞的好机会。

赵佶向阿依丽介绍："这位周大人提举大晟府，是大司乐。而这位呢，是礼部侍郎陈旸，他们二位都是我大宋的乐曲大家，来这里就是欣赏你的歌舞的。"

阿依丽点点头，施了一礼。

赵佶和周邦彦、陈旸三人坐下慢慢饮茶。阿依丽开始旋转起来，身着轻薄的贴身纱裙，披着五彩纱丽，边唱边跳，水袖左右流连，出袖收袖，五彩裙裾飘荡旋转，瞬间，一道道彩虹、一道道闪电布满楼厅。她一次次将水袖抛在三人的面前，秋水流丽，美目盼兮！

周邦彦和陈旸连连称妙、频频鼓掌。少顷，阿依丽停下来俯身一礼。周邦彦端起茶盏递给阿依丽，阿依丽摆摆手，自己端起一杯葡萄酒一饮而尽。然后，又跳了一曲胡腾舞，腾跳之间，迅如脱兔，惊如野鹿，翻滚腾挪似过海蛟龙一般。周邦彦看一眼陈旸，真的是大开眼界。

阿依丽一个弹跳，旋到三人跟前，单腿跪地，双手合十收势。赵佶端起两杯葡萄酒，递给阿依丽一杯，二人一碰，同时一饮而尽。赵佶道："阿依丽，你歇息一下，再用忽雷雷给大家弹一曲胡旋舞曲听听吧。"

阿依丽接过宫女递来的忽雷，边舞边弹边唱。一把忽雷琴在她手里横弹、竖弹、反弹，上下左右前后翻飞。周邦彦、陈旸二人赞不绝口。阿依丽忽然来到三人跟前，俯身邀请三人共舞。周、陈二人看向赵佶："陛下，我们还没看明白呢！"赵佶爽快地站起来，随着阿依丽跳起来。边跳边朝周、陈二人招招手，二人只得站起来学跳。二人不学则已，一学果然跳得蛮像的。阿依丽频频向他俩伸出大拇指。

周、陈二人不一会儿已大汗淋漓，停了下来。赵佶对周、陈二人说："西域舞曲颇有特点，阴郁低回，且节奏感特强。太常寺、大晟府可以在今后的歌舞音乐中借鉴、吸收、融合，将会使大宋乐典更加丰富。"

周邦彦道："陛下此议甚好，可否让阿依丽到大晟府给乐工、舞伶们示范一次？"

赵佶点点头，对阿依丽说道："阿依丽，他二位想请你到大晟乐府去，为那里的乐师舞伶们展示一下胡旋舞、胡腾舞和西域乐曲，好吗？"

大晟府里正在排练秋祀大典的节目，琴师、鼓师、钟磬师……乐工百十人的器乐班子在演奏黄钟、大吕礼乐；几十个舞伎随着乐曲变换着队形翩翩起舞，场面颇为宏大。一曲终了，阿依丽连连鼓掌。周邦彦邀请阿依丽到舞台上，向大家展示一下西域舞，阿依丽看一眼赵佶，赵佶微笑着说："朕用春雷琴为你伴奏！"

赵佶和阿依丽走上舞台，赵佶坐在古琴台上，用西域舞曲为其伴奏。阿依丽随着曲子，先后跳了一段胡旋舞和一段胡腾舞，由于舞台大，她的舞步幅度很大，得到了尽情发挥，一个人跳得满台生风，几近疯狂。乐师舞伶们大开眼界，感到非常新鲜，不时响起一阵阵掌声。

阿依丽收着舞步走到赵佶跟前，用新奇的眼光打量着这架古琴。她难以相信，用大宋的古琴弹奏西域的乐曲，竟然也这么美妙！阿依丽坐下来，拨了几下古琴弦，想弹一曲胡乐，但摸不着音准，所以琴音有点嘈杂，摇了摇头。赵佶道："回头朕教你，走，带你看看朕的万琴堂去！"

万琴堂在大晟府一侧，归官琴局管辖。官琴局掌管琴瑟的制作、收藏和琴谱的创作、修订。赵佶懂琴、爱琴，收藏了八十多张古琴瑟，其中有些古琴已有千年的历史。从春秋、秦汉至今，各个时代的古琴均有收藏。春秋时师旷的白雪琴、汉代掌乐大夫桓谭古瑶琴、东汉蔡邕的焦尾琴、三国时嵇康的裂帛琴、唐代雷威的春雷琴、大乐师李龟年的蛇蚹琴、后唐李煜的盘龙琴等，均在其列。

赵佶不仅爱琴、收藏琴，还为斫琴师们绘制了《仲尼古琴结构图》。他还亲自斫琴，他斫的春雷七弦琴是选取上好胡桃木做的，礼乐大师吴良辅弹过此琴后大为赞赏，夸赞春雷琴音质、律感为天下第一。

万琴堂还收藏有大量的古琴谱，以宫廷乐谱为主，还收集了一些民间的古琴谱。如春秋时期俞伯牙的《高山流水》《水仙操》，战国时期齐国处士牧犊子的《雉朝飞》，南北朝梁代琴家丘明的《碣石调·幽兰》;，汉代的《楚歌》，三国嵇康的《广陵散》、蔡文姬的《胡笳十八拍》，根据晋代桓伊所作笛曲改编的《梅花三弄》，传自南北朝时的民歌《乌夜啼》，唐代流行的大、小《胡笳》等，可谓相当齐全。

万琴堂正中间，挂了一幅赵佶亲绘的立轴《仲尼抚琴图》，很是醒目。画上孔夫子正在专注地抚琴，子路等三个弟子盘坐在周围，似乎可闻叮叮的琴声。厅堂里各种古琴错落摆放，每张古琴都有一个雕花紫檀琴架。数十册古琴谱，按年代远近，依次排列在壁柜里，各种斫琴设计图则挂在四周墙壁上。

阿依丽看得眼花缭乱，朝赵佶和周邦彦摆了一个很夸张的动作。

来到斫琴工坊，有十几位斫琴师正在斫琴，他们分别做着不同的工序。有的在刨木板，有的在挖音槽腹，有的正在模板上画出声池、轸池、纳音、出音孔、雁足等器件位置，有的正在将加工好的冠角、承露、龙龈、托尾等附件，用鱼鳔胶粘在琴体上，有的正在修整打磨，有的正在霖漆……

老斫琴师起身给诸位见礼，并向大家介绍最近斫好的古琴特点。赵佶拿起一个半成品翻开看看，对老斫琴师说："这挂琴的岳山部分面板有点厚，凤沼龙池设置的位置不准确。"说着又当当地敲敲，"这个底板木材存放的时间过短，也就十年左右，影响后期音质，你们不要重视面板而忽视底板，底板可是声池和韵沼所在地方啊！"老师傅频频点头。

赵佶走到木架跟前，木架上放着几块黝黑的木板。赵佶笑问陈旸："你看，这几块板材有多长时间了？"

陈旸用手指弹弹："约有五十年左右？"

赵佶看一眼周邦彦，哈哈大笑。

陈旸不解，周邦彦说："这是六年前王诜在洛阳白居易老家发现的，是妥妥的汉代棺椁松透木，斫琴良材！"

陈旸感叹："失眼、失眼，原来是千年之前的汉木啊！"

阿依丽半懂不懂："你们的古琴太复杂了！"

赵佶朝她微笑一下，转而又对老师傅说："不要开窗，继续阴干，过了这个夏天，朕就用这几块松透木斫一把好琴！"

几天来，阿依丽缠着赵佶教她弹古琴。阿依丽学得很认真，进步很快，没几天就学会了古琴的指法和琴谱。赵佶夸赞道："你是朕见到最聪明的西域人！"

阿依丽猛地搂着赵佶，啪啪啪给他几个香吻，抱着赵佶滚在一起……赵佶伏在阿依丽的耳边说："等那二十个胡姬来到，就成立个西域歌舞局，朕委你做个西域歌舞局的待诏如何？"

阿依丽拨拉着赵佶的耳朵："待诏是个什么官呀？"

赵佶闭着眼睛："和周待制一样，正四品！"

"哇，我要成大宋的官员了！"

张迪来报："童贯与北辽贩马人马植欲面见圣上，说有秘事相报。"

赵佶用过御膳，辞别阿依丽起身要走，阿依丽走过来。啪啪啪地在赵佶脸上来了几个香吻。赵佶拧着阿依丽的鼻尖，笑道："你这个小野马！"张迪忙递过来一个湿巾，擦掉赵佶脸上的唇红。

赵佶来到垂拱殿。童贯介绍道："陛下，马植乃辽国光禄卿，现辞官贩马，欲回归大宋。"

马植跪地叩头："我马植身为汉人，常思中原。近来，辽国国政混乱，天祚帝治国无方，对汉人另眼看待，迫害忠良。现在，女真人雄起东北，多次挑起战事，大有灭辽之势。此时若与女真结盟，夹击辽国，收回燕云十六州，恰逢其时!"

赵佶听后大为振奋,收回燕云十六州是几代大宋人的梦想,然而,女真人刚刚兴起,阿骨打雄心勃勃,虽然打败了高丽,但是辽国毕竟有近二百年的根基,灭掉辽国绝非易事,应静观其变。赵佶道:"爱卿归宋忠勇可嘉,嗯,朕赐你姓名赵良嗣,希望你多多联络辽国汉人,关注女真动向,与童帅保持联系,相机而动。"

马植把头磕得砰砰响:"感谢陛下垂爱赐名,良嗣定不负陛下所托!"

童贯和赵良嗣退出去后,赵佶开始翻看这几天的折子,发现西夏的一封国书被放在案头上,他拆开一看,满面喜悦。西夏王很给赵佶面子,答应不再西进。他忽然想起那二十个胡姬,推算间,她们也该到了。于是,让张迪传见高昌使者阿鲁达来垂拱殿。

就在刚刚,几个黑衣人来到汴明轩驿馆,敲开高昌使者阿鲁达的屋门,骂道:"你这个胡子,存心祸害我大宋,带来的胡姬整天咿咿呀呀,在宫里吵闹,皇上也被吵闹得寝食不安,请你尽快将她接走,否则……"

就在俩黑衣人去找高昌使者的同时,海棠楼也来了十几位女人,围着阿依丽指骂,撕碎了她的衣裙,还把她的胡琴摔得粉碎,阿依丽哇哇哭叫着喊救人。

张迪和阿鲁达神色慌张地走进来,阿鲁达进殿二话没说,扑通跪在地上:"陛下救我!"

赵佶道:"请慢慢说来!"

赵佶一听有人驱逐阿鲁达,拍案而起,转而又平静地说:"或许是市井无赖所为,使臣切勿惊慌,朕一定派人查明此事。另外,西夏的国书到了。"赵佶将西夏的国书递给阿鲁达,阿鲁达一看转怒为喜,扑通通叩了几个响头:"我替高昌王谢谢陛下了!"

此时,海棠楼的太监也慌慌张张跑过来:"陛下,海棠楼那边……"赵佶已解其意,与阿鲁达一起,匆匆向海棠楼走去,远远听见阿依丽的哭声,走进一看,阿依丽披头散发坐在地上,衣裙褴褛,屋里一片狼藉,她的琵琶也被摔碎。赵佶赶忙上前扶起阿依丽。阿依丽看见赵佶回来,指着赵佶就吵:"你们中原人太野蛮了、、太野蛮了!"扑过来拉着阿鲁达,"我要回我的高昌去,再也不愿看到这些野蛮之人了……"

赵佶思忖：谁在做鬼？把脚一跺："何至于此，何至于此！"转而又对张迪说，"传旨大理寺丞胡弼，立马查清这两件事的来龙去脉！"

阿鲁达劝慰阿依丽："切莫负气，陛下正在调查此事，一定会为你出气的！"

阿依丽不依不饶，拉着阿鲁达："不不，我们现在就走，快快离开这个可怕的地方！"

阿鲁达问："陛下，这都是咋回事？如果想让我们走，直说就行，何必这样过分？"

赵佶道："使臣请放心，一定会查个水落石出的！"

阿依丽不由分说，朝赵佶鞠了个躬，转身向外跑去。

赵佶叫道："阿依丽——"

阿依丽头也不回，跌跌撞撞地消失在宫殿拐角处……

赵佶实在不舍，摇了摇头，心想：原来阿依丽这么刚烈，一旦发怒竟然谁也拦不住，什么恩恩爱爱都忘得一干二净，没有一点点念想！

阿鲁达朝赵佶摊摊手："陛下，事已至此，那就放我们走吧！"

赵佶道："你且慢，朕给高昌王修书一封，将一尊金鼎礼器送予贵国。"

阿鲁达道："高昌国君一向信赖陛下，每年都将向大宋纳贡，并将说服西域诸国一起来朝！"

赵佶颔首："很好，你我两国交往久矣，今后更要互通情报，共同御敌！"

阿鲁达躬身道："是，是。陛下，刚才发生那些小事，不足为怪，陛下切勿因小事而乱圣心！"

赵佶点点头："你这个使臣如此开明，实在少见！"又问，"那二十位胡姬何时到汴京？"

阿鲁达道："或许快了吧！"

赵佶一听，稍稍平息遗憾："你若路上相遇，催促她们尽快到京，朕还准备设置西域歌舞局呢！"

几天来，赵佶一直闷闷不乐，满脑子都是阿依丽的形象。他怎么也想不到，后宫人等竟然如此胆大妄为，用这种办法赶跑胡姬。本欲计较，无奈郑皇后料理后宫并无大错。再则，阿依丽的癫狂，确实让人难于应付……想来想去，写了个御笺让张迪送给郑皇后。郑皇后展开一看：抄《道德经》《宫规》各一百遍！

　　赵佶与周邦彦一起，根据阿依丽的胡旋舞、胡腾舞曲改编成了《西域胡旋十六拍》，又在中原名曲《高山流水》《广陵散》乐曲里加入一些具有西域乐曲特点的低回音，使乐曲音韵更加丰满。

兰芳浮浮更觉奇

　　周邦彦走出大晟府，准备去见礼部尚书裴景岳，讨论宫廷礼乐修改事宜。迎面走来一个女子，将一封信递给他。周邦彦拆开一看，是李师师送来的：周公，上次矾楼一见未及详谈，近日已将您的一阕《南柯子》谱成曲子，不知是否合辙押韵，故而请您来寒舍正曲。师师叩首。

　　其实，李师师请周邦彦还是为了燕青所托。前不久燕青又来汴京。那天师师正在临帖，临的是皇帝赵佶的楷书《秾芳诗帖》。听杏儿通报燕青来访，慌忙走下楼梯，叫道："弟弟!"燕青仰脸看见师师下楼，紧走几步跑上楼梯："姐姐!"二人携手走上楼梯。

　　师师带着燕青看看她的二楼陈设。萃华楼是转楼形式，四面回廊相通。北楼是主楼，东、西和南面为辅楼。主楼是客厅和卧室，南楼则是琴室，东楼则是厨房和餐厅，西楼为书房和画室，西南角楼是侍女杏儿的住房。

　　李嬷嬷在金钱巷几乎占了一条街，东西两旁皆是她家的房屋，除了李师师独占萃华楼一座庭院外，其他歌伎均是一人二至三间客房。

　　燕青看罢，好生羡慕："姐姐这里真的是福地洞天，比我们宋头领的聚义厅都排场!"

　　李师师苦笑一下："姐姐也想在汴京给你买套房子，待事成之后在此安家如何? 不，你可以在任何一个地方安家，一切由姐姐给你置办!"

　　燕青道："姐姐休要破费，弟弟实不敢当!"

　　"哪里话? 你是我在这个世上唯一的亲人! 再说了，咱爹当年救我于灾难之中，再生之恩未曾报答，心里一直遗憾。而今与弟弟重逢，是上苍给我报答爹爹和弟弟的机会！"

一席话使燕青深为感动，说道："姐姐不易，弟弟又来麻烦，焉可再添负担？"

二人在客房落座，师师为燕青沏一盏茶水："你可别耻笑姐姐呀！"

燕青脸一红，眉头冒出一层汗水："弟弟哪里敢！"

师师叹口气："姐姐何尝不想自由自在地过男耕女织的百姓生活？可惜的是在那个无知的年月里误入红尘俗世，而今即使想从头再来，机会也无多。一般歌伎尚可，姐姐如今被盛名所累。这些年姐也看透了人间冷暖，我不能只给那些有钱人弹琴唱曲，我要去瓦肆勾栏里给那些布衣百姓唱曲。那些达官贵人凭手里有些糟钱，就想在我面前为所欲为，休想！姐姐自有尺度，姐姐只凭歌艺赚钱吃饭……"

李师师越说越激动，她自己也不知为什么要在燕青面前诉说隐情。她从来没有与任何人吐露过心声，大概是与燕青有着不一般姐弟感情吧。

燕青也感到意外，他原以为师师只为金钱和享乐去出卖色相，不知道师师内心仍然如此朴素。误入红尘是上苍的安排，不是她个人的选择。他望着师师美丽的脸庞，后悔自己误解了师师。

李师师见燕青满脸是汗，掏出香帕为燕青擦拭了一下："弟弟，天太热了，在姐姐这儿你不必拘束，将长衫脱掉吧，你看姐姐就只穿这一身薄纱。"

燕青笑笑："不热啊！"

师师一笑："你看衫子都被汗湿透了！你小时候姐姐还给你擦过屁屁呢！"

燕青脸一红，只得脱下外衫，只穿贴身小褂。

燕青脱了长衫，背刺青龙，胸肌暴凸，汗水外溢，活力四射。李师师感到一种少有的视觉冲击力，不觉脸红心跳。

李师师起身拿来一把扇子，为燕青拂扇。燕青接过扇子，自己扇起来。李师师用手轻轻抚摸一下燕青臂上的刺青，问："何时的刺青？"

燕青抽搐了一下："十八岁那年。"

李师师早已心潮澎湃，为什么真正的英雄好汉都是正人君子？不，他的表情和眼神暴露了，他是以超强的意志力控制着自己的情感。师师放空眼神，说道："姐姐多想找个知己，亡命天涯呀！"

燕青看一眼师师，低下头去。他从小到大，都是在男人堆里滚打，从未接触过女人。对于师师的暗示，他深感幸福，几次激动得难以控制，然而，宋大哥的托付在身，尚未有眉目；再则与师师虽非同胞，毕竟是姐弟，怎能造次？

李师师起身为燕青再续一杯茶水，燕青无意中瞄见师师薄纱裹着的两轮明月，迅疾别过头去："姐姐，我要回客栈了。"

李师师道："别呀，上一次未及详谈，这些年你怎么会到梁山去了，姐姐想知道。"

燕青在父亲死后回到大名府，因为在汴京等地流浪期间学了许多本事，不仅会吹拉弹唱，还会使枪弄棒，被大名府员外卢俊义看中，收为家仆。卢俊义智勇双全，义薄云天，远近闻名。梁山宋江对其早有耳闻，十分欣赏。为了扩大梁山声势，一心想请卢俊义上山。于是，就派军师吴用扮作算卦先生到卢府为其算卦，言说数日内阖家有血灾之光，须去东南五百里外避灾。卢俊义深信不疑，决定去泰州做生意以避灾难。燕青劝他勿行，泰州离梁山不远，恐有不测。

然而，卢俊义主意已定，带着管家李固一同前往。果然在经过梁山时被俘。宋江放走李固，请卢俊义到山上吃酒游玩。宋江与其纵论天下大势，力劝卢俊义留在山寨做大当家的。卢俊义在梁山住了两个月，执意回家，宋江只得放行。

卢俊义到家后不见燕青，听说被李固赶跑。其实，燕青并未走远，打听到卢员外回府，潜回大名府，将李固与卢俊义妻子贾氏通奸一事禀告。卢俊义大怒，立即去找李固。李固不在，迎面却来了一干衙役，不容分说将其捆起来就走。到了府衙方知被管家李固举报通匪，下了大狱。

燕青左思右想，没有办法营救，只能向梁山通报情况。梁山已经料定卢俊义回来定有灾难，已派人到大名府大狱，花重金上下打点，将死罪改为流放。

燕青打听清楚，尾随解差，准备途中将卢员外救出。谁知李固也买通解差，准备在西峡口将其杀死。解差正在行事间，藏在暗处的燕青用冷箭将两个解差射死，救下卢俊义，卢俊义被逼无奈只得与燕青一起奔赴梁山。

二人夜行昼宿，终于快到梁山。燕青安顿好卢员外，出去觅食，回来时却不见了卢俊义。一打听才知是被追捕的官兵劫走了，燕青大哭无泪，只得赶往梁山请救。恰遇宋江委派杨雄、石秀下山打探卢俊义消息，得知情况后，石秀去大名府继续打探消息，燕青、杨雄回梁山报信。宋江发誓一定要救出卢俊义。于是，燕青带路，三打大名府，终于救出卢俊义。梁山军与卢俊义一起将李固和贾氏追回并处死，燕青和卢俊义跟着义军奔赴梁山。宋江率众头领下山隆重迎接卢、燕二人上山，在聚义厅大排筵席，席间，卢、燕二人与宋江等众头领结拜为兄弟，卢俊义坐上梁山第二把交椅，燕青排行第三十六位，人称"浪子燕青"。

李师师听完，两眼红红的："这多年来弟弟奔波吃苦，如此义气，令姐姐钦佩，我为有你这个弟弟而自豪！所托的事，姐姐已约了大晟府一个朋友过来一起商量，你且多待几日，或许就有消息。"……

周邦彦来到金钱巷，直接上了萃华楼。踏上楼梯便听见叮咚的古琴声，李师师边弹边唱，正是他的那阕《南柯子》：

腻颈凝酥白，轻衫淡粉红。

碧油凉气透帘栊。

指点庭花低映、云母屏风。

恨逐瑶琴写，书劳玉指封。

等闲赢得瘦仪容。

何事不教云雨、略下巫峰。

周邦彦轻轻走上楼梯，站在门口仔细听完，鼓起掌来。见是周邦彦来了，李师师忙站起来弯腰摆了个手势："先生请进！"使女杏儿用拂尘拂拂椅子，又倒上一盏热茶："周大人请坐下用茶。"

周邦彦落座，说道："曲子谱得不错！"

李师师说："你是我的老师，不能光说不错呀！"

周邦彦笑笑："你早已胜于蓝了！曲子真的基本很符合这阕词的原意。想象一个闺阁女子，依着露台，看到满园花儿次第开放，一对蝴蝶在花上舞动，心上的人儿不知去了何方，有心去寻，又不敢说与人知，直到斜阳落下，月上枝头，一阵晚风吹来，心上人似乎踏月而来与女子共舞。然而这只是女子的幻觉，她长叹一声，或许明年春天再来时，那个人儿真的会回来在月下与自己相聚……"

李师师眼睛忽然一亮，跑过来抱着他的双肩使劲摇着："我的恩师，我的周公，我的哥哥呀！"

周邦彦在她的眉头上点了一指头，："总是孩子气不退"

李师师嘟着嘴："你一说俺心里就亮堂了嘛！"

周邦彦笑笑："对嘛，谁有我们师师聪明？弹琴唱曲就要像人在演戏，有故事，有画面，琴声才有感情，歌曲才能声情并茂、打动人心。另外，格调再委婉一点，上半阕和下半阕尾句应有复唱，要高起声！"

李师师一直静静地望着周邦彦，眼神里满是崇敬。

周邦彦走到琴台前，说："我来弹一遍，你来跟唱一下"

修改后的《南柯子》越发委婉动听，李师师十分激动，竟然边唱边舞，裙裾时不时旋成盛开的花朵。

二人重新坐下喝茶，李师师深情地问道："周公，你可知道师师今生最敬重的人是谁？"

周邦彦摇摇头。

李师师双手捧起茶盏与周邦彦茶盏碰了一下："傻了不是！"

周邦彦笑笑。

师师真诚地说道："在我八岁时教我弹琴，在我十岁时教我跳舞，在我十二岁时教我填词谱曲……迄今已经十年有余，我该如何感谢我的恩师啊？"

周邦彦望着窗外的一树海棠道："十余年间，小树苗已经芳华一片，而我已经垂垂老矣！"

李师师嘟着嘴："不许乱说，你不老，你在我心里永远都是才华横溢、风流倜傥、一身书卷气的周公！"

周邦彦拧了一下她柔软的鼻尖："你今天是不是有事求我？"

李师师咯咯一笑，仿若花枝乱颤："你不愧是我的恩师，总能洞人心扉！"

周邦彦笑笑："把不住你的脉我怎么当你的老师？说吧！"

李师师依偎着周邦彦："周公，那天在矾楼见到的赵掌柜，是做啥买卖的？你身为朝廷大臣为何对他那样恭敬？"

周邦彦笑笑没有说话。

"他是不是当今皇上？"

周邦彦点点头，说道："切勿轻易告人！"

"嗯……"李师师似乎想说什么，欲言又止。

周邦彦拿眼相问。

李师师道："师师也不想给恩师添麻烦……我的一个表弟在梁山宋江那里做事，受宋头领之托来汴京，想找找能跟皇上说上话的人，希望能被朝廷招安……"

周邦彦先是一惊，继而又说："这事可大了！师师，这样吧，有机会你亲自给皇上说说，皇上多次说要拜访你。特别是矾楼一见，皇上说，你李师师是他见过的最俊美、最有风姿、一身诗意的女子！"

李师师惊讶地问道："是吗？我与皇上毕竟未曾交往过，上来就说这事，会不会治罪于我？"

"不会的，皇上较为温和，特别是对自己心仪的女子，皇上是不会怪罪的。待这几日我见驾时，找个合适理由，约他到矾楼或者金钱巷一起吃茶饮酒，你见机行事如何？"

李师师一听很是激动，脱掉外裙，只着薄纱，拉起周邦彦，说："让师师陪你跳一支《凤求凰》吧！"

客室里旋即彩云飘飘、香风浮浮，斜阳透过帘笼，洒在李师师的面庞上，现出一道道流丽的光线……

周邦彦几天来一直没找到合适的机会，既要引导赵佶去金钱巷，又不让他感到与李师师过从甚密，特别是事关梁山招安大事。正在踌躇之际，赵佶突然驾幸大晟府，要与众乐师们研讨雅乐和俚曲的互鉴问题。

赵佶这两天心里很烦，童贯派官军前去清剿山东梁山贼，再次吃了败仗，竟然被梁山贼包了饺子，未杀一个官军，只把官军的粮秣辎重和武器全部缴获，三万官军竟然空手而归，这简直把皇家的脸面丢尽了！高俅听说后哈哈一笑："有勇无谋必败无疑，微臣只需一万兵马，即可斩杀宋江首级、扫平梁山。"赵佶沉思一阵，宣布退朝。

赵佶来到大晟府，首先评价了雅乐的现状，然后，从周礼雅乐《风》《雅》《颂》，到当下的俚曲、南音进行阐述。他说："所有的雅乐大多来自民风俚曲，进而提炼演变成雅乐。比如，《雅》与《颂》的根源在十五国《风》。周爱卿，你对此有何见解？"

周邦彦道："陛下所言极是。不仅雅乐起源于俚曲，乐舞也是来源于民间。从《论语》、《礼记·乐记》、荀子《乐论》等有关乐舞的论述，可见先秦儒家很重视乐舞的修身养性之功能。通过乐舞的熏陶，人的情操志趣都会发生变化，可以变得正直而温顺，宽厚而严肃，变得心胸开阔、志高气壮。正好符合陛下以儒治国的理念。"

"周待制说得正合朕意。我记得《诗经·陈风》有一篇《东门之枌》：

东门之枌，宛丘之栩。子仲之子，婆娑其下。

穀旦于差，南方之原。不绩其麻，市也婆娑。

穀旦于逝，越以鬷迈。视尔如荍，贻我握椒。

这首舞词，本来是陈国百姓亦歌亦舞拿着树枝、敲着锅盖出东门上坟祭祖的歌舞，后来被陈国宫廷乐师加工后，收入祭祀礼乐。可见舞乐也来自民间。朕以为，雅乐不仅要吸收民间俚曲，也要吸收胡曲、越曲、高丽曲、闽越曲、瀛洲曲等外族乐曲来丰富大宋的乐典。比如胡姬阿依丽的舞蹈和歌曲就很有特色。"

周邦彦道："回陛下，大晟府已经对阿依丽的胡曲、胡舞进行了研究，新的乐舞就会有很多胡曲的元素在里面。"

赵佶点点头："雅乐和俚曲的演进，不仅要靠编舞和作曲，还要研究器乐的创新，阮、琵琶、二胡、编钟、箫、笛、瑟、琴、埙、笙、鼓都要再深入研究，发现一些新器材，使不同的乐器发出最好的、符合最新雅乐标准的音质。"

乐师朱旷道："陛下圣明，当初蔡邕就是发现桐木板燃烧中的清脆之音，才使焦尾琴传承至今。当下民间确有一些高人自创了一些乐器，比如焦家瓦子龙宝玉就用青花瓷碟的不同音色，敲出了别致的碟音碟乐曲。"

赵佶点点头："不久前朕曾去焦家瓦子，欣赏了龙宝玉的碟音碟舞曲。朕已给官窑陶瓷大师徐驰交代，让他们用最好的胎泥、最新颖的造型烧制一批天青色打击乐瓷器，不日即可烧制好。"

周邦彦忽然找到一个话眼："陛下，听说金钱巷李师师在竹簧的基础上，设计、创制了一种铜簧，其音色别致，音域宽广，既有清脆之韵，又有浑厚之音。"

赵佶很感兴趣，走出大晟府时，小声对周邦彦说："何时去拜访李师师？"

周邦彦说："我与她只有几面之缘，王黼、李邦彦二人对李师师最熟"

赵佶摇摇头："他们二位适宜去瓦肆勾栏看杂剧百戏，欣赏礼乐歌舞和高雅乐器还是你周邦彦在行！"

周邦彦无法推脱只得从行。

晚膳后，赵佶、周邦彦和张迪乔装打扮来到金钱巷。事前，周邦彦已给李师师捎去信儿，说皇上今晚要拜访金钱巷。

金钱巷里一街两行红灯高挂，人来人往熙熙攘攘，不亚于州桥和马行街夜市。萃华楼飞檐斗拱，门前青玉台阶，一对汉白玉雄狮伫立两旁，脖子上各系着大红牡丹结；两根金色立柱上雕着凤求凰，横匾上是蔡京所题"萃华楼"三字，匾框是五层透雕"龙凤呈祥"。

门童见有人来，朝客人鞠躬施礼。周邦彦道："请去通报一下，赵掌柜来看师师小姐。"赵佶摆摆手，于是三人径直走进大厅，杏儿颠颠儿跑下楼梯："各位客官，我家小姐正在沐浴，恕不能下楼迎接。请二位到客厅稍候！"

客厅名叫"依兰室"，匾额竟是米芾所题。未进客厅就有一股股清香扑面而来。客厅布置得极为雅致，紫檀雕花茶台，各种点茶茶具皆为天青色青花瓷器，瑞鼎香炉正袅袅散烟，各种奇石、花卉错落摆放，单是兰花就有数十种之多：鬼兰、荷之冠、蝴蝶兰、翡翠兰、石斛兰、莲瓣兰、飞鸭兰、唐梅、兜兰、建兰、蕙兰、素冠荷鼎、墨兰……每一种兰花都用小笺写上名字，还配上一首诗词。如咏蝴蝶兰：

枝头袅袅总多情，嫦娥翩翩月影中。

楚楚动人花烂漫，蝴蝶一梦梦成空。

由此可见主人之精心细致。客厅的四壁除了一面大书橱外，挂的尽是名人字画，苏轼的《黄州寒食诗帖》、李公麟的《渊明归隐图》、米芾的《春山瑞松图》、黄庭坚的《赤壁怀古》、颜真卿的《劝学诗》，客厅正中间挂赫然挂着赵佶的《五色鹦鹉图》。

赵佶暗忖：朕的《五色鹦鹉图》不是送给高俅了吗？怎么会跑到李师师这里了？少顷又自言自语道："哦，明白了！"

书橱旁有一个书案，案上砚台墨满，宣纸上刚刚写过几行字，似乎墨迹未干。走近看时，原来李师师刚才正在临《牡丹诗帖》。然而，《牡丹诗帖》原存于内府，怎么会到这里呢？仔细一看，却是梁师成的临摹帖！

周邦彦问赵佶："赵掌柜，李师师在别人临帖的基础上再临帖，哪些字更像原贴，哪些字不像原帖？"

赵佶哈哈笑起来："也难为李师师了。外行人看不出真假来，只有朕一看就知道都不是真迹！"

周邦彦问："何以为证？"

赵佶道："你看，朕的书法铁画金钩，主要在运笔的力道上……"

二人正说着，一股香风悠然拂来。"赵掌柜、周大人二位贵客，哪阵风把你们吹来了？"

二人回头，李师师轻挽发髻，拖着白纱裙裾，面未敷粉，唇未施朱，玉颈修长，素颜白里透红，未戴任何佩饰，新浴后一身芬芳，款款而至。

李师师躬身一礼："二位光临寒舍，蓬荜生辉，请坐下用茶可好？"

赵佶自忖：小半生阅女多多，大多是浓脂粉黛，哪一个女子敢于在男人跟前素颜以对？女人没有天然姿色和超强自信何敢如此？赵佶一时竟然有点局促，下意识地朝李师师还了个拱手礼。

李师师装作不知道赵佶的身份，说道："赵掌柜，上次相见匆匆来去，暌违数日，今日光临寒舍，幸甚，幸甚！"

赵佶呵呵一笑："你李师师大名早已如雷贯耳，赵某一直忙于生意，未能抽身拜访。前几日听周大人说，你精研乐器，将竹簧改为铜簧，实为创举，所以特来欣赏。"

李师师笑道："周大人是我的恩师，若有发现，也是周老师启发的结果！"

周邦彦摇摇头："你早已胜于蓝了。"

赵佶道："可否见识一下你的铜簧演奏？"

李师师朝杏儿点点头，示意她去取铜簧，转而朝赵佶微笑道："读李煜的《菩萨蛮》一词，曾有'铜簧韵脆锵寒竹，新声慢奏移纤玉'句，我受其启发，如果用铜片做簧，声音或许比竹簧声音要清脆得多，不论是装在哪一种乐器上，说不定真的'韵脆锵寒竹'呢！然而我查阅很多乐典书籍，均未有关于铜簧的记载，于是，我就按李煜的词义，找到大相国寺前一铜匠师傅，让他打了十几片不同厚度的铜簧。"

少顷，杏儿拿来一紫色缎面珍宝盒递给李师师，李师师打开盒子找出五片薄薄的像莲花瓣儿一样的铜簧，微微一笑："赵掌柜，这五个铜簧片因厚薄不同，分别代表宫、商、角、徵、羽五个音阶。"李师师说着，将铜簧片错落分开，一手执柄端，放在唇上，然后用手指弹铜簧，嘴唇同时开合呼气在铜簧片上，发出共鸣。铜簧的声音很奇妙，李师师的手指忽疾忽徐、忽轻忽重，嘴唇忽开忽合；忽而是石濑山泉，忽而是阵阵风声，竟然弹出一曲不一样《松风操》！

赵佶情不自禁地鼓起掌来。

李师师问："赵掌柜是否试试？"

赵佶接过铜簧，拨了一下，学着李师师刚才的弹法，弹了一曲《高山流水》。李师师和周邦彦同时鼓起掌来："赵掌柜果然了得，不管啥器乐搭手就会！"

赵佶将铜簧递给周邦彦，想让他也弹一曲，却发现周邦彦表情痛苦，弯着腰两手捂着肚子，哎哟哟直喊："疼死我了，疼死我了！"赵佶和李师师都慌了，赶忙让杏儿去叫郎中。

周邦彦连连摆手，上气不接下气地说："赵掌柜对不住了，张迪在这儿伺候你，我去找郎中了……"

赵佶说："去吧，快去吧！"

杏儿搀着周邦彦走了。

赵佶从锦袍袖里拿出一个精美的锦盒，递给李师师，说道："初次到访，无以馈赠，望师师笑纳。"

"赵掌柜何必客气！"李师师打开锦盒一看，原来是一个翡翠玉镯和一挂红珊瑚项链，师师按住惊喜的心跳，淡淡地说道，"都是朋友，赵掌柜何必破费！"

赵佶道："戴上试试！"

师师将玉镯戴在手腕上，朝赵佶展示一下。

赵佶笑道："白玉般的臂腕配上绿色的翡翠，让人看了就是一种享受！"

李师师脸红了一下："赵掌柜何必太用心！"

赵佶又从锦盒里拿出红珊瑚项链，说道："让……我给师师戴上看看。"

李师师扭捏了一下，低下头去。赵佶忽然从她玉颈下看见两只弹跳的玉兔，赶紧摇了摇头镇定一下，慢慢将珊瑚项链戴在师师的玉颈上。红链玉颈，酥胸半掩，平添了无限的美感！赵佶歪着头看看，说："简直绝配！"

李师师羞涩一笑："谢谢赵掌柜！"李师师暗忖，坊间盛传赵佶好色得发狂，今儿一见并非如此，倒是温润如玉，谦谦君子一般。特别是他那炯炯目光、高大俊伟的样貌，任何女子见了无不心动。

李师师道："赵掌柜坐下吃茶可好？"

赵佶没有落座，却走到书案前，问："师师在临皇上的瘦金体书法吗？"

李师师笑道："不好意思，我花了重金买了一幅皇上的《牡丹诗帖》，练了很长时间，一直不尽如人意。"

赵佶哈哈一笑："待我给你再写一幅《牡丹诗帖》可好？"

李师师装作疑惑："你也喜欢当今皇上的瘦金体书法？"

赵佶微微一笑，展纸润笔，一口气写下了《牡丹诗帖》。

李师师惊叹："呀！赵掌柜临皇上的瘦金体多长时间了？"

赵佶微微一笑："很久了。你临的远比这一幅真品还洒脱，人们评价皇上的书体'屈铁断金，天骨遒美，逸趣霭然'，你把这些特点都临出来了！"

赵佶没有说话，提笔在《牡丹诗帖》后面写下"天下一人"的款识，又从腰带锦囊里掏出一方印章，压在"天下一人"的下面。李师师一看，却是一方赵佶经常使用的双龙小印！于是，扑通一下跪在地上叩头："师师不知皇上驾临，有失恭敬，望乞恕罪！"

赵佶哈哈一笑，双手将其扶起："刚才你不是说我们是朋友嘛，不必多礼！"

李师师仍是诚惶诚恐的样子。赵佶笑道："走，带朕看看这楼上的格局。"李师师引着赵佶从厨房到琴房，从杏儿的房间到画室，而后来到李师师的卧室。

赵佶竟有点傻眼了。李师师的卧室与自己的寝殿相比，奢华程度毫不逊色。屋顶上悬着的一颗巨大的、熠熠生辉的水晶明月珠，镂空雕花窗上，珍珠帘幕低垂，紫檀牙床雕龙刻凤，鲛绡罗帐流苏悬挂，罗帐上遍绣洒珠银线兰花；牙床上一对蓝田暖玉枕，一对苏绣公主抱，铺着软纳蚕冰簟，叠着玉带罗衾；地上丝毯铺陈，绣着鸳鸯戏莲；几个花架上，一盆盆重瓣四季兰正在怒放，散发着阵阵幽香。

此时月光如水，从帘外泄入，室内一派温馨朦胧的光晕，一白衣仙子似乎从这光晕里翩然而下，周身散发着光芒……赵佶不免有点春情萌动。正欲上前，杏儿走进来，说道："小姐，夜宵已经备好了。"

李师师道："陛下是否移步膳室用点夜宵？"

夜宵做得很精致，四个小菜，两盏燕窝粥，还有一壶苏合香酒。师师端起酒杯，说道："陛下，难得驾幸敝舍，而且送给师师这么贵重的礼物，师师无以表达感激之情，这杯酒我先喝为敬！"

赵佶端起酒杯和师师碰了一下，也一饮而尽。

酒过三巡，赵佶端起燕窝粥刚刚要喝，却见李师师东倒西歪，满面通红，两眼迷离。

"陛下恕罪，师师不胜酒力……"

赵佶忙扶她起来，哈哈笑道："朕还要与你投壶一决胜负呢，你倒好，三盏酒就醉了！"

李师师含混不清地说道："师师本是耐得酒的，只是见了陛下龙颜伟岸，摄人心魄，心里忐忑，不知怎的就早醉了！"

几句话说得赵佶心花怒放："朕扶你去卧室歇息一下吧。"

师师扭动着身子："不，我还要敬陛下酒呢！"李师师攀着赵佶的肩头，说着醉话，"我这是坐的什么车辇？是要去天宫吗？能在瑶池沐浴吗？"

赵佶糊弄道："马上就到瑶池了！"李师师柔软的身子异香袭人，赵佶已不能自持了，将师师放在牙床上，慢慢脱掉她的白纱裙裾。牙床上白光耀眼，美玉无瑕，神圣如仙，不敢轻易亵渎。一时间，赵佶俯身仔细观赏，像赏读一幅绝妙的山水画，高山、平川、峡谷过渡得如此优美自然。

李师师忽然睁眼，看见赵佶以脉脉含情的眼神在看着自己，一阵局促，不知所措，匆匆穿上白纱，说道："陛下，您看这月色正好……"

赵佶难以理解李师师的意外举动，本来高昂的兴致突然被她泼了一瓢冷水。他曾经听王黼、李邦彦等人说，李师师十分高傲，除非她看中的有才华的男子，一般人不会得手。很多巨商大贾来萃华楼，都只能一睹芳容而已。难道她对自己不看好吗？论地位论才华，朕哪一样都不比她差！刚才她明明称赞自己，为何突然变得如此模样？

赵佶暗忖，对这样的才女绝不能性急，自己有信心征服她！于是，温和地问："师师酒醒了吗？"

师师点点头，叹了口气，眉宇间掠过一丝不快之色。

赵佶问："师师似乎有什么心事？"

李师师望一眼赵佶，欲言又止。

"师师但说无妨！"

李师师道："奴家说出来若有冒犯，陛下切勿怪罪。"

赵佶点点头。

"奴家有个干弟弟，他的父亲是我的救命恩人，现今在梁山落草，前几日寄信来，言说他的头领宋江有祈降之意，头领们都不愿世代为贼，他们反霸不反皇，如被朝廷招安，宋江即可带领梁山弟兄杀向睦州，平掉方腊！"

赵佶心中一喜，旋即镇静下来。近日以来，对此事多次朝议，战与和举棋难下。梁山宋江未平，睦州方腊又起，南北祸患两相呼应，朝野地动山摇。况且童贯三征梁山，均吃了败仗，这已成为朝廷的心头大患。如果梁山军接受招安，省得朝廷靡费银两、劳师动众去征剿；梁山军若能归顺朝廷，进而挥师南下，荡平方腊，真的是求之不得……赵佶警觉地环视四周："梁山匪盗来过你这儿？"

李师师摇摇头："从未来过！"

李师师抹把眼泪："在这个尘世上奴家只有这一个亲人了！"

赵佶揽着李师师的肩膀："好，朕看在你的面上，可以考虑让你弟弟带上宋江的祈降书来京一趟。"

李师师十分感动，两眼闪着泪光望向赵佶："如何感谢陛下呢？让师师为你跳一支剑器舞吧！"

赵佶点点头。

李师师从壁上抽出一把长剑，边舞边唱杜甫的《观公孙大娘弟子舞剑器行》：

昔有佳人公孙氏，一舞剑器动四方。

观者如山色沮丧，天地为之久低昂。

霍如羿射九日落，矫如群帝骖龙翔。

来如雷霆收震怒，罢如江海凝清光。

绛唇珠袖两寂寞，晚有弟子传芬芳。

临颍美人在白帝，妙舞此曲神扬扬。

与余问答既有以，感时抚事增惋伤。

……

疾飞高翔似苍鹭夜惊，轻步曼舞像燕子伏巢；出剑如迅雷闪电，回剑似三月春风；志在高山现巍峨之势，意在流水舞荡荡之情；时而龙狮虎步，时而蛟龙戏凤！赵佶对李师师的剑器舞赞叹不已，连连鼓掌。一时兴起，拿起花瓶里的拂尘权做剑器，与李师师共舞起来。瞬间，阴阳互交，刚柔相济，似霸王别姬，如羿射九日，腾挪转扣，剑花飞舞！

李师师被赵佶的英俊和优美的舞姿所感动，忽然将手中剑器咣当扔在地上，一跺脚双臂挂在赵佶的脖子上，坚挺的双乳紧紧地抵在赵佶的胸前……赵佶兴奋极了，轻柔的舌尖挑开了师师的双唇吸溜着她的玉津香液，猛地一个熊抱，将师师的肥臀跨在自己的腰间。李师师"呀"一声，顿感头晕目眩，如坠云中……

帘风忽起，月影流丽，罗帐立时成了云山幻海。

巧夺研山石

　　蔡攸听说米芾书写了一幅《研山铭》，便以茶叙为名，来到米芾家一看究竟。米芾书房的墙壁上正好挂着那幅书帖《研山铭》，蔡攸甚是喜欢。便提出以家藏晋元帝司马睿的《省启帖》来换米芾的《研山铭》。米芾思忖了一下，说道："你且拿来看看是否赝品再说。"蔡攸旋即回家拿来《省启帖》，米芾细细一看，发现是个拼接的书帖，一半是真一半是假，吸溜吸溜嘴，勉强答应了蔡攸。

　　蔡攸拿着米芾的《研山铭》送给了赵佶，赵佶一看甚喜，大呼好帖。米芾用南唐澄心堂宣纸书写，铭曰：

　　五色水，浮昆仑。潭在顶，出黑云。挂龙怪，烁电痕。下震霆，泽厚坤。极变化，阖道门。宝晋山前轩书。

　　此三十六个行书大字，个个结字自由放达，沉顿痛快，跌宕多姿，不受前人法度制约，后面还有米芾亲自绘制的《研山图》一幅，真真挥洒天趣也！

　　唐代以前赏玩奇石主要是园林石峰。赏玩几案奇石，是从南唐才开始的，至宋代蔚然成风。玩石的方式由庭院转移到几案，逐渐将玩石列入了文房器玩，这都应归功于南唐后主李煜。

　　米芾画的《研山图》非常精细，那些石头有的像竹笋，有的像螺号，山川有岚气，涌泉流碧湖，气脉相连，似乎不加雕琢，浑然天成，很是美观。赵佶不禁问蔡攸："此研山石现在何方？"

　　"回陛下，现在米芾家珍藏。更珍贵的是，此灵璧研山石为南唐后主李煜的案头珍玩之物。南唐灭后，此石辗转传到米芾的岳父李羽然手中，李羽然为李煜四世孙，他将女儿李氏嫁给米芾时，就把它作为陪嫁品赠予爱石如命的米芾。据说，米芾得到这尊研山石时"眠三日，狂喜至极，即兴挥毫，当时就写下了《研山铭》。"

"原来此物颇有来头啊！"赵佶再看《研山图》，左右上下分别有米芾楷书标注的"玉笋""方坛""上洞口""翠峦""龙池遇天欲雨则津润""华盖峰""月岩""下洞三折通上洞，予尝神游于其间"等字样，赵佶愈感可爱，心里隐隐发痒。于是决定让蔡攸陪他到米府看看。

蔡攸摇摇头："陛下，不可！我刚把他的《研山铭》书帖赚来，再陪陛下去看他的灵璧研山石实在不妥，那米癫儿指不定又干出啥出格的事呢。王黼正在修撰《博古图》，就让王黼以查看天下古玩的名义，让他将灵璧研山石带到宫里来，进行摹本记录，然后以陛下的名义将其留下。"

赵佶点点头："好主意！"

米芾接到王黼查看古玩研山石的信札后，以从未见过此石回绝了王黼。赵佶干脆直接传旨米芾：带上灵璧研山石到文德殿见驾。

米芾意识到一定是蔡攸谋划的一箭双雕，用一半真一半假的《省启帖》换走了《研山铭》，将自己所藏灵璧研山石告诉了王黼和赵佶。那个爱玩石头的皇上便起了觊觎之心。于是以偶染风寒为由，回了赵佶。

米芾与赵家有特殊关系。米芾的母亲是神宗皇帝赵顼的接生婆和奶妈，神宗赵顼与米芾一奶叼大，按辈分当是赵佶的长辈，所以赵佶很小的时候，就与米芾很投缘，常在一起探讨绘画和书法。

过了几天，赵佶又传米芾到太清小筑觐见，米芾不敢再推。赵佶见米芾来，忙从龙椅上站起："爱卿身体痊愈了吗？"

米芾拱手："托陛下的福，贱躯已无大碍。"

赵佶道："延福宫苑刚刚重建好，一些花石还未完全就绪，请米爱卿来就是想听听你的意见。"

米芾想，皇上为何不提灵璧研山石，只说看延福宫花园，他又在想啥点子呢？于是顺水推舟，说道："我米癫儿只会写字画画，对园林花石不甚了了。陛下乃园林花石高人，所建园林一定是顶级水平！"

"米爱卿何必谦虚，走，看看再说。"

延福宫在大内拱辰门外，宋朝历代皇帝大多数时间均在此居住。赵佶登基后嫌宫殿太小，于是亲自设计，交由童贯、杨戬、梁师成、蓝从熙等五位大太监分别建造五幢宫殿。五人争奇斗巧，追求侈丽，不计工财，终于打造成一座园林宫苑。宫苑内殿阁亭台，连绵不绝，凿池为海，引泉为湖。珍禽奇兽等青铜雕塑千姿百态；嘉葩名木及怪石幽岩，穷奇极胜。

君臣二人从东面晨辉门走来，走走看看停停。晨辉门旁立一石碑，石上刻有碑记。走近一看，原来是赵佶用瘦金体写的《延福宫记》。

赵佶边走边介绍这些亭台楼阁的出处。单是殿台楼阁的名称，就很能体现赵佶的才华！。依次经过的宫殿有会宁、成平、睿谟、凝和、昆玉五个大殿；东区的暖阁有蕙馥、报琼、蟠桃、春锦、叠琼、芬芳、丽玉、寒香、拂云、偃盖、翠保、铅英、云锦、兰薰、摘玉等；西区的暖阁有繁英、雪香、披芳、铅华、文绮、绛萼、琼华、绿绮、瑶碧、清荫、秋香、从玉、扶玉、绛云……在会宁殿之北，有一座用石头叠成的小山，山上建有一殿二亭，取名为翠微殿、月归亭、挥云亭；背靠城墙处，筑有一个小土坡，上植杏树，名为杏岗冈，旁列茅亭、修竹，杏岗中间一个小圆池，架石为亭，名为飞华；丽泽门不远处凿泉引汴为湖，一长堤横亘湖中，湖周围有茅亭栅、鹤庄栅……真的是步换景移，嘉花名木，类聚区分，其幽胜宛如天造地设。

在每个苑区，赵佶都会指着一些花石，问米芾是否放置得合适，米芾频频称赞："陛下匠心独运，这些花石取工精巧！"

走出丽泽门，来到会宁殿，内侍献上茶点。赵佶道："米爱卿，你看延福宫苑和御花园的花石摆放需要如何完善？"

"陛下，依米癫儿看，这些花石放置都颇为妥当。其实，我米癫儿能把翰林图画院管好就勉为其难了，花石方面真的知之甚少。"

"米爱卿莫要自谦，满朝文武谁不知你是个石痴，还曾与石头结拜兄弟呢！朕问你，当下奇石有哪几种最好，各有啥特点？"

米芾提起石头，不自觉来了兴致，说道："陛下，当今最适宜观赏的石头有四种：一为太湖石，太湖石产于太湖地区，又名窟窿石、假山石，有水、旱两种，形状各异，姿态万千。通灵剔透的太湖石，最能体现皱、漏、瘦、透之美，其色泽以白石为多，少有青黑石和黄石，古今名苑均有其身影。二为英石，产在广南东路英州一带，常年露在外面者称阳英石，埋地里的称为阴英石，有淡青、灰黑、浅绿、黝黑、白色等数种，以黑者为贵；英石正、背面明显，正面多洼孔、石眼，玲珑婉转，精巧多姿，而背面较平滑，英石质坚而脆，叩之有共鸣声。三为昆石，因产于平江府昆山的玉峰山而得名，昆石与众不同，举世独夺，所以称为巧石，又名玲珑石、昆玉石，石质呈网脉状，晶莹洁白，剔透玲珑，适宜案头珍玩，少见大材。四为灵璧石……"米芾突然停下来，望一眼赵佶，赵佶正面带微笑，示意他说下去。米芾接着说："灵璧石产于淮南东路灵璧县，观赏石分黑、白、红、灰四大类，一百多个品种，其中以黑色最具特色。观之，其色如墨；击之，其声如磬。其形或似仙山名岳，或似珍禽异兽，或似名媛诗仙。号称天下第一石。其观赏特点为融合透、漏、瘦、皱、伛、悬、蟠、色，以及音韵之美等诸多美学要素……"

赵佶点点头："这几种石头，不仅可做园林花石，还可作为案头文玩。"说着环顾殿内和御案，"朕这延福宫园林花石尚可，就是缺少案头玩石，爱卿在江南诸地为政多年，想必收藏很多玩石……"

正说着，王黼走进来，分别与赵佶和米芾见礼："陛下，《宣和博古图》目录你是否再审阅一下？"

赵佶接过目录册子，一边翻看一边问："府库的金石礼器想必都已辑录，大臣和民间的是否都辑录全了？"

王黼道："大臣们大多都将家藏珍玩献出来画图造册，只有……"王黼瞟一眼米芾，"只有个别大臣家藏珍玩不愿拿出来。"

赵佶停下来看一眼米芾，米芾装作不知，只拿眼看向壁上的书画。赵佶继续翻看博古图目录，突然问王黼："图册里怎么会没有陈仓石鼓？"

米芾也附和道："博古图万不可少了陈仓石鼓！"

王黼一愣："哎呀，臣糊涂，图册目录以宣和殿所存珍宝为主，忽略了保和殿的石鼓，臣知罪，竟然把这一镇国之宝疏忽了！"

赵佶不悦，说道："石鼓文是篆书之祖，是华夏最早的石刻诗文，一字抵万金，你怎么能将它漏掉？亏你还是金石专家呢！尽快单独列目造册，详细辑录！"

王黼连连叩头："臣知罪！"

贞观元年（627），陈仓一牧羊老人在山沟里发现了十面石鼓，每个重达两千多斤，石鼓上依稀有大量的文字，立时引起周围百姓的膜拜，继而文人墨客纷纷来此一窥究竟，其文字均无人解得。一百多年后，"安史之乱"中，避难于雍城的唐肃宗听到此事，立即派人将其运回雍城。稍后，叛军逼近雍城，唐肃宗命人匆忙将石鼓掩埋起来。"安史之乱"后，韩愈曾上书朝廷，说应派官员查访、挖掘石鼓。直到八年后，石鼓才被挖掘出来，移到了凤翔孔庙。然而，石鼓上蚀迹斑斑，面貌非昨，且遗失一面。

　　晚唐后期战火频仍，凤翔孔庙在战火中坍塌，九面石鼓又被人盗走，再次遁迹于草莽江湖。

　　一百多年后，宋仁宗在查阅前朝遗留档案时，无意中发现关于石鼓的纪略，甚感兴趣，下令寻访石鼓。时任凤祥知府司马池派员四处查找，终于寻得九面石鼓。为了讨得君王欢心，他竟然私下请石匠仿造了一面石鼓，与其他九面石鼓一并运抵汴京。宋仁宗大喜，立即褒奖了司马池。之后，宋仁宗及金石专家们仔细研究，发现其中一面是伪作。司马池因此被治欺君之罪。后来，其子司马光多次对父亲的做法表示不解。

　　宋大观年间，金石专家向传师在凤翔寻访丢失的那面石鼓时，从杀猪匠家中发现了一块圆柱形磨刀石，走近一看，喜出望外，这块磨刀石竟是那面丢失多年、百寻不得的"作原石鼓"！

　　直到大观四年（1110），丢失的"作原石鼓"运抵汴京，与另外九面石鼓重新聚首。赵佶大喜，重奖了向传师，拔其为殿中丞。之后，他又突发奇想，下令在石鼓文的槽缝间填注黄金，将其移到保和殿，与之朝夕相处。

　　赵佶缓了缓，对王黼说："将府库以及大臣们家藏的金石、礼器文物再校对一下，确保一件都不能落下！"

　　王黼连连点头"一定，一定！"

　　赵佶又微笑着看米芾："你家那些珍玩奉献出来没有？"

　　米芾道："米癫儿家中只有些小玩意，与皇上的珍宝相比，太不值一提了！"

　　赵佶笑笑："你那灵璧研山石也不值一提？那可是李后主龙案上的珍玩，按理应当回归朝廷才对！"

他终于奔到主题了，又何必绕这么多弯子呢？那就陪你赵佶再玩玩儿吧。米芾这样想着，呵呵一笑："米癫儿也听人说过，有这么个玩意儿，不知流落哪里去了。"米芾说着，喀喀喀咳嗽起来，恰好内侍在殿外，他便大声说："要唾壶！"内侍慌忙进来，也不知是皇帝要用，还是米芾要用。内侍送给赵佶，赵佶摇摇头，米芾夺过来，啪地将一口痰吐进壶里。

赵佶见状问："爱卿风寒未愈？"

米芾袍袖掩口点头："米癫儿还要回去服汤药呢！"

赵佶看出米癫儿佯狂之计，哪里肯放他回去，示意内侍送来一钵鲜竹沥茶，米癫儿接过茶水，坐在那里细品慢酌起来。

后来检校御史听说，要治米芾的不尊之罪，赵佶制止，说对俊逸之士，切勿用礼法拘束他。年前，米芾曾经为赵佶书写几扇屏风，赵佶让内侍取白银十八笏赏赐给他，米芾喜得直跺脚，说："知臣莫若君、知臣莫如君！"赵佶忍不住笑起来。米芾明明知道十八笏为九百，时人以九百为傻憨。

赵佶问："爱卿好多了吧？"

米芾点点头。赵佶朝张迪招招手，张迪拿出来那幅《研山铭》，展示给米芾。

赵佶问："米爱卿这幅《研山铭》来自何处？"

米芾一笑："这是米癫儿依有关研山石典籍的描述画出来的！"

赵佶一看这米癫儿直来不行，眨眨眼对王黼说："王爱卿，你陪着米爱卿去保和殿看看那些石鼓，你们再研判一下石鼓的铭文内容！"

赵佶打发走米芾和王黼，对内侍丁福如此这般交代了一番。

丁福来到米芾家，对其妻子李氏说："皇上要看你家的灵璧研山石，米博士不愿给看，谏官弹劾他大不敬，已被大理寺打入监牢。"

李氏一听哭道："哎呀，你个米老癫儿啊，为一块破石头宁去坐牢，值不值啊！"说着，就让家丁把灵璧山研石搬出来交给了丁福，"麻烦丁公公在皇上跟前美言一下，就让老米癫儿早点回来吧！"

丁福说："一定一定！"

果然，不一会儿米芾就回家来了。李氏一说，米芾大怒，顺手就是一耳光："你个贱人咋不长脑子？为这块石头，谅他赵佶也不敢把我怎样！"

丁福将研山石放在龙案上，赵佶哈哈大笑起来："你米癫儿给朕玩心眼儿，也不看看朕是谁！"赵佶围着灵璧研山石前后左右看看，真的是一块不可多得的奇石，国之瑰宝，盖世无双！看了一阵，让张迪展纸研墨，略一思索，写下一首七律：

殊状难名各蔽亏，高低峄岘斗巍巍。

直疑伏兽身将动，常恐长蛟势欲飞。

挥云几层苍桧枝，凝岚四接老松围。

名封三品非无美，饮羽曾令壮奋威。

汴都两个李师师

十几天来，燕青在馆驿一直坐卧不安。一来不知李师师找到向朝廷传信的人没有，算来十几天过去了，李师师那里一直没传来消息；二来花容月貌的师师夜里常来扰梦。很明显，师师属意于他，如果招安成功，天下太平，能与师师遁于乡野，选一块依山面水的地方，躲过世间的纷纷扰扰，开荒种田，日出而作，日落而息，男耕女织，再养一群孩子，自由自在的乡野生活，想想就令人向往。在哪里呢？对，师师讲过，她十分向往江南水乡，就去江南！回头一想，师师过惯了锦衣玉食的生活，怎能经得起风吹日晒？他暗自笑笑："师师也就一说罢了。"

正在胡思乱想，杏儿跑来，说道："我家小姐请大人去金钱巷一趟。"燕青大喜。

其实，赵佶自上次夜访金钱巷后，几乎夜夜都会来找李师师。所以，李师师一直没有找到机会约见燕青。

赵佶每次都会带来不同的礼物，什么金银珠宝了，花石珍玩了，锦衣丝绸了，锦鲤鹦鹉了，字画砚台了……赵佶真的煞费苦心。不为别的，就是因为李师师不同于别的女人。后宫佳丽三千，都无法与李师师相比。有才的姿色稍逊，有姿色的才性差点。那些有点才的妃嫔，或会女红，或会诗词，或会歌舞，或会描龙画凤……都不如师师全才，琴棋书画、诗词歌赋无所不能，李师师不愧为大宋第一奇女子。后宫妃嫔们见了赵佶，有的像小馋猫，恨不得将皇上活剥生吞了；有的像木偶，怎么摆调都只会羞答答地笑笑。哪像师师，每一次来萃华楼，她都有惊喜给你：陪你读诗接龙，陪你琴瑟和鸣，陪你莺歌燕舞……有时如京东大鼓浩浩江湖，有时又像南音丝竹，温婉可人。赵佶暗自笑笑："朕与师师简直就是一对龙凤佳偶！"

郑皇后知道赵佶夜夜去往金钱巷，很是担心，劝道："陛下，异邦觊觎中原，时有非常之举，加之梁山匪盗扮作商旅，出入汴京城也未可知，陛下身系社稷，千万莫要夜察民情了！"

赵佶不以为然："皇后忘了，朕曾向朱旷道长学过几年武术，三五人怎能近身？"

赵佶仍是轻车小轿去金钱巷，只带张迪一人。张迪是个细心的人，每次都会安排武艺高强的侍卫远远随扈其后。前日午后赵佶因为要给李师师画一幅《红蓼白鹅图》，一直到戌时才好，赵佶顾不得晚膳，带着张迪走出后宰门。进得金钱巷，快到萃华楼时，迎面跳出几个蒙面大汉，围着赵佶二人。张迪一边将赵佶的小轿挡在身后一边大声喊："抓刺客！"蒙面人们将张迪摁倒在地，一阵拳脚暴打，然后扬长而去。待随扈的禁卫跑过来时，几个蒙面人已经窜得无影踪了。

赵佶兴趣大减，迟疑了一下，坐上小轿往回走，安排侍卫前去皇城司报案，全城宵禁，彻查蒙面刺客。回到延福宫，看见丁婕好从郑皇后寝殿里走出来，她见了赵佶道："呀，陛下这么晚了还没有就寝啊？"她说话时，脸上似乎掠过一丝得意之情。赵佶"嗯"了一声。看一眼她的背影，丁婕好没有带侍女，走着走着还跳了几步。赵佶摇摇头，路过郑皇后的寝宫，看见郑皇后正在灯下看书，见赵佶回来，忙起身相迎。赵佶把刚才的事情述说一遍，郑皇后说道："哎呀，我的陛下，你千万不要再夜察民情了！"

赵佶瞪她一眼，对张迪说："请韦贤妃到海棠池来！"

两天来赵佶食不甘味，坐卧不安。虽然遇袭事有蹊跷，但是怕再生是非，所以没敢再去金钱巷。张迪见皇上心神不宁，捶捶被踹疼的腰，说道："陛下，奴才有办法可避开夜访金钱巷的风险。"

"说来听听！"

"从延福宫养颜斋朝东北方向挖一条地道，穿过宫墙直通李师师的萃华楼，省去几条街绕来绕去，既安全又方便。"

赵佶腾地站起来："好主意!"继而又颓然坐下，"这么大的工程需要多长时间？谁来负责，大臣们反对怎么应对？"

张迪说："这不好办嘛，陛下不是在建华阳宫吗？就以此为名，凿泉为湖，堆土成山即可。谁来负责督办？内侍杨戬可当此重任，修龙德宫、建大晟府、立明堂，都是杨戬做的提举官，奴才有空也可以替陛下督察一下。内侍就是陛下的家人，完全可以放心。"

"那么地道修好之前，朕就见不到师师了吗？"

"那不好办嘛，等这次风头过去，咱们午后就从后宰门出去，然后让皇城司将金钱巷东西巷口戒严封死，看他何等匪盗敢来自投罗网!"

赵佶思忖片刻，决定传杨戬觐见。

李师师听说赵佶遇袭后，惊出一身冷汗。继而一想，如果盗匪是针对赵佶，为什么赵佶毫发无损，只将张迪打了一顿？这必是另有隐情。张迪捎信来说，皇上要挖一条地道直通萃华楼后花园，李师师先是一惊，继而一笑，这个道君皇帝一片痴情实在难得。李师师知道赵佶这几天要暂避锋芒时，立马通知燕青来见。

李师师站在楼梯口笑道："咚咚咚，有人要把楼梯踩塌，就知道是弟弟来了!"

燕青喘着粗气："姐姐……"

李师师莞尔一笑："弟弟坐下说话。"

燕青刚一落座，李师师扭动了一下身子，朝燕青挤挤眼："弟弟你该如何谢我？"

燕青忽地站起："成了吗？"

师师微笑点头："在朋友帮忙下，姐姐见到了皇上!你明天快回梁山，向宋头领讨得祈降书及山寨将领及军士花名册再来汴京。"

燕青高兴地抓着李师师的双肩使劲摇了摇，转身就往楼下跑。

李师师喊："你给我回来!"

燕青停住脚步扭头问道："姐姐还有啥事？"

李师师嗔道："你没看太阳已经落了吗?!"

燕青拍拍胸脯："没事的，姐姐，我能赶夜路的!"

李师师将燕青拽回来："等你走到汴京城门，吊桥早已收起，你没有关文，哪能出得去? 再说，你还没谢姐姐呢!"李师师说着将一块白色玉珮挂在燕青腰间。

燕青道："我怎么能收姐姐的礼物?"

李师师一笑："姐姐的就是弟弟的，有什么不能? 看，姐姐也有一块!"李师师将两块玉珮合在一起，竟是一白一黑的阴阳鱼。

李师师吩咐杏儿让厨师弄几个菜肴，对燕青说："弟弟今晚一定要陪姐姐吃一碗酒，也算姐姐给你送行!"

燕青只得坐下："等招安成功，让宋江大哥在矾楼开九盏宴席，请你吃皇家大餐!"

师师摇摇头："姐姐只有一个愿望，成功之后，陪姐姐云游天下名山大川，然后在江南选一山水宝地，稼穑为生。这些年姐姐在汴京快憋闷死了，你知道吗?"

少顷，晚膳已好。二人移步膳室，饭菜做得非常精美。李师师倒了两杯葡萄酒，随口吟道："'相逢倘有蒲萄渌，肯向西凉博一州'，姐敬你是个义薄云天的英雄，今天我们一醉方休!"

燕青一仰脖子将满满一杯葡萄酒倒进口里，喘了口气，说道："燕青就是个粗人，哪像姐姐你出口就是辞章!"

师师浅浅喝了一口："姐就喜欢你这种没有文贪武斗的心机，没有酸臭文人迂腐油滑之气的人!"

燕青被师师夸得不好意思，自斟自饮一连又喝了几杯，登时脸红心跳，竟然醉了。"姐、姐，这葡萄酒咋、咋这么上头啊?"说着勾下头去。

师师哈哈大笑："亏你还是梁山英雄呢，没喝几杯怎么就醉了?"

葡萄酒既有糖分又有酒劲，一般喝水酒的汉子不知葡萄酒的威力，葡萄酒只能雅饮，不可猛灌，如是猛灌，三下五去二便成了葡萄酒的奴隶。她怕燕青再赶夜路，索性就让他多喝几杯。师师摇摇燕青："弟弟醒醒，你还没吃饭菜呢!"燕青已经醉得不能支撑了，勾着头连连朝师师摆手。李师师用了很大的劲，才将其搀到卧榻上，燕青一歪便鼾声如雷了。师师抚摸着燕青英俊的脸庞，短而硬的胡须扎在她的手心里，一股热流立时从心底往下流去……她的纤纤的玉手像锦鲤一样，在燕青身上游弋。燕青一激动，忽然睁开眼，酒醒大半："姐姐……"

杏儿忽然在楼下喊："小姐，周大人到访！"

李师师朝楼下应道："请周先生稍候，师师便下楼迎接！"

燕青霍地站起，整理好衣服："姐，你有客人来，我走吧！"

"别呀，你要见见这位梁山的恩人！"

"梁山的恩人？"

"是啊，就是这位周大人引见的皇上！"

李师师拉着燕青一起下楼，介绍道："这是我的恩师周邦彦周大人，弟弟，快给周大人见礼！"

燕青朝周邦彦躬身行了个大礼："我代梁山弟兄向周大人致谢！"

李师师又对周邦彦说："恩师，这就是我的弟弟燕青。"

周邦彦看这燕青，身长七尺，浓眉大眼，鼻直口方，一派英雄模样，然而却面孔飞红，神色几分羞怯几份慌张。师师虽然泰然自若，却环珮凌乱。于是对师师道："你弟弟果然英雄气度，幸会幸会！姐弟重逢，机会难得，好好叙叙旧，我在矾楼吃酒后路过此地，就此别过，改日再会！"说着就往外走。

李师师一把拉住周邦彦："恩师你别呀，正好上楼喝一杯皇上赏给的龙凤茶团，也好解解酒啊！"

燕青也说："恩人，你且上楼吃茶，燕青要回馆驿了，改日一定登门谢恩！"

李师师好不情愿，又不得不放他走，嘱咐道："弟弟今晚要好好歇息，回去后立马办妥再来！"

二人上得楼来，师师点好茶，倾一盏双手捧给周邦彦："弟弟的事多亏恩师相助，师师甚是感谢！"

周邦彦啜口茶："你我之间何必客气？"

师师说起皇上遇袭一阵唏嘘："不知到底是哪里的贼子！"

周邦彦摇摇头，继而又说：“多年来有多少达官贵人、富商大贾来你这里听曲、吃茶、饮酒，皇上一来，这些人都无法来了。再说了，后宫的妃嫔们也会吃醋，皇后、皇子们也会为皇上夜访金钱巷而担心……”

　　李师师一阵子默不作声：“唉，都是我这个弟弟！”

　　周邦彦见李师师不开心，说道：“师师，你义薄云天，舍生取义，为大宋做了一件不费资财、稳定朝野的大事，说居功至伟也不为过！”

　　李师师一喜：“真的吗？”

　　周邦彦肯定地说：“如果梁山招安成功，就凭这一点，任何达官贵人都会高看你一眼。”

　　“朝廷对梁山招安是否会有变化？”

　　“不会，最近两次朝议，都是讨论要不要对梁山宋江予以招安，童贯、蔡京等人仍坚持对其剿灭。高俅问童贯：‘皇上若派你第四次征剿梁山，童帅你有把握取胜吗？’童贯正想争辩，皇上接过话茬：‘既然宋江两次取胜却来祈降，足以表明宋江有归顺朝廷的诚意，大宋主要的敌人是北辽，梁山军反霸不反皇，说明他有大宋人的良心！当然，御史台要严查州县百官，肃清那些欺压百姓的贪官污吏，还我政治清明的大宋！朕意已决，对梁山军予以招安！’”

　　李师师大喜：“如此，梁山幸甚，大宋幸甚！”

　　周邦彦朝师师瞥一眼，不无醋意地说：“皇上对你热情正高，师师的面子，皇上是十分看重的哟！”

　　李师师莞尔一笑，用手摇摇他的肩膀：“没有你周公玉成，哪有皇帝招安？”

　　周邦彦笑笑：“你是生逢其时啊！你遇到了一个柔肠百转的艺术家皇帝。前朝那个李师师可没有你这么幸运。”

　　李师师惊讶道：“什么？前朝的李师师！我第一次听说，前朝竟然也有个李师师！”

　　“是的。那个李师师是仁宗嘉祐年间生人，历经仁宗、英宗、神宗三朝。她原本是陈留大户人家的女儿，名叫张柳莺，自幼聪慧过人，喜读诗书。七岁时，因为一场火灾，父母家人全失，张柳莺被族人卖到汴京镇安坊李嬷嬷家，取名李师师，经李嬷嬷精心调教，十四岁便成了汴京城头牌歌伎，无数达官贵人、迁客骚人为一睹芳容，不惜一掷千金，千里迢迢来到汴京镇安坊，李师师一时风光无限。苏州大贾孙定邦和汴京豪强余震为了李师师而争风吃醋，大打出手，一场械斗竟然造成数十人死伤，并且牵涉到双方在官府中的后台。天子脚下怎能容忍这等事情发生？神宗皇帝雷霆震怒，除了将两个首恶处死外，朝中和有关州县的涉案人员或降级，或罢黜，或流放，并将那个李师师逐出京师，其后不知所终。"

"呀！这么个震动朝野的大事，正史为什么没有记载？"

周邦彦哈哈一笑："这种事怎么记载？历代被记载的正史都是有选择的！"

李师师又道："那野史和诗人们总该有记载吧？"

"有哇，你读过秦观哪些诗词？"

李师师道："秦观的诗词我大约可背十几首，如《鹊桥仙》：

纤云弄巧，飞星传恨，银汉迢迢暗度。

金风玉露一相逢，便胜却人间无数。

柔情似水，佳期如梦，忍顾鹊桥归路！

两情若是久长时，又岂在朝朝暮暮。"

"他写过一阕《一丛花》，你读过吗？"

李师师摇摇头。

周邦彦继续说："秦少游的《一丛花》就是写给李师师的：

年时今夜见师师。

双颊酒红滋。

疏帘半卷微灯外，露华上、烟袅凉飔。

簪髻乱抛，偎人不起，弹泪唱新词。

佳期。谁料久参差。

愁绪暗萦丝。

想应妙舞清歌罢，又还对、秋色嗟咨。

唯有画楼，当时明月，两处照相思。

秦观死于宋哲宗元符三年，那时你刚刚七岁，还没出道，老夫才教你学习弹古琴。秦观笔下的李师师怎会是你？嗯，你认识晏几道吗？"

李师师摇摇头："无缘相见，听说他多年来坐拥书城，遗世独立，词风艳丽香软，被称为'小令第一人'。"

"是的，晏几道确实是个爱憎分明之人。因是名相晏殊最小的儿子，幼年生活优裕，才性颇高，父亲死后家境随之败落。晚年的晏几道门庭冷落车马稀，除了年轻时的朋友，如黄庭坚等人来访，他会宴客作陪，余皆谢绝会见。坊间传闻他晚年有两大奇事，一是拒见苏东坡。当年苏东坡已是文坛领袖，书、画、诗、词无所不精，特别是其主导的慢词蔚然成风。而晏几道依然传承五代十国时《花间集》的香艳词风。苏轼不解，便请黄庭坚引荐登门拜访。不料晏几道却说：'当今朝中官员半数以上，均出自我家，尚且无暇接见！'苏轼一笑了之。二是不买蔡京的账。大观七年，身为宰相的蔡京过寿，朝中大臣竞相恭贺、献诗，就连皇上也赏赐了大礼，蔡京派人去找晏几道，想让老词家献词。晏几道也写了两阕词，其一《鹧鸪天》：

九日悲秋不到心。凤城歌管有新音。风凋碧柳愁眉淡，露染黄花笑靥深。

初见雁，已闻砧。绮罗丛里胜登临。须教月户纤纤玉，细捧霞觞滟滟金。

"蔡京看后大为光火，两阕词没有丝毫祝寿的意思，不禁骂道：'不识抬举！'"

周邦彦笑笑："你对他的故事知道得不少嘛！晏几道生于宋仁宗宝元元年，你十四岁出道时，他已经快七十了，早已闭门谢客。"

李师师笑道："是啊，我也在纳闷呢，他那阕《生查子》我还琢磨好多遍呢：

远山眉黛长，细柳腰肢袅。

妆罢立春风，一笑千金少。

归去凤城时，说与青楼道。

遍看颍川花，不似师师好。"

周邦彦笑道："既然你和他未曾谋面，这阕《生查子》应该是写给前朝那个李师师的喽！婉约派大家张先的诗词你读过多少？"

李师师很自信地说："张先的诗词读过不少，像《南乡子》'何处可魂消。京口终朝两信潮'，又如《好事近》'月色透横枝，短叶小花无力。北宾一声长笛，怨江南先得'等。他的逸事流传也很广。张先一生安享富贵，诗酒风流，颇多佳话。他在《行香子》词中有'心中事，眼中泪，意中人'之句，被人称之为'张三中'。张先对人说，何不称我'张三影'，'云破月来花弄影''娇柔懒起，帘幕卷花影''柔柳摇摇，堕轻絮无影'，都是我的得意之句啊！世人遂称之为'张三影'。据传张先在八十岁时娶了十八岁的女子为妾。一次家宴上，面对一群好友，张先春风得意赋诗一首：

'我年八十卿十八，卿是红颜我白发。

与卿颠倒本同庚，只隔中间一花甲。'

"苏轼笑笑，也即兴附上了一首：

'十八新娘八十郎，苍苍白发对红妆。

鸳鸯被里成双夜，一树梨花压海棠。'"

李师师又道："后来此小妾八年为他生了两男两女。他八十八岁故去，张先一生共有十子两女，年纪最大的大儿子和年纪最小的小女儿相差六十岁！"

周邦彦哈哈大笑："你个鬼丫头，名人酸事你记得还不少！"

我的恩师："你老说自己老了，你才五十岁，和张先比，以后再也不要说自己老了！"

周邦彦笑道："我和'张三影'比不得，比不得！"

"怎么比不得？论才气、论名气，你别张先大多了！"

二人说笑一阵，周邦彦又道："张先为了前朝那个李师师，专门创个新词牌《师师令》你读过没？"

师师笑着摇了摇头。

周邦彦咏道：

"香钿宝珥，拂菱花如水。

学妆皆道称时宜，粉色有、天然春意。

蜀彩衣长胜未起。

纵乱云垂地。

都城池苑夸桃李。

问东风何似。

不须回扇障清歌，唇一点、小于珠子。

正是残英和月坠。

寄此情千里。

张先故于宋神宗元丰元年，那时的你还无影无踪呢，这首词当然是写的前朝那个李师师的喽！"

李师师笑道："这世道真奇怪，让两个李师师都出生在大宋、生活在汴京，唉！"

周邦彦道："你叹什么气呀，赞颂你的诗词不知要比前朝那个李师师多多少倍呢！晁冲之最近新写的两首七律《都下追感往昔因成二首》，是在追忆当年在汴京时曾与你一起吃茶，后因元祐党案遭贬黜具茨山，再回到京城时见你，不得其便，写了两首诗寄给你李师师。你曾让我一睹，我记得：

"其一：

少年使酒走京华，纵步曾游小小家。

看舞霓裳羽衣曲，听歌玉树后庭花。

门侵杨柳垂珠箔，窗对樱桃卷碧纱。

坐客半惊随逝水，主人星散落天涯。

其二：

春风踏月过章华，青鸟双邀阿母家。

系马柳低当户叶，迎人桃出隔墙花。

髫深钗暖云侵脸，臂薄衫寒玉映纱。

莫作一生惆怅事，邻州不在海西涯。"

李师师脸一红："在所有写给我的诗词里，师师最喜欢的还是恩师写给我的《玉兰儿》和《一落索》。师师还将两阕词谱了曲，最近又将一些声调改了改，让师师唱给你听听！"说着拉起周邦彦来到琴室。调好琴弦，朝周邦彦嫣然一笑，春起朱玉，秋波流盼：

"铅华淡伫新妆束，好风韵，天然异俗。

彼此知名，虽然初见，情分先熟。

炉烟淡淡云屏曲，睡半醒，生香透玉。

赖得相逢，若还虚度、生世不足。"

周邦彦不无神秘地一笑："《玉兰儿》调子改得好，特别是'炉烟淡淡云屏曲，睡半醒，生香透玉'，声调委婉、情思悠扬，让人浮想联翩……"

李师师媚眼一撩："老师……莫要扰乱琴音啊，请听《一落索》改得如何：

眉共春山争秀。可怜长皱。莫将清泪湿花枝，恐花也、如人瘦。

清润玉箫闲久。知音稀有，欲知日日倚阑愁，但问取、亭前柳。"

周邦彦鼓掌道："与原来的曲调比更委婉，极具淡淡的春愁。然而——下半阕却不是写你的，那是词人内心独白……"

李师师"噗嗤"地笑了："我一直以为是写我'日日依阑愁'，词人原来也是个多情种啊!"

周邦彦哈哈大笑:"你可别夸老师,最多情的还是当今皇上,他写给你的《醉春风》已在坊间传唱:

浅酒人前共,软玉灯边拥,回眸入抱总含情。痛痛痛,轻把郎推,渐闻声颤,微惊红涌。

试与更番纵……"

李师师羞得满面通红,柳眉一横,打断周邦彦:"老师,难道你也信这阕歪词是皇上写的吗?"

周邦彦不无醋意地反问:"你说呢!"

李师师道:"这哪里像皇上的词风?这明明是市井坊间那些流痞们瞎编的!"

二十七

晚风拂霓舞瑞鹤

政和元年（1111）冬至后，蔡京和开封府尹许几面奏皇上："政和改元，天下太平，新法实施后，朝廷府库大增，盐、铁、茶税几乎增倍，单是茶税收入就高达四百多万贯。所以要好好庆祝一番，以鼓舞各级官府和百姓对新法的认同。春节以祭庙为主，而上元节应该朝野同庆，汴梁城可举办为期五天五夜的灯火大会。"

改元之后的这一年，真的可圈可点。新法实施虽然也有阻力，但是成绩非常显著。政和元年夏，天旱无雨，四方百姓皆到发鸠山浊漳源头山祠前祈雨，翌日，果然大雨骤降，进而全国普降喜雨。赵佶闻报，龙颜大悦，五谷丰收可有保障，欣然敕封山祠为"灵湫庙"，如此吉兆屡屡发生。想至此，赵佶欣然准奏。

年底前，宣德门前就开始搭建山棚，山棚上五彩锦旗飘飘，山棚四周都画着神仙故事，棚门两旁红绢对联和数十盏宫灯特别显眼。

正月十四，赵佶车驾巡幸五岳观迎祥池，皇上的近身侍卫、亲随官员皆戴球头大帽，帽插簪花。车驾两旁排列几重手执骨朵子的仪仗队，金吾卫骑马在前，不时响着净鞭声。御龙直卫士手里拿着皇上出行所用的各种物件，如金交椅、唾盂、水罐、果盘、官扇、印绶等。教坊司和军乐队跟随金吾卫和仪仗队，在前面奏乐引导。紧挨着赵佶的车驾的是近身侍卫队。侍卫队的左侧是蔡京等一品大员，右边是皇家亲王宗室。

中午赵佶在玉津园大宴群臣，至晚方归。赵佶的车辇行走在御街时，净鞭声不断，百姓人等纷纷避让。圣驾进入灯山后，御辇近侍在前边喊："踏五花儿喽——踏五花儿喽——"御辇就绕行一圈，倒退着看看灯山的景观。

上元节当日，赵佶上午拜谒上清宫，中午在集英殿宴请群臣。吏部有司在殿庭前设山楼排场，为群仙队仗、六番进贡、九龙五凤之状，司天监唱楼于其侧。殿上布陈锦绣帷帘，金兽吐香，袅袅盈梁，乐声低回。赵佶坐在中间御案，自有一帮侍女近卫侍宴，文武百官按级别各自落座，左右宰相、枢密使、三师、三公、统军等皆就座于正殿之上，四品以上文武官员就座于侧殿，外国使臣则落座于两侧的走廊之中。

不仅落座的位置有严格的等级，就连坐垫也因人而异。左右宰相可坐于绣墩之上，都指挥使以上坐一蒲墩，参知政事以下就只能使用二蒲墩。正殿之上落座者使用的皆是金器，而其余官员只能用银器。赵佶自有一番慰勉讲话，举杯向群臣祝酒。

太阳半落，汴京城爆竹声此起彼伏，一阵高过一阵，整条御街已是人头攒动。赵佶用过晚膳即与群臣一起登上宣德门城楼赏灯，与民同庆元宵。

赵佶的御座就安排在城楼中间位置，御座后面是黄色的帷幕，帷幕后有乐队演奏韶乐。侍卫手执华盖，两侍女交叉执扇于后。东西角楼上各挂一个四人合抱的大灯球，里面亮着一根如椽子般的红蜡烛，红光四射。宣德城楼下面搭建一座露台，露台下的围栏用五彩锦绣包裹，两边的禁军士兵并排站立，面对乐棚警戒。他们身着锦袍头戴襆头，襆头上插着皇帝赐予的绢花。教坊司和露台上的优伶们，轮番演出杂剧节目。百姓士子在露台下观看，演出的乐人们不时地引导观众山呼万岁。坐在宣德门城楼上，可以向南遥望至州桥一带，一条御街一如灯火的河流，人影攒动，喧闹声声。

御街两廊下尽是奇术异能、歌舞百戏，一片连着一片。踩高跷的，踏索上杆的，翻刀山的，马野人倒吃冷淘、孙九哥活吞宝剑、徐康宁的烟花傀儡，还有说评书的，耍猴戏的，新鲜把戏无不令人惊叹，无奇不有。

山棚之南为灯山，周围用帷幕遮挡起来，叫作"棘盆"，棘盆中间竖有两根长杆，高数十丈，五彩缯布装饰；又用彩纸糊成百戏人物，悬在高杆上，微风吹来，百戏人物随风摆动，宛如飞仙。棘盆中设乐盆，各个戏班在此演出歌舞百戏。

北望大内，各宫殿门前皆用彩灯装饰，大庆殿前广场，立山楼影灯，入夜五光十色，引来内侍、宫女、杂役前来猜灯谜。

汴京城里，大相国寺等各大宫观寺庙、矾楼等七十二家大酒楼、东华门、左右掖门、东西角楼、州桥、城门大道等许多街道，皆起山棚，张乐陈灯，整个汴京城流光溢彩。汴河、蔡河、五丈河、金水河两岸灯光旖旎，灯船穿梭，波光幻影，四水流霓。

御街灯山的两旁，用五彩丝绢扎成文殊、普贤菩萨，分别骑着狮子和白象。彩山上还有用辘轳绞水升到灯山最高处，用大木桶盛着水，按时放水下流，造成水帘瀑布，在灯光照耀下，溢彩流苏。

最为吸引人的是，宣德楼前和州桥的烟花。戌时已到，宣德楼前烟花率先燃放，数朵烟花腾空而起，在空中炸开，变为团团花朵，照亮了整个汴京城，人们欢呼惊叫。足足一个时辰后，州桥烟花接续燃放，人们如潮水般又向州桥涌去。从宣德楼望去，州桥的烟花像一道彩色的帘幕，起起伏伏，花样多端，将整个汴河染成了异彩锦绣。

市民百姓北去南来，兴致勃勃，有看不尽的新鲜事，游乐其间，欢声笑语，纷纷议论，今年的元宵灯节胜过往年，真的是不同凡响。

据报，各州县欢庆活动也各具地方特色，处处张灯结彩，亦是热闹非凡。

正月十六日，赵佶进罢早膳，再次登上宣德门城楼，音乐登时奏响，帘子卷起，御座靠前直到栏杆。御街上早有人群涌动，百姓们不知从哪里得到消息，说是今天皇上要与民同乐，皇帝还有赏赐，最先赶到城楼下的人们，还能目睹皇上的真容。

礼制局提举蔡攸高声宣布："维政和二年，岁在壬辰孟春十六吉日，大宋康熙太平，百姓安居乐业，天子道君皇帝大德仁慈，体恤生民，拨冗与民同乐……"登时爆竹声声，鼓乐齐鸣。楼下百姓向前涌动，声声欢呼："陛下万岁万万岁！"

赵佶未着皇冠，只戴小帽，身穿红袍，手扶栏杆起立朝人群示意。左右近身侍卫站立在侧，撑伞打扇的太监和宫女随赵佶而挪动。宣德楼左面朵楼是太子赵桓、郓王赵楷及皇亲贵族，右面朵楼上则是太师蔡京及众大臣，宣德门下方是开封府尹许几带领众衙役维持秩序。

按照太祖传下的规矩，正月十六皇帝在宣德门与民同乐，要到半夜三更才可起驾回宫。因而，只能在宣德楼上用午膳和晚膳。午时一刻，赵佶及众大臣、皇亲均退回帷幕之后，用了简单的午膳。午时三刻再次坐于端门之上，与民互动。

这时，开封府尹许几带领着一帮衙役，不停地往人群里撒"馈岁"，一边撒，一边高喊："皇帝陛下给都民赏赐吉利了！"

所谓"馈岁"便是红包。"馈岁"上一面印着龙凤图案，一面印着"吉祥如意"，内装一文铜钱，钱虽不多，却是皇帝的赏赐，也是新年的吉利彩头。于是百姓们一边欢呼，一边往前涌，衙役们便叫喊："得到馈岁的往后去，往后去！"一个下午，宣德门都是皇都的热闹中心。

直到酉时，夕阳吻地，天光灿烂。汴京城上空云气升腾飘浮，低映端门。忽然，宣德门的上方飞来了二十只仙鹤，翩翩起舞，它们似解人意，长鸣如诉，久久盘旋舞蹈。其中有两只仙鹤，还落在了城楼屋顶的两个鸱吻上，一只向天鸣叫，一只扭头观望。仙鹤在空中变换着不同舞姿，顾盼生姿，其状如梦如幻一般。御街上的人们无不仰头观望，啧啧称奇。

赵佶望着飞舞的仙鹤，激动得热泪盈眶，众大臣纷纷唏嘘惊叹："这分明是上天对陛下文德治国的嘉许，分明是国运昌盛的好兆头！"

蔡攸高声道："当今圣上真乃神人天降，才有这瑞鹤加持，这预示着我大宋的太平盛世就在当下！"

大臣们忍不住高呼起来："陛下万岁万万岁！"

此时，御街上的众多百姓竟然朝着宣德门上的皇帝匍匐在地，叩喊万岁，一阵阵声震长空。

赵佶暗忖：仙鹤属于季节性迁徙的候鸟，到了冬季会飞到南方去，现在正值正月天寒地冻时节，仙鹤为什么不飞往南方而留恋中原，且成群飞舞于端门之上？这分明就是吉祥之兆！

在这宣告美德的端门上空，像被天公施了魔法，顷刻间变成了上元节最梦幻的舞台。许久，天光渐渐暗去，群鹤才恋恋不舍地哽嘎鸣叫着向西北方向迤逦飞去……国家将兴，必有祯祥！要知道，对祥瑞之兆的崇拜与追求，是历代帝王都曾有过的秘密心事。瑞鹤来仪，这可是上天对皇帝德政最完美的嘉奖。祥云伴着仙禽前来帝都告瑞——此乃国运兴盛之预兆，这场视觉盛宴，让年轻的赵佶激动得不能自已。

鼓打三更，赵佶才回到延福宫，他的兴奋之情久久不能平静，宣德门上空那一幕盛况，在眼前一次次重现，再也无法入睡。他要用画笔记录今天难得一见的盛景，将仙鹤空中舞动的画面再现出来。于是起身前往太清小筑。张迪为他展开一卷熟绢，赵佶两手拂过丝绢，洁白润滑的丝绢，如仙鹤舞动的白羽，一时竟无从下笔。他在屋里来回踱步，脑海里回忆着仙鹤们的不同舞姿。斟酌再三，赵佶提笔在丝绢上勾勒出二十只仙鹤不同舞姿的淡墨稿。

整整七天，赵佶没有走出太清小筑。第七天，阳光照进窗棂，赵佶丢下画笔，伸了个懒腰，看一眼刚刚最后一次润过色彩的《瑞鹤图》，颇为满意。赵佶略一思索，又提笔在《瑞鹤图》左侧写下一首诗，诗前还有小序：

"政和壬辰上元之次夕，忽有祥云拂郁，低映端门，众皆仰而视之。倏有群鹤飞鸣于空中，仍有二鹤对止于鸱尾云端，颇为适闲。余皆翱翔，如应奏节。往来都民无不稽首展望，叹异久之。经时不散，迤逦归飞西北隅散。感兹祥瑞，故作诗以记其实：

清晓觚棱拂彩霓，仙禽告瑞忽来仪。

飘飘元是三山侣，两两还呈千岁姿。

似拟碧鸾栖宝阁，岂同赤雁集天池；

徘徊嘹唳当丹阙，故使憧憧庶俗知。"

蔡京听说皇上刚刚画了一幅《瑞鹤图》，便叫上苏汉臣、马贲、李唐等人前来观赏。大家与赵佶见过礼，坐下来一边喝茶一边欣赏《瑞鹤图》。赵佶道："几天前端门上鹤舞九天的盛况诸位想必难忘，朕这幅《瑞鹤图》乃记录其盛，还需要修改，诸位爱卿要多些建议才对。"

《瑞鹤图》就挂在太清小筑的大厅里。大家走进来时，一看到这幅画，立时被画面的祥瑞之气所感染，分明就是三天前在端门上空见到情景的再现。蔚蓝的天空，一群仙鹤在飞舞，下面是庄严的宣德楼屋脊。二十只瑞鹤姿态各不相同，又相互呼应，画面既生动，又庄严神圣。

苏汉臣道："陛下乃神来之笔，简直如写生一样，将当天的盛景重现眼前。看这二十只仙鹤，呈环形布局，几乎没有两只的姿态是相同的，各尽其态、栩栩如生，令人赞叹！"

"难得一见！"马贲道，"正如苏大人所言，花鸟翎毛贵在生动。二十只仙鹤分布左右对称，笔致匀停，生动活泼，仙鹤们清俊有神、仙风道骨一般……"

李唐接道："《瑞鹤图》实为当世极品，赏读此图，仙风浮浮，祥瑞之气扑面而来。飞鹤布满的天空，石青平涂，顿使玉宇澄清，映衬出白鹤的圣洁与华贵。一线屋檐结构缜密，更显神圣。加之陛下用生漆为仙鹤点睛，使之生动而逼真，仿佛回荡着悦耳的鹤鸣声……"

蔡京啜口茶水："诸君皆为画家，所谈入行入理。老夫以为《瑞鹤图》，具有神性的光辉，仙鹤在空中舞动，哽嘎唱瑞，预示大宋江山太平稳固，陛下文德治国有方。图中殿宇似乎就在祥云之上，一派圣洁的天趣。停留在屋顶上的两只仙鹤，与空中飞动之鹤，一静一动，遥相呼应，款款生姿，又多了一分高洁隽雅、飘逸灵秀之气。陛下将所见祥瑞之状重现于眼前，非有神助妙思不可得也！"

二十八

云涌艳霞望艮岳

政和五年（1115），白山黑水间的女真部迅速崛起，征服高丽，打败辽国，建立大金。宋、辽、夏三国鼎立的格局被女真大大冲击，大宋面临新的挑战，必须快速强大起来，方能应对形势巨变。

赵佶对蔡京说："国运长久当以民安为基，民安当以民富为本，民富则以变法求进为要。神宗皇帝以熙宁变法，哲宗亦有绍圣绍述变法，曾推动朝野面貌一新，蔡爱卿以为当下应如何图之？"

蔡京道："老臣以为，神宗、哲宗二帝变法图强实为振兴大宋之良策，旧党派予以上下阻挠，致使新法屡屡受挫。圣上借鉴神宗熙宁新法，据实制定了当下新法，推进粮、盐、铁、丝、茶等国计民生领域的改革，打击了那些阻碍新法的旧党余孽，完善了社会福利，大宋已经富起来了。然而，富而不强。应着手强化军队建设，文武兼修，提升大宋抵御外强的能力，确保大宋真正富强起来！"

赵佶听后很是满意，抚慰道："蔡爱卿之见甚合我意，望爱卿好好谋划，徐徐推进。"

赵佶又找来林灵素，问及宋、辽、西夏的大势走向。

林灵素道："道君陛下，辽国和女真二夷均起于东北艮方，以我神霄教主之见，现今艮方火气正旺，云翳浓重，风樯阵马，大有统御天下之势，实为中原之大患……"

赵佶忙追问："该当如何应对？"

林灵素闭上眼睛默念一阵："嗯——自古立国建都应据五行八卦相推，五代以来多以汴京为都，国祚均不长久，唯我大宋皇帝德配其位，国祚才得以相继。然而，汴京北临黄河南通江淮，一马平川，自古无险难为国。"

赵佶频频点头。

林灵素继续道："汴京城地处广野平陆，当八达之冲，无崇山峻岭襟带于左右，又无洪流浩荡、巨岭巍峨而经纬于四疆。一条黄河时断时续，并非天险。若能起山造势，抵压朔方，不失为平衡五行、气贯八卦……"

赵佶深以为然。

林灵素见赵佶沉思不语，又道："前几日贫道与神霄天皇神会，问及大宋和汴京事宜，神霄天皇告我，汴京城艮方太低，当立艮岳以强之，方可国泰民安。"

赵佶问道："何为艮岳？"

林灵素捋捋胡须："那就是在东北方向堆土为丘，叠石为峰，以状山岳，遍植花木，引汴为湖，可挡艮方邪气。"

赵佶大喜，再次赏林灵素两千贯，在全国扩建五百个神霄道观。当即叫上蔡京、梁师成、杨戬、孟揆等人跟随林灵素踏勘艮岳位置。

君臣各乘轿子跟随林灵素出景龙门，一路走走停停，林灵素不时下轿用降魔杖指指点点，何处应为山，何处应为水，何处应为洞，划定景龙门以东、封丘门以西、东华门以北、景龙江以南，周边约十里余、面积约为七百五十亩左右为修建艮岳的地方。

面对如此浩大的工程，赵佶向蔡京看过去。

蔡京捋捋长须："陛下不必多虑，此艮岳非一日之功，目下府库银两有余，而且盐铁丝茶新法正在推进，逐年追加增补银两，建一座艮岳当不在话下！"

赵佶喜上眉梢："卿当勉力玉成！"

梁师成道："陛下是园林艺术大家，刚扩建成的福宁宫苑，亭台楼阁、湖山花石美不胜收，足见陛下造园的功夫何等了得！"

赵佶道："艮岳比福宁宫苑不知要大多少倍，单是花石一项就需要许多！"

蔡京接道："陛下不必多虑，苏州朱勔可当此任。扩建延福宫苑时，朱勔就送来了大批花石。"

赵佶问："朱勔何许人也？"

蔡京道:"朱勔乃苏州人,家境富裕,太湖沿岸奇石甚多,自幼玩石、懂石、集石、贩石,为苏州一带第一石主,在江南享有盛誉。目下朱勔只在军中做低级军官。若委以官职,专办花石,必可胜任!"

赵佶甚喜:"爱卿即可予以安排!"

其实,蔡京推荐朱勔另有隐情。蔡京谪贬居杭州时,曾途经苏州,想在此修建一座寺阁,祈佛护佑前途,需银两数万,担心无人支持。寺院的和尚就推荐了朱勔的父亲朱冲。朱冲对蔡京早有耳闻,把握住了这个巴结蔡京的绝好机会,独家出资赞助,没几天就备齐了所建寺阁的所有物料,得到了蔡京的赏识。第二年蔡京奉诏还京后,嘱咐童贯为朱勔父子搞了假军籍,冒充军功做了低阶军官。

蔡京将任务安排给朱勔后,朱勔立即行动,不足一月,即将三株奇异的黄杨运进宫苑。赵佶见了朱勔行动机敏,当即安排朱勔全权负责苏州应奉局,专办花石采贡。朱勔更为卖力,博得赵佶的垂青,不过半年,官位累迁至合州防御使。

诸事妥当,赵佶将自己关进太清小筑,按照林灵素的基本要求,开始规划设计艮岳。历经数月几易其稿,其间多次征求林灵素和工部尚书刘正夫以及蔡京、王黼、张择端等人的意见,最终定稿。于政和七年(1117)四月正式动工。

林灵素主持了动工仪式。是日,风和日丽,文武百官悉数到场。没有教坊乐舞,没有鞭炮锣鼓,只有林灵素率领五百名各地神霄宫的道士,一色皂衣,持拂蹈尘,亦歌亦舞。突然,天空乌云聚集,行如走马,凉风阵阵,电闪雷鸣。林灵素跳上高台,面朝艮方一阵怒喝,众道士面北而立,一起口中念念有词,不一会儿,云过天朗,一派清明。林灵素从一道士手中接过一根道杖,嗖的一声甩出数丈远,插在一堆新土上。

艮岳开工,梁师成、杨戬二人督办,工部尚书刘正夫、户部侍郎孟揆协办。其间,林灵素多次到现场视察,对一些造景提出指导意见。除了按赵佶设计的园林图纸,先行堆土叠山和引水造湖外,最关键的还是奇木异石。

有了皇帝的谕旨和蔡京的大力支持,朱勔的苏州应奉局空前热闹起来。朱勔派人遍访江浙苏杭等地,直至南下广州搜寻花石。主要搜集奇特的灵璧石、太湖石、英德石、昆山石。搜石人进村入户,查看各方园林、馆阁亭台,只要看中,立即封存拆装起运。

宋代的陆运和水运的各项物资大都编组为"纲"。如运马者称"马纲",以五十匹为一纲；运米的称"米饷纲"，以一万石为一纲。蔡京特别将花石运输列为"花石纲"。这些花石到手后，多经水路运河，千里迢迢，运往汴京。十船一组，称作一"纲"。其间，太湖，灵璧、慈溪、武康、昆山、英德诸地的奇石，苏浙的花竹、杂木，福建的异花、荔枝、龙眼、橄榄，海南的椰实、芒果，湖湘的木竹、文竹，登、莱、淄诸州的海错、文石，两广、四川的异花奇果，都是朱勔搜取强夺的目标，远不止于东南一带。

为了保障花石纲的运输，其他民生漕运都被挤在一边。江淮之间的漕船和商船都被强征来运送花石。一时间，江南江北劳费百万役夫之工。

朱勔只要听闻何方、何处、何家有奇石异木，就不惜破屋坏墙，践田毁墓，致使天下萧然，怨声载道。

宣和二年（1120），朱勔看到中华亭一株唐代栽种的古树，因枝干巨大，无法通过内河桥梁，只能改由海运，结果是舟与人皆葬身大海之中。

朱勔发现灵璧有一块巨石，形状巍峨奇特，须用大船运往汴京，然而必须拆毁城门方能出去。于是，朱勔大手一挥，当即将这座千年古城墙推倒，满城百姓唏嘘不已。一路上又拆了三座桥梁，数百船工日夜拉纤，方运到汴京。赵佶见后大喜，御笔赐名"卿云万态奇峰"，并悬挂金带于其上。

宣和二年（1120），朱勔在太湖边一大户人家园中搜得一奇石，高六仞，百人不能合抱。此户人家因与皇家是远亲，不愿将石贡出。朱勔便派人深夜放火，将一家人活活烧死，又将巨石运来汴京。

朱勔将巨石移入现场后，放在水中浸泡，将土皮和浮色泡掉，露出本来的面貌。在巨石的孔洞中放了雄黄和炉甘石。雄黄可以将蛇蝎驱走，而到了阴天时，炉甘石可以制造出云雾缭绕的效果。这块巨石成了艮岳园林的中心，放在万岁山下雁池岸边，赵佶又专门给石头修建了一座很大的亭子，起了一个响亮的名字"昭功敷庆神运石"，稍后，又加封巨石为"盘固侯"。大石周围，还陪衬有上百块小奇石，如同臣子围绕侯王一般。人过此处，向望致意。

权臣们眼见操办花石纲不仅能博得赵佶的青睐，而且大有赚头，于是参与其中，以花石之名，中饱私囊，一时乌烟瘴气。朱勔在赵佶面前不无抱怨，赵佶眼见蔡攸、郑居中、童贯为争夺花石纲运输权愈演愈烈，于政和八年（1118）闰九月十二日，御笔下令："太湖及长塘湖石，令朱勔取发，其他人不许争占，如违反，以违背圣旨论处！"

从政和七年（1117）四月始，至宣和四年（1122）秋，历时六年零四个月，赵佶梦中的艮岳终于呈现在世人的面前。赵佶请林灵素合了阴阳八卦，定下八月八日吉辰，举行艮岳落成大典。为了让群臣振奋精神、先睹为快，赵佶带领文武众臣到艮岳参观，搞一个"艮岳百咏"，以记其盛。梁师成、杨戬、孟揆在前面带路，边走边介绍景观设置，遇到奇花异石则由朱勔介绍它的来路和特点。对于艮岳亭台楼阁、山石湖泊的名称和寓意，则由赵佶亲自讲解。

从艮岳西面华阳门进来，迎门花径铺道，两侧奇石林立，峰石均有美名：神运、昭功、敷文、万寿等，其中神运峰，广有百围，高六尺，居于道中，兰亭覆之。众人沿着蜿蜒道路，直上万岁山顶以观全貌。

整个艮岳以南北两山为主体，两山分别向东西伸展，并折而相向环拱，构成众山环列、中间平芜的形势。北山稍稍偏东是为艮方，名万岁山，山周五里有余，最高一峰达四十五丈高。峰巅立界亭，以界分东西二岭。据亭南望，则山下诸景尽收眼底，南山列嶂如屏。北望则景龙江长波远岸，弥漫十余里。界亭两侧另有二亭，东曰极目、萧森；西曰麓云、半山。东岭圆混如长鲸，腰径百尺，其东高峰峙立，树一巨石名曰飞来峰，峰棱如削，飘然有云鹤之姿，高出于城堞之上。岭下栽种各种梅花万株，山根结构出萼绿华堂，梅花盛开时自有"绿普承跌，芬芳馥郁"的美好境界。

梅岭有承岚、昆云诸亭。紧挨着还有两馆，一个是外方内圆、如半月的书馆，二是屋圆如规的八仙馆。依次还有挥云厅、揽秀轩、龙吟堂、紫石岩、朝真蹬等点缀其间。由朝真蹬拾级而上可往界亭，但道阶盘行萦曲，扣石而上，忽而山绝路隔，穿洞而过，峡谷深不可测，继以木栈，倚石排空，周环曲折，形如艰险难行的蜀道一般。

此时，半山云气升腾，一团团云雾直扑到人们的跟前，众皆愕然。杨戬上前禀报："陛下，这叫贡云来仪！"赵佶笑谓众人："真的是'山中何所有，岭上多白云。只可自怡悦，不堪持赠君'啊！"

原来这是林灵素的巧妙安排，他让园丁做了很多油绢囊用以收集云朵。油绢囊是在细密的绢布上涂浸桐油制成，防雨防水，密封又好。每日清晨云气蒸腾时，命人在艮岳的陡崖绝壁处张开油绢囊，使云气飘入囊中扎紧囊口。园丁远远望见赵佶来时，便开囊放云，云气飘浮在艮岳的峰峦之间，宛若太虚幻境。

梅岭以南山冈延伸，其间有遍植银杏郁郁成林的杏帕；有栽于石隙土穴的黄杨，曰黄杨嗽；修冈之上成片的丁香之间，缀以磊磊山石称丁嶂；又在自然的颁石之下杂栽椒兰，名为椒崖。

下得万岁山来，一堵巨石映入眼帘，石头五色相杂，前后左右各有姿态，基座上赫然镌刻着瘦金体"盘陀侯"三字。梁师成便朝其一拜："盘陀侯万事无虞！"众人皆道："万事无虞！"赵佶哈哈一笑："天下万事无虞矣！"

抬头南望便是寿山，寿山增土为大坡，坡东南柏树茂密，动以万数，枝叶扶苏，如幢盖龙蛇，是为龙柏坡。坡南又有小山，横亘二里，其景穷极奇妙，称芙蓉城。万岁山西有长岭，名万松岭，自此向南绵亘数里，与东岭相遥望。山口石间有水喷薄而出，形若兽面，名白龙洴。周围有濯龙峡、罗汉岩诸胜，间以蟠秀、练光、跨云诸亭点缀。

万松岭上青松覆被，密布于前后，岭畔建楼，名倚翠楼。岭上下又设东、西二关，关下平地凿大方沼。沼中有洲渚，东曰芦渚，上葺浮阳亭；西称梅渚，上建云浪亭。池水向东流入雁池，西出为凤池。

雁池被周山环抱，岸芷汀兰，郁郁青青；三五兰舟，闲泊水岸。一条瀑布从万岁山落下，流入雁池。雁池畔中分二馆，东曰流碧，西曰环山，另有巢凤馆、三秀堂之陪属。

寿山山林葱翠，望之若屏，虽然方圆仅数里，但前山两峰并峙，山后冈阜连属，峰峦崛起，望之千叠万复，不知纵深几何。

万岁山和万松岭之间，从汴河里引来了一条流水，形成了幽深的峡谷。峡谷的水最终流向了大方沼。上山的路怪石嶙峋，腾云架栈，曲曲折折，行来充满艰辛，仿佛天然，处处匠心。

忽然，不知何处一声口哨响起，无数鸟儿呼啦啦从四面八方飞来，朝着人们叽叽喳喳叫个不停。赵佶和群臣无不惊喜，问梁师成这是何故。

梁师成呵呵一笑："陛下，这叫珍禽迎驾啊！"

赵佶不解。

梁师成拍了拍巴掌，弄臣薛谦让从树林里走出来，匍匐在赵佶跟前。

赵佶一笑："你这小优伶又在耍啥花招！"

薛谦让道："奴才为了让陛下高兴，每日在万岁山前后吹哨投食，吸引鸟儿们前来这里。"

走在山里，古树参天，鸟鸣兽啸，根本想不到是在汴京城中行走。

雁池周边开阔，可垂钓可放舟。时有野雁栖息，鸥鹭鸣叫；池中莲荷亭亭，周边芳草萋萋。雁池倚山处有嘤嘤亭，取"鸟鸣嘤嘤"之意。

嘤嘤亭北是绛霄楼。寿山南坡叠石作瀑，山阴置木柜，绝顶凿深池，车驾临幸之际令人开闸放水，飞瀑如练，泻注到雁池之中，这里被称作紫石屏，又名瀑布屏。循寿山西行，密竹成林，其间有各种珍竹，往往本同而干异，又杂以青竹，故称作斑竹麓，有竹林小道可以穿行。

艮岳以北面的万岁山为主峰，南面的寿山为次峰，四周山体围绕，远近呼应，高高低低，重重叠叠，用十里之山石，造出了千里山川之气势。置身园林之中，仿佛亲临绵延千里的峰峦幽谷中，根本想不到汴京城竟是一马平川的平原。

众臣走过两山诸岭，再回到雁池边，一个个累得依地而坐，望着这一片花石美林，无不啧啧称赞皇帝陛下造园技艺之精妙。蔡京捶着老腰："老夫今日算开眼了，陛下叠山造园技巧之高超，千古一帝，无人能及！"

赵佶正值盛年，十数里走下来仍无困意。见臣下争相夸赞，抚慰道："艮岳造园历时六年余，工程浩大，非朕一己之力所能为，全凭众爱卿齐心鼎力、不辞辛劳方成此园，朕将委托太师蔡京分门别类，仔细推敲，论功行赏！"

众臣皆称："圣主英明！"

赵佶面对湖山，无限满足："朕万机之余，徐步一到，遂忘尘俗之缤纷，而飘然有凌云之志，终可乐也。"此时正好一群鸿雁扑棱棱掠过池面，展翅飞起。

赵佶遂吟道：

"紫清天上育华林，绛实朱柯竹叶深。

咀嚼繁英身不老，下观鸟兔换光阴。"

群臣大欢，皆言："陛下的诗切景入时，诗意深刻！"

赵佶道："今儿天色大好，艮岳风光怡人，众臣工何不吟咏一番，以壮盛举！"

蔡京见大家看向自己，低头略一沉思，道："老夫就步圣上玉韵，献丑了！

琼瑶错落密成林，桧竹交加午有阴。

恩许尘凡时纵步，不知身在五云深。"

王黼赞道："还是太师功底深厚，诗意切合陛下之音韵。"

尚书右丞王安中近前一步："微臣步蔡太师诗韵，试吟一首《进和御制艮岳》，望诸位斧正：

柳暗宫城晕曲尘，行穿飞观认敷春。

天垂千尺银河外，云涌三山碧海滨。

地胜烟霞开浩劫，花浓雨露近中宸。

曲江弭棹归侵夜，争看升平际遇人。"

众人皆说："王右丞的步韵诗天衣无缝，真乃大才！"

这时，梁师成走到赵佶跟前，不无抱怨地说："陛下啊，他们都是文人骚客，当然能吟出好诗词。我等只是陛下的侍者，不通文墨，俚曲段子还可以，作诗填词乃勉为其难，况且天光不早，大家饥肠辘辘，别为难我等了。我提议，让睿思殿应制李质、曹组二公，将艮岳每一个景物均吟诵成诗，献予陛下如何？"

赵佶哈哈一笑，手点梁师成："这个点子不错！"即令李质、曹组二人撰写《艮岳百咏》。不二月，李质、曹组二人将完成的《艮岳百咏》献予赵佶。赵佶翻开诗卷一看，整整一百首七绝，几乎将艮岳的所有景观都写进了诗里，贴切而生动，让人读一遍如游艮岳一般：

艮岳：

势连坤轴近乾冈，地首东维镇八方。

江不风波山不险，子孙千亿寿无疆。

噰噰亭：

圣主从来不射生，池边群雁恣飞鸣。

成行却入云霄去，全似人间好弟兄。

梅岭：

雪林横夜月交光，万壑风来处处香。

圣主乾坤为度量，包藏曾不限遐荒。

倚翠楼：

梯空窗户半山间，滴滴岚光照画栏。

六月火龙挥汗日，云来唯觉石屏寒。

濯龙峡：

山束苍烟细路通，喷泉飞雨洒晴空。

真龙岂许寻常见，故作云间饮涧虹。

宿雾石：

飞烟自绕龙楼驻，瑞气长随海日开。

独有春风花上露，夜深多半月明来。

橙坞：

磊磊金丸画不如，空濛香雾几千株。

应怜绿橘秋江上，却被人间唤木奴。

不老泉：

来从云窦不知远，涌出碧岩无暂停。

花落莺啼春自晚，潺湲长得坐中听。

散绮亭：

断虹飞雨过天涯，碧落浮云不复遮。

明日阴晴真可卜，倚栏来此看余霞。

竹冈：

苍云蒙密竹森森，无数新篁出翠林。

已有凤山调玉律，正随天籁作龙吟。

梅渚：

只借清波为晓鉴，不随花岛作江云。

未须吹笛风中去，多得清香水际闻。

挥云亭：

天风吹作海涛声，挥斥浮云日更明。

波上石鲸石吼雨，只知楼阁是蓬瀛。

……

赵估大喜，即令二人负责将《艮岳百咏》勒于石上，置于景物相应的位置，观景读诗，相得益彰，当不失为一项文典盛事。同时，赏给李质、曹组各一千贯交子，以资鼓励！

书画"两谱"传古今

这几日，赵佶下朝后就来艮岳写生，这里空气清爽，鸟鸣涧应，甚是惬意。在赵佶的带动下，翰林图画院的画师苏汉臣、张择端、孟应之、刘益、富燮、马贲、韩若拙、李唐等人，也经常带领画学生们来艮岳写生。

马贲尤其敬业，带上干粮，在雁池一画就是三四天，创作了一幅《百雁图》。画面上芦苇寒江，鸿雁来来去去，或飞，或走，或站，或卧，十分生动。赵佶看后大加赞赏，对画学生们说："马待诏的《百雁图》不仅画出了鸿雁的生动形象，更画出了鸿雁之间相互呼应的情态，其对物象观察细致入微，甚是难得！"

马贲道："微臣时常谨记陛下在宣和殿前观画学生们画孔雀时所讲，'孔雀登高，必先举左'的教诲，观察物象要由表及里，寻其规律。"

赵佶根据写生的画稿，在艮岳散绮亭创作了一幅《溪山秋色图》，引得众画师及画学生们前来围观。蔡京、王黼因事禀报，也来到了散绮亭。《溪山秋色图》中烟岚雾气迷漫，群峰隐现其间，溪水曲环，江面空阔，渔家捕捞，舟船停泊，杂树秋叶点缀在山头坡岸，一派江湖渔乐的升平景象。

赵佶看看蔡京和李唐："二位爱卿，朕这幅画还需如何修改？"

李唐向蔡京望去，蔡京轻咳一声："陛下，依老臣之见，这幅画已经很完美了，用笔洒脱，点染苍润，巧妙留白，显示了道君虚怀若谷的圣明情怀！"

"蔡太师所言极是。"李唐接道，"陛下这幅画，一改传统山水构图之法，即中轴立峰以显雄伟，而是半边布局，鸟瞰取景，用大面积留白来表现云雾、烟霭和野水，真正的'画中有诗、诗中有画'，表现出辽阔深远、淡泊恬静的意境，胜过王维的诗意山水。"

赵佶笑道："李唐所言善也！朕构思此画时，你的《万壑松风图》雄伟样貌不时跳入朕的脑际。然而，大宋的江山不仅有雄奇伟岸，也有云淡风轻。"

自崇宁三年（1104）翰林图画院画师改荐录为考录以来，十数年间，翰林图画院为朝廷培养了数百名画师，其中不乏一些优秀人才，他们画出了足以名世的画作，如张择端的《清明上河图》、王希孟的《千里江山图》、李唐的《万壑松风图》、马贲的《百马图》、苏汉臣的《秋庭戏婴图》、韩若拙的《翎毛果品图》等，所有这些画作，足以代表大宋画坛的盛世气象。

蔡京道："陛下，常言道'盛世修志'，书画艺术作为一个时代的文风儒学的象征，亦应辑录入志。以臣愚见，以宣和殿及内府所藏书画为主体，收集各州县馆藏的名人书画，登记造册，附录刻印成书，一来可供太学和翰林图画院画学生们赏读摩画，二来作为皇家典藏以传后世。"

"好，朕早有此意！书法和绘画应该分开，那就叫《宣和书谱》《宣和画谱》吧，再加上王黼正在编纂的《宣和博古图》，'两谱一图'，以传后世！"

蔡京称赞道："陛下好主意，这可是个大工程啊！"

赵佶点头："这个大工程的牵头人非蔡爱卿莫属！"

"陛下，老臣虽应效力，无奈年龄不饶人，且对书画不甚了了，你看，像苏汉臣、李唐等这么多名家才俊……"

赵佶打断他的话："蔡爱卿过谦了，你能书、能诗、懂画，是当世公认的大家。书画修养、统筹之能，谁能与你相比？"

李唐、苏汉臣等人也附和道："陛下所言甚善，我等只会涂涂抹抹，甘愿听凭太师驱使，经营谋篇、编纂鸿篇巨制，真的非你莫属，太师莫要推辞了！"

蔡京半推半就："陛下，老臣先出个方案，由陛下审阅如何？"

赵佶点点头，转而又问王黼："《宣和博古图》也该刊印了吧？"

王黼忙点头称是："目下，自商至唐的八百三十九件青铜器图谱已经绘就，因尊鼎上的纹理图形细致巧妙，需要高水平雕版师傅方可胜任，国子监原有的两个雕版师傅一个病了，一个丧母，回乡丁忧。微臣已访得建州民间两位雕版高手，不日即可到京。"

下朝后赵佶叫住王黼："走，陪朕去国子监看看。"王黼知道赵佶的意思，是在督促《宣和博古图》的刊印事宜。

国子监作为国家教育管理机构和高等学府，统辖国子学、太学、四门学，以及武学、律学、小学、州县学等。训导学生、荐送学生应举、修建校舍、画三礼图、绘圣贤像等，都归国子监管辖。除此之外，国子监还负责刻印书籍，包括儒家经典、医书、农书等，这些书籍不仅供各地官员和官学使用，而且平民也可以在市面上购买。所以，国子监拥有一大批书画家和雕版师傅。

正如王黼所言，一般佛像、物形的版画刻印尚可，十分精细的图像纹理，尚需雕工技艺精湛的师傅才能完成。

国子监祭酒周绾在大门口迎接赵佶、王黼，周绾叩头："陛下日理万机，能驾临国子监，实乃学子们的无上荣光！"

王黼道："周大人，陛下此来是要看看雕版印刷。"

周绾点头称是，引着赵佶等人来到雕版印刷坊。

横竖几座工坊里，进行着裁版、誊写、描画、校对、刻版、备纸、调墨、刷印、装帧等多道工序，工匠们埋头工作，十分忙碌。从印制成品看，除经、史、子、集外，还有历书、字书、韵书、相书、卦书、医方、传奇、话本、平话、戏文等，还有《居家必用》《事林广记》《水天一览》等民间喜闻乐见的读物。

赵佶问道："这些民间读物原来是坊刻和私刻的，怎么都转到国子监官刻了？"

周绾道："近来时有反映，各地的坊刻和私刻作坊中，发现一些淫秽龌龊的书刊，蔡太师会同有司商议，查封一些坊刻和私刻作坊，统一审定民间读物版本，交由国子监刊印。"

"好！"赵佶点点头，又指着那些正在刻字的工匠们问，"毕昇在仁宗庆历年间就发明了胶版活字印刷，而今已经五六十年了，为什么还用这些枣版、梨版和铜版？"

周绾道："陛下，枣、梨、铜版雕刻已经数百年了，老工匠干起来顺手，印刷起来效率也不低。陛下请移驾这边看看——这个工坊里全是年轻的工匠，使用的是毕昇发明的胶版活字印刷技术。"

来到印刷《宣和博古图》的工坊，几十个工匠正在忙碌，两个老雕工正在紫铜板上仔细地雕刻铜鼎和大方尊图形，其中一个还戴着叆叇。赵佶仔细看看，两位雕工师傅雕的图形准确、线条流畅、纹路清晰，果然是民间高手！

赵佶问道："二位师傅来自哪里？"

两位师傅并未抬头，仍低头运刀："建州。"

王黼不悦，被赵佶制止。

周绾弯腰对二位师傅说："二位师傅，你俩今天真的好幸运，皇帝陛下来看你们了！"

二位师傅一愣，抬头向赵佶望去，又迅忙丢下刀具，跪下叩头，被赵佶扶起："二位师傅辛苦了！"

丁师傅一激动，叆叇掉在地上。赵佶弯腰捡起递给他："这叆叇可不能丢啊！"

丁师傅道："是啊，陛下，人老了眼花了，看不见东西了。为了刻印《宣和博古图》，我把老宅卖了，专门去了趟泉州，从大食人手里买了这副叆叇。"

赵佶很感动，对王黼说："要给二位师傅安排好住宅，将家眷也搬来汴京吧！"

丁师傅说："谢谢陛下的恩典，我们二位原本就是汴京人。五胡乱华时，我们的祖先避乱南迁到了建州等地，已历二三十代了！"

赵佶点点头："好，回来的好！"

在国子监清样库房，王黼将《宣和博古图》的清样拿给赵佶："陛下，这是根据御笔批注、钦定的原稿而设计的清样，请陛下过目。"

赵佶一卷卷翻看，颇为满意。

王黼介绍道："为编纂《宣和博古图》，从礼部、内府、国子监、翰林图画院抽调了二十多位行家参与，一共辑录三十三卷，收藏了八百四十件内府藏品，分为鼎、尊、罍、彝、舟、卣、瓶、壶、爵、觯、敦、簠、簋、鬲、镂及盘、匜、钟、鼓、磬、錞于、杂器、镜、鉴、石鼓等，凡二十多类。按照陛下的旨意，各种器物均按时代编排，每类器物都有总说，每件器物都有摹绘图、铭文拓本及释文，并记录有器物尺寸、重量与容量。大部分还附记出土地点、颜色和藏家的姓名，对器名、铭文也有详尽的说明与精审的考证。"

赵佶频频点头。

王黼继续介绍："除上述礼器藏品外，还收录了陛下即位后发行的崇宁通宝、大观通宝、宣和通宝钱币，以及交子、盐引等纸币。特别值得一提的是，因为钱币上的文字都是陛下御笔亲书，故而被称为'御书钱，民间很多人把'御书钱'当作收藏品，而不拿出使用。"

赵佶一听哈哈大笑："有这等事！"

赵佶回到延福宫苑，望见花园里几个侍女在蹴鞠，他的脚尖突然痒得难受，便走过去。侍女们看见皇帝，纷纷匍匐在地。赵佶抬起一脚，鞠球穿过风流眼，落在侍女们的跟前："你们都起来吧，陪朕踢上一局。你们谁是高手？"

一个侍女答道："我等都是蓝贵人的徒弟，蓝贵人才是真正的高手！"

"谁在背后说我坏话呢？"蓝彩儿微笑着，分风拂柳而来，看见赵佶，"嚯，陛下也在啊！"多日未见，蓝彩儿脸色红润、秋波清湛，更加光彩照人。

蓝彩儿走到赵佶身边深施一礼，不无抱怨地说："奴家以为陛下忙于朝政，将后宫奴家们都忘了呢！"

赵佶揽过蓝彩儿，指头点在她的眉间："近来干些啥呢？"

"除了读书、学戏，还收几个徒儿，教她们蹴鞠！"

"嗯，朕送给你的书读完没有？"

"读完了。"

"你说说，《论语·雍也》'子见南子'是什么意思？"

蓝彩儿笑答："记不得了，因为书里每一页都写着'皇帝陛下、皇帝陛下……'"

赵佶乐了，哈哈大笑起来："你这个丫头诡得很！"于是，望一眼高高挂起的风流眼，拥着蓝彩儿去往海棠池。

蔡京到文德殿找赵佶，问丁福："陛下现在何处？"

丁福道："皇上刚刚和蓝贵人一起回宫了。"

蔡京便将《宣和画谱》和《宣和书谱》的提纲留在文德殿，对丁福说："老夫回都事堂候旨了。"

赵佶翻开蔡京留下的两摞厚厚的书稿，用了几天的时间，仔细阅读修改，特别对有关条目重新排列，修改了注解和评价。基于此，传蔡京前来文德殿合议。

蔡京放下手头的活儿，立即赶到文德殿："陛下，老臣会同苏汉臣、李唐、赵宣等十几人，经过月余磋商，才拉出了提纲目录，定有偏见，请陛下斧正。"

赵佶道："蔡爱卿近段辛苦了，今天再把'两谱'内容好好推敲一下。"侍者刚刚点好茶水，斟了两盏茶，轻轻放在君臣二人面前。

赵佶端起茶盏："请!"

赵佶啜口茶："朕已将《宣和画谱》和《宣和书谱》目录均添加到二十卷，将'两谱'的入选人物和作品做了修改。《宣和画谱》的题材设置十个门类，即：道释画四十九人，人物画三十三人，宫室画四人，藩族画五人，龙鱼画八人，山水画四十一人，畜兽画二十七人，花鸟画四十六人，墨竹画十二人，果蔬画六人。每个门类前，均应有绪论一篇，先述该门类的源流脉络、画法画理，再述画家评介、品第等；其后则按时代先后分列画家，并附以小传……

"在《宣和书谱》中，朕以为可列历代帝王书一卷，篆、隶书一卷，正书四卷，行书六卷，草书七卷，八分及制诰一卷。共载书家一百九十七家，每家也各有小传，总计为一千三百四十四帖。"

"陛下梳理得好!"

赵佶又道："对辑录的每一位画家、书家进行简介和评点时，力求简洁全面，包括籍贯、仕履、才具、学养、擅长等。朕已将部分画家、书家的作品做了一些点评。"赵佶翻开书谱卷，"你来看，朕对颜真卿介绍：'唯其忠贯白日，识高天下，故精神见于翰墨之表者，特立而兼括……后之俗学，乃求其形似之末，以谓蚕头燕尾，仅乃得之'；对阮郜的介绍：'阮郜，不知何许人也，入仕为太庙斋郎。善画，工写人物，特于士女得意。凡纤秾淑婉之态，萃于毫端，率到阃域'。介绍吴道子，朕改为：'顾（顾恺之）冠于前，张（张僧繇）绝于后，而道子乃兼而有之'……"

蔡京道："陛下评论恰如其分! 老臣知晓，在诸多名家中，陛下最喜顾恺之、张僧繇和吴道子了。顾恺之的成就远超前人，张僧繇的画艺后人莫及，而吴道子的画技兼而有之，所谓'画圣'名不虚传!"

"朕以为在帝王书家中，要以晋武帝司马炎起始。他的《谯王帖》是传世最早的帝王作品。其行草书笔意雄健，风格英爽。依次为唐太宗、唐明皇、唐肃宗、唐代宗、唐德宗、唐宣宗、唐昭宗、武则天、梁太祖、梁末帝、周世宗共十二人，这些帝王的书法各有千秋。虽然其他帝王的书法也有不错的，但是不入法帖。比如唐高宗李治擅长行书，其《大唐纪功颂》《万年宫铭》等行笔利落婉妙、圆润俊华，他对草书、隶书、楷书、飞白书等各种笔法也应用自如，但是，字形缺乏个性特点，所以可不予辑录。”

"老臣与陛下意见相同。原来我等众人讨论唐高宗书法时，很是犹豫，众人商议后决定，先辑录，而后请陛下定夺。"

赵佶点点头："武则天的行书《升仙太子碑》笔力遒劲洒脱，不输名家，且为古今唯一女皇，所以应予辑录。"

"好的。"老臣以为，"自古至今，帝王之书，陛下之瘦金书当为第一，而后应该是唐太宗了！"

赵佶一笑："唐太宗最大的贡献是将晋书推上了高位，正是他对王羲之的独爱，把王羲之推上'书圣'的位置。朕以为，王献之的书法在某种程度上已经超越了其父王羲之，由于唐太宗李世民的偏心，王献之的书法名气始终没有胜过王羲之。"

"老臣也深以为然。如将王羲之的《快雪时晴帖》与王献之的《中秋帖》、王珣的《伯远帖》放在一起看，立马爱上《中秋贴》。此帖纵逸豪放，放得开、收得回、连得顺，搭配得宜，顾盼生辉；行笔看似迅疾，却刚健圆润，妍媚多姿，点化疏朗，筋骨开张，清劲端和。张怀瓘《书断》也说：'字之体势，一笔而成，偶有不连，而脉不断，及其连者，气候通其隔行。'一改当时古拙书风。"

赵佶啜口茶："正因唐太宗对王羲之的推崇、研究和临摹，所以他自己的书法水平也达到了一定的高度，不输唐代任何一位书家。他的楷书有钟繇的笔意，不仅端正秀丽，还透着消散简远的意境，行书更有王羲之的神韵，草书大气磅礴，跌宕起伏，缠缠绕绕，写出了一番帝王气象。在其引领下，唐朝的书法也走向了正脉……所以，朕将唐太宗解释为：'雅好王羲之字，心慕手追，出内铨金帛，购人间遗墨，得真、行、草二千二百余纸来上。万机之余，不废模仿。'"

"陛下改得精准！"

"朕在卷十四中特意提点了陆机的《平复帖》。其作为隶书向楷、行、草书演变的过渡书体，在书史上具有重要意义。草书根据面貌不同，有藁书、草隶、草、隶草、章草、今草、新草、草行、小草、大草、狂草等之称谓。草书的诞生与隶变是相互生发、互伴产生的。汉末、三国到西晋，朝代更迭很快，文字、书法也随之嬗变；东汉盛行的隶书写起来较慢，而且缺少灵动变化，跟不上魏晋时期率直任侠、清俊通脱的风尚。楷书、行书和草书此时应运而生，而草隶便是这期间的过渡书体，它带有明显的隶意，写起来比较迅捷率意。"

蔡京翻到《宣和书谱》十四卷，看到赵佶在月白色的绢签上用泥金题了"晋陆机《平复帖》"六个字，还在卷中盖了"双龙""政和""宣和"等章玺，不禁叹道："啊，陛下如此重视草隶这一过渡书体呀！"

赵佶点点头："汉末钟繇的《宣示表》《荐季直表》点画厚重，笔法清劲，醇古简静，自然而质朴；布局空灵，结体舒朗，天趣盎然，妙不可言，且尚存隶意，应视为'楷书之祖'。"

"是啊，老臣曾临摹钟繇的法帖多年。唐代大家张怀瓘也曾在《书断》中称赞钟繇的楷书'真书绝世，刚柔备矣，点画之间，多有异趣。可谓幽深无际，古雅有余，秦、汉以来，一人而已'！"

赵佶又道："钟繇的书家地位，得益于梁武帝，南朝梁武帝萧衍在《观钟繇书法十二意》中，总结出钟繇用笔、结字、变化、救应等十二个特点，引起了后人对钟繇书法的重视。梁武帝还与'山中宰相'陶弘景私交甚厚，陶弘景虽是道学家，但书法造诣也很深。因此梁武帝经常到茅山和他切磋书艺。陶弘景曾向梁武帝索要钟、王书迹，本来只要几卷，不料梁武帝一次就给他送去二百七十卷，陶弘景惊讶不已。梁武帝为倡导书艺，不惜代价。其《脚气帖》和《众军帖》也有高度的书艺价值。朕一直在犹豫，是否将萧衍录入《宣和书谱》……"

蔡京捋捋胡须："梁武帝萧衍的功绩在书论，其书法影响与其他帝王相比稍逊一些，请陛下再予斟酌定夺。"

赵佶点点头。

蔡京又问："陛下，现藏于太清楼的《兰亭序》是真品吗？"

"应该算是善本吧。自唐太宗后，几乎所有的书家对《兰亭序》皆有临摹，褚遂良、冯承素、欧阳询、李世民、薛绍彭、米芾……都临摹过《兰亭序》。有的书家临得形似又神似，所以，世间流传的《兰亭序》真伪难辨。"

蔡京呷口茶："难道说《兰亭序》真的随唐太宗葬在昭陵？"

"朕以为，凭唐太宗对《兰亭序》的挚爱，很有可能随葬在昭陵里。"

"陛下，欧阳修编著的《新五代史·温韬传》中记载，温韬曾盗过昭陵，也没找到《兰亭序》呀！"

"哈哈哈，"赵佶笑道，"朕以为未必，《新五代史》是欧阳修私修的正史，而《旧五代史》是宋太祖敕修正史，只记载了温韬盗陵，没说盗的是昭陵，况且后人从未发现昭陵被盗的痕迹呀！"

蔡京摇摇头："《兰亭序》流传的版本很多，不知确信哪个！"

赵佶一笑："你更信哪一个呢？"

"老臣相信智永一说。"

"此说认为《兰亭序》一直为王家传存，传至王羲之七世孙智永手中。智永在永欣寺整整待了三十年，深居简出，每天鸡鸣即起，磨一砚墨，临摹王羲之的字帖，从未间断。智永圆寂后，《兰亭序》为弟子辨才所得。贞观年间，唐太宗听说此物在辨才手中后，遂将其召入长安，在内道场供养，并追问《兰亭序》的下落。辨才称从未见过此物。唐太宗无奈，只得放归越州。之后，宰相房玄龄为唐太宗献上一计：监察御史萧翼，乃梁元帝曾孙，多智谋，有才艺，可命其前往越州，凭其才智，或许能取得真迹《兰亭序》。唐太宗然其言。

"萧翼伪装成潦倒书生，天天来永欣寺虔诚拜佛，得以接近辨才。二人谈史论画、弈棋赋诗，志趣相投，相见恨晚。萧翼拿出梁元帝自书的《职贡图》给辨才欣赏，进而谈起书法。萧翼说自己最喜欢'二王'书法，并将随身带的'二王'书帖让辨才看。辨才看后说：'是即是矣，然未佳善也，贫僧有一真迹，颇是殊常。'萧翼问：'何帖？'答曰：'《兰亭序》。'萧翼笑曰：'数经乱离，真迹岂在，必是响拓伪作耳！'辨才详细告知此物的来历，并邀请他明日来寺里观看。次日，萧翼见到《兰亭序》真迹，故意说它是响拓本，两人反复辩论不休。萧翼趁辨才离寺之机取走了真迹《兰亭序》，通过当地都督齐善行告知辨才，萧翼奉敕命来取《兰亭序》。辨才闻言，当场昏倒，良久始苏。

"萧翼回京献上了《兰亭序》，唐太宗大喜，萧翼官升三级，对辨才也赏了许多银两。又命供奉赵模、韩道政、冯承素、诸葛真等四人各拓数本，分赐太子及诸王、近臣……"

蔡京道："老臣与诸位讨论唐太宗之书法时，一致认为，他延续了'二王'一脉，大大提高了晋代书法的地位。"

赵佶翻动着书谱，说道："在蔡京目录下，你对自己评价较少，朕改之为

'字严而不拘，逸而不外规矩。正书如冠剑大臣议于庙堂之上，行书如贵胄公子，意气赫奕，光彩射人。大字冠绝古今，鲜有俦匹……'"

蔡京连连打拱："陛下过誉了，过誉了！"

赵佶忽然问道："在当代人中，苏轼、黄庭坚、司马光诸人为什么没有辑录进来？"

蔡京吸溜一下嘴："老臣深知陛下消弭党争的心意，但是新旧两派的后人时有攻讦，苏、黄等人虽然书画位置不可忽视，但是底层民意更应重视，所以，我等在讨论时意见一致：暂不辑录，待日后修订再版时，以观其变，再将其纳入，方为万全之策。可否？"

赵佶点点头："其他地方，朕也有所改动，蔡爱卿细细看来是否合适。"

千古风流多旖旎

重和元年（1118），金国再派来使，相约击辽以平分，赵佶举棋不定。

近二百年来，北方的契丹族一直是中原历代王朝的心腹大患。契丹本是北方游牧民族，由耶律阿保机建立起一个北方的强国，后改为辽国。自从石敬瑭为了做耶律德光的儿皇帝，将长城一线的燕云十六州拱手送给了契丹后，中原王朝便失去了北方的战略屏障，契丹人时不时饮马黄河，侵扰中原。后晋、后汉、后周以及大宋，历代王朝深受其害。赵匡胤建立大宋之后，曾试图夺回燕云十六州，终因强弱悬殊，不敌契丹。自此历代皇帝都对燕云十六州耿耿于怀，寻机收回，均未如愿。

景德元年（1004），辽朝萧太后与辽圣宗，亲率大军南下深入宋境。宋国许多大臣主张避敌南逃，宰相寇准力劝宋真宗至澶州督战。宋军坚守辽军背后的城镇，在澶州城下，宋军威虎军头张瑰用三弓床弩射杀辽将萧挞凛。僵持之下，大宋降辽旧将王继忠与北宋朝廷暗通关节，迫使宋真宗赞同议和，与辽订立和约《澶渊之盟》：辽宋约为兄弟之国，宋对辽开放边贸互市，每年送给辽岁币银十万两、绢二十万匹，宋辽以白沟河为边界，互不干扰。然而，在大宋人的心底，总是意气难平。堂堂中原大国，竟年年向辽国进贡！

上次赵良嗣曾进言联金灭辽，被赵佶叫停，这次金国又派使臣来议此事，再一次搅动赵佶的心潭。若能灭掉契丹、平分北辽，夺回战略屏障燕云十六州，洗却"澶渊之耻"，为祖宗明志、为后世开太平，当是千秋伟业。

赵佶立马传蔡京、高俅、童贯、王黼、蔡攸、宇文虚中等有关大臣进宫密议此事。童贯、蔡攸当即表态支持。蔡京、王黼二人深知赵佶心之所向，也点头默许。高俅默不作声。

翰林学士宇文虚中、礼部侍郎张邦昌等人坚决反对。宇文虚中质疑童贯等人，说道："我大宋与辽国已修百年之好，百姓才得以安居乐业。女真起于蛮荒，乃虎狼之国，何以要弃百年之约与辽开战？多年来辽与大宋谦恭有礼，和平相处，舍仁和之国而与虎狼相邻是何道理？"

蔡京回道："天下万端无不本于人主之心。多年来，天子和满朝大臣无不厌倦十万输辽岁币，其造成国力艰困，你身为大臣难道不知？"

经过一番争执，赵佶拍板决定，派使臣马政、赵良嗣等人经渤海出使金国，与金国具体谈判。收复燕云十六州的诱惑实在太大了！

几经反复，赵良嗣和马政带回了与金国达成的意向。约定宋、金联手灭辽后，以长城为界，长城以北悉归金国，大宋得燕云十六州。当然，燕云十六州需要宋军自己去攻打，金国不插手。赵佶看了协议，进与退，心里久久不能平静。

高丽国王王俣听说此信后，大为吃惊。高丽国与北宋一直保持良好的关系，高丽国在与周边国家发生争执时，大宋曾多次为其撑腰站台。完颜阿骨打统一女真各部后，不断向周边扩张，向西兵指北辽，向东兵出高丽。高丽与女真打了十数年的仗，深知女真人的骄横野心。

前不久，高丽出现大疫，王俣向赵佶求助国医支持。赵佶派太医局医官杨宗立带医疗队奔赴高丽，经数月救治、传授医术，疫情得到控制。王俣甚为感动，将王宫所藏一箱三百年老人参送予赵佶，并附一封密信，劝阻赵佶："金国乃虎狼之师，贪得无厌，望陛下切勿与之结盟！"

赵佶看信后，陷于深思。宋辽之间虽磕磕绊绊已过百余年，但毕竟无战火殃及百姓，加之大宋秉承文治，体民恤兵，国库日渐充盈，百姓安居乐业。女真人十几年来，兵锋四向，大有不灭辽国誓不罢休之势，若辽国败亡，金国另图中原怎么办？对此，赵佶再次进行朝议。

大将种师道劝谏："陛下，联金灭辽，不可造次，待金、辽交战，以观其变再做决定为好！"

大臣宋昭分析道："若与女真合从，令辽国腹背受敌，辽必败无疑。然而，灭一弱虏，而与强虏为邻，恐非我大宋之福。辽国虽为夷狄，然已久沾圣化，颇知礼义，百余年间，谨守盟誓。今女真刚悍善战，茹毛饮血，殆非人类，倘与之邻，又将何求以御之？大臣如孙尧臣、蔡元长等皆上书极谏，劝朝廷不要轻启兵衅，以百年怠玩之兵，当新锐难败之虏；以久妄闲逸之将，而角逐于血肉之林，何以长安？"

童贯、蔡攸诸人则力主联金灭辽。蔡攸道："他高丽王俣多管闲事，自己不敌女真，难道不知道我大宋的实力？夺回燕云十六州，此乃天赐良机。若能扼守长城一线，固我中华版图，谅他女真何敢窥视中原？"

赵佶向蔡京看去。蔡京捋捋长须："老臣以为，此举各有利弊，燕云十六州始终是我大宋人的心结，若能乘机收回，诚为千秋伟业；然而，女真与我交往不多，立国以来东征西战，四面树敌，野心不小，不可掉以轻心。臣以为可且缓图之，以观其变。"

蔡京几句话，舒缓了赵佶及紧绷的神经，一下子轻松起来，决定暂缓联金灭辽之议。

退朝后，赵佶想起多日前为李师师画的那幅《红蓼白鹅图》还未完成，便轻步来到太清小筑，在《红蓼白鹅图》上重新勾勒一遍，又渲染了两层颜色，红蓼白鹅跃然于出纸。赵佶眼前忽然幻化出玉人红唇来……

忽然想起上次遇袭一事，对张迪说："去把杨戬叫来。"

杨戬不多时来到："陛下唤奴才何事？"

赵佶问："通往萃华楼的地下长廊进行到哪里了？"

"回陛下，因修建长廊须秘密进行，所以要从中间向两头开挖，以免扰动地上百姓。好在经数月努力，地下长廊已近尾声……"

赵佶站起来："走，带朕看看去。"

赵佶在杨戬带领下，先走进艮岳，来到松岭下一个瀑布前，瀑布后面是一个深不可测的山洞，他们绕到瀑布后面进入山洞，下了一个慢坡便到地下长廊。

赵佶不解，问道："难不成你让朕从这么个地方去萃华楼？"

杨戬道："这里只是一个地道排气口，两头贯通后陛下可在延福宫的花园直接走到萃华楼了！"

赵佶笑笑："你小子点子不错！"

地下长廊高约七尺，长约一里。穹顶用青砖发券，墙壁粉白，每隔五尺，装一盏灯烛，非常敞亮，地道还巧妙地留出几个气孔。在长廊里行走，似乎就是在地上廊庑穿行。一直走到尽头时，杨戬说：　"陛下，这上面就是萃华楼了！"

赵佶抬头望望廊顶，似乎看见李师师身着薄纱悠然走过，一时竟有点神思恍惚，于是说道："时间要抓紧，争取七月七日全部贯通！"

杨戬频频点头，奴才明白、奴才明白！

其实这段时间李师师也一直急着见赵佶。燕青上次回梁山后不久，就带着宋江的祈降书和梁山一百零八将的花名册，又来到了汴京。燕青将一个锦盒送给师师："姐姐，这是宋江大哥的一片心意，请姐姐收下。"燕青将锦盒打开，里面的珠宝令人眼花缭乱：翠玉扳指、金质海棠仙鹤纹头花、金镶宝石蜻蜓簪、金镶珠翠耳坠、迦南香手串、银镀金点翠、串珠流苏等，有些饰品李师师也是第一次见到。

李师师惊叹道："呀，这么贵重的东西我可不敢要！"

"姐姐说哪里话来？这次回梁山，我把姐姐的慷慨义举说与宋江等众头领，头领们很是感动，表示一定要'重谢师师'。宋江大哥更是欣喜无比，说'梁山弟兄的前程终见曙光，十分感谢师师小姐慷慨相助'，为此，宋江大哥还填了一阕《念奴娇》送给姐姐：

天南地北。问乾坤何处，可容狂客。

借得山东烟水寨，来买凤城春色。

翠袖围香，鲛绡笼玉，一笑千金值。

神仙体态，薄幸如何销得。

回想芦叶滩头，蓼花汀畔，皓月空凝碧。

六六雁行连八九，只待金鸡消息。

义胆包天，忠肝盖地，四海无人识。

闲愁万种，醉乡一夜头白。"

李师师大为惊诧："呵，原以为宋江大哥只是个侠义汉子，不想还颇有文采呢！待事成之日，弟弟一定要引我见见这位英雄！"

燕青道："宋大哥一定会登门拜访姐姐！"

燕青又给李嬷嬷和杏儿送了礼物，二人对燕青更加热情。燕青住得离金钱巷不远，每天都要来打听皇上的消息。他一直有所顾虑，问李师师：“皇帝会不会变卦了？”

“不会的，据说已经朝议过了，弟弟别急，姐姐一定想办法将东西转交给皇帝。”李师师又把上次赵佶夜访金钱巷遇袭一事相告，“弟弟且把梁山祈降书和花名册放在姐姐这里，你那驿馆人来人往，恐不安全。”

几天前，来了几个工匠，说是宫里派来的，他们在后花园几株芭蕉后面安装了一扇木门，推开木门，向下便是一个木梯。李师师朝下面看了一眼，里面很亮堂。一想到皇上会从这扇门里走出来，李师师就很激动：“这个痴情的皇帝呀，一国之君竟然用这种办法来密会，古今闻所未闻，真真不可思议！”

然而，一晃几天又过去了，李师师无数次来到后花园查看那扇门，一直没什么动静。李师师也通过周邦彦打听赵佶的消息，得知赵佶最近忙得很，正沉浸在艮岳竣工的欢乐之中，与一帮画家时常到艮岳写生，昨天又去了京郊的官窑，去看新烧制的礼器和音碟。

李师师有点心烦，不停地在小花园里来回走动，忽然看见四季丁香正在盛开。她叫来杏儿，一朵朵采撷下来放在丝帕里，又采撷了几朵红红的凤仙花，然后将其放在臼子里捣碎，又用薄纱将其滤过，花液倒进钵子里。杏儿嗅了嗅：“哇，好香啊！小姐你这是干吗呢？”“一会儿你就知道了。”师师拿一方宣纸浸泡在花液里，又慢慢将染了粉红色花液的宣纸移放在阳台上。不多时，粉色宣纸已经晒干。师师一裁两片，一片叠成了一个信封，提笔在另一片上写下几行字：“采采卷耳，不盈顷筐，嗟我怀人，置彼周行。”然后，封好交给杏儿：“你到宣德门，将信交给把门侍卫，就说请他们转交内侍张迪，他们必不敢怠慢！”

赵佶接过张迪递来的书信，一股清香扑鼻而来，打了两个响亮的喷嚏，急忙拆开一看，一眼便认出是李师师的字迹，这是她刚刚学写的瘦金体，只不过少了点力度、多了些娟秀。赵佶登时眼眶红红的，恨不得立马就去金钱巷。赵佶看一眼张迪：“快去问问杨戬！”不多时，张迪回说：“陛下，杨戬说三天后地下长廊便可通行！”赵佶质问：“为什么是三天后？”张迪回道：“陛下的寝宫后宰门地道口，三天后才能贯通！”赵佶不无埋怨地道：“嗨，这个杨戬！”

这时，童贯、高俅来报：“方腊匪盗近日更加猖獗，竟然打下了睦州城，并且举兵北进，扬言要杀到汴京来。"

赵佶先是一愣，继而踱了几步，停下来问："二卿是何意见？"

童贯道："应该立即调集兵马前去围剿！"

赵佶问："高爱卿意下如何？"

高俅看一眼童贯，答道："以微臣之见，辽金形势兵凶战危，北方仍是防御重头，不宜过多抽兵南向。梁山军近期较为安定，也许他们正在酝酿向朝廷祈降。如果及早促成招安，以梁山军的实力，完全可以胜过方腊。如梁山军发兵睦州，与方腊正面作战，然后再派一劲旅予以策应，可保荡平方腊，之后……"高俅做了一个手势。

赵佶眼睛一亮："好，就依高爱卿所言。"

又是几天过去了，李师师等不到赵佶的回音，心里有点烦：难道皇上没收到我的丁香笺？如果收到，即使不能前来相会，也应该捎信出来呀！

李师师打发杏儿前去请周邦彦来金钱巷吃酒。周邦彦因事缠身，至晚方到。他路过集市见有人卖新鲜的橙子，便买了一篮子带给李师师。师师甚喜："恩师还给学生买礼物呢！随口吟道：'禹书贡厥包，未知黄柑美。竞传洞庭熟，又莫永嘉比'！"

周邦彦哈哈大笑起来。

李师师不知就里："先生笑啥？"

周邦彦道："梅尧臣这首诗吟诵的是黄州的柑橘，而老夫给你买的是橙子，你把二者搞错了！"

师师拿起一个橙子仔细看看，又闻了闻："这不和柑橘长得一样嘛！"

"改天再给你买点柑橘，你仔细比对一下喽！"

"不比了，反正吃起来都是酸酸的！"

二人相视一眼，同时大笑起来！

"酒菜早已备好，咱们边吃酒边聊好吗？"

二人入席，师师斟了两杯葡萄酒："先生，师师先敬你一杯！"二人碰过杯，一饮而尽。

周邦彦道："以往饮酒你总是推辞，或者浅尝辄止，今天怎么想吃酒了？"

"师师心烦，一烦就想与先生一起吃酒。"

"你还在为弟弟所托的事心烦?"

"是啊,弟弟返来汴京已近一月了,一切准备停当,就等陛下了。"

"噢,下午大晟府有人去大内办事,听说陛下与高俅等人在花园蹴鞠呢!"

李师师叹了一声:"唉!"心想:难道我的丁香笺真的没有送到?

"罢了,咱们投壶吃酒吧!"

"好哇!"

师师唤来杏儿,将一个长颈小口的铜壶置于桌前,又拿来十支竹签,分与二人。

周邦彦拿起竹签道:"投壶自古有之,还归入礼乐。司马光曾高度赞赏投壶之乐:'投壶可以治心,可以修身,可以为国,可以观人。何以言之?夫投壶者不使之过,亦不使之不及,所以为中也。不使之偏颇流散,所以为正也。中正,道之根底也。'他还对投壶的名称和计分规则,依礼做了修改……"

李师师笑道:"哇,还这么多路数呢!咱们不管他什么中正不中正,只管中与不中,你我交替投壶,输者吃酒!"

周邦彦遂举签投去,五投一中,师师五投五中。师师鼓掌:"先生吃酒!"周邦彦只得端杯饮起,如此六局,周邦彦全输,饮了六大杯葡萄酒,已觉得神思恍惚起来,瞥一眼窗外,花园里满壁的蔷薇正绿肥红瘦,半是零落,他摇摇晃晃站起来:"师师鼓琴来,老夫要唱一曲自度曲《六丑》!"

"好哇!"李师师坐在琴台上。

有了酒意的周邦彦边舞边唱,放开来一如神仙飘逸散漫!

《六丑·蔷薇谢后作》:

正单衣试酒,怅客里、光阴虚掷。愿春暂留,春归如过翼,一去无迹。为问花何在,夜来风雨,葬楚宫倾国。钗钿堕处遗香泽,乱点桃蹊,轻翻柳陌。多情为谁追惜,但蜂媒蝶使,时叩窗隔。

东园岑寂,渐蒙笼暗碧。静绕珍丛底,成叹息,长条故惹行客。似牵衣待话,别情无极,残英小、强簪巾帻。终不似一朵,钗头颤袅,向人欹侧。漂流处、莫趁潮汐。恐断红、尚有相思字,何由见得。

周邦彦唱得婉转回滑、花腔迭起,听得人难忍泪目。李师师顺着音韵弹得深情投入、落花流水,还不时地随着周邦彦的歌声和上几句,听得杏儿十分激动,两眼泪汪汪的,拼命地鼓着掌跑下楼去。

周邦彦复唱时，甩掉冠带，抖开长发，赤足而舞。此时窗外月光如洗，微风浮荡。李师师感觉似在梦里，这么多年来从未见过周邦彦舞得如此癫狂，风流才子真面目暴露无遗！师师深深地被他感染了，丁零零，她的手指使劲扫过琴弦，霍地从琴台上站起，一下子旋到周邦彦的身边对舞起来。一个出尘如仙，一个逸世而动，一个白纱胜雪，一个紫衫如霞，说不尽的高贵清雅，梦幻绝伦。一时间，飞来两只蝴蝶，在空中划出一道道流丽的虹光。蝶衣翩翩，从琴房旋到客厅，又从客厅旋到卧室，忽而落在锦衾上……

杏儿忽然匆匆跑上楼梯，急促地叫喊："小姐，小姐，皇帝陛下驾到……"

是晚，杨戬来报："长廊已经贯通，明天即可通行！"

赵佶十分欣喜："为什么要明天，眼下可行吗？"

杨戬迟疑一下："可以的。"

赵佶立马起身，带上《红蓼白鹅图》，叫上张迪，在杨戬引导下，推开寝宫后门，步入地下长廊。走不多时，杨戬为赵佶推开萃华楼小花园的便门，目送赵佶进入萃华楼。

周邦彦一惊，酒醒大半，急问："何处可以逃走？"

师师又惊又喜，喜的是皇上终于来了，惊的是令人措手不及。赵佶已到楼上，师师环顾左右，无处可逃，她只得打开柜门，让周邦彦暂藏里面。

李师师转身打开房门："陛下，你让奴家等得好苦啊！"

久别重逢，赵佶将师师紧紧搂在怀里，无限柔情、百般温存。

师师瞟一眼柜子，说道："陛下，我们到客厅吃茶吧！"

赵佶并不说话，紧紧拥着李师师倒在床沿上。

"陛下、陛下，我昨天买了新橙，让奴家给你剥来尝尝！"说着，挣脱赵佶的怀抱，用并州刀子切开橙子。

赵佶缓缓神道："朕有礼物送给师师。"说着将《红蓼白鹅图》展开。

师师一看甚是欢喜："太好了！"

河边浅渚一枝红蓼由坡岸恣意生长，低垂的蓼花下，白鹅悠闲自得，蹲伏于浅渚上，扭首曲颈，似是回首理羽，似是欣赏蓼花，又似顾影自怜，目光凝然安闲，似欲睡去。李师师连连夸妙，忍不住用手摸摸细绢，光滑流利，问道："陛下此画有何深意？"

赵佶一笑："朕曾无数次梦见锦衾中静卧的美人，唇若涂朱、肤白如玉、安然娴静。一日去艮岳，在雁池旁见一白鹅在蓼花下静卧，这不是朕心里那个美人吗？于是，便有此画。你知道朕的意思了吧！"

师师又偷瞟一眼柜子，忙将剥开的一瓣橙子塞进赵佶的嘴里，笑说："晋王羲之爱鹅，难道陛下也爱鹅吗？"

赵佶点一下师师的眉心："朕是爱屋及乌呀！鹅是道家一向推崇的灵物，道家认为，人性如果像白鹅一样憨厚，或如白鹅一样脱俗，便有了成仙的机会。王羲之也是崇道之人，所以他才以书法《黄庭经》换鹅，《黄庭经》本是道家养生修炼的经书，用其换鹅，乃道仙等价也。朕所画的白鹅，也是既爱其圣洁，又是尊道，只不过是因师师而起创意……"

师师又将一瓣橙子塞进赵佶的嘴里，竭力想把局面缓解，不至于让柜中人耻笑："陛下，前几天新买了一把竹笙，又装上了铜簧，奴家吹来，请陛下听听音质如何？"

赵佶半躺在床上："好，吹来听听。"

李师师拿来笙簧，吹了一曲笙簧古曲《殿前欢·双调》，赵佶听着，不自觉地随着笙簧哼起来：

满庭芳，玉娇枝上弄箫郎。

汉东山口鸳鸯唱，柳外楼舫。

凌波曲子腔，金字经律荡，贺胜朝宗上。

笙簧恋我，我恋笙簧。

赵佶接过笙簧看看："此笙簧音质颇佳，必是老乐工斫制，且铜簧安装得天衣无缝。这一古曲吹出了笙簧人的款款深情来，吹得好！"说罢，赵佶也吹出了一曲笙簧古调来。

李师师问："陛下所吹是何古曲，我怎么没听过？"

赵佶一笑："这是一曲流落民间的笙簧古曲《麈腰》，歌词是这样的……"说着手拍桌案、击节而歌：

千古风流多旖旎，束腰纤纤称君意。

眼中多情自娇娆，春风惹得柳依依。

喜则喜，红兜玉腹，浅露酥胸，更显宫腰细。

流苏锦佩，翠绕珠围。

春光慵懒，香衾一梦暗花溪。

粉汗香袭，被底无双，怀中第一。

"陛下，什么叫麈腰啊？听来这么帷箔不修的！"

赵佶哈哈一笑，伸手抖抖李师师的抹胸："此乃麈腰也！"

李师师又瞥一眼柜子，脸羞得通红："陛下……"

赵佶忙揽过李师师："麈腰是抹胸的古称，今人早已忘记这个叫法了。"

"哎呀，陛下，差点忘了一桩大事！"李师师忙从抽屉里拿出一个锦囊，双手递给赵佶，"陛下，这是梁山军的祈降书和印信！"

"是吗？"赵佶接过打开仔细一看，面露喜色，"好！前天还在朝议此事呢！信使在哪里？"

师师道："已在馆驿等候月余了。"

"朕明天即派高俅与之详谈有关事宜！"

赵佶看过祈降书，心里忽然明亮了许多。宋江的祈降书里，自告奋勇率梁山军剿灭方腊，以求戴罪立功。平服梁山，不战而屈人之兵，他忽然觉得自己是个伟大的明君。当然，李师师这位奇女子为朝廷立了一大功，一定要给她万千宠爱！

赵佶突然精神高昂起来，他下意识地看了看蜡台，几支红蜡即将燃尽，卧室里登时暗淡起来，金兽瑞脑香沉沉，赵佶眼神迷离地望向李师师，李师师的面庞如仙如幻，越发朦胧而旖旎……

兔死狗烹话招安

　　赵佶与李师师一同端坐在大庆殿上，接受宋江等梁山众头领朝拜。他一高兴还赏了宋江等头领每人一个簪花，宋江头插簪花，分外英俊，请求赵佶立马授命，即率梁山军兵指睦州。这时童贯出班奏道："陛下，梁山军怕是诈降，若派其南下，与方腊合兵一处，杀回汴京，恐怕更难对付，不如就此将其斩首，朝廷再发兵睦州……"

　　赵佶一个激灵醒了，看看身边的李师师正用蒙眬的眼神看着自己。赵佶一夜数欢，三更时才昏昏睡去。赵佶问："几更了？"

　　李师师说："已快四更了！"

　　赵佶于是又揽过师师呼呼睡去。

　　李师师可是一眼没眨，本想趁赵佶熟睡时放走周邦彦，转念一想：不可。张迪还在楼上客厅，大门口少不了其他小黄门值守，若被他们看见，当作刺客岂不坏了！于是，四更时她推醒赵佶："陛下，明天还要早朝，是不是要回宫啊？"

　　赵佶将她紧紧搂着："哈哈，不碍事的，从地下廊道出入，神不知鬼不觉。"

　　周邦彦在柜内已经急不可耐了，赵佶与李师师的所有对话和响动，他都听得清清楚楚，心酸得如喝了二斤老陈醋。心想：你前天还口口声声说，世间唯恩师最值得真情，见了皇上竟然仍这样投入，真是唯女子与小人难为养也！忽然听到李师师在催促皇上回宫，又转念一想：师师也好不容易，任何女子若被皇帝看上，谁敢忤逆不尊？

李师师看一眼赵佶睡得更香，便偷偷走出来，求助张迪。张迪伏在桌子上熟睡，听见响动，忙抬头张望。师师道："张殿头，已快五更，陛下也该回宫准备早朝了！"张迪打个哈欠，神秘一笑："没关系，还早着呢！"说着又把头伏在桌子上。李师师搓着手来回走了几步，正想再推醒张迪，却听见赵佶叫道："师师哪里去了？"李师师答应着，跑进卧室。赵佶在床上伸个懒腰："好舒服呀！什么时候了？"李师师道："五更了！"赵佶拉过李师师，边温存边吟道："一夜香梦多，懒起恋温床！"

总算送走了赵佶，李师师赶紧打开柜门。

周邦彦走出来，说道："快把老夫憋死了！"

师师安慰道："先生受委屈了，师师这便给先生点茶压惊！"

周邦彦不无醋意地说："老夫再也不敢轻易到你这里了！"

师师眼泪刷地流下来："别人不理解师师，先生难道也不理解师师吗？不是为我那弟弟，何至于招惹皇帝！"

周邦彦见李师师如此伤心，哈哈一笑："师师莫烦，老夫懂你！"

李师师一听此话，万千幽怨涌上心头，伏在周邦彦肩上痛哭起来。

周邦彦手抚其背："别伤心，你的义举老夫不懂谁懂？师师起来，老夫卧柜一夜，幸得一阕《少年游》，吟来你听：

'并刀如水，吴盐胜雪，纤手破新橙。

锦幄初温，兽香不断，相对坐调笙。

低声问向谁行宿，城上已三更。

马滑霜浓，不如休去，直是少人行！'"

李师师听罢，抬起头抹把眼泪，满脸通红，幽怨地说："老师你……"

不几日，皇帝下诏，着梁山众头领立即到汴京接受校检，其他人等暂留梁山。宋江读过燕青带回的诏书，热泪盈眶，十分激动："总算给弟兄们带出一个好结果！立即通知众头领来聚义厅议事。"宋江让燕青宣读了皇帝诏书后，众人议论纷纷。

李逵说："什么鸟招安，让皇帝老儿管住咱，哪有梁山自在！"

林冲接道："是啊，皇帝手下那些贪官污吏，横行霸道、欺压百姓的事历历在目，怎能再受他们的鸟气！"

卢俊义说："林教头，贪官污吏毕竟是少数，人过留名雁过留声，弟兄们不能生生世世作草寇吧！"

公孙胜说："既然皇帝招安了，那就是说我们不再是草寇了，干脆散伙算了！"

晁盖瞪他一眼："要听宋头领的！"

军师吴用喝口茶水放下茶碗："主公，既然大多数弟兄们都赞成招安，那也要留足后路。你可带大多数头领前去汴京，让二头领卢俊义留守梁山，以备不虞！"

宋江看一眼吴用，没有接茬，只是又给众人讲了一通大道理。最后说："既然皇帝招安，诏书一定会传遍各州县，这是公之于众的大事。况且，北部边关动荡，南有方腊活动，朝廷正用人之际，谅他皇帝也不敢失信于天下。"

乐和等人又说："宋头领，我们不想再去战场了，让我们回家谋生吧！"

萧让、皇甫端几人也予以附和。

宋江又与卢俊义、吴用、晁盖耳语一阵，又说道："几年来大家在梁山聚义，亲如弟兄，不分你我，我与卢员外愿和大家生死与共。然而人各有志，既然有不同意见，那么就举手表决吧！"

众人喊喊喳喳一阵子，议论道："这多年宋江大哥也真的不容易，待大家一如兄弟，谁有难事，第一个解难的就是宋大哥。"想至此，大多数头领都同意跟着宋江接受招安，为国出力。只有公孙胜、安道全、萧让、金大坚、皇甫端、乐和六人不愿前往。宋江看一眼卢俊义道："既然我们被朝廷招安，一百单八将花名册已向朝廷报备，只有到了汴京，等待朝廷批准。"

宋江与众头领经过几天精心准备，也已就绪，准备明日出发到汴京。单是礼品就准备了十大车，其中有给李师师的，有给皇帝的，也有给蔡京、高俅、童贯的。

李逵说："哥哥，送李师师礼物还说得过去，干吗要送皇帝礼物？咱是替皇帝老儿卖命去的，他该送咱礼物才对！"

宋江一掌拍在他的肩上："到了汴京休要胡说，记住没？"

车辆人马刚出水泊梁山，迎面一队军马飞驰而来。燕青一眼看见骑在马上的是童贯。童贯勒住马缰，大声呵道："请宋江宋头领接圣旨！"

宋江一听是圣旨，紧走几步跪在地上："梁山头领宋江接旨！"

童贯也不下马，展开圣旨念道："奉天承运皇帝诏曰：即日加封宋江为拱卫大夫、剿匪副使，其他众头领加封为从义郎。着令梁山军为先锋，由童贯知枢密院事为帅，即赴杭州消除匪患。钦此。"

宋江稽首再拜，口呼万岁，双手接过圣旨。童贯指令宋江，立即率众人再回梁山，整饬军马，筹措粮草，发兵睦州。童贯与宋江约定在扬州会合，然后渡江。

吴用悄声对宋江说："朝廷封的什么官啊，拱卫大夫只是六品小官，从义郎是从八品！"

宋江道："军师莫计较此事，咱们对朝廷没有尺寸之功就加封官职，已经不错了，等我们剿除方腊有了军功，皇帝一定会再予加封的！"

吴用摇摇头。

几年来，赵佶修建艮岳，让朱勔等人筹办花石纲，搞得江南一带民怨沸腾。宣和二年（1120）十月，睦州人方腊率众起义，一时间，周边百姓无不响应。方腊自称圣公，建元永乐，设置官吏将帅，以头巾区别等级。义军没有弓箭、盔甲，只以鬼神邪术互相煽动，烧大户房舍，抢夺官员金帛子女。

江南富足，人们安于太平，不识兵革，听到金鼓声就束手听命，不到十天就有数万人参加义军。方腊在息坑打败并杀死宋将蔡遵。宣和二年十一月攻占青溪，十二月攻占睦、歙二州。南面攻克衢州，杀死郡守彭汝方；北面横扫新城、桐庐、富阳等县，进逼杭州。杭州郡守弃城逃走，义军占领杭州，杀死杭州知府陈建、廉访使赵约，放火烧城六天，死者不计其数。凡是被抓住的官吏，都要乱箭穿身，或被割肉断肢，取其肺肠，或者熬成膏油。

前线告急，情报传回京师，时右相王黼为了粉饰太平，故意隐匿不报，义军力量得以日益壮大。兰溪、剡县、仙居、方岩山、苏州等地纷纷响应，东南大为震动。许多地方官吏听闻方腊军至，纷纷弃城而逃。这时，王黼等人才不得不报给皇帝知道。

梁山军倾其所有，备足粮草辎重，分两路发兵，直取杭州。一路走水路，由卢俊义带领，水上猛将有"混江龙"李俊、"船火儿"张横、"浪里白条"张顺、"立地太岁"阮小二、"短命二郎"阮小五、"活阎罗"阮小七、"出洞蛟"童威、翻江蜃"童猛等；陆路由宋江、吴用带领。四万梁山军处处先锋，围困方腊于杭州，正面与方腊交战；江、淮、荆、浙诸路宣抚使童贯，带三万兵马断后，清剿方腊的后方睦州青溪。

因为出征紧急，燕青未及与李师师辞别，只写了一封信寄给李师师。李师师读着燕青的信，心里很是埋怨。这个直性子弟弟呀，你就不会向宋江扯个谎，来一趟汴京，我也好假借皇上的名义留你在汴京，免受征战之苦。再说了战场上刀枪弓箭无眼……李师师出了一身冷汗，心中默念：老天保佑燕青平安归来吧！

近来，赵佶每次来萃华楼，李师师都会问南方的战事如何。赵佶就说："战事很顺利，童贯和宋江合兵一处，估计要不了多长时间就会胜利归来——是不是想你那个弟弟了？"

师师叹口气："陛下你是知道的，他是我在这个世上唯一的亲人啊！"

赵佶微笑道："你还有一个亲人啊！"

"谁？"

"就在你的身边啊！"

师师脸一红："陛下……"

自开战以来，童贯不断给朝廷发战报，详述自己如何指挥有方，清剿了多少匪徒，端掉了几个贼窝，全不提宋江梁山军的战功。朝廷就不断地奖赏童贯。

一日，李师师接到一封来信，拆开一看，是燕青寄来的。燕青在信中表达了对姐姐的思念之情，详述了衢州、睦州等地战况的惨烈。信中说道：梁山军苦战在前，几次危机中都得不到童贯的支援，只有拼死自救，好多头领战死沙场。特别缺乏粮草，将士们时常挨饿。而童贯的军队粮草丰足，肥吃饱喝，只打外围。宋大哥向童贯追要粮草，童贯推说朝廷补给粮草未到。姐姐，能不能说给皇帝知道？另外，富春江一带风景绝妙，待战事结束，弟弟陪姐姐来这里看看吧。姐姐曾对我说过，待事成之后远走山林，过男耕女织的凡人日子，当时弟弟并未答应。然而这场战事，让我看到好多弟兄惨死血泊中，让人十分痛心，什么出人头地、建立功名，都不如做一个凡夫俗子！姐姐离开汴京吧，天子脚下太复杂了……

李师师读着读着泪流满面。坊间久传童贯欺上瞒下，以军功自居，结党营私，与蔡京沆瀣一气，横行朝中，赵佶难道不知？梁山军赤胆忠心为朝廷剿匪却食不果腹，这真相须让赵佶知道。

赵佶近来对后宫妃嫔一概不闻不问，众妃嫔好不忧伤。那天延福宫午宴时，丁婕妤走过来悄声问赵佶："后宫佳丽众多，各有千秋，陛下全然不顾，那个李姑娘是什么天仙，能够迷倒陛下？"

赵佶笑笑："让你们这些妃嫔穿上百姓布衣，和李师师放在一起，高下立判！"赵佶说着沉醉地摇摇头。

丁婕妤撇撇嘴："何不迎进宫来，省得陛下奔波，也好让姐妹们见识一下！"

赵佶笑笑："朕请不动她，她说外面自在！"

李师师后来听说后，很是感动。

那天，赵佶下了早朝，径直走地下长廊来到萃华楼。李师师一听说赵佶来了，丢下古琴跑下楼来，抚着赵佶的胳臂，将头依着赵佶的肩上，动情地说："陛下懂我！"

赵佶问："何来此话？"

"陛下不让我当杨贵妃！"

赵佶手指轻点师师的眉心："小鬼头，消息灵得很嘛！"

上得楼来，李师师道："我心里正念叨陛下呢！这不，刚刚点好龙凤团茶，点茶时在想，说不定陛下一会儿会来看我，陛下果然就来了！"

赵佶一笑："朕刚才一阵心烦，就想你了，林灵素说，这叫心灵感应。"

李师师捧杯茶递给赵佶。

赵佶接过茶盏呷了一口："刚才走到楼下听见师师在弹柳永的《蝶恋花》。"

师师点头一笑："师师弹给陛下一听：

伫倚危楼风细细。望极春愁，黯黯生天际。

草色烟光残照里，无言谁会凭阑意？

拟把疏狂图一醉。对酒当歌，强乐还无味。

衣带渐宽终不悔，为伊消得人憔悴。"

李师师边弹边唱，声调格外忧伤哀婉，唱到最后两句竟然泪眼蒙眬！

赵佶走过来手抚师师双肩："师师缘何如此感伤?"

李师师起身伏在赵佶肩上："奴家一弱女子,能得到陛下恩待,死也瞑目了!"

赵佶忙用唇堵着李师师的话语。多一会儿,赵佶拉着师师一起坐下："让朕猜猜,是谁让你'消得人憔悴'!"

师师眼含热泪只是摇头。

"嗯,应该是正在江南剿匪的那个弟弟吧!"

师师摇摇头："奴家在为陛下担忧!"

"朕有什么令你担忧的?"

"昨天参加一个朋友的宴会,遇到一个南方来京的客人,他曾为军队运送军粮,他说到一些事情……"

李师师将南方战事和童贯的做派说了一遍。"陛下若不尽快改变现状,梁山军内无粮草,孤军作战,难抵方腊,梁山军败,童贯恐难支撑……"

"道听途说不足为信,师师不必为朕担忧,改日专拨粮草到梁山军营,并派一监军到杭州督战,可保万无一失!"

宣和三年(1121)二月,梁山军攻破杭州,方腊军溃散。方腊化妆逃至天门山,被武松率兵捉拿。童贯派人来接交方腊,武松不给,童贯怒斥宋江,宋江无奈之下只得将其交予童贯。三月,童贯率军回到汴京。赵佶率众大臣接至端门,乐队高奏凯旋曲,延至大庆殿,大排筵席给童贯等众将官庆功。赵佶忽然环顾左右,问童贯:"梁山宋江诸将在何处?"

童贯道:"回陛下,已由副将董辉别宴招待。"

宴席之前,童贯历数清剿战况,绘声绘色,可谓艰苦卓绝。赵佶非常高兴,当场宣布,童贯迁为太师,加封楚国公,凡参战将士均予以犒赏。

按照童贯钧旨,梁山军暂屯兵咸平,只让宋江、卢俊义二人进京,董辉将二人安排至馆驿,陪他二人吃了一顿饭就走了。二人在馆驿等了多日,也不见董辉再来,想出去转转,却被几个军士挡回去。卢俊义道:"大哥,常言道,兵不离将,将不离兵。朝廷将咱俩扔在馆驿,却让大兵驻扎在几十里以外……"

宋江心里也在嘀咕,他更挂念屯兵咸平的弟兄们。既然让进京面圣,为何撂在这里不管不问？原计划面圣之后去矾楼请李师师吃饭，当面感谢这位恩人呢！

赵佶最近也左右为难。蔡京等人提议，既然南方战事已平，不如将剩下的梁山头领拆散，分而治之。赵佶问如何分而治之。蔡京道："对于梁山头领里面的有用之才朝廷可给以相应的安置，对那些愿意回原籍的头领赐金放还，对于愿意从军的头领可以编入朝廷的军队，对于宋江和卢俊义……"蔡京用手做了个动作。

赵佶沉吟道："对宋江和卢俊义这样处理恐怕难以服众，不妥。"

蔡京道："有什么不妥？宋江天生骨子里有反叛精神，如果将其安置，稍不如意，可能再生变故。此二人是梁山军的精神支柱，拿掉他俩，其他人等都成不了气候！"

赵佶犹豫不决。

童贯道："现在不除，一旦得势后悔晚矣！"

于是，赵佶召宋江、卢俊义二人进宫，赐宴文德殿。宋江很是兴奋，童贯亲自接到端门："二位好汉，陛下日理万机，让二位久等了！"

赵佶亲自到丹墀前迎接。宋江、卢俊义望见皇帝，当即匍匐在地："拱卫大夫宋江、从义郎卢俊义叩见皇帝陛下，祝陛下万岁，万岁，万万岁！"

赵佶弯腰搀起二人："二位将军辛苦了，快请入座吧！"

蔡京、童贯、高俅、蔡攸等众大臣悉数作陪。

赵佶道："二位率梁山军跟随童帅一起剿匪，历经一年有余，身经数十役，取得剿匪全胜，功莫大焉！特加封宋江为武义大夫、卢俊义为左武郎，其他众头领及其将士均由童帅登记造册，报于朝廷，论功行赏！"

宋江二人再次叩头谢恩。

赵佶举杯，提议同饮庆功酒，共祝天下太平。

宋江一仰脖子将酒饮下。心想：梁山弟兄论功行赏还需要童贯把关，难保公正。于是，宋江道："陛下，宋江有言相禀！"

赵佶道："宋爱卿说来。"

宋江道："陛下，此次梁山军奉旨江南剿匪，历尽艰辛，粮草不济，瘟疫侵害，缺医少药，加之战事多变，方匪熟悉地理，梁山军多次陷于危机之中，得将士们奋力苦战，终于赢得胜利。然而，在此次战事中，四万将士，战死病死两万多人；一百多战将中，秦明、徐宁等三十多人战死，关胜、林冲等十几人遭受瘟疫病死战场，剩下的四十多位的战将中，有燕青等二十几位身负重伤，望陛下对战死疆场的将士，亦给予相应的官阶和抚恤……"

竟然有这么多将士战死，这让赵佶很是吃惊。"宋爱卿放心，朝廷一定会对战死的英雄们予以犒赏，对其家属给予抚恤！"

宋江没有提到童贯的功劳，这让他颇为不满。"宋大夫所言极是，几次战局面临险境，都是本帅调集兵马，分兵合围，战局才转危为安……"

宋江和卢俊义二人离开大内，回到馆驿，二人都感觉时不时地翻肠倒胃。卢俊义说："主公，我们是不是被人下毒了？"

宋江手摁腹部："不会吧！"

卢俊义说："主公，常言道，'飞鸟尽，良弓藏，野兔尽，走狗烹'，方腊也平了，天下无事，所以，八成是皇上给咱下毒了！"

其实，宋江心里已经意识到被下毒了，但是，他不相信是赵佶的主意，赵佶谦谦君子之风，不会做此下流之事。大概是童贯嫉妒梁山军，暗下的毒手。为了稳住梁山军心，他摇摇头："卢贤弟，当下北国不宁，河北一带不断有人举旗反叛，天下并不太平，朝廷正用人之际，是不会毒死有功之臣的。怕是吃了什么不洁的东西吧！"宋江虽这样说，却十分担心如果自己死去，梁山军军心不稳，想来想去，最有可能闹事的当是李逵。他急忙走出馆驿，对禁卫军士说："请禀报童帅，梁山军有人火并，急需过去处理！"

童贯闻报，思忖道：谅他宋江、卢俊义也活不过三天，再者，如果梁山军火并，自己也脱不了干系。于是，答应宋、卢二人去往咸平。

宋江二人回到咸平，众头领立马围拢过来，宋江逐一与大家寒暄，并将皇上嘉奖、犒劳的旨意当众宣布。武松、鲁智深等人不以为然："哼，如不能回梁山，我们就出家去了！"

柴进说："大家跟随大哥风雨同舟这多年，没有回过家，不知家人现在如何！"

裴宣、顾大嫂几个头领也附和道："是啊，就放我们回家去吧！"

李逵大刀往桌子上一拍："朝廷把我们困在咸平这个鸟地方，不能大碗喝酒，大口肉吃，与其在这儿憋屈死，不如仍回梁山痛快！"

宋江瞪一眼李逵："休得胡言！"转而对大家说，"我们被朝廷招安，摘掉了匪盗的帽子，我们的后代再也不会受到株连，可以和其他布衣百姓一样读书、科考、升官，效忠朝廷，为国出力。至于大家有不同想法，可由军师汇总报于朝廷，相信朝廷会予以考虑的。"

众头领便围着吴用登记去了。

宋江拍一下李逵的肩膀："弟弟受委屈了，走，哥哥今晚请你大碗喝酒、大块吃肉去！"

李逵跟着宋江来到一个酒馆："哥哥，在梁山多美，招什么鸟安，且不说一年多征剿方腊让我们白白死了那么多弟兄，现在又把我们栓在这里。你们要不回去，我一个人也要回梁山去！"

宋江手捂腹部，招呼店小二多上些酒菜。宋江与李逵碰了三大碗烧酒，二人都已上头。宋江揽着李逵的肩膀，眼泪汪汪地说："弟弟自上山来，跟着哥哥南征北战，奋勇当先，吃了不少苦，哥哥对不住你了！"

"哥哥哪里话来？我们结义时有誓在先，同生共死，绝不背离！"

宋江泪流双颊，又与李逵连碰两碗烧酒……

夜已很深，吴用不见宋江、李逵回营，叫上花荣来找。半道上却见宋江、李逵躺在大路旁。吴用心里一惊，俯身一看，二人身子已经凉了，用灯笼一照，见二人均口吐黑血倒在路边，料定是被毒死的。花荣已哭得站不起来。

刚把宋江二人的尸体抬回大营，士卒来报，卢俊义刚刚亡故。吴用急忙赶过去一看，卢俊义也是口吐黑血而亡。这一定是被朝廷毒死的！那么李逵呢？他没有去汴京，为什么也会中毒死亡？宋江单独请李逵吃酒，难道是宋江怕李逵闹事……他似乎明白了什么，忽然惊出一身冷汗。燕青伏在卢俊义身上哭得死去活来，任是何人也拉他不起。吴用劝道："燕青，你与卢员外情同手足，然而，人死不能复生，快起来商量商量如何办理后事吧！"

吴用将三人被毒死的事情报于朝廷，请求彻查凶手。朝廷派刑部官员来咸平调查一番，之后再无讯息。童贯派御前飞虎大将田鹏带领三万军马也来到咸平，将几十门火炮架在军营四周。田鹏向吴用等人宣读了皇帝的诏书：梁山军所有将士的武器收缴入库，等待换发新枪械，同时将梁山军编入皇家军队。梁山军顿时一阵骚乱，纷纷摩拳擦掌，有的甚至骂出声来："这不是卸磨杀驴吗？！"有的喊叫："弟兄们反起来吧！"田帅马鞭一挥，几十个军士立即将喊叫者捆绑拿下。

吴用被吓了一跳，登上高台上大声讲话："梁山的弟兄们，我们现已被皇帝招安，大家都有好前途，不必再躲进山林里做匪盗了，这是宋江大哥与众头领既定的路线，如今宋大哥已故，尸骨未寒，我们决不能背叛大哥的初愿。"朝廷已经安排，愿留者就地编入皇家军队，不愿留者发给盘缠回家侍奉高堂，希望大家切勿与朝廷作对！

梁山军一阵窃窃私语，慢慢安静下来。

吴用报告："田将军，我主公宋江及卢员外、李逵三人尸体不可久放，早点埋殡，也好安定人心。他们多年与山林为伴，可否寻一高山安葬？"

田帅同意。

吴用率花荣、燕青等十数人，将宋江三人的棺椁运回梁山安葬。葬毕，吴用让大伙先走，自己和花荣在宋江坟前默默坐了很久很久。吴用曾推测梁山军的结局，方腊被平后朝廷不会放过梁山军，"兔死狗烹"，自古以来无不如是。宋太祖"杯酒释兵权"已有先例，没想到他子孙的手腕比先祖还绝！梁山聚义轰轰烈烈几年，招安即亡，不招安也不能长安，而今大厦已倾，世间再无可恋之处。想至此，他趁花荣不注意，猛地拔刀割颈自刎。花荣见状，哭得痛不欲生，主公、军师已死，无家可归、无山可恋，于是亦抽刀自杀。

燕青目睹梁山弟兄如此结局，深感自责，如果不是自己穿针引线，说不定水泊梁山仍可固若金汤，梁山弟兄也不至于死伤如此之多，特别是卢员外，也不至于不明不白地死去！自从大名府一遇，卢员外待自己如同手足，多少次生生死死、坎坎坷坷、历历在目。如今卢员外已去，自己又该何去何从？干脆像吴用、花荣一样，了却此生，追随卢员外而去吧！他伸手去握刀柄，却碰到腰间的如意玉佩，这是师师送给自己的念想，想起自己曾经与师师相约，待招安事成之后，寻一处山林，过男耕女织的凡人生活，遂罢了轻生的念头。于是，他来不及与别人招呼，连夜离去。

李师师一开始听说童贯押解方腊已回汴京，总不见梁山军和燕青踪影。问赵佶，方知宋江等人已死，梁山军余部屯兵咸平，已有童贯派田鹏接管，燕青却不知去向。李师师立马晕倒在地，赵佶、张迪、杏儿连声呼叫，李嬷嬷也跑过来狠掐师师的人中，不多一会儿，李师师才长吁一声："我的弟弟呀！"

赵佶安慰道："师师别难过，朕一定派人打听燕青的下落！这次梁山军招安，你和燕青功劳最大，若能找到燕青，朕要给他加官晋爵！"

李师师有气无力地望着赵佶。

赵佶劝说："梁山头领中朱仝、乐和、安道全等十人已经被朝廷重用！师师放心，朕现在就封他为御前龙威将军！"

锦鸡引路与五星连珠

赵佶信步走在延福宫苑。天上白云浮动，芙蓉湖水平静，各种菊花开得十分灿烂。他要到凝和殿去看看戏班子。最近他写了一部新戏《兰陵王》，写的是南北朝时期骁勇善战的勇士兰陵抵御强敌的故事。赵佶用了整整七天时间给蓝彩儿说戏，她最近对戏剧越发通透，经赵佶一讲，蓝彩儿便会其意，当面就角色和唱腔及情节提出了建议，赵佶很满意。蓝彩儿已经带着戏班排练，几次邀请赵佶来戏班把脉定向。赵佶最近很忙，一直没有抽出时间去凝和殿看看。

忽然，一只红腹锦鸡从菊花丛里跳出来，朝赵佶看看，还点了点头，然后朝前走去，似乎是在为赵佶引路。赵佶看着锦鸡步态和眼神，怎么看都觉得像李师师的模样，特别那扭头一望，多么像李师师温柔的眼神！

张迪道："这只锦鸡与陛下老相识一样，眼光温柔和善。人们都说，锦鸡引路预示前程锦绣！"

赵佶微笑着看看张迪："你这厮越发有灵性了！"

赵佶最近心情确实很好。宣和三年（1121），赵佶再次派赵良嗣等人出使金国，刚刚与金人签订了联合灭辽的《海上之盟》。也许要不了多长时间，燕云十六州即可回到大宋怀抱。宣和三年秋，梁山军招安成功之后，宋江又与童贯一起灭了方腊，略施小计，梁山军又被瓦解。一时间，天下太平。

赵佶怎能心情不好？正如张迪所言，锦鸡引路，必是瑞兆。应该把眼前这个瑞兆描绘下来，让翰林图画院的画师们猜猜朕的寄意。赵佶又看看锦鸡，锦鸡也回头看看他，然后扑棱一声飞走了。

赵佶转身来到太清小筑，从几卷绢帛中挑选了一款手感较好的白丝绢，递给两个侍女。赵佶坐下来一边品茶，一边构思画面布局。他回忆起锦鸡的眼神和华丽的羽毛，又一次与李师师的形象重合在一起。

张迪和两个侍女将一幅细绢绷上框子，调好明矾和胶水，慢慢刷在细绢上。之后，拿到外面太阳下面晾晒。一阵微风吹过，绢面已经干了，两位侍女又抬回屋里放在画案上。赵佶已经在宣纸上勾出草图，对着草图开始在细绢上勾淡墨画稿。特别在锦鸡眼睛上下了很大的功夫，尽力画出与李师师相似的眼神来。过了近一个时辰，墨稿已经勾好，先铺了一层颜色，然后指挥着两位侍女，按照正面的色彩在画的背面"托色"。所谓托色，便是根据画的正面颜色，在丝绢背面铺一层对应的色彩，以免绢画色彩单薄。少许，背面的托色已干，赵佶再次在正面上色。

在太清小筑用过午膳，赵佶一改午睡的习惯，继续画画，至晚画完，最后又勾了一遍锦鸡的轮廓线。赵佶将画框立起来，左看看右看看，画面尽显荣华吉祥之意。侍女忙端来一钵清水和一方丝巾，赵佶洗了洗手，坐下来一边喝水，一边指挥侍女们开始墩画。两个侍女揉了两团生宣纸，慢慢在画面上来回墩沾。张迪不解，问道："陛下，墩画是干啥的？"赵佶笑笑："有些颜料容易浮在绢帛的表面，墩过之后，画的色彩鲜艳，薄而厚重。"

这时，丁福来报："蔡京等人在文德殿等候见驾，说有急事禀报。"

赵佶边往文德殿走边说："这么晚了，有什么事不能等明天嘛！"

众人见赵佶走来，都围过来。

童贯报："陛下，金人派使者来京，原来签订的《海上之盟》协议又要改变！"

赵佶道："你且慢慢说来。"

童贯道："这次金国突然又撤回了上次的提议，提出：金宋夹击辽国，宋国须将输辽岁币加倍奉于金国；燕云十六州由宋国自己攻拔，若宋国在期限内不能攻取，金国将出兵攻占燕云！"

赵佶骂道："女真人真的难缠！"于是问童贯，"若我大宋同时出兵燕京和云州，能否取胜？"

童贯看看蔡京又看看高俅，面有难色，说道："分兵两路牵涉面广，加之缺乏能征善战的大将，不如先拿下燕京，之后再进军云州。"

高俅道："燕云十六州贵在山后十州，没有山后十州，等于大宋仍无险可守，不如先拿下云州，再图燕京！"

童贯道："要么我带兵直取燕京，高太尉带禁军会同太原守将张孝纯攻取云州何如？"

高俅反驳道："禁军之责是守卫京师，若禁军北上边关，汴京空虚，如有闪失，谁担此责？"

赵佶翻着一个厚厚的折子，不耐烦地说："二位爱卿不要再争论了！"

昨天，太宰郑居中、监察御史李纲等二十几位大臣联名上书，内容是：强烈反对"联金灭辽"，这完全是驱虎吞狼，结果必将是虎害大于狼害，引火上身、后患无穷。辽在，我大宋之缓冲；辽亡，我朝将面对实力更强的女真；若是背盟辽国，何以向天下交代？

赵佶看后一脸怒气，将折子甩给蔡京。

蔡京翻了翻，嘲笑道："迂腐，什么虎害大于狼害，天下事，事在人为！"

赵佶又问童贯："北伐辽国能调集多少兵马？"

童贯看一眼高俅："目前我军可调集十五万精兵，加上降将郭药师常胜军一万五千人，再从禁军调集三万，差不多近二十万兵马，拿下燕京不是问题。只要拿下燕京，即可改变形势格局，再与金人谈判就有了主动权。"

赵佶自忖：自己正值盛年，拿回燕云十六州，完成祖宗未竟事业，也好归入世代明君之列。望一眼蔡京和童贯，童贯一脸自信。童贯自从跟随李宪与西夏交战以来，身经百战，在几次宋夏战争、宋与吐蕃之战、平方腊之战等，屡建军功，又是这次海上之盟的推动者，危难之际总是与朕想到一处、站在一起。

赵佶不免信心大增，于是决定，以郭药师常胜军做先锋，童贯统领三军，蔡攸为副，蔡京协调户部做好粮草供应，一举打下燕京，然后再挥师云州。

赵佶部署完攻辽事宜后，顿觉轻松。想起《芙蓉锦鸡图》墩过颜色后，不知色彩有何变化，便匆匆赶到太清小筑。一看，墩后的画面色彩厚重而艳丽，特别是锦鸡尾巴上的色彩十分丰富。他忽然想到，如果李师师穿上一身这样的彩衣，将会灿烂如霞……他已经好几天没有见李师师了。看看天色，早已过了晚膳时间，回头对张迪说："告诉御膳房做丰盛一点的晚膳，装入膳盒送到延福宫。"

"奴才明白！"张迪转身要走，又被赵佶叫住："还要去内务府锦缎库挑选两匹上好的华丽锦缎，一会儿去萃华楼。"

张迪一手提着御膳盒，一手提着他精心挑选的两匹锦缎，跟在赵佶后面，走过地道来到萃华楼。杏儿一个人在楼下叠手绢。

张迪问："师师小姐呢？"

杏儿答："小姐这几天郁郁寡欢，刚刚喝了几杯酒和衣躺下了。"

赵佶一听，快步上楼来到师师的卧室，轻轻叫了一声："师师，朕来看你了！"

李师师依然闭着眼，翻身朝里。赵佶以手抚其肩，李师师哽咽起来。"朕来晚了，这几天为联金灭辽之事忙得不可开交……"赵佶摇了摇师师，"朕以后一定勤来看你，好不好？朕知道你今天没有进膳食，特让御膳房做了几样好菜，起来尝尝。"

师师哽咽道："谢谢陛下好意，还是拿回去让你那韦贤妃、蓝贵人吃吧！"

赵佶一听，心里坦然了许多，知道师师吃醋了。哈哈一笑，一边将李师师扶坐起，一边揉揉她的前胸："顺顺气吧，师师，她们怎能与你相比？在朕的心里，没有谁比你更重要了！"李师师幽怨地看赵佶一眼。赵佶忙拿过丝帕给师师拭泪："心里有什么不快就直接给朕说，想朕了就让杏儿给张迪写字条嘛！"

李师师瞥他一眼："奴家怎敢轻易打扰亿民之尊？"

赵佶笑笑："师师，朕今天在延福苑遇到了一只红腹锦鸡，羽毛非常华丽，特别是它那温柔和善的眼神，颇像一个人……"

师师问："像谁？"

"像我的师师啊！"

师师用袖子拂在赵佶的身上，眼一横，佯怒道："你怎么拿奴家和它相比？"

赵佶道："师师误解了，锦鸡和雉鸡不是一个品种，锦鸡的翎羽非常美丽华贵，是凤凰的妹妹！"

师师嘴一嘟："俺不信！"

"真的！朕对那只锦鸡一眼难忘，就去到太清小筑画了一幅《芙蓉锦鸡图》，回头朕将此图送与你，你看看它的眼神，一定会感到很眼熟、很亲切！"

"你的太清小筑是画室吗？"

赵佶点点头："那里既是画室又是书房，它紧邻皇家藏书阁太清楼，又与艮岳很近，是个很幽静的地方，朕的少年读书绘画时光都是在太清楼度过的。回头朕带你到那里看看，然后再陪你去艮岳走走！"

李师师先是一喜，继而眉头一皱："皇家禁地奴家去得吗？"

"有什么去不得？"赵佶让张迪拿过锦缎让师师看。

师师看一眼，说道："我乃布衣百姓，怎受得了这锦衣玉食？"

赵佶捏了一下师师的鼻子："还生朕的气呢！"

师师破涕为笑："奴家哪敢呀，是生自己的气呢！"

"为何生自己的气？"

"怨自己多管闲事呗！坊间传言，要不是我联系招安梁山，宋江那一拨剿匪英雄也不至于伤的伤、死的死，有的甚至连个下落也没有！"

赵佶望着窗外的满月，自言自语又像是说给师师："生死由命，富贵在天。梁山军已经人人得到封赏，有的人命运不济，早早离开人世，可惜了！"

"那我的弟弟哪儿去了，是不是被人暗杀了？"

赵佶道："不会吧，为什么要暗杀他？朕已经让人了解了。燕青、吴用等人去为宋江卢俊义送葬，之后再没回到大营，多方打听不知去向，朕还要继续派人打听，一旦有信，立即请回来封官赐金！"

李师师长叹一声："要到何时才能找到啊?!"

赵佶搂着师师的双肩："一定能找到。朕实在是饿了，咱们用点晚膳吧。"

师师摇摇头："陛下你自己用膳吧！"

张迪移来一张小桌子放在床前，把御膳餐盒拎过来放在上面。杏儿端来一个铜钵子走过来，让赵佶和李师师净了净手。

御膳盒一共三层，第一层十四道菜品：羊舌签、萌芽肚胘、肫掌签、鸳鸯炸肚、鳝鱼炒鲎、洗手蟹、鳜鱼蛤蜊、五珍脍、虾橙脍、沙鱼脍、润鸡、润兔、灸炊饼、金丝面；第二层十道菜品：砌香果子、雕花蜜煎、时新果子、独装巴榄子、咸酸蜜饯、大金橘、小橄榄、独装新椰子、松番葡萄、陈公梨；第三层四道羹汤：三脆羹、鹌子羹、奶房玉蕊羹、桂圆红枣银耳汤。

赵佶打开第一层，用汤匙舀上羹汤送到李师师的嘴边。

"陛下，你要折煞奴家呀。"李师师立马坐直身子自己拿起汤匙。

赵佶执意要一匙匙喂她，李师师道："陛下，奴家真的吃好了！"

赵佶在萃华楼睡至五更方起，匆忙回到延福宫。今天没有朝会事宜，用罢早膳，他便坐下来吃杯茶。两个侍御围过来，一个给他捶背，一个给他揉腿。一个侍女给他点茶，另一个侍女鼓琴。他眯上眼，听着悠扬的琴声，膳后困倦竟然袭来。昨晚，他第一次见到师师委屈而幽怨的面容，内心无比爱怜，他要把多日暌违的歉疚补偿给师师，一次次地让师师惊叫不已。他似乎做了一个梦，梦见一只白狐骑在他的身上，温湿的舌尖一次次舔在他的脸上。他一惊，睁眼看见胡侍御将脸紧紧地贴在自己的脸上。

蔡攸走进来道："给陛下请安！"

赵佶看他一眼，又闭上眼睛问："蔡爱卿出征事宜准备得如何？"

赵佶语气中明显带有不悦。但是，蔡攸不以为意，目光在两个绝色佳人身上游弋，恬然自得地一笑："一切准备就绪，微臣特来辞行！"

前日，在出兵伐辽的朝会上，蔡攸主动提出，愿做童帅的副手，出征伐辽。蔡攸自忖，按当前的形势，若宋、金南北夹击，辽国必败无疑，此时出征，一来为陛下撑局，二来为自己积累军功。赵佶果然大喜："我朝文臣武将如蔡攸主动请缨者甚多，何愁北辽不灭！"

一般臣子未经通报是不可直接面见皇上的，更不要说直闯内宫了。满朝文武只有蔡攸是个例外，因为二人少年相识，关系不同寻常。赵佶在做端王时，蔡攸在裁造院当监守，二十来岁的他，政治嗅觉就特别灵。他听说哲宗身体不好，向太后特别喜爱活泼健壮的赵佶，就开始想方设法接近赵佶。赵佶爱蹴鞠、捶丸、击鞠、看戏、画画。蔡攸也去学蹴鞠、击鞠，学画几笔画。端王每次下朝时，总能看到一个眉目清秀的年轻人，拱手立在路旁向他行礼，他便记住了这个蔡攸。蔡攸还时不时地偷偷将父亲蔡京的藏画和碑帖送给赵佶，赵佶甚是喜欢。赵佶去蹴鞠，蔡攸就帮他拿上衣服站在场外等候，时不时捡捡被踢到场外的鞠球。一来二去，蔡攸成了端王的少年"莫逆之交"。

赵佶登基后，蔡攸贴得更近，每次朝议，只要赵佶提出意见，蔡攸必是第一个附和响应。赵佶一有闲暇，蔡攸就找赵佶逗乐，与王黼、李邦彦等人一起扮演小丑表演滑稽节目，穿上短衣窄裤、涂抹青红，夹杂在宫廷歌舞艺人，说些市井无赖、淫夫荡妇的戏谑浮浪之语，来博取赵佶的欢心。蔡攸还会传播一些市井奇闻，什么珠星璧月、跨凤乘龙、天书云篆等，赵佶对此很感兴趣，深信不疑，越发看重蔡攸，甚至胜过其父蔡京，不仅蔡攸可以随便出入宫禁，就连其妻宋氏也可以出入后宫。

崇宁三年（公元1104），赵佶赐鸿胪丞蔡攸为进士出身，拜为秘书郎，以直秘阁、集贤殿修撰编修《国朝会要》，在两年内又升至枢密直学士。蔡京入相后，再加蔡攸为龙图阁学士兼侍读等职，一时风光无限。

蔡攸出征在即，不可怠慢，赵佶慢慢睁开眼睛，微微一笑："爱卿说说是如何准备的。"蔡攸将准备的情况说了一遍，赵佶点点头表示满意。

蔡攸转而又道："陛下，昨夜寅时，臣夜观天象，偏西北方天空五星连珠，属于大吉之兆！"

赵佶挺身坐起："什么！"

蔡攸自顾端起茶盏饮了一口，慢条斯理地说："金木水火土五星连珠，由高至低挂于天边，数百年来方有一现。人本乎天地，天象之变应乎民意。舜帝治水成功，刘邦大败项羽于垓下，唐太宗玄武门之变前夜，均出现过五星连珠奇观，而今再次出现，当预示灭辽成功、大宋雄强之兆也！"

"好！"赵佶一拍大腿忽地站起，满面通红，惊喜地看一眼蔡攸，转而面向宋太祖永昌陵的方向躬身一拜，"我赵佶终于可以告慰列祖列宗了！"

蔡攸也随着赵佶拜向西方："微臣定当竭尽全力拿下燕云十六州！"

蔡攸辞驾欲走，赵佶又道："蔡爱卿此行还需要什么？"

蔡攸摇摇头，转而一笑，望着两个美姬："待微臣灭辽成功，请陛下将此两位美姬赐予微臣如何？"

赵佶以手抚其背笑道："你敢夺朕之爱呀！"

风起艮岳动京城

朱勔来报:"近日有几纲花石将运达汴京,这一批花石大如天尊,十分奇巧,八面玲珑,胜过以往,何以处置?"

赵佶略一沉思:"那就先放在玉津园吧!"

最近,不断有大臣奏议,希望罢去花石纲,节约国库,以安民心。所以,赵佶不让运回汴京皇宫,只在玉津园暂存,免得大臣们知道后再闲言碎语。

前不久,新任尚书右丞、翰林院大学士张邦昌递的一份奏章,着实令赵佶十分生气。这封奏章不是张邦昌本人所写,而是他转呈当年苏辙的《上神宗乞去三冗》奏章。熙宁二年(1069),时任大名府留守推官苏辙,在上书神宗皇帝折子中希望朝廷裁减"三冗",即:冗隶、冗兵、冗费。张邦昌此时转奏此议,其用意颇为明显:借古喻今!

赵佶在蔡京等人面前抱怨道:"有本可以明奏,何必转弯抹角,莫非别有用心?"

事后,蔡京将张邦昌狠狠剋了一顿:"近来陛下已经节俭了许多,你明明知道陛下十分敬重他的父皇神宗,你还拿死人做派为你活人壮胆!为什么有此动议前,不给老夫知会一下?我要不是念你师出蔡门,早把你弹劾了!"

张邦昌被批得面红耳赤,自知闯了大祸,连忙打拱:"老师救我。"

张邦昌按照蔡京的指示,写了一道谢罪的折子。赵佶读后心情得以平复,转而又读了一遍苏辙的《上神宗乞去三冗》折子,感觉此折子洋洋万言说得很有道理,不免对苏辙的忠诚和张邦昌的良苦用心予以理解。

朱勔离开后，赵佶打了一个哈欠，头一歪靠在龙椅上，几个侍女忙走过来为他按摩。昨天晚膳后，赵佶在花园溜达了一圈，忽然又想去找李师师。转念一想，几十折奏章还没批阅，晚膳前中书省还在催问呢。于是，让张迪将折子抱到寝殿来，批了几个折子困意袭来，摇摇头强打精神继续批阅。

郑皇后此时走过寝宫，看见赵佶仍在批阅折子，不免心疼，便走进来："陛下，这么晚了，明天再批吧！"

赵佶转脸看见郑皇后披一身薄纱半露酥胸，满头乌发拢在瘦削的肩上，一副楚楚动人的模样。郑皇后多日没有侍寝了，赵佶感到一丝歉疚，便拉过郑皇后的手："皇后怎么也没歇息？"

郑皇后道："本宫每晚总要与侍女兰儿等人在宫里巡视一遍，以免下人们稍有懒惰造成疏漏。"

赵佶很是感动："辛苦你了！"

郑皇后看到赵佶心情不错，加之多日没有与赵佶亲热，一改往日矜持作风，故意散开红纱披肩，露出酥胸，放出十二分的妩媚："陛下，终究有批不完的折子，让奴家给你松松肩吧！"赵佶抵不过这熟悉而又新鲜的诱惑，便投入全心地爱抚，将郑皇后闹腾得娇喘吁吁，连声叫道："陛下，陛下，我的陛下啊……"郑皇后抓住久违了的幸福机会，使出浑身解数，一遍遍主动进攻。赵佶也不好悖其美意，两人竟然闹腾到四更方罢。

赵佶不知怎的来到王黼的家里。王黼的卧室好大，他睡在宽大的床上，周围几个美姬皆未着衣裙，依偎在他的身旁。王黼看见皇上进来，招呼道："陛下何不享受一下微臣的拥帐之乐！"鬼使神差，赵佶竟然躺在王黼的大床上，几个美姬自然上来为其宽衣解带，赵佶一惊睁开眼，见两个宫女正在为他揉肩，两张嫩嫩的脸蛋儿几乎贴在他的脸上，他抬起双手在两个小脸蛋儿上拍了拍："好了，朕要批折子了。"

张迪凑过来："陛下前天与师师小姐约好的今天去看艮岳，还去看吗？"

"呀，朕差点忘了，快去请，朕到太清小筑等她！"

赵佶站在高大的合欢树下，满树的粉色花儿开得十分灿烂，还散发着淡淡的清香，两只鸟儿不知躲在哪里，嘀嘀啾啾，一唱一和，叫个不停。

"陛下，好自在呀！"赵佶回头看时，李师师已微笑着立在身后。赵佶忙拉过师师的手，走进太清小筑。满屋的书香扑面而来，师师将一卷书帖放在赵佶的案头，便迫不及待地欣赏满屋的字画和书籍，她似乎像进了珍宝店一样，从楼下到楼上，再回到楼下，说道："这里简直就是画山书海！"

赵佶道："这里的藏书藏画与太清楼和宣和殿比，只是它们的一角！"

"哎呀，奴家开眼界了！"

李师师立在《芙蓉锦鸡图》前，看了又看。一只羽毛华丽的锦鸡，停落在木芙蓉的枝干上，回头望着两只翻飞的蝴蝶，蝴蝶似乎刚刚拜访过一旁的菊花，正准备去访芙蓉。芙蓉花开得很泼辣，叶子大如手掌，还有浅浅的"手纹"。

李师师道："这芙蓉花太美了！"

赵佶道："是啊，朕在艮岳的雁池畔种了很多木芙蓉。木芙蓉的花朵刚开放时是白色或淡红色的，夜间则变成了深红色，故被誉为'一日三变之美'。木芙蓉与菊花一样，不畏霜冻，又被称为'拒霜花'。每一朵芙蓉花的寿命只有一天时间，但是枝上花蕾很多，此开彼落，蓬蓬勃勃。芙蓉和菊花生逢同时，同为品性高雅之花。晏殊《诉衷情》一词中有'芙蓉金菊斗馨香，天气欲重阳'句，后人便依此句改作词牌《金菊对芙蓉》。"

李师师点头称赞："陛下乃画界奇才，这幅画太精美了。"

赵佶笑说："你看，这锦鸡的眼睛像不像你？"

师师努努嘴："这眼睛哪里像我的？我的眼睛是标准的丹凤眼，而它的眼睛则是圆圆的豌豆眼！"

赵佶笑道："我是说它的眼神很像你！"

师师凑近一点仔仔细细看看锦鸡的眼睛。赵佶简直把锦鸡的眼睛画活了，叠叠的双眼皮、蓝黑色眼珠儿，生动活泼、顾盼流光。李师师看罢，摇摇头。

赵佶问："不像吗？"

师师道："我的眼睛没有它的美！"

"师师说笑了不是，朕在画锦鸡眼睛时，脑海里都是你的眼神！"

李师师羞涩地浅浅一笑："陛下……"

李师师再次凑近看看锦鸡的眼神，摇摇头，又默念赵佶在画上题诗：

"秋劲拒霜盛，峨冠锦羽鸡。

已知全五德，安逸胜凫鹥。"

李师师边念边释义："劲秋之际，芙蓉盛开，具有'文、武、勇、仁、信'、身披五彩羽衣的锦鸡，正在欣赏这和谐美丽的秋光！"

赵佶鼓掌："师师的释义准确而简练！好，咱们去艮岳欣赏秋色去！"

李师师将一卷书帖放在书案上："奴家昨天临摹了一幅陛下的《秾芳诗帖》，带来请陛下指导一下。"

赵佶慢慢打开一看，很是惊讶："师师的悟性真好，已经临出了朕的瘦金体的力道！"

张迪到门口看一眼天上的太阳："陛下，在哪里用午膳？"

赵佶道："在雁池旁的绛霄楼吧，那里可以下望雁池，视野开阔。"

赵佶与李师师刚欲乘轿去往艮岳，却见梁师成和丁福匆匆走过来："陛下慢行，这里有一封八百里加急密报！"

赵佶慌忙接过来，转而又小声交代张迪："你先陪师师小姐去艮岳逛逛，朕随后就到！"

赵佶拆开密报，大吃一惊！

童贯在奏折中说道："我大宋军队一开始攻入燕京东郊，与守敌激烈交锋，主城区几经易手，拉锯数十日，后北辽从漠北调来骑兵数万人，从我军后面攻之，我前后受敌，加之连天阴雨绵绵，粮草不济，只能退出燕京，望陛下恕微臣之罪！当下我军正重整旗鼓、厉兵秣马，定当夺回燕京！微臣有二事相求：一、望陛下百忙中督促兵、户二部及时供给；二、以朝廷之名函告金国阿骨打，出兵截断北辽后援，夹击燕京之敌，以求早日锁定胜局……"

赵佶一下将奏折子摔在案上，怒道："二十万宋军灭不掉三万守城之敌，是何道理！"赵佶说着一边气呼呼往外走一边对丁福说，"传蔡京、高俅及兵、户二部尚书速到文德殿议事！"

赵佶将童贯的折子扔给蔡京："你们看看，上次攻打燕京十余日未果，半夜却被燕京城辽军击溃，这次又是败北，不仅辽国人耻笑，就连金人也会瞧不起我大宋，战场上一再失利，怎能不让金人牵着鼻子走？"

蔡京阅罢，转给高俅三人传阅。

兵部尚书孙傅说道："以臣之见，不可轻敌，应再增加兵马到燕京前线。微臣已经函告驻防西北诸将，随时待命驰援燕京。"

户部尚书陈显接道："前线粮草准备充足，只是近期多雨，道路泥泞，运粮车马行进艰难，微臣已派户部侍郎田宏赶往涿郡前去督运。"

蔡京看一眼怒气未消的赵佶，说道："臣以为非我宋军战力问题，主要原因在将帅及副帅之间配合不密，大意轻敌。以臣愚见，不如将蔡攸、郭药师调回汴京……再派得力大将前去替换！"

赵佶问："是何道理？"

蔡京道："蔡攸乃一介书生，举兵打仗是其弱项，以外行做副帅于战事无补；郭药师当时降宋事出无奈，前不久曾传他私蓄门客、军队，虽查无实据，但也要提防，如果金国向其示好，恐有变数。调回京师授以官职，明升暗调，以防生变。"

赵佶没有表态。郭药师降宋后，接连打了两个胜仗，特别是他利用与辽国汉人的关系，以五千之师一举夺得涿、易二州的二十四县，足见其诚意归宋，况且现为攻辽前锋，童贯和蔡攸并未报告过郭药师有图谋不轨的迹象，此时突然调其回京，恐那些归宋将官情绪波动，反生意外，不可！至于蔡攸，他身为副帅，与童贯并未有嫌隙，调他回来会动摇军心，亦欠妥当。

蔡京提议调蔡攸回京，自有盘算。一是为了蔡攸免受战争之苦；二是担心再吃败仗，自己的老脸无光。

蔡攸与蔡京虽为父子，但由于政见不合，常常互相拆台，朝中大臣无人不知。

蔡攸刚出道时对其父蔡京毕敬毕恭，父亲毕竟对蔡家来说仿若一棵参天大树，蔡家数十口人都因蔡京得到皇帝的恩宠，在朝做官，就连赵佶赐予蔡攸的进士称号也与蔡京有关。蔡攸野心慢慢变大，似乎比蔡京的还大。蔡攸的潜意识里以为，只有把父亲的权势压下去，自己才能真正出人头地。因而，他自恃是皇上的宠臣，常常与蔡京互相倾轧，在朝堂上，蔡京的奏议时常第一个被蔡攸推翻。蔡京一开始以为蔡攸少不更事，后来才看出蔡攸的真正意图是扳倒老父、抬高自己。于是非常生气，怒将蔡攸赶出蔡府，父子失和，从此反目为仇。赵佶知道蔡攸被赶出后，念其少年相处之谊，另赐蔡攸府第，父子各立门户。赵佶自忖蔡家父子矛盾对朝廷有利，兼听则明，偏听则蔽，也省得大臣们说自己只听一家之言。人人都有私心，只要对自己忠诚就好。二人也各有所长，一个善管理，一个有新招，二人互相制约，有利于赵佶及时掌握全面情况。

一次，蔡京正与客人谈话，蔡攸匆匆进来，上前抓住父亲的手，做诊脉之状，自言自语道："大人脉势舒缓，当是重病在身，何不向皇上告假？"

蔡京道："老夫没有不舒服啊！"

蔡攸又说："有病不看郎中，是会酿成大病的！哦，我有事，走了！"

客人很奇怪，问道："公子匆匆来去，是去给您请御医吗？"

蔡京摇摇头。

蔡攸第二天就上了一道折子，说蔡京有重病在身不能履职，请皇上罢其右仆射之职。过了几天，赵佶果然下诏命让蔡京致仕。

蔡京见赵佶沉默不语，看一眼高俅，又道："陛下，高太尉两次到西北战场前线督军，均得以取胜，当下朝中知军者莫如高太尉，所以，老臣推荐高太尉前去燕京前线查看详情，摸清我军两战两败的原因，与童贯等人一起商讨一个切实可行的攻城计划，再报予陛下定夺，如何？"

高俅道："蔡太师所言欠妥。常言道，将帅既用之则信之，不可重复派遣。况且当下重兵在外，各地小股匪患不断，作为确保京师和朝廷安全的禁军，责任重大，禁军主帅远去边塞，恐非万全之策！"

赵佶环顾左右，宣布决定："即派监察御史刘珏、兵部侍郎胡溪连北上涿州，了解当前战事和下步行动计划；着令太尉高俅，调集两万禁军精兵驰援童贯；太师蔡京、右仆射王黼协调户部、兵部抓紧运送粮草、枪械、马匹等物资，确保供应。众卿分头行动，不得有误！"

赵佶一看时间，已过午时，忽然想起李师师还在艮岳，匆忙坐上辇舆赶往艮岳。然而，当他赶到艮岳万松岭倚翠楼时，却不见李师师和张迪的身影。"怎么回事？他俩去了哪里？难道是改变了地方？这个张迪办事这么毛糙，改了地方也不给朕说一声！"于是，丁福陪着他从万松岭找到雁池，丁福不时地叫上一声："张迪——你在哪里！"只有艮岳的山林在回响！

正着急呢，张迪匆匆跑来，撩一把满头汗水："奴才该死，让陛下着急了！"

赵佶斥责道："怎么搞的，师师小姐呢？"

张迪喘着粗气说出了刚刚发生的一幕惊剧。

张迪陪着李师师在艮岳转了几个地方。李师师一路赞叹："艮岳建造得既雄伟又典雅，如在这里住下来，每天被鸟儿唤醒，枕着清风明月入眠，真真胜过神仙！"

张迪道："这都是陛下用了多天的工夫设计的园林，每一花木，每块山石，每个湖泊，以及所有的亭台楼阁的名字，都是皇上精心推敲过的！"

李师师道："不可思议！"越发打心眼里佩服这个无艺不精的皇帝。

张迪和李师师拐过一座假山，正好撞见丁婕好带领十几位婕好、才人、贵人来艮岳游玩。

看见张迪和一女子在此间溜达，丁婕好心生疑惑，问道："张公公不去伺候皇上，却带一女子来逛艮岳是何道理？"

张迪慌得面红耳赤，张了张嘴，无法回答。

几个妃嫔七嘴八舌议论道："平时看上去勤快老实，原来还是个——偷腥的主儿。一个公公还想……"妃嫔们掩口嗤嗤笑。

李师师对突如其来的遭遇，无以应对，只躲在张迪的身后，用长袖掩面，偷觑众人。

张迪眨眨眼，挺挺胸说道："娘娘们不要胡说，她可是高丽国使者的夫人，我是奉陛下之命陪这位夫人来逛艮岳的！"

马婕好说："哦，高丽国使者的夫人，为什么穿我大宋的汉服？"

王才人接道："请夫人把长袖拿开，让我们开开眼界，看看高丽国的女人与我们有什么不同！"其实妃嫔已经看出与她们的不同，李师师高挑的个子，丰盈的胸脯，未施粉黛，衣着朴素，气质颇为优雅。李师师慢慢将长袖拿开，羞涩地低着头。

王才人叫道："啊，美人胚子就是红颜祸水。"伸手就想去撕李师师的衣裙。

张迪两臂一伸，挡在师师面前："娘娘们莫失国礼！"

一个宫女走过来一看，惊叫道："这不是李师师吗?!"

丁婕好问："你说什么？你怎么认识她？"

宫女答："我在赵家瓦肆听过她唱的曲儿！"

妃嫔们炸开了："哇，这个贱人怎么跑到这里了！她一人独占皇上，撕了她！"

张迪一看形势不妙，拉起李师师就跑。妃嫔们一哄而上撵了过来，妃嫔们哪走过这么快的路，不一会儿就跑不动了。张迪力气大，拽着李师师跑得快，七拐八绕，将妃嫔们甩得老远。他们跑出丽泽门，坐上小轿回到延福宫赵佶的寝殿。李师师自感受到了天大的委屈，一屁股坐在软榻上哭起来。

张迪劝道："这些妃嫔们深居后宫，有些人甚至常年见不到皇上一面，往往听说皇上让哪个妃嫔侍寝了，其他人就醋意大发，互相倾轧、排挤，甚至大打出手。皇上最近一心想着你，不管朝政再忙总要想法去看你，妃嫔们对此早有耳闻，常常议论纷纷，今日见到你怎能放过？快别哭了，她们一会赶到这里咋办？"

李师师抹把眼泪："这皇上当得也够难的，请转告皇上，以后别去萃华楼了！"说着，径直走向地道门口，张迪怕生意外，一直把师师送到萃华楼上。

张迪哭丧着脸："陛下，今天师师小姐受委屈了！"

赵佶听了张迪的叙述，十分生气。便把郑皇后叫过来，狠狠批了她一顿："你身为国母，总领后宫，连妃嫔成群结队去艮岳都不知道！她们既然知道师师是朕请来的客人，况且有张迪相陪，还对客人穷追不舍，她们的眼里还有没有我这个皇帝？"

郑皇后叩头："臣妾知罪，一定调查清楚，从严教训，给陛下一个交代！"

郑皇后回到坤宁宫，叫来内侍省都知、副都知等内侍官员，严肃地说道："妃嫔在艮岳追逐皇上的客人，此事体大，应从速调查处理！"

内侍官们不敢怠慢，分头了解情况，晚膳前已全部了解清楚。郑皇后听过汇报，思忖道：所有事端皆由丁婕妤挑起，她平时张扬跋扈惯了，就连来坤宁宫问安都是隔三岔五的。你个王才人依仗族人得势，常常口出狂言，还说最近皇上要破格封她为贵妃呢！二人常常串通一气制造事端，上次赶跑胡姬阿依丽，就是她二人煽动几个内侍和妃嫔所为！不打掉此二人嚣张气焰，何以管理后宫！于是，立即将所有妃嫔都叫到坤宁宫。

郑皇后端坐在凤椅上，满面怒气。偌大的宫殿几乎跪满了妃嫔，按照品级，贵人、美人、才人、常在、娘子、选侍、采女、答应、更衣都跪在殿外广场上。丁婕妤到得最晚，她走进来，迟疑了一下子，跪在后面。

郑皇后威严地大声说道："请丁婕妤、王才人前排跪下！"

二人互相看了一眼，跪到前排。

郑皇后道："上午去逛艮岳，是谁的主意？"

众人向丁婕好看去。丁婕好则看向王才人。

王才人辩道："臣妾问丁婕好，这御花园里的枫叶已经红了，艮岳的秋色肯定很不错！丁婕好就说：'走，喊上几个姐妹们去艮岳看看！'"

丁婕好瞪了王才人一眼："我只是一说，所有的妃嫔宫女都是你喊去的！"

丁婕好抬头看向郑皇后："皇后，我等姐妹逛逛艮岳，您犯得着大动干戈吗？"

郑皇后将桌子一拍："你丁氏还有道理了不是？你们去艮岳为什么不向本宫报告？见了陛下的客人为什么要驱赶追打？成什么体统！"

丁婕好辩道："艮岳连着皇宫，也算皇宫的一部分，我等没走出宫城，大概不需要向皇后报告吧！再说了，那个李师师勾引皇上，害得我等姐妹连向皇帝问安的机会都很难找到！姐妹们见是李师师那个贱人，一个个气得两眼冒火！一个娼妓，有什么打不得！"

王才人也附和道："皇后你是没见那贱人，浑身都是骚劲……"

"住嘴！你们如此诋毁李师师，追打李师师，想没想过皇上的感受？本宫经常教导你们要宽以待人、严于律己，《女经》《女训》《宫规》你们都没读过？我经常教导你们，处处事事都要维护皇上的尊严，你们都忘了？此一事件影响极坏，若不处理何以正纲常？事情的原委过程，已经调查清楚，下面请内侍省都知赵怀让依照后宫律法宣读处理决定！"

赵怀让清了清嗓子："经内侍省调查，依照皇宫律法，报请皇后决定，现处理如下：丁婕好实为肇事者主谋之一，责令其禁足三月，三个月内不许向皇帝、皇后问安，在禁宫抄写《女经》《女训》《宫规》各一百遍；主谋之一王才人，去到掖庭浣衣六个月，之后禁足一年；对所有参与艮岳事件的二十一位妃嫔，一年内不得向皇上问安，同时各抄《女训》《宫规》五百遍；对丁婕好、王才人宫内的苏、马两个宫女，追打李师师极为卖力，各庭杖二十，归入掖庭浣衣，各宫廷均不准调遣使用；其他所有涉事的内侍宫女，均到掖庭浣衣半年！"

众妃嫔散去，王才人边走边附耳对丁婕好说："哼，总会有人为我们出气的！"

"谁？"

"我哥哥说，太学生们早就要发起驱赶李师师运动呢！"

"是吗，你那个当太学博士的哥哥说的？"

王才人自信地点点头。

赵佶下午本想去萃华楼找李师师赔礼道歉，转念一想，李师师正在气头上，不如等郑皇后和内侍省有了处理意见，再去见李师师方好。于是，挑选金镶红宝石双龙戏珠手镯一对、九凤绕珠赤金缠丝珍珠钗两支、红翡翠滴珠耳环一对、云鬓花颜金步摇一挂，用锦盒装好，让张迪送给李师师，并代为致歉。

赵佶在文德殿听取工部尚书张劝汇报大运河疏浚一事。

"陛下，由于朱勔运送花石纲时扒了许多桥梁，加之黄、淮河改道，长期没有护坡等原因，广陵、临淮关和博州几个地方，河道淤积，大船难于行进，直接影响漕运。微臣已经上了四道奏折，陛下虽然批了下来，但是户部以全力保障军需钱粮、国库不足为由，没有行动，望陛下百忙中过问此事。"

赵佶道："河道疏浚是大事，牵涉南粮北运、商旅畅行问题，应该抓紧办理。目前户部保重点的思路也是对的。然而，你的奏折提到，十几个河段同时动工，这肯定不行，哪些河段对漕运影响最大，可以先行开工嘛。"

"陛下，这些河段都不可再拖了，最关键的地方是广陵和临淮关一带。"

赵佶沉吟一下，拿眼看蔡京。

蔡京道："老臣与王黼及户部做了两次合计，可先筹集十万缗，先急后缓……"

张劝摊摊手："老太师啊，这一点点钱连广陵一个地方都不够啊！"

王黼接道："莫急嘛，这是朝廷出的，我再和广陵等有关地方的州县做做工作，看看能否让地方同比例出资。"

张劝道："王大人以为州县的钱容易筹集吗？大多数州县都是入不敷出，甚至将朝廷发放给官员的俸禄都减半发放，以应对日常办公和地方救灾等不测事端。地方上的盐、茶、铁、丝大宗税赋都收归朝廷，剩下些小税赋不足以应对日常开销……朝廷至少要筹集二十万缗，广陵河段方可动工！"

蔡京看到赵佶心不在焉，便提议："张大人，皇上日理万机，咱们一起到户部再核实一下吧！"

赵佶确实感到有些心烦，呷了一口茶水道："好了，蔡爱卿通知户部先拨付十万缗给工部，王爱卿着手协调扬州等州县，探探情况再做定夺！"

赵佶打发走众人，来回踱了几步，想通知高俅去蹴鞠。兴奋时或烦躁时，赵佶的脚就会痒痒，到场户踢一阵鞠球，烦躁自然消失，兴奋也会平复。他正欲召唤高俅来蹴鞠，张迪却匆匆跑进来："陛下，太学生闹事了！"

赵佶道："慢慢说，咋回事？"

"昨天晚上，几十个太学生乘着酒兴来到金钱巷萃华楼前，声声要李师师出来陪他们喝酒。一时间引来许多人围观，直把金钱巷围了个水泄不通。李师师一看这么多人来叫陪酒，认为准是闹事的，于是就紧闭大门。李嬷嬷拿些银两出去相劝：'师师小姐偶感风寒，不能陪待大家，等师师小姐病愈，再与大家相约，这点银钱送给你们去买点好酒吧！'太学生们不依不饶，乘着酒兴、血气上涌，声声让李师师出来相陪：

'你李师师不能只陪皇上一人，也要陪陪我们啊！'

'你今晚若不下楼来相陪，我们就把你这窝端了！'

'不陪我们可以，你必须在天明之前离开汴京城！'

'快滚吧，滚得远远的，滚得越远越好……'

"起哄的人越来越多，这些人似乎要把积压已久的怨气全部发泄出来。围观的人一起哄，太学生们的胆子更大了，竟然不顾斯文，咚咚咚地砸起大门来。在邻近巡夜的捕快闻讯赶来，当场逮捕了六七个砸门的太学生，驱散了围观的人群。不承想第二天一早，所有的太学生齐聚在开封府大门前示威呐喊，要求开封府立即放人。许多市民百姓参与其中，一时间声势浩大，震动京城……"

张迪还没说完，开封府已派总捕头马占山跑来向赵佶汇报情况。赵佶一脸怒气："几个太学生酒后所为，并未造成多大损失，速速放人！"

张迪挠头不解。赵佶自有盘算，如果开封府将七个太学生交由大理寺刑审，这与"善待文人"的祖制不符，将会引起更大震动，李师师也将无法在汴京城居住了。只有息事宁人，才能安抚民意。

赵佶又把王黼找来，令其到太学去安抚学生、了解情况。赵佶说："太学生闹事恐怕不是一件孤立的事情，是否有人煽动也未可知，要摸清幕后推手，掌握真实情况，然后相机而行，切勿引起反弹。"

尴尬难为空城喜

李师师这两天陷入深深的痛苦之中。如果没有为梁山招安穿针引线，自己也不会主动去结交皇帝，以至于过从甚密，从而引起后宫妃嫔的嫉妒。自己在艮岳的遭遇和太学生门前闹事，肯定不是孤立的两件事。那些太学生喊出的口号，已经说明事端发于后宫。她实在想离开这个住厌了的是非之地，是走是留，实难抉择。

能说心里话的人，一个不在了，一个不知现在哪里。宣和五年（1123），周邦彦不满朝中蔡京等弄权，再次要求外放，赵佶同意其赴南京应天府鸿庆宫就任。李师师本想向赵佶为恩师求情，被周邦彦坚决拒绝。

李师师赶往汴河码头送行，三杯饯行酒举过，周邦彦红着眼圈说："师师，汴京已非往日的汴京，你要珍重……"

李师师已泣不成声："不知先生所去的南京是否会有师师的容身之地？"

周邦彦点点头："会有的，会有的……"

二人执手洒泪依依惜别。然而，分别后不久，先生即病逝于南京鸿庆宫斋厅。先生鼓琴唱词的音容笑貌，随着无声的眼泪挂在李师师的眼眶里，久久不尽。

另一个能说心里话的燕青现在哪里？是死是活均未可知。若死在哪里，皇上也许能查出来的；若还活着，为什么没有一点信息？当初说好的，招安事成之后即一起远遁于山林，难道你只是敷衍于我？

细想想，这一切似乎不能怨恨赵佶。他对自己的深恋应该是出于真心，挖一条地道去幽会情人，古今闻所未闻。如果自己是后宫的妃嫔，面对痴心于皇帝的情人，也会嫉妒怨恨的。李师师摇摇头，谁也不怨，只怨老天的不公，怨自己的命运不好。她多想生在一个父母宠爱的家庭，早读书、晚女红，平安嫁人、相夫教子，即使再贫再苦，她也能承担。然而这一切都一直是在梦里。遇到燕青后，这个沉寂的梦境似乎露出了一点希望之光，所以她要竭力帮助燕青促成招安。结果事与愿违，原来所谓的招安，只是朝廷平息匪患的一个策略而已。她一直相信燕青不是那种负义之人，他既然离开梁山大营未归，一定有他自己的盘算。即使他再次落草为寇，只要有他的信息，师师一定会毅然舍弃眼前的一切奔他而去！而今这个希望之光又一次消失了。

张迪带些礼物过来，说是赵佶一表歉意。李师师没有收，对张迪说："请转告皇上，为了后宫不起波澜，就不要再来金钱巷了！"

赵佶果然没来，即使出了太学生闹事这么大的风波，赵佶也没有来。难道赵佶被发生的变故吓退了？也罢，落得个清静，李师师想着，心里倒多了几分坦然。李师师往后花园看了一眼，叫来李嬷嬷和杏儿，将地道的出口死死地堵上了。

王黼分别找到刚刚被开封府放出来的几个太学生，好言加以慰勉："你们酒后行为失当被抓后，皇上非常关心，特意交代不准加罪你们这些学子，皇上说，太学生是我大宋的未来。"

太学生们听了王黼转述皇上的话，十分感激，连连向王黼打躬作揖："我等酒后无德，少不更事，以后再也不敢了！"

王黼笑道："我很欣赏你们的敢作敢为。我不能理解的是，你们怎么想到去金钱巷找李师师了？"

太学生们互相看看："我们喝醉了酒，是胡乱跑到那里的！"

王黼说："好吧，你们以后要专心向学，少喝点酒！"

王黼打道回府时，小轿拐过马行街口，一个太学生拦住去路，说有事禀报。王黼停下来挑帘问："你有何事？"太学生小声说道："这次太学生去金钱巷闹事之前，太学博士王守文请那十几个太学生喝了一顿酒……"

赵佶听了王黼的汇报，甚为生气，这种暗势力要坚决打掉。当即让王黼拟了一个王才人家族在朝做官的名单和处理决定。王氏家族在朝中做官一共有六人，在州县的有三人，均是六品以上的官员。诏令将王才人之兄王守文改为琼州琼崖副水监，其他人等均降三级调离京城，充入各个道观，分别任监斋、表白、殿主、院主、庵主等职。

一切安排就绪，赵佶让张迪带上上次准备的礼物以及《芙蓉锦鸡图》，前去见李师师。走到地道尽头，却怎么也推不开洞门，张迪叫了几声也没人答应。赵佶只得垂头丧气地回到延福宫，一下把自己撂到龙榻上。

赵佶忽然感到世间如此冰冷，生活没有丝毫意义。李师师真的该生气了，艮岳风波后，本该早早去萃华楼向师师道歉，可惜多事缠身，时至今日也未能见面。你李师师也该知道朕的难处，朝廷、后宫、边关、州县……每天都有忙不完的事。高处不胜寒，何如只做个端王自在？

赵佶忽然坐起来，对张迪说："走，去金钱巷！"

张迪看看天光："陛下，现在未时刚过……"

"未时怎么了，就是要让他们知道，朕是个敢作敢为的人！"赵佶故意安排乘坐大辇、全班仪仗和禁卫，准备出宣德门，光明正大地去往金钱巷。一应备齐后，赵佶被宦官和侍女簇拥着走向停在文德殿前的大辇旁。

恰在此时，蔡京、王黼、高俅、李邦彦、孟揆等人，一个个脸上带着笑意，匆匆走过来，边走边叫："陛下，大喜了，大喜了！"

赵佶停下脚步："何来大喜？"

王黼双手将一份八百里加急快报递给赵佶，赵佶打开一看，笑容立即爬上脸颊，抖了抖战报，几步跑上文德殿的台阶，蔡京等人快步跟随过来。赵佶忽然想起什么，回头朝张迪摆了摆手，大辇及仪仗缓缓退了回去了。

赵佶坐在龙椅上，又将战报一字一句读了三遍。回想起联金灭辽的过程，简直一波三折。当初，在诸多反对声中，赵佶与童贯、蔡攸一起力排众议，决然派人渡海与金结盟，几经反复终于达成协议。宋军出白沟攻取燕京得幽燕六州，金军攻取西京云州。赵佶想，只要大宋能打下燕京，就占据了灭辽的主动权，可以再与金国讨价还价，甚至可以西进抢夺云州。

于是，宣和四年（1122），宋金开始联手灭辽。正月，金军攻克辽中京大定府（宁城），辽天祚帝逃往西京（大同）；镇守南京（燕京）的耶律淳被推为帝，立即遣使投宋，提出"免岁币，永结盟好"。赵佶和童贯正在兴头上，坚决予以拒绝。

宣和四年（1122）四月，金军攻进西京大同府，辽天祚帝逃向夹山，七月，身在燕京的耶律淳病死。恰在此时，郭药师经过长期准备，宣布阵前降宋。赵佶看准时机，又命童贯、蔡攸统领诸路人马二十万，第二次进攻燕京。郭药师的叛辽归宋，使整个战局向有利于大宋的方向发展。

辽国人闻讯惊慌失措，再次遣使来见童贯，表示"称臣纳贡，重修旧好"，童贯报于赵佶，又被赵佶断然拒绝。

宋将刘延庆并未认真备战，只把希望寄托在辽军投降、不战而胜上。由于涿州、易州已经得手，宋军直逼燕京城，辽军在萧干率领下倾城而出，在城外十里的地方与宋军对峙。郭药师看到辽军大队人马出城迎战，判断城内空虚，绕道辽军背后攻入城中。宋军进城后，以为胜利在握，军纪散漫，酗酒闹事，到处抢夺百姓财物。

萧干一边派军继续在城外与宋军对峙，一边回援燕京城。城内宋军毫无准备，被辽军杀得丢盔弃甲，而宋军的后继部队却杳无音信。最终入城的宋军只逃出四百余人，郭药师本人缒城而逃，得以保命。萧干故意放回一些俘虏，谎称将有数倍辽军前来增援，以举火为号对宋军发起进攻。夜里火光亮起，刘延庆惊恐万分，以为辽军前后夹击而来，便烧毁营寨落荒而逃，辽军一路追袭，宋军溃败中互相践踏，死伤者无数，弃尸百余里，宋军粮草辎重损失殆尽。

早在童贯出征时，赵佶对此次北伐不大放心，知道童贯好大喜功的特点，便派心腹李准混于童贯军帐中，密切注意北征的进展情况，及时将真实情况密报于赵佶。赵佶每次接到童贯的战报和李准的密报都不一致。对宋军的两次失败，童贯多以对方兵力强大，且地理熟悉为由，宋军只能采取战略撤退云云。

当赵佶接到李准的密报"燕京既失，州县复陷，人民奔窜"的实情后，大为震怒，立即手谕斥责童贯误事：如此惨败，还巧加粉饰，何敢信尔！

童贯见到赵佶的手札大为恐惧。仔细一想，皇上虽然生气，却并没有撤换自己。一是因为目前朝中无人能顶替自己的位置；二是要观察自己下步行动。怎么办？他找来蔡攸商议。蔡攸道："既然我军无力收复燕京，那就求助金国呀！"

童贯恍然大悟，立即派遣王瑰由易州前往云州拜见金国元帅完颜宗翰，请求金国快些发兵夹攻燕京。完颜宗翰淡然一笑："我大金早已攻取云州，你们二十万大军却被辽人追杀数百里，何也？"

王瑰十分尴尬，对曰："辽国将重兵置于燕京，故而云州易取、燕京难攻。

大宋两次攻辽虽未得到燕京，但已经大大消耗了辽军的有生力量，此时，贵、我两国同时起兵，灭掉辽国便在眼前！"

完颜宗翰上报阿骨打，阿骨打当即答应。

金太祖阿骨打是位有远见卓识的君主，除了自身武功超强外，他对灭辽有着明晰的战略目标。在灭辽战争中，他稳定高丽，结交西夏，联合北宋，始终把矛头对准辽国，并能安抚降附者、分化瓦解辽军，堪称杰出的军事统帅。他统一了女真众多部落，并带领其完成建国、灭辽两件大事。

女真本是东北松辽一带的些小部落。阿骨打的祖、父辈一直是女真部落联盟长。阿骨打从小跟随其父南征北战，政和三年（1113），阿骨打继其兄为联盟长，逐步统一邻近部落，扩充实力。政和四年（1114），阿骨打集合各部誓师反辽，连败辽军于宁江州等地。政和五年（1115），建国"大金"，年号"收国"，定都会宁府。进而攻取辽国黄龙府，击败天祚帝；次年击灭渤海人高永昌军。宣和元年（1119），与宋朝达成《海上之盟》，开始联宋灭辽之战……

完颜宗翰派兵攻占了居庸关。燕京城中的耶律大石得知居庸关失守，当夜率领兵马驻于城下，谎称野寨迎敌、抗击金军，实际上是做逃离的准备。辽宰相左企弓等人送行到城门以外。耶律大石抚慰道："小心守城，勿轻易应战！"

耶律大石一行人出城后连夜奔行，过古北口，逃往阴山，投奔天祚帝去了。萧幹则率领另一部逃往奚王府（今内蒙古宁城）。北辽至此土崩瓦解了。十二月六日，阿骨打到达燕京，辽宰相左企弓率领留守燕京的百官向金军投降。

燕京被金人打下后，童贯惭愧极了，二十万大军不仅没能打下燕京，而且宋军只剩下十几万人，损兵折将五万余人，这如何向皇上交代？必须想办法要回燕京，方能免于被朝廷治罪。于是，他多次派遣使者与阿骨打交涉归还燕京一事。由于燕京是金军攻占的，金国提出宋朝除了把原来给辽朝的岁币岁绢全数交给金国以外，每年还须再向金国缴纳一百万缗的燕京代税钱。以元帅完颜宗翰为首的一些贵族，根本不赞成将燕京归还宋国，应以涿州、易州作为宋金两国的分界。阿骨打表示："我与大宋海上信誓已定，不可失信也。待我死后，悉由汝辈处之！"宣和五年（1123），阿骨打西逐天祚帝，在返回上京的途中病逝。其弟完颜吴乞买继承皇位。

赵佶对燕京这样的局面实在挂不住面子，自己力主联金灭辽，结果被童贯弄得如此不堪，如何向大臣和国人交代？如果治童贯的罪，一定会被言官们责难用人失察，说不定还要下罪己诏。赵佶思前想后，真的很后悔没有听取郑居中、李纲等大臣的意见。罢罢罢，无论如何先收回燕京，方可弹压舆论。

宣和五年（1123 年）正月，赵佶提出若归还云州，可答应金国提出的的条件。金国乘机再向宋敲诈了二十万贯的犒军费，赵佶也一口应承，金人照单收了银两后，勉强签了协议，除上述条款外，特意将宋金互不招降纳叛单列一款。然而，金人并无交割云州的意思。

先把燕京收回也好，赵佶让赵良嗣再入金营，催促交付燕京。完颜吴乞买责问赵良嗣："当初宋金两国约定联合攻辽，为什么我大金到燕京城下时，不见宋军一人一骑？"赵良嗣无言以对，不敢再提云州，只催促交割燕京。

金军知道燕京城池将归还宋国，便大肆剽掠洗劫，并将燕京居民驱赶至金国境内，因而，燕京城中十室九空，整座城池几如废墟。

童贯和蔡攸听闻金兵退走，大摆阵仗，浩浩荡荡率大军开进被洗劫一空的燕京城，然后派遣飞骑向皇帝上表邀功。

赵佶忽地站起，高举捷报，哈哈大笑："此乃百年不遇之大喜，终于收回了燕京！"

众人齐呼："陛下运筹帷幄，立下了不世之功！陛下万岁万万岁！"

赵佶道："蔡太师与诸爱卿好好筹划一下，如何庆祝收复燕京。"

童贯、蔡攸接到诏命后，安排刘延庆暂守燕京，便班师回朝。入城仪式相当热闹，童贯、蔡攸风光无限，赵佶亲率文武百官到宣德门迎接。童贯、蔡攸二人身披紫绶带，胸戴大红花，各骑枣红高头大马带着得胜之师，十分威武地走过御街，来到宣德门前。童贯、蔡攸望见皇驾御辇，翻身下马向赵佶行跪拜礼。登时鼓乐齐鸣，万岁声声。赵佶步下车辇，扶起童、蔡二人："二位爱卿辛苦了，朕已在集英殿设宴，为二位接风洗尘！"童、蔡二人再拜："臣等感谢陛下垂恩！"

宴会开始前，赵佶端坐在龙椅上，喜形于色、容光焕发。他特意将自己的那幅《瑞鹤图》挂在大殿的中央，更增加了祥瑞气氛。赵佶扫一眼大殿中满朝文武，令梁师成宣布诏令：即日起普天同庆，大赦天下，所有参战将士俱记军功，重加奖赏。诏令加封童贯为徐、豫两国公，领枢密院，宣抚河北、燕山；封蔡攸为少师、英国公，赏美姬二人；封郭药师为节度使，加检校少保，同知燕京府事，赏美姬十名，紫色汉袍一件；封赵良嗣为延康殿学士、光禄大夫，提举上清宫。刘延庆等诸将均予封赏。

此时，以蔡京为首，文武百官争相向赵佶上颂表。太学博士周道亮代表太学生上颂诗，画院待诏苏汉臣将画师们画的九十九幅歌颂燕京大捷的画作，献予皇上。一时间，龙案上的颂诗、颂画、颂表堆成小山，纷纷称颂赵佶英明神武，运筹帷幄，威德四方，功莫大焉，堪比尧舜禹汤云云。

然后，赵佶穿黄袍戴冠冕率领文武百官去大成殿祭孔。赵佶虽然崇信道教，但祖制以儒治国不可偏废，天不生仲尼，万古如长夜。孔子人伦之表，厚德载物，乃帝道之纲常，此时祭孔足可凝聚民心。

在众臣工欢呼声中，赵佶朝孔圣一跪三叩，亲手为孔子塑像戴上十二旒冠冕，登时鼓乐笙簧齐奏韶乐。赵佶亲持黄绢颂读祭文：

维大宋盛世，岁在阳春。熏风拂煦，百物俱荣。天地化育之大成荟萃与此，谨以韶乐鲜花之荐，恭祭于孔圣仙师之前。至圣至灵，功德永恒；亦人亦神，万古为宗；往事如烟，化险为夷；以至圣之鸿德，化夷狄之欲望；不战之大略，屈蛮人之强兵；洗百年未雪之耻，复一脉中原故城；赤县神州，海晏河清；儒德祖光，日照华夏。礼乐并举，和谐天下。伏惟尚飨！

入夜，整个汴京城成了欢庆的海洋，四水八岸人山人海，万民欢庆，载歌载舞，耍狮舞龙，烟火闪烁，鞭炮声声。各个街道商铺灯火通明，熙熙攘攘。大小酒楼，都是醉客。最为激动的是那些太学生及其官、私学子，他们成群结队打着小黄旗在街上游行，从一条条街道走过。

一个消息不知哪里传来：大宋只得到了燕京六州，金国占有的云中十州不再归还！游行队伍立时炸开了，欢乐之海变成了激愤的波涛！人们高呼口号涌向宣德门："坚决收回云中十州！中原的土地一寸也不能丢！大宋人要挺起自尊的胸膛！"

市民们被他们高昂的情绪感染着，纷纷走出瓦肆和酒楼，汇入游行队伍。游行队伍来到宣德门广场，有人站在台阶上演讲，伴随着一阵高过一阵的口号，声声传到皇宫。

此时，赵佶正与群臣一起陪着金国使节不打骨宴乐。赵佶面对黄须豹眼的金国使臣不打骨慢慢冷静下来。回忆这多年来，一个西夏一个大辽，这两个大宋的生死冤家，你死我活地斗了一百五十多年，三国斗得筋疲力尽，几乎虚脱之际，突然冒出一个凶悍的大金，它以藐视一切的傲慢，一下子将辽国赶到大漠。那个一直向大宋称臣的西夏，亦非当年李元昊通知的西夏王朝，而今日薄西山，说不定哪天也会死在大金的手里。一个强大而傲慢的金国就站在自己的面前。赵佶一时有点茫然，不知如何与金人周旋。

金吾中郎将庹云震匆匆走到赵佶跟前，附耳低语几句。赵佶缓缓站起走出殿外，隐约听见宫墙外一阵阵的口号声，他吓了一跳，不打骨就在殿内，若是听见这等口号如何是好！他立即叫出王黼和高俅，令他们二人到宣德门前处理青年学子们游行事宜。

王黼和高俅站在宣德门的楼台上朝大家挥挥手。

庹云震高声喊道："大家安静，皇帝陛下委托右仆射王黼大人和太尉高大人来看望大家！"

王黼清清嗓子，大声喊道："诸位学子、市民，感谢大家对国家的关心。收回燕云十六州是全体国人的梦想，只要朝廷和民众齐心协力，定当完成这一宏愿！凡事有个先后，现已收回幽燕六州，当下，朝廷正与金国商议关外十州的交割事宜，请大家耐心等待，切勿造次，影响收复关外十州的谈判！"

人群里登时议论纷纷。有人说，正好让金国看看我大宋百姓对收复关外十州的决心；有的说，你们大臣若不敢与金国相争，我等百姓愿打头阵直取关外十州！有人又在带头高呼口号，声震夜空。

高俅一看单靠几句劝慰无法安抚众人，便对庹云震交代一番。庹云震去不多时，便在禁军的簇拥下走出宣德门，站在台阶上，向众人抖出一方皇帝的圣旨，并高声宣道："太学生及市民爱国热情可嘉，特意慰勉，望少安勿躁，静待佳讯！"

太学生和市民们见到圣旨纷纷下跪。

庹云震大声劝道："请大家散了吧！"

过了一会儿，仍不见人们散去，经城门郎胡廷走入人群中，向众人说："你们不听皇上的话，忘记太学博士王守文的下场了？你们还年轻，还有很多路要走，要多想想自己的前程，要相信朝廷的决心，不要受人蛊惑！"

太学生们议论一阵逐渐离去，围观的人也随之散去了。

听王黼报说游行队伍已经散去，赵佶心里一块石头才算落下。望着醉醺醺的不打骨被人扶上车辇去往驿馆，他的心头忽然沉重起来。没有了辽国，大宋直接面对的是更加难缠的金国。难道真的不该与金人结《海上之盟》？阿骨打死后，他的继任者完颜吴乞买和完颜宗翰等人似乎更为蛮横，且不说云中十州能否要回，如何与之友好相处都实难预料。正如郑居中、李纲等人所言，与虎为邻，必须格外小心。

赵佶没有一点睡意，在空旷的殿前广场上踽踽独行，似乎有一腔烦恼无法排遣。张迪走近，将一件披风披在赵佶身上："陛下，夜已深了……"赵佶忽然回头看一眼张迪，说道："带上礼物，去萃华楼！"

萃华楼大门紧闭，张迪拍了拍坐在台阶上在打盹的知更人，知更人抬头一看，竟是皇上深夜来此，慌忙开门叫醒杏儿。

杏儿慌忙叫醒李师师："小姐开门，皇上驾到！"一连叫了几声，师师都没有应声。

赵佶摆摆手，来到客厅坐下。

杏儿给赵佶斟上茶水。

赵佶问："师师最近身体如何？"

"小姐几天来闷闷不乐，茶饭也用得极少，只在琴房弹琴，翻来覆去地弹《广陵散》……"

赵佶叹了一声。

杏儿让赵佶去睡客房，赵佶摇摇头："这里挺好。"于是倒头睡在软榻上。

李师师其实一直在灯下读书，因为近段时间一直失眠，无法安睡。赵佶深夜来访实感突然，无法面对。既然地道的门已被堵上，感情之门不妨也堵上罢了。她打算过一段平静的日子，然后带上杏儿去寻访梁山故人，打听燕青的下落。她不想向赵佶辞行，她怕见了赵佶会动摇离去的决心。眼下，赵佶就在外面，莫不是他被国事缠绕也无法入睡？她倾耳听听，外面已无动静，难道他已经离开？

李师师蹑手蹑脚地轻轻开启卧室门，探头往客厅一看，却见赵佶躺在卧榻上打着鼾声睡着了。她俯身看看楼下，张迪也伏在桌子上睡了。此时客厅寒气飒飒，如果赵佶伤风着凉，自己难脱干系。于是，她回身将一床锦衾抱来，轻轻覆盖在赵佶的身上，正欲转身离去，却被赵佶一把拉着。李师师回身一看，赵佶眼睛里竟然泪光闪闪。李师师的心立时被融化了。

他们相拥不语，两颗孤寂的心彼此温暖，竟然昏昏睡去，醒来时已近中午。赵佶想起今天要为金使不打骨送行，需要回宫去。临别，拥着李师师站在窗台前，指了指被堵住的地道门："师师你看……"李师师摇了摇头。赵佶眼睛一红："难道你永远不打算开启了吗?"李师师莞尔一笑，走到琴台前："奴家给陛下弹一曲李白的《秋风词》吧!"

李师师调好素琴，边弹边唱：

秋风清，秋月明，

落叶聚还散，寒鸦栖复惊。

相思相见知何日？此时此夜难为情!

入我相思门，知我相思苦，

长相思兮长相忆，短相思兮无穷极，

早知如此绊人心，何如当初莫相识……

赵佶走过来拥着李师师，他的泪水打湿了李师师的面颊。

乱世秋声画柳鸦

燕京回归庆典之后，汴京城恢复了往日的平静和热闹。平静的是，官家和百姓各自的营生照常，热闹的是，各大瓦肆的杂剧演唱、蹴鞠场户、击鞠比赛、捶丸比赛等仍是热闹非凡。大相国寺市场、州桥夜市、御街早点、马行街夜市等依旧繁荣。金钱巷、镇安坊、矾楼、东西斜街的舞榭歌台，仍然灯红酒绿，夜以继日，一派歌舞升平的景象。

那天赵佶来萃华楼，给李师师带来一个好消息，据杭州知事报说，鲁智深在六和寺出家后，一个姓燕的梁山旧友去看他，在六和寺住了月余，每日林下饮酒泉边醉月，后来不知何去。有人问鲁智深，他只摇头不语。

李师师听后泪眼婆娑，立即就要买船去杭州。赵佶劝道："你现在去寻他如大海捞针，也可能历尽千辛万苦一无所获。你且安下心来，朕已晓谕各州县，一旦有燕青消息立即上报朝廷！"

李师师想想也是："陛下，我弟燕青已经消失四年了，奴家今生就这一个愿望，活要见人死要见尸！"

赵佶点点头："只要有他的下落，朕再多不舍也要放你前去！"

李师师望着赵佶的眼睛看一阵，似乎是在判断赵佶说话的真假。

赵佶紧紧拥着她，耳语道："朕实在不忍离开师师！"

师师扭动着身子："你那后宫万紫千红，奴家有什么好？"

赵佶勾头在师师的胸脯上闻闻："你身上有一种别的女子所没有的异香，朕闻一次就会神清气爽许多天！"

李师师咯咯一笑，自嗅一下："哪有你说的那么玄！"

赵佶又不安分，一只手直从上向下滑去……

李师师忽然想起燕青，立马止住赵佶："陛下，你已经三番……奴家画了一幅《秋千图》淡墨稿，烦请陛下给指点一下！"

李师师硬把赵佶拉到画案前。

赵佶看看，说道："墨稿画得很好，美人在柳荫下荡秋千的样子，适闲而优雅，让我想起少年蹴鞠时看到的李清照荡秋千的模样！"

李师师嘴一撇："又是李清照，你在奴家跟前说过她多少次了！"

赵佶笑笑："你和李清照有很多相似之处。"

"人家是词坛大家，我乃柳巷歌女，怎能相比？"

"你的诗词不比她差，绘画、歌舞又在其上，为何不能相比？"

"噢，原来有人对李清照望而不得，却把奴家当成了她吧！"

"哈哈哈，你这个小鬼头真真乱弹琴！"赵佶说着抱起师师甩了三圈，却把李师师画的《秋千图》碰烂了。

"陛下，你赔我的《秋千图》！"

赵佶一笑："那不简单！"于是铺开一张宣纸，噌噌噌地提笔画了一张大写意《秋千图》。李师师一看，满脸通红，掩口哧哧哧笑个不停！画面上一个荡秋千的女子身着薄纱，两腿高跷，风吹纱裙风光乍现，峡谷幽兰，别有洞天！

赵佶笑问："师师笑什么？"

"这就是所谓最高雅的大写意人物画？"师师一手掩口一手指画面，"太夸张了！"李师师努着嘴扛了一下赵佶，"快把它撕掉！"

赵佶制止："别呀，回头压在你的枕下，时常看看，你就不再会愁闷了！"

"这有什么好看的，粗粝夸张，海淫海盗的！"

"你不懂了吧！这种大写意笔墨讲究的就是意趣，讲究的是似与不似之间，讲究的象外之象。唐代王洽的泼墨画，是其发端，从而引起画风和画种的多样化，工笔、写意、大写意、泼墨等，引导笔墨向轻松、快意、豪爽转变……"

李师师笑道："这么一幅丑画，竟然让你说得如此高雅！"

郭药师受封后回到燕京，住进了辽国故宫，除了赵佶赐予他的十名中原美姬外，又纳了数十名美人，大大享受了一把天祚帝的待遇，好不快活！

由于金国人撤出时，将燕京的青壮悉数带走，路途中不断有人从金地逃回来，金人时常跨过居庸关来燕京要人，燕京府知事王安中对金人说："他们本是燕京人，回到故土理所当然！"拒不交还这些逃回的青壮人等。金人说："既然是从金国逃走，就是金国人。两国有约在先，金、宋互不招降纳叛，你们怎可背叛盟约？"

郭药师出面对王安中说："边城燕京刚刚稳定，何必为这些小事得罪金人？"王安中说："世人谁不留恋故土？既然回来了，我们再把他们交出去，非母邦之所为！"郭药师摇摇头，私下里让常胜军旧部帮助金人查找逃回的青壮，夜开城门，让金人将这些人带走。由此，金人对郭药师另眼看待，凡有边境事宜均与郭药师相商。

王安中非常生气，将郭药师入驻燕京后与金人眉来眼去、暗箱操作的种种做派，密报朝廷：郭药师专擅权柄，住进契丹故宫，一副土皇帝的架势！

赵佶找来高俅、王黼商议。

王黼说："这也很正常，应该将逃回的人交还金国才对，既然有约在先，小不忍则乱大谋。"

高俅道："以微臣之见，此事看似不大，却要引起重视，郭药师在辽国败亡之际归宋，为当时形势所迫，用其镇守燕京，不大合适。燕京得之不易，应加以防备，当排除一切后患。以臣之见，可将其调回汴京委以要职，另派他人守卫燕京方好。"

赵佶然其言。

不日，圣旨到燕京："郭药师军功卓著、治军有方，故加封郭药师为兵部尚书，即日回京履职。钦此。"郭药师接过圣旨，心里犯了嘀咕：让我一个降将去当如此重要的角色，其中必有玄机，难道是王安中告了我御状？郭药师搓着手转了几圈，提笔给朝廷写了个辞表："药师志在戍边，回归祖国，非为高官厚禄金印也！"

赵佶无奈。解铃还须系铃人，郭药师投宋，童贯是其引路人。让童贯出面劝说进京履职也许能成；即令不成，也让他知道朝廷的动议事出有因，提醒他勿生邪念。又派郓王赵楷与童贯一同前往。

燕京回归大典后，多个大臣弹劾童贯，两次攻辽败北，治军无方，颜面尽失，以高昂的代价，只从金人手中接回空城燕京，导致云中十州无法收回。赵佶只得以童贯年高为由，令其致仕。

童贯被重新起用巡查边防，非常激动："几十年来，每有边乱，我童贯必在军中，败西夏、破吐蕃、收河湟、灭方腊，身经百战，无时不心系国家，对皇帝忠心耿耿……"辞朝时泪眼婆娑，表示一定不辱使命。

郭药师出城百里迎接童贯，看见后面还跟着皇城司使郓王赵楷，心里不免一震。于是，一见面翻身下马磕了三个响头，继而又朝赵楷磕头。童贯忙将其扶起："郭尚书快起，戍边辛苦了！"

郭药师一脸真诚之色："不辛苦，药师当初回归大宋，皇上委以重任，童帅有再造之功，药师没齿不忘！"

郭药师邀请童贯和赵楷阅兵。童贯与赵楷站在高高的令台上，四下观望未见一兵一卒。正在狐疑，郭药师拔出令旗一展，四路人马各从树林后呼啸而出，由远而近，奔突而至，腾起一片尘烟。枪刀剑戟银光闪闪，号角阵阵，战旗迎风猎猎，战鼓响如雷鸣。郭药师令旗又向下一压，四路军马变换出十数个不同的阵型，让人眼花缭乱。郭药师令旗再一展，各路人马，鸣金收兵，整齐列队。

郭药师大声讲道："各路将士听令，当今大宋正逢盛世，皇恩浩荡，国富民强，边庭稳固。今有童帅与郓王殿下前来阅兵训令，是对我等最大的勉励。下面请童帅训话。"

军阵里响起雷鸣般的掌声、欢呼声。童贯将兵多年，从未见过如此严整的军容风貌和威武战阵。心里已落了几分下风，随便说了几句官话，无非是一些慰勉之词。郭药师又邀请赵楷讲话，赵楷一个文弱帝子，今天大开眼界，哪敢讲话，连连摆手。

郭药师早已把辽国故宫腾了出来，让童贯和赵楷居住，并安排数十美姬陪侍，自己则入驻军营。又将自己的两车私藏家珍，玉帛、玩石、礼器、书画等珍宝，分别送给童贯和赵楷。童、赵二人心情舒畅、满载而归，联名上表："郭药师乃治军奇才，不可多得，忠君爱国，兢兢业业，稳边固边堪当大任！"

有儿子赵楷随行，赵佶确信所报属实。对郭药师的防备之心随之而消，为确保万无一失，必须笼络郭药师。于是，诏封郭药师为燕王，子孙世代袭封。

刚刚稳住郭药师，金国临海军节度使、平州（盖州）知事张觉又给赵佶出了个难题。张觉本是辽国汉人，官至辽兴军节度副使，辽亡降金。由于战略地位重要，平州被金人定为南京，它在燕京之东，与燕京之西的云州在一条线上，妥妥是一道战略屏障。张觉与郭药师是故交，看到郭药师得到宋国的信任，被封为燕王，便与之密谋叛金归宋。宣和六年（1124）五月，张觉杀掉金国留守南京的官员左企弓和虞仲文，率部起义，宣布归宋。

快报传到汴京，赵佶又惊又喜。喜的是平州具有战略地位，如平州归宋，北可抵挡金国，西可连结燕京共图云州；惊的是张觉归宋会授人以柄，金人不会善罢甘休，若以此为由发动战争，如何是好？

蔡京道："平州背靠长城，东临渤海，西望燕京，古来为出入关外之通道。张觉镇守平州多年，颇有胆略。而今纳土归来，与燕京互为倚重，边庭相连，可得地利，大宋自当欢迎才是。"

童贯附和道："太师所言甚善。"

给事中吴敏、太常少卿李纲反对接受张觉。李纲认为，既然与金国有约，互不招降纳叛，就应信守承诺，人而无信不知其可；正因为平州地理位置优越，金人看得尤重，且已被其设为南京，万不可因一城之得，再启战端。

蔡攸瞪他一眼，心想：你一个小小太常少卿，也敢在朝堂上公开否定宰执大臣的意见，真真不知天高地厚！反驳道："孟子云：'大人者，言不必信，行不必果，惟义所在。'金人拒交云州已背盟约在先。况且，金人连年征战，军马、国力减弱，张觉以十万之师足可阻挡金兵南下，何惧金狄！"

童贯道："接受张觉，不仅可以稳定郭药师等降将，而且为今后其他在金辽将的归宋，开个好头！"

赵佶犹豫不决，站在地图前沉思良久。燕云和平州是一道诱人的地理屏障，若得平州，可与金人讨价还价，也可迫使金人归还云州。于是决定，立即派使臣持皇帝印信和诏书前往平州招降。

金太宗完颜吴乞买听说张觉杀了左企弓和虞仲文叛金归宋，恼羞成怒，立即派完颜宗望杀去平州。张觉及全军上下正在兴头上，一仗击败金兵先头部队，士气大振。

听闻宋国使臣来到，张觉出城五十里相迎。恰在此时，完颜宗望亲率大军追来，阻断了张觉的退路，军阵大乱，张觉只得逃往燕京。宋国使臣来不及逃避，被金人擒获，宋国发给张觉的诏命、印信落入金人手中！

赵佶指示燕京府知事王安中好生将张觉藏好。金人逼迫王安中交出张觉，王安中斩了一个貌似张觉的罪犯，将其人头送予金人，反被金人识破。叫板王安中，若不交出张觉，金国大军立即踏破燕京。

赵佶接到快报，很是无奈，好事刚开头就败露了，背约弃盟铁证如山。这个张觉有胆无谋，十万人马竟然不敌金国一万人马！若不交出张觉，金国必不肯善罢甘休，若交出张觉……

赵佶对此非常惆怅，心力交瘁又万不得已。当晚服了一粒逍遥丹，从密道来到萃华楼来见李师师，说话不多，却整整折腾到四更时分，方呼呼入睡。

赵佶不知为什么来到一个灵山秀水的地方，王诜带着许多婀娜多姿的美人向他围过来。他已经很长时间没有见过王诜了。他问：“这里就是你常说的江南吗？”王诜点点头：“我羽化登仙后就来这里等你了！”赵佶看看美女们，这个像韦贤妃，那个像蓝贵人，那个又像李清照，这个又像李师师……倏忽间，王安中不知从哪里跑出来，大喊：“陛下救我！”张觉手持长枪在后面追赶过来。赵佶看见张觉将王安中逼到悬崖边，伸手去拉王安中，没有拉住，王安中掉下悬崖。张觉举枪向赵佶刺来，赵佶大叫：“你不能杀我，我没有让你叛金降宋，是你自愿的、自愿的……”

李师师摇了摇赵佶，他睁开眼说道：“他是自愿的！”

师师问其究竟后，说道：“以奴家之见，不可交出张觉，否则会伤了归宋辽人的心。奴家认为，宋金必有一战，既然不可避免，不如调集各路大军，同仇敌忾与其决战。张觉等辽国降将必将拼死一战，挽回战局大有可能！”

赵佶惊奇地看着李师师，想不到师师还有这等眼光，竟然与李纲意见相同！

赵佶刚在文德殿坐定，张迪便把王安中加急快报递给他。金人限五天内交出张觉，否则血洗燕京。李师师的意见虽有道理，但是风险很大，单是调集军马粮草也得一至两个月准备……赵佶立即找来童贯合计。童贯与金国交往甚多，深知金国军队的威猛，倘若不交出张觉，金国伐宋师出有名，金人会说到做到，真的会血洗燕京，刚刚得手的燕京又可能失去。童贯双手坚定地往外一推，说道：“陛下切勿犹豫！”

王安中按照赵佶密令，偷偷将张觉送还金人。金人可没有那么多的顾忌，当即将张觉五马分尸处死，将人头挂到燕京城门外。

金人这一打骡子给马看的做法，令王安中非常汗颜，却让郭药师大为震惊。郭药师与张觉同为辽国降将，平素交往甚密。张觉反叛金国时，曾与之商议。郭药师自度：若是有朝一日，金人向宋国索要我的人头，大宋又会怎样对我？上次，童贯、赵楷来燕，说是巡边，实为访查，对我郭药师明摆着不太放心！这个赵佶虽然宽厚，无奈身边小人太多！

张觉一事虽然过去，但是金国元帅完颜宗翰一心要惩治宋国。他对金太宗完颜吴乞买说："自辽宋《海上之盟》以来，宋国二十万大军两次被辽国击败，而不得燕京，宋国空有大国虚名，这次又招降纳叛，先背盟约，此时伐宋则师出有名，若大军南下，定能攻取汴京，占领中原！"

完颜吴乞买沉吟一下，说道："灭辽之战虽然取胜，却也消耗了我大金大半国力。况且，辽国天祚帝虽逃往夹山，但复国野心尚存；高丽和西夏素来与宋国关系密切，三国如再联手，与我为敌，大势不利于我，不如休养生息，从长计议。"

完颜宗翰和完颜宗望都说："我主不必多虑。高丽早被我打怕，甘愿称臣；西夏又与我刚刚缔结盟约，已归服大金；灭辽之战，大金打出了声威，正气势如虹，此时伐宋正当其时！"

金太宗望望二位自信的面孔，说道："二位所言颇有道理，那就先拿下蓟州小试牛刀，以观其变！"

于是，金国以张觉事件为由，出兵攻占了蓟州。赵佶得报，惊出一身冷汗，后悔当初不听郑居中、李纲等大臣的劝告，而今真的"唇亡齿寒"！他忽然想起天祚帝还在夹山，如果帮助天祚帝复国，共御女真，将大大缓冲来自金国的军事的压力。于是召童贯、蔡攸等人商议。蔡攸说："不妨一试！"于是，赵佶派童贯秘密联系天祚帝，许以皇兄之礼，恢复原来《澶渊之盟》的所有条款。

童贯几经周折，终于联系上天祚帝。天祚帝穷途末路上忽见曙光，十分欣喜，立即率领残部夜行昼宿投宋而来。可惜老天不愿成全天祚帝，他的行踪被完颜宗翰发现，前堵后追，在应州山里将天祚帝俘获。金太宗降封天祚帝耶律延禧为海滨王。其次年病死。

金国再次获取宋国背盟的证据。金太宗完颜吴乞买由此坚定了伐宋的决心，精心谋划，秘密重兵集结，完颜宗翰兵出云州直取太原，完颜宗望兵发平州剑指燕京，准备分两路向中原进发。

金军占领蓟州之后，虽然未有大的动作。赵佶的心仍是悬在半空，夜里常常梦魇不断。按理说张觉叛金、天祚帝降宋两件大事后，金国会有大的动作，现在反而平静下来，让人感到奇怪。蔡京说："虽然金国暂时平静，但我们也不可不防，要早做准备。可派赵良嗣去金国以交岁币为由，探听虚实。童贯以巡边名义到太原，以观驻防云州的完颜宗翰的动向，王黼、蔡攸可去燕京一带，查看郭药师备战情况，了解驻防平州的完颜宗望之动向。"赵佶然其言。

部署完毕，赵佶觉得有了几分轻松。秋天的长云，悠然自得地飘浮在蓝天上，一队鸿雁鸣叫着朝艮岳方向飞去。他已经很长时间没去艮岳了："艮岳的秋色现在如何？"张迪说："雁池的芦花一定白了，还有万岁山顶的枫叶应该红了。"

赵佶刚坐上车辇，却见蓝彩儿匆匆走来："陛下，新戏已经排练十多遍了，已在凝和殿预演了一场，郑皇后和后宫的姐妹们都看了。郑皇后说，一定要等皇上看过后再正式上演。"赵佶一笑，伸手将蓝彩儿拉到车辇上："走，去艮岳赏秋，边走边说。"

蓝彩儿喜出望外，紧紧依偎在赵佶的身边："贱妾已经很长时间没有见到陛下了，着实想念……最近后宫管得很严，贱妾几次向郑皇后要求，来向陛下问安，都被郑皇后劝阻了。"赵佶捏捏她的脸蛋儿："皇帝也难当啊！"

车辇进了丽泽门，慢慢行进，赵佶挑开珠帘，观看艮岳秋色。雨后的艮岳，清新而萧瑟，万岁山顶上有一团云雾缠绕在上面，梅渚的梅叶已经落尽，松岭一片苍黄，一片片枫树给萧索的艮岳平添了几分暖色。车辇停在雁池，蓝彩儿依附着赵佶边走边看。路边的菊花已经零落，菊瓣落了一地，雁池周边的鸢尾、茅香、菖蒲均已枯萎，特别那些一簇簇的枯荷，似乎是一群群衣衫褴褛的乞丐，佝偻跌扑在水面上，留下些支离破碎、令人心疼的倒影。只有那一丛丛蒹葭，白茫茫一片连着一片，泛着亮色，西风拂动下如浪花一样。远处浅草丛中一群鸿雁在啄食，那片柳林的叶子已经落尽，一群白头鸦哽嘎地叫着，在柳枝上蹦蹦跳跳。

蓝彩儿指着柳鸦问："陛下，那是什么鸟？""那是乌鸦。""还有白头的乌鸦啊？""是啊，鸦分两种，一种是纯黑的，一种是白头白肚子的，白头鸦本不多见，朕是第二次见到白头鸦！"

赵佶忽然来了写生的想法，他已经很长时间没有写生了。张迪说："上次来艮岳，陛下在绛霄楼里画了一幅《万荷图》，那里的笔墨纸砚都在呢！"

绛霄楼果然陈设依旧，长长的紫檀画案，雕工精致的盘龙端砚，这里的一切被艮岳的园丁们收拾得整整齐齐、一尘不染，坐在这里正好可以望见雁池边芦竹和大雁，以及柳林里的白头鸦

赵佶展开龙纹宣开始写生，自有蓝彩儿展纸伺候。赵佶平神静气，一坐就是四个多时辰，一幅萧疏而又有生气的长卷《柳鸦芦雁图》画好了。画卷分左右两部分，右边高大的柳树枝上停着三只白头鸦，其中两只背靠偎依，静观自得，另有一只向下俯视而鸣，似在呼唤立于树下的一只白头鸦；左边一汪清澈的水泊，芦竹高耸，蓼花低垂，两雁傍水而饮，一雁趋前，作欲饮之状，另有一雁，好像已经饮完水，正啮咬湖中的蓼茎，姿态各异，形象生动。

蓝彩儿和张迪一同鼓起掌来。蓝彩儿说："陛下真是神来之笔，鸿雁憨厚，白头鸦活泼，相得益彰，一如演戏，要有对比才能突出剧情！"赵佶手指点点蓝彩儿的眉中："小鬼头悟性真好，三句话不离本行！"

赵佶回头凝视画面，忽生一阵忧郁。此时的北国，应该是寒风飒飒雪落无痕的光景，要不了月余，汴京城也将天寒地冻漫天飞雪。他朝湖边望去，那几只鸿雁不知去向，仰头看天，正好有一雁阵嘎嘎南飞，或许它们就在雁阵里吧。柳林里那几只白头鸦也不知去了哪里，它们是否预感到物候变化，也起行南飞了？想来我赵佶半生已过，还没有到过江南。王诜无数次约我去江南，可是，你为什么不打招呼便早早地独自"走"了！赵佶不觉眼圈湿润了。

这时，一阵北风刮过，天空忽然飘起小雨，顿觉凉意袭人。

抬眼潇潇秋雨，艮岳上下一片空寂。赵佶轻叹一声，看向画面，意识到鸦为不祥之鸟，入画本不多见，而且还是白头的！他忽然提起毛笔，要将乌鸦的白头抹去。

张迪意识到赵佶的动念，忙劝道："陛下，白头鸦乃吉祥之兆，为何要

抹去?"

　　赵佶问:"何以言之?"

　　张迪眨巴眨巴眼睛:"人之白头非道即仙,鸟之白头非贵即灵,柳枝又最早生春,所以此《柳鸦芦雁图》乃长生不老、吉祥如意之先兆也!"

　　赵佶哈哈大笑起来:"好个张迪,越来越聪慧了!"

风花何物宛如昨

经张迪一解释，赵佶心情大好，便在绛霄楼用了午膳。秋雨初歇，天空分外澄明。蓝彩儿望望万岁山："陛下，贱妾还没有上过艮岳最高处呢！"

"走，朕带你去！"赵佶一改午休的习惯，与蓝彩儿携手拾级而上，时有杂草、荆棘侵径。绕过半山亭，看瀑布三叠，轰然作响，颇为壮观。走过一段栈道，登上万岁山顶的界亭，蓝彩儿已微喘微汗。界亭东有极目、萧森二亭，西有麓云、半山二亭，四亭陪衬着界亭；四周怪柏奇松，巍然屹立。赵佶北望景龙江以远，苍茫一片。他想到，入腊以后黄河覆冰将一马平川。不知童贯等人到了边地没有，几天来北方一带出奇地平静，燕京、太原也没有奏折来京……

赵佶摇摇头，将手搭在蓝彩儿的肩上。蓝彩儿早就看出赵佶的心神不宁，便依偎着赵佶："陛下，古人常遇秋生愁，依我看，这秋色胜过春光，你看这东西二岭枫叶点点，虽无花香，色彩却很丰富。杂剧《玉簪秋》有一段唱词正合时下情景：

秋风起兮秋霜降，秋风之性劲且刚。

秋来百花皆垂首，唯见秋菊自傲霜……"

赵佶双手捧起蓝彩儿的脸蛋儿，看了许久，看得蓝彩儿双颊绯红，挣脱赵佶："陛下，贱妾给你唱一段新排的杂剧《长生殿》吧！"

赵佶微笑着点点头。

蓝彩儿提起裙装系在腰间，一个弓步，两手一挽，边舞边唱：

"不提防余年出乱离，落得个岐路遭穷败。

出长安风尘扑面来，朱颜凋零哪得敷粉白？

不知天涯向何处，只留得，琵琶在。

那里是高渐离击筑唱悲歌，伍子胥吹箫成乞丐。"

赵佶忽然站起，与蓝彩儿共舞同唱起来：

"想当日奏清歌趋承金殿，度新声供应瑶阶。

说不尽九重天上恩如海，幸温泉骊山雪霁，泛仙舟兴庆莲开；

玩婵娟华清宫殿，赏芳菲花萼楼台。

正担承雨露深泽，蓦遭逢天地奇灾；

剑门关尘蒙了凤辇鸾舆，马嵬坡血污了天姿国色，江南路哭杀了瘦骨穷骸。

只得把霓裳御谱沿门卖，有谁人喝声彩……"

蓝彩儿唱着，流下两行热泪。

赵佶忙用衫袖为她拭去泪水，紧紧地拥着她："彩儿是不是又想起姐姐了？可惜这多年来，多方打听一直没有她的消息。"

蓝彩儿紧紧地依偎着赵佶："一切都是天意，虽然我与姐姐天各一方，却荣幸地得到陛下的垂爱，彩儿知足了！"

"我的彩儿聪慧活泼，给朕带来很多快乐！"赵佶说着用胡须在她的脸颊上蹭了又蹭，蓝彩儿忍不住呻吟了几声："陛下……"赵佶立马激动起来，抱起蓝彩儿来放在长椅上……

赵佶刚刚用罢晚膳，梁师成急匆匆来到延福宫，将两个加急折子送来。赵佶一看，赶忙到文德殿召开紧急朝会。

十月，金太宗完颜吴乞买下令，兵分东西两路伐宋。

西路军元帅完颜宗翰，兵锋所向，耀武扬威，未到太原，先派使者下战表迫降。童贯领命来太原巡视后，未见宗翰动静，便安心住下。金国迫降战表下达后，守将张孝纯不敢擅为，向他禀报。童贯宿酒才醒，喷着酒气接见了金使："两国既有盟约，应使百姓休养生息，各自安好，若有嫌隙，双方互派使节和谈解决，何必大动干戈？"

金使目眦裂张："你宋国招降纳叛屡屡背盟，不行吊伐何以服天下！速速开城纳降，免使百姓遭殃！"

童贯道："贵国拒交云中十州，背盟在先，怎能指责我大宋？"

金使拍案而起："你若不降，我大金即刻攻城，覆巢之下，绝无完卵！"金使说罢拂袖而去。

童贯深知金人霸道威猛，准备回撤。临行，对张孝纯做了一番安排："太原战略重镇，宜死守、勿出战。我回京向朝廷报告，立马派重兵增援！"

张孝纯拦住他："金人兵临城下，正需童帅振臂一呼，号令三军共同御敌，方能解除危局。你怎么能轻易回去呢？你若一走，人心尽散，无法对抗强敌；如太原丢失，河东尽去，汴京危矣！"

童贯眼一横，："我乃三军主帅，非一地之守将！望尔好自为之，若有闪失，罪责难逃！"

童贯前脚走，金兵后脚已到城下。张孝纯父子昼夜巡防督战，加之城垣坚固，粮草充足，金军久攻不下。太原城迟滞了金军南下的步伐。

完颜宗望率领的东路军出平州直逼燕京。郭药师因张觉被杀一事，心里早有不快。眼见金军金戈铁马、势不可挡，宋国必败无疑，当即率十万大军开城纳降。王安中梦中惊醒，化装成百姓在混乱中逃出燕京。

完颜宗望即委任郭药师为东路先锋。鉴于郭药师两易其主，完颜宗望派五千亲兵交郭药师率领，将郭药师所属军队编入金军，自己则坐镇燕京。郭药师率东路五千大军做先锋，完颜宗望又派十五万大军紧跟其后，克中山、下真定，横扫千军如卷席。宋军的一道道防线形同虚设，金兵过处，一触即溃，直奔汴京而来。

文德殿灯火通明，文武百官个个面色紧张，皇上夜开朝会并不多见，预感到将有大事发生。大家一看，北去巡边的童贯、王黼、蔡攸三人也在。众人不解，军情紧急，作为一军之帅和当朝宰执，本该前线御敌，怎么都回到汴京了？

赵佶声音低沉："各位爱卿，金兵撕毁协议，分兵两路杀向汴京而来。西路幸有张孝纯父子据守太原，阻止了完颜宗翰的南侵。最可恨的是郭药师又叛宋降金，竟然做了东路军的先锋！而今金军前锋已抵信德府，离汴京只有十天左右的路程，该如何御敌，请各位爱卿献计献策，以解朕之倒悬！"

童贯、王黼分别就前线情况做了介绍。三省六部官员个个义愤填膺，对他三人未得诏命，擅离战场给予强烈的谴责，指责童贯、王黼贪功开边、引狼入室！蔡京出来打圆场，又遭到回击。枢密院知事郑居中指责蔡京："你作为当朝太师位高权重，大事当前，步步臭棋。当初的《海上之盟》是你带头支持，惹火烧身，一步步导致如此不堪境地，你应该主动认罪才是！"

蔡京、童贯、王黼等人面面相觑，不敢多言，拿眼偷觑赵佶脸色。赵佶早已面红耳赤，无法控制朝堂上的局面。要是从前尚能弹压意见、引导朝议方向，或者拂袖而去，以示不满；而今金兵就在河北，危急时刻绝不能任性使气。他刚想张口说话，枢密院知事郑居中、给事中吴敏、御史中丞宇文虚中、太常少卿李纲纷纷举笏上表，批评赵佶。御史中丞宇文虚中率先发言，指出赵佶一心开边"建不朽之功"，不听逆耳忠言，不辨天下大势，才有眼前之乱局。

赵佶啜口茶水，强压心中怒火。看看大臣们的眼神，责难汹汹。回想过往，自己确有不妥之处。为了平息怨愤，赵佶缓缓说道："朕登基以来，内政欠修，外事主观，偏听非人之言，耗费财力，有积民怨。不过朕也礼贤下士、倾听谏议，罢黜花石纲和内外制造局。今后将勤于朝政、倾听各方谏议，避免误端再生。当务之急，众爱卿还是要多议退敌之策啊！"

大臣们一阵沉默，互相看看，似乎对赵佶的罪己之言并不十分满意。给事中吴敏等人又提议："希望陛下废除西城所的租课，将西城所掠夺土地归还给百姓！"

宣和元年（1119），朝廷为增加赋税收入，成立西城所，将一部分私田划为公田，前后共收私田三万四千余顷，致使大批农民失去土地，成了官府的佃户，按租田多少缴纳田租，以供皇帝御前使用。这些年除了每年给辽国的十万岁币外，扩大延福宫、建艮岳等，耗费甚巨，国库早已空虚，宫中费用捉襟见肘。蔡京挠挠白发，向赵佶献上一计，成立西城所。自此御前费用有了保证，十之八九来源于西城所，如果裁撤，宫中花费从何而来，妃嫔们谁能过得了艰困的日子？

赵佶于是推说："嗯，西城所当裁，且容金兵退后再议吧！"

众大臣对赵佶的表态仍不满意，但是战火已蔓延到黄河北岸，容不得再议此事。李纲奏道："陛下当下罪己诏以平息天下怨气，同时任命太子领开封牧，枢密院、兵部、禁军等部省，组成强有力的战时班子，悉听太子调处，派军前出黄河以北至相州迎敌。陛下的精力可主要放在协调督办各路勤王军队和粮草供应上。"

大臣们都赞成李纲的奏议。赵佶却默不作声，心想：你李纲一个小小的太常少卿居然罢了我的皇权！于是只拿眼寻找童贯、王黼、蔡京等人，可惜三人均拿朝笏遮着面庞，默不作声。赵佶目光又看向李邦彦，李邦彦只得挺挺身子奏道："李纲提议太子领开封牧之奏议尚可。自古战阵打打谈谈，可先派赵良嗣等人带些牛羊前去金营和谈，探探金国的真实目的。至于兵出河北御敌，谁人做主帅？这需要认真磋商，现已深夜，陛下已劳作一天不宜熬夜，不如明天再议！"

赵佶伸了个懒腰，站起来："就依李爱卿所奏，赵良嗣明天就出发！"

赵良嗣带着几大车牛羊抵达相州，先锋郭药师避而不见，只让副将完颜迪达出面应付。赵良嗣将礼品单子和朝廷的祈和文书递上，说道："我大宋本是礼仪之邦，皇帝亲书和表，对以前所为深表遗憾，特命微臣前来劳军，意在永结和好！"

完颜迪达横眉怒目，斥责道："你宋国多次背盟，何谈礼仪之邦？我大金兵锋所向，无坚不摧，誓灭宋国，你快回去告诉你家皇帝老儿，速速来降，方可存续庙堂。如果抵抗，汴京破城之日，便是屠城之时！"

李刚等人再次上表，劝赵佶禅位太子。赵佶问计于宇文虚中。宇文虚中道："无他，陛下速下罪己诏，传位于太子，各地军民或许因新帝登基起兵勤王保卫京师，若迟而不决，则国将不国矣！"

赵佶本想让其推荐前线退敌之人，却遭劝退，脑子一热强压怒火。

宇文虚中转而又说："陛下不妨以筹粮为名避乱江南，让太子摄政，陛下免做亡国之君，可退可进！"

赵佶方会其意，点了点头。江南是他半生执念，再者亡国之责实难承担。完颜宗望催促郭药师速速进兵，不几日已达滑州，迫降战表再次传到汴京，京城震动，军情危急，战前朝会再开。赵佶宣布："太子赵桓监国、领开封牧，望各位文武大臣鼎力相助，全力抗金保汴。一旦开战，粮草先行，朕将去江南筹措粮草……"

赵佶话未说完，朝堂之上一片哗然。吴敏、李纲、张邦昌等人纷纷举笏反对，说此举不妥。李纲毅然挺身而出："陛下既然委太子以重任，何如立即传位于太子！御敌的根本在于收整人心，消弭民怨，上下团结，共赴国难！"

吴敏道："陛下应先下罪己诏，并传位于太子，让新君有权有威，招揽天下豪杰，方可号令三军。如再犹豫不决，京城危在旦夕！"

蔡京轻咳几声："诸位大臣既出此策，谁可带兵迎敌？"

吴敏大声答道："太常寺卿李纲可担此重任！"

赵佶迟疑一下。

李纲举笏出班："国难当头，大丈夫定当挺身而出！"

众大臣纷纷赞赏李纲的担当勇气。

赵佶道："李纲身为文官，何以带兵？"

李纲道："微臣自幼喜读兵书、善于骑射，早年陛下曾有意让微臣投笔从戎，因武为贱业之偏见，不曾就职。然而知遇之恩，未曾忘怀，大敌当前，重拾旧业在所不辞！"

赵佶想起来了。十年前辽国一武将来访，携一硬弓，自夸海口，大辽仅他一人能开此弓，料宋国也无人匹敌。有人向赵佶推荐，秘书省秘书正字李纲习武谈兵，功夫甚高，可开此弓。李纲来到现场，微笑着看一眼辽将，拿起硬弓轻易就拉开了。辽将不服，提出与李纲比箭法。辽将三箭二入靶心，李纲三箭三入靶心，最后一箭竟是背向射靶。当辽将听说李纲是个些微文官时，心里暗暗称奇：大宋文官尚且如此，武官又该何等了得！

退朝后，蔡京、童贯、高俅、王黼、蔡攸、李邦彦等人齐刷刷到睿思殿来劝赵佶。蔡京道："陛下，吴敏等人口出狂言，实为大不敬，万望陛下慎重禅位一事！童贯、高俅曾多历战阵，开疆拓土、抗击狄夷，屡立战功。陛下若诏令一下，委以重任，再披铠甲，定能击溃来犯之敌！"

童贯道："陛下一声令下，我等定当赴汤蹈火，在所不辞！"

赵佶扫视一下众人，目光落在童贯身上："童爱卿有何退敌之策？"

童贯一时语塞。

李邦彦说："我等跟随陛下多年，您一去江南，我等该当如何？"

赵佶反问："尔等不想跟我去江南吗？"

赵佶屏退左右，仰望屋顶，长吁一声。想我赵佶，天性聪慧，本来只想当个自在端王，以书画而名传后世，无奈皇冠却飞来头上。自登基二十五年来，也曾雄心勃勃继承父志，开疆拓土，固边安民，国库年年增收，百姓安居乐业。

然而，外患频仍，内忧渐多，近臣虽已用力而无长远眼光，导致目下局面。大敌当前，李纲等人力主抗金，朝野一片赞许；要不要禅位，令人难以割舍，毕竟做了二十五年的皇帝。不禅让，金军进逼黄河，虎视眈眈，主战派不同意，禅让又让人心乱如麻。在三十多个儿子中，太子赵桓是王皇后所生，温敦厚道，睿智不足，但是深得主战派信任；如三子郓王赵楷早有觊觎太子之位的迹象，多次在赵佶跟前攻讦太子赵桓……九儿子康王赵构，韦贤妃所生，颇有胆略，文武兼备，若禅位于他，或可使汴京无虞。然而，战时换废太子，会造成内乱，王子们自相杀戮也未可知……

看来，不禅位是不行了！还有哪些未了的事呢？赵佶心乱如麻，理不出个头绪……蓝彩儿的姐姐蓝杏儿、李师师的弟弟燕青均未找到；那个风骨高洁的李清照，始终未能一见，令人隐隐生憾；早想画一幅《大宋不夜城》、一幅青绿山水《艮岳全景图》，始终未能动笔；还有……禅不禅位还要听听李师师的意见——许多事，她总有独到的见解。若去江南，不带妃嫔，只带李师师便好，也好弥补未能将李师师纳入后宫、没有给予正当名分的遗憾。

赵佶来到萃华楼，气氛有别于以往。杏儿点好香茶就退了出去。李师师看到赵佶一脸愁绪，劝慰道："陛下，奴家知你有烦心事，不妨一吐为快。"

赵佶勉强一笑："师师，朕今日来有事问计于你……"

李师师道："陛下客气了，我一女流有何计谋？不过，奴家已经猜到，金国大军压境，战与和，实难抉择。主战派正在逼宫，陛下犹豫不决。"

"既然师师已经猜到，依你之见，朕该如何是好？"

李师师道："立即禅位！"

赵佶茶在口中，差点噎住，咳嗽两声："你、你也主张朕禅位？"

李师师点点头："金兵即将过河攻城，大战在即，胜负难料，童贯等人已失人心，如禅位于太子，换他人任主帅，或可扭转局面。再说了，人不能老生活在高压、紧张的氛围中，换一种活法或许更自在，因而，退一步海阔天空！"

赵佶茶盏一放："师师让朕释怀了！"

师师又道："陛下最好离开汴京，新君和主战派才好放开手脚，与金兵周旋。"

赵佶一喜："师师胸怀宽广，胜过须眉！朕退位后想与师师一起去江南，不知你意下如何？

李师师长叹一声："恕师师不能与陛下一同前往。我若一走，弟弟燕青何处找我？"

赵佶不无忧虑地说："若汴京战端一开，万一城破，你该当如何？"

师师目光看向窗外："生死不过呼吸之间，有些时候我也在追问自己在阳间还是在阴间。如真的金军围城，师师将散尽家财，以纾国难！"

"好一个侠骨柔情的师师啊！"

又是一个不眠之夜。赵佶与李师师相拥而眠，难舍难分。他们说了很多话，从矾楼初识到梁山招安，从金钱巷遇袭到地道幽会，从新橙酸酸到艮岳风波……两人说得泪目相对，都觉得今夜许是最后的相聚，所以都格外珍惜。

四更鼓响，李师师坐起来："陛下，今日早朝不同寻常，打起精神来！"李师师帮助赵佶穿好锦袍，送至花园地道门口，"陛下保重！"两人相望一眼，四行热泪挂在面颊。

玲珑局破离难休

大雪覆地，北风劲吹，冻得人直打哆嗦。今天是腊月初一，本该是筹备新年庆典的朝会，却成了禅让朝会。赵佶似乎精心打扮了一下，显得格外庄重，端坐在龙椅上，平静地扫视了一下大殿，群臣们以笏遮面，均低头不语。中书舍人宇文虚中望向赵佶，赵佶朝他点点头，宇文虚中朗声宣读皇上的《罪己诏书》：

朕承祖宗恩德，置身于士民之上，二十余载勤勉为政，不免过失重重。皆因禀赋不高，且多浸染于书画百艺，幸有祖宗荫庇，得勉力支撑。然多闻歌功颂德之声，鲜听逆耳忠言，致使朝政不修、佞人得志，军无斗志，民生凋敝。黄钟失音、瓦釜雷鸣，匪盗四起，民怨沸腾，惭愧莫及。即日起大改弊端，罢征花石，废除苛政，以谢天下。当此金人南侵，大敌当前，万望天下州县方镇率师勤王，保卫东京，抗击金寇。山野草泽如有怀抱异才者，不次擢升。朝野官民当同心同德、共赴国难为盼……

赵佶听着《罪己诏书》，心里百味杂陈。如果当初不听童贯等人联金灭辽之意见，绝无今日局面。自己虽有用人不当之责，但那些自私佞人和言过其实的庸臣令人防不胜防。也曾雄心万丈，要干一番光宗耀祖的事业，做一个流芳千古的好皇帝，晨开朝会、夜批奏折，兢兢业业；为开疆拓土，以壮华夏，让百姓休养生息，周济贫寒孤独；为免生祸端，不得不与邻为善。你们总不能把最坏皇帝的帽子扣给朕吧……罢了，一切都无法解释，都无从解释，都不必解释！

蔡京称病未参加朝会，童贯、王黼、蔡攸等人听得背汗涔涔。童贯心想：我二十多年来与蔡太师一文一武为皇帝左膀右臂，无一事不尽心尽力，至于聚集的家财，那都是圣上明里暗里给的赏赐！罢罢罢，一朝天子一朝臣，任他说去！

门下侍郎吴敏举笏启奏："陛下，金兵已至黄河北岸，请陛下速速颁诏退位，由太子继皇帝位。"

"依卿所奏，宣读诏书吧！"

少宰吴敏当即从宽大的袍袖里拿出诏书，宣读道：

"朕德能鲜薄，赖祖宗天地之灵，承享太平二十五载。受祖宗托付之重，日夜忧惧，不遑宁居。今年事已高，恐贻误国家。幸皇太子桓聪明睿智，忠孝双全，果断练达，付以社稷，天下归心。诏皇太子桓继皇帝位，军国大事悉听独裁，朕不干预，决意退位。此举上承天意，中为国家，下安百姓。大器有托，朕释重负，倍感欣然，望各地守土文武，同心协力，拱卫京师，抗御金寇，兴我华夏……"

赵佶也不说话，提笔写下最后一道圣旨："皇太子即皇帝位，予以教主道君太上皇尊号退居龙德宫。"写罢，掷笔于案，忽然感到如释重负，想到以后只做天下道士班头，终日与林灵素等道家谈玄论道，别有一番滋味。他霍然站起，对吴敏、李纲等人说："召太子上殿吧！"当他走下丹墀时，脚底一滑，摔倒在地，竟昏厥过去。张迪急召太医，众大臣手忙脚乱一阵。

太子府之人也在手忙脚乱，宇文虚中读罢罪己诏后，即到太子府来请新君上殿。几个太监已把龙袍、皇冠披到赵桓的身上。赵桓哪里肯就，心想：明知天下危亡，金兵将渡黄河，此时父皇却撂下皇位，把这副烂摊子交给我，谁人肯接受？！他甩掉龙袍，跑进卧室躺在床上用被子蒙在头上。宇文虚中又将吴敏、张邦昌请来，三人跪在卧榻前苦苦相求。张邦昌劝道："难道太子要眼见祖宗社稷惨遭金人毁弃吗？先皇传位诏书已下，太子若不就位，必被天下人耻笑！"

赵桓猛地掀开被子一角，抱怨道："我父皇才四十四岁，正值盛年，你们不好好辅佐，大敌当前不思退敌之策，硬要逼他退位，我平时只读诗书，从不过问朝政，怎能担当起如此重任？"说着声泪俱下。

经太医紧急救治，灌了强心丹后，赵佶缓缓睁开眼，问道："太子登基没有？"

梁师成哭诉道："太子死活不登大宝……"

赵佶喘着气，要来纸笔，写道："太子桓若不继位，为古今大不孝之人也！"

梁师成拿上赵佶手谕，快步跑到太子府赵桓床前，宣读了赵佶的谕旨。赵桓听后大声哭喊道："我的父皇啊！"众人慌忙将他拉起，把龙袍披在他的身上，赵桓一把鼻涕一把泪，被众人塞进轿辇里，抬到大庆殿。

宣和七年腊月三十，赵桓在大庆殿召开朝会，问计于诸大臣如何退敌。吴敏、宇文虚中、李纲等人力主诏令天下勤王之师，御敌于黄河北岸。李纲道："上月，太上皇已派梁方平率一万军马驻防浚州一线，显然势单力薄，加之此人好古作雅，不懂战阵武备，难挡金寇，应速派劲旅前去驰援！"李邦彦、张邦昌等人则提议，应速派使者赴河北与金人和谈，以探虚实。几经争辩，议而未决，赵桓甚是头疼，只沉默不语。吴敏奏道："陛下，明天就是元旦，新帝登基应当改元，改'宣和'为'靖康'如何？"

赵桓道："何为'靖康'？"

吴敏道：'靖康'一词取自《诗经》，即'日靖四方，永康兆民'之意也！"

金太宗完颜吴乞买得知宋国老皇帝逊位，新天子登基，颇为诧异。新皇帝是否有出人意料的举措，还应观察。于是下令郭药师暂缓前进，与诸将分析形势、商量对策。先锋郭药师一路打得尽兴，身为宋人，深知宋国的弱项，对完颜宗望说："大帅，宋国多年军政不修，能征善战者极少，虽换了皇帝，却并无可怕之处，容我打过黄河直取汴京，报答大帅知遇之恩！"

完颜宗望沉思片刻，说道："那样吧，给你两千精兵铁骑，杀向黄河北岸，我亲率大军随后赶到！"

郭药师信心满满："药师定不负大帅之望！"

完颜宗望自有打算：若郭药师能打到黄河，说明宋军确实不堪一击，换汤不换药；如果未到黄河即被宋军消灭，只不过损失两千人马而已，那么就按兵不动，等待西路军汇合后再进军汴京不迟。郭药师何等聪明，看出了完颜宗望的本意，然而，箭在弦上又不得不发！

几天来，汴京城人心惶惶。很多人家在整理细软随时准备逃命。李嬷嬷和杏儿围着李师师，问她汴京能否守住，金兵能否击退。李师师劝道："嬷嬷不必惊慌，汴京城垣坚固，粮草充足，且有十万禁军守卫，各地勤王之师正在向京城聚集。金军长途奔袭，粮草难继……"

李师师话这样说，只是安慰李嬷嬷。其实李师师已经做好离京准备，至于去往哪里，她似乎在等，等什么？到哪里？她自己也不知道。她把多年来积攒的金银细软，一部分交由李嬷嬷，说是孝敬她养老之用，一大部分装了九大箱，金银、玉器、书画、珍玩，其中一部分还是赵佶所赐之物，托张迪转交给户部，作为抗金保京之资。户部尚书陆谦大为赞赏，写下"赤子之心，令人钦敬"八个字回赠。

李师师的义举得到了汴京教坊歌伎们的响应，纷纷捐出自己的钱财支援抗金保京，一时间引起很大轰动。然而，兵部的官爷们，认为教坊歌女们捐赠的钱财为不洁之物，于军不利。为此，陆谦在朝堂上将兵部那帮官爷大骂了一通。

退位后的第一个元日，赵佶早早起来，本想去太庙祭祖，想想觉得不妥，应该是新皇帝率领皇族和百官前去拜祖，由于非常时期，新皇帝并未有此安排。赵佶于是将祖宗牌位摆在龙德宫大殿，赵家人也早早来到龙德宫，先拜祖宗后拜太上皇。皇帝赵桓迟迟到来，拜过祖宗和老爹，问赵佶："龙德宫还需要什么？"

赵佶道："我儿新政，万事百忙，朕……不，予想去亳州鹿邑太清宫上香，向道君老子报谢，皇帝意下如何？"

赵佶第一次使用"予"字做自称，很不习惯。

赵桓道："太上皇二十多年为国为民呕心沥血，自当出巡调理，不知父皇何日启程？"

赵佶道："初三吧。"

赵桓劝父皇过了破五再走。

赵佶说："已经命太史卜定，初三为黄道吉日，三六九往上走，于家于国都有益！"

赵桓于是取来笔墨写了一道御诏："道君太上皇帝，择日谒亳州太清宫上香报谢，有司当备不时之需……"

初二晚上，军报传来凶信：黄河防线被金人突破！寒风裹着尘烟顿时笼罩了整个汴京。事不宜迟，赵佶一行初三早上四更起身，匆忙出通津门坐船出了汴京。临行前夜，又让张迪捎信来，期盼能与李师师一路同行，李师师再次婉拒。

李师师谢绝一切访客，独自在萃华楼上绘画、写字，似乎是在等待什么。有客来访，李嬷嬷和杏儿很是为难。李嬷嬷劝说："师师，你把家财都散尽了，今后如何过活？"

李师师道："国难当头，匹夫有责。岂敢再唱《后庭花》？我把古琴都封了，何谈访客！"

李师师和嬷嬷正在说话，忽有递夫叩门，杏儿接过信件一看，是写给李嬷嬷的。李嬷嬷一笑："谁会给我一个睁眼瞎老婆子写信呢？师师快拆开看看是谁！"李师师拆开信封，里面还有一个信封，信封上写"李师师小姐阅"。这是谁？难道是他？似乎又不像他的字迹，李师师忙回到自己卧室，匆匆拆开一看，竟是一首诗：

琴声悠悠绕梁行，远山含黛璎珞动。

冰肌玉骨轻纱舞，纤纤十指嫩如葱。

明眸皓齿生巧笑，朱唇粉面点桃红。

莲步款款香阵阵，娇羞百媚情万种。

……

十五日后南薰门外夜夜相候。具书人梁岩庆。宣和七年腊月二十五日。"

李师师默念两遍，不由得心里突突乱跳，梁岩庆、梁岩庆，这不明明是梁山燕青吗？自称粗人，还有几分诗才呢！李师师读罢，泪流满面，伏在床头隐泣起来："你个燕青啊，让姐姐等得好苦啊！"忽又再看一遍书信，十五天后……今天已经是第十七天了！她立时手忙脚乱起来，让杏儿快去打听汴京的战事。

赵佶在退位前，探得完颜宗望兵指黄河，诏令梁方平、何灌挂将军印，布防黄河两岸，以阻挡金军南下。梁方平带一万禁军过黄河驻防浚州，为第一道防线；何灌带两万人马驻防黄河南岸之滑州，为第二道防线。

梁方平本是太监，与"隐相"梁师成本家，好儒雅，喜诗酒，常以儒臣自居，深得赵佶信任。梁方平到达浚州，部署完军事站位，打听到金军尚有百里之遥，便与几个副将饮酒云诗，至深夜方散。辰时，军士来报，金军已将浚州城围定。梁方平晕晕乎乎到城头观望，只见城外尘土飞扬，锦旗蔽日，浪潮般涌动，似有千军万马，如泰山压顶而来。梁方平吓得倒退几步，带领亲兵弃城而逃。

郭药师用的是疑兵之计，他让两千军马背插数旗往来奔突，造成千军万马之势。看到宋军弃城而逃，长剑一挥："追杀！"

驻防黄河南岸的何灌看到宋军亡命奔来，后面的金军穷追猛杀，一如天兵天将之威猛，第一道防线已破，顿时惊慌失措，于是下令烧毁黄河大桥。一时间浓烟冲天，桥上南逃的宋军，随着崩塌的桥梁纷纷掉入黄河里，逃到南岸的寥寥无几。何灌隐隐看到对岸的金军越聚越多，尚有金军正在搜集船只，正欲渡河。何灌惊怵万分，此处长待无益，莫如保卫京师的好，于是下令向汴京撤退。

完颜宗望这才见识了宋军的无能，下令搜罗民间船只，扎绑木筏渡河。六万金军仅凭百十只木筏、小船，用时七天七夜渡过黄河，竟然不费一枪一箭！完颜宗望回望黄河天险哈哈大笑："若有千人守着渡口，以逸待劳，金军不知会有多少人葬身黄河。天欲灭宋，与我何干！"

就在赵佶仓皇坐船南巡的同时，赵桓在大庆殿召开紧急朝会，商议如何解东京之围。赵桓问少宰吴敏："当下危局谁可破之？"

吴敏说："太常寺卿李纲，文武兼备，颇有谋略，可重用抗敌。"

赵桓准奏，道："太上皇离京前告我，李纲乃可用之才！李刚何在？"

李纲出班："臣在！"

"朕问你，金兵围城何以御敌？"

李纲道："京城城垣坚固，粮草充盈，若朝野同仇敌忾，城内尚有十万禁军，加上两淮和各地勤王之师，共有十五万大军，而金兵只有六万之众，且远离北方老巢，粮草供给路途遥远，只要上下一心，定能击退金兵！"

赵桓愁容稍缓，遂拔李纲为尚书右丞、兵部侍郎、东京四壁防御使，各路大军悉听调遣，全权指挥抗金保汴。

李纲叩首谢恩："陛下，臣听闻后宫妃嫔们正在打点行囊，准备离京南迁。为安定民心，确保官民共同捍卫京师，恳请陛下收回成命！"

赵桓面色一凛："是吗？内侍官，立即去后宫查看，若有此事，立马制止！"

正月初八，金军围城。李纲披挂上阵，果然威风凛凛。汴京东西两侧各部署三万禁军，城外扎寨，挡住金兵南向。李纲则坐镇安远门城楼，指挥东京保卫战。

杏儿探听到，金军只围了安远门和天波门，但是，所有城门紧闭，没有通关文牒任何人都无法通行。李师师急得连连搓手，而今朝廷中皆是新人，怎么才能搞到关文走出城去？想来想去，只得亲自去找户部尚书陆谦。李师师坐着小舆来到户部府邸门前，被班头拦住，李师师拿出尚书陆谦的手书让他看，他摇摇头："非常时期，非本府官员，一律不准入内！"李师师没有办法，让杏儿大叫："陆尚书——我家小姐有急事找你！"班头恼了，上来就推攘杏儿。

正好几名轿夫抬着一顶轿子走过来，后面还跟着几个使役。

李师师拦着轿头哭诉道："大人啊，我的家人去世了，须出城奔丧，行行好让我见见陆尚书吧！"

使役喝道："快让开，哪里来的女子，胆敢拦挡官轿！"

陆谦挑帘一看，一女子将一纸文字举过头顶，细看竟是自己写给李师师的字条！问道："跪者何人？"

"民女李师师也！"

陆谦立马下轿："师师小姐快请起，你解尽家资以纾国难，是保卫汴京的有功之人，请到府邸一坐可好？"

李师师还礼："不去打扰了，今日得见尚书大人实为万幸！民女家人去世，急去奔丧，没有关文难出城门，望大人相助！"

陆谦道："没问题，小姐请先回吧，回头让使役将关文给你送到府上！"又对使役说，"快去开封府取一关文，送到金钱巷李师师小姐那里，要快！"

李师师眼含热泪，再次给陆谦叩了个头。

李师师回去后，直到第二天也未见户部差役送来关文。李师师一夜未眠，想那燕青在寒冷的冬天一夜夜守候，该是何等焦急！李师师急得团团转，只得再让杏儿去户部府衙打听。原来新任尚书右丞、兵部侍郎、东京四壁防御使李纲下令，任何百姓不准进出汴京，开封府暂停关文发放。李师师只得再次去户部衙门找陆谦。然而，陆谦自辰时去开朝会，至晚都未进户部官衙。

李师师第二天仍到户部官衙门前坐等。还好，终于等来了陆谦。陆谦很是抱歉，答应去找东京四壁防御使李纲："此事不成，愧对师师小姐！"至晚，户部衙役果然将李纲亲批的特殊关牒送到李师师的手中，李师师手捧关牒喜极而泣。

李师师洒泪与李嬷嬷和杏儿作别，李嬷嬷紧紧抱着李师师哭道："孩儿啊，你五岁来到咱家，算来已经二十余年了，我对你视同骨肉，而今一别，何日再见？"

李师师伏在嬷嬷身上："嬷嬷待我情如父母，养育之恩没齿不忘，待师师安顿好住处，就来接嬷嬷和杏儿一起前往！"

杏儿哭道："杏儿与姐姐十余年形影不离，你从未一人出过远门，而今兵荒马乱，路途难料，我怎忍心让你一人上路？嬷嬷，就让我送师师小姐去吧！"

李嬷嬷一扭头痛哭起来："你们走吧，走吧，都走吧！"

朝会开了一天，新天子设午宴招待群臣。张邦昌等人奏报："完颜宗望围城已十数日，每天城外杀声阵阵，李纲未曾派兵出城与金兵交锋。况且太原守将张孝纯父子连连传报，军情危急，若朝廷不能速派大军支援，太原恐难守住！各地勤王之师，参差不齐，行进缓慢。如迁延时日，完颜宗翰破了太原，挥兵南下与完颜宗望合兵一处，汴京恐怕难保，不如与金和谈，以观动静为好！"张邦昌的奏议立即得到一部分大臣的附和。

完颜宗望大军围城后，不断发起攻势。

汴京城共有十二座城门和九座水门，其中南薰门、新郑门、新宋门和新封丘门因为是御路通道"直门两重"外，其余城门均为"瓮城三层，委曲开门"。而汴京城的水门亦是戒备森严。譬如汴河东水门，除了水门本身有铁闸拦河外，水门两边还有两座"拐子城"，即两座瓮城。若有敌人进攻水门，则可以从两侧的瓮城夹击敌人。

金军面对的就是这样一座有三道城墙、五重防御体系、城防设施齐备的坚固城市。郭药师对此并不了解，一开始便想顺汴河杀入京城，以大船数十只顺汴河而进，行至城下，却发现河道被铁栅栏堵死；正要上岸，李纲率军从瓮城杀出，箭带火种，万弩齐发，船只起火，金军火烧溺水，死伤无数。郭药师急急弃船登岸，窜回金营。

完颜宗望一计未成，改用火炮天梯攻城，无奈城垣太高，滚木礌石火箭如雨，滚滚而下。金兵前赴后继，不惧死伤，几天下来，死尸填满护城河。战事进入僵持状态。宗望一边令金军擂鼓呐喊，乱舞旗幡，以壮声威，一边飞马传报西路军，太原如果一时难下，可绕过太原，速速向汴京靠拢。

此时，赵桓却派人与金议和。赵桓想：如能像当年真宗皇帝那样，与辽国签下《澶渊之盟》修成百年之好，损失点金银又算什么呢？于是，许以金银各一百万两、岁币一百万贯，派人具书去到金营求和。

完颜宗望正在进退两难之际，忽见宋国来使议和，心中窃喜，也派使者回访，以探虚实。赵桓设宴招待，多位议和重臣相陪。赵桓再次承认招降纳叛的错误，表示永不再犯，愿与金国永结同好之邦。金使通报了完颜宗望提出的撤兵条件：宋国须向金国赔偿金二百万两，银一千万两，绸缎二百万匹，岁币一百万贯；宋国割让太原、中山、河间三地给金国；金宋两国为伯侄关系；宋国亲王和宰执大臣各一人，到金营为质。

赵桓一听金人的条件，大惊失色。人质倒在其次，主要是赔偿金和岁币，金人简直就是狮子大张口，上哪儿去弄这么多的金银？

对此，主和、主战两派在朝会上激烈交锋。张邦昌长篇大论讲述当前形势及议和的必要性："当年真宗皇帝与辽国签订《澶渊之盟》时，也曾有大臣反对，实践证明，《澶渊之盟》签订后，宋辽两国修成百年之好，大宋逐渐走向国富民强。我国与金国如果也能修成百年之好，则百姓之福、社稷之福也！"

李纲怒斥张邦昌："简直岂有此理！我军刚刚打过一次胜仗，士气正高，你却在这里拿《澶渊之盟》说事，大谈议和！契丹人受汉化多年，还讲一点信誉，金狄北起荒原仅仅十几年，不懂汉家礼仪，岂能百年修好？当下，金狄孤军深入，久则必乱！只要我大宋上下一心，坚决抗金，勤王之师陆续来京，我大宋必赢！"

二十六岁的新皇帝赵桓，自幼生在宫中，从未问过政事，连朝会都很少参加，突然这多棘手的问题向他袭来，确实难于应对。恰在此时，偏将来报，金兵强势攻城，问李纲是否出战。

赵桓忙道："李爱卿快去督战吧！"

李纲一走，议和派纷纷举笏启奏："和为上策，请陛下早做定夺！"

赵桓手摁双鬓沉思片刻。

张邦昌道："陛下，不如答应他们赔偿条件，先交付一部分金银，待他们退兵，解除京城危机，等待各地勤王之师到来，再举国聚力抗金不迟。"

赵桓叹口气："只能如此了！"

至于谁去金营做人质，赵桓在脑子里将满朝文武排了一遍，认为张邦昌最为合适。张邦昌处事稳妥，忠于朝廷，做人质定可不辱使命。亲王中，谁去为好呢？赵桓环视诸位亲王，问道："哪位亲王愿为国前往？"郓王赵楷看看肃王赵枢，赵枢再看看景王赵杞、济王赵栩，几个亲王面面相觑，都低下头来。

这时，康王赵构率然举笏出班："臣赵构愿为陛下分忧！"

赵桓大喜："朕知九弟忠勇，国难当头，定会挺身而出！"

赵桓于是抬头高声宣道："朕意已决，议和为上，诏命康王赵构、少宰张邦昌二人去金营做人质。康王我弟智勇双全有胆有识，张少宰股肱重臣，学养深厚，应变得体，二人去金营朕最放心。望二位折冲樽俎、相机而行，不辱使命为盼！"

张邦昌脑袋轰的一下，泪水瞬时盈满眼眶，双唇哆嗦一阵，急急奏道："陛、陛下，老臣家有老母……"

赵桓打断他的话茬："朕知晓了！"

赵佶走得匆忙。原计划用过早膳，带上蔡京、童贯、蔡攸等近臣一起从宣德门出城去往亳州。因昨晚黄河岸边军情紧急，又怕引起城中百官和百姓骚动，更怕新皇帝临时变卦不让出巡，未及早膳，便悄悄带了数十禁军从通津门悄悄登船，本欲带上蓝彩儿，可惜未找到，只带了韦贤妃一人。船家看到赵佶饥饿的样子，从怀里掏出个烧饼递给他。赵佶对船家连连致谢，饥不择食，便掰一块递给韦贤妃，韦贤妃推给他："贱妾不饿。"赵佶吃得很香。

刚刚出城，暗夜里一簇人马匆匆奔来，赵佶不知所措。童贯道："太上皇且安坐乌篷内，待我观察是何人等！"

岸上人马追过来，不停地呼问："是太上皇的船队吗？"

童贯细细看时，发现竟是蔡攸。童贯道："蔡攸此来何为？太上皇那儿可有皇上御旨在身的！"

蔡攸说："童帅，我与父亲是来追随太上皇护驾的！"说着，从马车上扶下蔡京。

童贯撇撇嘴："蔡攸这家伙竟然被国难改造成孝子了！"

蔡京颤巍巍朝乌篷船打了个躬："太上皇啊，你不能丢下老臣蔡京啊！"

赵佶伸出头来，对船家说："快靠岸，让太师与我一起坐船，也好拉拉家常。"

走不多久，天色微明，又见一队人马从后面飞驰而来，扬起一片雪雾。这又是谁？赵佶和蔡京躲进乌篷里不敢露面。

"前面是道君太上皇的船只吗？"原来是高俅追来。

赵佶壮壮胆探头问道："高俅追来何干？你是被人派来追杀我道君的吗？"

高俅翻身下马，跪在岸边雪地："太上皇勿惊，高俅带三千禁军特来护驾！"

有高俅的三千禁军护卫，又有童贯的五千亲军在前面探路，有韦贤妃、蔡京、童贯等人相陪，赵佶心情坦然了许多，几个人在船上自然说到了许多往事，由西北开疆拓土到实施新法，由玉津园访茶到《听琴图》……赵佶满是自豪。不知怎的话题突然转到《海上之盟》，说到收复燕京……赵佶凝视着童贯许久，眼圈竟然湿润了。

童贯扑通跪在赵佶面前："微臣知罪，若无燕京之败，绝无金军围城之忧。望太上皇念及微臣曾建功西北边疆，对太上皇忠心不二，饶恕臣下吧！"

蔡京看一眼赵佶充满幽怨爱怜的眼神，忙将童贯搀起："太上皇忧国忧民、体恤臣下、过往不究，谁人不知？而今太上皇南巡，我等舍家抛业、忠心耿耿，跟随太上皇而来，就是好好伺候太上皇的！"

蔡京一语双关，巧妙地表达了自己的忠心。为防意外，蔡京建议，让高俅的禁军在船队二里之后，缓缓跟进。

船行了两天，赵佶在船上休息不好，想登岸住上一晚，明天就可到达亳州了。蔡京建议，找个穷乡僻壤就行，最好不要住在城里。向岸上望去，前面正好有一处庙宇。几人弃船登岸，蔡攸叩开山门，一小和尚打个佛礼："施主夜来敝寺有何贵干？"

蔡攸还礼："小师傅，能否允许我等在此借宿一晚？"

小和尚不敢擅为，引着众人来见主持。老主持手把念珠闭目念佛，并未睁眼。"几位施主夜来至此，所为何干？"

赵佶上前一步："我佛慈悲，我等几人半夜叨扰清净之地，实为人困马乏，能否在宝刹借宿一晚？"

老和尚一听这个充满磁性的声音，猛地睁开双眼一看，翻身滚下禅坐，双手合十："太上皇光临敝刹，老衲未及迎候，罪过罪过，阿弥陀佛！"

老和尚将赵佶扶上禅坐，再拜以佛礼。吩咐小和尚洒扫僧舍，准备斋饭，添油加香。

"老衲释云闲，昨夜梦见长庚照亮敝寺天井，知有贵人光临。"

赵佶诧异道："老师傅怎么认识予？"

"哦，老衲曾在京城大相国寺做知客，大观三年九月初九，太上皇曾驾临大相国寺，为天下秋熟焚香报谢，之后，由老主持释印松相陪，在客堂用茶，就是老衲为太上皇点的茶，太上皇还夸老衲深谙茶道呢！"

"噢，予想起来了！那你怎么来到了这里了？"

"哎，印松师傅坐化后留言让老衲做主持，老衲自知年迈愚钝，而年轻的慧明精研佛道，比老衲更合适。大相国寺僧众甚多，且为皇家抬举，老衲自忖，明知不可为而为之，是对佛家庄严净土的大不敬也！遂深夜出走江南，做了几年游僧，之后来此小寺，收徒上香，清修佛缘……"

坐在船上，赵佶想起云闲的话"明知不可为而为之……"，心底豁然开朗。

岸边渔翁在雪雾中捕鱼，举起竹竿"嗷——嘎嘎，嗷——嘎嘎"，驱赶几只鱼鹰下水，一只白头鱼鹰下水多时不见踪影。韦贤妃问："白头鱼鹰哪里去了？"白头鱼鹰突然冒出水面，嘴里噙着一条大鱼，伸长脖子欲吞进去，两眼憋得血红也不能下咽，渔翁挑起竹竿将它拉到船舷上，从鹰嘴里拽出那条大鱼。为了慰劳白头鱼鹰，渔翁又从船舱里拿出几条小鱼，赏给白头鱼鹰。

赵佶不由舌底生津，他已经几天没有吃到肉食了。

"蔡攸，去向船家买几条鱼来炖炖吃。"随口又吟道，"鲈鱼正美不归去，空戴南冠学楚囚！"

蔡京道："赵垦此诗正合当下也。几天来不知京城战事如何，前面就是亳州鹿邑了，道君应该给皇上回一个信才好。"

说些什么呢？赵佶想了想，拿来纸笔写了一首《临江仙》：

过水穿山前去也，吟诗约句千余。

淮波寒重雨疏疏。烟笼滩上鹭，人买就船鱼。

古寺幽房权且住，夜深宿在僧居。

梦魂惊起转嗟吁。愁牵心上虑，和泪写回书。

赵桓收到父亲的诗函时，心里不觉一酸。

赵佶一行人来到鹿邑老君祖庭太清宫，为老子神塑上了香，行三拜九叩之礼，并亲自宣读祭文：

"大宋道君太上皇谨以弟子之礼拜于道祖尊前：

皇皇华夏，灼灼文明。上古诸贤，群起争鸣。

唯我道祖，若神若龙。五千真言，北斗昌明。

大音希声，大象无形。道隐无名，唯道善成。

天之大道，利而不害。圣人之道，为而不争。

安国立世，安身立命。帝王黔首，受益无穷。

天地苍茫，育我生命。一抔黄土，系我魂灵。

千年如梦，万载如风。先哲远去，倍加尊崇。

赤县神州，亿万民众。承子之训，践子之行。

志道据德，心正意诚。道俗相处，犹存古风。

佑我万民，魑魅灭种。海晏河清，弘我大宋。

振兴华夏，永世太平。千秋万岁，伏惟尚飨！"

张邦昌与赵构来到金营，将赵桓亲笔书信交给完颜宗望。张邦昌连连向完颜宗望叩首："我大宋皇上表示，将严格信守承诺，愿与金国结百年之好。"

一日，金国大将提出欲与赵构比试射箭，赵构点头答应，提弓搭箭竟三矢连中，金人看了，怀疑他是将家子弟，而不是生长深宫的皇子。此间，又发生宋将姚平仲袭金营的风波，张邦昌面对金人责备，吓得恐惧涕泣，不知所措。赵构泰然冷静，据理力争。这更使金人怀疑康王非真，于是提出以肃王赵枢换康王赵构。二月初五日，赵构被放回。赵构因出使之功官升太傅，又获授静江奉宁军节度使、桂州牧兼郑州牧，三月再迁建雄军节度使、亳州牧兼平阳牧。

完颜宗望在收到一部分赔偿金后，于二月九日退兵黄河岸边，同时向宋国催要赔偿金和岁币。声言，若迟迟不缴，将再次围城。

　　三月初，金国以宋国未按协议及时缴纳赔偿金，未及时派官员交付太原、中山、河间三地为由，再次包围汴京，发起新一轮攻城。李纲来到睿思殿，请赵桓登封丘门以鼓舞士气。金兵果然英勇，面对城头上暴雨般的箭矢和滚石，毫不畏惧，前赴后继，一次次将长梯搭到城墙上，一次次将火球抛到城堞上。宋军看到皇上亲到城楼上督战，士气格外高涨。在李纲指挥下，宋军居高临下，将金兵射杀于城下的堑壕里，万千火箭飞向敌阵，完颜宗望不得不鸣金收兵。

归去来兮已非昨

　　李师师拿到关牒后，于靖康元年（1126）初三，即与赵佶出巡同一天，在杏儿的陪同下，出城来到南薰门外。大雪覆地，天寒地冻，南薰门外白茫茫一片，远处的村庄灰蒙蒙不见人影。二人紧裹斗篷，瑟瑟发抖。杏儿忽然看见不远处有一草棚，二人便躲进草棚里，注视着南薰门外的过往行人。往日，这里车水马龙，而今兵荒马乱，城门紧闭，除了一队队巡逻的军人，几乎没有商旅、百姓走过。偶尔有人来到城门，也被城头上的军士呵斥走。呛人火药味和一阵阵炮火声，不断从城北传来。

　　即令如此，李师师还是紧紧地盯着通往南薰门的道路，三天来不论白天黑夜，不敢漏过一个人影。她们虽然裹着厚厚的棉衣和斗篷，然而，荒野里，四下透风的草棚仍然无法御寒，干粮和着雪水实难下咽，她们哪里经过这样的苦难！第四天，李师师病倒了，脸色惨白，嘴唇皲裂，躺在草垫上浑身打哆嗦，却仍然支着身子看向南薰门外。

　　杏儿见师师这个模样，哭得跟泪人一样："小姐呀，小姐，我们回去吧，你再这样下去，会……再说了，燕青哥哥约定的时间，已过去五天了，他会不会……"

　　李师师无力而坚定地摇摇头。她想，或许燕青路途遥远，加之兵荒马乱，旅途上车船难继，延宕时日在所难免，但是，燕青他绝不会失约！

　　杏儿见师师无力地闭上眼睛，吓了一跳，赶忙试试鼻息，呼吸微弱！"小姐、小姐，你醒醒啊！"

师师仍未睁眼。师师觉得自己身下一片污秽，恶心极了，双脚用力一蹬，欲挣脱出去，不承想自己竟然飘浮起来，一直飘到云端。飘呀飘，不知飘到了哪里。下看芸芸众生，皆匆匆来去，她的目光在人群里寻找，她不知道要寻找什么，她不知自己要飘向哪里……飘过汴京城头，皇城如浮在云烟之上，艮岳的草木不知怎的全部失去，只留下光秃秃的万岁山顶，她想去看看萃华楼，转念一想，还是不去的好，那里有许多无奈，不堪回首……忽然，一朵白云飘过来，云头上还站着观音菩萨，身穿淡青色羽衣，一脸慈祥之色，问道："师师要到哪里去？"师师忙答："我要到一个干净的地方去，我的弟弟在那里等我，恳求菩萨指点去处！"观音菩萨点点头，长袖一拂，一道银光铺到她的面前。她踩着银光走到尽头，没了去路，再回首，银桥瞬间散去，将其摔向尘埃，师师惊叫一声："杏儿！"

杏儿没有应声，她使劲睁开眼睛，不见杏儿的踪影，杏儿的斗篷却盖在自己的身上。棚外天色已晚，她口干舌渴，使劲伸手抓了一把雪塞到嘴里，一边咀嚼一边想，杏儿走就走吧，她不应该跟着自己吃这样的苦！

忽然，夜色里有个人影向草棚走来，还牵着一头毛驴。她惊喜地叫了一声："弟弟！"虽然她使出了全身的力气，声音还是那样微弱。由于使劲过猛，又昏了过去。来人俯下身，将李师师抱起，放在驴背上。

原来杏儿见师师奄奄一息，怕极了，她不能看着小姐就这样死在这里，她脱下自己的斗篷盖在师师的身上，踉踉跄跄向远处的村庄跑去。跑到村口时，已是筋疲力尽，两腿一软倒在雪地里。一只黄狗朝她汪汪叫个不停，老太太扒门一看，见有人倒在雪地上，回头就叫："儿子，有人倒下了，快去看看。"儿子走出来将昏迷的杏儿抱回屋内，老母亲烧了一碗姜汤给杏儿灌了。杏儿慢慢苏醒过来，忽地坐起来，看一眼身旁的老太太，说道："感谢大娘的救命之恩，我的姐姐还在那个草棚里，病得厉害，恳请大娘、哥哥救救她！"

燕青在发出那封寄给李嬷嬷的信后，就打点行装北行汴京。当初他葬过卢员外和宋头领后，深感人生悲凉，一个错误的决策可令无数人丧命。对联络招安一事，他既后悔又庆幸，后悔自己不该承担联络朝廷招安的任务，导致梁山弟兄们散了，众弟兄死的死伤的伤；庆幸的是遇到了失散多年的姐姐。他曾想随卢员外而去，但他不能，因为有姐姐在。他曾经答应，待招安成功他要带姐姐去一个远离尘嚣、十分清静的地方，过男耕女织的日子。如今这个地方他找到了，就在富春江边那个山坳里。他改名为梁岩庆，他造了几间房舍，扎了竹篱小院，挖了个小水塘，水塘里养了睡莲和锦鲤，种了几株芙蓉和师师爱吃的龙眼、甜橙……

客船快到楚州时，天色已晚，船家想泊岸休息。突然四五十个匪人拦着船头，张口向船家索要三千贯过河钱。船家不愿与其纠缠，拔锚扬帆起航。匪人甩出几根铁挠，紧紧钩住船舷系在岸边，客船无法前行。押运货物的黄镖师，拔出插在船头的"维扬同兴镖局"的镖旗，向岸上的匪人摇摇，又亮出镖灯晃晃。一个胖匪叫骂道："河道上冒充维扬同兴镖局的船只多的是，任何船只过我这里，都得留下过河钱。否则别想过去！伙计们，给我上船搜！"

黄镖师一看这帮匪人吃惯了黑钱，便和四个伙计站在船舷上与之对峙。跳上船来的几个匪人出手就开打，黄镖师三下五去二就把这几个匪人打落水里。岸上的胖匪见势不妙，甩出几支飞镖，其中一支击中黄镖师的腹部，黄镖师应声倒下。几十个匪人跳上来开始抢劫。

燕青躺在船舱里，本不想多管闲事。见匪徒们开始抢劫，忍不住跳起来，手持齐眉短棍，飞身跳到岸边，一棍将胖匪打倒在地，又从地上将其提溜起来，大声吼道："匪儿们听好了，你们的匪头在我手上，如果放我等过去则罢，否则我就把这个胖子废了！"

匪徒们不识货色，一齐围过来。燕青心想：不教训一下他们实难前行。齐眉棍挥得如霹雳闪电，瞬间将匪徒们打倒一片。胖匪突然得手，拔出佩刀朝燕青头上刺来，燕青一闪身，挥起齐眉棍打中他的双膝，胖匪应声倒下。匪徒们见胖匪受伤，便将胖匪搭在马背上，匆匆逃回走了。燕青跳上船："船家，快快离开这是非之地！"

北行四五里，运河两岸灯光渐多起来。如果继续夜行，指不定又会碰上什么歹徒，黄镖师腹部受伤需要上岸找郎中包扎。于是，客船在一个码头上泊岸。码头上还停泊了许多官船，且有许多军人在船上值守。

客船刚刚泊定，忽然上来百十个衙役，打着楚州府的灯笼，团团将客船围定。一个捕快走过来大声叫道："有人举报，这艘客船上有歹徒，刚刚将马员外的公子打伤，是谁干的？尽快交出来！"

船老板走到捕快跟前塞给他一袋儿银子，辩道："大人错怪我们了！我们的客船刚刚在下面遭遇歹徒袭击，你看，将我们黄镖师的腹部刺伤了！"

捕快摸摸兜里的银子，把脸一扬："马公子两腿被棍棒打瘸不能走路，其他人等被打得头青脸肿，是谁干的？若不交出此人，所有船客都必须去坐班房！"捕快说着，朝身边衙役们努努嘴，众衙役立即抽出佩刀，走进船舱胁迫众客商离船上岸。

燕青挺身站起："捕头，打伤胖匪的人是我，与船家和众客商无关！"

捕快围着燕青转了一圈："呵呵，看你这个子容貌，匪气凛然，一定是个黑道上的大杀手，带走！"

燕青和船家被带走后，黄镖师与众客商商议，一定要把船家和那位好汉救出来。第二天，黄镖师强忍疼痛，带领二十几个客商来到楚州府衙，跪在府衙大门口，声声要知州大人为草民申冤。

两个衙皂走出来，从黄镖师手中接过状纸，说道："噢，这个案子是许捕快接管的，正在禁所预审呢，你们去禁所找他吧！"

黄镖师道："我们就等知州大人！"

衙皂道："今天知州大人不在衙内，陪重要官员去淮上三湖了，少则三五天，多则月余也未可知！"

黄镖师决定去淮上三湖去找知州大人。淮上三湖是萧湖、勺湖、月湖的统称，湖水相通，长堤弯曲相连，春夏之间，花红柳绿，画舫清荡，玉桥横卧，万般诗情画意尽现其中。而今虽是寒冬，楼台亭阁、红墙碧瓦点缀在湖水长堤上，别有一番风情。湖岸边有许多手持兵器的军士在岸边警戒，一个偌大的画舫从湖中荡漾而来，画舫上几个官人站在船头指指点点，很是优雅。画舫靠岸后，官人们簇拥着一个器宇轩昂、身穿灰色道袍、头戴黑色偃月冠的道长，走进清风亭。黄镖师判断此道长来路不凡，便齐刷刷朝着清风亭跪下喊冤。几名军士走过来驱赶他们，反倒引起更大的喊冤声。

道长朝这边看了一眼，问道："何故驱赶百姓？"

知州便打发身边的衙役过来问问原由。王知州看了看状纸，对道长说了些什么。道长不是别人，便是当今道君太上皇赵佶，此时南巡来到楚州，在知州等众官员陪同下游览淮上三湖。

赵佶道："楚州乃水路要塞、南北通衢，若有恶人拦截过往客商，应严查严办、从重发落！"

王知州本想糊弄过去，听赵佶一说，连连点头："太上皇放心，一定严查严办！"说罢，立即让衙役去找许捕头。

许捕头将燕青带回禁所，交给刘狱头好生看管。刘狱头看见燕青，一愣，扑通跪在燕青面前："不知燕头领到此，刘宇给头领叩头了！"

燕青摇摇头："我不认识你，你是谁？"

刘宇道："我曾是梁山一卒，梁山军散伙后我回到老家楚州混碗饭吃。燕头领当然不认得我！"

"错了，我叫梁岩庆，与什么梁山无关！"

许捕头看看燕青又看看刘宇，难道眼前这个汉子就是朝廷一直寻找的梁山英雄燕青吗？他把刘宇拉到一旁，问："这个汉子是梁山燕青？"

刘狱头点点头："正是此人！"

"哈哈哈！"许捕头大笑，"合该我许某人走大运，原来他就是朝廷悬赏一千贯要寻找的梁山头领浪子燕青啊！"

王知州刚说要找许捕头，许捕头却自己跑来了，跑得气喘吁吁，扑通跪在王知州面前："大人，好消息，好消息！昨天在码头捉拿的那位恶人，原来就是朝廷要找的浪子燕青！"

王知州一喜，忙走过去报告给赵佶。赵佶更是喜不自胜，心想：这次可好给师师有个交代了！对王知州说："立马放人，燕青是梁山招安有功之臣，责令王知州派官员护送燕青去汴京金钱巷！"

本来赵佶要见燕青，被燕青以"疾病在身，不便打扰"为借口推脱了。

燕青来到汴京南薰门，见城门紧闭，城头尽是军人，城门周围并未见到其他人影。城北炮火连天、杀声阵阵，算算天数，约定的时间已经过去七八天了，不知姐姐能否出得城来。燕青对护送的官员说："东村有个亲戚，我暂不进城了，谢谢你们一路的照顾！"

天色渐暗，阴云密布，雪花又开始飘洒。燕青决定在这里等候姐姐的出现，四下望望，见前面菜地边有个草棚，他弯腰走进去躲避风雪。草棚似乎有人住过的样子，地下铺着麦秸，他放下行囊，准备在此等候。忽然看见草铺上有一块玉佩！好眼熟的玉佩，他捡起来一看，与自己腰间的玉佩正好是一对！他一惊：姐姐这块玉佩为何丢在这里？难道她在这里等候过自己？那为什么丢下玉佩？是否遭遇了歹人！燕青走出草棚四下观望一下，雪雾朦胧中一个小村子就在西面。他快步朝村子走去。

赵佶南巡，一路走走停停。沿途不断有地方官员前来迎候，陪着赵佶一行游山玩水。赵佶对江南的印象最早来自王诜，他把江南描绘成鸟语花香、美女如云的天堂，如果王诜在该有多好！他若在说不定能玩出多少趣味来！还有周邦彦，他也早早地故去！他生于钱塘，多才多艺、风流倜傥，曾迷倒京城无数教坊歌女，他若导游，红楼绿树、舞榭歌台之间，指不定又有多少美妙的诗词与歌伎互答！

扬州历来是个迷人的风花雪月之地，几位扬州美女陪伴赵佶船游保扬湖，吴侬软语，叽叽嘎嘎，赵佶顿时觉得年轻了十岁．夜游竹西佳处，灯红酒绿，人影攒动，胜比汴京夜色，真不愧为江淮艳都！不禁令人想起温庭筠、杜牧等人在扬州留下的艳遇故事和那些美妙的诗词佳句，仅杜牧一人就留下数十首有关扬州的诗词：

"十年一觉扬州梦，赢得青楼薄幸名。"

"春风十里扬州路，卷上珠帘总不如。"

"谁知竹西路，歌吹是扬州。"

"二十四桥明月夜，玉人何处教吹箫。"

抬头看去，竹西路上竟然也有一个善和坊！这不是李端端的居所吗？蔡攸道："何不进去一看究竟？"

二人犹豫之间，早有两位美人出来迎候："二位官人，请楼上用茶！"

蔡攸问道："你们这里头牌是谁？"

两个美女走过来拥着二人往楼上走："我们善和坊的头牌叫李端端。"

赵佶一愣："什么？李端端不是唐朝名伎吗，她怎么来到我大宋了?！"

"哦，唐朝的李端端就住在这善和坊，数百年来凡是这里的头牌都叫李端端。"

赵佶很是好奇："啊，白牡丹便在这里居住啊！要不是崔涯，白牡丹也不会那么出名！"

蔡攸道："崔涯是谁？"

赵佶道："崔涯是唐代风流猖狂的诗人。一次崔涯拜访李端端，李端端无暇接待。那时李端端的美貌与歌舞已名扬天下，宾客如云，门庭若市。崔涯不悦，写了一首《嘲李端端》的诗：'黄昏不语不知行，鼻似烟窗耳似铛。独把象牙梳插鬓，昆仑山上月初明。'讽刺李端端鼻似烟囱，耳如铃铛。此诗一出，李端端立马门前冷落车马稀。李端端后悔没有接待崔涯，于是主动找到崔涯，美酒佳肴相待，百般逢迎。崔涯于是又写了一首赞美李端端的诗：'觅得黄骝鞁绣鞍，善和坊里取端端。扬州近日浑成差，一朵能行白牡丹。'夸赞李端端肤白如雪，胜似白牡丹。于是，李端端的门下宾客又纷至沓来，热闹程度胜比往日。"

蔡攸叹道："一首诗嘲败一个美人，一首诗也可唱红一个美人，这个崔涯厉害！"

赵佶二人被引到二楼茶室，侍女为二人斟上茶水："二位稍坐，端端小姐正在送客，马上就到。"

善和坊背河面街，赵佶站起来看向运河。运河里无数船只南来北去，几只画舫在河面上游弋，船上红灯高挂，将画舫照得一片朦胧。船灯在河水里映出一缕缕光，灯影桨声夹杂着委婉的琴声飘荡在河水上，画舫上的美女们吹拉弹唱，为男人们饮酒助兴，欢声笑语和着琴声传来，令人沉醉。

"客官久等了，实在抱歉，端端这里有礼了！"赵佶忽觉香风扑鼻而来，忍着没有转身，面对运河说道，"夜晚泛舟广陵，想必别有一番韵味吧！"

李端端走过来依偎着赵佶："是啊，客官是想夜游运河吗？"

赵佶点点头，转脸望向李端端，却吃了一惊：这不就是蓝彩儿嘛！容颜、身材，就连声音都像蓝彩儿！赵佶忽然想起，她会不会是蓝彩儿失散多年的同胞姐姐蓝杏儿？

赵佶问："端端认识蓝彩儿吗？"

李端端一怔："客官认识她？"

赵佶微笑着点点头。

"她现在哪儿？"

赵佶又问："你还记得多年前在汴京撷芳楼雪中蹴鞠的事吗？"

李端端一惊："你、你是皇帝陛下？"

"予现在是道君太上皇了！"

李端端扑通一声跪在赵佶面前："太上皇恕罪！"

赵佶俯身搀起李端端："你既是蓝杏儿，怎么来到这里？"

蓝杏儿见问，泪水刷地流了出来。

原来那次在撷芳楼劫走她的是江湖恶人韩羽，他在撷芳楼吃酒听曲认识了蓝杏儿，几次劝蓝杏儿跟他离开撷芳楼，蓝杏儿都没有答应，他便公然将她劫走。后因一场江湖恶斗，韩羽被对手朱田打死，朱田又将她卖给扬州善和坊老板。

蓝杏儿边哭边诉，梨花带雨。多一阵抹把眼泪："敢问陛下，你怎么认识我的妹妹彩儿？她还活着吗？现在哪里？"

赵佶道："她现在皇宫，被予封为贵人，多年来她一直在寻找你……"

蓝杏儿再一次跪下替妹妹谢恩："太上皇，如何让我姐妹相见一次？"

赵佶道："予巡幸江南，回时，你可随予一起到汴京去。"

蓝杏儿暗忖：宋金正在汴京对阵，兵凶战危……于是回道："太上皇能否开恩，让彩儿来扬州一趟，我姐妹团聚几天再回汴京，可否？"

赵佶点点头："予明天就写信告诉彩儿，已经找到姐姐了！"

蓝杏儿大喜，局促地搓着两手，不知如何伺候赵佶。他乡遇故知，二人关系一下拉近了，四目相对，都想找到当年撷芳楼蹴鞠时的印象，毕竟多年过去，双方的容貌都有很大的变化。那时的端王是个白面书生，英俊得出奇，那时的蓝杏儿豆蔻年华，清纯秀丽……蓝杏儿望着须髯飘飘的太上皇，说道："这里离河岸不足五十步，奴家陪太上皇到画舫走走？"赵佶点点头，蓝杏儿拥着赵佶走向码头。

张迪和蔡攸已将画舫定好，蓝杏儿引着赵佶径直走上画舫二楼落座。二楼客厅宽敞明亮，摆放着酒水、果点。客房里所有陈设一应俱全。挑开珠帘，两岸街市夜景映入眼帘，游船悠悠来去，船灯流彩，旖旎而艳美。

赵佶赞叹道："淮左名都，胜比汴京！"

蓝杏儿斟上两杯"女儿红"："今晚杏儿太幸运了，竟然在此地遇到太上皇，还带来天大的喜讯！"蓝杏儿与赵佶碰了一下杯子，一饮而尽，两颊登时飞上了酒红。

赵佶问："扬州还有哪里好玩？"

杏儿道："首屈一指的当然是保扬湖了，长堤春柳、四桥烟雨、徐园、小金山、吹台、五亭桥、白塔、二十四桥、玲珑花界、熙春台、望春楼、吟月茶楼、湖滨长廊、石壁流淙、静香书屋……一个保扬湖，一幅山水长卷！"

"你常陪客人去那里吗？"

杏儿点点头。

蓝杏儿脸上掠过一丝无奈的神色，又与赵佶碰了杯酒："奴家唱一曲柳七的《玉女摇仙佩·佳人》，为太上皇助兴吧！"

蓝杏儿坐在横琴前调好琴弦，唱道：

"飞琼伴侣，偶别珠宫，未返神仙行缀。取次梳妆，寻常言语，有得几多姝丽。拟把名花比。恐旁人笑我，谈何容易。细思算、奇葩艳卉，惟是深红浅白而已。争如这多情，占得人间，千娇百媚……"

赵佶走过来："杏儿，我来弹琴为你伴奏如何？"

蓝杏儿起座，接唱下半阕，边唱边舞，顾盼生辉，娇媚婀娜，唱得赵佶心里湿漉漉的，不由得和唱起来：

"须信画堂绣阁，皓月清风，忍把光阴轻弃。自古及今，佳人才子，少得当年双美。且恁相偎倚。未消得、怜我多才多艺。愿妳妳、兰心蕙性，枕前言下，表余深意。为盟誓。今生断不孤鸳被。"

唱到高兴处，二人又一连碰了两杯"女儿红"。蓝杏儿两腿一软，倒在赵佶身上。赵佶托着蓝杏儿："你和妹妹真真一对玉娇双璧，舞姿曼妙无比，真如柳七所言，疑似西王母驾前许飞琼来到人间！来，为我们有缘相聚，再干一杯！"

蓝杏儿勉强啜了一口，一副沉醉的样子："杏儿已不胜酒力矣！"

赵佶俯身相问："杏儿要不要喝点茶水？"

蓝杏儿伏在赵佶耳边，娇喘吁吁："太上皇一定要让奴家与妹妹见上一面呀！"

赵佶手捧蓝杏儿的脸蛋："一定会的，会的！"

蓝杏儿伸开双臂抱着赵佶："陛下……"

画舫行进，浅浪细细，桨声阵阵。

几天来，江南各路勤王之师先后经过扬州，听说太上皇正在扬州，便纷纷前来问安，赵佶均设宴招待，好言慰勉。童贯对赵佶说："太上皇，依我之见，金人威猛，汴京恐怕难保，高俅带出的三千禁军，以防止金人南侵、确保太上皇南巡安全为名，驻扎在泗州，并未随扈。微臣这五千亲军势单力薄，莫如将这些勤王之师留在太上皇身边，以防汴京破城之后……"

童贯说的不无道理，一旦汴京城破，集聚江南勤王之师，以长江为天险，与金人划江而治……赵佶似乎看到那顶皇冠失而复得……于是，以太上皇谕旨，传诏江南各地，江东各州县驿递朝廷的所有折子，均须经过太上皇御览，所有勤王之师驻扎在淮南一带，没有太上皇的谕旨，不再北上。

消息传到汴京，赵桓一拍龙案，怒道："这算什么父亲！危难之际把烫手山芋甩给儿子，现在又要另立山头，据长江而号令天下，这还了得！"于是，紧急召来吴敏、宇文虚中、秦桧等人商议。吴敏道："此事不宜过度敏感，御书问安即可。"

赵佶正在镇江金山寺游玩，北望长江，浩浩汤汤，遂口咏道：

"一点青螺白浪中，全依水府与天通。

晴江万里云飞尽，鳌背参差日气红。"

蔡京爬得气喘吁吁，附和道："唐人窦庠此诗，气势恢宏，正好契合当下之风光，太上皇何不也来一首？！"正说着，张迪走过来，将一封"仙翰"递给赵佶。赵佶一看是皇帝的御书，颇有几分感动，赶忙拆看：

"父皇安好，朕近日忙于朝政，欠少问安。与金人和谈已近尾声，东京之围前日已解。望父皇督促江南各地勤王之师，速到汴京。父皇南巡路途辛苦，多有不便，而今汴京春日渐暖，艮岳春花渐次开放，太上皇如欲北归，朕当前去迎驾……"

赵佶读罢，不觉潸然泪下。江南虽好，毕竟不如汴京繁华，皇宫里的亭台楼阁，延福宫苑的花木草树，艮岳里的山石湖泊，都融入了自己许多心血，想想都无比温暖，令人思念。在风雨飘摇中将皇位交予儿子赵桓，至今心有愧疚，儿子勉力而为，不舍朝晦，竟然能够退去金兵，真的可喜可贺，令人欣慰！

蔡京见赵佶意欲北归，劝道："太上皇若北归，也要等金人退过黄河后再做决定。"

赵佶点点头："难得我儿一片孝心！"于是，写了一封回函："自离京后，心里常惴惴不安，难得我儿宵衣旰食，力挽狂澜，化危为机。予将择日起驾回京……"

由于赵佶不再拦阻，江南各地勤王之师陆续聚于汴京，已达二十万之众。

完颜宗翰的西路军迟迟未到，完颜宗望心里发虚，如此坚持下去，说不定会被宋军吃掉。赵桓也急于解汴京之围，加之张邦昌、秦桧等主和派督促，再次达成协议。完颜宗望就坡下驴，草草与宋国达成割让太原、中山、河间三镇的协议，赔偿的银两只收取了一成，便放回肃王赵枢和张邦昌，匆匆撤兵北过黄河而去。

李纲对此协议甚为不满，多次在朝议中与主和派张邦昌、汪伯彦、黄潜善等人唇枪舌剑，终究无法改变赵桓的主和意见，最终被主和派弹劾，被贬河东宣抚使。

赵佶闻报金兵已退过黄河，甚是高兴，立即打点行装。蔡京提议，新皇帝刚刚解了汴京之围，正意得志满，太上皇回銮切勿造成误会才好。赵佶解其意，写了一篇道家青词派人送给赵桓："只做道家班头，永不过问朝政……云云。"赵桓看罢，即令张邦昌前去洛阳接驾。赵佶回京之日，头戴玉并桃冠，插白玉簪，身穿赭红羽衣，乘七宝辇出现在旧臣面前，俨然一个道长的模样。

儿子赵桓来龙德宫看望赵佶。龙德宫里好不热闹，没有跟赵佶南巡的几个近臣王黼、李邦彦、朱勔、梁师成等人，都来看望太上皇。这让赵桓心里不悦，简单寒暄之后，便辞别而去。几个人跪送赵桓，齐声高呼："陛下万岁万万岁！"

山河破碎风飘絮

　　燕青将玉佩小心塞进行囊，向村子走去。村头三间草房，栅栏小院，一只黄狗汪汪叫着朝他走来，他吹了个口哨，扔给黄狗一块干粮，叫了一声："谁在家里？"

　　一名男子走出来："客官找谁？"

　　"我问大哥，我的姐姐在南薰门走失了，不知你见过没有？"

　　"这里有两个落难小姐，你来看看有没有你姐姐！"

　　燕青喜出望外，快步走进来。杏儿和老太太正在给李师师喂药，看见燕青，杏儿的眼泪刷地流下来："哥哥！"

　　李师师已经昏迷几天了，脚和手多处冻伤。李桐母子为李师师熬大枣姜汤驱寒，用烧酒伴葱泥涂抹发汗，用冻鸡屎化雪水涂抹冻伤，老太太和杏儿日夜守护。然而，李师师一直处于昏迷状态。燕青俯下身，小声叫道："姐姐、姐姐，弟弟来接你了，你醒醒、醒醒啊！"

　　李师师正在云雾里行走，口干舌渴，两腿没有一点力气，前面好像有一座桥，有人在喊："过来吧，过来就是天堂！"她吓了一跳，大声地喊："弟弟救我！"

　　燕青见师师嘴唇微微颤动，似在说话，声音极其微弱，他将耳朵贴到师师的嘴唇上，隐约听见她在喊弟弟，他又贴着她的耳朵："姐姐，我在这儿呢！"

　　叫不醒李师师，燕青对李桐说："姐姐这病得赶快找郎中，晚则危险！"他请李桐找来一辆牛车，拉上李师师赶往陈留去找郎中。

赵桓对王黼等人聚集在龙德宫深为不满，感觉他们在密谋什么。对于蔡京等人长期把持朝政，胡作非为，腐化堕落，沆瀣一气，用馊主意蒙蔽皇上的行径，赵桓早已深恶痛绝。太上皇南巡后，朝野弹劾蔡京、王黼等"六贼"的折子不断。赵桓问计于吴敏如何处置。吴敏说："太上皇回銮，再无须投鼠忌器。但是，蔡京等人把持朝政时间长，死党较多，加之大宋不杀文臣的祖训，操之过急恐起内乱。从朝野舆情做起，先易后难，先打掉势力薄弱的贼人，逐步根除其他贼子方好。"

几个月来谏官和御史台弹劾"六贼"的折子不断。郑乾等五名谏官上疏称："夷狄之祸古来常有，周之猃狁，汉之匈奴，唐之突厥，五代以降之契丹、党项乱我中华，皆因内乱而导致外侵，只有内修纲常而狄夷不敢相欺。二十几年来，蔡京等六贼，扰乱朝纲，引狼入室，至国力渐微，导致女真南下，六贼不除，民愤难消……"

赵桓将这些折子转给太上皇御览。赵佶知道儿子的用意，但是，蔡京等人几十年来为大宋做过的贡献，他们却只字不提。无奈一朝天子一朝臣。于是，他在折子上写道："此六人虽然有罪，但罪不至死！"

太学生陈东带领数百太学生到御街游行，声声高喊口号："六贼不除、国无宁日！"引来许多百姓也加入进来，一时间声势浩大。游行队伍围着宣德门，声声要求皇帝接见。赵桓只得派右仆射张邦昌前去接待。张邦昌道："皇帝陛下正在召开朝会，其中就有关于六贼的问题，皇上让我带话给大家，一定会高度重视、妥善处理，请大家放心！"

赵佶第二天醒来，除了皇后和几个妃嫔外，所有宫里的人都是生面孔，就连张迪也不知去向。没有张迪伺候，赵佶感到手足无措。这明明就是被软禁，赵佶十分懊恼，就因为太学生闹事，你赵桓也不能对老子下手这么狠吧！于是写了个手谕给赵桓："张迪跟予多年，从未涉及朝政，请把他还给予吧！"

赵桓下诏，首先列举十条罪状，赐死了左仆射李邦彦。蔡京、王黼等人都感到大难临头，纷纷向朝廷提出贬官外任。朝廷继而又将作恶多端的朱勔贬归故里，半道上被禁军斩首；贬王黼为崇信军节度副使，将其在汴京的家产全部查抄充公。在上任的路上，行至杞县辅固村，王黼买了一个烧饼充饥，一个旧党赶来送行，二人相拥流泪，昔日威严丧失殆尽，正在相互哭诉，朝廷禁军赶到将王黼斩首，前来送行的旧党拔腿就跑，被禁军一箭射杀。对梁师成，赵桓也是先将其贬往彰化任节度副使。梁师成刚刚行至八角镇，夺命的圣旨就到，禁军砍掉了梁师成的脑袋。

"六贼"中势力最大是蔡京和童贯。

童贯从太原逃回京城后，曾闭门不出。时赵桓已即位，李纲建议，皇帝应亲征金寇，以童贯为东京留守。童贯不接受，而是偷偷随赵佶南逃。童贯当年曾招募近万青年组成胜捷军，把他们作为亲军，守卫他的住所。南逃时又抽出五千胜捷军为赵佶打前站，靡费各地大量资财，朝野争说童贯的罪恶。赵桓起初贬童贯为左卫上将军，后又连续降官，贬谪为昭化军节度副使，发配到英州、吉阳军。走到雄州，朝廷又下诏历数他十大罪状，命监察御史张澄途中将其斩除，他的人头被带回京城悬挂示众。

蔡京作为"六贼"之首，民愤最大。跟随赵佶南巡回到汴京，家里狼藉一片。所有古董被收走，家具大部分被砸烂，花园里的太湖石、灵璧石均已被砸碎，未跟随的家人、侍者见了蔡京哭作一团，他的三个小老婆小九、十娘和十三香被金人点名要走。他怎么也想不到，有太上皇在，自己还能落得如此下场！

蔡京甚是伤感，遂赋诗一首《别宠姬》：

为爱桃花三树红，年年岁岁惹春风。

如今去逐他人手，谁复尊前念老翁？

这一切才刚刚开始，御史孙觌等人再次上疏陈述他的奸恶。赵桓贬蔡京为秘书监，分管南京。蔡京不甘心，分别上疏太上皇和皇上赵桓，陈述自己承担有钦定编纂《儒藏》和《道藏》的重任，如今工程过半，可否暂留京师续编"两藏"，以免学衰道绝，中华文明失传。上疏石沉大海，朝廷不予理睬。不久再贬崇信、庆远军节度副使，衡州居住，又迁到韶、儋二州。蔡京望着南国荒僻的原野，十分凄凉，不由心意沉沉，意识到已经走到了人生尽头，填了一阕《西江月》：

八十一年住世，四千里外无家。如今流落向天涯。梦到瑶池阙下。

玉殿五回命相，彤庭几度宣麻。止因贪此恋荣华。便有如今事也。

走到潭州，蔡京去世，终年八十一岁。蔡京咽气后，连一副棺椁都没有得到，他被家人用一匹青布裹身，草草地葬在了他自己创设的漏泽园里。

蔡京有八子，蔡倏早死，蔡攸、蔡翛被诛，蔡皆被流放到白州死去，蔡脩因娶了茂德帝姬而未受处罚，蔡京的其他儿子及孙子都分别被流放到边远的州郡。

宋孝宗乾道四年（1168年），蔡京后裔将其骸骨迁回仙游枫亭故里安葬。

"六贼"先后被诛，赵佶的另一宠臣高俅，整天提心吊胆，躲在家里不敢出门，以至于忧郁成疾。谏官们继续上疏，弹劾高俅"恃宠营私，侵夺军营，以广私第，多占禁军，以充力役"，导致禁军"纪律废弛、军政不修"，以至于金兵来袭之时，十几万禁军不堪一击，一哄而散。他应该为京师沦陷负责。

赵桓与张邦昌商议此事。张邦昌是蔡京的门生，而高俅与蔡京一向交好，张邦昌曾多次在蔡府与高俅茶话、酒叙。而今蔡京及其"六贼"已死，如果再把高俅也杀了，若干年后，谁还能为恩师蔡京说话呢？张邦昌道："陛下，国难的主要罪过在六贼，而今六贼已灭，如果将太上皇的近臣赶尽杀绝，朝野影响不好；再说了，太上皇南巡，高俅没有立即跟随，虽然后来前去护卫，也是其重情重义之举，后以控扼淮津为由，留在泗州，不久就回来了。"

赵桓觉得也是，高俅并没有随扈江南。况且，赵桓很小的时候观看父皇蹴鞠，高俅看赵桓很感兴趣，经常抽空教小赵桓如何蹴鞠。

高俅得知朝廷不再追究自己的罪责，甚是感激，庆幸自己未去江南。靖康元年（1126）冬，太学博士高俅病死，赵桓率百官挂服为其举哀，可谓备极哀荣。

燕青和李师师在陈留驿馆住了半个月，经老郎中精心调理，身体慢慢得到恢复。其间，杏儿和李桐一直为其请医熬药，伺候在侧。燕青几次催李桐回去侍奉老母，李桐总是拿眼看向杏儿，杏儿总是低头不语，或者顾左右而言他。

李师师看出情况，对杏儿说："李桐忠厚老实，家母善良可亲，这家人实在可靠……"

杏儿眼一红："小姐别说了，多年来你对我如亲妹妹一般，我说过，要伺候你一辈子的！"

李师师拉过杏儿的手："别说傻话，作为女人如果能嫁个靠得住的人，就是最大的幸运！"

杏儿挽着自己的辫子低头不语。

"李桐对你是真心的！"

"姐姐……他就是一个死心眼儿！"

"你燕青哥哥也找到了,姐姐的病也快痊愈了,如果没有你和李桐一家的照护,姐姐早就去西天了!姐姐有个想法,你和李桐回去,征求老母亲的意见,如果他们愿意,就去和我们一起住。"

杏儿想:师师二十几年身陷教坊红尘,几经周折总算找到了燕青哥哥,凭他的聪明和善良,她应该得到自由和幸福,既然有了依托,杏儿也可放心了。

离开馆驿时,杏儿抱着师师不忍离去: "姐姐,你安定下来一定要来信啊!"

靖康元年(1126年)秋天,金兵第二次南侵。金人以宋国停战后不履行协议、不派官员交割太原、中山、河间三镇,不赔偿金银、缴纳岁币为由,兵分东西两路重新杀奔汴京而来。

河东宣抚使兼知太原府的张孝纯,以及太原军事副都总管王禀,率领太原军民抗击完颜宗翰八个月,终因弹尽粮绝,太原城破。王禀父子战死,张孝纯被俘,完颜宗翰对其相当敬重,将其软禁云中,张孝纯始终不屈。四年后,金国扶持宋国降将刘豫为"大齐"傀儡皇帝,劝说张孝纯做了伪齐国的宰相——从抗金英雄到伪相,辅佐刘豫不停攻打南宋,成为一个历史笑话。

完颜宗望和完颜宗翰合兵一处,不数日,金兵已到黄河。赵桓召开紧急御前会议,众大臣吵吵嚷嚷,无非一个方法:割地赔款,哄金人退兵。此时李纲被贬官外任,主战派声音式微。只有左司谏秦桧为首的几个小官反对议和,主张起用李纲,传诏各州县,尽发勤王之师与金人决一死战。此提议立即招致众大臣的批驳。赵桓思来想去,做出决定,立即派官员持太原、中山、河间三镇的地籍图,前去向金人交割。

使者复命,金人的目的不仅仅是三镇,而是黄河以北的一大块肥肉。朝会再议,众大臣皆沉默不语,束手无策。金军已渡过黄河,炮声隆隆逼近汴京。赵桓再次致函宗翰、宗望:愿划黄河为界,大河以北尽归大金!金人仍不予理睬。靖康元年(1126)十一月,金军前锋到达东京城外,第二次将汴京紧紧围定。

此次金军做了充分谋划,东西两路兵力达十万之多,另外还分兵五万前往潼关堵截陕西勤王大军入关。此时汴京兵力极为空虚,仅有七万正军,而各路勤王军队多被金军堵截,最终到达汴京的勤王军队只有三万八千人。

金军对汴京城环城列栅，并大量制造投石机、鹅车等攻城器具。金军昼夜攻城四十余日，一直没有突破。

金军攻城的火炮声时断时续，透过黑沉沉的夜幕传进龙德宫，在肃杀的廊宇间飘荡着，制造出一种令人坐卧不安的沉重气氛。赵佶独自在宫里踱着步子，时而驻足倾听，时而长吁短叹。香膏蜡烛的灯影时明时暗地映在他身上，他的心情一如那摇曳的烛火，飘忽不定。

金人卷土重来这么快，局势沦溃得这么糟，大大超出了赵佶的预计。他后悔没有像上次那样，当机立断，抢在金军包围汴京之前弃城逃跑，甚至劝说赵桓与自己一起南下或者西遁。事到如今，想跑也难了。他不是没想过出逃，因为上次他以进香为名南下避险，虽然远离战火，一路玩得极爽，回宫后却是物议汹汹，讥语沸沸，颜面大扫，且随扈的蔡京、童贯等人一一被诛，谁还敢跟自己出逃呢？当初若不回京，占长江之天险和兵多粮足江南，绝对可以拒金兵于淮北，至少可以划江而治。

急速发展的战局，使赵佶明白过来。金人的胃口不仅在于黄河以北的国土，亦不仅仅在于掠取中原的万金之财，而是欲吞并整个的大宋王朝！原来怎么没看出这帮生番蛇口吞象的狼子野心？悔不听高丽国王王俣和大臣们的奉劝，坚持与金狄结《海上之盟》，唉……

现在跑是跑不了，议和恐怕也难，剩下的唯一道路，只能是与金人浴血奋战。可是这仗靠谁来打呢？上次东京保卫战倚仗的是李纲的得力指挥，以及名将种师道的敢打猛冲。如今李纲已被贬江南，种师道也已病故，单靠张邦昌等夸夸其谈之辈，哪是久经沙场的宗翰、宗望的对手？难道我大宋煌煌百多年之基业，当真要在这靖康年间毁于一旦了吗？若果真到了城破国亡的那一天，我这个太上皇和那个龙椅上尚未坐满一年的皇儿赵桓，该是何等下场？赵佶想到这里，遍体发冷，浑身无力，扶着身边的条案坐了下来。

赵佶忽而又站起来，自语："得给吾儿手谕，我要从西南水道出走西京洛阳，招募勤王之师，与汴京两相呼应，分散金人精力，吾儿方好调集人马反攻金军，以解汴京之围！"

赵桓看了赵佶的手谕，觉得颇有道理，召几位重臣合议。张邦昌、孙傅等人坚决反对："太上皇上次在江南截留勤王军队和物资，差点酿成大乱。倘若再行其令，天生二日，如何收拾？太上皇既然上过青词，当安居道宫，颐养天年，为何又要过问朝政？"赵桓点点头。

战局越来越紧，枢密院知事孙傅，调集城内军队，日夜守城，然而金军攻势威猛，封丘门几次险被攻破。

右仆射唐恪、大臣耿南仲等人一直鼓吹和谈。唐恪等人上疏赵桓："许多勤王之师已被金兵拦截，城中粮草最多坚持两个月；反观金狄，河东、河北诸路粮草源源不断送至金营，如此下去，汴京难保、社稷难保！"

赵桓问："爱卿之意如何？"

唐恪道："割地议和实为上策，同时遣返各地的勤王军，撤除京城防御工事，让金人看到诚意！"

此议立即遭到孙傅、张邦昌等人竭力反对："这简直就是卖国！"

为了不至于与金人搞得太僵，赵桓决定一边加紧备战，一边派人议和。派谁呢？时兵部尚书王云在侧，挺身而出："国难当头王云愿往。"

赵桓赞许王云忠勇可嘉。上次九弟赵构赴金营为质，处事颇为得体，深得金人尊重。赵桓仍派赵构与王云一同前往。

赵构与王云出南薰门去往金营，中途忽然动摇，当下的战局如此严峻，金人气势汹汹，前去议和等于自投罗网，便与王云商议对策。王云提议，莫如绕道磁州，与那里的宗泽合计，召集勤王之师，从金军背后攻其不备，或可解除汴京之围。赵构犹豫了一下点头同意此计。

二人到达磁州后，知州宗泽对他说："眼下要静观其变，以待时机。至于召勤王之师，我已与相州汪伯彦等人正在谋划。"

王云不悦："国难当头，汴京危机，朝廷倒悬，为何不能即日召勤王之师，背后出击金狄？"

宗泽道："磁州区区数千之师焉能敌过强敌？"

王云欲携赵构出走他处，夜间被人杀死。

相州知州汪伯彦邀请赵构去相州，汪伯彦亲率军队至磁州界迎接，赵构大为感动。自此，赵构将汪伯彦倚为心腹，对他言听计从。一日早上醒来，他问汪伯彦："夜来梦见我皇兄脱御袍赐吾，吾解衣而服，此何兆也？"汪伯彦先是一惊，继而道："此主大吉，务必珍重！"

汴京城内兵力有限，士气不振，如何化被动为主动，打败金狄，作为枢密使，孙傅自感重任在肩。他夜读兵书，寻找破敌之法。忽然读到今人苏嘉《羽客杂记》，文中提及神霄羽客郭京，得到《太公兵法》三卷。孙傅知道，此《太公兵法》大有来头，曾是张良必备的谋略之书，以此辅佐刘邦开辟了大汉四百余年基业。读至此，孙傅一如打了鸡血一般，欣喜若狂，霍地站起，双手高举："天助我也！"

当年，郭京曾跟林灵素一起见过赵佶，他曾给赵佶介绍了他的六甲神兵，赵佶说："太平世界无需六甲神兵，来日拓边邀你前往！"

郭京原为南京天庆观羽客，金兵犯境，辞别天庆观来到东京，自荐可调集六甲神兵击败金狄。正值新旧皇帝交接，无人理会郭京。郭京就带领几个弟子加入东京保卫战中。孙傅前日巡城督战，郭京拦路介绍以六甲神兵抗金的大计，被手下人呵退。这次一定要找到郭京，一是听听他的六甲神兵战法如何，二是索来《太公兵法》一读。

孙傅于是召见郭京，听其介绍很是激动。

孙傅道："可否将《太公兵法》借我一阅？"

郭京摇摇头："可惜不在身边。"

孙傅连夜报于赵桓。第二天早朝未开，赵桓就在文德殿接见郭京："闻先生有破敌神策，说来听听。"

郭京道："贫道不才，熟读《太公兵法》，悟道六甲神兵方略，定可破敌。"

赵桓身体前倾，无比兴奋："朕当配给先生多少兵马？"

郭京摇摇头，自信满满地说："无需陛下派一兵一卒，贫道按六甲神道自行招募七千七百七十七名神兵，即可破敌！"

赵桓兴奋而好奇："朕愿闻其详。"

郭京挺直身子，坦然相告："昔时，张子房从其师赤松子那里获得此兵书，辅佐刘邦南征北战，打得汉家天下。此书后来不慎遗失民间，幸有神霄一派获得，代代相传至今。若陛下颁圣旨，贫道施展秘法，定让金寇有来无回，一个不留，直杀到金寇老巢，夺回金国侵占我大宋的所有土地！"

孙傅在旁问道："你的数千神兵怎敌金狄十万之众？"

郭京哈哈一笑："孙枢密忘记了我中华道祖所言，万物归于道，道生一、一生二、二生三、三生万物，道宗法术变化莫测，自有百万神兵叱咤风云！"

孙傅频频点头。

赵桓想，当下破敌惜无良策，九弟、王云又无音信，且让郭京施法破敌，或可扭转局面。于是，乃授郭京"天阙大元帅"之职，并赐以金帛数千。郭京在瓮城设祭坛一处，头戴太极冠，身披八卦道裳，腰佩法剑，烧上几道黄符，带领三百神兵围着祭坛转了三百六十圈，然后坐下来默念六甲神法。

金军攻城愈来愈紧，炮石箭矢如阵雨飞上城头，几处城墙被火炮轰倒半截。几天来，孙傅数次催其出战，郭京说等待天机密语，方可出兵。赵桓也急了，眼见宣化门被金军烧毁，金军向宣化门聚拢过来，赵桓传令郭京立即出兵。

郭京不敢再拖，率领数千神兵杀出宣化门。未及一个时辰，郭京的六甲神兵已被金军击溃，四散而逃。金军从宣化门顺势而进，登上了外城墙。慌乱中郭京早已不知去向。

金军如洪水一般，冲进外城，刀砍斧剁，宋军和外城的百姓死伤无数，血流成河，金军铁蹄踏着尸骨一直冲进大成殿，三下五去二，将孔子塑像砸得粉碎。无数金兵解开腰带，一泡泡热尿撒在泥胎上！

最是仓皇辞庙日

谁也没料到，坚固的东京城如此被破。要不是郭京的六甲神兵，宋金东京之战，可能还要相持下去。外城被破，完颜宗翰大喜，下令乘胜追击，杀进宫城，活捉赵佶、赵桓二帝。完颜宗望阻止道："东京三层城池，外城、内城和宫城，内城更加坚固。我军之所以能攻入外城，要感谢那个装神弄鬼的郭京。内城仍有六七万守军，而且还有百十万百姓，如果轻易冒进，迫使城中宋军拼死巷战，加之百姓起而自卫，江南、关中、河北等地勤王之师再至，里应外合，我军首尾不能相顾，战局将不堪设想。所以，应围而不打，宋国二帝已成为瓮中之鳖，给二帝以心理压力，迫使其投降，做长远打算为宜！"

完颜宗翰然其言。

金军占领外城四壁，不断进行佯攻恫吓宋廷，并假惺惺地宣布议和退兵。赵桓居然信以为真，急忙派左仆射何栗和齐王赵栩到金营求和。完颜宗望对何栗说："只要答应割地赔款，便可以议和，不过必须请太上皇亲自前来商议。"

赵佶得知东京外城被破，焦虑得团团转。既然败局不可挽回，莫如自己拼上老骨头，亲赴金营与之谈判，给儿子减轻压力，毕竟当初是自己与金人签订的《海上之盟》；再说了，金人第一次围京时，自己丢下皇冠就开溜，确实有失做父亲的担当，想来常常心有愧疚。于是写了个手谕，让张迪送给赵桓。

外城破后，赵桓精神几近崩溃，不知所措，连连念叨："孙傅误我，郭京害我！悔不听张邦昌西迁洛阳之言！"大声叫道，"张太宰在哪里，张太宰在哪里？"

张邦昌匆匆走来，未及搭话，又见张迪慌慌到来，将太上皇的手谕递给赵桓。赵桓展开一看，颇为欣慰："国难当头，父皇不顾个人安危，舍生取义，真大仁大德也！"

张邦昌道："陛下且慢。太上皇困居龙德宫许久，不免心生怨气，当初太上皇禅位也是情不得已，此时，金人要他，他也欲去金营，意见这般一致，不得不令人疑虑。万一与金人一拍即合……"

赵桓恍然大悟，决定带上秘书郎李若水，亲赴金营去和谈。众大臣跪劝赵桓勿赴金营，赵桓挺身上马，说了一句有生以来最有骨气的豪言壮语："为国家社稷和一城百姓的安危，朕赴汤蹈火在所不惜！"

靖康元年（1126）闰十一月三十日一大早，赵桓与李若水来到金营，未能见到宗翰、宗望二帅，一个带着通事的千夫长将二人验明正身后，关进一个四面漏风的小房子，扔给他们两片臭烘烘的毡片子，哗啦一声将门锁上。

寒风裹着雪片吹进来，满屋尽是积雪，冻得二人抱成一团。顾不得斯文脸面，将屎尿拉在屋角，为遮掩骚臭，用垃圾和积雪覆在上面。赵桓这时才后悔不该意气用事，亲赴狼穴。赵桓想：九弟和王云来金营已有月余，不知被囚何处，也许他已经逃出虎口——凭九弟的机智聪慧，说不定已经脱离险境，正在组织勤王之师呢。赵桓想着想着就昏沉睡去……

第二天仍不见人来，肚子空空如也，赵桓已饿得头昏脑涨。李若水大呼小叫："你们不能这样对待我大宋皇帝！"一直没人理会。直到下午，金兵从门缝塞进两块冻成冰块的饼子。李若水说："金狄要消磨我君臣意志，意在逼我大宋就范！"赵桓有气无力地说："人为刀俎，我为鱼肉，奈何、奈何！"

第三天下午，千夫长塞进来纸笔，传令道："二帅命令宋国俘皇帝写投降书！"

赵桓两眼放空，有气无力地说："爱卿，你写吧！"

李若水登时痛哭流涕："陛下啊，微臣一生写过无数文稿，不承想今日为我大宋写降表，怎能下得去笔呀！"

赵桓劝道："人在矮檐下焉能不低头，只要保全社稷、百姓无虞，耻辱又算什么！"

写写改改，君臣反复推敲，想尽屈辱的词句，以求打动金人。然而，君臣二人搜肠刮肚写出的降表，金人却不满意，命令须用四六对偶句方可。迫于无奈，君臣二人用尽平生所学，反复斟酌，四易其稿，方才通过：

"臣桓言：背恩致讨，远烦汗马之劳；请命求哀，敢废牵羊之礼？仰祈蠲贷，俯切凌兢，臣桓诚惶诚惧，顿首顿首。窃以契丹为邻，爰构百年之好；大金辟国，更图万世之欢。航使旌，绝海峤之遥；求故地，割燕云之境。太祖大圣皇帝特垂大造，许复旧疆。未阅岁时，已渝信誓，方获版图于析木，遽连阴贼于平山，结构大臣，邀回户口。虽讳恩义，尚贷罪愆。但追索其人民，犹夸大其土地。致烦帅府，远抵都畿。上皇引咎以播迁，微臣因时而受禅。惧孤城之失守，割三府以请和；屡致哀鸣，丞蒙矜许。

"官军才退，信誓又渝。密谕土人，坚守不下，分遣兵将，救援为名；复间谍于使人，见包藏之异意。遂劳再伐，并兴问罪之师；又议画河，实作疑兵之计。果难逃于英察，卒自取于交攻。尚复婴城，岂非拒命？怒极将士，齐登三里之城；祸延祖宗，将隳七庙之祀。已蠲衔璧之举，更叨授馆之恩。自知获罪之深，敢有求生之理？

"伏惟皇帝陛下，诞膺骏命，绍履鸿图。不杀之仁，既追踪于汤武；好生之德，终俪美于唐虞。所望惠顾大圣肇造之恩，庶以保全弊宋不绝之绪。虽死犹幸，受赐亦多。道里阻修，莫致吁天之请；精诚祈格，徒深就日之思。谨与叔燕王俣、越王偲，弟郓王楷、景王杞、祁王模、莘王植、徐王棣、沂王㮙、和王栻，及宰相百僚、举国士民僧道耆寿军人，奉表出郊，望阙待罪以闻。臣桓诚惶诚惧，顿首、顿首。谨言。

天会四年十二月，大宋皇帝臣赵桓上表

翌日上午，赵桓君臣被提溜出来，举目皆白，雪光刺眼。金兵让他们面北朝着香案跪下。赵桓微微抬头，眯起眼看见两张阴鸷的面孔，虎皮斜披，大金耳环坠到肩上，一高一低一胖一瘦一老一幼。经通事介绍，瘦高个老一点的是金太宗吴乞买的弟弟西路军元帅完颜宗翰，另一个则是东路军元帅金国太子完颜宗望。二位元帅一言不发，金兵上来摁着君臣二人朝北方磕了几个响头，然后让赵桓跪读降书。赵桓尽量克制着颤抖，努力使声音平缓一点，一字一句地念完降书。

宗翰把手一挥，扔给赵桓一纸帅令，宣布放回了君臣二人。赵桓还未来得及看清帅令上写的什么内容，宗望即厉声喝道："且慢，宋家皇帝听好了，回去之后若存不臣之心，我大金随时屠城！"赵桓不敢相信通事的话，迟疑着没有离开，李若水拉拉他的衣袖，他方醒悟过来，又朝二帅鞠了个躬，仓皇逃离金营。

赵桓初赴金营，历尽劫波，三日归来，恍如隔世。赵桓见到前来迎接的大臣和百姓，号啕大哭起来。这是发自内心的感动，毕竟还有众多臣民惦记自己的安危。行至宫前，他仍然泪流不止，宫廷内外更是一片哭泣声。

残年将尽，转眼又是元旦。赵桓来到龙德宫向祖宗牌位行了跪拜礼，眼泪汪汪地望着父亲。赵佶本想埋怨儿子，为什么不让他出走洛阳召勤王之师、不让自己去金营谈判……然而看到赵桓一脸委屈、两眼泪水，把话咽了回去。

"父皇……"赵桓话未说完哽咽得说不下去了。

赵佶劝道："事已至此，金人意欲何为？"

"金鞑子要掳我父子北去金国……"

"什么！"赵佶霍地站起，继而又颓然坐下。赵桓从袍袖里拿出金国二帅的一纸帅令递给父亲。赵佶展开一看，倒吸一口凉气！帅令提出：一、宋国二帝必须北去金国，向大金皇帝完颜吴乞买行臣下之礼；二、划黄河为界；三、进贡帝姬六人，宗姬、宫女二千五百人，女乐一千五百人，各类工匠三千人；四、输岁币、绢帛各五百万两、匹，犒军费金一百万两、银五百万两；五、十日内交割，若金银不足，可用帝姬、妃嫔、女色相抵，帝姬和妃嫔各抵一千两银，李师师也可顶一千两银，宗女、族女等各抵二百、一百不等……

"金鞑子竟然连李师师也不放过，简直欺人太甚！"

赵佶南巡回京后本想去见李师师，无奈被赵桓这小子软禁在宫中。他打发张迪去找，李嬷嬷哭着告诉他，正月初三，李师师与杏儿一起出城而去。赵佶长叹一声，既有遗憾也有庆幸。遗憾的是，今生可能再也见不到师师了；庆幸的是，师师逃出了虎口，如果没走，她的遭遇也将不堪想象。也不知燕青找到她没有。

赵佶一下将金人的帅令拍在书案上："两次围城已将国库掏空，现在竟打赵家女眷的主意，真真禽兽不如！"

赵桓哭道："父皇，若不按金狄指令去办，近二百年的大宋江山、宗庙社稷将毁于一旦啊！"

赵佶两眼通红，怒吼道："宁可亡国，不可辱女！"这也许是赵佶今生说的最硬气的一句话。

赵桓为了拖延时间，就把蔡京、童贯、王黼、梁师成、李邦彦、朱勔等罪臣的妻女及所有女眷共七百多人送入金营分配给各个将官。郭药师对宗望说："蔡京的儿媳妇茂德帝姬长相俊美，堪比天仙，却不在此列……"完颜宗望一听心花怒放，登时就派人以和亲之名向赵桓要人，一天几次相催。

蔡京一家先后被诛后，驸马蔡鞗和茂德帝姬已经躲进龙德宫。赵桓想，或许茂德帝姬与完颜宗望和亲后，局面会有好转。于是让朱皇后请妹妹到延福宫用膳。席间，赵桓和朱皇后轮番向妹妹敬酒。已经很长时间没有与哥嫂一起进膳了，茂德帝姬显得格外高兴，不多时就醉倒，赵桓便派人将醉酒的茂德帝姬送到宗望的营帐。

茂德帝姬和亲后，金兵不仅没有丝毫放松，而且催钱要人的力度更大。赵佶长出一口气，对赵桓说："当下的希望只有寄托在你九弟身上了，快给你九弟蜡丸密信，令他分兵两处，一路截断金军的退路和粮道，一路尽快向东京靠拢。同时应重新起用李纲……"

赵桓授李纲为资政殿大学士，令他速率江南勤王之师回救汴京。一面派人带蜡诏到相州，拜赵构为天下兵马大元帅，知中山府陈亨伯为元帅，汪伯彦、宗泽为副元帅，要求他们从速领兵入卫。

靖康元年（1126）十二月一日，赵构开大元帅府于相州，广招兵马，不数日，已达万余人。汪博彦建议，派宗泽率五千兵马开往黄河要津澶渊，造成阻断金军退路之势，主力可向东移师至大名府，广招勤王之师于麾下。因为以大元帅手下现有的兵马，不足以击败包围汴京的金军。

宋廷的所有动作早被金国知晓，而且十日限到，宋国送来的女眷和金银远远不及二成。于是金国二帅传令：宋国皇帝赵桓速到金营接旨。

赵桓知道此去凶多吉少，又不得不去。叫来太宰张邦昌，赵桓眼泪在眼眶里打转，手里拿出一黄绢圣旨："张爱卿，朕要去金营了！"

"陛下……"张邦昌已哭得泣不成声。

赵桓缓缓道："此去凶多吉少，如不能回，朕委托爱卿辅佐太子登基。"

张邦昌扑通一声跪在地上，把头磕得砰砰响："微臣一定谨遵圣谕，虽万死也要保赵家宗祀永续！"

赵桓又拉出十岁的太子赵湛："儿啊，跪拜你义父吧！"

张邦昌忙将太子拉起搂在怀里，哭着说："太子爷快长大吧！"

赵桓又道："张爱卿应知，郓王赵楷常有觊觎之心，切切记着，卿至忠至孝，托孤与卿，朕放心！"

赵桓在李若水陪同下再次来到金营，完颜宗翰将大手一挥，金兵将赵桓拽下车辇摁跪在地，要摘掉他的皇冠、扒他的龙袍。李若水紧跨一步将赵桓挡在身后，怒斥完颜宗翰："我大宋皇帝万民拥戴，你、你们金狄禽兽不如，怎能脱我皇上龙袍！"完颜宗翰大怒，指使金兵将李若水舌头割掉。李若水怒目而视，将一口血水喷到完颜宗翰的脸上。完颜宗翰怒不可遏，抹一把脸上的血水，呲牙骂道："将这个鬼墩儿挂起来凌迟处死！"

金兵用铁钩挂着李若水的锁骨高高挂起，一刀刀将李若水的皮肉割下来，李若水仍双目圆睁，望着完颜宗翰哇哇直叫，直到剩下最后一副骨头架子。

赵桓早吓得面如土灰，跪在地上听旨。金国传旨官念道："宋国二帝多次背盟毁约，阳奉阴违，现废为庶民……"

金人再一次将赵桓关进牢狱，传令宋廷，赔付金国的金银、布帛、女眷一日不齐，便一日不放还赵桓，进而挺进内城，玉石俱焚。

宋廷闻讯，加紧在城里搜刮钱财。开封府的官吏直接闯入百姓家中搜寻，横行无忌，如捕叛逆。百姓五家为保，互相监督，如有隐匿，即可告发。就连福田院的贫民、僧道、工伎、倡优等均在搜刮之列。至正月下旬，开封府才搜集到金十六万两、银二百万两、衣缎一百万匹，但距离金人索要的数目还相差甚远。宋廷官吏到金营交割金银时，金人傲慢无礼，百般羞辱。

年岁将尽，风雪不止，汴京百姓无以为食，将城中的家禽、猫犬吃尽后，就割树皮为食，就连老鼠也卖得五十文钱。此时疫病也开始流行，饿死、病死者不计其数。境况之惨，不忍笔叙。

然而，金人仍不罢休，改掠他物以抵金银。凡祭天礼器、天子法驾、各种图书典籍、大成乐器以至百戏所用服装道具，均在搜求之列。就连诸科医生、教坊乐工、各种工匠也被劫掠。

更疯狂的是掠夺妇女，只要稍有姿色，即令开封府予以捕捉，以供金人玩乐。当时吏部尚书王时雍掠夺妇女最卖力，号称"金人外公"。开封府尹徐秉哲也不甘落后，为讨好金人，竟将那些本已蓬头垢面、病体羸弱的女子，予以涂脂抹粉，乔装打扮，整车整车地送入金营，汴京城内哭叫声不断，一片萧条景象。

金人看到再无可掠夺的东西后，便放回了赵桓。

大宋靖康二年（1127），金历天会五年三月暮春，太上皇赵佶和皇帝赵桓及其妃嫔、帝姬、皇子皇孙、皇亲国戚、宫女、内外大臣、典史工匠五千余人，黑压压一片，站在大庆殿前的广场上，等待金人点卯出城。大家都低着头，没人愿意说话。只有妃嫔和宫女们抽抽搭搭低声饮泣。大多数人不知要往何处去，前途未卜，离开生活多年的宫院，谁不留恋？

郑太后愁容满面紧紧靠着赵佶，其他妃嫔按品级依次围着赵佶身旁。蓝彩儿哭成了泪人，紧紧拉着郑太后的衣裙。赵佶将韦贤太妃拉到身边，没有说话，只用袍袖为她拭去眼泪。朱皇后倒是十分平静，拉着赵桓的衣袖问："陛下，他们是要我们去哪儿啊？"赵桓摇摇头。其实他心里十分明白，要去那冰天雪地的北方，这些妃嫔女眷们怎能受得了那种苦寒之地？

此时，金兵正在后宫和各大殿清点财物，将珍宝、丝绢、书籍，又装了八百多车，那些不被他们看中的礼器之类的东西，随即砸碎毁弃，宫城里一片狼藉。金兵赶着马车拉着珍宝、丝绢等东西，丁丁当当从大庆殿广场人群旁走过，出了宣德门，车队绵延四五里左右。赵佶看着这些珍宝、细软被掠走，欲哭无泪，心里像被掏空一样。

上午，张邦昌等宋臣向金人提出请求，允许二帝辞庙。赵佶与赵桓一起来拜辞太庙。赵佶跪在祖宗牌位前，心里无比羞愧。默默念道："不肖子孙赵佶与儿子赵桓前来拜辞祖宗，赵佶治国屡屡失误，导致宗祀社稷蒙羞。望祖宗威德永继，恩泽后裔，保佑九子赵构统天下勤王之师，驱逐鞑虏，复我赵家江山！"

此时，神宗皇帝的排位突然倒下，砸在他的头上，他心里咯噔一下：父亲是在惩罚我这个不肖子孙吗？事后，他才听张迪说，是金兵以为艮岳万岁山下藏有宝物，用火炮轰了万岁山，震倒了神宗的牌位。

赵佶和赵桓刚回到大庆殿广场,一个金人将领和通事走上大庆殿丹墀。将领头戴长毛皮帽,身着兽皮大氅,缀着垂肩耳环,一派鞑子的样貌。要不是他开腔说话,赵佶看不出他竟是"三姓家奴"郭药师!郭药师翻开纸卷,扯着公鸭嗓开始点卯:"宋亡国之君赵佶、赵桓……"

所有在场的人几乎同时哇的一声哭起来,这是憋得太久的疑虑和愁苦,一种天塌般的绝望之声!郭药师念不下去了,朝身边的金兵使了一个眼色,几十个金兵走下台阶朝前排的妃嫔们甩一阵耳光,郭药师大声咆哮:"不许哭,憋回去!"

金人驱赶着这群人徒步走向宣德门。赵佶回望那些巍峨的宫殿,苦涩地咧咧嘴角,岁月轮回,这多么像南唐李煜亡国时的情景啊:"最是仓皇辞庙日,教坊犹奏别离歌,垂泪对宫娥!"

宣德门外停着几十辆破牛车,其中两辆车上面扎着木笼子。金兵指着木笼子让赵佶爬上去,赵桓也跟过来想往上爬,金兵指指另一辆牛车。车少人多,张邦昌请求金将,让皇后妃嫔和皇子皇孙们都坐上牛车。其他人等,绳索相连,徒步跟随。车队人群刚拐到东华门,一街两行尽是跪送二帝的百姓,呜咽之声如闷雷在残破的城池里滚动,一直滚动到汴京封丘门外十里左右。就连沿途所过州县,都会有很多百姓跪地相送。赵佶泪眼望着百姓,一脸歉疚的表情,他对不起他的子民们!他怎么也没想到,他的子民们会如此崇拜皇帝、留恋皇帝,会如此悲哀。人世间最大的悲哀莫过于亡国之哀吧!

金人押着赵佶等众多宋俘北去的同时,燕青带着李师师买船南渡。他们一段水路一段旱路,小心躲着金兵。路过杭州时,听说汴京城破,金兵掳宋国二帝北去,李师师系舟不前,遥望北国泪水盈眶。"金人要将他们押到哪里去?还有放还的机会吗?大宋就这样亡了吗?我们都成了亡国奴了吗?身为宋民,国难当头,这样匆匆南来,于心何甘?"

燕青听她絮絮叨叨地发问,劝道:"我们权且安下身来,姐姐要养好身体。如遇北上抗金军队,燕青定要重返战场!"

谁人使我不得已

　　就在金人宣布将宋国二帝废为庶人的同时，金国二帅对宋国灭亡后何去何从，进行了紧锣密鼓的商议。完颜宗翰主张灭了宋室继续南下，将宋国的国土全部划进大金国的版图，天下混一。完颜宗望则不同意他的想法。宗望说："中原一带历来是汉人治下，历史上从未有哪个北方大族长期占领中原。要想长期统治中原，应该效仿北魏孝文帝拓跋宏，都城南迁，使大金加速汉化。况且，黄河以北虽已划入大金，但河东、河北、关中一带反金势力蠢蠢欲动，对我大金构成威胁。再则，我女真人起于东北，许多将士在此地水土不服，思念北方家国。鉴于此，不如只将黄河以北划归大金，扶持汉人做傀儡皇帝，将中原丰富的物产源源不断运回北方，保证大金国力雄厚，进而长期统御天下。"

　　二帅的意见相左，上报于金太宗。金太宗完颜吴乞买与朝臣商议后，同意宗望意见。然而谁能当傀儡皇帝呢？二帅将宋国所有朝臣扒拉个遍，一致认为张邦昌可做傀儡皇帝。吴敏、宇文虚中等宋臣对于主战、主和始终摇摆不定。张邦昌身为太宰，满腹经纶，深谙治国之道，且性格懦弱，容易被大金掌控。

　　于是，金元帅府向宋廷下达牒文《议立异姓书》：

　　宋国疆域，颇为广袤，既为金有，理应一统。然而，金师南行，只为吊伐，绝非贪土。故而选贤立异，受大金册封，王以兹土，顺安百姓，永为藩屏……

　　朝臣们议论纷纷。赵家传承一百六十余年，以儒治国，体恤百姓，恩德广布。虽然败于大金，二帝被掳，然康王赵构正在山东勤王，不日即可匡扶宋室，谁敢任异姓皇帝。

枢密使孙傅因引见郭京致使汴京城破，心里十分惭愧，无数次梦中被赵桓"大臣误我、大臣误我"声嘶力竭的哭喊声惊醒，泪湿枕衾。决心忠君一世，保全赵家宗祀，他挽起袍袖，大声疾呼："我等宋臣世受皇恩，岂敢有不轨之念？"遂举笔给金人上疏：

"我皇自即位以来，勤政修德，殷殷爱民，臣民爱戴；至于有过失于金国，皆因大臣所误，非其本意。若异姓上位必不能服众，甚至兵连祸结，不利于混土一统，莫如复立嗣君，以为金国永久藩屏也！"

众大臣传看，皆言至善，纷纷表示愿意在上面签名。

时任京城四壁巡检使范琼，早已与金国暗通款曲，大声说道："诸位，本官以为张太宰堪当大任！"

张邦昌一下子蒙了，手指范琼："你、你、你范大人切勿胡言乱语，要吓杀张某了！"

范琼不理会张邦昌，继续高声道："张太宰学养深厚、为官正直、履历丰富，深受朝廷倚重。太上皇在位时任少宰兼门下侍郎，新皇帝登基后官迁太宰，又为新君倚重。在战与和的关键抉择时期，随康王为质于金营，辅佐皇帝巧为周旋，得保一城百姓免遭涂炭。所以张太宰德配其位，责无旁贷！"

人群里发出一片嗤笑声。张邦昌脊背发凉，一脸猥琐相："范大人切莫害我！"说着就要退出大殿，但被范琼等人拉住。这时一直没有说话的吴敏对范琼说："金国若硬说上皇与嗣君逾盟失信，那么就让太子赵谌登基也好，因其年幼，绝无背金之可能。"

"此议甚好、甚好！"宇文虚中等大臣都来附和。

议而不决，范琼将情况禀报金国二帅。完颜宗翰说："这帮人被孔夫子愚弄到如此地步，嘴硬骨头软，每人甩十鞭立马就会改口。"于是，金太宗传下圣旨："宋既亡，大楚立，天命所归，命张邦昌为大楚皇帝，都金陵。"

金人和范琼将登基事宜准备就绪，派车辇去接张邦昌。然而，张邦昌却失踪了。找遍张府和汴京内城，均不见其踪影。这一下气坏了金国二帅，下令三日内找不到张邦昌，立即屠城。这一下满朝文武都慌了手脚，动用所有家丁、亲戚满城寻找。范琼还请翰林图画院画了人面图形，四处张贴，报信悬赏五百贯，送来金营赏一千贯。

已经第三天了，仍无音信。范琼和众大臣急得抓耳挠腮。汴京城百万百姓命悬一线。

踏破铁鞋无觅处，得来全不费工夫：张邦昌自己走了出来。

张邦昌两天没吃饭，后半夜饿得发慌，从邻居家后院的柴草堆里探头看看，却发现门口贴有图像和告示，借着星光一看，吓得一屁股蹲在地上，今天是三月七日，就是金人宣布屠城的最后期限！金狄的狠毒他非常清楚，自己总不能为了名节，而置百万百姓之性命于不顾吧。

张邦昌出现，金国二帅大喜，宋廷满朝文武也喜极而泣，纷纷将张邦昌围定，生怕他再次失踪。完颜宗望飞马赶到，当即召集群臣，宣读大金朝廷诏书：

"太宰张邦昌，天毓疏通，神姿睿哲，处位著忠良之誉，居家闻孝友之名，德配其位，实天命所归。择其贤者，非子而谁？今册命尔为皇帝，国号大楚，国都金陵，世辅大金，永作藩臣……"

范琼等人走上来，将原来从赵桓身上扒下来的皇袍、皇冠加在张邦昌身上，架着他放在龙椅上。群臣齐刷刷跪在地下，高呼："万岁！万岁！万万岁！"

完颜宗望一走，张邦昌腾地从龙椅上跳下来，指着众大臣咆哮道："亏得你们都是读过圣贤书之人，气节何在，忠义何在？只管自己当官，不管别人受苦！"

"万岁息怒，天命所归，非我等所能为之！"

满朝文武只有左司谏秦桧不跪大楚皇上。

范琼责问："你一个小小左司谏，竟敢不跪当今皇上，意欲何为？"

秦桧斜一眼范琼，挺胸对张邦昌说："千年之前，伯夷、叔齐尚不食周粟，你饱读诗书，深受赵家皇恩，竟敢篡逆附金，你不怕有朝一日康王回来剥你的狗皮，也该想想大宋亿万百姓的唾液能否把你淹死！"

张邦昌顿时声泪俱下："秦大人所言极是。"说着，双手将皇冠取下来，狠狠摔在大殿地坪上。

满朝文武吓了一跳，范琼慌忙拾起皇冠重新戴在张邦昌头上，一边朝金吾卫招招手："拿下秦桧这个叛贼！"

张邦昌急忙制止："秦大人忠勇可嘉，范大人手下留情！"

吴敏走过来劝秦桧："秦大人如此说法，没想想皇上如果不从，金军屠城，百万怨鬼向谁喊冤？你能阻挡住金军的屠刀吗？"

张邦昌垂头丧气回到家。夫人和孩子们都围过来，突然都不知道如何称呼他。老娘坐在椅子上，一脸怒容："逆子还有脸回来……"

张邦昌突然像个孩子一样扑通跪在母亲面前："儿子是情不得已呀！"

送走金国二帅，张邦昌一边思索如何善后，一边打听赵家后人的下落。他知道自己是伪皇帝，处处谨小慎微。他不住延福宫，只住在偏殿；自称予而不称朕，禁止大臣们称他陛下，而称他相公；不敢面南背北，只坐东朝西；朝会上群臣下跪喊万岁，他赶紧起立点头；不穿黄袍穿红袍，因为太宰就穿红袍；他还把所有的正殿贴上封条，封条上写"臣张邦昌谨封"，表明自己只是为赵家看家守业的门人。

张邦昌派人四处寻找赵构，而赵构此时不知在何处。他忽然想起赵家还有一个废后，即宋哲宗时的废后孟氏，立即派人去找。宋哲宗在位时，专宠刘婕妤，生生将哲宗的原配孟氏挤对出后宫，废为庶人。正因为赵家谱牒上没有孟氏之名，她才得以幸免遭罪金国。

张邦昌颇为欣喜，赶紧将孟老太太接回汴京，居延福宫，先尊为皇太后，继而又改成元祐皇后。孟后怎么也没想到，做了大半辈子的道姑，到了风烛残年，又回到延福宫，还被尊为太后，竟然还能垂帘听政。

元祐皇后在张邦昌的敦请下垂帘听政，张邦昌退居左相。孟氏毕竟年龄太大，糊里糊涂。只不过是个摆设罢了，还得继续寻找康王赵构。不然的话，大臣们都会骂他张邦昌"携赵家人而号令天下"呢！

靖康二年（1127）正月初三，赵构到达东平，高阳关路安抚使黄潜善、总管杨惟忠也率数千士兵来会。正月十三，赵构一行退到济州，各路宋军和义军继续前来投奔，其中有宣抚司统制官韩世忠、侍卫马军、都虞候刘光世等文武官员。此时大元帅府的军队人数已号称百万，他们分布在济、濮诸州府，直接受赵构统率的士兵也有八万余人。

靖康二年（1127）三月二十七，身在济州的赵构，得知父兄被俘北去，母亲韦氏及妻子儿女俱被金人掠走，金人另立张邦昌为伪楚皇帝，赵构大恸，面北而跪，痛哭不已。随后传檄诸路，共力勤王，决心击败金国，推翻大楚，光复宋室。

张邦昌听说赵构在济州，顿感如释重负。四月初八，张邦昌派谢克家将"大宋受命之宝"送到了济州，赵构恸哭跪受，但不肯回东京。四月十五，张邦昌以元祐皇后的名义昭告天下，命赵构"嗣宋朝之大统"，并强调：汉家之厄十世，宜光武之中兴；献公之子九人，惟重耳之尚在！三天后，元祐皇后手书被尚书左丞冯澥送到济州，随后百官劝进，再遭赵构拒绝。四月二十一，赵构离开济州，于二十四日到达祖兴之地——南京应天府（商丘）。继而，接到父皇赵佶北狩途中给赵构的蜡丸密旨"可便即真，来救父母"。

张邦昌也来到应天府向康王谢罪，跪在赵构面前诉说："之所以勉从金人推戴，权宜一时纾国难也，只为大宋守业，敢有他乎？在宫城的三十三天里，微臣无时无刻不在寻找大王的足迹……"

五月初一，赵构在应天府登坛祭天，即皇帝位，改靖康二年为建炎元年，以黄潜善为中书侍郎，汪伯彦为同知枢密院事。翌日，尊赵佶为道君太上皇，尊赵桓为孝慈渊圣皇帝，尊元祐皇后为隆祐太后。同日，隆祐太后撤帘归政，几天后也来到应天府。南宋王朝拉开了序幕。

汴京宫城里的老班底，历经劫难大家各自省身。一个个远离张邦昌，当初拥立异姓也是为了汴京百姓。赵构对张邦昌敬而远之，本欲治罪，又怕得罪金人。登基第二天就派使臣赴金国以看望父母为由，说尽和缓之言，力求得到金人的认可。

家山回首三千里

押送二帝的车队和人群风餐露宿，阴雨泥泞，慢慢向北移动。赵佶的牛车轮子一歪一斜，老牛走得很慢。小黄门扬起鞭子要打黄牛，赵佶劝道："别打它，让它慢慢走吧，走得越慢越好！"

有时金兵看管疏忽，人群中时有偷跑现象。行至相州附近，山路崎岖，先后又有十几人从山道逃跑，其中就有李唐。护送队伍的军官打开赵佶的木笼门，举起皮鞭就往他身上打，张迪一闪身挡住赵佶，皮鞭狠狠地打在张迪头上，鲜血顿时流到脸上。赵佶扑过来将张迪揽在怀里，哀求金将住手。金将怒吼："再跑一人我就再打你一次！"赵佶两眼流着泪水，站起来朝人群大声喊："我的臣民们，切勿再逃跑了！"

赵佶已经习惯了牛车的颠簸，竟然昏昏睡去。梦中，他在延福宫苑独自踢球，不知道高俅哪里去了，就连他训练的女子蹴鞠队一个人也没见到，他似乎很生气，一脚将鞠球踢过风流眼，他看不见鞠球落在哪里，忽然听见一女子"哎呀"一声，他循声望去，却见蓝彩儿倒在地上，怀里抱着鞠球，他迅忙跑过去："彩儿、彩儿！"

他霍地在木笼子里坐起，两眼在人群里逡巡，不见蓝彩儿。张迪听见赵佶呼喊，赶忙去找，前后找了一个来回，也没见着。一定是落后面了，赵佶带着哭腔，请千夫长不打骨停下来，好让张迪等人回去找蓝彩儿。千夫长不耐烦："什么蓝彩儿，这么多女人伺候你，你还在乎丢一个女人？"赵佶无法回答不打骨粗野又无知的问话，无奈而痛苦地摇摇头。"吁——"张迪跑过去拦着牛头。

千夫长只得让队伍停下来，派人回头去找蓝彩儿。张迪边跑边看，路边不断有倒下的宋俘饿殍。找了二三里左右，张迪不由一喜，蓝彩儿衣衫褴褛满脸土灰躺在路旁。

蓝彩儿是饿昏了，这多天来都没吃一顿饱饭。赵佶抱起蓝彩儿放在自己的牛车上。"我以为再也见不到太上皇了！"蓝彩儿说着又闭上了眼睛。张迪从袋子里掏出半截红薯，赵佶一点点喂蓝彩儿吃了。赵佶用袍袖擦去她脸上的浮灰，谁知越擦越脏。蓝彩儿眼见许多妃嫔、帝姬、宫娥一个个被金兵糟蹋，便用草木灰沾了蜡油涂在自己脸上。

前面就是真定，离燕京已不远了。完颜宗望心情大好，赏大家吃了一顿饱饭，还让千夫长给赵佶送来一羊皮袋酒。多日未曾沾酒，赵佶斟满两杯酒，与赵桓碰一下杯，就要喝下。蓝彩儿拖着病体快步走过来："慢！夺过赵佶的杯子一饮而尽。酒里没有下毒！"蓝彩儿喝罢，反倒有了精神。千夫长看蓝彩儿这么爽快，也要与她碰杯，蓝彩儿小声对千夫长说："今晚若允我为太上皇侍寝而不是郑太后，便与你碰杯。"千夫长不打骨看看她满脸灰尘，轻蔑地笑着点点头。

千夫长果然为赵佶安排了一间有点漏风的小房子，而不是像往常那样与大家一起睡大通铺。蓝彩儿乘着月光在水塘里把身子上上下下洗得干干净净，摇摇晃晃走进屋来。蓝彩儿脸色红润，十分水灵，赵佶不免有点激动。蓝彩儿似乎醉了，三下五去二脱光了衣裙："让彩儿再给陛下唱一曲《长生殿》吧！"

赵佶忙将衣裙给她披上："初夏夜寒，别冻坏了身子！"

蓝彩儿甩掉衣裙，仍然扭动着身子唱道：

"不提防余年遭乱离，落得个岐路遭穷败。

出长安风尘扑面来，朱颜凋零哪得敷粉白。

不知天涯向何处，只留得琵琶在。

那里是高渐离击筑唱悲歌，伍子胥吹箫成乞丐……"

赵佶听得两眼垂泪："我的彩儿啊！我后悔没有及时将你送去扬州，与你的姐姐蓝杏儿团聚……"

蓝彩儿两眼噙着泪水："陛下切勿自责，贱妾知道姐姐的下落就满足了！让彩儿好好陪你一晚吧。"蓝彩儿说着，为赵佶脱掉道袍。

赵佶黯然神伤："朕已无能为力了！"

蓝彩儿转身从衣裙里取出一粒药丸。

赵佶一喜："这不是王道士为朕炼的逍遥丹吗？"

"这粒丹丸贱妾已经藏了一年了！"

赵佶立时服了下去，药效果然神奇，赵佶感到从未有过的痛快与满足，一次次将兰舟划到深海里的小岛上，惊飞了一滩鸥鹭，鸥鹭的鸣叫声盖过了海浪的咆哮，响彻云霄。事后蓝彩儿有气无力地笑笑："陛下，那粒药丸是假的！"

天刚亮，赵佶被金兵叫醒，要上路了。他推推身边的蓝彩儿，吓了一跳，蓝彩儿的身体不知何时已经僵了。他伏在她的身上呜呜大哭起来。金兵走进来一看，便要将蓝彩儿拽走扔掉，赵佶大怒，抱着蓝彩儿登上牛车，久久不肯放下。

赵佶一路上很少说话，一直到鹿泉，张迪劝说："太上皇，前面就是金国地界了。"赵佶这才走下牛车，找了个低洼处将蓝彩儿放下，一捧捧土撒在蓝彩儿身上。

眼前出现起伏的山峦，山峦脚下是茫茫的草原，无数的羊群和骏马在山峦上吃草，山坡上出现大片的杏林，正在开着灿烂的杏花，景色显得辽阔而壮美。千夫长告诉他，这里就是燕山。他心里一震：啊，这就是大宋几代人心心念念的北方屏障燕山啊！

灿烂的杏花激起他无限的感慨、遗憾和愁绪。这片片花瓣多像女人们的容颜啊，他想到了躺在北国土地上的蓝彩儿，他深爱的李师师、他的茂德帝姬、柔福帝姬，不知现在她们都在哪儿。赵佶默默口占一阕《燕山亭·北行见杏花》：

"裁剪冰绡，轻叠数重，淡着燕脂匀注。新样靓妆，艳溢香融，羞杀蕊珠宫女。易得凋零，更多少无情风雨。愁苦！问院落凄凉，几番春暮？

凭寄离恨重重，这双燕何曾，会人言语？天遥地远，万水千山，知他故宫何处？怎不思量，除梦里有时曾去。无据，和梦也新来不做。"

赵佶吟罢长叹一声。

过了燕山和居庸关，漫天黄沙如无边的海洋。夕阳在山时，沙丘的曲线像美人的胴体，舒展而柔和。车辆难行，好在宗望安排了几十头骆驼。骑在上面在沙漠上行走，白天热浪翻滚，两天下来又渴又饿，人人嘴上起了一层水疱。赵佶实在走不动了，躺倒在沙漠里，感觉身轻如绵，与天上的白云飘在了一起。

燕王赵俣一跟头从骆驼上摔下来，赵佶激灵一下，翻身扑下来，怎么叫也没有叫醒弟弟赵俣。赵佶比赵俣只大一岁，自幼一起玩耍，在诸多兄弟中二人感情最深。少年时一起蹴鞠，一起练剑，一起击鞠，赵佶号啕大哭起来。赵桓、张迪等人跪在那里，一捧捧黄沙和着眼泪将赵俣埋在沙窝里。

走出沙漠便是森林，遮天蔽日，寒气森森。赵佶不知前路还有多远。不打骨说，快了，穿过这片森林就是大金上京会宁府了。

这就是金国的上京吗？真让人不敢相信。地窝子木板房和圆顶帐篷交相错落，木板房下一串串红灯笼随风飘摇，草甸子和一簇簇树林，将地窝子分割成一个个单元，门前房后堆放着乱七八糟的木柴，一座座房顶上都冒着白色炊烟。一条宽大的河流翻滚着靛蓝色的波浪哗哗向东流淌，街道上牛羊乱跑，要不是那几面黄色的旗帜和白狐狸尾巴做成的节旄，谁相信这是金国的上京——会宁府？

会宁府是大金国的龙兴之地，女真部落的会盟处。阿骨打称帝后将此地命名为"皇帝寨"，阿骨打死后，其弟吴乞买继位，改名会宁府，他向汉人学习，夯土加石建起了前殿后宫，其实就是几座土房子。

完颜宗望将赵佶一家安排在一个地窝子杂院里，说是临时驿馆。完颜宗望来看望赵佶，进门左膝单跪，给赵佶行了个大礼。赵佶惶恐得不知所措："大帅这怎么可以！"说着扑通跪下还礼。完颜宗望上前搀起赵佶说："你的茂德帝姬现为我的夫人，按中原人的说法，你就是我的岳父，当然应该施礼！"完颜宗望还带来许多吃的东西和一些狐皮坎肩、羊皮褥子。嘱咐道："夜里太凉，要把羊皮褥子铺上。明天，我大金皇帝要举行牵羊礼大典，所有宋国君臣女眷都要参加！"

赵桓过来问安，问及何为牵羊礼。

赵佶说："宗望今天来看予，还施了大礼。应该不会有太难堪的事情吧。"

入夜，果然寒风飒飒，从门窗里吹进来，蜡烛几次被吹灭。想起从汴京出发至今已逾数月，一路走来，无数亲人、妃嫔被饿死、渴死、病死。不知何时能被构儿救回。伤感之余，口占一绝：

"彻夜西风撼破扉，萧条孤馆一灯微。

家山回首三千里，目断天南无雁飞。"

赵佶一夜都未睡踏实，风吹着破门嗒嗒响。刚欲昏沉睡去，却被金兵叫醒。太阳还没出来，四周黑黢黢一片，所有的宋俘都被金兵押到草场上，一个个睡眼惺忪，冷得佝偻着身子直打寒战。赵佶和赵桓被推上一辆牛车，其余人等都跟车步行。千夫长不打骨告诉他们，先到祖庙拜祖，然后去乾元殿举行牵羊礼。

会宁府的老百姓听说了这个消息，纷纷出来围观。他们大多没见过宋人，只听说宋国都城繁华，老百姓富得流油。可他们看到的却是一群叫花子，穿得破破烂烂，一个个瘦得跟豺狼一样。

祖庙不大，夯土为墙，树皮盖顶。庙里供奉着女真始祖函普和历任酋长，以及开国皇帝阿骨打的牌位。

很久以前，大唐灭掉了渤海国，渤海人函普随十万国人逃至高丽。六十岁时，他与族人一起离开高丽，来到仆干水（牡丹江）之涯的完颜部落。完颜人杀了函普的族人，两族交恶。为了弥合族群矛盾，函普娶六十岁未嫁之贤女为妻，入赘完颜部落，生了两个儿子一个女儿，从此融入完颜部落。

在祖庙门外，赵佶父子被脱掉衣衫，光着膀子，每人一只手拿着个牌子，上写"罪大恶极"，另一手里牵着一只羊。羊看一眼新面孔，咩咩叫着往后拽。金人将二人引进庙里，令其左膝跪地。郑太后、朱皇后、诸王、帝姬、妃嫔，以及各位随行大臣依次后跪，无论男女都必须赤裸上身。女人们面面相觑，谁也不愿脱掉上衣，一个个紧抱双臂。一阵皮鞭抽来，女人们只得哭哭啼啼坦开上身，在羞怯中瑟瑟发抖。

朱皇后哪受过这等凌辱，坚决不脱衣服，几个金兵走过来，硬生生将她的衣服扒掉。朱皇后看准身边的一棵白桦树，猛地一头撞过去，白桦树不经撞，咔嚓一声断了，树杈子插进她的脑壳里，脑浆溅出丈把远。她的侍女见状，也跟着碰死在桦树杈上。这场面看得金人目瞪口呆。跪在前边的赵佶和赵桓对这一小小的骚动浑然不知，事后赵桓抱着朱皇后遗体哭得天昏地暗。

祖庙里鼓声阵阵，笛声悠悠。司仪大声叫道："牵羊礼现在开始！大金国俘获宋国二帝及大臣女眷，前来祖宗灵前献俘！"

金太宗吴乞买亦是祖露着半个膀子，率各位大臣单膝跪地，朝着祖宗牌位叽里咕噜高声念叨一阵子，然后转过身来扫一眼赵佶、赵桓和一群宋俘，呵呵大笑几声。侍卫为他系上一条满是油腻、腥膻无比宰牲围裙。吴乞买将两条长长的脏辫子往后一甩，一脸杀气，目露凶光，从侍卫手中接过一把锋利的尖刀，在围裙上擦了擦，噙在嘴里，龇着长牙咬着尖刀背，两手朝赵佶和赵桓招招手。

赵佶和赵桓早吓得浑身哆嗦，以为死难临头。通事走过来告诉他们，把牵羊绳递给大金皇帝。二人这才颤抖着递过牵羊绳。

吴乞买接过牵羊绳，将两只羊拽到跟前，双手同时把两只羊高高举起，挂在两根铁钩上。铁钩穿破羊的脖子，鲜血滋溜喷了吴乞买一脸，羊在空中咩咩拼命地叫着，使劲挣扎。吴乞买抹一把脸上的羊血，手持尖刀噌噌噌不一会儿将两张羊皮剥下来，两只羊还在铁钩上蹬腿呢。他一刀砍下一只羊头，将两只羊头放在供桌上。

赵佶吓得瑟瑟发抖，他瞥一眼赵桓，赵桓面如死灰，两腿哆嗦，几乎匍匐在地。跪在后面的女眷们一个个吓得哇哇直叫。

两个金兵走过来，突然将两张血淋淋的羊皮分别披在赵佶和赵桓身上。羊的体温尚存，热血顺着他们的脊梁直往下流。赵佶频频朝供桌磕头，他不知吴乞买下一步还会有何惊心动魄的举动。

金兵用拴羊的绳子分别拴着宋国二帝，拽着离开祖庙，去往乾元殿，所有宋俘随行。殿外两排白桦树像两队站岗的禁卫，风吹着树叶哗哗响，似乎是在嘲笑这些宋俘。

大殿内有一个很大的土炕，土炕上放了一把龙椅，龙椅上铺了一张硕大的虎皮，背后还杂乱地摆放着一些宋国拉回的礼器和书籍，怎么看都有点不伦不类。平时，金国皇帝与勃极烈长老们议事，都是坐在这个土炕上的。金国灭宋后将宋国皇帝的龙椅千里迢迢拉回上京摆在大炕上。按照金人的要求，宋国二帝以中原双膝跪地的礼节，对吴乞买行三跪九叩首大礼。

金国元帅完颜宗翰对着桦树皮念了一段文字，经通事翻译，才知道是封赵佶为昏德公的《降封昏德公诏书》：

制诏佶曰：王者有国，当亲仁而善邻；神明在天，可忘惠而背义。以尔顷为宋主，请好先皇，始通海上之盟，求复山前之壤，因嘉恳切，曾示允俞。虽未夹击以助成，终以一言而割锡。星霜未变，衅隙已生。恃邪佞为腹心，纳叛亡为牙爪。招平山之逆党，害我大臣；违先帝之誓言，愆诸岁币。祸从此开，孽因自作。神人以之激怒，天地以之不容。独断既行，诸道并进。往驰戎旅，收万里以无遗；直抵京畿，岂一城之可守？旋闻巢穴俱致崩分，大势既以云亡，举族因而见获。悲衔去国，计莫逃天，虽云忍致其刑章，无奈已盈于罪贯，更欲与赦，其如理何？载念与其底怒以加诛，或伤至化，曷若好生而恶杀，别示优恩，乃降新封，用遵旧制，可封为昏德公。其供给安置，并如典礼。呜呼！事盖稽于往古，曾不妄为；过惟在于尔躬，切宜循省。祗服朕命，可保诸身。

赵佶心里一块石头终于落地，看来不再像宰羊一样被宰，而且还封为公爵，这简直就是意外之喜！这个看上去杀人魔王一样的皇帝，竟然存了一丝人性！

接着，完颜宗翰又宣读了降封赵桓为重昏侯的诏书。

这简直就是鬼门关里捡回两条性命，能恩准苟活实属侥幸。宋国二帝忙不迭给金太宗叩头谢恩，直把头磕得啪啪响。

然后宣布，将宋俘中所有男人充作奴隶，女人去做婢女。皇家亲王、帝姬概莫能外，就连郓王赵楷也被赐人为奴。金国的都统、猛克等高级将官均得到多少不等的奴隶和婢女。赵佶不敢多言，生怕吴乞买反悔再动杀伐，只能唾面自干，含泪劝儿子和女眷们好好伺候主人，说不定过一段时间金国皇帝会恩准放还。第二天赵佶即具表谢恩：

天恩下逮，已失春寒；父子相欢，顿觉阳光之暖。遽沐丝纶之厚，仍蒙缣缱之颁，感涕何言，惊惶无地。每忧糊口之难，忽有联亲之喜，方虞季子之敝，谁怜范叔之寒，既冒宠荣，愈加惊悸。此盖伏遇皇帝陛下唐仁及物，舜孝临人，故此冥顽，曲蒙保卫。天阶咫尺，无缘一望于清光；短艇飘摇，自此回瞻于魏阙。

君问归期未有期

　　牵羊礼后，赵佶一行从会宁府迁徙到韩州（今辽宁昌图八卦城）。未及半年又要向北迁徙。居无定所，身如转蓬，赵佶甚为不适。八月底离开韩州，一直走到九月底。毕竟被封为公爵和侯爵，宋国二帝乘坐的牛车改为马车，所有人等都能坐车北行。汴京出发时共有五千多人，其中男人二千二百人，女眷三千四百多人。到了上京时只剩下三千多人。此次北行，赵佶的宋俘队伍只剩下一百四十多人，大多是金太宗恩准伺候赵佶、赵桓的宫娥、婢女。

　　穿过了数不清的草原、河流和森林，在一个落日熔金的傍晚，来到了一个叫五国城的地方。在很久以前，女真的五个原始部落曾在此地会盟，因而，女真的后人将这个村寨称之为"五国城"。寥寥几间木头房子紧邻着一条宽阔的河流混同江。城里灌木丛生，牛羊乱叫。

　　赵佶和赵桓分别被安置在两个木栅栏围起的大杂院里，横七竖八几栋低矮的木头房子，半截在地上，半截在地下的地窝子。这种房子充分体现了北方人的智慧，冬暖夏凉。赵佶揣测，可能会在这里了却残生，因为再往北，就杳无人烟了。

　　来此荒凉之地，赵佶一连几晚都没有安睡。从繁华的都市来到荒僻的五国城，似乎是一梦之间。他的端王府，他的延福宫，他的艮岳，他的金明池，他的蹴鞠场，喧闹的瓦肆勾栏、熙熙攘攘的矾楼，还有那一幕幕陈年旧事在脑海里来回打转，似乎要把他拉回汴京去。他披衣坐起，借助那一线月光，填了一阕《眼儿媚》：

　　玉京曾忆旧繁华，万里帝王家。琼树玉殿，朝喧弦管，暮列笙琶。

花城人去今萧索，春梦绕胡沙。家山何处？忍听羌管，吹彻梅花！

时光过得飞快，还没有过完夏天，已经开始大雪纷飞了；还没有看见春花开，爽爽的夏天已经来了。儿子赵桓时常来看他，两人对坐谁也不说话。就连金国恩准留在身边的女眷们，赵佶也渐渐没了兴趣。不论冬夏，大多时间都在地窝子里度过。偶尔出来走走，阳光刺眼，所有的东西都一片惨白。

建炎四年（1130）的一天上午，秋风很爽，天光很亮。几只喜鹊在树上喳喳直叫。赵佶走出屋子，看一眼树上的喜鹊，苦笑道："你们别叫了，哪里还有什么喜事啊！"

忽然，栅栏外一个人影闪进来。赵佶定睛看看，似曾相识。那人见了赵佶扑通跪下磕了几个响头。赵佶揉揉眼睛："你是……"

"臣是御史中丞秦桧呀！"

"哦，你就是那个力主抗金并带头反对张邦昌称帝的秦桧呀！"

秦桧望着老了许多的赵佶："正是臣下！"

"这么些年你在哪里了？"

秦桧很感动："回太上皇，一直在金帅完颜昌那里做仆人……这次来见太上皇有两件事向陛下禀报……"

靖康之变后，金人将力主抗金的秦桧、张叔夜、孙傅、陈过庭等几十位大臣押解来到东北显州，张叔夜于途中自杀保节，孙傅病死于真定，陈过庭饿死于燕山脚下。其他大臣都做了金人的仆人或通事。金太宗将秦桧送给其弟完颜昌帐下做通事，因其能言善辩，深得左路元帅完颜昌的信任，先充"任用"，后任命为"参谋军事"。一次右路军元帅完颜宗弼还特地宴请秦桧，左右侍酒者皆金国贵戚王公之姬妾。

"告诉太上皇一个好消息，"秦桧压低声音说，"康王赵构已于三年前在南京登基了！"

"啊！"赵佶激动地握着秦桧的手，"啊，宋室社稷能够存续了！我的九子为大宋争光了！"

秦桧点头："是的，是的！"

赵佶在院里急躁地踱了几步："现在能与金太宗谈谈了吗？"

秦桧问："谈什么？"

"将我放还去见九子，劝说他与金国讲和呀！"

秦桧摇摇头："金太宗正在调兵遣将追杀新皇帝呢！"

赵佶道："即使见一下完颜宗望也行啊，他可是我的女婿呀！"

"太上皇不知，完颜宗望已经死去两年了！"

"什么？那我的茂德帝姬呢？"

秦桧叹口气："唉，一言难尽。完颜宗望死后，茂德帝姬被完颜希夷占有⋯⋯"

赵佶顿首："完颜希夷已经霸占了朕的三个妃嫔了呀！"

"是啊，金人就是贪得无厌地摧残我宋国女眷⋯⋯茂德帝姬遭受非人摧残，最后死于谷裂⋯⋯"

"谷裂！"赵佶看着秦桧怔了半天，突然伏在栅栏上痛哭起来。茂德帝姬是赵佶最为爱怜的女儿，为了给她找个好人家，他曾亲自到蔡京家去看考察蔡鞗，还给蔡鞗讲了许多关于鼓琴方面的知识，事后又画了一幅《听琴图》送给其父蔡京⋯⋯可怜茂德帝姬却落得如此下场！

秦桧走过来劝道："太上皇，切莫过度伤心。这次完颜昌率左路军南下楚州让微臣跟随，微臣将相机而行，回到宋国去，协助新皇上击败金狄，光复中原！若见到当今皇上，太上皇有什么交代的吗？"

赵佶转过身抹把眼泪："若能见到九子赵构，提醒他莫忘在北国受难的父母兄弟！"

赵佶说着走回屋里，提笔写下了八个字"社稷为重，莫忘父母"交给秦桧。

赵佶望着秦桧南去的背影，久久没有进屋。他心底似乎从此有了亮光，天天向南方张望，树叶绿了树叶黄了树叶落了，只见雁南飞不见雁北来，赵佶再也没有等来九子赵构的消息。张迪劝说："陛下画一幅画吧，就画北国的苦寒，就画你想念的人。哪天放还南归了，也是个念想。"

张迪很细心，北行的路上不论怎么艰难，他都紧紧守护着那个樟木箱，箱子里不仅有赵佶喜欢的《论语》《道藏》等书籍，还有他主持编纂的《宣和博古图》《宣和书谱》《宣和画谱》，装有他本人的《大观茶论》《官瓷秘要》等著作，张迪还特别装上了御制龙纹宣和湖笔、端砚、徽墨等文房四宝。

赵佶时常翻看这些东西，心里会得到极大的慰藉。跟他一起来的翰林图画院的天才画友们，除了李唐等十几人逃走外，大多留在了上京……他想画一幅北国的山水，有机会时送给九子赵构。然而，地窝子里没有桌子，张迪找来一块破毡铺在地上。门口的阳光照进来，仿佛当年坐在太清小筑画画时，从窗棂泻进来的那束光……想起汴京旧时光，不知故园春色几何，而今苟活在此，好不悲凉！于是，提笔写下一首五绝：

国破山河在，宫庭荆棘春。

衣冠今左衽，忍作北朝臣。

也罢，苟活在此地，唯一支撑的是故园故事，是那些时时在心、难以忘却的人。在北行的诸多妃嫔中，赵佶最爱的人除了郑皇后就是韦贤妃了。郑皇后知书达理，饱读诗书，政和元年（1111），王皇后死后，郑贵妃晋为皇后，统领后宫十余年，深得妃嫔们尊重和赵佶的信赖。北行以来，对赵佶百般安慰和照护，积劳成疾，来到五国城不足四年便一病不起，埋在了混同江边的山上。身边的诸多妃嫔侍女虽然也不乏年轻貌美者，但是，在赵佶心里，她们都无法代替韦贤妃。

赵佶北行至燕京时，完颜宗望让韦贤妃和赵构的妻子邢妃等多位女眷先行。赵佶到达上京时一打听，原来先行的韦贤妃及三百多名女眷悉数被送到浣衣院。与宋宫的浣衣院不同，金国的浣衣院就是一个宫廷妓院，专供贵族及将官们寻欢的场所。女真贵族不在意和女人作欢时有旁人在场，而喜欢与下级一起作欢。盖天大王完颜宗贤去浣衣院作乐时，发现韦贤妃姿色超群，便据为己有。赵佶曾托千户长不打骨前去请示，能否将韦贤妃赐还昏德公，完颜宗贤却将两个金国女人赐给了赵佶。赵佶哭笑不得。

赵佶的大半生经历了很多女人，有几个女人经常萦绕在他的脑海里。他想把她们画出来，把记忆变成形象，心里烦闷时看看她们，老得什么都想不起来了，就看看她们。他坐下来仔细想想她们的音容笑貌，既模糊又清晰。他开始将龙纹宣摊在地窝子的毛毡上。他画画撕撕，不知画了多长时间，几乎用完了所有的宣纸终于画完了。他给这幅画起名叫《玉人图》。画面上四个仕女，都是花样年华的样子。四个仕女形象和动态各不相同，生动自然，顾盼生辉。一位仕女在柳荫下荡秋千，一位在鼓琴，一位在踏歌，另一位做了一个戏曲造型，似乎在咿咿呀呀唱戏。那个踏歌侍女，头戴簪花，身着青纱，两只脚上各有一串铜铃，正在踢踢踏踏，翩翩起舞，依稀可以听到舞女叮铃叮铃的踏铃声。

张迪将《玉人图》挂在墙上，仔细看了一阵，眼圈立时红红的。

赵佶问："你看到什么了？"

张迪揉揉眼睛："我认识这其中的三个……"

赵佶道："你说说看。"

"这个鼓琴的一看就是李师师小姐嘛。这个舞者很像韦太妃，只不过年龄小了一点，那个唱戏的必是蓝贵人。荡秋千的……奴才不知道。看太上皇画前的题词'蹴罢秋千，起来慵整纤纤手。露浓花瘦，薄汗轻衣透。见客入来，袜刬金钗溜。和羞走，倚门回首，却把青梅嗅'——这不是李清照的《点绛唇》吗？那么说，这个仕女就是她了，好美呀！"

赵佶在五国城开始画《玉人图》时，李清照正独自在江南奔波，她的丈夫赵明诚已经故去。赵明诚任江宁知府时，面对金人兵临城下，不做部署，却在夜间缒城而逃。这极大地伤害了李清照的自尊。谁能想到，曾经让她投入半生挚爱的丈夫，竟然做出这样不堪的事！建炎三年（1129），赵明诚卒于建康，终年四十八岁。哀其不幸，怒其不争，李清照五味杂陈，葬毕丈夫大病了一场。

国势日急，赵构也如他的父亲和哥哥一样，一味言和苟安，拒绝主战派北进中原抗金作战，甚至以"莫须有"的罪名处死了抗金名将岳飞。李清照对朝廷十分不满，写下了无数忧愤感人诗词："生当作人杰，死亦为鬼雄；至今思项羽，不肯过江东"，"南来尚怯吴江冷，北狩应悲易水寒"，"南渡衣冠少王导，北来消息欠刘琨"。讽刺当世那些软骨头，危难之际，缺少治世之能臣。她恨不得换作男儿身，驰骋疆场，赶走金狄，从头收拾旧山河！

孤身一人的她，该往哪里去？李清照左思右想，一定要把《金石录》整理校勘完成，不仅给死去的丈夫一个交代，而且也可为战乱中的华夏存续此一文脉。她打听到赵明诚妹夫李擢权为兵部侍郎，时在洪州防卫。为保存这些文物书籍，李清照决定投奔他。刚刚安顿下来，不料金人又攻陷洪州，所藏典籍拓片在慌乱的逃难中散失大半。

李清照扼腕叹息，带着仅存的书画典籍继续辗转飘零，她要到临安去，她的弟弟在那里。路过越州时借宿钟氏人家，不料书帖珍藏竟然被盗，几乎损失殆尽，她欲哭无泪，悬赏收赎，多日无果，李清照百般痛惜，仰天长叹。

绍兴六年（1136），李清照辗转来到临安，图书文物散失造成的巨大伤痛、颠沛流离的逃亡生活给予的无情折磨，使李清照陷入十分痛苦、走投无路的绝境。

她曾想到了死，百难一死万事休！然而，一个画面再次重现：赵明诚临死时抬起无力的手，指指未完的《金石录》，流下两滴清泪。她不能死，然而贫病交加的她，居无定所，连生活都成了问题。

真是命运弄人！此时，李清照遇到了右承务郎、监诸军审计司官吏张汝舟。张汝舟对金石收藏有浓厚的兴趣，对李清照非常倾慕。听说李清照有十数车书画典籍和金石古玩，便对其百般逢迎，直至跪地求婚。李清照说："我已经是四十九岁的垂暮老妪，而你才二十九岁，正值青春，哪有这样的婚姻？"张汝舟信誓旦旦："你是我少年时心中的卓文君，你我有共同的爱好，足以百年好合！"一颗冰冷的心，遇到无微不至的融融暖意，慢慢融化了。

婚后，张汝舟态度大变，一次次逼问金石书画藏在哪里，当确信李清照的珍藏都遗失殆尽时，便原形毕露，对李清照无端地打骂欺凌。李清照忍无可忍，告发了张汝舟徇私舞弊、虚报军粮、欺瞒朝廷的罪行，张汝舟因而获罪贬黜。然而，依宋律，妻告夫当获罪处刑二年。后经亲友相救，李清照入狱九天后获释。

历经坎坷的她，不仅没有消沉，诗词、著述反而进入了一个的井喷期。她避乱金华，写成《打马赋》《打马图经》等著作，还写下了许多隽永悲壮的诗词。她的四十一联长诗《上枢密韩公、工部尚书胡公》有云："……子孙南渡今几年，飘流遂与流人伍。欲将血泪寄山河，去洒东山一抔土。"表达了对时局的忧虑和对故国的思念，如血泪倾泻。她登临金华八咏楼，口占一绝《题八咏楼》：

千古风流八咏楼，江山留与后人愁。

水通南国三千里，气压江城十四州。

李清照变卖掉自己的首饰，租居在西湖边一处破败的院子里，潜心校勘《金石录》。在这里她一住就是八年，终于完成了《金石录后续》和《金石录》的校勘，绍兴十三年（1143），将其表进于朝。赵构翻阅这部浩繁卷贴后发现，与欧阳修的《集古录》相比，《金石录》似乎包罗更全。赵构叹道："二者实为我大宋金石学之双璧！"旋即批转国子监刊印。

秋雨潇潇。李清照如释重负地长吁一口气，似乎完成了人生使命，冷寂、困倦和慵懒一起袭来。她披衣下床，倒了一杯酒，想暖暖身子。酒后的她，恍惚间又回到了汴京李家老宅，那个"和羞走，倚门回首，却把青梅嗅"的少女、"沉醉不知归路，误入藕花深处"的少妇，那无数次"一种相思，两处闲愁"相思之苦……前半生真的是月随行歌花满路，然而世事无常，"靖康之变"改变了无数人的命运！她想到了赵佶，那个一身才艺的男子，令无数女子为之倾倒。如果他不是皇帝，二人一定会成为要好的诗友；如果没有当年屡屡失约，她相信，她与赵佶一定能碰撞出更加灿烂的诗词火花。

黄昏时分，几只大雁从高天飞过，留下几声哀鸣，一阵寒风吹起，梧桐树上的黄叶纷纷飘落，竟然盖在一丛丛的黄菊上。淅淅沥沥的雨似乎是老天发泄的愁绪。她拿来笔墨，写下了一阕《声声慢》：

寻寻觅觅，冷冷清清，凄凄惨惨戚戚。乍暖还寒时候，最难将息。三杯两盏淡酒，怎敌他，晚来风急。雁过也，正伤心，却是旧时相识。

满地黄花堆积，憔悴损，如今有谁堪摘？守着窗儿，独自怎生得黑？梧桐更兼细雨，到黄昏、点点滴滴。这次第，怎一个愁字了得？

赵佶怎么也不会想到，一个婉约派大家，竟然有一腔壮怀激烈的男儿热血、忧国忧民的胸怀！自己年少时代的惊鸿一瞥，竟成为一生爱而不得的遗憾。一个阅尽人间春色的皇帝，脑海里竟然藏着寻觅不到的纯真梦影。

张迪问："奴才没见韦贤妃跳过铜铃舞啊！"

赵佶苦笑了一下。

韦贤妃刚入宫时只是个御侍。一次，赵佶刚踢了一场鞠球，坐在延福宫花园清风亭下品茶。忽然听见一阵铜铃声，节奏明快悦耳。赵佶问："何人舞铃有声？"一位清丽动人的美人，丁丁零零从花影里走出来，羞怯地站在他的面前。赵佶提起她的长裙一看，两个雪白的脚踝上各有一串铜铃。"朕似乎在哪儿见过你。"御侍女舞动了一下身子："陛下记得崇宁二年三月三上巳节吗？周邦彦待制为教坊编排了一个《踏歌舞》，在宜春园演出，陛下曾前去观看。我就在那个舞班里！""哦，朕记起来了，那个领舞的高个女子就是你！"

赵佶低头又看看她的脚丫，粉嫩白皙，配上棕色的铜铃，越发耐看。一连几天韦御侍都陪侍着赵佶，赵佶又将周邦彦召来，一起探讨踏歌舞的脚下节奏如何更好听、更好看。不久，韦氏为赵佶生下一个儿子，就是后来的赵构。韦氏便从御侍一下子升为一品贤妃。在余下十几年里，韦贤妃温柔善良，一直是赵佶最为宠爱的妃子。

赵佶最后一次见到韦贤妃是在上京乾元殿牵羊礼上。先期到达上京、已在浣衣院的韦贤妃及其他所有帝姬妃嫔们，也被驱赶来参加牵羊礼。韦贤妃自从燕京一别很长时间没有见到赵佶了，她紧紧将双臂抱在胸前，几次越过郑太后，跟在赵佶后面，赵佶似乎闻到了韦贤妃的气息，用爱怜的目光瞥了一她眼，韦贤妃已是泪流满面。牵羊礼后，赵佶再也没有见过韦贤妃。

蓝彩儿自不必说，她在生命垂危之际，把最后的欢愉给了赵佶，赵佶坐在牛车上抱着她的尸体整整走了二十里路程。

至于李师师，更是令赵佶不能忘怀。记得最后与李师师作别时，赵佶约她一起南巡，李师师不肯。二人相约，等赵佶南巡归来，一定要给师师讲那个真实的江南。然而，那次见面竟然成了永诀！赵佶知道李师师是在等燕青。在楚州，赵佶终于为李师师找到了燕青并送回汴京。其后，再无李师师的消息。

此时的李师师，正和一双儿女在自家院子里摘荔枝，半青半红的荔枝缀满了枝头。这是燕青六年前栽种的两棵荔枝树，如今枝繁叶茂，树荫遮了半个院子。木栅栏上开满了各色蔷薇花，一棵凌霄花爬满了屋墙。院子不大，除了两棵荔枝树外，门前小水塘里种了一池莲藕。菜园子不大，蔬菜种类不少。几只柴鸡、一条黄狗在院里时常打打闹闹。坐在院里石桌旁，点一壶龙井茶，慢慢品尝，看东来西去的船只，听船家悠扬的渔歌，自是心静如水。偶尔想起从前故人旧事，只一笑而过。

早在梁山军来睦州平方腊时，燕青就看中了富春江一带的山水。他本来是大名府人，原本打算被招安后，回到老家大名去买地耕种。后来多次听李师师讲到喜欢江南的湖光山色，就买下来这块临江的小山凹，建了几间瓦舍。

儿子忽然指着一只靠岸的小船："妈妈你看，我爹爹回来了。"说着就拉着妹妹一起往江边跑去。李师师叫道："儿子，你们慢点！"

燕青背了个沉甸甸的背篓走回来，背篓里吃的用的都有，给女儿买的发饰，儿子的皮老虎，还有几串糖葫芦。李师师帮燕青卸下背篓，给他倒了杯茶水，拿来蒲扇为燕青扇凉，"弟弟在桐庐城里有何见闻？"燕青夺过扇子，一边扇一边抱怨："这大宋的天子们为何一个个都怕金人？当今皇帝丢下淮北、丢下长江，丢下在酷寒之地受苦的父母兄弟姐妹，一直向南跑，现在到了杭州，把杭州改为临安，还要在那儿建都，真真令人气愤！宋江大哥若在，决不坐而视之，定会奋起抗金！"

李师师叹道："这个赵构为什么不举全国之力抗金呢？不为光复大宋江山，

也得为身处苦寒之地的父母兄弟考虑呀!"

燕青一拍大腿:"别提了!一开始赵构是决心收复失地、救回父兄的,然而,秦桧却说:'如救回二帝,陛下如何处之?'秦桧一句话,打消了赵构光复故土、迎回二帝的想法,只消极与金人周旋!"

"这个秦桧如此奸诈!难道宋国数千万百姓就无动于衷吗?"

燕青说:"不,岳飞的岳家军在中原一连打了几个胜仗,已收复邓州、唐州、商州一带!"

李师师道:"只可惜姐姐是女儿身,不能战场杀敌!"

燕青摇摇头:"女儿身照样可以杀敌呀!元帅韩世忠的夫人梁红玉,就在淮河一线对金作战,屡建战功,颇有威名啊!"

李师师看看正在嬉闹的一双儿女,摇摇头。"可惜姐姐没有武功,若有你的武功,姐也会像梁红玉那样勇赴战场!"

燕青霍地站起,双手抱拳:"姐姐,有你这句话我就放心了,不然我这一身武艺今生就废了!"

杳杳神京路八千

离开汴京时，赵佶跟前尚有几个年幼的子女，他们大多几岁或十几岁，其中最小的儿子韩国公赵相只有三岁。多年来的颠沛流离、困窘乏味的单调生活，使他们更加思念故国神都的繁华。艰困寂寞的俘虏生活遥遥无期，令人烦躁。

近来，宋俘中不断有人随金军回到了中原，或在金国立功而被放还。现为金人奴仆的沂王赵樗非常羡慕，他是赵佶的第十五子，靖康之变时只有十七岁。赵樗找到同为金人奴仆的驸马都尉刘文彦商议，寻找南归的办法。二人同龄，今年均已二十三岁，在汴京时二人经常一起玩耍。来到金国后，赵樗妻子马妃和刘文彦的妻子顺德帝姬，都被金人送去了浣衣院，身为奴仆，二人精神和肉体无时无刻不在煎熬之中。刘文彦挠挠头，说道："我倒有个办法，一定能回到汴京去！"刘文彦欲言又止，赵樗又催："快说呀！"

五国城守将完颜习古乃，突然接到一封举报状，举报宋俘昏德公赵佶谋反。一看举报人，竟是宋俘沂王赵樗和驸马刘文彦！这让习古乃大为诧异，立即调遣人马将赵佶的院子围了起来，并将赵、刘两人押到金营询问来由。

赵佶、赵桓和驸马蔡鞗大惊。

赵佶道："予来五国城后连混同江边都没去过，简直是无中生有！"

蔡鞗挺身而起："我辈前日不死国难，二帝播迁，常常愧疚，不意逆党出于至亲至爱之间，捐躯效命正在今日！"

说罢蔡鞗立马来到金营见习古乃，恰好赵樗和刘文彦也在。蔡鞗首先陈述了昏德公自来五国城后的生活起居，说："他每天很少出门，每日读书、作画、自省，从未有过谋逆之举，这完全是阴险小人为求放还中原之目的，对昏德公诬告！请问具状者，太上皇和谁一起谋反，何时在哪里谋反，谋反之后怎么行动？他们谋反的兵马枪械藏在哪里？"

针对蔡僷一连串的发问，赵楟和刘文彦无言以对，只得承认是诬告。习古乃大怒，一拍桌子："将这俩贼子拉出去扔到混同江里喂鱼吧！"

赵佶对蔡僷的表现很是赞赏："予平日待蔡僷以国士，今日报我，甚为感慨！"

此事对赵佶打击很大，他感到自己一下子老了很多。他无法理解，亲生儿子和女婿为达私欲，竟然要诬告父亲。

赵佶在屋里睡了整整两天。张迪和二金妃轮番劝他起来用膳，他睁开眼，看一眼金妃："易安居士怎么来到这里了！"金妃不知他在说什么，拿眼问张迪。张迪道："易安居士要陛下起来用膳呢！"赵佶笑笑又闭上眼睛，口中念念有词：

"红藕香残玉簟秋。轻解罗裳，独上兰舟。云中谁寄锦书来，雁字回时，月满西楼。

花自飘零水自流。一种相思，两处闲愁。此情无计可消除，才下眉头，却上心头。"

张迪听出来赵佶吟咏的是李清照的《一剪梅》，只见赵佶的眼角流下一滴浑浊的泪水。

忽然，树上的喜鹊又喳喳叫了一阵。张迪又俯身说道："太上皇，您听，喜鹊也在叫呢！"

赵佶仍闭着眼睛说："这世间再也不会有什么喜事了，没有了！"

"啊，奴才张迪叩见韦太妃！"

赵佶激灵一下，转而一想，这可能是张迪又赚我起床呢！于是又侧身睡去。

"陛下，贱妾拜见太上皇！"

赵佶自言自语道："啊，我终于梦到韦贤妃了！"

韦贤妃俯下身，将脸紧紧贴在赵佶的脸上："陛下，这不是梦，真的是贱妾韦妃呀！"

赵佶伸手摸了摸韦贤妃的脸，突然睁开眼："真的不是梦？"

韦贤妃也摸摸赵佶这张既熟悉又陌生、已经苍老许多的脸，紧紧抱着赵佶痛哭起来："真的不是梦啊！"

赵佶流着眼泪问："他们怎能让你到这里来？"

韦贤妃说："可能是我们的九儿成了大宋皇帝的缘故吧，他们要放还我回中原去，我说，要放还就把我放还到太上皇身边吧！"

赵佶紧紧地抱着她："牵羊礼后眨眼就是七年了……你知道的，我很孤独啊！那些年轻妃嫔宫女谁能懂一个饱经风霜老人的心？"

韦贤妃拍拍赵佶的后背像哄孩子一样："放心，贱妾会永远陪在你的身边，我们再也不分开了！"

那次牵羊礼后，韦贤妃又回到了浣衣院。一次完颜宗贤到浣衣院寻欢，见韦贤妃风韵绰约不同凡响，便将韦贤妃带回帐下，这一去便是六年。

赵桓听说韦太妃回来了，也非常高兴，带着一干弟弟妹妹们来看望。

"母妃受苦了！"

"别说了桓儿，大家都吃尽了苦头！我们要好好地活着，等你九弟来接我们！"

韦贤妃一回来，赵佶的屋子里立马整洁了许多。韦贤妃盯着《玉人图》看了许久，泪眼婆娑地说道："贱妾再给陛下跳个踏铃舞吧！"

"你哪里还有铜铃？"韦贤妃一笑，从包囊拿出两串铜铃戴在脚上。

赵佶说："可惜没有琴瑟伴奏啊！"

韦贤妃四下看了一下，将几个碗碟和两根筷子拿过来："这乐器伴奏胜过琴瑟！"

赵佶情绪一下子好起来："好主意！"于是拿起筷子叮叮敲出欢快的节奏来。韦贤妃弯腰提起长裙，露出脚踝上两串铜铃，扭动着丰润的臀，"哒哒——哒"跳起来，清脆的铜铃声飘出门窗，飘出院子，引来许多孩子和宫女前来观看。

赵佶四下看看，说："久别重逢，爱妃又给我带来了许多欢愉，朕送你点什么礼物呢？"

韦贤妃摇摇头："贱妾什么都不要，只要你好好的！"

赵佶想了想："你还记得，你第二次给朕跳踏铃"是何时吗？"

"贱妾何尝不记得，那是政和五年上巳节之夜，月光如洗，热闹非凡，大晟府在延福宫举行大型歌舞会，真的是'春设殿前多队舞。朋头各自请衣裳'！除了宫廷队舞《霓裳羽衣》外，每个宫里都要出一节目。妾与宫女们就演了一个踏铃舞，陛下看了非常高兴，也登上舞台，和我们一起跳起了踏铃舞，全场狂欢起来……"

韦贤妃回忆起来，泪光闪闪。

赵佶双眼放空似乎回到了那个晚上，"那天就寝前，朕填了一阕《小重山》送给你，可惜你已经睡着了。"

"那天贱妾太累了，陛下把俺弄醒后又是一夜未眠……那时的我们多么年轻啊！"韦贤妃幸福地笑笑。

"朕现在就把那阕没有送到的《小重山》，当作礼物送给你吧：

罗绮生香娇上春。金莲开陆海，艳都城。宝舆回望翠峰青。东风鼓，吹下半天星。

万井贺升平。行歌花满路，月随人。龙楼一点玉灯明。萧韶远，高宴在蓬瀛。"

韦贤妃拥着赵佶："谢谢陛下的礼物，贱妾已十分满足了。陛下要好好爱护身体，构儿一定会接我们回去的！"

"朕恐怕等不到那一天了！"

"怎么会呢？陛下身体棒着呢！改天妾去买张牛皮，给你做个鞠球，你带着孩子们在院里蹴鞠如何？"

赵佶像一个听话的孩子，点了点头："朕已经很久没有蹴鞠了。"

韦贤妃花了几天的工夫，终于用牛皮缝好了一只鞠球，做工很是精细，里面填充了许多牛羊毛。赵佶甚是喜欢，当即来到院里踢了几脚。赵桓、张迪等人找来两根木杆立起来，上面还用乌拉草绳子结了个风流眼。一时间，寨子里女真人家的孩子们也跑来学蹴鞠。赵佶不厌其烦地给孩子们讲蹴鞠的规矩，一边示范，一边打脚一踢，鞠球带着哨音飞过风流眼，落在矮墙外面，正好砸在一个金兵看守的头上，金兵一怒，使劲将鞠球踢了回来，不巧，正好砸在赵佶的裤裆里，他哎哟一声，捂着下身蹲到地上。

赵桓、韦贤妃跑过来一看，赵佶疼得连声叫喊。韦贤妃十分内疚，啪啪啪，举手打在自己脸上："要不是贱妾做这个鞠球，哪有这飞来的横祸呀！"

赵佶呻吟道："快别这样自责了，这一切都是天意！"

经韦贤妃煎药熬汤、殷勤照料，赵佶身体逐渐恢复。天渐渐热了，韦贤妃烧了热水给赵佶洗澡。几次碰到赵佶的圣物，赵佶都无动于衷，她拿眼睛问赵佶，赵佶痛苦地摇摇头："朕不行了，真的不行了！"

端午这天，韦贤妃早早割了艾草放在门口，包了粽子，煮了鸡蛋、大蒜，泡了一壶雄黄酒。叫来了赵桓和孩子们一起热闹。这群孩子一共十四个，六男八女，大的八九岁，小的不过两三岁，都是赵佶被押往金国途中或来到五国城之后所生。除了两个金国女人外，他们的母亲都是赵佶的宫娥、侍女。赵佶一共有八十个子女，其中三十八个儿子，四十二个女儿，在历代皇帝中首屈一指。

赵佶看一眼这群孩子，他记不清他们都叫啥名字，更记不清他们的母亲是谁。

韦贤妃给每人满上一杯雄黄酒，说："按汴京老家习惯，五月初五这天毒气最盛，咱们都喝了这杯酒，一为太上皇祈福，二为大家消灾，大家都健健康康的！"

赵佶端起酒杯说："五月初五也是朕的生日。之前，为了避开盛毒日，朕将生日改为十月十日，称之为天宁节，从今天起，朕要把生日改回来！"

半夜，赵佶醒来伏在韦贤妃的耳边说："爱妃，你要给朕保存好《玉人图》啊！"

韦贤妃说："放心吧，贱妾会的！"

过了一会儿，赵佶又喃喃地说道："爱妃呀，刚才林灵素给朕托梦，一个月后，他在洛阳翠云峰等朕呢！"

韦贤妃伸手捂着赵佶的嘴："陛下别说梦话了！"

洛阳翠云峰为道家祖庭。相传道家始祖老子曾在此地炼丹养生，道教祖师张道陵也曾在翠云峰上修炼，翠云峰因而成为道教发祥地，有"道源"之称。

赵佶不想起床，觉得浑身无力。眨眼之间，到金国做囚已过七年，八千里外，他的故国明月、他的繁华神京都在梦里。他闭着眼睛，口占一首七绝：

"杳杳神京路八千，宗祊隔越几经年。

衰残病渴那能久，茹苦穷荒敢怨天？"

韦贤妃附在她的耳边："陛下，你的诗贱妾记下了！"

赵佶让韦妃把《宣和画谱》《宣和书谱》《官瓷秘要》《大观茶论》等书籍放在枕边，这样睡得会更踏实一些。他只要闭上眼睛，就回到了繁华的汴京，如此甚好，他愿永远闭上眼睛。倏忽间来到了西园，王诜和苏轼、米芾等人正在一起对着自己的《瑞鹤图》说着些什么。他很奇怪，《瑞鹤图》问世时，他们几位早已成仙了呀，难道王诜将西园搬到了仙界？他走过去，却不见了众人。眼前是豪华的延福宫，清幽的太清小筑，巍峨的艮岳，还有玉津园茶百戏……

倏忽间他又从延福宫的地道来到萃华楼，李师师竟然与李清照在一起品茶！李师师见赵佶来，起身相迎，李清照只向其点头示意。赵佶径直坐到琴台前，一边弹琴一边唱起李清照的《点绛唇》：

"蹴罢秋千，起来慵整纤纤手。露浓花瘦，薄汗轻衣透。

见客入来，袜刬金钗溜。和羞走，倚门回首，却把青梅嗅。"

李清照浅浅一笑，走到赵佶身边："让民女唱一曲陛下的《眼儿媚》吧！"

赵佶点头抚琴，李清照用甜美而幽怨的声音唱道：

"玉京曾忆旧繁华。万里帝王家。琼林玉殿，朝喧弦管，暮列笙琶。

花城人去今萧索，春梦绕胡沙。家山何处，忍听羌笛，吹彻梅花……"

赵佶被李清照的歌声打动了，伏在古琴上嘤嘤啜泣起来。韦贤妃推推他，他嘴里却念念有词，细听，却是一首宫词：

钿筝百宝间生辉，玉柱成行雁自飞。

对酒仙姿时一按，十三弦上迸珠玑。

韦贤妃想：这又是在赞美哪个琴家呢！赵佶一夜都在不停地吟诵，声音似有若无，韦贤妃慢慢听不出来他吟诵的是什么。天亮时韦贤妃发现，赵佶已经往生了。

这一天正好是宋绍兴五年（1135）六月初四，正是林灵素与他约会的日子！

韦贤妃上书，因昏德公为道君皇帝，请求将其归葬道家祖庭洛阳翠云峰。金熙宗完颜亶准奏，允许韦贤妃扶柩南归。韦贤妃和张迪一起，将赵佶连同《玉人图》葬于洛阳广宁，遥遥可望翠云峰。

赵构在临安听说父亲驾薨，面北长跪不起，痛哭流涕。

第二天早朝，经与众大臣朝议，为赵佶上谥号"圣文仁德显孝皇帝"，庙号徽宗，为"元德充美"之意。同日，率皇室及众大臣到太庙祭奠父皇宋徽宗。

完稿于 2023. 10. 10